国家社科基金重大项目
20世纪美国文学思想研究

● 主编　蒋洪新 ●

卷五

20世纪80年代至世纪末
美国文学思想

龙　娟　等著

上海外语教育出版社
SHANGHAI FOREIGN LANGUAGE EDUCATION PRESS

图书在版编目（CIP）数据

20世纪80年代至世纪末美国文学思想 / 龙娟等著. -- 上海：上海外语教育出版社，2024

（20世纪美国文学思想研究 / 蒋洪新主编）

ISBN 978-7-5446-7917-6

Ⅰ.①2… Ⅱ.①龙… Ⅲ.①文学思想史—美国—20世纪
Ⅳ.①I712.09

中国国家版本馆CIP数据核字(2023)第214145号

出版发行：**上海外语教育出版社**

（上海外国语大学内） 邮编：200083

电　　话：021-65425300 (总机)

电子邮箱：bookinfo@sflep.com.cn

网　　址：http://www.sflep.com

责任编辑：潘　敏

印　　刷：上海中华商务联合印刷有限公司

开　　本：635×965　1/16　印张 29.25　字数 392 千字

版　　次：2024 年 6 月第 1 版　　2024 年 6 月第 1 次印刷

书　　号：ISBN 978-7-5446-7917-6

定　　价：110.00 元

本版图书如有印装质量问题，可向本社调换

质量服务热线：4008-213-263

总　序

当今世界百年未有之大变局加速演进,人类正面临许多共同的矛盾和问题。中国和美国是世界两大超级经济体和联合国安理会常任理事国,两国关系是世界上最重要、最复杂的双边关系之一。中美之间如何加强沟通合作,尊重彼此的社会制度和发展道路,尊重双方核心利益和重大关切,尊重各自发展权利,已经成为全球关注的焦点问题。当前,中美关系经历诸多曲折,但越是处于艰难的低谷时期,我们越是需要通过对话、沟通与交流的方式,共同探寻解决问题的方案。

习近平总书记指出,"国之交在于民相亲,民相亲在于心相通"①。民心相通既是中国倡导的新型国际关系的组成部分,也是中美关系向前发展的社会根基。只有民心相通,才能消除中美之间的误读、误解和误判,才能增加中美双方的战略互信。因此,我们应通过多种途径推动中美之间民心相通。实现民心相通的方式多种多样,最重要的无疑是开展多层次、多领域的人文交流与合作。党的十八大以来,习近平总书记从构建人类命运共同体的高度出发,先后在多个重要场合提出要加强文明交流对话和互容互鉴,指出文明交流互鉴是推动人类文明共同进步与世界和平发展

---

① 习近平:《习近平在中国国际友好大会暨中国人民对外友好协会成立 60 周年纪念活动上的讲话》,https://www.gov.cn/xinwen/2014－05/15/content_2680312.htm,访问日期:2023 年 12 月 28 日。

的重要动力。

人文交流与合作是双向的、平等的，美国需要深入了解中国，中国亦需要进一步了解美国。诚如亨利·艾尔弗雷德·基辛格（Henry Alfred Kissinger）所说："从根本上说，中美是两个伟大的社会，有着不同的文化、不同的历史，所以有时候我们对一些事情的看法会有不同。"①我们相信，文明多样性是人类社会的基本特征。当今世界有 200 多个国家和地区、2 500 多个民族，②有 80 多亿人口③和数千种语言。如果这个世界只有一种信仰、一种生活方式、一种音乐、一种服饰，那是不可想象的。无论是历史悠久的中华文明、希腊罗马文明、埃及文明、两河文明、印度文明，还是地域广阔的亚洲文明、欧洲文明、美洲文明、非洲文明，都既属于某个地区、某个国家和某个民族，又属于整个世界和全人类。不同文明在注重保持和彰显各自特色的同时，也在交流与交融中形成越来越多的共有要素。来自不同文明的国家和民族交往越多越深，就越能认识到别国、别民族文明的悠久传承和独特魅力。换句话说，各民族、各地域、各国的文明相互依存、相互渗透、相互交流，你中有我、我中有你，各自汲取异质文化的精华来发展自己的文明。有容乃大，方可汇聚文化自信之源，事实上，中华文明 5 000 余年的演进本身就是一部"有容乃大"的交响曲。只要我们深深扎根于中华优秀传统文化，抱定马克思主义指导思想，坚持"以我为主、为我所用"的原则，就一定会在与世界其他文明的交流互鉴中焕发更加旺盛持久的生命力。在这个意义上，我们对美国人文思想的研究，不仅能让我们反观中华文明的流变，还能给今天的中美人文交流带来

---

① 基辛格：《基辛格：世界的和平与繁荣，取决于中美两个社会的互相理解》，《新京报》2021 年 3 月 20 日。

② 邢丽菊、孙鹤云：《中外人文交流的文化基因与时代意蕴》，《光明日报》2020 年 2 月 26 日，第 11 版。

③ 联合国：《全球议题：人口》，https://www.un.org/zh/global-issues/population，访问日期：2024 年 4 月 18 日。

重要启示,在"和而不同"中找寻"天下大同",追求心灵契合与情感共鸣。

人文交流的内涵很丰富,其中,文学既承载着博大壮阔的时代气象,也刻写着丰富深邃的心灵图景。文学是时代精神的晴雨表,在人文交流中占有独特的突出地位。钱锺书先生在《谈艺录》里说:"东海西海,心理攸同;南学北学,道术未裂。"①文学具有直抵人心的作用,能唤起人们共同的思想情感,使不同民族和文化背景的人们能够彼此了解、增进友谊。在中国文化语境中,"文学"一词始见于《论语·先进》:"文学:子游、子夏。"当时的文学观念"亦即最广义的文学观念;一切书籍,一切学问,都包括在内"②。钱基博则言:"所谓文学者,用以会通众心,互纳群想,而兼发智情;其中有重于发智者,如论辩、序跋、传记等是也,而智中含情;有重于抒情者,如诗歌、戏曲、小说等是也。"③在西方文化语境中,文学指任何一种书面作品,被认为是一种艺术形式,或者任何一种具有艺术或智力价值的作品。"文学"的英语表达 literature 源自拉丁语 *litteratura*,后者就被用来指代所有的书面描述,尽管现代的定义扩展了这个术语,还包括口头文本(口头文学)。进入 19 世纪,由于语言学的兴起和发展,文学被看作一种独立的语言艺术,尤其在受到分析哲学影响后,更是呈现出语言学研究的片面趋势。那么,究竟依据什么来判定"什么是文学"或者"哪些作品可列入文学范围"呢?这往往与某社会、文化、经济、宗教环境中某个人或某一派在某一时间、地点的总体价值观相关联。用总体价值观来判断文学性的有无,这也符合我国历代主流文学理论家强调作品思想性的传统。从这个意义来讲,我们对文学的研究应集中于文学思想。

---

① 钱锺书:《序》,载《谈艺录》,北京:生活·读书·新知三联书店,2019 年,《序》第 1 页。

② 郭绍虞:《郭绍虞说文论》,上海:上海古籍出版社,2000 年,第 17 页。

③ 钱基博:《中国文学史》(上册),北京:中华书局,1993 年,第 3 页。

文学思想不是文学与思想的简单相加,而是文学与思想的内在契合和交融。文学思想有两种基本指涉:一指"文学作品中"的思想,即文学作品是文学家观念和思想的直观呈现;二指"关于文学"的思想,即在历史发展的各个阶段中,对文学学科的发展具有重要意义的文学观念和文学思想意识,包括文学批评和文学创作两个方面。此外,文学思想还可以是"与文学相关"的思想。一般而言,文学总是与一定的社会文化思潮和哲学思想的兴替紧密联系在一起,具有较鲜明的文学价值选择倾向,并且这种倾向常常给当时的文学创作以直接或间接的深刻影响。作为人类社会中重要的文化活动和文化现象,文学思想主要体现在关于文学的理性思考上,集中体现在对文学的本质、使命、价值、内涵等重大问题的思考和言说上。除了体现文学主体对文学自身构成和发展现状的认识,文学思想也反映一个社会特定时期的政治、经济、文化等各个方面的情形,并且深受这些因素的影响。因为某一具体文学思想的提出和演变,都有当时的社会环境和人文思潮作为背景,离开具体的历史文化语境,该思想就会成为无源之水、无本之木。可以说,对美国文学思想的研究,也就是对美国人文思潮的发现与揭示。

回溯历史,20 世纪世界的发展洪流在各种矛盾的激荡中奔涌向前。借用 F. S. 菲茨杰拉德(F. S. Fitzgerald)总结爵士时代的话说,20 世纪是一个"奇迹频生的年代,那是艺术的年代,那是挥霍无度的年代,那是嘲讽的年代"①。从经济大萧条到两次世界大战,从社会主义国家的横空出世到全球范围的金融危机,政治经济无不在人们思想的各个方面留下烙印;从工业革命到人工智能,从太空登月到克隆生命,科技发展无不从根本上改变着人们的生活形态;从"上帝已死"的宣言到包罗万象的后现代主义,从亚文化运动到

---

① F. S. 菲茨杰拉德:《崩溃》,黄昱宁、包慧怡译,上海:上海译文出版社,2011 年,第 23 页。

生态思想,频发的文化思潮无不使这一世纪的思想都面临比前面几千年更为严峻的挑战。审美体验方面,从精神分析到神话原型批评,从语言学转向到文化批评,人们通过各种各样的方式来解读和阐释自己的心灵产物。这个世纪将人们的想象和思维领域无限拓宽,文学思想因此而变得流光溢彩、精彩纷呈,尤其是美国文学,在这个世纪终于确立了自己的地位,形成了自己的体系。以上种种都在文学的各个层面或隐或现地得到投射或展露。

20世纪美国社会风云激荡、波澜壮阔,对美国文学和文学思想的发展影响深远。2014年,我主持的"20世纪美国文学思想研究"课题入选国家社会科学基金重大项目。由此开始,我和我的学术团队全面梳理20世纪美国文学思想的发展脉络,系统阐述各个时期的文学思潮、运动和流派的性质与特征,并深入探讨代表性作家的创作思想、审美意识和价值取向。这套"20世纪美国文学思想研究"丛书就是我们这个课题的结项成果。丛书分为五卷:卷一是刘白、简功友、宁宝剑、王程辉等著的《19世纪末至20世纪20年代美国文学思想》,围绕现实主义、自然主义、印象主义、"文学激进派""新人文主义"等方面的文学思想进行深入研究;卷二是叶冬、谢敏敏、蒋洪新、宁宝剑、凌建娥、王建华、何敏讷等著的《20世纪20至40年代美国文学思想》,通过对代表性文学家的创作理念、文学思想、艺术风格等进行分析与阐释,研究这一时期美国主要文学思想的缘起、内涵、演变和影响;卷三是张文初、黄晓燕、何正兵、曾军山、李鸿雁等著的《20世纪40至50年代美国文学思想》,研究该时期美国注重文学自身构成的特殊性的文学思想;卷四是郑燕虹、谢文玉、陈盛、黄怀军、朱维、张祥亭、蔡春露等著的《20世纪60至70年代美国文学思想》,研究该时期在与社会现实显性的互动和复杂的交织关系中形成的文学思潮;卷五是龙娟、吕爱晶、龙跃、凌建娥、姚佩芝、王建华、刘蓓蓓等著的《20世纪80年代至世纪末美国文学思想》,全方位、多角度地对该时期的文学思想进行了解析。

　　需要指出的是,这样的年代划分并非随意为之,而是有其内在的逻辑理路。19世纪末至20世纪20年代,美国处于"第一次文艺复兴"之后的民族性格塑造、自我身份确立的过程中,文学思想的发展态势和内涵呈现出两个较为明显的特征:一方面本土性文学思想应运而生,另一方面文学思想又表现出对社会、历史等外在因素的关注。这一阶段的文学思想大致可概括为"外在性"的坚守与"美国性"的确立。20世纪20至40年代,美国经历了"第二次繁荣",这一阶段美国文学家的思想在现代危机之中展现出了"先锋性"和"传统性"双重特质,即摆脱旧传统、开拓文学新思维的品质及坚守文学传统的精神。20世纪40至50年代,知识分子在经历第二次世界大战和冷战后,越来越关注文学的本体性,将审美价值置于其他价值之上。当然,也有一些知识分子受到社会矛盾的影响,将文学视为表现社会的重要载体。这种"审美自律"或"现实关注"也成为这一时期众多文学流派思想中最为显性的标记。20世纪60至70年代的文学家继续之前文学界对现实的关注,同时又表现出对传统的"反叛"以及对一些中心和权威的"解构"。这种鲜明的反叛与解构集中体现在黑色幽默小说家、科幻小说家、"垮掉派"、实验戏剧家、解构主义批评家的思想之中。20世纪80年代至世纪末,经历解构主义思潮之后的美国文化走向多元。在这一时期,不同族裔、不同性别和不同阶层的"众声喧哗"使文学思想也呈现出不一样的特质。

　　本丛书以全新的理论范式对纷繁复杂的20世纪美国文学思想进行了逻辑分明的系统整理,并力求在以下四个方面有所突破或创新。一是研究视角创新。丛书研究视域宏阔、跨度宽广,范畴超越传统的文学史观。它以"文学思想"的广阔视野整合、吸纳了传统的"文学创作""文学理论"与"文学批评",涵盖了文学活动的特点、风格、类型、理念等诸方面,不仅深入探究文学创作主体,而且从美学、哲学、政治、文化、宗教和道德层面充分揭示作家的文学思想特点与创作观念。这一研究力图丰富和发展目前的美国文学研究,探索文学的跨领域交叉研究,拓展20世纪西方乃至世界文学及其思想的研究范畴,以期建立一种创新性的文学思想研究架构。二是研究范式创新。丛书以"时间轴+文学思想专题"的形式建构,各卷对各专题特点的概括和凸显、对各文学思潮的定性式说明、对20世纪美国文学思想发展线索的初步认定,都是全新的实践与探索。比如,用不同于新批评所用内涵的术语"外在性"来概括20世纪前期美国文学思想的特征,用"先锋性"来凸显美国现代主义文学思想的特色,用"审美自律"来描述美国新批评或形式主义文学思想的发展,这些观点都凝聚了作者开创性的妙思。三是研究内容创新。丛书系统研究20世纪美国文学思想,研究对象从时间来说,跨越从19世纪末到20世纪末共百年的时间;从思想主体来说,包括文学家的文学思想,批评家的文学思想,以哲学、心理学、社会学等为专业的理论家的文学思想等。研究对象的包容性和主题的集中性相得益彰。四是研究方法创新。丛书综合运用了现象学方法、历史主义方法、辩证方法、比较诗学方法等。

　　一个时代有一个时代的文学,一个时代有一个时代的思想。在特定时代的思想前沿,文学总是能够提出、回应并表达生活中那些内在的、重大的和切身的问题,也生成了该时代最敏锐、最深邃和最重要的思想。20世纪美国文学思想的演变进程体现了时代大潮中涌动的美国文化观念,对美国的社会思潮、文化特征、国家形象及全球影响力有重要的形塑作用。他山之石,可以攻玉。新时代中国创造了中国式现代化新道路,创造了人类文明新形态。我们系统、全面、深刻地梳理研究了20世纪美国文学思想,回望审视,更希冀新时代中国文学继续心怀天下、放眼全球,向人类的悲欢、世界的命运敞开胸怀,在继承深厚的中华优秀传统文化的基础上守正创新,并以理性、平视的目光吸收借鉴人类文明的优秀成果,以自信的态度塑造中华文化形象,充分展现新时代中国文学的"中国特色、中国风格、中国气派",为丰富中国文学思想、促进中华民族文化复兴和构建人类命运共同体发挥思想伟力,为人类文明进步贡献中国智慧。

　　文学如水,润物无声。文学滋养人生,思想改变世界;世界因文学而多彩,人生倚思想而自由。谨以一首小诗献给读者,愿我们都能在文学的世界里拥抱自由与释放、追求美好与大同:

　　溯回百载美利坚,遥望九州气定闲。

　　文明西东能相益,华章千古在人间。

　　谨以此丛书致敬伟大的文学思想先哲!

蒋洪新

2024 年 4 月

目　录

绪　论　1

第一章　20 世纪 80 年代至世纪末美国小说家的文学思想　13

第一节　唐·德里罗、雷蒙德·卡佛等：新现实主义　16

第二节　赵健秀、汤亭亭等：华裔美国感知　29

第三节　海伦娜·玛利亚·伏蒙特、蕾切尔·卡逊等：弘扬环境
　　　　正义　43

第四节　托尼·莫里森：写作是一种思考方式　55

第五节　玛丽莲·鲁宾逊："构建一个充满女性特征的世界"　69

第六节　奥克塔维娅·E. 巴特勒：撒播"正义种子"　90

第七节　琳达·霍根：书写"眼前的世界"　105

第八节　山下凯伦："人文艺术是一个'接口'"　120

第九节　莱斯利·马蒙·西尔科：文学是"最有效的政治宣言"　132

第二章　20 世纪 80 年代至世纪末美国诗人的文学思想　145

第一节　罗伯特·勃莱：神话诗学男性运动与反战思想　147

第二节　菲利普·莱文：劳动者之声　159

第三节　加里·斯奈德：生态诗学　165

第四节　露易丝·格吕克：孤独是一种社会性格　173

第五节　凯·瑞安："诗歌是一场自娱自乐的游戏"　192

第六节　查尔斯·伯恩斯坦：想象一种语言亦即想象一种生活　206

第七节　丽塔·达夫：日常生活审美与世界主义思想　215

第三章　20 世纪 80 年代至世纪末美国戏剧家的文学思想　227

第一节　萨姆·谢泼德：找寻"事物的隐匿之处"　229

第二节　奥古斯特·威尔逊："将人们聚合起来的尝试"　245

第三节　玛莎·诺曼：开启"那扇必须打开的门"　256

第四节　温迪·沃瑟斯坦：为了让人们"听到妇女的呼声"　272

第五节　黄哲伦：写作是一种进入无意识的方式　284

第六节　阿尔弗雷德·尤里："我只写下我所知道的事实"　295

**第四章　20 世纪 80 年代至世纪末美国批评家与理论家的文学
思想　309**

第一节　斯蒂芬·格林布拉特、海登·怀特：新历史主义　312

第二节　弗雷德里克·詹姆逊：新马克思主义　324

第三节　爱德华·萨义德、霍米·巴巴等：后殖民主义　340

第四节　伊莱恩·肖瓦尔特、艾丽斯·沃克等：女性主义　362

第五节　劳伦斯·布伊尔、切利尔·格洛特费尔蒂等：环境批评
理论　377

第六节　小亨利·路易斯·盖茨、小休斯敦·A. 贝克等：少数族裔
文学与文化批评理论　398

主要参考文献　415

绪　论

　　纵观 20 世纪最后二十年的美国文学总体发展状况，不禁为其在题材、主题诉求、写作手法等多方面所呈现出来的异彩纷呈的新面貌感到惊奇。其中既有承袭传统的一面，也有实验革新的一面。流派和题材的多样性与深刻性、表现形式的多元性与复杂性是洋洋大观的 20 世纪末美国文学的主要特征，而这些特质无疑与其生成背景息息相关。

　　任何文学思想的兴起都带有一定的时代特征，20 世纪 80 年代至世纪末的美国文学思想也不例外。常言道，文学是社会的一面镜子，是"生活和时代的审美反映"①。文学作品构架起读者与某一时期跨时空沟通的桥梁。通过阅读，我们可以追溯和重构某一时期的社会风貌、文化氛围、伦理和审美取向。因此，在 20 世纪 80 年代至世纪末的美国文学所呈现出的差异性、多元化和创新性的画卷背后，我们能够窥见它们所折射出来的美国社会经济高速发展、政治历经动荡、思潮"众声喧哗"的时代背景。

　　毋庸置疑，20 世纪 80 年代至世纪末的美国文学思想与 60 和 70 年代的各种思潮有很深的渊源。60 年代以来，各种各样的社会思潮和社会运动不仅带来了人们思想观念和精神面貌的转变，也对当代文坛的发展态势起到了不可忽视的影响。"民权运动、女权运动、反战示

---

　　①　杨仁敬：《20 世纪美国文学史》，青岛：青岛出版社，1999 年，第 1 页。

威、骚乱与行刺、水门事件等重大的社会实践极大地震荡着社会。通俗文化和大众传媒的流行,使美国进入一个大众文化时代。"①进入80年代后,世界格局逐渐有了较为明显的变化,苏联解体、海湾战争等事件的发生进一步刺激了人们对世界的认知与思考,固有的传统思维模式遭受冲击乃至瓦解,许多主流思潮和经典作品的主题与观念受到新兴事物的冲击,逐渐失去了绝对的权威地位,引发民众的质疑与重新评估。

社会思潮总是在两方甚至多方观点的不断冲突、碰撞与互鉴、融合中曲折前进的。20世纪60年代以来发生在美国的各种反叛运动虽然唤醒了部分群体的民权意识,但与此同时,美国中产白人阶层却对此怨声载道,开始对民主党政府感到失望,对民主党自由主义表示厌倦,甚至对当时的社会整体状况表现出强烈的不满。在1976年之后的30年中,美国经历了6位总统,其中4位是共和党人。1980年,罗纳德·里根以绝对优势当选美国总统,标志着美国社会在政治、经济和文化思想上保守主义的强势回归。传统保守主义、宗教右翼、政治改宗的自由主义知识分子和前新左派学生运动骨干分子都汇聚到新保守主义的大旗下,通过各种强势的宣传手段,从各个方面展开了对激进的60年代的全面攻击和对新保守主义政治、经济和文化思想的宣传,由此也引发了美国政治中自由主义和保守主义的博弈。自由主义者认为,美国社会的文化多元化正在遭到思想狭隘的保守主义的进攻,美国政府应该努力增加少数族裔美国人的权利和机会;保守主义者则指责自由主义者打击美国中产阶级的权利和价值,要求美国政府重新确立美国中产阶级白人男性对社会的影响与作用。

虽然遭到美国保守主义者的抵制,但20世纪60年代反叛运动所播下的多元文化主义种子到80年代已经形成了不可阻挡的生长势

---

① 金莉、王炎主编:《当代外国文学纪事(1980—2000):美国卷》,北京:商务印书馆,2015年,第899页。

头。经过60和70年代各种社会运动和反主流文化运动洗礼的美国社会也无法真正回到50年代保守的社会状态。昔日的亚文化因素直接由后来的种种社会运动所继承，逐渐渗透到社会的毛细血管内，衍生出新的生活方式和思维模式。民权运动、反战运动、妇女解放运动、环境保护运动、性解放运动等催生了美国社会弱势群体和边缘人群争取自身权利的"权利革命"，冲击着美国的政治思想、传统价值观念和文化观念，从而引发了美国历史上另一场看不到硝烟却异常激烈的"文化战争"——一场定义美国未来发展方向的战争。美国社会也由此进入方兴未艾的多元文化主义浪潮。

在政治趋向复杂化和多元化的同时，美国经济也逐渐走出了第二次世界大战后的多年萧条。二战后，美国经济的繁荣景象一度幻灭。德国、日本等国制造业的兴起与发展削弱了美国在这一领域的竞争力。另外，越战的沉重经济负担、能源危机等多方因素也使美国经济陷入了一定程度的滞胀，失业率随之居高不下。20世纪80年代初，里根政府的新自由主义经济极大地改善了这一窘境，使美国摆脱危机并在90年代呈现持续繁荣的景象，美国人的消费观念也随之发生重要变化。除此之外，伴随着科技革命的爆发，众多新兴产业的出现也为人民生活带来了天翻地覆的改变。电子设备在日常生活中的频繁使用拓宽了作家们感受世界的渠道，而在科技冲击下对人类身份的思考也成为这一时期文学题材的来源之一。

20世纪80年代至世纪末美国文学思想的差异与多元特质是政治、经济、科技与社会思潮等多方面变革与发展所带来的必然结果。虽然"多元文化主义"这个术语目前没有一个固定的定义，但是学者们对它的内涵基本达成了一致的看法。库舍尔·德布（Kushal Deb）在《为多元文化主义构图》（*Mapping Multiculturalism*, 2002）一书中总结了多元文化主义的三个主题：（1）种族歧视与性别歧视的终结；（2）一种新的、全面的多元文化（包括迄今为止仍然处于社会边缘的少数族裔文化）的形成；（3）一种差异文化世界观的形成和不同文化之间的对话。在德布看来，多元文化主义不仅是一种文化观、历史观，更是一种政治态度和一种意识形态。① 多元文化主义所包含的"文化"的内涵超越了传统意义上的"文化"含义,实际上已成为一种明显的政治诉求。

如果我们要真正理解"差异与多元"的思想内涵,就不能忽视雅克·德里达(Jacques Derrida)哲学思想的影响。法国解构主义大师和差异哲学思潮的代表人物德里达认为,每一个个体都有自己独特的意义,因此,我们要尊重个体间的差异,不能一概而论。德里达在《书写与差异》(*Writing and Difference*,2017)一书中提出"中心不是中心"②这一观点,打破了长久以来的二元对立思想,对权威性提出质疑、发起挑战。通过上述"悖论"式的论断,德里达意在强调,一个整体中的任何一个部分的变化都可能会引起整体结构的变化,此时的"中心"就不再是原来的"中心"了。这一论调与米歇尔·福柯(Michel Foucault)关于社会中权力的流动性的见解在一定程度上是契合的。正因为"中心"这一概念不再固定,具有可调整、可变动的属性,因此,每一个要素都值得重视。换言之,研究单独的个体比研究整体结构更为重要。

在承认多元性的前提下,当我们去研读那些来自不同种族与文化背景的文学家、批评家和思想家所提出的文学思想时,就会发现其中一个重要关键词就是"差异"。多元性的体现离不开个体与个体之间的差异,而差异则是多元文化的建构基础。实际上,20世纪80年代以来的很多文学家、批评家和思想家都在一定程度上受到差异哲学思潮的影响。例如,美国黑人文艺批评家小亨利·路易斯·盖茨(Henry Louis Gates, Jr.)强调文化差异,③美国印度裔文艺批评家霍米·巴巴(Homi K. Bhabha)更是将文化差异作为其理论的一个重要支点进行

---

① Kushal Deb, ed., *Mapping Multiculturalism*, Jaipur: Rawat Publications, 2002, pp. 69-76.

② Jacques Derrida, *Writing and Difference*, Chicago: University of Chicago Press, 2017, p. 352. 若无特别注明,引文均由笔者自译,后同。

③ Henry Louis Gates, Jr., *The Signifying Monkey: A Theory of African-American Literary Criticism*, New York: Oxford University Press, 1988, pp. 1-58.

凸显。在霍米·巴巴看来，"文化差异"这个概念的提出可以被看成一种抵制，抵制主导文化对附属文化的同化与转化行为，它尊重那些异质性的、不可调和的历史、身份和习俗。① 对个体之间差异性的强调也体现在被称为"文化研究之父"的斯图亚特·霍尔（Stuart Hall）的理论学说当中。霍尔的学术之路始于政治学，后来逐渐转向文化研究领域。他的差异性思想正是政治学与文化学完美糅合的产物，重点探讨了针对移民身份的自我身份认同问题，提出了"差异将民主定义为真正的多元空间"②这一观点。

多元性与差异性并存的社会存在方式导致了思想的多元化与差异化，从而对文学思想与文学研究范式产生了巨大影响。总体而言，20 世纪 80 年代至世纪末的美国文学思想具有典型的多元文化主义特征。换言之，这一时期美国文学思想观念的主导性趋势是多元文化背景下不同族裔、不同性别和不同阶层的"众声喧哗"，体现了典型的"美国性"（Americanness）特质。自 20 世纪 60 年代伊始，美国传统的白人男性精英文化阶层的主流地位开始受到冲击，倡导反正统主流文化的知识精英与之分庭抗礼。发展至 80 年代，以移民为特点的美国掀起了声势浩大的多元文化运动。在此多元文化背景下，美国出现了第三种文化，即精英文化价值观与反主流文化价值观的融合，这标志着美国精英文化出现多元化发展趋势。毋庸置疑，在这种时代大潮的浸染下，20 世纪 80 年代至世纪末的美国文学思想必然体现出典型的多元文化主义特征。而正是因为凸显出这种"美国性"多元文化主义特质，这一时期的美国文学思想才真正建构起一种本土性话语。

呈现出多元化格局的 20 世纪 80 年代至世纪末的美国文学发展势头迅猛，最引人注目的自然是其惊人的作家数量。如果要列一张这个时期主要美国作家的名单，那将是一件相当困难的事情。毋庸置疑，这一成就与美国文学版图的极速拓展密切相关。文森特·B. 里

① Homi K. Bhabha, *The Location of Culture*, London: Routledge, 1994, pp. 123 - 138.

② Stuart Hall, *The Multicultural Question*, London: Zed Press, 2000, p. 236.

奇(Vincent B. Leitch)在《20 世纪 30 年代至 80 年代的美国文学批评》
(*American Literary Criticism from the Thirties to the Eighties*, 1988)一
书中将"美国文学"这一概念进行拓展,发现美国文学的创作群体是惊
人的。① 这支浩浩荡荡的文学大军不仅在数量上颇为壮观,而且在身
份上也呈现出多元性特质。其中,作家的族裔身份与性别身份是最突
出的两大特征。在白人男性主导的社会中,女性与少数族裔长期处于
被动且弱势的他者位置,而蓬勃发展的平权运动给予了他们重新审视
自身存在的机会。80 年代后,他们逐渐登上了社会舞台,在文学、影
视、政治、教育等领域找到一方容身之地,并勇敢地发出了自己的声
音,取得了令人瞩目的成就。在文学领域,他们摈弃宏大的历史叙事
传统,专注于挖掘历史洪流之下小人物的具体命运,为这一时期的美
国文坛奉献了众多高质量的文学作品。

作为一个移民国家,美国为文坛的多元发展提供了肥沃的土壤。
在这样的语境之下,族裔作家渐渐开始从边缘走向中心,成为 20 世纪
80 年代后美国文学界中无法忽视的存在。"之前文坛上无声的非裔
美国作家和其他族裔作家的异军突起,更是打破了原有的美国文学版
图,拓展了美国文学的疆土。"②少数族裔肩负着自己独特的文化背景
和沉重的历史记忆,开始努力在社会中寻找属于自己的位置。在少数
族裔作家中,非裔作家的文学成就无疑是最为突出的。事实上,黑人
作家的异军突起从 70 年代开始便已引起美国文坛的广泛关注,而这
批在 70 年代就初露头角的黑人作家随着写作经验的累积,于 80 年代
后以丰富的主题、深刻的作品内涵和高超的写作技巧获得了进一步的
肯定。以伊什梅尔·里德(Ishmael Reed)为代表的黑人男性作家,以
托尼·莫里森(Toni Morrison)和艾丽斯·沃克(Alice Walker)等为代
表的黑人女性作家以极高的文学成就获得了文学界的一致认同,并一

---

① 文森特·里奇:《20 世纪 30 年代至 80 年代的美国文学批评》,王顺珠译,北
京:北京大学出版社,2013 年。
② 金莉:《20 世纪末期(1980—2000)的美国小说:回顾与展望》,《外国文学研
究》2012 年第 4 期,第 88 页。

举拿下了包括诺贝尔文学奖在内的多项具有含金量的文学奖项,证明并巩固了黑人文学在美国文学界的地位。

相较于非裔文学,美国亚裔文学总体起步较晚,但自 20 世纪 70 年代以来也不断有亮眼的作家和作品出现在公众的视野之中。美国文学界向来有将所有亚裔作家、作品统归于亚裔文学分类的传统,而在这其中,华裔文学无疑是最为突出的一部分。作家赵健秀(Frank Chin)活跃在文坛的时间略微早于 80 年代,是谈及美国华裔文学,乃至美国亚裔文学时绕不开的重要人物之一。在美国亚裔文学兴起的数十年间,赵健秀的贡献并不仅仅局限于文学文本的创作,他更是为美国亚裔文学的整体范式建构起框架,成为所谓美国亚裔“民族主义”作家的代表人物。在其之后,汤亭亭(Maxine Hong Kingston)、谭恩美(Amy Tan)、任碧莲(Gish Jen)等女性华裔作家纷纷崛起,通过创作进一步丰富了美国华裔文学的内容,扩展了美国华裔文学的空间。另外,日裔作家山下凯伦(Karen Tei Yamashita)也被视为 20 世纪末美国亚裔文学中的杰出一员。她在作品中表现了全球化背景下的多元性与流动性,揭示了不平等的权力关系对霸权主义的强化,从而呼吁建立一种平等共存、相互交流的和谐关系。

在少数族裔作家各放异彩的同时,大量女性作家以其丰富多变的主题、娴熟的写作技巧和丰沛的情感,推动女性文学成为这段时期文坛中最引人注目、最生机勃勃的部分之一。女性作家的大量涌现离不开女权主义运动的数次蓬勃发展。这股运动为女性带来了新风,既揭露了传统社会对妇女的偏见与歧视,也促成了文学史对女作家的重新挖掘与重新评价。许多女性拿起笔来进行文学创作,试图通过作品传达出社会意义与文化价值。“历史与想象结合、事实与虚构交融、诗歌与小说穿插、自传与小说重叠——女性创作表现出的这种逾越规范的旺盛活力成为当代女性文学创作的一大突出特点。”①

---

① 　金莉:《20 世纪末期(1980—2000)的美国小说:回顾与展望》,《外国文学研究》2012 年第 4 期,第 94 页。

值得一提的是,曾经作为边缘群体的经历使少数族裔作家与女性作家对于个体差异有着极为深刻的理解。一方面,他们承认自己的族裔身份或女性身份为自己的创作提供了源源不断的灵感;另一方面,他们又拒绝外界将族裔或性别作为作家本人的首要标签。正如汤亭亭本人在访谈中提到的那样,将她的作品放在女性主义的高度这一现状令她倍感担忧,因为这与她"个人的、最初的想法并不完全吻合"①。她通过作品所体现的主题绝不仅仅是单一的女权,她更希望通过女性命运的描写来倡导超越性别、族裔和文化背景的平等权利。以汤亭亭为代表的作家们的这一坚持,在一定程度上也反映出其对于差异性的深刻见解,避免了在以"族裔"或"性别"作为多元与差异的支撑的同时,又重新陷入无视个体特点、对研究对象进行简单分类的误区。

在少数族裔作家与女性作家获得大量关注的同时,一批已取得一定成就的白人男性作家仍然笔耕不辍。其中一部分作家秉持着二战后形成并逐渐趋于成熟的后现代主义写作风格,例如,我们依旧可以从约翰·巴斯(John Bath)的作品中领略到强烈的元小说元素。在巴斯的作品中,除了一以贯之地运用大量典故与比喻之外,还出现了以脚注来展现文本的形式,这一行文模式给读者带来了巨大的阅读挑战,也体现出巴斯"在小说中阐述自己的小说理论"②的坚持。另一杰出作家唐·德里罗(Don DeLillo)则在其作品中将对后工业社会现实的观照主题与后现代创作手法进行了有机结合,成为 20 世纪 80 年代以来新现实主义流派的代表性人物。同样以现实为创作背景的还有被称为"简约主义作家"的雷蒙德·卡佛(Raymond Carver),他擅长在作品中书写美国蓝领工人在社会结构变化中被抛弃后的迷茫与无奈,揭露了美国底层人民的苦难和潦倒。

作品主题与内容的多样性也是这一时期文学思想多元化与差异

① Paul Skenazy and Tera Martin, eds., *Conversations with Maxine Hong Kingston*, Jackson: University Press of Mississippi, 1998, p. 34.

② 金莉:《20 世纪末期(1980—2000)的美国小说:回顾与展望》,《外国文学研究》2012 年第 4 期,第 89 页。

化的一大表征。经历了 20 世纪 60 年代在文学创作手法上的创新性探索与实验以及在主题思想上的颓唐与迷惘后,80 年代后的文学家们在经历外部社会变动与发展的同时重新回归现实主义,记录着在国家乃至世界不断变化的背景下个人、家庭和社区的问题与感悟。在这一系列动荡之中,美国社会的道德观和价值观面临严峻的挑战,种族压迫、性别歧视、贫富悬殊、寡头政治以及环境恶化等问题仍然存在,引起了具有敏感社会嗅觉的作家们的关注。因此,20 世纪 80 年代至世纪末的美国文学具有很强的政治倾向性。文学家对一些政治性事件——如水门事件、越南战争等——的关注是这类现实主义文学中备受瞩目的主题,作家们以真实的笔触记录了在面临国家机器所带来的动荡与变革时普通美国民众的生活境况。这个时期的作家大都遵循寓政治于艺术的手法,从性别、种族、阶级等角度将文学和文化置于新的历史语境中进行考察,从而获得对相关历史和现实生活的新认知。在这一时期,环境文学在美国文坛逐渐崛起并蓬勃发展。在工业革命、贫富差距等多方因素所导致的环境问题日益严重的情况下,具有强烈社会责任感的作家们被紧迫的现实唤起环境意识,试图通过文学作品"改变人的自然观、道德观、审美观,以最终实现人与自然的和谐和共荣"①。具有鲜明的美国本土特色的西部文学作品也在 20 世纪末期重新焕发出生机。区别于早期传统的同类作品,日益更新的社会发展赋予了这一时期的西部文学更深的内涵,批评界与读者们对于西部文学中的"性别、种族和文化偏见也理解得更为充分"②。

　　除以上提及的几大代表性特征,20 世纪末美国文学领域的差异性和多元性还体现在其他许多方面。正如莎伦·奥布莱恩(Sharon O'Brien)所说,20 世纪末的美国文学已处于"一个作家挑战小说与非小说、回忆录与传记、散文与诗歌、自传与批评的界限的时代;一个来

---

　　① 龙娟:《美国环境文学:弘扬环境正义的绿色之思》,北京:外语教学与研究出版社,2010 年,第 iii 页。

　　② Martin Padget, "Claiming, Corrupting, Contesting: Reconsidering 'The West' in Western American Literature," *American Literary History*, 10.2(1998): 380.

自包括女性、有色人种、同性恋在内的被忽视或受压迫的群体的作家打破沉默、发表作品、取得文学声望的时代；一个商业与艺术、政治与美学、后现代嬉戏与自传严肃、文学理论和休闲阅读之间的关系十分紧张的时代"①。可见，20世纪末的美国文学真正体现出其差异性和多元性，表征着文学家以艺术的方式参与建构"承认的政治"②。

　　社会与经济的快速发展与思想界、文化界和学界的不断变革是相辅相成的，这股蓬勃的变革之风不仅从根本上"挑战了文学创作和文学评论的基本命题"③，也在一定程度上"促使了作家自身观念的转型，以及作家群体文学表现的自由度、文学思想的开放性和创作风格的多元化"④。鉴于不少当代美国文学家的创作生涯很长，频频推出新的力作，再加上大批咄咄逼人的后起之秀异军突起，因此，要对20世纪80年代至世纪末美国文学家的文学思想做一个全面而深刻的研究，其难度可想而知。譬如，在作家与作品的选择方面，就会产生较大的分歧。这就好比站在一幅巨大的油画跟前，你可以把局部细节看得真真切切，但如果要欣赏这幅油画的整体效果，你就必须往后退，留出足够的距离，这样才能获得理想的整体欣赏视野。同样，文学作品的经典化需要历经时间的洗礼，然而我们的研究不能因此停滞不前。筚路蓝缕，尽管我们明知这项工作的难度非常大，尽管我们明知这项工作会挂一漏万，不可避免会出现顾此失彼的现象，但是我们还是觉得有必要对20世纪80年代至世纪末的美国文学思想进行梳理归纳，并做一个较为系统的分析。下面我们将对这一时期的美国小说家、诗人、戏剧家和批评家及理论家的文学思想进行初步分析与探讨。

---

　　① 转引自金莉：《20世纪末期(1980—2000)的美国小说：回顾与展望》，《外国文学研究》2012年第4期，第97页。

　　② "承认的政治"(the politics of recognition)为查尔斯·泰勒(Charles Taylor)在其专著《多元文化主义：考察承认的政治》(*Multiculturalism: Examining the Politics of Recognition*, 1994)中提出的概念。泰勒认为人的自我认识和社会身份与社会给予的政治承认有直接关系。

　　③ 同①，第87页。

　　④ 同①，第87页。

第一章 20 世纪 80 年代至世纪末美国小说家的文学思想

早在 20 世纪初,美国著名作家弗兰克·诺里斯(Frank Norris)在《小说家的责任》(*The Responsibilities of the Novelist*, 1903)一书中就断言:"现在是小说的时代。在任何一个时代,任何一种传达手段都不能像小说那样充分地表现出时代的生活。"①的确如此,"小说的时代"延续至今,20 世纪 80 年代至世纪末的文学舞台仍然由小说领衔主演,并且呈现出前所未有的璀璨景象,但这一时期的小说与诺里斯所处时代的小说已不可同日而语。

在 20 世纪 80 年代至世纪末的美国,文化走向多元,文学思想也是多元共存,宏大叙事淡出。美国作家素来厌恶雷同,崇尚创新,张扬个性,即使是同一题材的创作也少有模仿的痕迹。甚至同一个作家在不同阶段的小说创作中(有时竟然在同一部小说中),也不在意表达多元杂糅、自相矛盾的思想。也就是说,20 世纪 80 年代至世纪末的小说家发出的不是一个和谐的声音,而是站在社会的不同层面和不同角度对当下生活发表见解,表达思想,态度迥异。这正是 20 世纪 80 年代至世纪末小说的一个显著特点,也是美国多元文化在文学中的反映。这种由多声部合力构建的"众声喧哗"声浪汇成了一股澎湃之势,充分体现了多元文化给美国的小说创作带来的生命力,造就了 20 世纪 80

---

① Frank Norris, *The Responsibilities of the Novelist*, New York: Barnes & Noble Digital Library, 2011, p. 7.

年代至世纪末小说创作耀眼的光芒。我们在为之惊叹的同时,更是感觉到了美国文学思想之丰富与多元,因此,很难说本卷的入选小说家及其作品就理所当然地"代表"了这一时期美国文学思想的主要部分,但可以说入选小说家都以艺术的形式对文学现象进行了深入的思考,也对当代美国生活中的一些中心问题进行了独到的探索。

20 世纪 80 年代至世纪末美国小说家的文学思想呈现出多元化趋势,蕴含了极其丰富的文学思想。从作家族裔身份的角度来说,以托尼·莫里森(Toni Morrison)、奥克塔维娅·E. 巴特勒(Octavia E. Butler)为代表的非裔小说家,以赵健秀(Frank Chin)、汤亭亭(Maxine Hong Kingston)等人为代表的华裔小说家,以琳达·霍根(Linda Hogan)为代表的印第安裔小说家,以海伦娜·玛利亚·伏蒙特(Helena María Viramontes)为代表的奇卡诺小说家以及其他少数族裔作家们各领风骚;从作品种类而言,新现实主义、魔幻现实主义、科幻等流派与题材层出不穷。多名杰出的当代作家以作品中独特的题材、文笔和主题思想获得了肯定与荣誉,不仅奠定了自身在文学领域的地位,同时也推动着这一时期美国小说的不断进步与发展。下面各个小节具体阐释这些文学思想。

第一节

唐·德里罗、雷蒙德·卡佛等:新现实主义①

自 20 世纪 70 年代以来,有一部分美国小说家在现实主义的基础之上创新性地融入了实验主义的创作理念和手段,被称为"新现实主义小说家"。他们在小说中将历史事实割接糅入虚构的情节,在小说与历史之间架起一座桥梁,丰富了现实主义的内涵,使现实主义呈现螺旋式发展的态势。这些小说家在 20 世纪 80 年代至世纪末期间创作了不少优秀作品。例如,新现实主义重要作家罗伯特·斯通(Robert Stone)

① 本节由刘蓓蓓撰写。

在这一时期出版了《日出的旗子》(*A Flag for Sunrise*, 1982)、《光明的孩子》(*Children of Light*, 1986)、《外桥地带》(*Outerbridge Reach*, 1992)等小说,产生了较大的影响,其中《外桥地带》获美国国家图书奖。E. L. 多克特罗(E. L. Doctorow)是另一位重要的新现实主义代表人物,他在这一时期出版了《潜鸟湖》(*Loon Lake*, 1980)、《世界博览会》(*World's Fair*, 1985)、《比利·巴思盖特》(*Billy Bathgate*, 1989)、《水事工程》(*Waterworks*, 1994)等小说,深受读者喜爱,获得了包括全美书评人协会奖在内的大奖,其中《比利·巴思盖特》曾经名列畅销书排行榜之首。

一

纵观世界文学乃至艺术史千百年以来的发展之路,在一定时期内占据主要地位的不同作品形式、创作流派间的转变与更迭绝非随意与偶然,它们往往是社会观念和思潮上的重大变革在文学界的体现,而社会意识形态的转变受到来自政治、经济等方面的深远影响。因此,不同文学流派的出现和盛行背后,都能挖掘出与之相对应的时代特征,这些特征造就并促进不同的艺术形式的演变,同时也受到其反作用力的塑造和雕琢,形成那一时期特有的、独具魅力的文学史。在反映 20 世纪末期美国社会现实、意识形态等方面,新现实主义小说无疑起到了重要作用,在这一众声喧哗、百花齐放的时代中毫不逊色,显示出自身极高的文学价值。

提及 20 世纪的美国文学史,随处可见这么一种过于简洁粗略的说法,即文学界,乃至整个艺术界可以被直接分为现代主义与后现代主义。这无疑是极不负责也不准确的概论,只能将人们对美国文学发展历程的认识引入歧途。不可否认,20 世纪上半叶的两次世界大战除了极大地改变了世界格局之外,也对人类的思想造成了前所未有的剧烈震动,这一现象尤其体现在各参战国里,"这些国家目睹它们的政治制度彻底崩溃,它们的城市遭到毁灭,整个国家被占领或者被打败"[1],建立了上百

---

[1] 埃默里·埃利奥特编:《哥伦比亚美国文学史》,朱通伯等译,成都:四川辞书出版社,1994 年,第 1128 页。

年的社会秩序全面崩溃,规定、条款、法律等一切曾经看似能将社会运作控制在正轨上的准则在战争中丧失了力量,事物的权威性被大大削弱,人们开始对生活失去信心,进而质疑自身甚至整个世界的存在意义。20 世纪五六十年代,二战后的美国在政治、经济、文化等多方面都处于震荡之中,残酷的战争虽然已经结束,但它在人们的心中留下了不可磨灭的阴影。积极进取的奋斗精神被破坏殆尽,无数小说家发现自己无法、也不愿通过作品来描绘生活,于是纷纷逃离现实世界,一头栽进文本解构的文字游戏中。

然而,从 70 年代起,美国的战后恢复工作逐渐得以落实。随着时间的推移,战争在人们心中留下的伤痛得到一定程度的平复,社会各方面的发展也开始重新走上正轨,整体局面相较于前几十年的动荡不安,可谓趋向稳定。1980 年,罗纳德·里根当选总统,此时的美国经济正处于停滞不前的状态。针对这一现象,里根提出减税、缩小政府规模、减少对商业的管制等主张,以刺激美国的经济。在历经 1981 至 1982 年的衰退后,美国经济于 1983 年开始戏剧性复苏,人民生活水平有了显著提高,购买力大大增强,商品市场充满活力,消费主义得到宣扬并深深影响了人们的价值观念,这段时期成为美国史上为时最长的经济扩张期。90 年代初的苏联解体标志着长达数十年的美苏冷战结束,双强对峙的局面得以终结,美国在世界上的超级大国地位自此更为稳固。

除了政治相对稳定、经济繁荣增长之外,二战后兴起的数字化革命更是在世界范围内引起轩然大波,推动了社会各行各业从机械到数字的彻底变革。持续至今的第三次科技革命则进一步促进了传统工业的机械化与自动化进程,带来了计算机这一高科技产业。尽管数字技术早在 20 世纪中期便已被运用在多个领域,但它对日常生活的完全渗透和影响直至七八十年代随着数字媒体和大众传媒的流行,才逐渐引起公众的关注。在 21 世纪网络成为主流媒体之前,电视作为大众传播方式的一种,始终是美国普通民众日常消遣的主要方式之一,许多家庭拥有一台以上的电视机,而这个拥有量在 20 世纪 90 年代后期达到了最高峰。

此外,美国的人口构成在 20 世纪末也发生了戏剧性的变化。随着各国外交策略走向开放及交通方式不断进步,美国在短短十数年间迎来了一波人数接近 900 万的移民大潮。这些移民来自亚洲、非洲、拉丁美洲等地。正如 100 年前大部分来自欧洲的移民一样,这些"新移民"受到美国音乐、艺术、饮食、时尚、自由选举等多方面的强烈熏陶和影响。在此期间,种族间的混合婚姻也不断增加,越来越多的人选择和不同人种、不同种族、不同宗教信仰的对象结婚,其结果便是形成了不可小觑的混血群体,美国在多重意义上成为当之无愧的"大熔炉"。少数群体队伍的壮大和群众合法权益意识的成长引发了大量人权运动,女性、非裔美国人、原住美国人、美国白人、亚裔美国人、同性恋群体等等都在人权方面为自己积极争取权益并取得了一定程度的进步,但紧张关系依然在不同人种、不同种族、不同宗教、不同传统社会背景之间普遍存在。

综上可知,20 世纪末的美国处于一个既稳定又动荡的特殊时期,稳定的是相对和平的国际局势、政治环境和经济增长,动荡的是由迅猛发展的科技所带来的社会结构和人民生活方式上的剧变。在这样一个鲜明的时代里,许多曾经无法描述或不愿描述现实的作家重拾对生活的兴趣。他们在世纪末看到了国家的新希望,又以敏锐的洞察力发现了高速前行的人类社会中出现的种种问题,这促使现实主义在近百年后再次崛起,无数优秀作家纷纷拿起笔,成为多元化时代的忠实记录者。1991 年 5 月,在比利时召开的国际新现实主义文学专题研讨会首次将"新现实主义"这一文学流派单独作为会议主题和对象进行研讨。在此次会议上,来自世界各地的学者"从整体上对美国新现实主义进行研究,结合美国社会现实和文学环境对新现实主义小说的理论进行探讨"[1],并针对部分代表性作家的作品展开了具体分析。

---

[1] 王秀银、欧阳旷怡:《中美新现实主义小说在发展进程上的对比研究》,《北方文学(下旬)》2016 年第 8 期,第 117 页。

　　综合考虑作品的题材和主题选取、情节安排、人物塑造、叙事技巧等多方面因素，新现实主义展现出相当程度的复杂性和鲜明的时代特征。一方面，新现实主义被视为传统现实主义在战后社会恢复基本稳定后的重新崛起，它在作家的社会责任意识、作品的题材选取、人物塑造和教化功能等多方面与现代主义和后现代主义相去甚远。与此前的现实主义作家相比，现代主义作家在一定程度上削弱甚至反对着眼于人物对外在环境的体验，他们善于在创作中通过对人物内心活动的细致刻画来表现对现代社会人类精神迷失这一普遍现象的担忧。而后现代主义作家则更为极端，他们痴迷于解构一切权威与结构，"不关心身边的现实，不再刻意地反映客观的真实，放弃典型环境中的典型人物塑造的创作原则，淡化小说主题，转而注重形式和现代叙事技巧的试验，写作上翻新花样，以奇异艺术之美解构传统的审美精神与审美方式"①。然而社会环境的逐步稳定与恢复"促使了作家自身观念的转型"②，众多作家开始从玩世不恭的宣泄中沉淀下来，重新开始关注身边的现实事件，产生了恢复秩序、重拾伦理道德的强烈欲望。像之前的现实主义一样，新现实主义注重对当下整体情况的最基本的认知与洞察。新现实主义作家重新开始重视客观存在的现实，探究生活中的感悟和动机，观察空间、表面和结构。在题材选取方面，高速发展所带来的社会变化，乃至许多现实中发生的真实事件都被作为主要情节写入美国新现实主义小说中。例如，唐·德里罗（Don DeLillo）在其代表作《白噪音》（*White Noise*，1985）里描写了高度发达的后工业社会带来的噪声，揭露当代社会中普通大众的无所适从感，如电视和广告宣传对主观判断力的控制、传统家庭模式的解体对伦理道德观念的冲击、人们迷失于当下却又惧怕死亡的信仰危机等等。又如，雷蒙德·卡佛热衷于在其短篇小说中描写美国蓝领工人的生活，成为这一

---

　　① 姜涛：《当代美国小说的新现实主义视域》，《当代外国文学》2007 年第 4 期，第 116 页。

　　② 金莉：《20 世纪末期（1980—2000）的美国小说：回顾与展望》，《外国文学研究》2012 年第 4 期，第 87 页。

底层社会阶级生存活动情况的忠实记录者。20世纪后期,暗杀事件、民权运动、水门丑闻、越南战争等政治事件的频发更是成为美国新现实主义小说家们的创作素材,出现在德里罗、伊什梅尔·里德(Ishmael Reed)、托尼·凯德·班巴拉(Toni Cade Bambara)等众多作家的作品中。正是由于题材和情节贴近现实,小说人物的逼真性和所在环境的真实性被大大强化。正如《美国新现实主义小说中的人物概念与人物刻画》一文提到的观点,"美国新现实主义小说家强化小说人物与现实世界人物之间的直接联系。这是美国新现实主义小说在人物刻画方面最明显区别于美国后现代主义实验小说的特征,也是其与美国现实主义小说联系最紧密之处"①。面对20世纪末期美国由政治、经济、科技和文化等多方面高速发展所带来的日新月异的当代社会现象,新现实主义认为,"并不应该将主题的存在这一现实完全交由自然科学来解释,因为在这种情况下,哲学的教育意义往往便被极大地削弱了"②。新现实主义小说家们不约而同地意识到了在这一重要社会文化转型时期作家所应当承担的教化责任,并将这份良知贯彻到了小说的创作当中。

　　另一方面,由于特殊的社会历史背景和作家成长轨迹,新现实主义并非传统现实主义的复制品,甚至许多新现实主义作家在创作手法和表现形式方面都体现出了对现代主义和后现代主义一定程度上的吸收与继承。正如乌多·库尔特曼(Udo Kultermann)所言,"将新现实主义当作当下多种可能的艺术表达形式之一来看待,意味着我们必须怀有当代艺术态度,即意识到它与过去的现实主义很少有表面上的相似,反而更接近于当今的其他艺术形式"③。现当代文化是一种多元化、矛盾且冲突不断的复杂现象,而在此文化环境下诞生的新现实

---

①　佘军、朱新福:《美国新现实主义小说中的人物概念与人物刻画》,《当代外国文学》2013年第2期,第132页。

②　Maurizio Ferraris, "A Brief History of New Realism", *Filozofija i društvo/ Philosophy and Society* 27.3(2016): 591.

③　Udo Kultermann, *New Realism*, Greenwich, Conn.: New York Graphic Society, 1972, p. 11.

主义只有在高度发展的、充满交流的领域才能得以存在。如今的新现实主义艺术家们与五六十年代的反修饰主义(或称"极简主义")潮流紧紧相关,并在很大程度上是由其发展而来的,①这一现象体现在新现实主义的摄影、绘画、雕塑和文学等多个领域。从作家角度来说,美国新现实主义小说出现的原因之一是"后现代作家创作的成熟和心态的调整"②,许多优秀的美国新现实主义小说家都是由后现代主义代表作家成长、发展而来,如约翰·厄普代克(John Updike)、索尔·贝娄(Saul Bellow)、菲利普·罗斯(Philip Roth)等。在对文学作品的意义和功能进行重新认识与界定的同时,相当一部分作家仍然在一定程度上保留着现代主义和后现代主义的创作手法,如元小说模式和意识流的运用等等。国内学者姜涛在其论文《当代美国小说的新现实主义视域》中总结出美国新现实主义小说的四大审美特征,即"大叙事"与"小叙事"相结合,"外部现实"与"心理现实"相结合,"真实"与"荒诞"相结合,"完整性"与"碎片性"相结合。③ 从中可以看出,现代主义和后现代主义在新现实主义小说作品中留下了强烈的延续痕迹。因此,将新现实主义看作现实主义原汁原味的复制品或是第二次彻头彻尾的重新崛起显然是不够全面的。它是一系列战争与局势动荡后,社会重新稳定、繁荣并向多元化转型期间的产物,在主题方面体现出对现实生活的深切关注,表达当代群众对重拾道德观念、恢复人道主义的强烈渴望,并伴有极具技巧性的写作手法。这些特征看似复杂又和谐杂糅,为美国新现实主义小说带来了鲜明特征与独特魅力。

二

正如上节中所谈及的,新现实主义小说中同时存在着传统现实主义

---

① Udo Kultermann, *New Realism*, Greenwich, Conn.: New York Graphic Society, 1972, p. 11.

② 王秀银、欧阳旷怡:《中美新现实主义小说在发展进程上的对比研究》,《北方文学(下旬)》2016 年第 8 期,第 118 页。

③ 姜涛:《当代美国小说的新现实主义视域》,《当代外国文学》2007 年第 4 期,第 119—120 页。

对世界的关注与后现代主义对创作技巧的灵活把握。若从整体和系统的角度来提炼并归纳这一流派的文学思想,"用实验的笔写现实的事"不失为合适的说法。写作手法的实验性和主题选取的现实性在唐·德里罗的作品中体现得淋漓尽致。德里罗与菲利普·罗斯、托马斯·品钦(Thomas Pynchon, Jr.)和科马克·麦卡锡(Cormac McCarthy)一起,被著名学者、文学评论家哈罗德·布鲁姆(Harold Bloom)称为"美国当代小说四大家"。

作为新现实主义作家,德里罗的作品始终体现出对高速发展的美国社会深刻的观察与感受:《坠落的人》(*Falling Man*, 2007)写的是"9·11"恐怖袭击中一个家庭的命运;《天秤座》(*Libra*, 1988)取材于刺杀肯尼迪的嫌犯李·哈维·奥斯瓦尔德(Lee Harvey Oswald)的生平故事;《白噪音》更是向读者们展现出当代美国人习以为常的一切:大众传媒的泛滥、消费主义对人们意识习惯的侵蚀、人文精神的麻木等等。在社会现实事件的基础上,德里罗本人的亲身经历也在很大程度上激发了他的创作灵感。在访谈中他提到自己的第一部长篇小说《美国志》(*Americana*, 1971),认为这部作品最为贴近他的真实生活:"(在这本书中)我对事物的描写几乎都来源于我所认识的人、我所处的境况的第一手材料,我就像是直接把事实掷于纸上。这不是一部自传小说,但我的确在其中加入了自己的所见、所闻和所知。"[1]在1977年出版的作品《玩家》(*Players*)中,他将自己从做过职业经纪人的朋友处听到的故事变为小说最好的素材,而根据肯尼迪遇刺这一政治事件而写成的《天秤座》则更体现出德里罗对真实的尊重和考据:

> 这部小说花了我三年半的时间——写作、旅行和研究。我花了大量时间研究26卷的《沃伦报告》,这是这次暗杀事件的《牛津英语词典》……有时候事情就是这样悖谬,暗杀肯

① Thomas Depietro, ed., *Conversations with Don DeLillo*, Jackson: University Press of Mississippi, 2005, p. 4.

尼迪总统只有几秒钟的时间,可是我却要花几十天的时间来翻阅这些枯燥又无趣的案宗,从他的学校成绩单、财产清单到厨房抽屉里的绳结照和他母亲的牙科病例,不一而足,巨细无遗,任何细枝末节,只要能找到的,都在这,它们提供了我的小说的坚实基础。①

通过德里罗对自己创作《天秤座》过程的回忆,我们可以得知,为了尽可能使自己的创作更贴近并且真实有效地反映历史事件,他花费了大量的时间在资料的搜集与研读上。细节是容易遭人忽略的,但也往往是这些细节才使现实主义作品逻辑更为圆满、情节推进更为流畅。为了在人物塑造的过程中实现对描写对象的精准把握,德里罗在对资料中人物原型的追踪上投入了大量时间,他戏称自己甚至可与私家侦探媲美:

> 我像个侦探一样找寻蛛丝马迹,在那里搜寻着他的踪影,搜集所有与他有关的资料。我的夫人还从得克萨斯她的亲戚那里搜罗到了一些他的资料,我看了他暗杀那天目击者拍下的录像带,听了他上广播节目中的录音磁带,他在我脑海中的形象逐渐清晰起来。那会有一种特殊的兴奋感,你知道你进入了一个人的生命迷宫,你同时是科学家、小说家、传记作家,你在探寻这天地间的秘密。②

德里罗的小说作品涉及许多主题和意象,其中最具代表性的有对死亡本质的探讨、文化的冲突、幻象与现实的对比、医院和汽车旅馆、以电视为代表的大众传媒等等。意象的巧妙运用结合德里罗独特的叙事风格和语言表述,使他的作品呈现出独一无二的特色,与传统的

---

① 何映宇:《唐·德里罗:纽约的腔调》,《新民周刊》(2018 - 11 - 30)[2023 - 06 - 29],https://m.xinminweekly.com.cn/content/5072.html。

② 同①。

现实主义小说和经典的现代主义小说都有着很大的不同。"技术环境不仅是人物生活中的道具，也不仅是推动情节发展的工具，它们还是神秘的场域、时空的漩涡和人物身份的凸面镜。"[①]以其代表作《白噪音》为例，小说在结构上呈现出文本的多样性和杂烩性，不但缺乏贯穿始终的中心情节，也没有传统的开端、高潮和结尾这三大要素，大部分的情节都琐碎零散、缺乏意义，彼此之间并不呼应，难以建立起紧密的逻辑联系。小说以美国中产阶级的日常生活作为切入点，以小见大揭露了美国后现代社会中普遍存在的精神困境问题。在社会歌舞升平的表面下，多方面的危机正悄悄向人类袭来。部分批评家认为德里罗作品的可读性日益下降，谈论的主题过于脱离群众。面对这一质疑，德里罗坚称自己始终都在面对现实，只是人们更倾向于阅读与自己的婚姻、旅途、聚散息息相关的内容，并从中得出对他们个人生活的切实意义。

德里罗乐于从历史中探寻解决当今社会问题的良方，并将自己的深刻思考置于创作之中。德里罗的绝大部分作品描摹了当代世界的文化冲突和政治事件，其中蕴含着加工自社会现状和真实事件的大量信息。作为一名美国人，他置身其中；作为一名作家，他保持着旁观者的冷静和洞察力，以独特的视角、精妙的叙事技巧和独具个人特色的语言表述，将美国社会的复杂性、将整个美国社会的全息图像"复印"了出来。

三

如果说德里罗的小说作品体现出他极高的政治嗅觉，那么"通过简约的书写手法探寻蓝领工人的内心世界"则是另一位杰出新现实主义作家雷蒙德·卡佛的标签。1993 年，一部名为《捷径》（*Short Cuts*）的电影上映，其主题与情节以雷蒙德·卡佛所创作的九篇短篇小说及一首诗歌为灵感，实现了卡佛在电影界的"出道"。自 20 世纪 80 年代初以来，作为美国当代杰出的短篇小说作家，卡佛早已在文坛享有盛

---

① 刘岩：《唐·德里罗小说中的人机关系和后现代主体性》，《语文学刊》2015 年第 22 期，第 30 页。

名,尽管他 50 岁便因肺癌而结束了短暂的一生,但其作品在近年仍吸引着大量的读者与批评家。

卡佛 1938 年出生在一个经济拮据的家庭。在他出生前,他父母便过着频繁搬迁的生活,这样动荡不安的日子也一直伴随着卡佛度过了他的童年。在最窘迫的时候,他和家人甚至住过没有门锁的住处。令这个并不宽裕的家庭雪上加霜的是,卡佛的父亲对烈酒的依赖程度日益加深,卡佛日后在书中回忆道:"有一次我偷偷品尝了一点他的威士忌,味道实在是太糟糕了,我简直无法想象怎么会有人愿意喝这样的东西。"①但讽刺的是,在生活和创作的压力下,成年后的卡佛与父亲一样,选择在沉迷烟酒中减轻、释放自我。"酗酒"这一恶习同他独特的语言表达、犀利的作品主题和在新现实小说界的杰出地位一起,成为他人谈论卡佛时绕不开的话题。

卡佛一生中共完成了六十多部短篇小说与少量诗歌作品,其在短篇小说上的杰出成就奠定了他在当代美国文坛的重要地位,他的短篇小说集《请你别说了,可以吗?》(*Will You Please Be Quiet, Please?*, 1976)、《当我们谈论爱情时我们都在说些什么》(*What We Talk about When We Talk about Love*, 1981)、《大教堂》(*Cathedral*, 1983)和《我打电话的地方》(*Where I'm Calling From*, 1988)等广为流传,其中《大教堂》被视为其巅峰之作。

在无数读者和学者对卡佛作品的评价中,"极简主义"(minimalism)和"现实主义"(realism)是两个最常出现的概念,它们分别从表达手法和情节主题两个方面统括了卡佛的主要创作特点。所谓"极简",就是指行文精炼准确,以简单明了的语言作为丰富深刻的内容的载体。这一语言表达特征的运用在小说集《当我们谈论爱情时我们都在说些什么》中达到顶峰,体现得淋漓尽致,甚至就极简主义本身而言也达到了夸张的程度。在这一作品集的创作阶段,卡佛暂时戒掉了烈酒,但

---

① Raymond Carver, *Fires: Essays, Poems, Stories*, New York: Vintage Books, 1989, p. 16.

他所创作的故事却比以往更加黑暗,强烈地反映出卡佛本人当时所遭受的婚姻不和、对酒精的中毒性依赖等地狱般的痛苦经历。在同名小说《当我们谈论爱情时我们都在说些什么》中,卡佛借两对夫妇之口对现代婚恋观进行探讨。夫妻之间的交流语言简短、观点尖锐,直言激情终将被琐事消磨殆尽,爱情只会随着时间消逝,体现出卡佛本人对于情感的消极悲观态度。除了对话形式,卡佛对极简主义的运用还体现在角色的形象塑造上。正如评论家所言,卡佛在这部作品集中"语言的运用是如此简略,情节是如此简化,整个故事乍一看就像是没有填充血肉和灵魂的框架而已……大多数人物都没有名字,或是仅仅有一个姓氏,对他们的描写一笔带过,仿佛他们并非具体存在一样"[1]。在这种极度简化的描述中,卡佛作品中的人物形象被一再削弱,很大程度上丧失了存在感、完整性与独立性,体现出这些个体,乃至整个阶层在社会中无人问津、无处立足的真实状态,可谓以不同寻常的叙事方式描绘出深刻而真实的现实情景。

在情节、主题方面,作为新现实主义的杰出作家,卡佛的作品就像是在书写自己的人生和心路历程,读者们可以从许多小说人物中发掘出作者本人的影子。卡佛的大部分作品都以蓝领工人为主人公,情节也围绕他们的日常工作、情感生活和内心活动展开。这些人物在社会底层干苦力艰难谋生;他们在感情上经常无所适从,心中抱有对所谓"真爱"的幻想并因此背叛自己的爱人,但也同时遭遇过来自妻子和朋友的伤害;在巨大的生活压力下,他们随波逐流,染上了酗酒、赌博、吸毒的恶习。"无根性"(rootlessness)是卡佛笔下人物的显著特点之一。在他的作品中经常会出现许多角色,他们来自不同的地方,总认为自己能在一个全新的环境中看到新的希望,生活能因此有些许起色,但他们的生活永远被一个个摆脱不掉的麻烦所困扰,无论发生什么,都只是一长串廉价悲剧中的另一个而已。这一特质与卡佛本人的亲身

---

[1]　Frank N. Magill, ed., *Critical Survey of Short Fiction: Supplement*, Englewood Cliffs, NJ: Salem, 1987, p. 78.

感受密不可分,他从小"经历过太多次迁徙,停留过太多地方,时常感觉不到归属感,对任何'地方'都没有了从属和扎根的概念"①。在卡佛的作品中,我们难以寻觅到变化、光明和希望,能看到的只是普通人无聊琐碎、日复一日的生活。卡佛在酩酊大醉的状态下忠实地书写、记录着现实,他的作品向人们展现出在高速发展、贫富差距日益加深的美国当代社会中,无数美国蓝领阶层因物质和精神两方面的贫瘠而遭受的折磨与痛苦。

威廉·斯塔尔(William Stull)评价卡佛为"迟来的大萧条的孩子"(a belated child of the Great Depression)②。对于他作品中所描写的人物而言,美国梦始终是一个遥不可及的幻想,而从很多方面来看,卡佛一生中的绝大部分时间都在过着与他笔下潦倒人物相似的生活:他的父辈们在 20 世纪 30 年代经历的贫困潦倒直到 70 年代仍然困扰着他本人;他试图将生活中所有不如意的问题都交由酒精来解决,却最终令酗酒成为自己最严重的问题。尽管生活如此困顿,心境也时常被愤懑情绪所充斥,卡佛却始终对自己写作的真正目的和身为作家所肩负的责任保持着充分的认识和绝对的清醒。他在访谈中说道:"在我看来,艺术是人与人之间,也是生产者和消费者之间的联结,它不仅仅是自我表达,而是沟通,而我对这份沟通充满了兴趣。"③事实上,他也做到了这一点,其作品不仅向读者们讲述了很多,同时也为他们表达了很多。尽管他所描写的故事情节都发生在一个特定的时间和地点,却揭露了无数普遍的问题。在其《论写作》("On Writing",1989)中,卡佛将一个好的作家定义为"他们愿意与我们保持联系,愿意从自己的世界里为我们带来一些消息"④,而卡佛本人一直在身体力行,是一

---

① William L. Stull and Gentry Marshall Bruce, eds., *Conversations with Raymond Carver*, Jackson: University Press of Mississippi, 1990, pp. 50－51.

② William L. Stull, "Raymond Carver," in *Dictionary of Literature Biography Yearbook, 1988*, edited by J. M. Brook, Detroit: Gale, 1989, p. 199.

③ 同①,第 58 页。

④ Raymond Carver, *Fires: Essays, Poems, Stories*, New York: Vintage Books, 1989, p. 24.

名当之无愧的优秀作家。

新现实主义小说在美国文坛的萌芽和逐步发展壮大是经历过迷惘和失落后的美国渐渐走向社会转型时期的产物，是从焕然一新、充满生机的社会土壤中培育出来的。趋于稳定的政治环境、高速发展的经济和科学技术给生活方式带来的巨大改变促使众多作家从后现代符号游戏中抽身而出，重新将目光投向现实生活。他们在写作方式上沿袭现代主义和后现代主义高超繁杂的写作技巧和叙事策略，同时重拾对文本功用和意义的理解，恢复了身为作家的社会责任感，以贴近现实的手法直击日新月异的发展所带来的种种问题和危机，"尝试从潜在的集权状态中引出人道主义的结论，对一个充满冷战意识形态的世界作出道德评价，从一个似乎在每一条广告标语里都肯定乐观主义的存在和在每一瓶百事可乐里都肯定快乐的存在的时代里发掘出当时被称为'生活的悲剧意识'的东西"[1]。相较于19世纪的传统现实主义，新现实主义很难成为认识、改造世界的一种方式，但它在"寻求一种洞察力"[2]，从现实中存在并发生的状态和事件中提炼出经验和思想。新现实主义小说的蓬勃发展意味着越来越多的作家选择从虚无缥缈中回到地面，回到现实与真相存在的地方。

第二节

赵健秀、汤亭亭等：华裔美国感知[3]

自著名华裔美国作家、文学评论家赵健秀与陈耀光（Jeffery Paul Chan）于1972年在他们合著的作品《种族主义之爱》（"Racist Love"）中首次提到"亚裔美国感知"（Asian American sensibility）以来，这一概

---

① 埃默里·埃利奥特编：《哥伦比亚美国文学史》，朱通伯等译，成都：四川辞书出版社，1994年，第1135页。
② 同①，第1140页。
③ 本节由刘蓓蓓、龙娟撰写。

念已成为众多亚裔作家与研究者在谈论这一领域的文学作品时无法绕开的关键词。在两年后出版的由赵、陈等人合编的美国亚裔文学选集《哎咦！：亚裔美国作家选集》(*Aiiieeeee!: An Anthology of Asian American Writers*, 1974) 的序言中，赵健秀再次提到"亚裔美国感知"①，指出只有弄清楚什么是真正的亚裔美国感知，才能真正区分出哪些是真正的美国亚裔文学。而在赵健秀看来，这一概念既非单纯的亚洲人的感知，又绝不同于美国白人之感知，它只属于拥有一定文化背景和自身经历的部分人群，而非可以在任何群体中存在与流通的感知。

长期以来，美国读者与学界专家一直将美国亚裔文学作品当作一个大的类别来进行研究，这其中包含但不限于华裔、韩裔、日裔、越南裔等来自不同国家、拥有不同文化背景的亚洲作家，他们因其族裔居住地在地理位置上的临近、外貌上的高度相似等特征而被归为同一类研究对象。其中，华裔美国作家的文学作品无论在数量上还是在讨论热度上都占据着主要地位。这不仅是由于华裔在人口数量上绝对领先，同时也和海外华人群体的情感维系之紧密、社区活动之活跃等因素息息相关。出于文化背景相通、对本民族同胞和文化在海外的存在状况高度关心等原因，绝大部分国内学者在对美国亚裔文学进行研究时都选取了华裔作家及其作品作为重点研究对象。在当年由赵健秀提出的针对美国亚裔文学的"亚裔美国感知"的基础上，经过无数学者和文学爱好者的反复提及与咀嚼，逐渐形成了适用范围更小、更精确的"华裔美国感知"(Chinese American sensibility)，之后这一概念被用于对华裔作家的分析研究。

"感知"一词的所指通常与个人情感、心境和情怀息息相关，因此，"华裔美国感知"虽被作为一个群体的标签，却在不同的作家、作品中呈现出各不相同的特点，读者、专家甚至作家本人都难以为其界定一

---

① Frank Chin, Preface, in *Aiiieeeee!: An Anthology of Asian American Writers*, edited by Frank Chin et al., Washington, DC: Howard University Press, 1974, pp. vii – xvi.

个明确的范围。当赵健秀在其作品中提出"亚裔美国感知"时,他严厉批判了汤亭亭、黎锦扬等人的作品,称其文中的华人形象多是为迎合美国白人阶级的观念和喜好而创造,具有刻板化、脸谱化甚至妖魔化等特点,未能真实反映真正的华人生存状态,更别提"亚裔美国感知"了。赵健秀对汤亭亭等作家的批评以及对方的反击一直以来都是美国华裔文学中备受关注的焦点之一,然而从今天的研究现状来看,赵健秀对于"亚裔美国感知"的定义未免有些狭隘了。这份感知随着作家本人的经历、时间的流逝和社会的发展而不断变化,无法被一个固定的框架所限制。结合从自身经历中提炼出的感悟以及对外部环境的观察,每位华裔作家都在自己的作品和访谈中展现自身独有的文学思想,这些都可以被归为他们各自的"华裔美国感知"——哪怕其中有些想法不尽相同,甚至是背道而驰的。

一

赵健秀在亚裔美国文坛上占据着举足轻重的位置,创造性地提出了亚裔美国感知及文化整体性(cultural integrity)的主张。赵健秀认为非裔美国人和印第安土著不但在文化领域独树一帜,还反过来影响白人,这是由于他们保留了自己的文化整体性。然而,亚裔美国人却被白人文化同化,失去了自己的文化特质,沦为白人种族主义的附庸。赵健秀强调建立统一的亚裔美国文化的重要性,力求使亚裔美国感知"合法化"。

在赵健秀看来,中国文化的继承离不开真假的辨别,即正确地识别真正的中国文化与存在于西方人想象之中的中国文化之间的差别。赵健秀既犀利地指出白人话语中的中国文化的不可靠性,也为我们提供了一种辨别"真假"美国华裔文学作品的途径:扎根于亚洲神话和儒家思想之英雄传统(heroic tradition)的作品为真,而以西方文化马首是瞻的作品为假。[1] 真实的华裔美国文学作品立足于中国传统文

---

① Frank Chin, Preface, in *Aiiieeeee!: An Anthology of Asian American Writers*, edited by Frank Chin et al., Washington, DC: Howard University Press, 1974, p. xv.

化,竭力保存文化整体性,还原了一个客观、真实的中国形象;与之相反,虚假的作品顺应西方人对东方的偏见,丢失了中国文化传统的根基。在《大哎咦!:华裔与日裔美国文学选集》(*The Big Aiiieeeee!: An Anthology of Chinese American and Japanese American Literature*, 1991)中,赵健秀更是毫不留情地指名道姓,列出了一长串虚假中国文化作品的清单,其中甚至包括了在中美两国学者中都深受好评的汤亭亭的《女勇士》(*The Woman Warrior: Memoirs of a Girlhood among Ghosts*, 1976)、《孙行者》(*Tripmaster Monkey King: His Fake Book*, 1989)以及谭恩美的《喜福会》(*The Joy Luck Club*, 1989)等。

赵健秀将那些假的"中国文化"视为白人种族主义者为了维护自身统治而刻意营造的虚假文化机制。在白人眼中,陈查理和傅满洲代表着典型的中国文化。他们认为中国的儒家文化抛开集体与谦逊的外壳,实质上就是居于人后、鞠躬磕头等与西方个人主义文化格格不入的内容。而这种在优越感和偏见驱动下创造出来的"中国文化"被强加于华裔美国人身上,导致了他们对自身文化的混乱理解。

赵健秀以一种坚定的战斗姿态,进一步唤醒了亚裔的民族意识。他呼吁抵制白人主流文化的同化,跳脱种族主义设下的障眼法,构建起以真正亚裔文化为根基的独一无二的文化体系,为亚裔文化的发展点亮了一盏前进的明灯。尽管站在今天的角度来看,赵健秀的部分观点具有一定的局限性,他对他人提出批判性建议、捍卫自己意见时所采取的一些方法与手段也被人质疑,但他对于亚裔美国文化的清理和建构依然有着无可争辩的意义。

二

与赵健秀不同,作为美国华裔文学的代表作家,汤亭亭并未将时间与精力投入对美国亚裔文学整体性与系统性的界定工作中,而是从自身家族历史出发,站在个体角度探讨了作为一代移民与二代移民的华人在美国社会中建构自我身份、建立"华裔美国感知"的过程。在汤亭亭看来,这个过程无疑是漫长而曲折的,涉及多方面的问题。她的作品将目光着重放在了华人自身性别身份的解构与重建,以及作为独立个体在美国社会寻求承认这两大主题之上。

自其第一部作品《女勇士》出版并获得美国国家图书奖以来,汤亭亭便始终活跃在广大读者与相关学者的关注与讨论之中。作为一名二代移民,汤亭亭1940年出生于加利福尼亚,在家中八个孩子中排行老三。她父亲汤思德在移民之前是广东省的一名学者。1925年,他为了更好的收入和前景来到美国,然而20世纪初期的美国在就业方面存在着严重的种族歧视现象,即使是受过良好教育的中国学者也不受欢迎。迫于生计,汤思德只好在非法经营的小赌场里打工,并为此多次被捕。出于自尊和羞耻心,他每次被捕都为自己编造不同的假名,从不透露真实姓名给警方。1940年,他终于将妻子接到美国,不久之后,汤亭亭出生了。接受高等教育后,汤亭亭在加利福尼亚大学伯克利分校任教授并根据自身的成长经历写下了第一部传记类作品《女勇士》,出版后引起了巨大的社会反响,被视为美国华裔文学在20世纪后半期兴起的开端。许多老师与教授将这部作品引入课堂,开篇故事《无名女人》("No-Name Woman")中的第一句话"我今天给你讲的这个故事,你不可以告诉任何人"也在当时的美国大学生中风靡一时。在此之后,汤亭亭相继推出了她的第二和第三部作品——《中国佬》(*China Men*,1980)和《孙行者》,为自己赢得了良好的声誉,也奠定了其在美国华裔文学这一领域中的地位。

近几十多年来,汤亭亭因其在华裔文学中的地位及其作品的独特性,一直广受国内外研究者的青睐。在所有华裔作家中,关于她的著作、期刊论文和学位论文的数量始终居高不下,其中有相当一部分都谈到她的女性身份及其与东方文化的紧密关系:《女勇士》被视为女性主义文本的经典代表,而"花木兰""唐敖""孙行者"这些中国古代经典中的人物形象则更是作者深厚的民族历史积淀的体现。然而通过对汤亭亭文本的具体分析,并结合其在不同场合中的访谈与演讲,我们不难发现,汤亭亭本人的文学思想远非这几个简单的定义所能概括,在某种程度上,她本人也在极力避免这些已被贴在她身上的刻板化的标签。

　　每一位试图深入了解汤亭亭的读者和研究者都应该明白,她通过作品所希望体现的主题绝不仅仅是单一的女权,而是平权。这份平等的权利应该被赋予每一个人,不论其性别、族裔和文化背景。正如汤亭亭本人在访谈中提到的,将她的作品放在女性主义的高度这一现状令她倍感担忧,因为这与她"个人的、最初的想法并不完全吻合"①。诚然,汤亭亭在《女勇士》中对女性亲人的经历和遭遇进行了大量描绘,其中也包含了自身成长经历所带来的痛苦和收获,然而这些磨难和蜕变不仅发生在女性身上。在其接下来的《中国佬》和《孙行者》中,她也通过家族中男性亲戚以及华裔嬉皮士惠特曼·阿新的故事,将早期华裔移民在美国社会中生存时所遭受的不公正待遇、磨难和转变一一展现在了读者面前。

　　人类的性别形象本质上是人为建构的产物。法国女权主义者西蒙娜·德·波伏娃(Simone de Beauvoir)认为,女人"不是天生的,而是被塑造出来的"②。朱迪斯·巴特勒(Judith Butler)在《性别困境:女性主义与身份的颠覆》(*Gender Trouble: Feminism and the Subversion of Identity*, 1990)一书中对波伏娃的观点进行了拓展,提出了著名的"性别操演"(gender performance)理论,指出人们的一切性别形象及性别表达背后并没有性别的本体,即男性和女性并不是由先天的因素决定的。在巴特勒看来,性别身份形成于持续的操演行为中,是"服从于性别规范的一系列行为的重复"③。这种操演行为的决定性因素是无形之中的社会话语和意识形态,它们对身体进行着无限重复的规范行为,以巩固性别意识。

　　巴特勒的性别操演理论有助于深化我们对中国传统性别意识的

---

　　① Paul Skenazy and Tera Martin, eds., *Conversations with Maxine Hong Kingston*, Jackson: University Press of Mississippi, 1998, p. 34.

　　② 西蒙娜·德·波伏瓦:《第二性》(I、II),郑克鲁译,上海:上海译文出版社,2011 年,第 9 页。Beauvoir 译名不一,本书行文采用惯用译名或规范译名,但文献著录尊重来源。同类情况不再重复说明。

　　③ 都岚岚:《西方文论关键词:性别操演理论》,《外国文学》2011 年第 5 期,第 121 页。

认知。在中国传统文化中，受阴阳五行学说的影响，人们往往将事物用阴阳来进行划分。历经数千年的发展，"阳"与"阴"的概念逐渐渗入众多领域，其中最具代表性的便是对性别的划分，男为阳、女为阴的思想深入人心。在此基础上，数千年的男权统治将性别本质化，为男性和女性的行为制定了各种显性与隐性的框架。尤其是对于代表"阴"的女性而言，各种显性与隐性的"性别操演"规定着她们的一言一行，将这一群体禁锢其中，女性长辈便是中国封建社会话语规制下的性别操演行为的服从者与牺牲品。

《女勇士》是反映性别操演主题的杰作。作品中"我"的数位女性长辈就是性别操演过程中的女性形象代言人。第一篇故事《无名女人》讲述了"我"那位未曾谋面的姑妈的遭遇。这位女性的一生被"沉默"贯穿。首先，章节的标题便体现了她作为一名个体的缺席。名字的意义对于人来说至关重要，它不仅在很多时候是个人特征和需求的代名词，也是社交活动中确立自身存在并与他人建立联系的前提。故事中的无名姑妈在出生时是有名字的，名字却被人们淡忘了。出嫁之后，其本身的闺名便不再重要，取而代之的是夫家姓氏与娘家姓氏的结合体，这种称谓在许多文书，乃至墓碑上被广泛运用。而在经历了强暴并沦为众矢之的后，姑妈的名字更是被家人和村里人有意地抹去了，因为在她的兄弟们眼中，她的存在本身便是一种耻辱，提起她的名字则是对家族的抹黑。其次，无名姑妈的"沉默"还体现在她对自身命运的无法抉择上。她的婚姻源于父母之命、媒妁之言，无感情基础可言；在被强暴的时候，她被施暴方勒令保持安静，事后也绝不能提关于他的任何消息；作为这项暴行的受害者，她却始终承受着村民与家人的指责与非议，无法开口为自己辩解，无法说清事情的真相。无名姑妈在整篇故事中打破"沉默"的次数寥寥无几，因此她在投井自杀前大声诅咒众人的行为似乎显得突兀。尽管她的诅咒没有任何现场听众，却是她内心愤懑与痛苦的唯一发泄途径。无名姑妈的地位之低下与遭遇之悲惨由此可见一斑。

"我"的女性长辈在性别操演行为中沦为他者与牺牲品，而"我"

的数位男性长辈尽管享有比女性高得多的地位,但他们实际上也在性别操演行为中经历着性别本质化所带来的种种痛苦。与《女勇士》相呼应,汤亭亭在《中国佬》中所描写的男性亲属也经历了种种困境。将《女勇士》与《中国佬》两个文本结合起来阅读,我们不难发现,比起单纯探讨女性所受到的不公待遇,作家更多地探讨了传统性别角色对男女两性的束缚。她笔下的男性祖辈们,即使生活在当年男尊女卑思想占绝对统治地位的中国广东山区里,也不得不承受社会对其形象的刻板制约所带来的煎熬。

作品中"我"的父亲就是一个受性别操演煎熬的典型例子。作为家中的幺子,"我"的父亲因符合大部分中国人观念中的"男孩"和"年龄最小"这两点而备受宠爱。当父亲的兄弟们担起家中农活的重担时,父亲正使用着其他孩子无权触碰的高价文房四宝。在他自己还未能具有一定分辨能力之前,父母便默认其为家族的希望,将参加科举考试和光宗耀祖的任务寄托于他。而事实证明,父亲在学习方面并无过人之处。经历了几次科考的失败,他最终回到家乡,成为一名学堂教师,这是他继寒窗苦读后对人生的第二次规划失误。我们在细读《中国佬》中的《中国来的父亲》("Father from China")后不难发现,父亲自始至终未能在这份工作中得到丝毫的满足,也无法从中寻求到自我价值的实现。缺乏教育热情与教学技巧使他的课堂缺乏吸引力,学生的懒散与顽皮也进一步加深了他的挫败感。在家乡数十年的生活中,父亲尽管享受着比其他家庭成员更优渥的物质待遇,却无法找到自身真正的目标所在,这促使他在数年后下定决心与其他同乡一起来到美国,舍弃之前的身份,在一个全新的地方从零开始,试图在艰难中摸索出一条道路。

传统的两性形象是意识形态以性别操演的方式对两性进行"形塑"的结果。当意识形态成为操控并决定不同性别所具有的显性及隐性权利与义务的力量时,对象的个体性往往被忽视。将单一的个体按照一定特性划分为群体来管理,能最大限度地提高统治的效率,使被操控者达到整齐划一的效果。然而,将性别角色按照简单的两分法进行定义与操纵的做法,其结果是一方面压抑了部分人群的真正需求,使其沦为依附于他人的他者,另一方面,被给予更高地位的群体同样也面临着更大的期望与压力,而这份权利的赋予并未考虑个体的能力与心理需求。这便是在"我"的女性长辈饱受折磨的同时,许多在表面上高女人一等的男性长辈也时常在面临来自社会与家人的期许与要求时备受煎熬的原因。

作为人为建构的产物,性别的差异性是相对的。男性和女性所具有的性别特征不是固定不变的,男人可能表现出女性化特征,女人也可能表现出男性化特征。这两种情况在一定意义上反映出传统两性形象的解构。

花木兰与唐敖的形象分别出自《女勇士》中的《白虎山学道》("Learning Taoism at Baihu Mountain")和《中国佬》中的《关于发现》("About Discovery")。不同于书中其他故事,这两个故事以民间传说为基础,大量杂糅了作家对中国神话的改写,其中的男女主人公在外貌、言行等方面出现了性别跨越的现象。它们虽被收于不同的作品之中,却在叙事、内容等方面达成了一定程度上的遥相呼应,同时反映出传统两性形象的解构。

"我"的母亲英兰在作品中作为一名叙述者,通过讲述白虎山学道的故事,体现出她对传统话语的反抗与挑战。在《白虎山学道》中,英兰向女儿讲述中华民族女英雄花木兰的传说,并在其中加入了有别于传统故事版本的细节,在女儿心中树立了一位实力强大到超越性别,甚至成为男人们的保护者的女勇士形象。与国内流传的版本不同,这个故事里的花木兰并非在突如其来的征兵中替父从军,而是在此之前便历经了十几年的磨砺。误入困境、拜高人为师、苦练成才等一系列经历让这位女子具备了超出男性的力量与勇气。在英兰口中,花木兰出征前由母亲在其背上刻字的情节取自爱国名将岳飞的经历,而带着孩子骑上战马出征的场景更是将两性的特征完美融合,描绘出一幅柔中带刚的画面。值得一提的是,花木兰的两位师傅是一男一女,而且"那老太是那老汉的姐妹或者朋友,反正不是他的妻子"[1]。可以说,

---

[1]　Maxine Hong Kingston, *The Woman Warrior: Memoirs of a Girlhood among Ghosts*, New York: Greenwood Press, 1989, p. 28.

花木兰及其两位师傅的故事解构了"男人是主体,是绝对;女人是他者"①的传统两性形象。显而易见,英兰向自己的女儿"我"讲述的花木兰及其两位师傅的故事,无疑对"我"的性别观念产生了潜移默化的影响。与长辈们相比,"我"显然在更大程度上追求超越已被固化的性别形象,并勇敢地将其付诸实践,力图摈弃传统女性的柔美与精致。为此,"我"在学校期间一直羡慕从事大量体育活动、不拘小节的男孩,并渴望自己在外表上也能具有"粗糙的深色皮肤""坚毅的面庞""粗壮的脖颈""有力的手指"以及"大颗、强健的牙齿"②等特点。

与《女勇士》中的花木兰及其两位师傅的故事遥相呼应,汤亭亭在《中国佬》的开篇故事《关于发现》中讲述了一位名叫"唐敖"的男子的故事。该故事不仅与《白虎山学道》有着类似的记叙手法,而且在内容上也有某种类似之处。可以说,作家借唐敖的传奇经历影射早期男性华人移民的遭遇。如果说《白虎山学道》讲述的故事有关"男性化的女性",那么《关于发现》讲述的故事则是有关"女性化的男性"。在这个故事中,中国男子唐敖为寻找金山而误闯入女儿国,被捉住后,被卸下了男性的服饰——战袍与靴子,并遭受了发生在中国封建时代女性身上的迫害:缠足。他被当地的女性作为献给女王的礼物,活在被物化的审视之下,行食补以滋阴,施粉黛而悦目;除此之外,他还被灌输了"把嘴封上以便保持沉默""若不反抗则不会痛"③等观点,这些都是封建社会规训女性最常用的手段。故事在最后点明,女儿国的地理位置在北美,与唐敖此前想去金山的愿望相结合,暗示了早期华人怀着雄心壮志出国淘金,却不得不面临种族压迫、失去尊严,以至于对自己的男性特质产生怀疑的境地。

显然,通过讲述诸如"女性化的男性"和"男性化的女性"的故事,汤亭亭旨在解构性别操演下的传统两性形象,而不仅仅是在展示其女

① 西蒙娜・德・波伏瓦:《第二性》(I、II),郑克鲁译,上海:上海译文出版社,2011 年,第 9 页。

② Maxine Hong Kingston, *The Woman Warrior: Memoirs of a Girlhood among Ghosts*, New York: Greenwood Press, 1989, p. 175.

③ Maxine Hong Kingston, *China Men*, New York: Alfred A. Knopf, 1980, p. 4.

性主义立场。事实上,她同时关注着男性与女性的生存境况。在汤亭亭看来,与华裔女性相比,华裔男性由于所受的待遇落差更为明显,他们在中美文化夹缝中生存时在自我身份认知方面有着更大的落差,其原本的男性自尊失去了社会意识形态的支持而被迫丧失,甚至到了对自身的阳刚特性产生怀疑的程度,这种观点体现出作家对华裔男性命运的关注。"女性化的男性"和"男性化的女性"在汤亭亭作品中的出场,既折射美国早期华人适应生存环境的现实需要,也在一定程度上反映了他们在性别意识和性别形象上所发生的深刻变化。从熟悉的故土环境转入陌生的异国他乡,美国早期华人必须具有适应新环境的能力,尤其需要具备与新环境相匹配的思维方式、思想观念、判断力、道德操守等精神能力。具体地说,男人在很多时候不得不放下中国传统男性的自傲和自尊,而女人则通常不得不放弃中国传统女性的安静和温柔。环境迫使他们竭尽所能在美国社会谋求生存,甚至对自己的性别特征做出人为的改变。汤亭亭对美国早期华人解构传统性别形象的事实进行了深刻解析,说明她对他们的艰难生存境况有着深刻的认识和了解。

汤亭亭对美国早期华人进行性别形象解构的目的,不仅仅是摧毁性别操演建构起来的传统性别形象,更重要的是凸显他们重新建构个人形象的必要性和可能性。显然在她看来,为了融入美国社会,美国早期华人不可避免会经历一个自我认知和形象重构的过程。对此,我们可以借助查尔斯·泰勒(Charles Taylor)的"承认的政治"观和南希·伊斯特林(Nancy Easterlin)的认知生态批评观予以解释。

泰勒在其著作《多元文化主义:考察承认的政治》(*Multiculturalism: Examining the Politics of Recognition*, 1994)中提出,随着经济、政治和文化的全球化而出现的多元文化主义在根本上是"承认"和"身份"的问题,具体体现为对某个人或者某个群体的"不承认"或者"错误的承认"都会对其造成伤害,甚至在一定程度上演变为某种形式的压迫或自我压迫。① 在

---

① 查尔斯·泰勒:《承认的政治》,董之林、陈燕谷译,载汪晖、陈燕谷主编,《文化与公共性》,北京:生活·读书·新知三联书店,2005年。

《中国佬》和《女勇士》中,汤亭亭就这一问题进行了深入思考。

在《中国佬》中,"我"的男性长辈们便面临着"承认"的困境——他们在国内所占据的凌驾于女性之上的优越地位在西方社会遭遇了巨大危机,不仅美国男性和女性将他们简单视为廉价劳动力,甚至其他国家的女性也对其"另眼相看"。在与其他第三世界国家女性的争执中,"我"的父辈与祖辈也时常处于下风。这一切使他们对自我身份产生了巨大的危机感。

面对"承认"的困境,"中国佬"到达美国之后被迫变得沉默,这份沉默体现在两个方面。其一,因语言方面的障碍及生活环境的封闭而面临无人交谈的窘境。在《檀香山的曾祖父》("The Great Grandfather of the Sandalwood Mountains")这则故事中,"我"的曾祖父与一群同胞来到这个当年尚未建设起来的小岛上,他们的任务便是将这片荒野开拓成农场。开荒的过程极其艰辛、乏味。当地的白人管理者最初用虚假的待遇承诺将他们哄骗至此,之后在日常监工中便只用粗暴的言语对他们进行管理和训斥。天性的压抑使曾祖父倍感折磨,他只好通过对着太阳高声歌唱、在劳动时像话痨一样自言自语来释放内心对于话语权的渴望。[1] 而在《内华达山脉中的祖父》("The Grandfather of the Sierra Nevada Mountains")中,阿公同样也因身处人迹罕至的山脉之中而面临着与"我"的曾祖父相似的沉默处境。其二,早期华人男性还经历着因自身价值得不到肯定,丧失生活希望与热情而导致的自发性沉默。由于当时西方对华人的警惕与轻视,绝大多数早期华人在各个方面都被美国主流社会排除在外,无法得到公众的承认与尊重。

由此可见,早期华人移民在寻求承认的过程中遭遇了被拒绝、被误读等一系列困境,他们生活在一种全新的生活环境当中。这迫使他们对这一全新的生活环境进行认知上的调整。认知生态批评家南希·伊斯特林认为:"高智商的人能够成功地对全新的环境进行认知上的判断并按照自身的需要进行适当的调整。"[2]早期华人移民就是

---

① Maxine Hong Kingston, *China Men*, New York: Alfred A. Knopf, 1980, p. 110.

② Lisa Zunshine, ed., *Introduction to Cognitive Cultural Studies*, Baltimore: Johns Hopkins University Press, 2010, p. 260.

伊斯特林所提到的那种"高智商的人"。尽管不得不面对全新的生活环境,这批以"我"的父辈为代表的华人男性,即美国人口中带有贬低色彩的"中国佬"们却从未放弃过,而是在逆境之中摸索出一条属于自己的道路。在这个艰难的过程中,他们被迫改变了很多陈旧的观念,放弃了一部分在前数十年被传统中国社会赋予的身份特质,保留了中华民族坚韧、勤奋的精神,并以此为根基不懈地进行着新形象的摸索与建构。

三

尽管自身的性别、家庭背景、生长环境等一系列不同之处造成了作家们经历与观点上的一定差异,但从他们的作品中,读者始终能感受到作者笔下所描写的华人在面对艰苦的陌生环境时所表现出的团结统一、爱好和平、勤劳勇敢和自强不息等宝贵精神,这是华裔作家们在作品中探讨"华裔美国感知"时所达成的共识。

赵健秀有意识地就白人种族主义对中国文化的偏见发起挑战,突出中国文化个性化和战斗性的一面,以抵抗强加在中国人以及亚洲人身上的想象。在此基础上,他对真实的中国传统文化的核心——英雄传统进行了挖掘。在他看来,英雄传统在中国代代相传,而华裔美国人也继承并发展了此传统,使它在美国的新土壤中焕发光彩。

在汤亭亭笔下,早期华人移民的精神与行动也给了那些对东方男性抱有侮辱性偏见的西方社会主流人士强有力的回击。作为华人移民,《中国佬》中提及的曾祖父、祖父和他们的同胞一起用汗水和血泪为美国的拓荒事业做出了巨大贡献。在此过程中他们也曾怀抱信念,通过声讨权益和罢工运动表达自己对自由和平等的向往;"我"的父亲与他的友人们在美国热衷于改变自身形象,并积极参加当地娱乐活动,反映了他们对融入西方社会的渴望。这些尝试有些在多年后得到了东西方社会的一致认可,而更多的则以失败告终,但这无法掩盖早期华人男性敢于尝试与努力的勇气及不屈不挠的精神。

与"中国佬"一样,"女勇士"也在"承认"的困境下逐渐走出阴霾,撑起了属于自己的一片天空。《女勇士》中的"我"与"我"的母亲(即英兰)体现出华人女性在面对不同文化之间的沟壑时敢于打破自身禁锢的无畏拼搏精神。尽管与"我"相比,"我"的母亲由于在年龄、身份、生活经历、成长环境等多方面的背景不同,因而在某种程度上仍然受制于传统思想,导致其在反抗父权统治话语时不够彻底,但"我"和"我"的母亲以坚忍不拔的意志和追求平等的精神为武器,在性别、种族和文化等多重压力下始终坚持着自己"女勇士"的形象。

"我"的母亲英兰在其40岁时坦然接受了自己即将迎来全新环境的挑战这一现实。她为了能顺利来到美国与丈夫团聚,花了数年时间在医学院攻读学位并顺利毕业,且因坚毅的性格与优异的学业表现在女同学中扮演着英雄般的角色。毕业之后,英兰开始自己的行医生涯,成为一名职业女性。她保留了自己的本名"英兰"而没有冠以丈夫的姓氏,以免沦为丈夫的附属品,这种情况在当时的中国已婚妇女中是极为罕见的。

作品的主要叙述者"我"是一名出生并成长在美国的二代移民,是在"承认"政治下的新女性形象。身为生活在唐人街的一名华人这一事实使得"我"在自我身份的追寻中非常艰难。首先,"我"小时候因说不好流利的英语而倍感屈辱,因此,"我"从小便怀有对话语权的强烈渴望,并试图通过"笔直地行走"及苦练英语来"尝试实现自身向美国女性的转化"[①]。此外,"我"对母亲所灌输的女性最终都应相夫教子的思想深恶痛绝,并为此就女性的身份归属问题向父母提出了强烈的质疑:"即使我笨我说昏话我生病,我也不能让你们把我变成女仆或主妇。"[②]需要强调的是,小说中的"我"将自己和母亲都比作龙女,原因不仅是母女俩都出生在龙年,更为重要的是,这称谓将中华传统中"龙"所代表的尊贵和气魄与西方观念中的"东方龙女"所富有的蓬勃生机及进取心相结合,反映出"我"在自我身份寻求中的破釜沉舟

---

① Maxine Hong Kingston, *The Woman Warrior: Memoirs of a Girlhood among Ghosts*, New York: Greenwood Press, 1989, p. 11.

② 同①,第201页。

态度。

　　汤亭亭的作品从性别、社会身份等多重角度出发,在充分叙述美国早期华人取得移民成就的同时,深刻地展现了他们作为移民必须解构和重构自身形象的艰难;而她充斥着戏仿、虚实相间和多重叙述层次的叙事手法也揭示出早期华裔移民们既疏离了中华民族的历史背景,又游移在美国社会文化边缘的尴尬处境。在重构个人形象的过程中,美国早期华人真正体认到,在面临不同环境时应积极调整自己,只有在保留原先文化精华的同时将新的文化元素融入自身特色之中,才能真正实现个人身份的完善。在经济、政治和文化势不可挡的全球化发展背景下,《女勇士》与《中国佬》在记录早期华人在美国的境遇与奋斗史之外,也表达了作家对东西方文化碰撞与融合的思考。

　　汤亭亭立足于美国作为移民社会的现实,对华人为融入美国社会不得不进行形象建构的早期历史进行深刻探索,讲述了属于移民自己的故事。在萨福克大学的公开课中,汤亭亭曾提到,作为移民,作家需要发现属于移民自己的故事。在汤亭亭看来,这些故事并非完全根据传承了数千年的中华传统文明与习俗来创作,也不仅仅是美式熔炉的结晶。她笔下人物对自我身份的解构与重构、在真实与虚构中游移的文化历史,不仅揭示了多民族、多文化共存时所遇到的共性问题和困境,而且向人们展现了将来实现和谐的无限可能性,体现了作家的乐观展望。

第三节

海伦娜·玛利亚·伏蒙特、蕾切尔·卡逊等:弘扬环境正义[①]

　　环境文学在美国的土壤上生根发芽并逐渐发展壮大,成为现代美

---

　　①　本节由刘蓓蓓、龙娟撰写。

国文学的一大重要派别。现代社会科技的迅猛发展带来巨大的物质财富,但背后隐藏着生态环境的日益恶化。在此背景下,环境文学作家表现出对人和自然之间关系的深度思考,力图唤醒民众的忧患意识,以实现人与自然的和谐发展。本节将厘清环境文学在当代美国文学中的地位与发展,通过分析该类文学作品中的环境正义主题,结合作家与作品,得出环境正义的两大体现方式,即人与自然之间的正义关系及人际正义关系。

一

追求正义的思想传统体现在西方政治、法律和伦理道德等各个领域。具体说来,这种思想传统主张将社会秩序纳入制度化轨道,提倡从法律上对人的非正义行为进行严惩厉罚,要求从道德上对人的行为进行是非善恶的明确分辨。毋庸置疑,追求社会正义的思想传统对于西方社会维护社会秩序具有不容忽视的作用。

进入 19 世纪中期以后,西方一些有识之士意识到,西方正义思想传统中的"正义"集中探讨的是"社会正义",它主要涉及人与人、人与社会之间的关系,而对人与自然之间的正义秩序缺乏关注。因此,他们开始借助西方道德和法律中的社会正义思想来审视和看待人与自然的关系,从而表现出追求环境正义的思想倾向。也就是说,虽然"环境正义"这个术语是 20 世纪 80 年代在美国的环境正义运动中才提出来的,但环境正义思想早在 19 世纪中期就已经开始酝酿。环境正义承载着社会正义所强调的正义观念的重要性、追求权利和义务对等平衡的基本精神以及重视社会制度安排的内在要求,并将社会正义的内涵和外延进一步延伸到了人与自然的关系上。由于环境正义与社会正义之间具有不可分解的关联,人们对前者的理解和界定必然要涉及后者,即环境正义同时涉及人与自然之正义和人际正义。

事实上,环境正义的命题涵盖了个人、群体和社会,甚至国际间的环境议题都是其关注的对象。它不仅强调人与自然之间、人与人之间应该平等和谐,而且在强调人们应该消除环境破坏行为的同时,特别强调要肯定和保障所有人的基本生存权及自决权。由此我们可以看出,环境正义原则既要张扬人与自然之正义,也要保障人际正义。

基于上述理解,我们认为环境正义是人们在认识和处理环境事务或环境问题过程中所体现出来的一种正义,是人们在认识和处理人与自然的关系问题以及与环境有关的人际关系问题时所体现出来的一种正义原则、正义意识或正义观,它追求环境权利和环境义务的公平对等。它涵盖两个方面的内容,即人与自然(非人的自然存在物)之正义和以环境为中介的人际正义。这两个方面构成了环境正义的两个维度。

环境正义在20世纪末的美国成为一个十分引人注目的术语,受到学术界和广大社会民众的普遍关注。美国的社会学、哲学、经济学等学科纷纷把研究眼光投向环境正义问题,对环境正义的理论基础、思想源流、主要内涵、原则规范、实践操作等进行了广泛的研究,从而在美国掀起了研究环境正义的热潮。

需要强调的是,环境正义原则不仅把人类经济活动置于社会和自然的大背景中加以审视和考察,而且总是把实现经济、社会和环境的同生共荣作为整个人类必须努力追求的价值理想。它的提出旨在克服人类经济活动与人类社会发展历程及自然进化历程之间的矛盾,其终极目标在于延续人类文明。

二

自然是人类文明中永恒的审美对象之一。尽管不同时代的人类对自然有不同的认知和印象,但是承认和赞美自然之美似乎是历代人类的共同思想倾向。[1] 许多作家在作品中通过描写自然环境的美好和价值来凸显环境正义主题。

著名环境文学家苏埃伦·坎贝尔(SueEllen Campbell)的写作伴随着她在美国大陆的游历之途,美国广阔的地貌、壮丽的风景不仅给

---

[1]　龙娟:《美国环境文学:弘扬环境正义的绿色之思》,北京:外语教学与研究出版社,2010年,第72页。

予她视觉上的冲击,也滋养了她的文学灵感。在其作品《将山带回家》(*Bringing the Mountain Home*, 1996)中,她如此描写道:"在东边的山上,野草茂密生长,灌木丛郁郁葱葱。尽管已经是傍晚了,野草和灌木丛在夕阳之下闪耀着银色和绿色的光芒。我靠近它们,摘下一把灌木叶并将其放在胸口,用手臂夹住,放于耳后,或者贴近我的脖子。"①从这段描写可以看出,坎贝尔对自然的感悟并不局限于视觉,而是扩展到了嗅觉与触觉,"其真情之中蕴含着作家对自然之美的深刻体悟,其目的则是为了激发读者的自然保护意识"②。

海伦娜·玛利亚·伏蒙特作为当代美国奇卡诺文学的杰出作家之一,主要在其小说作品中描写并展现墨西哥裔美国人的生活境况。她笔下的故事直面墨西哥裔移民在美国这片土地上奋斗的历史且建立在真实的社会事件基础上,人物刻画细腻灵动,情节生动而贴近生活。她的作品所传达的意义一部分来自故事情节,另一部分则来自由丰富的语言所唤起的画面与意象。在伏蒙特的作品中,墨西哥裔美国人的生活始终与自然相随,阳光、山丘和作物不光是他们赖以生存的物质基础,更是他们朝夕所处的生态环境,与每一位墨西哥裔移民的自我身份密不可分,并在他们寻找个人定位的过程中起着不可忽视的作用。

《在基督脚下》(*Under the Feet of Jesus*)于 1994 年出版,是伏蒙特的处女作。该书讲述了 13 岁的墨西哥裔少女埃斯特雷拉与她的家人在加利福尼亚州当葡萄园工人的经历。如同大部分奇卡诺文学的主旨所体现的那样,处于成长期的埃斯特雷拉时刻挣扎于自我身份的认同,她希望能在美国社会中找到自己和族人文化生存发展的一席之地,但又不得不承认主流文化在这个社会中占据主导地位的现实,面临着急需发声却力不从心的局面。奇卡诺民族的神秘和追求人与自然和谐相处的特点已深深融入埃斯特雷拉的血液里,然而她的这份特

---

① SueEllen Campbell, *Bringing the Mountain Home*, Arizona: University of Arizona Press, 1996, p. 5.

② 龙娟:《美国环境文学:弘扬环境正义的绿色之思》,北京:外语教学与研究出版社,2010 年,第 74 页。

质时刻受到统治话语的镇压与削弱。

　　作为伏蒙特的第一部小说作品，同时也是她最受关注的代表作，《在基督脚下》的人物塑造和多处情节都凸显了自然环境的价值。从叙事手法来看，《在基督脚下》虽围绕未成年的墨西哥裔少女埃斯特雷拉及亲友在南加州葡萄种植园的生活经历展开，却鲜少对埃斯特雷拉的心理活动进行直接描述。但通过她的行为和言语，读者不难体会到埃斯特雷拉自幼年起，骨子里就充斥着对自然的眷恋与依赖，这吻合了詹姆斯·E.洛夫洛克（James E. Lovelock）所提出的"盖亚假说"（Gaia hypothesis），即地球上所有生物体组成了生命统一体。通过分析埃斯特雷拉与他人之间亲密关系的产生与维系，读者会发现"果实"这一自然意象频繁出现，并成为情感的媒介和载体。

　　在埃斯特雷拉的记忆中，生父的形象时刻是和橘子相关联的，甚至在大多数时候，"橘子"这一意象取代了生父在她心里的其他特征。埃斯特雷拉的母亲佩特拉曾被身边的许多人劝阻，说她如果带着孩子们从丈夫身边逃离，将无法得到未来生活的保障；但实际上，使父亲这一角色从埃斯特雷拉的童年中缺席的正是她生父本人——他独自一人回到墨西哥去埋葬叔父，之后便再也不曾回到家人身边。[1] 在这个家庭尚完整的时候，他们一家人曾经驾车北上，在中途停车方便时进入橘林偷摘橘子的经历深深地刻在了埃斯特雷拉的脑海之中。这段回忆是模糊的，因为埃斯特雷拉已无法通过详细刻画父亲体貌上的每一个细节来建构出一个完整的男人和父亲形象；然而这段回忆同时也是深刻的，因为"橘子"作为联结她和生父的纽带而植入她心中有关"父亲"的概念中，并在其每每陷入回忆时浮现出来："当她回想起生父时，有时记起来的是他的小胡子，有时则是他正抽着号手牌烟草的样子，但不管是哪幅画面，他总是在剥着橘子的。"[2] "剥橘子"这一动作无疑是埃斯特雷拉对于"符号"的感知，在此过程中，她和生父的交

　　① Helena María Viramontes, *Under the Feet of Jesus*, New York: Dutton, 1995, pp. 13–14.

　　② 同①，第12—13页。

流不是通过被规范后的语言和行为,而是以一种自然的、先于语言而存在的方式停留在她的记忆中。伴随着剥橘子的动作,她的感官感受着橘子皮被剥离时的声音、汁液的流动和果实散发出的清香,这一切并不切合语言系统对"父亲"一词的界定,但却代表着埃斯特雷拉对自己原生家庭最原始、也是最深切的眷恋。

"桃子"这一自然意象在埃斯特雷拉和阿雷欧的关系中起着极为重要的作用。在同龄伙伴当中,阿雷欧对于埃斯特雷拉的意义相较他人而言非同一般,他们之间的感情超越了普通朋友,产生了情愫的萌动。毫不夸张地说,阿雷欧是埃斯特雷拉人生中仅次于生父的重要存在。初次见面时,他们都处于懵懂的年纪,对对方的印象和反应也都未加修饰地体现出来,并通过先于语言规范的自然方式彼此感知。阿雷欧最初给埃斯特雷拉留下深刻印象的是他的声音,"不像她生父那么雄厚,也不像佩费克托的那么富有威严,和所有在周六晚上围坐在篝火旁的男人们(指种植园中的工人们)都不一样"[1]。通过在音色上将阿雷欧与自己认识的其他男性区分开,埃斯特雷拉在心中奠定了这个少年与其他异性不同的地位。与此相对,阿雷欧对埃斯特雷拉的特殊关注则体现在他的一系列肢体动作上。当埃斯特雷拉用手掌掂量桃子的重量时,阿雷欧紧张地站在一旁,"手指蜷在口袋里,只有大拇指露在外面"[2],试图以此来维持镇静。然而在整个交谈过程中,他的声音始终紧绷着,更在看见埃斯特雷拉将黑发抚到一边,大口咬下桃子时感到自己"面部一阵发烫"[3]。在这次略微仓促的初见中,"桃子"这一自然意象有着极为深刻的象征意义。在赶来与埃斯特雷拉一家见面的途中,阿雷欧脚步"快速而坚定地踏过桃子果园里肥沃松软的泥土"[4],并摘了几个桃子作为给佩特拉的见面礼。在自我介绍后,阿

---

[1] Helena María Viramontes, *Under the Feet of Jesus*, New York: Dutton, 1995, p. 14.

[2] 同[1],第 44 页。

[3] 同[1],第 45 页。

[4] 同[1],第 42 页。

雷欧将装在麻布袋中的桃子送给佩特拉,并请求她收下。这一过程被描述得极为细致:"母亲带着微笑,摇动着麻布袋,将里头的东西都倒了出来。大量的桃子在木桌上滚动,其中一个直直地沿着边缘而去,在险些掉落之时被埃斯特雷拉一把接住。"①这段描写虽从第三人称叙述视角出发,但读者在阅读时极容易将自己带入阿雷欧的角色,因佩特拉看似漫不经心、粗鲁随意的动作而心怀忐忑,萌生出不知对方是否对自己满意的困惑与担心。那个沿着木桌边缘滚动的桃子更是加深了气氛的紧张,直到它被埃斯特雷拉接到手里,这块一直悬在阿雷欧心头的石头才终于安然落地。而接下来埃斯特雷拉抛起桃子用手掌掂了掂重量、贪婪地咬下一大口、舔着手指上的甜蜜汁水等动作则深深地将阿雷欧的注意力吸引到了她身上,并让其内心产生了悸动。这一场景的描写不难让人联想起《圣经》中的亚当、夏娃及其围绕禁果而展开的后续。阿雷欧和埃斯特雷拉如同初次品尝禁果后摆脱无知与纯洁状态的亚当和夏娃一般,而激发其意识的"禁果",则无疑是阿雷欧在初见之时从树上采摘的桃子。这对少男少女对彼此的关注是出于内心最原始而深切的对异性的吸引和渴望,这是人类天性中不可泯灭的部分,而"桃子"的自然意象则在促成这段感情的觉醒中起到了极为关键的作用。

　　文中所提及的自然环境既有给予人类美好与享受的一面,也存在着不容乐观的问题,然而伏蒙特依然通过其作品中的主人公表达出自己对自然环境的热爱与对现实的不妥协,这也体现了其弘扬环境正义的文学思想中乐观、积极的一面。尽管自己和家人赖以生存的葡萄种植园已和国家政治经济体系的运作紧密相连,不再是大自然的产物,但《在基督脚下》中的埃斯特雷拉在成长中仍未摆脱奇卡诺民族热爱自然、崇尚神秘的天性的影响。作品里,大多数通过埃斯特雷拉视角所看见的景色都被染上了人类社会的色彩而显得单调无趣,加利福尼

---

①　Helena María Viramontes, *Under the Feet of Jesus*, New York: Dutton, 1995, p. 44.

亚州常年温暖而晴朗的气候是葡萄种植业蓬勃发展必不可少的条件，连阳光都成了生产过程中必不可少的因素之一。在闷热的果园中，灿烂的烈日与随之而来的高温都成了劳动者所受折磨的来源，唯有天空中的星辰和月亮却始终在她眼里保持着纯净而未受污染的模样。每当夜幕降临时，工人们停下手头的活计，从一天的辛劳中暂时解放下来。唯有这时，他们可以放下压力，全心感受与利益无关的自然，而此刻给予埃斯特雷拉慰藉的，便是夜空中的星辰和月亮。

埃斯特雷拉从清醒、冷静的角度看待自己和族人们所处的困境，她在追寻个人身份的过程中愈发坚定了自身与自然的密切关系。脱离孩提时期的懵懂无知，她在痛苦中接受了来自种族和性别的双重侵犯与伤害，学会了读写英语，并最终以此为武器向压迫自己的力量发出抗议和抵制。"埃斯特雷拉"（Estralla）这一名字在加泰罗尼亚语和西班牙语里代表"星星"，星星不仅时刻发挥着来自自然界的力量安抚埃斯特雷拉的情绪，更成为这一人物形象的代表意象。阿雷欧曾在夜里认为自己看见的埃斯特雷拉是"一个叫星星的女人，畅游在满月的磁场中"[1]，体现出埃斯特雷拉这一人物形象与自然的和谐融合。后来，阿雷欧因病痛而远离她和家人，佩特拉因多年的伴侣佩费克托的离开而变得只会终日祈祷度日，所有人原本艰难的生活似乎陷入了更加窘迫的境地。然而此时的埃斯特雷拉并未被现实击垮，而是在一次次的悲痛与愤懑里逐渐成长起来，变得愈发强大。在作品的尾声中，她在夜晚爬上屋顶，站在屋脊上默默地凝视着星空，看见"在桉树之上，月亮的光辉后面，有无数星星仿佛饱满的石榴籽一般，照亮了无边无际的黑暗"[2]。此情此景与这位名为"星星"的墨西哥裔美国女孩遥相呼应，她明白被主流社会同化、吞噬，屈服于被污染和改造的"自然"当中绝不可能为她和族人的未来带来任何希望。康德对星空和道德法则无限敬畏：星空因其范围之辽阔、存在之久远和景象之震撼，时

---

① Helena María Viramontes, *Under the Feet of Jesus*, New York: Dutton, 1995, p. 46.

② 同①，第 175 页。

常能激起人们心中的情感,带给人无尽的深思;而道德律则在人类能支配自身思想行为的前提下,提倡对自然规律的呼应。因此,唯有天道与人道相合,尊重并保护生态环境,社会才能处于持续健康的发展与进步之中,不致将自然改造为生产环节中的一部分,并使部分群体陷入窘迫的境地,丧失最基本的生活乃至生存条件。因此,人类应如此来调整现存的社会秩序,这不仅强调了人与自然、人与人这两种关系的联系,还特别提到了整体内部关系的公正,将"人间的公平正义纳入了生态系统整体论的考查范围"①。

三

除了歌颂自然生态本身的美好之外,许多美国环境文学家也通过作品呼吁人类突破经济主义的羁绊,承认生态破坏、重视环境污染并着手预防、改善和解决这些问题。"由于人们只是片面强调自然的经济价值,其严重后果之一就是导致人类疯狂掠夺自然和破坏自然"②,环境主义社会活动家和环境文学作家们之所以要从社会经济角度入手改善和解决环境问题,倡导人类突破经济主义的羁绊,是因为"它是人与自然之关系恶化的深层根源之一,它的延续不利于美国人、乃至当代人类在人与自然之间建立必要的正义秩序"③。这正如《环境正义论》(Environmental Justice,1988)的作者彼得·S. 温茨(Peter S. Wenz)的理解:环境正义的实质就是分配正义问题。

在长久以来被白人占据统治地位并操控社会主流意识形态的美国社会中,绝大多数有色人种长期处于较为低下的地位,具体体现在工作种类、生存环境、婚姻状况等众多方面。这些非裔、亚裔、墨西哥裔等移民通常在劳动密集型产业中从事最底层的体力劳动。正如同修建铁路、经营洗衣房已成为华裔移民在美国的典型刻板印象,"在葡

---

① 王诺:《欧美生态文学》,北京:北京大学出版社,2003年,第29页。

② 龙娟:《美国环境文学:弘扬环境正义的绿色之思》,《湖南师范大学社会科学学报》2009年第5期,第108页。

③ 同②。

萄园中采摘果实"也与墨西哥裔美国人的形象紧紧关联在一起。作为一名奇卡诺作家,伏蒙特对于由社会分配不公而导致的环境问题有着极为深刻的感受与理解。在《在基督脚下》中,埃斯特雷拉和她的家人就是无数在加利福尼亚州葡萄种植园里辛勤劳作的人的缩影。该小说直面现实中葡萄采摘业所隐含的众多问题,辛辣地揭露了墨西哥裔采集工人们作为廉价劳动力的艰苦生存环境。他们不仅长期处于收入与劳动不成正比的窘境中,更一直忍受着农药使用不合理所带来的身体伤害。

《在基督脚下》的故事发生于20世纪90年代,此时工业现代化已波及整个国家,高端的机器化生产也几乎占据了每个领域,大大提升了劳动效率,缩短了生产时间。而与此相对的,是无数墨西哥裔美国人工作的葡萄园。在这个相对封闭的工作环境中,人作为廉价劳动力仍承担着主要的劳动任务,但这并不意味着在这片被加州灿烂阳光笼罩下的沃土上仍保留着原始的农耕文明,工人们也并未因土地肥沃、硕果累累而享受着伊甸园般的生活。葡萄园不再是自然的馈赠,对于整个美国社会而言,它是经济产业链中的一环,是构成社会系统的一部分,而日夜工作于其中的墨西哥裔移民们并未因其付出的汗水而在此处获得一丝高于他人的特权;恰恰相反,他们就像工蚁一样,在整个系统中处于几乎最为低下的地位。[1] 他们的劳动成果为强权占有,强权"拥有权力欺骗、折磨或毁灭他们,这么做只是为了自己的快乐和利益"[2],其方式与人类统治较低等生物没有两样。[3] 此外,该群体容易形成越来越大的社区,这不仅为其带来安全感,也便于使用本族语言交流,但不使用美国主流文化的载体——英语令相当一部分墨西哥裔移民难以归化入美国主流文化,他们的经济状况也很难在短期内通过

① 克蕾思特·格瑞佛波:《论薇拉蒙特司小说〈在基督的脚下〉对环境正义问题的思考》,李晓菁译,《鄱阳湖学报》2010年第3期,第119页。

② Peter Marshall, *Nature's Web: An Exploration of Ecological Thinking*, New York: Simon & Schuster Ltd., 1992, pp. 220‒221.

③ 王诺:《欧美生态文学》,北京:北京大学出版社,2003年,第29页。

自身努力得到明显改善。① 以作品中的埃斯特雷拉和她的亲朋为例，他们的工作能否顺利开展被许多因素限制着："这份工作依赖于收成、汽车的运行、他们的健康状况、公路的路况、他们手中的钱能维持多久生活以及天气情况——这意味着他们实际上一无所依。"② 身为雇佣工人，埃斯特雷拉和亲朋们无权采摘和品尝长在树上的水果，而不得不在商店里购买。工人们辛勤劳动生产出来的漂亮果实绝大部分作为产品输送给城市，成为无数人家中日常开销的一部分，而出于社会地位和经济能力上的限制，埃斯特雷拉和家人只能在商店里买到剩下的水果，"被压坏的苹果上沾着挤得扁扁的烂番茄，甜椒和已经发软的辣椒与小黄瓜混在一起，从长满斑点的柳橙中露出来"③。对此，埃斯特雷拉和伙伴们因自身力量薄弱而只能无奈接受，他们无法撼动整个系统，只能通过偷摘水果等难以被察觉的"小动作"来表达对无情的行业规范的反抗。果园对他们而言，也不再是可以栖息的自然家园，而成了被剥削和压迫的劳动场所。

　　除了日常生活中对水果的需求遭到限制，由统治阶层制定的规范与社会生产系统也无情地破坏了埃斯特雷拉与阿雷欧之间刚刚萌芽的恋情。在葡萄园的采摘工作中，阿雷欧因农药中毒而病倒了。在美国历史上，墨西哥裔社会活动家西泽·查维斯（Cesar Chavez）曾联合全国农场工人协会在全国范围内达成了抵制葡萄的协议。在这场活动中，他们要求更好的工作环境和劳工权益，抗议在葡萄生产环节中滥用农药而令工人"暴露其中而不受保护"④。蕾切尔·卡逊（Rachel Carson）于1962年出版的《寂静的春天》（*Silent Spring*）同样深刻批判了滥用杀虫剂给自然和人类社会带来的巨大危害，质疑"技术社会对

---

① 江宁康：《美国当代文学与美利坚民族认同》，南京：南京大学出版社，2008年，第278页。

② Helena María Viramontes, *Under the Feet of Jesus*, New York：Dutton, 1995, p. 4.

③ 同②，第110页。

④ 克蕾思特·格瑞佛波：《论薇拉蒙特司小说〈在基督的脚下〉对环境正义问题的思考》，李晓菁译，《鄱阳湖学报》2010年第3期，第118页。

自然的基本态度"①,揭示出"隐藏在干预和控制自然的行为之下的危险观念"②,警告人们缺乏远见地利用科技征服自然很可能会给人类带来毁灭性灾难。她的作品及观点在社会上引起了激烈讨论。然而在距离这场社会性权益斗争近三十年后,这一现象仍未得到彻底解决。农药的使用可避免果树遭受害虫和其他生物的侵蚀,在极大程度上确保果实的品相与产量,保证葡萄种植带来的巨大利益,而年少的阿雷欧则悲惨地成为资产阶级追求利润过程中的牺牲品。当埃斯特雷拉等人将气息奄奄的阿雷欧送至小诊所时,他们面临的却是无法承担的费用和护士的冷漠对待。长期处于种族压迫之下的埃斯特雷拉终于不堪屈辱,以近乎暴力的方式夺回了被剥削的金钱,将阿雷欧送进医院,将他年轻的生命无奈地交给了医生和命运。

由上述分析不难得知,葡萄园种植已不再是自然生长的一部分,它成了当代资本主义政治和经济活动的对象。在白人长期占据统治地位的美国主流社会中,墨西哥裔移民们作为地位低下的廉价劳动力,被剥夺了感知自然的美好、建立彼此之间健康情感关系的权利。身为千万受害者中的一员,埃斯特雷拉用她出于原始本能的方式捍卫了自己的物质财富与尊严。铁锹砸在诊所护士桌上所发出的巨响声实是无数墨西哥裔工人对现状不满情绪的宣泄,也是作者伏蒙特对本族人民长期遭受压迫、被剥夺合法权益的历史与现状所发出的抗议。

伏蒙特在作品《在基督脚下》中,从一名未成年少女的视角向读者们展现了 20 世纪 90 年代生活、工作在加州葡萄种植园的成千上万墨西哥裔美国人的生存环境。埃斯特雷拉的成长过程处处体现着作者本人和奇卡诺民族天性中对自然和自由的追求与统治阶层在政治经济体系和意识形态等方面施加的多重压迫之间的激烈冲突。她对自我身份的追寻和确认是在两股势力的对抗中实现的:一方面,她追求

---

① Mary A. McCay, *Rachel Carson*, New York: Twayne Publishers, 1993, p. 80.

② Paul Brooks, *The House of Life: Rachel Carson at Work*, Boston: Houghton Mifflin, 1972, pp. 293 – 294.

与自然和谐相处,希望自己和族人能得到生活的基本保障;另一方面,高度发展的美国现代社会对环境过度开发,对资源疯狂采集,给广大人民,尤其是处于社会底层的墨西哥裔带来了深重的灾难。在当代美国社会里,多元文化主义无疑是20世纪90年代最引人关注的斗争,而"承认其他文化的存在是对社会宽容和理解文化差异具有自信心的一种表现"①。作为墨西哥裔美国人的缩影,埃斯特雷拉这个人物的成长和觉醒体现出她对自身民族文化的强大信心和反抗主流阶层统治与压迫的决心与勇气,她的形象和其他无数少数族裔一起构成了当代美国社会的绚丽图画。正如作品结尾所提到的,埃斯特雷拉保持着天性中对神秘符号和亲切的自然的向往和追求,感到自己已强大到能"将所有迷失的人们召唤回家"②。通过这个少女对未来的展望,海伦娜·玛利亚·伏蒙特向众人展现了自己弘扬环境正义的文学思想,表达了当代人类追求美好世界的普遍愿望。

第四节

托尼·莫里森:写作是一种思考方式③

古往今来,不少哲学家和心理学家对作家的文学创作进行过探究,但未能得出一致的结论,因为文学创作属于一种复杂的精神生产活动,作家的创作之路千差万别。正因如此,文学才呈现出丰富多样的状态。从一定意义上讲,探寻作家的文学创作观不仅是我们深入解读和整体把握作家作品的内涵与独特价值的前提,而且是我们深入理解文学存在与文学发展之互动关系的基石。基于这一认识,本节尝试

---

① 袁雪芬:《奇卡诺文学伦理思想研究》,北京:中国社会科学出版社,2015年,第10页。

② Helena María Viramontes, *Under the Feet of Jesus*, New York:Dutton, 1995, p. 176.

③ 本节由姚佩芝、龙娟撰写。

对诺贝尔文学奖得主、非裔美国女作家托尼·莫里森的文学创作予以探讨。

一

一般认为,作家常常是怀着谋生的目的而进行创作的,而莫里森则不然。她步入文坛时已近 40 岁。关于为什么会写小说,莫里森曾多次在访谈中提及。1978 年,在一次访谈中莫里森谈到自己从事文学创作的初衷:"我从未打算当作家。我当时所在的地方没有人能交流,或有过真正意义上的交谈。我想我当时很不愉快。因为这个原因,我开始写作。"①1983 年,她再次提到了自己创作的原因:"我说过,《最蓝的眼睛》是在我心情沮丧时期过后创作的,但用'孤独、沮丧、忧郁'之类的词来形容又过于直白。因为它们表现的是一种不同的心境……对于其他人来说,表现这种心境最好的词就这几个。这种心境并不全是不愉快,完全是另一种心境。"②

1986 年在接受访谈时,她对自己创作的动因又这样表白:"我有一种失落感,缺失感。1960 至 1970 年代初期,事物发展太快了……虽令人兴奋,但却让我感到缺少点什么。"③这样看来,莫里森的创作动机并不是某种简单的意念,而是有着极其复杂的心理因素。

1962 年莫里森加入了一个写作小组。按要求,写作小组成员每次聚会时必须朗诵自己的作品。在少年习作用完后,她开始从儿时的记忆中寻找新的写作思路。她想起小学时有一位同学告诉她希望自己长有一双蓝眼睛,于是将它写成了一个故事,这便是她第一部小说《最蓝的眼睛》(*The Bluest Eye*, 1970)的雏形。

至于是什么促使她在封存多年的儿时回忆中寻找所需要的故

---

① Danille Taylor-Guthrie, ed., *Conversations with Toni Morrison*, Jackson: University Press of Mississippi, 1994, p. 30.

② David Ron, *Toni Morrison Explained: A Reader's Road Map to the Novels*, New York: Random House, 2000, p. 13.

③ Nellie Y. McKay, ed., *Critical Essays on Toni Morrison*, Boston: G. K. Hall, 1988, p. 45.

事,莫里森的说法有些轻描淡写,但浏览她的一些访谈,我们得知,她写短篇时,心中有一些不安,或许她已觉察自己与丈夫之间出了问题,因为她加入写作小组的目的不是成为作家,而是结交一些朋友。① 或许,《最蓝的眼睛》中的小女孩向上帝祈求蓝眼睛却无法兑现,这种文学想象与她自己对幸福婚姻的渴望有着某种相似。当然,莫里森对童年记忆的挖掘不排除是一种情绪记忆的表现。从文学意义上讲,作家的情绪记忆更多地倾向于情感体验。通过对记忆的情感加以内在转换,过去的情绪可能会随着类似情景的重现而被激活。

可以说,当莫里森再次花时间和精力来写这个孩提时代的故事,并将之扩充为小说时,她的驱动力应该是"自内而发"的,是她的"心声"或"情态"的一种表露。她写短篇的时间是 1962 年,可再次提笔却是 1965 年。严格地说,从 1965 至 1969 年,莫里森一直在写这个故事,此时距最初的故事已过去了好几年,其间她的生活发生了许多变故。

1964 年,莫里森结束了六年的婚姻生活,带着两个孩子,回到老家洛雷恩镇(Lorain)居住。1967 年年末,她调入兰登书屋出版公司纽约总部,担任教材编辑,搬至雪城(Syracuse)。在雪城两年多的日子里,她没有朋友,也没有参加任何社交活动,唯有三件事在她记忆中留下了深刻的印象:第一,她雇了一个白人保姆;第二,因邻居骂她是"荡妇",她花了两万美元打官司(起诉、撤诉);第三,写作。② 对于一名 36 岁的离异职业女性来说,独自带着两个孩子在都市生活,其间的艰辛是不难想象的。仅因为邻居的出言不逊,她便要法庭相见,可见其内心受伤的程度。晚上,当孩子们入睡之后,她才进入属于自己的时间,静下心来写作。回顾自己离婚后的生活,莫里森写道:"……好像什么都没有剩下,除了我的想象。我没有意志、没有判断、没有观点、没有权利、没有自信、没有自我——只有这种讽刺、忧郁的残酷感受和对词

---

① David Ron, *Toni Morrison Explained: A Reader's Road Map to the Novels*, New York: Random House, 2000, p. 11.

② 同①,第 16 页。

的敬畏。我就像个有着不良习性的人那样写作,情不自禁地、偷偷摸摸地写作。"①从莫里森的自述中可以发现,如果说莫里森之前写故事是一种情绪记忆的话,那么她此时的写作应该是在一种"自内而发"的动力驱使下进行的。她之所以能自发地、情不自禁地进行创作,是因为小说能够帮助人们通过在作品的想象世界中遨游,找到自己在现实生活中执着探索、无比渴望的真相。

需要指出的是,莫里森此时的创作是通过整理自己独特的人生经验与对社会历史的感受,以黑人女性的独特视角进行的。这样一种视角显然有着天然的优势。一方面,作为黑人,她能以处于边缘地位的个体体验去贴近创作,因而她能由内向外,探讨一些白人作家难以涉及的问题。另一方面,作为黑人女性,她又能写出被黑人男性作家所忽略的主题或艺术表现形式。实际上,在莫里森之前,有影响力的黑人男性作家,如理查德·赖特(Richard Wright)、拉尔夫·艾里森(Ralph Ellison)、詹姆斯·鲍德温(James Baldwin),都只着重刻画一些在种族歧视背景下的非裔男性角色。因此,他们的作品中存在"重男轻女"②的现象。对此,基尔帕特里克博士(Dr. Kilpatrick)曾评述说:"男性作家基本没有或没有主要为妇女写作,或在选择材料、主题与语言时没有意识到要考虑女性的批评。但是从某种程度上来说,每位女作家都在为男人写作,哪怕像弗吉尼亚·伍尔夫那样本来为妇女写作的人也是如此。"③莫里森也因此发出感叹:"没有关于我的书,在我读的文学作品中我根本不存在……这个人,这个女人,这个黑人根本没有自我。"④莫里森虽语出惊人,有些夸

---

① Charles Moritz, ed., *Current Biography Yearbook, 1979*, 40th ed., New York: The H. W. Wilson Company, 1980, p. 265.

② 王守仁、吴新云:《性别·种族·文化》,北京:北京大学出版社,2004年,第19页。

③ Kathy Panthea Kilpatrick, *Rage and Outrage: African-American Women Novelists in the 1970s*, PhD dissertation, Atlanta: Emory University, 1998, p. 10.

④ Nellie Y. Mckay, ed., *Critical Essays on Toni Morrison*, Boston: G. K. Hall, 1988, p. 45.

张,但所言不虚。

每一个莫里森的研究者都会发现,她的早期创作与其个人经历之间形成了某种对应性的精神结构。从莫里森的生活来看,第一部作品《最蓝的眼睛》中的故事正好对应莫里森读小学的童年时期,那时的她恰好和作品中的叙述者年纪相仿。同时,故事展开的时间也基本与她生活跨越的年代一致,特别是20世纪30年代到70年代,正是作家精神成长的时期。尽管她的第二部小说《秀拉》(Sula,1973)并没有直接指向她的生活,但小说的背景还是她熟悉的俄亥俄,探究的主题依然是黑人女性的自我追寻,这在某种程度上与她本人正处于发现自我、建构自我的时期不无关系。

莫里森早期作品有明显的个人生活的影子,其深层原因却是对内心苦闷宣泄式的表达。在后期创作中,如《宠儿》(Beloved,1987)、《天堂》(Paradise,1997)、《爱》(Love,2003)和《一点仁慈》(A Mercy,2008),莫里森已从对当代黑人文化、生活、情爱的关注转向对黑人历史的发掘。在批判主流文化对黑人的歧视、戕害的同时,她也在反思黑人的历史和黑人自身存在的问题。莫里森的早期作品虽在创作的主题和艺术上没有后期作品视野的宽阔、叙事艺术的圆熟以及思想的深广,但都毫无例外是从她内心深处流淌出来的音符。所以,无论是她早期的创作还是后来的创作,我们都可以从她创作的内驱力上找到根源。可见,推动莫里森从事文学创作的动因对其日后的创作状态有着决定性意义,对其题材的选取以及艺术个性的构建也有不容忽视的作用。

那么,莫里森本人又是怎样看待自己的创作呢?"我都喜欢它们(写作、教学和编书),但是没有它(写作)我就无法生活,只有写作。我想,即使所有出版人都消失了,无论如何我都会写作,因为它是我无法克制的冲动。写作是一种思考的方式。"①显而易见,创作在莫里森

―――――――――

① Danille Taylor-Guthrie, ed., *Conversations with Toni Morrison*, Jackson: University Press of Mississippi, 1994, pp. 23 - 24.

的生活中有着不可替代的作用,而且还是一种思考方式。换言之,诱发莫里森创作的动因,除了个人的心理因素外,还有十分重要的外部原因,即那个推动她思考的 20 世纪六七十年代。

二

托尼·莫里森的文学创作与其生活的时代息息相关。她的青年时代基本上与黑人民权运动同步。作为历史进程中的一员,尤其是作为黑人女性,莫里森强烈感受到了这一时代的变化。尽管时至今日我们未能看到她直接参加这些运动的文字材料,然而,这并不表示莫里森与这些运动就没有联系,或者说,她对此没有思考。据苏珊·布莱克(Susan Blake)的研究,莫里森在 1974 年为《纽约时报》撰写的书评和时事评论多达 28 篇。① 莫里森没有参与这些运动的原因或许是,她的第二个儿子刚刚出世,需要她去照顾。事实上,莫里森对取消种族隔离和女权主义运动有着自己的看法。一方面,她充分认识到种族隔离、种族歧视服务于白人种族主义者的利益;另一方面,她也看到了取消隔离对黑人意味着什么,即黑人不会再有好的学校、好的教育,因为仅仅将黑人和白人混合在一起是解决不了黑人问题的。② 她意识到,"当一扇通向白人社会的大门敞开时,另一扇通向黑人文化之门则面临闭合的危险"③。应该说,莫里森的这种担忧不无道理,反映了她对黑人文化身份的自觉思考和她对此的重视态度。

60 年代后期,黑人民权运动开始从非暴力斗争走向黑人权力运动(Black Power Movement),提出了"黑色即美"的政治口号。莫里森这样评论道:"即使最美好的事物发生在这个世界上,即使就这一运动的收获和目标而论,它的结果是完美的,可是,没有人察觉到,没

---

① Susan Blake, "Toni Morrison" in *Dictionary of Literary Biography: Afro-American Writers after 1955*, edited by Thadious M. Davis and Trudier Harris, Detroit: Gale Research Co., 1984, pp. 188 – 190.

② Nellie Y. McKay, ed., *Critical Essays on Toni Morrison*, Boston: G. K. Hall, 1988, p. 51.

③ 同②,第 45 页。

有人告诉我,它过于容易。我所需要的只是一个口号:'黑色即美'。在这个国家中,当一个黑人小女孩并不那么容易。"①莫里森认为,在审美标准中,采用"黑色"置换"白色",这种做法过于简单,无法抵抗根深蒂固的种族主义话语,同时也在无意中重复了白人文化价值观与审美取向。当然,这一口号的提出有助于黑人自我肯定,增强民族自豪感,在黑人中间建立起一种认同感和归属感,但如果黑人追随白人的价值,他们显然是没有出路的。可以说,莫里森的《最蓝的眼睛》是对黑人权力运动的反思与回应。她通过一个黑人小女孩渴求只有白人才可能拥有的蓝眼睛的荒唐行为,反映了"身体美"这一充满种族歧视含义的观念对黑人贻害无穷,同时还强调"由于一种文化企图不恰当地将自身价值强加于另一种文化而产生真理的颠倒"②。

1971 年,莫里森发表了《黑人妇女怎样思考妇女解放》("What the Black Woman Thinks about Women's Lib")。在这篇文章中,她亮出了自己的声音,表明对白人女性主义运动的不信任,认为黑人妇女将白人妇女视为敌人,因为她们清楚地"知道种族偏见不只局限于白人男性群体之中"③,而且"妇女解放给人的早期印象是个精英组织,由关注阶级的中上层妇女(大部分在专业领域工作)构成,并不关心绝大部分黑人妇女的问题"④。在莫里森看来,由精英知识分子领导的白人女性主义运动忽略了边缘妇女的声音和存在,因而不值得信任。同时她还借黑人女性艾达·刘易斯(Ida Lewis)的话,强调女性主义运动应考虑种族因素,不能用"女性"身份囊括所有的差异个体:"我们也不能简单地把自己当做美国妇女。我们是黑人妇女,因此我们应该做好

---

① Danille Taylor-Guthrie, ed., *Conversations with Toni Morrison*, Jackson: University Press of Mississippi, 1994, p. 199. 译文出处不详。

② 转引自王绍平:《颠倒的时间与荒谬的社会——简评莫瑞森小说〈最蓝的眼睛〉结构特色》,《齐齐哈尔师范学院学报》1997 年第 3 期,第 64 页。

③ Toni Morrison, "What the Black Woman Thinks about Women's Lib," *The New York Times*, August 22, 1971, p. 18. 译文出处不详。

④ 同③。

黑人社区的事情。"①莫里森认为,黑人妇女虽在争取黑人权力方面与黑人男性有着共同的追求,但与黑人男性又存在分歧。黑人男性一直把他们在外面遭受的屈辱发泄在家里。由于了解黑人男性在社会上的处境与地位,黑人妻子们默默忍受了他们的无名怒火,但她们也经常反抗,并没有真正成为男性的奴隶。与男性相比,黑人妇女承担了更多的家庭责任。正是因为黑人女性无所依靠,她们创造了自己,因而被赋予了一种独立的人格与前所未有的自尊。

在一定意义上,《秀拉》的创作是对白人女性主义运动的反思与超越。秀拉政治意识薄弱,没能将个人痛苦融入非裔女性集体中去,而是独自发动了以单薄的个体对抗整个男性霸权世界的不对等战争以追求性自由,最终成了白人强势文化下"性解放"的牺牲品。通过秀拉的悲剧,莫里森旨在表明,黑人女性摆脱生存困境、实现独立的个体抗争应与群体结合,像涓涓细流汇入大海一般形成巨大的集体力量。1977 年,巴巴拉·史密斯(Barbara Smith)在《迈向黑人女性主义批评》("Toward a Black Feminist Criticism")一文中指出,《秀拉》是一部充满复杂性的文本,只有新的理论——黑人女性主义批评才能阐释它。② 由此看来,莫里森的创作对黑人女性文学和黑人文化发展起着十分重要的作用。

此外,黑人女性文学的市场需求也是促使莫里森创作的一个不容忽视的因素。黑人民权运动的直接影响之一就是黑人学的兴起,有关黑人历史、文化的书籍受到读者重视。然而,20 世纪 60 年代末,当莫里森开始创作时,市面上黑人女性作家的作品少得可怜。1959 年,仅葆拉·马歇尔(Paule Marshall)发表了小说《褐姑娘,褐砖房》(*Brown Girl, Brownstones*),洛兰·汉斯贝里(Lorraine Hansberry)创作的剧本《日光下的葡萄干》(*A Raisin in the Sun*)在百老汇上演。反映黑人女

---

① 转引自王玉括:《反思非裔美国文化,质疑美国文学经典的批评家莫里森》,《当代外国文学》2013 年第 2 期,第 7 页。

② 转引自范良芹:《莫里森研究在美国》,《科技信息(学术研究)》2008 年第 2 期,第 136 页。

性经历的书在那时的图书市场上更是少见。像杰茜·福赛特(Jessie Fauset)、佐拉·尼尔·赫斯顿(Zola Neale Hurston)、安·佩特里(Ann Petry)等女性作家的作品大部分已经绝版。新一代作家,如玛雅·安吉罗(Maya Angelou)、罗莎·盖伊(Rosa Guy)、艾丽斯·沃克(Alice Walker)又还在创作中。所以说,不排除书写黑人自己的作品也是莫里森创作的动机之一。

<h2 style="text-align:center">三</h2>

　　莫里森步入文坛的时间较晚,近40岁才着手文学创作,而其创作主题的不断丰富与完善也与其编辑工作经历存在一定的潜在关系。自20世纪90年代以来,莫里森的小说创作一直是国内外文学研究的焦点。与一般作家不同的是,莫里森在从事文学创作之前,先是美国兰登书屋的一名编辑,并有十多年编辑兼作家的工作经历。后因聘至纽约州立大学艾伯特·施韦策人文学院从事教学研究,她才辞去编辑工作。1993年获得诺贝尔文学奖后,她再度与他人合作,共同编辑有关黑人的书籍,《一个国家的诞生》(*Birth of a Nationhood*, 1997)就是这一时期的代表作。因此,在莫里森的创作生涯中,编辑活动的影响是不容忽视的。

　　1964年,莫里森进入商业图书出版界,开始了编辑文化人的职业生涯,并于1967年被正式调入兰登书屋纽约总部,担任教材编辑。莫里森能成为兰登书屋中少数几个黑人编辑之一,在很大程度上与美国社会的历史背景有关。民权运动之后,许多教材需要修订;与此同时,美国还兴起了黑人学,有关黑人历史、文化的书籍开始受到读者的重视,出版公司当时招聘黑人编辑也是出于这方面的考虑。

　　在兰登书屋最初的日子里,莫里森编辑出版了一些美国黑人著名人物的传记。编辑工作之余,她还撰写了大量有关政治时事的文章和书评。自然,作为商业图书的编辑,她不能只考虑图书产业的严肃性,还需要更多了解市场和读者对图书的期待与要求,把握社会和市场的热点问题。可以肯定地说,编辑和出版对莫里森政治意识的培育和视野的拓展起了很大作用。

《最蓝的眼睛》由莫里森根据早期写作的故事改写而成,是关于一个黑皮肤小女孩渴望蓝眼睛的故事。不过,这本书的出版之路却几经波折,先后遭遇过九家出版社的拒绝。但莫里森不气馁,相信作品自身的价值,最终如愿以偿。其实,莫里森的锲而不舍很大程度上是缘于编辑职业给她造就的敏感性,即她对文学出版市场需求的了解。当时黑人女性作家的创作正处于交接之际,老一辈黑人女作家的作品大部分已经绝版,而新一代作家仍在创作之中。尽管赖特、艾里森等男性作家在文坛具有较大影响力,但他们的作品普遍存在"重男轻女"现象。在一次专访中,莫里森说道:"拉尔夫·艾里森、理查德·赖特的作品——他们所有的书我都十分钦佩——我不觉得他们在告诉我什么。我觉得他们只是把有关我们黑人的事讲给你们听,讲给大家,讲给白人,讲给男人们听。"①

所以说,莫里森是在细心观察黑人文学发展、考察黑人女性文学市场的基础上为自己的创作定位的。写作,除了满足她个人的归属感之外,还有另一层意义——填补文学市场的空白。随着《最蓝的眼睛》的面世,莫里森开启了以表现和探索黑人妇女及其生活为中心的文学创作生涯。这个开端对于她的整个创作无疑具有方向性意义。

熟悉莫里森创作的人都会注意到这样一个事实:莫里森的早期作品主要反映当代黑人的生存状况和精神文化生活,并或多或少地显露出她个人生活的一些真实细节。但《宠儿》发表后,她的创作重心发生了变化,出现了一个新的转折,即对黑人历史的发掘,再现黑人历史中无法言说、也未能言说的精神创伤。而这创作转型的背景,则必须从莫里森编辑出版的书籍说起。

在近二十年的编辑工作中,莫里森相继推出了许多反映黑人历史、文学、艺术和文化的图书。历史类书籍有《黑人之书》(*The Black*

---

① 转引自查尔斯·鲁亚斯:《美国作家访谈录》,粟旺等译,北京:中国对外翻译出版公司,1995 年,第 204 页。

Book，1974）、《西方和剩余者我们》（*The West and the Rest of Us*，1975）、《他们比哥伦布早来》（*They Came before Columbus*，1976）等，文学类书籍包括托尼·凯德·班巴拉（Toni Cade Bambara）等在内的十多位黑人作家的作品。这些书籍的出版对于黑人文学和文化的繁荣起到了积极的推动作用。有论者指出，"作为一名编辑，她（莫里森）帮助定义了美国黑人文学发展史"①。这一评价应该说是十分中肯的。从创作的角度来看，这项工作也具有特别的意义。一方面，它为莫里森广泛接触黑人群体，了解黑人的历史、文化提供了重要途径；另一方面，它为莫里森的创作积累了大量素材，为她后期的创作转型奠定了基础。

在莫里森编辑出版的书中，最卓越的要数《黑人之书》——一部反映300年来美国黑人历史的大型史料总集，涉及海报、简报、信件、演讲、民歌、布鲁斯音乐、劳动号子、民间故事、儿歌、图片、广告、照片等。尽管这本书内容繁复，风格驳杂，但莫里森竭尽全力使之成为一个有机的整体，尤其是在书的叙述手法、编排方式等方面充分发挥了作家的优势。为了拉近作者与读者的距离，此书采用了"我们"作为叙事人称。自然，这里的"我们"还有另一层含义，即作者、编辑、读者共同创作了这本书，这也是莫里森重要的创作思想。截至2011年，《黑人之书》已再版34次，深受读者喜爱。很显然，《黑人之书》的成功，莫里森功不可没。

在编辑《黑人之书》的过程中，玛格丽特·加纳的真实故事吸引了她的特别注意。虽然这个故事最后没有收入《黑人之书》，却给了莫里森创作《宠儿》的灵感。历经五年，她终于完成这一巨著。她通过想象或挪用玛格丽特的历史事件（宁肯杀死亲生孩子也不愿意让她们受奴役），再现了奴隶制对人性的摧残。继《宠儿》之后，莫里森又发表了四部反映黑人历史的小说：《爵士乐》（*Jazz*，1992）、《天堂》《爱》和

---

① Justine Tally, ed., *The Cambridge Companion to Toni Morrison*, Cambridge：Cambridge University Press, 2007, p. 139.

《一点仁慈》。特别值得一提的是,在《一点仁慈》中,莫里森首次把故事背景设置在 17 世纪的美洲大陆。该作品不仅在内容上与《宠儿》遥相呼应,而且在主题上也如出一辙,都是表现浓烈的母爱,只是与绝望的塞丝不同,《一点仁慈》中的母亲把女儿的命运寄托在一位陌生白人流露出的一点慈悲上。可见,莫里森后期创作大多是以其编辑过的历史档案作为创作的契机,与她编辑整理过的黑人历史档案息息相关。因此,编辑活动在其创作中所起的作用是不容忽视的。

从 20 世纪 70 年代起,莫里森接受了大量采访,而她审美思考的中心之一就是读者与创作之间的关系。莫里森认为,创作是"一种看似独立却需要他人协作完成的技艺"①。"我的作品也需要参与式的阅读,我认为这也是文学的期待。写作不仅是讲故事,它也牵涉到读者。"②莫里森对创作的如此认识根源深远。传统批评往往佐以作家传记资料、时代背景考证等来挖掘作者的写作意图。随着英美新批评登上历史舞台,批评家开始视文学作品为自给自足的独立个体,将目光从作者的写作意图和历史语境的局限中解放出来。随着"意图谬误""作者之死"的出台,批评理论又开始围绕读者建构,读者成了文本意义的合作者、阐释者甚至创造者。正如沃尔夫冈·伊瑟尔(Wolfgang Iser)所说:"作品的意义只有在阅读过程中才能产生,它是作品和读者相互作用的产物,而不是隐藏在作品之中,等待阐释者去发现的神秘之物。"③作为小说家,莫里森不仅把握了文学中心发生转移的事实,而且清醒地认识到读者在创作、阅读中的作用。与此同时,她多年的编辑出版经历也促使她将读者因素纳入创作思考之中。

有研究表明,由于传播者与创作者身份的重合,出版工作对编辑

---

① Toni Morrison, *The Dancing Mind: Speech upon Acceptance of the National Book Foundation Medal for Distinguished Contribution to American Letters*, New York: Alfred A. Knopf, 1997, p. 8.

② 转引自朱新福:《托尼·莫里森的族裔文化语境》,《外国文学与研究》2004 年第 3 期,第 58 页。

③ 沃尔夫冈·伊瑟尔:《阅读活动——审美反应理论》,金元浦、周宁译,北京:中国社会科学出版社,1991 年,第 47—48 页。

型作家的创作观和文学接受观带来较大的影响。① 我国著名小说家巴金开始从事文学创作时，并不关心读者的接受，说自己只是"为了申诉自己底悲哀而写小说，所以读者底赞许与责骂，我是不管的"②。但在担任文化生活出版社主编以后，他改变了看法，指出："作家和读者都是我的衣食父母。"③无独有偶，在美国，曾当过文学刊物编辑、也投过稿的埃德加·爱伦·坡（Edgar Allan Poe），在创作中也十分注重读者因素。坡一生贫困潦倒，没有固定职业，大半生靠编刊物和卖文为生，因而他的创作常常受到市场的驱动。正是由于其特殊的经历，坡对文学创作的理解也不同于一般的作家。在探讨亨利·华兹华斯·朗费罗（Henry Wadsworth Longfellow）的诗歌时，坡说道："心灵受到了震动，那心智也就不在乎接受扭曲的信息了。"④意思是说，"文学创作应以在读者的情感上产生尽可能强烈的艺术效果为宗旨，只要实现了这一效果，实现了美的传递"⑤，作者"也就不必为作品所传达的扭曲或畸形之美感到惋惜或痛心"⑥。

　　虽然莫里森从未以经营者的身份参与出版，但是从选题、文字处理、封面设计到广告语及书评的撰写等过程，她都全程加入。这无疑强化了她的读者与市场意识。她多次提到她的读者身份："作为读者，文学作品让我陶醉，但我想写的书不能仅仅是文学的，否则我就达不到目的，让我的读者失望。"⑦她十分清楚，读者的接受与反应是文学生产过程中的重要一环。倘若作品不在社会上流通，不被广大读者消

---

① 陈平原：《中国小说叙事模式的转变》，上海：上海人民出版社，1988年，第287页。

② 转引自李春雨、刘勇：《现代作家多重身份互溶互动的考察——一个本应受到重视的问题》，《海南师范学院学报》2006年第2期，第13页。

③ 同②，第14页。

④ 转引自朱振武：《爱伦·坡的效果美学论略》，《外国文学评论》2007年第3期，第128页。

⑤ 同④，第128—129页。

⑥ 同④，第129页。

⑦ Carolyn C. Denard, ed., *What Moves at Margin*, Jackson：University Press of Mississippi, 2008, p. 253.

费,那么其应有价值将永远得不到实现。可以说,读者的需求和兴趣,在某种程度上,应该潜在地影响了莫里森的创作。只要我们关注她作品的发行量,这种结论是不难得出的。《所罗门之歌》(*Song of Solomon*,1977)不仅使莫里森一举成名,而且还是继赖特的《土生子》(*Native Son*,1940)之后,第一次入选"每月图书俱乐部"的畅销小说,其平装版销量高达 57 万册。《柏油娃娃》(*Tar Baby*,1981)面世时,在《纽约时报》畅销书榜停留时间长达四个月,莫里森也因此成为第一位荣登《时代周刊》封面的非裔美国女性作家。《爵士乐》一出版就成为畅销书。发表于 2008 年的《一点仁慈》也被《纽约时报书评》编辑遴选为"2008 年十大最佳图书"之一。更让人吃惊的是,1992 年出版的文学论文集《黑暗中游戏:白人性与文学想象》(*Playing in the Dark: Whiteness and the Literary Imagination*)也位居畅销书行列,第一版销量就达两万五千册。① 显然,对一部评论作品来说,这样的销量是非常高的。

考察莫里森的文学创作,我们可以看出,莫里森的文学起步、文学创作的辉煌都与编辑出版有着不可分割的联系,并且她的文学创作观和接受观在一定程度上也受其影响。王守仁先生说得好,莫里森之所以能从一名业余作家成长为美国乃至世界最重要的作家之一,与她担任编辑、熟悉美国主流文化的操作规则有关。②

从以上对莫里森创作活动的阐释中,我们不难发现,托尼·莫里森的文学创作是由多种因素促成的。马斯洛将人的需求(动机)分成由低到高的多个层级,并认为社会的人首先必须满足衣食住行等生存的基本需求,然后才能依次满足安全感、归属感、爱和被爱感以及成就感。实质上,文学创作亦如此。它是由几个或者全部的基本需求同时促成的,因为仅由一种动机引起的创作是难以长久、难以持续终身的。需要特别强调的是,作家的文学创作动因与文学存

---

① 王玉括:《莫里森研究》,北京:人民出版社,2005 年,第 10—11 页。
② 同①,第 222 页。

在的状态密切相关,在很大程度上关涉文学的发展。如果作家放弃了时代精神与思考,缺乏崇高感与使命感,那么,文学就没有存在的必要和价值。换言之,经典作品是作家对自身生存状态和时代精神进行反思的结晶,是作家积极参与时代精神建构的见证。正是在这个意义上,托尼·莫里森将创作视为一种思考方式,实是切中肯綮,令人回味无穷。

第五节

玛丽莲·鲁宾逊:"构建一个充满女性特征的世界"[①]

　　玛丽莲·鲁宾逊(Marilynne Robinson)是当代美国文笔最优美的作家之一。[②] 她于 1943 年 11 月 26 日出生在爱达荷州的一个小镇上,她的家人是虔诚的基督教徒。鲁宾逊深受爱达荷州北部孤寂偏远的自然风光影响。约翰·加尔文(Jean Calvin)对她的影响也颇大,其作品中有明显的加尔文主义的思想痕迹。在大学,她选修了文学和宗教课程。她对文学的兴趣很浓厚,尤其钟情于 19 世纪的美国作家,例如拉尔夫·沃尔多·爱默生(Ralph Waldo Emerson)、艾米莉·狄金森(Emily Dickinson)等人。在写作毕业论文时,鲁宾逊开始写小说。她将生活中的大部分时间用于静心创作。她是一名小说家,同时也是教师和散文家,发表了不少散文作品。她不算非常高产,但她的小说几乎都获得了重要奖项,在美国文坛有重要地位。其处女作《持家》(*Housekeeping*, 1980)一经问世便好评如潮,曾获得笔会/海明威基金会最佳处女作奖,入围普利策奖,并在 2006 年被《时代周刊》评选为"1923至 2005 年 100 部最佳英语小说"之一。她的其他杰作还包括《基列家

---

　　① Thomas Schaub and Marilynne Robinson, "An Interview with Marilynne Robinson," *Contemporary Literature*, 35(1994), p. 231. 本节由龙娟、刘蓉撰写。

　　② Brian W. Shaffer et al., eds., *The Encyclopedia of Twentieth-Century Fiction*, vol. II, Chichester: Wiley-Blackwell, 2011, p. 804.

书》(*Gilead*, 2004)、《家》(*Home*, 2008)、《莱拉》(*Lila*, 2008)等。

尽管鲁宾逊的作品主题涵盖丰富,为学者们提供了多种阐释视角,但是她对女性生存境况与生活境遇的关注尤其值得我们深入探讨。鲁宾逊小说中的女性角色往往具有丰富的灵魂和多舛的命运。鲁宾逊的作品往往与宗教有不可分割的关联,宗教信仰的占比很大。"文学与宗教是鲁宾逊小说中相互依存、相互呼应的两条线索。"①鲁宾逊常通过女性的遭遇表现其日常美学和宗教信仰。她的文本揭示了性别角色的无形力量,暴露了文化上勾连的性别、宗教和家庭结构之间的联系,将家庭的产生与宗教仪式的运作进行并置。许多评论家认为,鲁宾逊作品的成功离不开她的多变风格和非传统的角色与主题。鲁宾逊心思细腻、感情丰富,善于在平凡的经历中找到神圣的体验,并有自己独特的创作方式。她善于静心观察、等待、聆听,并从中梳理出一种可以净化心灵的语言。她的文笔情感丰富,在描绘有力而神秘的自然时尤其生动。目前,国内学术界对鲁宾逊及其作品的介绍和研究还比较少,国外学术界则已经从女性主义、心理分析、宗教、经典隐喻等多个角度展开了相关研究。下面,我们将主要通过分析鲁宾逊小说中的地方与空间,探索鲁宾逊作品中的女性世界。

一

鲁宾逊在作品中创造的"充满女性特征的世界"融合了宗教、家庭和社会等元素,蕴含着非常丰富的思想内涵与独特的美学意义,其处女作及代表作《持家》尤其受到国外学界的广泛关注,但目前鲜有学者从地方理论视角来解读《持家》中的女性世界。鲁宾逊本人曾在采访中谈到她创作该小说的起因:"我确实想构建一个充满女性特征的世界……在地方的表现上女性的存在基本上是被忽略的。"②从地方理

---

① Ray Horton, "'Rituals of the Ordinary': Marilynne Robinson's Aesthetics of Belief and Finitude." *PMLA*, 132.1(2017), p. 121.

② Thomas Schaub and Marilynne Robinson, "An Interview with Marilynne Robinson," *Contemporary Literature*, 35(1994), p. 231.

论视角来诠释该文本,我们可以更好地解读出玛丽莲·鲁宾逊的创作观,或者说,该小说是鲁宾逊创作观的集中展现。具体地说,《持家》是鲁宾逊对作为"地方"(place)的房子的思考,是鲁宾逊创作观的文本再现。透过地方理论视角的棱镜,《持家》中的房子呈现出典型的"地方性"(placeness),是作家希冀"构建一个充满女性特征的世界"的表征。

　　首先是关于"地方"这一概念的理论起源。学界一般认为,"地方"最初是一个地理学概念,指由人或物占据的部分地理空间(space),具有抽象、静止、量化的特征。20世纪70年代以来,人文地理学家赋予了"地方"概念具体、动态、有质感的特质,它因此开始承载丰富的文化意义。例如,人文地理学家段义孚(Yi-Fu Tuan)认为,"地方"由于"被赋予意义"而成为"可感价值的中心"[1];E. 雷尔夫(E. Relph)认为"地方"是"行为和意图的中心",并认为"地方"的内涵包括三个方面,即"静止的物理环境、其中进行的活动以及它对于人的意义"[2]。毋庸置疑,人文地理学家对"地方"的研究不断深化,这为地方理论的生成提供了重要的理论支撑,"地方"这个词因而在近年来成为哲学、社会学和文学批评等多个学术领域颇受关注的理论术语。

　　源自地理学的地方理论延伸到环境批评领域中,强化了环境、社会和个人的联系。美国环境批评家劳伦斯·布伊尔(Lawrence Buell)试图以"地方"来建构环境批评的理论基础。他在《环境的想象:梭罗、自然写作与美国文化的构成》(*The Environmental Imagination: Thoreau, Nature Writing, and the Formation of American Culture*, 1995)中强调:"地方应当被重视并应当成为环境想象理论的中心。"[3]在《环境批评的未来:环境危机与文学想象》(*The Future of Environmental*

　　① Yi-Fu Tuan, *Space and Place: The Perspective of Experience*, Minneapolis: University of Minnesota Press, 1977, p. 4.

　　② E. Relph, *Place and Placelessness*, London: Pion, 1976, p. 46.

　　③ Lawrence Buell, *The Environmental Imagination: Thoreau, Nature Writing, and the Formation of American Culture*, Cambridge, MA, and London: The Belknap Press of Harvard University Press, 1995, p. 252.

Criticism: Environmental Crisis and Literary Imagination，2005）一书中，他更是用整整一章的篇幅阐述地方理论，强调环境批评应该促成一种从顺应自然环境到了解"地方"和建构"地方"的演进。他还进一步强调"地方"的多重维度："'地方'这个概念至少同时指向三个方向：环境的物质性、社会观念或建构、个体的情感或归属感。"①布伊尔的观点和文化地理学家迈克·克朗（Mike Crang）的"地方性"之说异曲同工。② 他们都认为，空间被主体赋予了意义后就具有了"地方性"；或者说，"地方性"具有主体性。

《持家》中作为"地方"的房子拥有三种"地方性"，即物质属性、社会建构属性和情感属性。作为人生存之寓所，地方与人的身体紧密相连。"身体与地方之间就像被打上了哥帝尔斯之结，这个结无论从哪个点都无法解开……哪里有人类身体，哪里就会有地方。或者说，哪里有地方，哪里就有身体。"③地方对于人的生存体验不可或缺，甚至能够影响一个人的自我建构。不过，虽然地方对于人的生存体验不可或缺，但是人们无法给它一个明确的界定。地方可小可大，可以指一个小点（如沙发上的一个点），也可以指房子、村庄、小镇、城市、大都市甚至国家等。但正如琼·柯比（Joan Kirkby）所言，房子是典型的"地方"："建立一所房子就是在本属于自然的环境中创建一个人类的空间，因此一所房子就是一个地方。"④小说《持家》英文名为 *Housekeeping*，其中的 house（"房子"）就是典型的"地方"。既然房子是典型的"地方"，它肯定"植根于物质环境、客体和活动中"⑤，具有布伊尔所提到的三种属性或者克朗所讲的"地

① Lawrence Buell, *The Future of Environmental Criticism: Environmental Crisis and Literary Imagination*, Malden：Blackwell Publishing Ltd., 2005, p. 63.

② Mike Crang, *Cultural Geography*, London and New York：Routledge, 1998, pp. 120 – 131.

③ Edward Casey, *The Fate of Place: A Philosophical History*, Berkeley：University of California Press, 1998, p. 235.

④ Joan Kirkby, "Is There Life after Art? The Metaphysics of Marilynne Robinson's *Housekeeping*," *Tulsa Studies in Women's Literature*, 5.1(1986), p. 92.

⑤ 同①。

方性"。

　　首先,房子具有物质属性。有形的房子能够为人们遮风挡雨。就像亨利·梭罗(Henry Thoreau)在《瓦尔登湖》(*Walden*, 1854)里提到的房子一样,它是一个温暖、舒适的地方,是人们希望拥有的对象。从深层来看,"人人都渴望有一个避难所、房子、火炉和家,这反映了人们在失去了伊甸园中那种庇护之后渴望重新获得庇护而做出的不懈努力"①。如果循着《圣经》的认知模式,那么建造房子就是人们渴望建造一个新伊甸园的隐喻。在普通人的认知中,也许房子并不一定具有《圣经》中的象征意义,但它也是不可或缺的居所和带给人安全感的地方。正因为如此,《持家》中的外祖母福斯特夫人一再叮嘱她的外孙女露丝和露西尔姐妹俩:果园可以卖掉,但房子一定要保留,因为"头上有屋顶遮天,你们就会很安全"②。在外祖母的思维定式中,房子外面就意味着危险,只有凭借房子与外面隔离开来,才能真正保护自己。

　　其次,房子具有社会建构属性。既然房子能够为人们遮风避雨,为人们提供安全的居住场所,久而久之,人们就建造出无数的房子,房子相对集中的地方就逐步形成了村庄或者城镇,而这些村庄或者城镇往往被当作人类文明的集合体,房子的社会建构属性也因此得到凸显。诚如建筑大师阿尔多·罗西(Aldo Rossi)所言,"建筑有着文化的功能,没有建筑物,文明无从谈起。它是我们人造环境的一部分,记载着人类的行为并赋予其秩序。这些都是通过建造适当尺寸的稳定的建筑物来达到的"③。从象征的层面上讲,"我们的房子就是我们在世界上拥有一席之地的表征"④。美国诗人加里·斯奈德(Gary Snyder)在诗歌《水面上的涟漪》("Ripples on the Surface", 1992)中用"小房

　　① Malcolm Quantrill, *The Environmental Memory: Man and Architecture in the Landscape of Ideas*, New York：Schocken, 1986, p. 21.

　　② Marilynne Robinson, *Housekeeping*, New York：Farrar, Straus, and Giroux, 1980, p. 27.

　　③ Aldo Rossi, *The Architecture of the City*, Cambridge：The MIT Press, 1984, p. 9.

　　④ 同①,第90页。

子"隐喻人类文明,①这显示了诗人具有鞭辟入里的洞见。鲁宾逊则在小说《持家》中对斯奈德诗歌中的"小房子"进行了更为细致、独特和深刻的阐述。

最后,房子往往被赋予情感属性。现实生活中的人们往往对自己居住过的房子具有强烈的情感依托感。人文地理学家段义孚用"恋地情结"(Topophilia)来概括人与物质环境之间的这种情感联系,认为房子通常是"充满情感事件的承载体"②和人们记忆的宝库:"关于具体房子和房间的记忆激活了我们对客体存在的连续性的认识,从而加强了对自身存在意义的主体意识。"③这样一来,我们就不难理解小说中露丝的外祖父和外祖母极度珍视和多次修缮自己房子的行为。露丝的外祖父爱德蒙·福斯特早年奔波辗转往西,终于在指骨镇找到了心目中理想的有山之地,并亲手在此建造了自己的房子,与外祖母定居下来。外祖父去世以后,外祖母更是悉心打理这座房子,因为对她来说,它贮藏着丰富的情感记忆,意义深远。

由此可见,《持家》中的房子不仅仅是实体空间,更是承载着丰富文化意义的"地方",具有明显的"地方性"。一方面,作为典型"地方"的房子在一定社会情境之下被赋予丰富的文化意义并被符号化,承载了丰富的情感、价值观和意识形态;另一方面,个人或群体可以通过自下而上的实践,对基于"地方"的文化意义进行"展演"④。从这个意义上来讲,《持家》中的房子是被复杂的意义、话语和实践所定义的主观建构。在房子出现之前,世界是一个不可分离的整体,但房子的出现切断了这种统一,破坏了这种完整性。

---

① Gary Snyder, "Ripples on the Surface," in *No Nature: New and Selected Poems*, New York and San Francisco: Pantheon Books, 1992, p. 381.

② Yi-Fu Tuan, *Space and Place: The Perspective of Experience*, Minneapolis: University of Minnesota Press, 1977, p. 93.

③ Malcolm Quantrill, *The Environmental Memory: Man and Architecture in the Landscape of Ideas*, New York: Schocken, 1986, p. 184.

④ Tim Cresswell, Afterword, in *Place: A Short Introduction*, Oxford: Blackwell, 2004, p. 2.

《持家》中指骨镇上的人们严格区分房子的"内"与"外",这蕴含着人与自然以及男女两性在"地方"上的双重对立。为了维护栖居地的不可侵犯性,人们习惯于将房子的内部与外部世界截然分开,并千方百计地将自然阻挡在房外,以致房子的"内"与"外"形成张力——房子"穿梭"于各种复杂的关系网络之中,显示出巨大的存在与功能。

首先,房子"内"与"外"的严格区分表征着人类与自然在"地方"上的对立。在《持家》中,外祖母的房子就是人与自然对立的一个最明显的注脚。她总是将房子打扫得干干净净,努力维持房子里面的干净整洁。她一丝不苟地料理家事。在她的房子里,晚上和白天一样,灯光和窗帘将黑暗驱逐,挡在房子外面。这种传统的持家方式旨在将人类与自然分离。在管理房子方面,露西尔沿袭了外祖母的那一套,也扮演着自然的抗拒者:她"洁癖得过火,跟荒废房子的自然力搏斗"①。在下午大扫除时,她将房子里面的灯全部打开,让房间里灯火通明。她将房子里面布置得整齐干净,不容许任何自然元素进入其中。她拒绝接受姨妈希薇那种新型持家方式,因为她的忠诚已经"投向另一个世界。到了秋天,她紧密而激烈地从事让自己归化到那边的活动"②。此处的"那边"正是指人类传统文化的中心。实际上,指骨镇上的人们大都像露西尔一样,沿袭了传统的持家模式。

现代化的生活方式强化了人类对于房"内"与房"外"的严格区分,割断了人与自然的密切联系,加剧了自然与文化的二元对立。布伊尔在《为濒危的世界写作:美国及其他地区的文学、文化和环境》(*Writing for an Endangered World: Literature, Culture, and Environment in the U.S. and Beyond*, 2001)一书中曾经指出,"自然—文化的分歧是一个扭曲却必要的镜筒,透过它可以看到现代化进程及

---

① Marilynne Robinson, *Housekeeping*, New York: Farrar, Straus, and Giroux, 1980, p. 216.

② 同①,第95页。

后现代主义者的主张"①。虽然小说中的指骨镇是一个偏远的小镇，受群山湖水包围，与外界的联系不便，但 20 世纪 50 年代（故事发生的时间）的美国早已完成工业革命，现代化的痕迹随处可见。《持家》中的指骨镇就有火车站、电话亭、货运车等现代化工具。著名人文地理学家提姆·克雷斯韦尔（Tim Cresswell）曾经一针见血地指出："地方的建立就是将原始的自然变成人类的栖居地。"②小说中的指骨镇所在地原本是湖泊，但被当地居民变成了栖居地，这是人类侵占自然的典型方式。指骨镇由众多的房子组成，这些房子组成了茫茫荒野中的人类集聚地。

其次，房子"内"与"外"的严格区分表征着两性在"地方"上的对立，房子"外"的女性与自然可以视为未被驯化，而房子"内"的女性则是活在男性凝视之下的集合体。《持家》中的指骨镇由一座座房子组成，这些房子构成一个微型的人类社会。指骨镇这个微型人类社会是以男性为中心的组织模式，其权力"集中在男性统治阶层，'非男性者'需要保护、引导和控制"③，因此它具有父权制社会的典型特征，彰显出性别对立和性别歧视的烙印。小说中男性人物的男性凝视和男权思维剥夺了女性的话语权，忽视了女性的个体存在意义和价值，强化了性别中的二元对立思想。

在男性凝视视角下，女性存在的价值被束缚在房子之中，女性处于集体失语状态。虽然在家庭生活中女性是持家的主体，但是在男权社会里，女性的行为受到很大制约，在持家模式上必须遵循传统男权社会所指定的规则，并断绝与外界的联系。然而，男性让女性足不出户，整天在房中忙于管理家务，却无视女性"所经受的一种奇怪的躁

---

① Lawrence Buell, *Writing for an Endangered World: Literature, Culture, and Environment in the U.S. and Beyond*, Cambridge, MA, and London: The Belknap Press of Harvard University Press, 2001, p. 5.

② Tim Cresswell, "Theorizing Place," *Thamyris/Intersecting*, 9(2002), p. 11.

③ Deborah L. Madsen:《女权主义理论与文学实践》，北京：外语教学与研究出版社，2006 年，第 124 页。

动、一种不满足感、一种渴求"①,这就好比男性将女性变相禁闭于房中,让女性无法发出自己的声音;实际上,男权社会中的各种规范造就了女性驯服的身体,将家庭空间打造成了一个囚禁女性的封闭监狱。当然,现代社会对女性的种种规范和约束不会像诗人考文垂·帕特莫尔(Coventry Patmore)所生活的维多利亚时期那样以血腥和暴力的直接形式出现,而是通过权力潜移默化地对身体进行驯化,但正如米歇尔·福柯(Michel Foucault)对"圆形监狱"(panopticon)的观察与分析:囚犯会在隐身却又无处不在的凝视的重压下,将控制自己身体和思想的教条内化,从而进行自我监督。在小说《持家》中,包括露丝的外祖母、两个姨奶奶、姨妈希薇以及投河自尽的妈妈海伦等在内的众多女性就生活在这种"圆形监狱"般的房子中。将女性存在的意义和价值束缚在家庭中的传统间接体现了男性权力的优越性。

　　小说中男性人物的男权思维模式强化了女性作为他者的身份认同,女性在公共事务和家庭生活中丧失话语权就是典型的一例。指骨镇这个微型社会中的权威人士都是男性,他们保护、控制及引导女性并使其成为第二性。校长弗仑奇先生就是镇上的权威之一。他个头不大,但彰显出一种"带着神秘感的权威"②。在指骨镇唯一的学校里,校长的主要任务就是让学生遵循父权制社会的法规。镇上的警长是另一位权威人士。他是一个极力维护传统和现有秩序的人,尽其所能对女性进行规训。当他意识到希薇和露丝的持家方式与传统相悖时,就认为她们是在挑战男性权威,触及了持家的本质,冒犯了父权社会模式。因此,他出面组织镇上的人召开听证会,企图取消希薇对露丝的监护权。实际上,指骨镇的警长和镇上居民对希薇的持家方式之所以如此排斥,主要原因在于根深蒂固的男权思维模式。男权思维模式的一个典型特征就是二分法,即用男性的标准来评价女性,强调男

---

①　弗里丹:《女性的奥秘》,程锡麟、朱徽、王晓路译,广州:广东经济出版社,2005年,第1页。

②　Marilynne Robinson, *Housekeeping*, New York: Farrar, Straus, and Giroux, 1980, p. 134.

性是主体、女性是客体,是"非男性"和"他者"。在这种二元对立的思维定式下,"男性与女性之间的关系就是压迫的等级制度关系的范例:占统治地位的是男性,处于服从地位的是女性"①。男权思维模式不仅体现在公共事务的各个领域,而且渗透到家庭生活领域。在男性看来,公共事务是男性的领地,而管理房子属于女性的事务。因此,当露丝的外祖父福斯特亲手建造一座房子时,他将这座房子看成特地为妻子盖的。② 这无疑反映出福斯特对妻子的保护和引导,以致妻子愿意成为诗人考文垂·帕特莫尔笔下身兼"仆人和妻子"职责的"房中天使"③。事实上,正如福斯特所期望的那样,福斯特夫人担当起沉默寡言的"仆人和妻子"双重角色,每天将房子打理得井井有条,尽心尽力将三个女儿抚养成人。

小说中的男性人物虽然不多,但他们那试图规训女性的男权力量却不容忽视,小说中的死亡书写更是暗含了男女两性的对立关系。男女活着的时候地位不平等,死后的待遇也不一样。小说中一个看似不起眼的细节足以证明这一点:在处理女性的葬礼与男性的葬礼方面有着天壤之别。在小说的开头,当外祖父去世的时候,报纸上刊登了讣闻,并配有巨幅照片;整个指骨镇居民都觉得这是全镇的"头等大事"④,并为此忙得不亦乐乎。而当外祖母去世的时候,虽然报纸上也刊登了讣闻,却没有刊登其照片,甚至"葬礼的时间也没有提到"⑤。同样,海伦的死也没有引起镇上居民的重视,镇上好像什么事也没有发生一样。

在文化地理学和社会性别建构视角下,"房子"这一地方蕴含着

---

① Deborah L. Madsen:《女权主义理论与文学实践》,北京:外语教学与研究出版社,2006 年,第 123 页。

② Marilynne Robinson, *Housekeeping*, New York: Farrar, Straus, and Giroux, 1980, p. 1.

③ Coventry Patmore, *The Angel in the House*, London: George Bell and Sons, 1906, p. 28.

④ 同②,第 40 页。

⑤ 同②,第 40 页。

丰富的内涵。从文化地理学来看,一座座房子就像一个个微型的人类文化中心,而房子外面则是广阔无垠的荒野。可以说,房子的建造隔离了人与自然之间的有机联系。从社会性别建构来看,法国女性主义思想家波伏娃曾经指出,女人是在后天逐渐形成并被塑造成为他者的。波伏娃一语道破了女性之所以成为第二性的深层原因。美国女性主义者凯特·米利特(Kate Millett)在波伏娃的社会性别建构论基础上进一步发展,在文化层面深度挖掘女性受压迫的原因。她认为现代社会之所以仍然存在性别歧视,主要原因在于文化的影响。在传统文化中,女性就应该待在家里好好地管理房子,而男性则在社会中担当重要职位,房子"内"的女性受制于男性的规训和制约,还受制于人类社会文化所构建的形象。"庇护"作为房子的物质属性甚至可以延伸到社会性别建构领域,父权制意识形态的表征之一就是男性对女性的庇护,《持家》中对"房中天使"的描述就是最佳例证——可以说,房子"内"就是传统男权社会的缩影。这是根深蒂固的父权制意识形态造成的。虽然父权制意识存在的经济基础在20世纪50年代的美国确实已经不复存在,但父权制意识仍然存在。按照马克思的观点,社会存在决定社会意识,社会意识会随着社会存在的变化而相应发生改变,但这种变化并不一定完全同步,社会意识的变化往往相对滞后。[①] 而房子"外"的女性则是未被驯化的女性,她们作为个体的自身特征被强化,不再被贴上"房中天使"的标签,这也弱化了男女两性的对立关系。房子的"内"与"外"不仅仅可以指具体的地理空间,更可以延伸到抽象的社会空间。正是由于意识到女性在"地方"书写中被忽略的事实,意识到父权制对女性的束缚,鲁宾逊才着重在"地方"的表现上突出女性的存在。透过地方理论的棱镜,我们能更好地理解根深蒂固的父权制意识形态在人类社会中存在的根源。

---

① 马克思:《〈政治经济学批判〉序言》,载中共中央马克思恩格斯列宁斯大林著作编译局编,《马克思恩格斯全集》(第十三卷),北京:人民出版社,1972年,第82—83页。

二

　　《持家》中的小叙事让我们重新审视人与自然及男女两性的双重对立关系,鲁宾逊试图在"地方"中探索让这一双重对立关系重归和谐的可行路径,即突破房子"内""外"藩篱。《持家》书写的只是发生在房子中的持家琐事,缺乏宏大叙事的恢宏场景,但这种小叙事最能揭示内隐于生活、经验和行为背后的本质和意义。从本质上来讲,传统持家方式折射出明显的二元对立思维模式,既显示出人类对待自然的倨傲态度,同时又体现了女性被规训的社会处境。通过展现两种不同的地方感给当地居民带来的不同生存状态,小说表达了作家的价值取向,即要达到人与自然的和谐相处,必须突破房子"内""外"的藩篱,正确理解"地方"的内涵,形成恰当的地方感。

　　首先,正确理解房子"内""外"的联系,形成恰当的地方感,才能突破"内""外"的藩篱,求得人与自然的和谐共处。房"内"的人文景观属于"地方",房"外"的自然景观同样也属于"地方",正如布伊尔所说:"自然……不是土壤,而是地方。"①只有正确理解房"内"与房"外"的联系才能形成恰当的地方感。那么,什么是地方感? 地方感是"一种了解一个特殊地方并成为其中的一部分的感情"②,是人们对一个特殊地方的情感依附;或者说,地方感是长时间逐渐积累起来的对人产生深远影响的一种情感,它像一根纽带,能够将人与环境联结起来。因此,布伊尔指出:"地方感可以把我们同真实的环境联系起来。"③

　　小说中的希薇这一女性形象就是一个具有正确的地方感的人物,

---

①　Lawrence Buell, *The Environmental Imagination: Thoreau, Nature Writing, and the Formation of American Culture*, Cambridge, MA and London: The Belknap Press of Harvard University Press, 1995, p. 268.

②　Neil Evernden, "Beyond Ecology: Self, Place, and the Pathetic Fallacy," in *The Ecocriticism Reader: Landmarks in Literary Ecology*, edited by Cheryll Glotfelty and Harold Fromm, Athens: University of Georgia Press, 1996, p. 100.

③　同①,第 253 页。

她最终因此找到了人与自然和谐相处的理想路径。环境不仅包括人为环境,还包括自然环境;因此,正确的地方感既包括对房子等人为环境的眷恋,也意味着要突破房子的界限,进而眷恋周边的自然环境。她的地方感既涵盖当地的人为环境,也涵盖当地的自然环境。希薇是一个喜欢漂泊的人,热爱自然景观,但她还是回到指骨镇来照顾露丝和露西尔两姐妹。她喜欢在湖边漫步,观察湖水或群山;喜欢划船去寻找周围未知的自然景观;喜欢夜晚泛舟湖上,与黑夜融为一体。只有在自然的怀抱中,她才能真正找到感情的寄托。在她心中,对一个地方的依附肯定少不了对当地自然环境的依恋,而这种依恋之情无疑是地方感的重要组成部分。然而《持家》中的大部分居民却由于未能形成正确的地方感而与自然环境格格不入。房子及其组成的小镇无疑属于人为环境,人们对它的眷恋是非常正常的情感依附,但如果仅限于此,那无疑是片面的,无法形成正确的地方感,也无法做到与自然环境和谐相处。从这个意义来看,《持家》中的大部分居民需要重新审视他们的地方感,因为他们所眷恋的只是他们所创造的人为环境,包括房子、小镇、街道等,对自然环境却是极力排斥,这种倾向造成这些人与自然环境的对立。

在鲁宾逊勾勒的蓝图中,人类与自然突破二元对立模式,成为具有地方感的共同体,由此重归和谐。人类是自然的一部分,人类与自然之间的界限其实是不存在的。希薇式的地方感阐释和践行了美国著名生态诗人斯奈德的主张。斯奈德在《水面上的涟漪》这首诗中写道:"荒野无垠/房子独屹立/荒野中的小房子/房子中的荒野/都已被淡忘/两者都糅合在一所大而空的房子。"①在诗歌中,诗人用"小房子"暗指人类文明,用"荒野"隐喻自然,认为"荒野中的小房子"和"房子中的荒野"这两者的界限"都已被淡忘"并"糅合在一所大而空的房子"中。诗人从根本上打破了传统的人类文明和自

① Gary Snyder, "Ripples on the Surface," in *No Nature: New and Selected Poems*, New York and San Francisco: Pantheon Books, 1992, p. 381.

然之间二元对立的思维模式，指出人类文明是自然的一部分，两者不可对立。诗的最后一行更是为人类走出"小房子"的藩篱、进入自然那所"大而空的房子"并重归和谐提供了一条理想路径。这样看来，鲁宾逊与斯奈德异曲同工：两者都在勾勒人与自然和谐相处的蓝图。

其次，人与自然和谐共处的美好愿景也传达了作者想要转变男女两性对立关系的强烈诉求。通过对传统与新型持家模式的对比，小说凸显了作家对新型两性关系的认知：要达到两性之间的和谐境界，必须超越房子"内""外"的藩篱，形成新型持家模式，并在此基础上取得两性的共识和平等。

传统的持家模式以指骨镇上的绝大部分女性为代表。指骨镇的居民世世代代生活在这个地方，一直延续着这种传统的持家模式，从未改变。人类与自然的界限本来不存在，但传统的持家模式实际上是一种让人类与自然分离、让两性对立的模式，这种对立的模式在指骨镇这个微型人类社会中展现得淋漓尽致。镇上的女性坚持着传统的持家方式，房子内整整齐齐，房子内外截然不同，内部光明与外部黑暗形成强烈的对比。在这种传统的持家模式基础上衍生出的两性关系也是极其不平等的。

希薇和露丝作为反对传统持家观念的女性代表，尝试突破房"内"的局限，以求实现房子"内""外"的融合。希薇的持家模式与传统方式背道而驰，她注重保持房子内外的连续性，超越了房子的界限。她寻求消除房子内外差别的方法，让房子的物理结构及其界限退隐。对希薇而言，天是房顶地是家。她喜欢和衣而睡，以鞋为枕，经常门窗大开，落叶、蟋蟀、黄蜂等自然物都悄然进屋，模糊了自然和人类文明的界限，恢复了两者的连续性。在希薇的影响下，露丝习惯了这种持家方式，习惯让自然进入房子。她认同希薇的观点，即女性应该转变持家方式，走出房子，走进自然，与自然融为一体，实现地方的统一。在林中度过的那个晚上让露丝开始接受人与自然的统一性："我纯粹让天空的黑暗，在同一时间和同一空间内触及我的头颅、我的内脏和我骨头里的黑暗。"①她开始意识到人类与自然其实是一个整体。之后，希薇带她去小岛，夜晚泛舟湖上，露丝在黑夜中更是体会到自己开始成为自然的一部分。她感觉自己是一颗胚芽，"应该要膨胀延展……把水都喝进我的毛细孔里，直到脑子里最后一条黑色缝隙都成了一道细流、一条小导管"②。露丝已经感到自己和大自然融为一体，并且习惯了希薇的持家方式。她让黑夜进入房子，以保持与外界的连续性。从一定的意义上来讲，希薇和露丝的新型持家方式向传统的"女性是房中天使"的观点发出了挑战。这种新型模式触犯了男权社会传统，镇长要召开听证会取消希薇对露丝的监护权。为了能够继续照顾露丝，希薇被迫考虑转变持家方式，但露丝却不愿回到传统的持家模式中。最后，她们放火烧了房子，离开指骨镇，成了漂泊者。

在鲁宾逊所创造的"充满女性特征的世界"中，残酷的社会现实总是与美好的社会愿景相互交织。这个世界既有深受男性压制和规训的"房中天使"，又有勇敢反抗传统男权思维的独立女性，而女性的自我觉醒又是突破房子"内""外"藩篱的关键因素之一。尽管小说中希薇和露丝烧毁房子的举动显得偏激和另类，但鲁宾逊的用意很明显。作为一位眼光锐利的女性作家，鲁宾逊清楚地看到社会现实：虽然"房中天使"已经不再是现实中的客体存在，但是如今它已经演变成一种思维和规范，像幽灵一样无处不在，不仅控制着女性的思想，而且阻止一切与男权思想相抗衡的力量。在这种背景下去看希薇和露丝的上述举动，意义非常深远。它表征着女性对男性禁锢的反抗，是女性觉醒的标志，也是对男权社会中那种二元对立思维模式的解构：既然边界可以"区分内外"和"建构'我们'与'他们'之间的对立"③，那么，只有打破边界（这种"内外"边界的划分完全是人为建构的），一个理

① Marilynne Robinson, *Housekeeping*, New York：Farrar, Straus, and Giroux, 1980, p. 116.

② 同①，第162页。

③ Doreen Massey, *Space, Place and Gender*, Minneapolis：University of Minnesota Press, 1994, p. 151.

想家园才可能得以创建。换言之,"地方"也可以成为抗争和权力斗争的场所。从这个意义上讲,希薇和露丝试图以"打破边界"这种颠覆性行为来消解男性权威和解放"地方"的含义,这表明女性的自我探寻之路已经开始了。只有打破男权社会加诸女性的枷锁,女性的主体性得以正常发挥,一个两性相互依存的和谐新世界才可能诞生。换言之,从两性关系的层面来看,超越房子"内""外"的藩篱意味着女性必须摈弃传统的持家模式,实现自我觉醒,从而真正实现男女平等。鲁宾逊就人与自然及男性与女性如何重归和谐指明了可资借鉴的路径。她勾勒出一幅人与自然及两性之间和谐相融的美好图景:"世界终会完整。"①可以说,鲁宾逊的希冀与诉求道破了真正关心人类生存与发展的明智之士的心声,契合了当代人类追求理想世界的良好愿望。重新思考人与自然的关系也可以视为重新思考男女两性关系。在鲁宾逊的作品中,自然被赋予了女性特征,女性的主体性在自然中得到发挥;房子本身是二元对立关系的源头,房子"内"的地方限制了女性的成长,房子"外"的地方是自然环境,也是女性自我成长和自我觉醒的空间。在《持家》中,希薇自愿回到家庭中,并试图通过重新定义传统性别角色来平衡个人和社会身份,虽最后以失败告终,但这仍称得上是小说中女性觉醒的典型例证。突破房子"内""外"的藩篱不仅仅是实现生态意义上人与自然的融合,更是实现社会意义上男女两性的和谐与平等。

三

除了《持家》,鲁宾逊对家庭叙事空间的关注在《家》这部作品中也有体现,《家》注重表现女性在家庭中所受到的性别限制。在上一节中,我们通过对房子这一"地方"的意涵进行探讨,揭示了它的文化意义。在本节中,我们将聚焦鲁宾逊《家》中家庭作为叙事空间所揭示的

---

① Marilynne Robinson, *Housekeeping*, New York: Farrar, Straus, and Giroux, 1980, p. 152.

意涵。玛丽莲·鲁宾逊 2008 年的作品《家》获得了橘子小说奖,并入围美国国家图书奖短名单。这部小说延续了鲁宾逊于 2004 年发表的《基列家书》的故事,是基列三部曲中的第二部。不同于《基列家书》,《家》将故事场景设定在埃姆斯的好友、牧师罗伯特·鲍顿家,讲述了鲍顿的女儿格罗瑞等人努力维持这个家庭,恢复家庭往日秩序,调和家庭成员关系,以爱和包容消除隔阂的故事。从家庭和叙事空间的角度,可以看出这部小说将读者置于虚构世界中,通过呈现受限的虚拟世界,显示了格罗瑞——这部小说的女主角——如何被独自局限在家庭中并充当家庭的维持者,探讨了在这一看似违背女权主义的故事背后的复杂原因。

早期女权主义批评中有一个重要内容,就是强调家庭生活社会叙事中的性别限制,例如桑德拉·吉尔伯特(Sandra Gilbert)和苏珊·古芭(Susan Gubar)在《父权体系的建筑》("The Architecture of Patriarchy", 1979)一文中就批判了女性的困境。[①] 用苏珊·弗雷曼(Susan Fraiman)的话来说,《家》讲述的是"被沉闷可怕的家庭生活所禁锢的女性"[②]的历史。然而,一些学者最近开始注意到,在女权主义方面存在二元或本质主义思维方式的危险。这种思维将女权主义的历史简简单单地视作支持或反对"家庭罗曼史"的二元对立。但事实上,如果我们真正将自己沉浸在一部家庭小说中,将自己不但当作小说的批评者,也当作现实的经历者来看待,摈弃简单的二元对立思维,就能真正理解鲁宾逊这部家庭小说的意义。

失声的女性人物在家庭叙事空间中发挥着重要作用,她们维系着传统的家庭结构。《家》的故事背景是 20 世纪 50 年代末美国中西部一个乡村小镇,故事发生在女权主义第二波浪潮之前。尽管小说呼应

---

① Sandra Gilbert and Susan Gubar, *The Madwoman in the Attic: The Woman Writer and the Nineteenth-Century Literary Imagination*, New Haven: Yale University Press, 1979, p. 85.

② Susan Fraiman, "Shelter Writing: Desperate Housekeeping from Crusoe to Queer Eye," *New Literary History*, 2(2006), p. 341.

了达娜·赫勒(Dana Heller)笔下的当代女权主义对家庭作为社会结构的关注,[1]但它的视角并不是女权主义所独有的反叛视角。相反,这部小说通过一种微妙的描述来表达家庭理想的力量,使 20 世纪中期的家庭生活意识形态逐渐变化,打破了将当代读者置于文本之中的叙事传统。在《家》的结尾中,格罗瑞牺牲了自己的自由,保全了父亲黑暗而凌乱的家。小说的叙事结构将读者置于 20 世纪中期的中西部家庭中,让他们身临其境地体会主人公关于家庭生活的感受。小说通过格罗瑞的意识展开,她作为成年女儿回到父亲的家中,为年迈的父亲和酗酒的哥哥打理家务。她的存在调和了小说中的体验。在故事上,是她通过做家务来维持身边男人的存在,而在叙述的层面上,是她的感知让读者了解到她那浪子回头的哥哥杰克的存在以及她老朽的父亲有时奇怪的希望和梦想。然而,小说却将格罗瑞放入背景,将她的个人经历和情感置于文本的边缘。与鲁宾逊的前两部小说不同,《家》是以第三人称叙述的。作为家务的操持者和叙事的焦点意识,格罗瑞促进了父亲家庭的建设,但在这里她自己经常是失声的。文本反复追溯格罗瑞在 20 世纪中期传统家庭和宗教生活中的性别地位:"她似乎一直都知道,在她们父亲的心目中,世界上最伟大的工作是男人的事……他们是终极事物的管理者。无论女人多么虔诚,多么受人爱戴,多么受人尊敬,她们都是二流的生物。这一点她父亲是不会对她说的。"[2]约翰·吉利斯(John Gillis)认为,女性通过管家这样的工作来维持象征性的"家庭画面"[3]。当格罗瑞回到童年生活的地方时,维护家庭神话的压力远远大于照顾老父亲和酗酒哥哥的困难。鲁宾逊的描述揭示了性别角色的无形力量,揭露了由文化维持的性别、宗教和家庭结构之间的联系。

---

① Dana Heller, "Housebreaking History: Feminism's Troubled Romance with the Domestic Sphere," in *Feminism beside Itself*, edited by Diane Elam, New York: Routledge, 1995, p. 222.

② Marilynne Robinson, *Home*, New York: Farrar, Straus, and Giroux, 2008, p. 20.

③ John R. Gillis, *A World of Their Own Making*, Cambridge, MA: Harvard University Press, 1996, p. 77.

　　然而只有摆脱传统父权结构的羁绊,小说中的女性人物才能重拾主体性和话语权。在《家》的结尾,格罗瑞清晰地表达出父亲家庭的父权结构带给她的挥之不去的羁绊,这是鲁宾逊在《持家》中未表现的内容,也使人们无法简单地从二元女权主义角度来阅读和评价这部小说。事实上,这部小说努力描绘了一种调和的文化结构。格罗瑞无法舒适地居住在父亲的房子中,暴露出家庭生活体验与象征需求之间的矛盾,因为家应该体现家庭的经历,包括过去和现在。鲍顿的妻子去世了,孩子们都走了,他的房子里如今充满了过去的记忆,里面的物品曾经主要发挥的是使用价值,如今却主要是用来回忆家庭故事。过去的回忆淹没了现在,保留记忆之屋的代价是他不得不居住在一个凌乱的具象景观中。小说写到了它的角色是如何被驱逐:"晚上没有灯光,晚饭时间被无视了。格罗瑞的父亲走出饭厅,看见她在黑暗的客厅里。他说:'是的,格罗瑞。'仿佛在提醒自己什么似的,然后上楼去了。她烤了两片面包然后干吃了面包,因为她害怕在面包上涂黄油会发出声音。"①格罗瑞居住在一个不欢迎自己的象征性景观中。父亲将格罗瑞的存在简简单单地视为一种类似有提醒作用的东西。格罗瑞也让自己成为这种怀旧情怀的支持者,这种情怀里没有地方放置她在现实生活中所处的位置。尽管这样,她还是无法彻底摆脱家庭的羁绊,她所能做的只有选择一种较为调和的生活。在小说的结尾,格罗瑞终于以第一人称声音出现了,她决定继续守着父亲的空房子。在结尾段落中,叙述提供了最直接的途径,揭示了格罗瑞的意识:通过标记她想象力的创造性和她独特的自我声音的出现,突出了她潜在的主人资格。尽管她仍然没有挣脱父权制的约束,但从另一个角度看,格罗瑞作为家庭叙事声音的媒介,如果其存在与她将来的家庭经历是平行的,那么我们可以认为,她在小说结尾部分向第一人称的转变,也反映了她在某种程度上从父权空间的束缚中解放自己的决定。甚至当她

---

　　①　Marilynne Robinson, *Home*, New York: Farrar, Straus, and Giroux, 2008, pp. 52 − 53.

承认她建立自己家庭的梦想已经破灭时,格罗瑞也在想象中构建了一个未来,将自己置于她经常感到被剥夺的家的中心。小说的背景追溯了格罗瑞对控制欲强的"未婚夫"的敏感,以及她想要建立一个属于自己的家庭的渴望,这种渴望体现在她关于一个朴素、整洁的家的反复想象中。格罗瑞对后代的幻想充满想象力和变化,她从中获得了不曾有过的快乐。"真正的孩子,"她知道,必然会限制她想象的自由,"她给他们起了名字,这些名字飘忽不定,随着他们的脾性、年龄、性别、数量等的变化,也发生了变化。她在幻想中给他们唱了那首走失孩子的歌谣"①。

与《持家》相似,《家》也试图突破二元对立的思维模式,凸显女性作为第一人称的主体性,但《家》更强调把女性受到的性别限制放入文化语境当中,试图从更宏观的社会叙事中探索女性的生存困境。《家》超越了简单的二元对立思维,重新思索女性作为个体在社会中的地位和价值,这个社会正是这些女性人物通过日常生活程序来维系生活的地方。由此可见,虽然《家》的结尾中格罗瑞依然局限在父亲家的孤独生活中,为家庭服务而牺牲了个人自由,但小说的意义并不止于此。它揭露了家庭结构经验的规训性导致的压力,抵制了简单的二元对立。达娜·赫勒问道:"在如今的后女权主义时代,难道代表女权主义的历史""真的归结为选择⋯⋯支持或反对家庭罗曼史了吗?"②小说的结局表明,将性别化的个体从家庭结构中完全解放是不可能的,同时也表现了历史制约的现实与当代女权主义者逐渐认识到的现实:在主观上模糊内在与外在、个体与家庭的界限是不可能的。为了表现这个主题,小说结尾时第一人称的转变没有回避小说所揭示的调和的表征结构和文化结构。即使我们直接从叙述的角度来理解格罗瑞的

①　Marilynne Robinson, *Home*, New York: Farrar, Straus, and Giroux, 2008, p. 306.

②　Dana Heller, "Housebreaking History: Feminism's Troubled Romance with the Domestic Sphere," in *Feminism beside Itself*, edited by Diane Elam, New York: Routledge, 1995, p. 220.

意识,也会发现她仍然受到历史、家庭、性别和文化等未言明的东西的约束。在小说的前面一部分,格罗瑞就承认,要想完全摆脱支配她叙述自我欲望的结构是不可能的:"她曾经问自己,我还能有什么愿望?但她总是不敢相信这个问题,因为她知道自己的经验有限,这使她不知道自己可以希望什么。"①

个体与社会的相互交织是鲁宾逊《家》中传递的主要内容。鲁宾逊在揭露格罗瑞努力调和小说"界限"的复杂性和困难时指出,支撑我们物质和想象构造的文化和叙事结构形式是令人为难的。通过将共情和良知定义为两种最有力量感和最吸引人的个人体验,鲁宾逊将精神生活对她的强烈吸引力与她对"社会交织的存在"②的肯定进行了调和。格罗瑞能够在小说的结尾发出自己的声音,是因为她能够在父亲的家庭之中腾出一个空间,这表现了她在该家庭中占有一定地位。她的牺牲给她带来了鲁宾逊所说的特权,即一个人待着,想要什么就有什么。鲁宾逊借小说中的人物指出,"我们每个人都强烈地活在自己里面","不断地将过去和现在的经验同化成一种叙事和愿景……我们都生活在集体经历的巨大珊瑚礁里……我们接受,保存和修改"③。尽管《家》的叙事与视觉体现了20世纪女性在家庭与叙事空间中的张力,但它给读者呈现出多种可能性:它让当代读者设身处地地沉浸在家庭中并获得一份完整的体验。它没有支持简单的二元思维,既没有简单地颂扬格罗瑞的第一人称声音,也没有一味哀叹她继续被困在父权制之中,而是较为客观地表现了女性的真实生存状态。

总而言之,作为女性代表作家之一的玛丽莲·鲁宾逊的小说为读者构建了"一个充满女性特征的世界"。她将小说中的女性人物放置

---

① Marilynne Robinson, *Home*, New York：Farrar, Straus, and Giroux, 2008, p. 20.

② Sarah Fay, "Marilynne Robinson：The Art of Fiction," *The Paris Review*, 186 (Fall 2008), Web. 8 Mar. 2009, http://www.theparisreview.org/interviews/5863/the-art-of-fiction-no-198-marilynne-robinson.

③ 同①,第132页。

在地方和家庭空间的叙事语境之中,试图探讨社会构建下的女性形象。她意识到了家庭、文化和社会这些无形的推动力如何塑造小说中的女性形象,又如何影响女性的身份认同和生存价值。这些女性形象既包括那些被迫在家庭空间内承担传统女性角色的"房中天使",又包括那些像希薇那样勇于反抗传统父权制度的觉醒女性。鲁宾逊的叙事常常围绕人物的日常生活状态展开,揭示人物之间相互依赖的复杂关系:虽然女性在家庭中居于从属地位,个人生活和情感表达往往被忽视,但她们也是维系家庭生活不可缺少的纽带。鲁宾逊的小说还总是围绕女性生存的环境而展开,而且能够写出背后更加宏大的现实。通过揭露女性的生存困境,鲁宾逊试图突破房子"内""外"的藩篱,从而实现两性关系的和谐平等。鲁宾逊在小说中所描绘的女性生存困境是具有普遍意义的,近年来国内学者对这位作家持续上升的关注有助于深化我们对女权主义和女性形象的认知,但从总体来说,国内的关注点主要还是在她的前几部小说,对其后发表的《莱拉》《杰克》等小说作品及其他非小说作品关注寥寥无几。可以说,有关鲁宾逊作品中女性特征的研究还有足够的探索空间。

第六节

奥克塔维娅·E. 巴特勒:撒播"正义种子"[①]

奥克塔维娅·E. 巴特勒(Octavia E. Butler)是美国科幻小说界为数不多的非裔女性作家之一,获得过星云奖并两次斩获雨果奖。她是20 世纪 70 年代女性主义和科幻潮流的一部分,深受 60 年代第二波女权运动的影响,希望通过科幻小说反映女性主义思潮,探索环境和社会问题。

关于正义主题的探讨贯穿了巴特勒小说的始终。按照人与人及

---

① 本节由龙跃、刘蓉撰写。

人与自然关系两方面,正义可以分成两个维度:一是社会正义,其主要含义是社会中个体间"权利和义务的公平分配";二是环境正义,这是正义概念向人与自然关系的延伸,指的是人们"在认识和处理人与自然的关系问题以及与环境有关的人际关系问题时所体现出来的一种正义原则、正义意识或正义观"①。社会非正义是环境非正义的根源。在巴特勒的小说中,恶劣的环境非正义背后常常隐含着挥之不去的社会非正义。巴特勒的小说以科幻为外衣,通过将两种非正义并置来探析其背后一致的统治逻辑,在不义的废土之上撒播了正义的种子。

一

出于对美国环境和社会问题的忧虑,巴特勒在其作品《播种者的寓言》(*Parable of the Sower*, 1993)中呈现了一幅幅令人触目惊心的环境危机图景。她将种族和性别视角融入对环境危机根源的探究之中,在读者心中播下了渴望环境正义与社会正义的种子。作为一部优秀的科幻小说,《播种者的寓言》表达了作者热爱自然、倡导环境正义的价值诉求。这部科幻小说在体裁上属于新奴隶叙事,讲述了主人公劳伦在深陷环境危机的2024年的美国努力生存,并建立"地球种子"社区的故事。巴特勒从少数族裔美国人,尤其是非裔美国人所面临的环境危机及社会危机两方面入手,描绘了少数族裔美国人的末世遭遇和他们在这场生态灾难中竭力寻找环境正义的经历,反思了非正义的根源。本节拟通过环境危机和社会危机两方面来揭示少数族裔美国人在生存中遭遇的环境非正义,并借新奴隶叙事和生态女性主义来探求其根源,以深入分析该作品反映出来的环境正义思想。

《播种者的寓言》借15岁的黑人女主人公劳伦的日记,描绘了一场生态灾难。人们肆意掠夺和破坏自然环境的行为导致极端天气频

---

① 龙娟:《美国环境文学:弘扬环境正义的绿色之思》,北京:外语教学与研究出版社,2010年,第65页。

繁出现,"六或七年下一场雨"①,致使土壤沙化,"造成重大伤亡的大风暴"②同样威胁着人类的生存。与气候恶化同步的是自然资源高度稀缺:水、电和石油都变得稀缺。由于通货膨胀,许多人无力支付煤气费和电费,只好徒步旅行和观看"免费星星"③。随着水、石油等不可再生资源的枯竭和自然环境的进一步污染,人们的卫生条件和健康状况也每况愈下。"很多人闻起来很臭"④,因为没有水可以洗漱。在少数族裔社区,"脏成为潮流"⑤。各种疾病也开始肆虐。霍乱在密西西比南部和路易斯安那州爆发,而在纽约和新泽西,曾经消失的麻疹又回来了。

人类对自然的肆意破坏造成了巨大的环境非正义,同时环境种族主义导致的环境非正义也不容忽视。面对恶化的环境,政客们撒谎、腐败,非但不保护美国少数族裔的利益,还将环境恶化的后果扔给他们承担。在小说中,唐纳总统制定了不利于美国少数族裔的环境法,进一步把劳伦的罗勃雷多社区和南加州地区,乃至整个美国变成了生态废墟、人间地狱,变成了一个真正的恶托邦。劳伦和她的"地球种子"社区伙伴们的北上之旅也见证了少数族裔的惨剧:火灾过后,劳伦的少数族裔社区到处都是腐烂的垃圾和成堆的尸体。贫穷的居民没有食物可吃,也没有住所可住,他们露宿街头,与野狗搏斗。而在白人统治的跨国公司 KSF 的所在地、海滨"企业城市"奥利瓦,先进的安保措施将穷人拒之门外,海水淡化厂提供大量的洁净水,白人正在大学里接受高等教育⋯⋯但黑人少数族裔甚至没有机会在那里工作。美国少数族裔在与白人争夺生存权和环境正义的竞争中完全丧失了话语权。

由上可见,小说中的罗勃雷多社区乃至整个美国都处于环境非正

---

① Octavia E. Butler, *Parable of the Sower*, New York: Seven Stories Press, 1995, p. 41.
② 同①,第 13 页。
③ 同①,第 4 页。
④ 同①,第 16 页。
⑤ 同①,第 16 页。

义带来的深重灾难中,那么环境非正义的根源又是什么呢? 是社会非正义。巴特勒在《播种者的寓言》中把环境非正义与社会非正义并置,在一个宏大的历史、社会和文化语境下,探究环境危机与种族歧视、环境危机与性别歧视的内在关联,旨在揭示环境非正义背后潜藏的社会非正义现象并表达其建构一个正义社会的政治诉求。

作为一个"创作动力来源于非裔美国人的过去历史"①,而且对非裔美国人的生存状况有着深切关注的作家,巴特勒在作品里对环境危机与种族压迫之间关系的历史语境进行了认真思考,深刻揭露了美国少数族裔,尤其是非裔美国人遭遇环境危机的历史根源。她运用新奴隶叙事,印证了奴隶制在美国社会和文化中留下的深刻烙印。奴隶叙事是非裔美国文学的重要来源,指1865年以前"关于黑人被奴役的书面或口头证词"②。自20世纪60年代以来,大量非裔美国作家利用这一文学体裁探索奴隶制的历史、黑人文化和身份,创作了大量的新奴隶叙事。20世纪末,阿什拉夫·拉什迪(Ashraf Rushdy)首次将这种类型定义为"任何描述奴隶制的新世界体验及其影响的现代或当代小说"③,认为它"将奴隶制作为一种具有深刻文化内涵和挥之不去的社会影响的历史现象进行再现"④。

小说中提到的现代奴隶——"债奴"生活非常悲惨。按照巴特勒的说法,他们"还不如奴隶,呼吸的是有毒的空气,喝的是有毒的水,出门都没安全保障"⑤。而根据唐纳总统修订的法律:工人没有最低工资保障;一旦签约,就意味着工人们已经亏欠老板的工资了;他们不可

①　Sandra Y. Govan, "Homage to Tradition: Octavia Butler Renovates the Historical Novel," *MELUS*, 13.1/2(1986), p. 79.

②　林元富:《历史与书写——当代美国新奴隶叙述研究述评》,《当代外国文学》2011年第2期,第153页。

③　Ashraf H. A. Rushdy, "Neo-slave Narratives," in *The Oxford Companion to African American Literature*, edited by William L. Andrews, Frances Smith Foster, and Trudier Harris, New York: Oxford University Press, 1997, p. 533.

④　同③。

⑤　Octavia E. Butler, *Parable of the Sower*, New York: Seven Stories Press, 1995, p. 291.

擅离职守,否则要么被老板抓住拷打,要么转手被卖。这种债奴都被迫工作更长的时间,却只能得到比以前更少的收入。更糟糕的是"父债子还"的规定:父母一旦失去劳动能力,他们的孩子必须继续工作来还债。也就是说,一旦沦为债奴,这些少数族裔工人基本就陷入了旧时奴隶制的怪圈。这种债奴实际上非常类似 19 世纪美国蓄奴制废除之前的隶农,两者都没有自由和身份。巴特勒把对债奴的描述放在一个拥有计算机和太空实验等现代化高科技手段的 21 世纪时代背景下,无疑使读者产生了一种强烈的心理冲击:从 19 世纪到小说里的2024 年,白人对美国黑人的种族歧视和压迫仍然在继续,"他们运用话语权力与制度规范,强使这种专横的范畴自然化和固定化"①。事实上,在一个白人被认为是优越阶级的社会里,美国少数族裔,尤其是非裔美国人,往往被视为低等阶级。这种不正常的社会价值观导致少数族裔美国人被置于权力金字塔的底部,永远被奴役和居于从属地位。巴特勒在小说中对新奴隶叙事体裁的灵活运用,在很大程度上突出了以族际非正义为代表的社会非正义与环境非正义的关系。

除了借新奴隶叙事表现美国奴隶制的遗毒外,《播种者的寓言》还具有明显的生态女性主义色彩,表达了巴特勒对女性以及同为女性形象的自然被边缘化和被他者化现象的关注与担忧。巴特勒在作品中将自然与性别歧视并置在一个男权占主导地位的社会语境下,探析女性和自然遭受的非正义对待。

小说中的女性大多饱受男性压迫,命运悲惨。扎赫拉的丈夫理查德是大型水务公司的工程师,同时娶了三个妻子。因为有钱,他诱骗社区那些年轻漂亮、无家可归的女孩并让她们生下孩子。理查德宣称,他的上帝"希望男人成为家长、统治者和保护者,同时尽可能生很多的孩子"②。事实上,当时很多中上层的富裕老板都像这样,"通过

---

① 王晓路:《种族/族性》,载赵一凡、张中载、李德恩主编,《西方文论关键词》,北京:外语教学与研究出版社,2013 年,第 862 页。

② Octavia E. Butler, *Parable of the Sower*, New York: Seven Stories Press, 1995, p. 32.

拥有更多的女人来证明自己的男权地位。而女孩一旦怀孕,就可能会被厌倦和扫地出门"①。小说中,另一位可怜的女孩特雷西竟然被亲舅舅德里克强奸受孕;更有甚者,艾丽和吉尔这对悲苦姐妹,其最大的压迫者竟然是她们的亲生父亲——这个禽兽居然强迫自己的女儿卖淫为娼。在这里,女性仅仅是男性的生育机器和私人物品,只能任人宰割;她们的真正性别和精神内涵被排除在社会语境之外,消隐在男权的主宰之下。

小说中的黑人女性在很大程度上是被践踏的,与女性互为隐喻的自然也难逃被践踏的命运。在小说中,罗勃雷多社区被焚为灰烬,南加州乃至整个美国成了一片荒芜。男人对自然的支配和男人对女人的压迫形象在这里高度重叠。小说中以扎赫拉为代表的美国黑人女性和自然一样遇到了各种各样的非正义,这在很大程度上表明,在一个以男权制为主导的社会中,"沉默的"女性在与男性的环境正义对抗中注定会失去话语权。

小说中的美国因为诸多环境非正义与社会非正义现象沦为一片废土,但在这废土之上,劳伦依然播下了追求正义的种子。首先,劳伦具有自由独立的精神。这个童年幸福美好、兄弟姐妹亲密无间、父母相亲相爱的女孩对家庭有着深深的依恋,然而作为一个黑人女性,劳伦不愿意"像21世纪的奴隶那样"②失去自己的身份。她甚至不愿和男友科蒂斯成婚,因为她害怕"孩子会阻碍自己去北方寻求自由和建立'地球种子'社区"③。

其次,劳伦还深知教育对促进社会正义的重要性。小说中非裔美国人的识字率逐年下降,劳伦便在她继母创办的一所学校里教社区的孩子们阅读。在逃亡期间,她还用她关于"地球种子"的格言诗歌帮助他们学习读写,确保他们都接受基本的识字教育。作为一名黑人知识

---

① Octavia E. Butler, *Parable of the Sower*, New York: Seven Stories Press, 1995, p. 32.

② 同①,第151页。

③ 同①,第182页。

女性,她清楚地知道,黑人没有读写能力意味着他们无法得到一份体面的工作,也无法获得更多的社会信息来参与国家的经济建设和政治进程。这意味着社会地位和公民权利的丧失;这也意味着,在一个白人占主导地位的社会,黑人无法逃脱以唐纳总统为代表的环境种族主义者的生态压迫。最终,劳伦和她在途中结识的十四名逃亡者在北加州定居并开始建立"地球种子"社区,所有的人暂时从种族压迫中解放出来。

作为一部优秀的科幻小说,《播种者的寓言》表达了作者热爱自然、倡导环境正义的价值诉求。可以说,《播种者的寓言》为我们勾画了一副生态浩劫下美国人民失去物质与精神依托的恐怖图景。小说的结尾是开放式的,我们不知道"地球种子"社区模式成功与否,但是追求正义的种子已经播下。巴特勒用她的文字引导人们从文化和意识形态的角度来看待环境问题,引发了对当今社会问题的反思:自然环境不应再是缺失的他者,而应是与人类同呼吸、共命运的生命共同体;人们在普及环境保护意识的同时,更应该从根本上消除社会非正义行为,追求社会正义。只有这样,人与自然才能真正和谐共生。从这一层面来说,《播种者的寓言》是一部成就极高的作品,它不仅仅是一部环境危机的寓言,更是一部生态启示录。

二

与《播种者的寓言》一样,巴特勒的另一部小说《亲缘》(*Kindred*,1979)也十分关注种族和性别两个主题。通过展现奴隶制残酷压迫下仍然团结互助的黑人群体,巴特勒联结过去与现在,让读者看到,在种族歧视和女性歧视以更为隐秘的方式存在的今天,正义的种子仍有破土而出的希望。小说讲述了一位黑人女性达娜·富兰克林每当自己的祖先、白人奴隶主卢福思遇到巨大危险时,就身不由己地穿越过去拯救他的故事。这部小说融合了想象与现实,主要侧重表现奴隶制时代,白人加诸黑人,尤其是黑人女性身上的社会非正义行为。

在社会非正义的诸多表现中,种族歧视和性别歧视是这部小说主要探讨的两点。主人公达娜作为黑人女性,因其性别而受到来自白人男性和黑人男性的共同压迫,因其种族又受到白人女性玛格丽特的再次压迫。巴特勒从新颖的角度来揭露种族歧视与性别歧视对黑人女性的影响。故事的叙事经历了反复的时间跳跃,从过去到现在,从现在到过去,将自由黑人放到奴隶制社会中去,着重反映了当下的黑人,尤其是黑人女性如何受到过去历史的持续伤害。"巴特勒在作品中探讨了残酷伤害、家庭的被迫分离、对知识的渴望、逃跑的欲望、奴隶过重的工作压力等主题,像探讨奴隶生活的历史纪录片或者叙述者那样有效。"①

《亲缘》描绘了一个充满了激烈的斗争、压迫、占有和暴力的世界。"对于巴特勒来说,统治者和被统治者的关系从来不是平等的,而是占有和屈服的关系,这就是她对人类本性的看法。"②达娜穿越到过去后,面临多米诺骨牌般层层传递的暴力与压迫。卢福思暴打妻子玛格丽特,玛格丽特则将怨愤发泄在黑奴达娜身上。作为一名黑奴,达娜不被允许睡在白人的房间里,还常常被打得伤痕累累。作为黑人女性,她还面临着被强奸的危险。战前南方黑奴深受奴役,个人的人身权利是得不到保障的。他们的身体并不属于自己:"他花钱买的,不是吗?"③白人奴隶主卢福思买到的不仅是他发泄性欲的对象,还是暴力的对象,是精神上的附属品。

回到现在后,达娜发现奴隶制的阴影依然笼罩着她,只是以另外一种方式,那就是婚姻。达娜逃离了压迫她的白人奴隶主卢福思,却发现她依然处在白人丈夫凯文的统治下。对于达娜,凯文多少有一种占有心理。当他与达娜一起穿越到过去时,有人问他达娜是否为他所有,他的回答是:"从某种意义上说,她是我妻子。"④这句话表明在潜意识中他将婚姻等同于占有。这段婚姻关系表达了当时西方文明中

① Sandra Y. Govan, "Homage to Tradition: Octavia Butler Renovates the Historical Novel," *MELUS*, 13.1/2(1986), pp. 79-96.

② Hoda M. Zaki, "Utopia, Dystopia, and Ideology in the Science Fiction of Octavia Butler," *Science Fiction Studies*, 17.2(1990), p. 242.

③ Octavia E. Butler, *Kindred*, Boston: Beacon, 1988, p. 167.

④ 同③,第50页。

一种普遍的现象：通过婚姻占有妻子。当达娜回到现在后，奴隶制和婚姻的区别被进一步模糊。她身上的伤痕被误认为是凯文家暴造成的，而凯文对她说了卢福思也对她说过的话。当时西方婚姻契约使女性在很大程度上成为男性的附属品。根据波伏娃《第二性》，女性的评判标准是男性，男性占统治地位，而女性沦为附属。① 随着第一波和第二波妇女运动的开展，女性的地位逐渐获得提升，男女平等的观念也随之得到普及，但总的来说男性在社会上依然占据主导地位。在一个男人看来，妻子在某种程度上是他身体的延伸。他对她不仅拥有性欲上的控制，还有心理上的控制，这正如奴隶主对奴隶身心的控制一样。通过将过去与现实联系在一起，巴特勒将这两位压迫者联系起来，他们都是白人男性。尽管达娜的丈夫与她感情尚好，然而对于黑人女性来说，这种跨种族婚姻依然可能成为一种压迫。在时人的眼光下，黑人与白人结婚仍然是不符合常理的。这对夫妇受到旁人的议论："巧克力和香草的性爱。"② 通过这样的描写，巴特勒成功揭示了过去的种族歧视如何影响了现在：虽然奴隶制成为历史，男女平等观念得到推行，但歧视和压迫却没有消失，加在黑人女性身上的社会非正义行为以另一种隐形但依然有力的形式存在着。

尽管巴特勒把西方婚姻描绘成一种依赖于所有权和占有的承诺，反映了婚姻与奴隶制的一些潜在相似性，她却并不只是在对婚姻制度和奴隶制进行简单诋毁或谴责。她仍旧播下追求正义的种子，着重描绘压迫中蕴含的急欲破土而出的强烈反抗精神，同时也反映了反抗遇到的重重困难。这在作者对主角达娜的描写上可见一斑。达娜是叛逆的代表，作者对她的塑造打破了黑人女性在文学作品中被动、忍耐的形象，创造了反叛、积极的黑人女性形象。"她富有力量，性感，是个复杂的女主角。"③ 她坚持自己的梦想，在工作之余努力写作，即使没

---

① 西蒙娜·德·波伏娃：《第二性》，陶铁柱译，北京：中国书籍出版社，1998 年。
② 同①，第 60 页。
③ Gregory Hampton, *Changing Bodies in the Fiction of Octavia Butler: Slaves, Aliens, and Vampires*, Lanham：Lexington Books，2010, p. 22.

有获得发表也没有放弃。她不愿当护士或秘书,因此坚决退学,哪怕叔叔和阿姨威胁要停止给她经济支持也不改变主意。她的叔叔和阿姨代表着权威,而达娜对他们的反抗则表明了对自己话语权的争夺,她希望成为自己的主人。达娜的奋斗和抗争无疑是艰苦的。她几次回到过去,勇敢地为生存而奋斗,在摆脱压迫的路上付出了巨大努力,以身心伤残的代价摆脱了加在自己身上的种族和性别压迫,成为自己身体和心灵的主宰。

但在小说快结束时,她却像许多奴隶一样,开始明白反抗的困难。困难之一就是人们习惯于服从。当她与丈夫凯文一同穿越到过去后,她不得不扮演丈夫的黑奴。但到后来,她吃惊地发现自己竟然开始慢慢习惯这一角色。她发现"人们接受奴隶制竟是如此简单"①。当人们被当作奴隶来对待时,他们就开始表现得像一个奴隶。这无疑是摆脱奴隶制的一大阻力。困难之二是作为压迫对象的女性并不团结一致反抗压迫。尽管书中有很多描绘女性共同进行家务劳动的场面,但她们没有组成一个牢固的避难地。达娜的女主人、白人女性玛格丽特对达娜没有同情心,虽然同样遭受男主人卢福思虐待,她却把愤怒发泄到了达娜身上。在黑人女性群体中,联结也不够坚定,这在黑人丽莎与达娜的关系中表现得尤为清晰。丽莎向主人告密,泄露了达娜的逃跑计划。这或许表明了女性团结起来的困难。如同波伏娃所说,相比起其他女人,一个女人与自己的压迫者——父亲、丈夫等的联系要紧密得多。这是由家庭结构决定的,因而女性摆脱男权束缚的道路也更加曲折。②

尽管困难重重,正义的种子却并非没有发芽的可能,书中刻画的黑人群体在恶劣环境下的团结友爱正是作者为正义保留的一线希望。"尽管他们生活在极度压抑之下,黑奴们却组成了丰富的社会。"③达

---

① Octavia E. Butler, *Kindred*, Boston: Beacon, 1988, p. 101.

② 西蒙娜·德·波伏娃:《第二性》,陶铁柱译,北京:中国书籍出版社,1998年,第14—15页。

③ Robert Crossley, Introduction, in *Kindred*, by Octavia E. Butler, Boston: Beacon, 1988, p. xviii.

娜受挫后将黑奴群体当作自己的情感喘息之处。尽管黑奴们受尽折磨，但共同的痛苦和愤怒反而使他们更加团结。与黑人对比，白人看起来更加冷漠、孤单和古怪。在故事的结尾，巴特勒暗示了达娜对自己的受压迫经历和对暴力与歧视的现代形式的思考。她意识到过去将永远成为现在的她的一部分。她将不断回忆起过去的恐惧，忍受白人祖先带给她的伤痛。尽管达娜永远终止了回到过去的旅行，但过去带给她的将永远无法抹去。这一时间旅行巧妙地将过去与当下融合，给了达娜认识自我、理解占有和统治对个人的影响的机会，从新颖的角度揭露了奴隶制与性别歧视绵延不绝的深远影响。尽管小说的故事仅仅是一个个体的经历，却反映了当下整个非裔美国人群体，尤其是非裔女性群体不得不面对的问题，表明历史的残余还在毒害当下的土壤。若要让正义的种子发芽，破除种族歧视和性别歧视的压迫，少数族裔必须团结起来。

三

巴特勒于1987至1989年创作了《异种繁殖》三部曲（Xenogenesis trilogy），包括《黎明》（*Dawn*，1987）、《成人仪式》（*Adulthood Rites*，1988）和《成虫》（*Imago*，1989）。三部曲与前文所提到的两部小说虽然在风格上存在差异，但创作理念却别无二致。巴特勒在三部曲中围绕科技、环境、女性等一系列问题挖掘正义主题，对人类排斥他者的思维进行深入探索，使其播下的正义种子长成大树。在《异种繁殖》中，地球的生态环境由于核战争而被摧毁，人类也面临绝种危险。一部分幸存的人类得到了外星人昂卡里救助，并被迫与他们繁衍后代。在人类社会与昂卡里碰撞的时刻，一部分人类选择接受差异并融入昂卡里世界，另一部分人类坚守二者的界限，试图抵抗异己。

在这部小说中，通过想象一个未来人类与外星"异种"共处的社会，巴特勒得以自由地探讨潜藏在人类社会根基中古老的二元对立——自然与文化、理性与感性、男性与女性等，并将根源追溯到人类排斥他者的阶层思维，从而揭露了社会非正义与环境非正义的真正根源。同时,作者探索了二元对立消解之后人类社会可能的样貌。

巴特勒在小说中的昂卡里社会上寄托了生态女性主义的正义理想。美国生态女性主义者多萝西·丁纳斯坦(Dorothy Dinnerstein)认为,普遍存在的二元价值论是父权制社会存在的根本原因,只有消除二元对立,才能使自然和女性获得应有的正义。卡伦·J. 沃伦(Karen J. Warren)系统地考察了西方社会"父权制"这一概念的具体意义,即它的逻辑基础、等级制、二元对立的价值观。① 与人类不同,昂卡里与自然处于和谐共生的关系。他们尊重自己所处的生态环境,甚至对宇宙飞船和飞机也是如此。飞船满足昂卡里的需求,昂卡里也关心飞船的生理状态,两者摆脱了人类与自然主客二分、二元对立的关系,形成一种相互依存的命运共同体:"我们之间有种联结,但那是一种生物性的强大而共生的关系。"②

这种人与自然和谐共生、浑然一体的模式体现了生态女性主义主流的整体自然观,即自然与人类处在相互关联中,所有自然中的生命与非生命均相互依赖。人类无权统治自然,人类只是自然的一部分。事实上这也是一代代主流环保人士和学界的共识:"人类与其他生物共享地球家园。"③"并非大地属于人,而是人属于大地。"④反观人类在地球上为一己私利进行核战争,这种对自然的非正义行为将地球的生态环境摧毁,甚至导致人类只能依靠昂卡里才能生存。在将自然他者化之后,人类最终也无法保全自身,这是人类中心主义的恶果。如果没有昂卡里,人类无法存活,更无法挽救千疮百孔的地球。相对于人类对自然的蔑视、征服和支配,昂卡里社会无疑是环境正义的典范。

昂卡里世界不仅在人与自然这一维度上消解了二元对立,也在人与人的关系上体现着主体与客体、自我与他者的融合,并以这种方式

---

① 罗斯玛丽·帕特南·童:《女性主义思潮导论》,艾晓明等译,武汉:华中师范大学出版社,2002 年,第 364 页。

② Octavia E. Butler, *Dawn*, New York: Warner Books, 1988, p. 33.

③ 蕾切尔·卡逊:《寂静的春天》,北京:北京理工大学出版社,2015 年,第 228 页。

④ V. Shiva, *Earth Democracy*, Cambridge, MA: South End Press, 2005, p. 4.

实现了个体之间的社会正义。在小说中,人类社会的阶层性通过昂卡里之口被抨击。在昂卡里看来,阶层性奴役着地球上的人类,而人类却引以为豪,像忽略癌症一样,对这个古老而根深蒂固的文明毒瘤视而不见。① 当面对必须与昂卡里融合的局面时,许多人无法遏制内心对昂卡里这一他者的恐惧和敌视。他们残酷地对待昂卡里孩子,用暴力抵抗他者。这一现象在男性中表现得最为明显,他们甚至强奸人类女性并杀死外来物种,试图用非正义手段维持自己的纯正性,平息自己对他者的恐惧。这并不是新鲜事,而是男权制统治下的常态。著名女性主义者朱莉娅·克里斯蒂娃(Julia Kristeva)在《我们自己的陌生人》(*Strangers to Ourselves*, 1991)中认为,当我们将某一群体视为他者而拒斥时,我们排斥的其实是自身内部的一部分,是那些我们不能理解的部分。而正是对他者的恐惧和拒斥使女性、自然等沦为被支配一方,产生了数不清的非正义现象。

与人类相反,昂卡里并不试图保持血统的纯正性,也无意统治他人,反而想方设法与他者杂交融合,依靠与新的基因混合而获得更好的生存。寻找新的基因是昂卡里生存和延续的必需,而封闭自身、贬斥他人则意味着退化甚至灭绝。这似乎体现出一种象征意义上的自我接纳他者的必要性,因为只有不自我封闭、拥抱差异,才能不断更新自我。正是出于这个原因,莉莉丝建议儿子学习昂卡里的行事方式,对差异要始终秉持宽容的态度。同时,昂卡里还拥有极其发达的交流沟通系统。他们可以运用触须连接彼此的神经系统,从而无须语言即可互相沟通,精确地表达自己的情感与体验,达到人类语言系统远远不及的沟通效果。这种沟通没有偏差,每个个体都可以理解彼此,因而这一生理特点也使社会有可能构成一个同质的整体。丰富的同理心和生理上接纳他者的需求,使昂卡里世界真正成为一个自我与他者融合的世界。在这个世界中个体之间的边界非常模糊,团体成员经常沟通,常常可以在意见统一后作为一个整体而做出决定,这进一步促

---

① Octavia E. Butler, *Dawn*, New York: Warner Books, 1988, p. 37.

成了社会的同质化。在这种情况下,人类社会中人与人之间的阶层制度赖以建构的二元价值论被推翻了。理性与感性、身体与灵魂等二元对立统统失去了在人类社会中的意义。昂卡里并不推崇理性、贬低感性,相反,他们十分重视自己的感性体验:"发生的就是真实的,你的身体知道它有多么真实。"①在他们内部没有阶层区分,也没有性别压迫,更不存在暴力。他们关心每个成员的需要并共同分担养育责任,没有人为划分的性别分工。他们的社会与人类社会的根本区别在于,它的运行依靠的是个体间亲情般的纽带和朋友般的尊重,它是建立在这一基础上的命运共同体,而不是建立在二元价值观上的支配与被支配的权力关系。运用生态女性主义的环境正义思想看昂卡里,他们既满足了环境正义中人与自然的正义,也满足了人际正义,包括性别正义,即无论是人与自然之间还是人与人之间,都不存在统治与压迫的行为。

然而巴特勒这一小说并非对昂卡里社会的无上赞美,而是一次对生态女性主义所推崇的正义理想的探索。作者并未认定昂卡里所走的路是正确道路,而是同时指出了这一途径的弊端。巴特勒注意到昂卡里社会中自我与他者的彻底融合,而这意味着独特性被抹杀,重新造成了对他者的非正义。昂卡里之间虽然没有统治与压迫,但昂卡里与人类之间的关系并不平等。在救助人类后,昂卡里试图使人类与他们交配,以便获取新的基因。尽管出于帮助人类的初衷,但昂卡里与人类的强行结合违背了人类的意志,造成了对人类主体性的伤害。即使是较为开明的莉莉丝在怀上昂卡里孩子时,也感到十分恐惧:"它在我的身体里,可它不是人类!"②昂卡里崇尚的感性压过理性,也有失去自由意志、沦为身体的奴隶之嫌。事实上,昂卡里正是通过这一方法来压倒人类意志,使人类接受与昂卡里的结合。此时,人类沦为了昂卡里完美社会中的他者。因此可以看到,在一个完全抹除自我与他

---

① Octavia E. Butler, *Dawn*, New York: Warner Books, 1988, p. 189.

② 同①,第 246 页。

者界限的社会中,同质化本身又造成了对他者的压迫。然而,这里涉及的问题十分复杂。尽管最初人类对昂卡里持厌恶排斥态度,但适应后有大部分人能够接受与昂卡里在一起生活。莉莉丝后来也感叹道:"爱上物力欧太容易太危险。它们吸纳我们,我们却毫不在意。"①在《成虫》的结局中,约达成了一个人类和昂卡里混合血统的孩子。他不仅失去了人类曾努力维护的纯粹性,也无法被界定为男性或女性,他的皮肤甚至是黑色的。如果人类可以与昂卡里繁衍生息并融为一体,那么人类作为物种是否还具有独特性? 又将如何体现这种独特性? 如果人类失去了其独特性,似乎也就意味着人类自我的泯灭。

生态女性主义认为,尽管自我是与他者处在共同的网络中,但自我的独特性和差异是不可或缺的,自我与他者完全混同意味着危险。然而过于强调独特性,又可能会走入过去种族主义、人类中心主义和男性中心主义的误区,因而人类如何处理自我与他者的关系,应当在多大程度上保留自我、在多大程度上与他者(包括男权制社会中的自然、女性及其他少数群体)交互,这是《异种繁殖》发出的终极之问。由此,《异种繁殖》不但挖掘了非正义的根源,还对这一根源进行了深刻的反思。人类社会中的非正义现象与阶层制不可分割,而后者莫不由自我与他者之对立而来。因而,也只有解决好这一问题,才能实现生态女性主义将女性视为自然的理想。②

总而言之,巴特勒的作品探讨了包括科技、环境、女性等在内的一系列重大主题。对其中的正义主题进行分析,我们能够理解巴特勒在其中倾注的对自然和人类的关怀。在小说中,作者往往通过科幻呈现了一种有别于人类世界的世界,探讨了各种形式的非正义及其基于对立的根源。关于如何破除非正义,让正义的种子茁壮生长,巴特勒认为我们需要打破既定的规则而寻求新的可能性,这种冒险既蕴含着危

---

① Octavia E. Butler, *Imago*, New York: Warner Books, 1990, p. 147.

② 苏珊·格里芬:《女人与自然:她内在的呼号》,毛喻原译,重庆:重庆出版社,2007年,第2页。

险,也是通向光明的必经之路。在《异种繁殖》的结局中,约达充满希望地走向了新的方向,百折不挠地寻找人类与昂卡里之间模糊的第三条路。正义的种子已经播下,而它究竟会不会长成我们希望的样子,这只能留待时间来证明。

第七节

琳达·霍根:书写"眼前的世界"[①]

作为当代著名的印第安作家,琳达·霍根十分关注当代美国印第安人的生存问题,始终致力于书写印第安本土文化,为印第安人发声。她将作品看作"印第安部落历史的一部分",看作"世界殖民历史的一部分"[②]。无论是对美国印第安民族产生毁灭性影响的"政治事件"、印第安民族"血泪之路"(Trail of Tears)沿途"被摧残的部落"和"被破坏的土地"[③],还是年幼的霍根穿梭于俄克拉荷马州印第安部落时体验的"两种生活"[④],都是她书写"眼前的世界"的灵感源泉。

从《太阳风暴》(Solar Storms, 1995)中"被抛弃的肋骨"(遭受氰化毒物污染、水电建设工程和性暴力伤害的安吉尔家族五代印第安女性),到《灵力》(Power, 1998)和《靠鲸生活的人》(People of the Whale, 2008)中印第安女性的异质存在(与尊灰鲸、猎豹为神祇的部落传统一道在夹缝中求存的爱玛与露丝),霍根塑造了一系列

---

① 张琼:《琳达·霍根:肉体、心智、精神之和谐》,《文艺报》2015年9月9日,第6版。本节由梁文婷、龙娟撰写。

② Linda Hogan, "The Two Lives," in I Tell You Now: Autobiographical Essays by Native American Writers, edited by Brian Swann and Arnold Krupat, Lincoln: University of Nebraska Press, 1987, p. 233.

③ Barbara J. Cook, Introduction, in From the Center of Tradition: Critical Perspectives on Linda Hogan, Boulder: University Press of Colorado, 2003, pp. 1-10.

④ 同②,第236页。

虽身处边缘的边缘或社会最底层,但仍致力于成为"看护世界的女人"①的印第安女性形象。她们的现实处境是霍根"眼前的世界"书写的主要内容。通过解读琳达·霍根近作《太阳风暴》《灵力》和《靠鲸生活的人》中的安吉尔、爱玛和露丝等女性人物形象,本节将揭示她们身上所折射的印第安底层女性、印第安民族乃至更广泛意义上的命运共同体的困境及出路,从而为进一步了解霍根的文学思想开启一扇门。

一

《太阳风暴》中,安吉尔家族五代印第安女性的伤痕与回归串联起了麋鹿岛部落(途经地)、食肉族部落(途经地)、"亚当肋骨"部落(回归地)等底层人(subaltern)②空间。被喻为"被抛弃的肋骨"的印第安底层女性集聚"亚当肋骨"一地,不仅对她们共有的创伤进行了回溯与疗愈,也对加在她们和大地母亲身上的氰化毒物污染、水电建设工程、性暴力等白人殖民罪行发出了齐声指控。

在美国内部殖民统治的暴力征服和文化压制下,印第安民族处于从属、边缘地位;而在殖民统治和父权制的双重压迫下,印第安女性更是处于边缘的边缘或社会最底层。霍根曾在接受采访时指出,"这个国家的女性,尤其是少数族裔女性,是被双重边缘化的存在,甚至可以说是被三重边缘化了"③。印第安底层女性和大地母亲身上的"伤痕"

---

①　Linda Hogan, *The Woman Who Watches over the World: A Native Memoir*, New York and London: W. W. Norton & Company, 2001, p. 17.

②　subaltern 一词有各种汉译:"属民""属下""贱民""底层人"等。根据《牛津英语词典》,subaltern 一词原指军队中的等级,而"属民""属下"等译法只是强调了一般的直接上下级关系。佳亚特里·斯皮瓦克(Gayatri Spivak)的 subaltern 一词的概念来自安东尼奥·葛兰西(Antonio Gramsci)。葛兰西用 subaltern 这个词来指那些资本主义社会注视不到的最底层人民,特指意大利南方乡下农民。而斯皮瓦克用 subaltern 一词来指涉一个人或者一个群体,他们没有和社会流动相联系的途径。"贱民"这一译法易让人联想到贫穷低贱、没有文化的人群,而"底层人"则强调了 subaltern"不具有社会流动性"这一状态。因此本节采用"底层人"这一译法。

③　Laura Coltelli, *Winged Words: American Indian Writers Speak*, Lincoln: University of Nebraska Press, 1990, p. 80.

既是底层空间的标记,也是指控白人殖民罪行的铁证。安吉尔脸上带有母亲汉娜暴力虐待的伤痕。这一伤痕不仅由安吉尔家族五代印第安女性代代相传,更构成了大地母亲受难于白人凌虐暴行的现实写照。安吉尔的祖母罗瑞塔作为麋鹿岛幸存者,精神和肉体皆深受白人暴行荼毒。因为白人滥用氰化物毒杀动物,取其皮毛牟利,罗瑞塔和族人无以为食;罗瑞塔自身甚至沦为白人的性宠,他们"投喂她、殴打她、强迫她"①。深受其害的她最终化身成了内心冰冷残酷、只向所爱之人施虐的"食人族"(白人)同类。女儿汉娜作为她的主要施虐对象,遗传了她暴虐的性格,继而对自己的女儿安吉尔施虐。安吉尔家族四代母亲不对儿女尽抚育之职,反而尽其所能去伤害儿女,这皆是她们的精神与肉体遭受百般荼毒所致。

　　白人暴行凌虐下,伤痕累累的安吉尔等人与破碎的大地母亲何其相似。"汉娜(追溯)的源头也是我(安吉尔)的源头,有关破碎的生命、消失的动物和遭到砍伐和焚烧的树木。我们的源头和土地的历史密不可分。"②"剥去层层衣物,汉娜的皮肤遍布烫伤与刀痕,仿佛有人可以在她身上签字。我将之称为'对她施行酷刑的始作俑者的亲笔签名'。"③"我们知道你(安吉尔)的脸上发生了什么,以及汉娜如何像一条疯狗,用牙齿咬破你的脸。也许因为你长得像她,这是一件糟糕的事。她讨厌你,因为你来自她的身体,是她的一部分。"④印第安人被驱逐出保留地后,迁居的棚屋"远远看起来就像是大地脸上的烟头烫印"⑤。大地的面貌因此反映了所有人物的面貌,伤痕则构成人物故事与土地历史的鲜活记录。"我不知道你(安吉尔)的,我们(印第安人)的源头究竟在哪儿。它也许是从各位母亲的乳汁中流出的。老人说它出自纵横大地的铁路和铁矿(⋯⋯)当啼哭的婴孩被带离母亲身

---

① 　Linda Hogan, *Solar Storms*, New York: Scribner, 1995, p. 39.
② 　同①,第 96 页。
③ 　同①,第 99 页。
④ 　同①,第 246 页。
⑤ 　同①,请 247 页。

边,当伐木场拔地而起,城市矗立于森林之外,当他们砍光了余下的树木用来牧牛,这个故事业已开启。"①

　　安吉尔她们此行目的之一是送奄奄一息的朵拉·鲁吉回归食肉族祖居地。当她们到达时,鲁吉日夜牵挂的故里早已被詹姆士湾大坝及其引来的洪水吞没。大坝强行重塑土地,改变河流流向,造成湖泊干涸,整块区域洪涝不断,而且它对大地母亲的伤害远不止于此。回归路上目睹此情状,安吉尔不无感慨,"这是一块皮开肉绽、伤痕累累的土地,一块在艰苦条件中存活、繁荣起来的土地……和我一样,它带有伤痕,恰好存活下来,迟早会变成一块愤怒的土地"②。安吉尔意识到伤痕是大地母亲和倚赖其生存的所有生灵肉体与精神消亡的印记,"我们的生命在此消亡,人们流离失所,水、动物、树木,所有事物一反常态,没有人在此情况下能保持完整的人性"③。

　　伤痕累累的她们被喻为"被抛弃的肋骨","亚当肋骨"部落的回归之旅是她们寻求疗愈之旅。母亲汉娜施虐后,安吉尔就被送去了寄养家庭。回归部落、找寻母亲踪迹,成了她疗愈伤痛之法。她和长辈们一道送奄奄一息的鲁吉回归祖居地,实是她们在助力鲁吉疗愈伤痛,亦构成她们的自我疗愈之法。大坝横行,故里不复,暗示她们的回归实则是一种回归的意愿与可能性。白人与本土文化价值观的交锋贯穿始终,"白人笃信自己能赢得这场创世游戏。我们则确信,为了让大地活下来,我们愿意做任何事情"④。如果说她们遭受白人的暴虐后带着伤痕出走是白人与本土文化价值观交锋的产物,是印第安人身处底层空间、对白人殖民罪行的齐声指控,那么,怀着疗愈伤痛的想法一道回归则是她们将正面迎接又一轮交锋的意愿表达。整齐而又有力的发声,寄托着她们通过联合和非暴力抵抗争取生存机会,拥护本土文化与价值观的希望与信念。

---

① Linda Hogan, *Solar Storms*, New York: Scribner, 1995, p. 40.
② 同①,第 224 页。
③ 同①,第 234 页。
④ 同①,第 282 页。

　　回归途中,安吉尔一家都站在水坝修建工程的对立面。安蒂是她们的发言人,也是引领她们联合和进行非暴力抵抗的领袖。誓为这项事业献身的鲁吉将轮椅停在路障前,想阻拦为铁路清障的民兵。布什坚持与白人对话,给媒体写信,试图通过各种合法途径来动摇(土地)开发商的态度。① 安吉尔亲身演绎部落狼獾神话,以毁掉驻地军人和工人食物的方式阻碍他们近乎毁灭性的土地开发进程。根据鲁吉的讲述,在人忘记自己在神面前许下的尊重动物的诺言时,狼獾会化身来施行愤怒的惩戒。安吉尔一路畅通无阻,有如神助,这也在一定程度上验证了部落神话的力量。②

　　回归之旅中,她们通过联合、非暴力抵抗白人殖民罪行的方式修复了异变的人际与人地关系,进而在殖民暴力依旧肆虐的情况下争取到一线生机与希望。由此看来,安吉尔等印第安女性与大地母亲不仅是共有“伤痕”的共同体,更是拥有“汪洋”之力的共同体。安吉尔曾说:“我们坐在火堆前,思考……我们如何穿越历史走到这里,何以我们会联合起来、成为众多河流汇集而成的一片汪洋。”③所谓“汪洋”之力,正是来自这些底层印第安妇女“在来不及改变童河、驯鹿、鱼、孩子的现状之时,仍然相信迟到的胜利会终结这一切……(以及将来)某一天,再一次唤醒生物神圣而不可侵犯的记忆”④的希望与信念。也正是通过“伤痕”与“回归”两条线索对安吉尔家族五代印第安女性群像的塑造,霍根揭示了“眼前的世界”的底层性质,揭开了救赎之路的序幕。

二

　　虽然《太阳风暴》《灵力》与《靠鲸生活的人》都以印第安底层女性为主体,但霍根在三部小说中书写“眼前的世界”的具体方式却略有差异。霍根在《太阳风暴》中对“眼前的世界”的底层性质与救赎之路进

---

① Linda Hogan, *Solar Storms*, New York: Scribner, 1995, p. 308.

② 同①,第 322 页。

③ 同①,第 300 页。

④ 同①,第 344 页。

行了一番整体观照,在《灵力》和《靠鲸生活的人》中则重点观照底层困境、出路乃至超越的具体演绎。具体而言就是,《太阳风暴》着力于印第安家族女性群像的塑造,而《灵力》和《靠鲸生活的人》则凸显印第安女性的异质存在。

《灵力》的女主角爱玛所属的泰伽印第安人部落是一个底层人的空间,是"知识暴力所标示的封闭地区的边缘"①。处于从属、边缘地位的泰伽部落印第安人被迫生活在白人政府划定的区域,"(远离城区,)道路狭窄,看起来在很长一段时间内没有人居住"②。他们无时无刻不受到欧美主流文化的压迫。随西班牙殖民者出现、至今仍盘踞在这片领域的"玛士撒拉树""西班牙苔藓""西班牙马"见证了这种深远的殖民影响。③ 都处于主流欧美文化之外的自然和泰伽部落成为一定意义上的命运共同体,主流文化加诸自然的命运也同样落在泰伽部落身上。以泰伽部落信奉的猎豹为例,它们脖子上戴着的颈圈,是生物学家用来追踪它们的工具,而时刻盘旋在居住地上空的飞机无疑是泰伽部落印第安人的"颈圈";同时,猎豹濒临灭绝的境况也暗示着泰伽部落的命运,"它们的数量是如此之少,和我们(印第安人)一样少"④。在内部殖民压迫下边缘化了的印第安人还剩下什么呢? 他们只有被白人掠夺后剩下的"不多的土地",白人文化侵蚀下"失落的传统"和"被驱逐到佛州沼泽的部落老人"⑤。

泰伽部落的印第安女性不但与印第安男性一起处于白人殖民统治的边缘,还处于男性主导的性别意识的压制之下,因此她们处于边缘的边缘,即社会的最底层。而爱玛,是双重边缘化了的印第安人女性中异质的存在。她生活在白人区和泰伽部落的边缘,既不容于依赖男性的白人区印第安女性,也不同于一味割让领地的部落内印第安女

---

① 佳亚特里·斯皮瓦克:《底层人能说话吗?》,载陈永国、赖立里、郭英剑主编,《从解构到全球化批判:斯皮瓦克读本》,北京:北京大学出版社,2007 年,第 102 页。

② Linda Hogan, *Power*, New York: W. W. Norton, 1998, p. 153.

③ 同②,第 39 页。

④ 同②,第 58 页。

⑤ 同②,第 6 页。

性。白人区印第安女性自愿服从父权制殖民文化的压制,彻底丧失独立人格,沦为殖民定式中女性刻板印象的代言人和维护者,"无知、贫穷、愚昧、受传统束缚、居家、以家庭为中心、忍辱负重和无私奉献"①。奥西米托的妈妈是典型的白人区印第安女性,被前任丈夫抛弃后再次自愿沦为男人的附属品;现任丈夫为了摆脱她将她送进疯人院并骚扰她女儿,可她为了继续依附他而佯装无事。她用殖民定式的女性形象去衡量爱玛,认为她完全不具备女性特征。在她的凝视下,爱玛异化为女性之耻。但恰是她的凝视暴露了白人区印第安女性不仅在肉体上,而且在精神上也处于双重边缘。而爱玛自如地生活在白人区和泰伽部落的边缘,对抗着主流文化的同化,也对抗着这种凝视。至于泰伽部落的印第安女性,她们虽然在部落内享有一定的权利(泰伽部落本身是一个母系社会,部落长老以女性居多,族裔身份通过母系传承),但鉴于泰伽部落文化的弱势地位,也不得不服从父权制殖民文化的压制。身为泰伽部落的首领,詹妮从未离开殖民政府为印第安人划定的区域,在此意义上父权制殖民文化以制约其领域的方式对詹妮所代表的母权体制实施了压制。虽然詹妮一直希望爱玛回归部落,但爱玛拒绝了。她深知她们作为底层女性被双重边缘化的艰难处境,并且明白无论是被白人社会同化还是退居部落都不能使她们走出困境。因此,她选择作为印第安底层女性中的异质存在,未尝不是一种在主流文化和部落传统的边缘寻求契机的方式。

作为双重边缘化了的印第安女性中异质的存在,爱玛所面临的生存困境实际上体现了琳达·霍根对印第安民族生存困境的关注和忧思。在飓风袭击佛州沼泽后,爱玛猎杀了濒危的佛州豹,由此卷入了对她猎豹行为的两次审判中。而她在两次审判中的缄默恰好说明了她作为主流文化他者的困境。对此,可以结合斯皮瓦克从奥维德(Ovid)的《变形计》(*Metamorphoses*,约写于公元 8 世纪)中所读解的

① 祁亚平:《双重"他者"的压迫与颠覆——〈舞动卢纳萨节〉的后殖民女性主义解读》,《当代外国文学》2012 年第 3 期,第 136 页。

两种典型困境——"艾可"(Echo)模式(对他人的认识)和"那喀索斯"(Narcissus)模式(对自我的认识)——予以解释。

在白人法庭的审判中,爱玛处于"艾可"模式的困境中。如果说之前白人法庭行使权力侵占印第安人的土地、管制他们的生活时,印第安人面对的是主流文化的遮蔽,那么如今在同一个法庭上,爱玛面对的就是主流文化和父权制的双重遮蔽,因为白人审判她只是因为她是"一个肤色偏黑的奇怪的(印第安)女性","如果是一个白人男性枪杀了一只豹子,他完全不会为此困扰,因为别人只当他是狩猎"①。主流文化和父权制的双重遮蔽使爱玛处于"不能说话"②的状态。白人法官、陪审团、辩护律师都在设法书写她的意识,为她建构一个丑陋、愚蠢、疯癫的形象,认为她猎豹或是为获取神力以满足私欲,或是纯粹出自意外,甚至是精神失常所致。他们逼迫印第安人出庭作证并刻意模糊他们的证词,进一步巩固在爱玛猎豹事件上的话语权,并同时借机加强对印第安人文化的压制和同化。在这场审判中,爱玛表达自我意愿的空间如此逼仄,她不得不对猎豹的真相选择缄默,"除了承认她有罪她还能说什么呢?"③。而且,就连她坚持自己有罪的陈述最终也被驳回了。此时的爱玛处于"艾可"模式的困境,不得不重复白人的话语,"主体欲望与表现皆消散成某个无法再现的机会,并且不能作为难以消除的选择存在"④。

区别于白人法庭,泰伽部落的审判似乎更加公正:这场审判需要的不是经主流意识改造的事实,而是爱玛猎豹事件的真相;部落长老审判的不是爱玛为何猎豹(猎杀濒危的佛州豹触犯的是白人法律),而是她为何无视部落传统,擅自处理豹尸;奥西米托在审判中提供的证词不再模棱两可,而是变得更真实完整(除了她答应爱玛隐瞒的佛州

---

① Linda Hogan, *Power*, New York: W. W. Norton, 1998, p. 112.

② Gayatri Chakravorty Spivak, "Can the Subaltern Speak?" in *Colonial Discourse and Post-colonial Theory: A Reader*, edited by Patrick Williams and Laura Chrisman, New York: Columbia University Press, 1994, p. 83.

③ 同①,第 121 页。

④ Gayatri Chakravorty Spivak, "Echo," *New Literary History*, 24.1(1993), p. 27.

豹的真实状况)。在这场看似公正的审判中,爱玛虽然并非不能说话,但是她必须为了保护同族的信仰而保持缄默。此时的爱玛身陷"那喀索斯"困境,即一种"致命的自我认知困境"中①。她在孱弱、濒危的佛州豹身上看到了作为主流文化的他者日渐消亡的自己,这也是对印第安人命运的一种暗示。她从佛州豹身上获取的这一认知不能和族人共享——她不能让他们目睹佛州豹的惨状,因为这会摧毁他们的信仰和生存意志。"豹子对老人来说过于重要。几千年来一直如此……如果他们看到躺在黑色草丛里暴瘦成猫的模样、奄奄一息的豹子,他们将不再心怀希望。他们将从此躺倒,再也不会站起来。"②因此,爱玛宁可违背部落传统而遭受被驱逐的极刑,仍然对猎豹藏尸的真相缄口不言。这也是那喀索斯模式显现的时刻:在爱玛认识到自己作为他者的困境时,她注定为此而殒命。

处于父权制殖民文化边缘的底层女性的出路是什么? 被主流文化他者化了的印第安民族的声音何在? 小说中,琳达·霍根安排爱玛在主流文化和部落传统的夹缝找到了出路——她借助部落神话的力量,为底层女性换来一个救赎的机会、一个发声的机会,这在一定意义上体现了霍根对印第安部落如何走出困境的认真思考。神话,作为泰伽部落思想和精神的一部分,本身就是印第安人主体意识的体现,是支撑印第安人生存的力量。正如霍根在《灵力》卷首语里所写,"神话是一种灵力"。而爱玛正是借助豹女神话的灵力,言说了对部落传统的坚守和传承,以此再现处于主流文化的边缘仍灭而不绝的底层人主体意识。

首先,爱玛猎豹这一行为本身是对泰伽部落传统的坚守。部落神话中的豹女,在世界失序、万物濒危之时,司一己之职,杀豹献祭,还世界以秩序、新生。爱玛对此坚信不疑,她相信孱弱的豹子死后定能重获新生,重现豹女神话中的神秘力量,帮助印第安人走出底层人的困

---

① Gayatri Chakravorty Spivak, "Echo," *New Literary History*, 24.1(1993), p. 22.

② Linda Hogan, *Power*, New York: W. W. Norton, 1998, p. 166 - 167.

境。其次,爱玛猎豹,无形中借助神话的力量唤醒了印第安人的主体意识。神话中的豹子死后再次回到了生命孕育状态,这既是肉体的新生,也是思想和精神的新生。它是印第安人活下来的理由,支撑起印第安人的希望,让他们看到"他们身后的世界并未关闭/他们眼前的世界依然开启"①。爱玛不惜冒违背族规殒命的风险猎杀佛州豹,足见她对部落神话的忠贞及借此帮助族人重拾部落信仰的信心:詹妮默许爱玛猎豹,帮助她完成猎豹祭天的仪式,实际是对白人法律的无声抵抗;连自感无力的部落长老约瑟夫也为爱玛的行为叹服并且相信她会带来救赎之路。再者,在奥西米托见证下的爱玛猎豹,是一种对部落神话无声的言说和传递。如果说在飓风到来之前,奥西米托已经在与爱玛的零星相处中渐渐脱离主流文化、走近部落文化,那么在飓风夜后,见证爱玛荒野猎豹、陷入审判、遭到驱逐,成为奥西米托决心回归部落、继承部落传统的关键性因素。其中一个细节值得关注:根据部落传统,印第安人猎豹时需要一位族人在场;爱玛猎豹时奥西米托因在场而被认可为印第安人和爱玛的传人,从而被部落接纳。爱玛遭到驱逐的结局,是对豹女神话的一种延续:也许她最终会和豹女一样,化豹归来;奥西米托将成长为下一代豹女,为印第安民族开启"眼前的世界"。从这个意义来讲,琳达·霍根对爱玛和奥西米托这两个人物的书写已经超越了纯粹的女性主义层面,是在为整个印第安民族书写"眼前的世界"。

在小说《灵力》中,泰伽部落的印第安人是典型意义上的底层人,处于殖民统治的边缘地带:他们的土地被白人暴力侵占,生存环境被肆意破坏,部落文化遭到无情压制。由于父权制殖民文化的加持,印第安女性更是边缘的边缘、社会的最底层。双重边缘化了的印第安底层女性何以生存?霍根笔下的爱玛用亲身经历书写了底层人困境中的救赎之道。一方面,她代表底层女性尚未泯灭的主体意识,对抗着

---

① 张琼:《琳达·霍根:肉体、心智、精神之和谐》,《文艺报》2015年9月9日,第6版。

主流文化的同化和父权制的压制；另一方面，她通过猎豹献祭再现神话，在成为他者、不能言说的困境中，寻求再现底层人意识、改变底层人境遇的转机。透过爱玛这一人物形象，霍根强调的是保留主体意识对于当代美国印第安民族的意义：只有坚守自己的印第安根源，才能在殖民历史的边缘灭而不绝，才能在主流文化的包围中保持独特的种族身份。

<h2 align="center">三</h2>

《靠鲸生活的人》中的露丝与《灵力》中的爱玛同为印第安女性的异质存在，二者有许多相似之处：她们同处霍根"眼前的世界"边缘的边缘、社会最底层，她们同为霍根笔下白人意识形态风暴中最无畏的逆行者、印第安传统仪式最坚定的捍卫者……但若细究两书中印第安底层女性困境与出路的具体演绎，二者扮演的角色略有差异。《灵力》中，作为"三重边缘人"[1]的爱玛最能体悟印第安底层女性的生命不能承受之重，她在法庭的缄默最能代表印第安底层女性"不能说话"[2]之痛，她对部落"灵力"的传承与再现最能展现印第安女性"看护世界"[3]之志。如果说《灵力》中担纲多重角色的爱玛演绎的是印第安底层女性，甚至是印第安民族生存困境中的寻路者，那么《靠鲸生活的人》中的露丝则是在用生命书写对生存困境的超越。

露丝的边缘属性映照出印第安女性乃至印第安民族的生存困境，更重要的是，构成了她以生命书写超越的基础。她是小说中捍卫印第安传统仪式的独行者，与印第安部落尊鲸鱼为神祇的传统同处失落边缘，在对抗白人意识形态风暴的道路上背负着"丧偶、丧子、丧失同胞"

---

① Laura Coltelli, *Winged Words: American Indian Writers Speak*, Lincoln: University of Nebraska Press, 1990, p. 80.

② Gayatri Chakravorty Spivak, "Can the Subaltern Speak?" in *Colonial Discourse and Post-colonial Theory: A Reader*, edited by Patrick Williams and Laura Chrisman, New York: Columbia University Press, 1994, p. 83.

③ Linda Hogan, *The Woman Who Watches over the World: A Native Memoir*, New York and London: W. W. Norton & Company, 2001, p. 17.

三重苦痛。她的三次"丧偶"，本质上皆是丈夫托马斯生性犹疑、身份意识模糊所致：在酒精催化下，托马斯的美国公民意识高涨，为效力美国政府抛下新婚妻子，远赴越南战场；在越战阴谋、暴力与血腥冲击下，托马斯萌生怯意，在越南战场后方印第安保留地里再婚避世；在部落长者劝导下，托马斯渴望回归，但本性迷失的他一再沦为血腥、暴利捕鲸的帮凶，以回归之名行背离之实。比托马斯更甚，杜怀特等部落同胞在越战中彻底丧失人性："他们不知道什么是共产主义者，也不知道为何要与这些人战斗。起初他们只是疑神疑鬼，认为所有人都是共产主义者。很快他们开始逮着什么都射击……人性何在?"①他们回归部落后纷纷化作杀戮和金钱利器，煽动靠鲸生活的同族重拾生计，来追逐捕鲸的血腥与暴利。此外还有沙滩上灰鲸幼鲸与泥沙混作一团的血与肉，生来长有蹼足、与灰鲸命运与共的马克·波罗（露丝与托马斯的儿子）在捕鲸途中被海洋风暴吞噬的生命，还有杜怀特企图向托马斯伸出的罪恶双手，这一切加剧露丝的"丧偶、丧子、丧失同胞"之痛，也是白人有意主导、印第安人盲从的捕鲸暴行的表现和恶果。从酒精的迷醉、越战的洗礼到捕鲸的风暴，白人对印第安人主体意识形态的侵蚀渐盛，不仅在精神上也在肉体上给印第安人带来不可磨灭的伤痛。

即使身心满是伤痕，露丝却仍毅然"逆风而行"，控诉着给她和她的民族带来无限苦难的元凶与帮凶。面对托马斯新婚之际离家的事实，她断言："你和他们一起喝酒，这是原因!"②在杜怀特一手策划的部落捕鲸表决会上，她直陈："我们不能跳进这个陷阱里，因为有人暗地里已经接受了金钱约定。"③在归来的捕鲸小队里找不到马克·波罗时，她即刻想到，"（他是惩戒罔顾传统仪式捕鲸的）部分牺牲品"④。

---

① Linda Hogan, *People of the Whale*, New York: W. W. Norton & Company, 2008, p. 274.

② 同①，第 30 页。

③ 同①，第 82 页。

④ 同①，第 149 页。

除了当面指控,露丝还写信给媒体,发表演讲——她从来"不畏于使用言语"①,也"不畏于大声说,说出来"②。在掷地有声的控诉中,露丝的战士形象越来越鲜明。霍根指出,"露丝是新型战士,我指的是她站立着战斗。杜怀特在战斗,但他为美国而战……为金钱而战。他是经济意义上的新型战士,而露丝是传统意义上的新型战士"③。

露丝一角充分体现了霍根笔下困境主体的转变。霍根在这里着力塑造的不再是被白人律法非难、"不能说话"的印第安人个体,而是猎杀仪式合法化的反对者、其金钱本质的披露者。"凭借这一出其不意的立场,《靠鲸生活的人》呈现了人类共同保护之责与本土知识主权的复杂关系……以保护为纽带联结的不同地方视域正是文本的一个重要成就。"④这一转变,其实也体现了复杂的现实观照与伦理反思。如此塑造,使我们得以窥视国际捕鲸委员会、马卡印第安保留地部落委员会与部落长老三个群体,即捕鲸利益与传统两方的历史纠葛,得见"霍根作为印第安作家和自然主义者的双重视域"⑤。值得明确的是,印第安人捕鲸"一为生计,二为物种(或自然)平衡与精神和谐"⑥,既是部落"灵肉合一"的思想传承,又是"万物有灵"的生态体现。欧美人役使印第安人捕鲸纯粹出于物质和利益需求,缺乏对自然万物的关怀,因而他们对生态警示又惊又怕。小说中,托马斯身陷异域价值观和世界观的典型困境:他游离于部落传统与欧美现代化捕鲸之间,渴望回归部落却多番背道而驰、助力血腥和暴利捕鲸行当。如何寻觅

---

① Linda Hogan, *People of the Whale*, New York: W. W. Norton & Company, 2008, p. 83.

② Summer Harrison and Linda Hogan, "Sea Level: An Interview with Linda Hogan," *Interdisciplinary Studies in Literature and Environment*, 18.1(2011), p. 175.

③ 同②,第170页。

④ Lindsey Claire Smith and Trever Lee Holland, "'Beyond All Age': Indigenous Water Rights in Linda Hogan's Fiction," *Studies in American Indian Literatures*, 28.2 (2016), pp. 67 – 68.

⑤ Linda Hogan, *Sightings: The Mysterious Journey of* The Gray Whale, Washington, DC: National Geographic, 2002, p. xvi.

⑥ 同⑤,第106页。

传统与现代弥合之道,尤其是如何突破欧美价值观包围回归部落传统?霍根在塑造露丝这一女性人物时留下了一些线索。露丝不但不囿于环境理想主义的藩篱,而且凭借精专的海洋生态学知识和民族科学家特有的敏锐化身为"终生渔女"①。同时,她身上凝聚着霍根从部落内外"两种生活"提取的"两种视域",其一从印第安民族血泪史的现实土壤中生发,其二超脱印第安民族的历史现实,反映土著与非土著民族,乃至人类与非人类命运之共同走向。如此一来,霍根为美国印第安本土伦理观申辩的意图中添加了几分质疑与追问意味:难道印第安人守护的土地仅限于他们居住的保留地吗?仅有印第安人是土地天然的守护者吗?印第安本土伦理观的意义只限于印第安部落,不能为生态灾难频生的西方世界提供合理借鉴吗?

答案显然是否定的。以露丝这一底层印第安女性为核心,从人物形象塑造到形塑人物性格命运的地理环境选择,处处可见霍根铺陈"眼前的世界"的书写版图,为超越印第安人生存困境,探讨土著民族、土著民族与非土著民族"想象的共同体"②、人类命运共同体乃至地球生命共同体之共同命运做铺垫的匠心。露丝生来耳前长鳃,注定了她为保护海洋和灰鲸而生的渔人命,为捍卫"靠鲸生活的"物质和精神生计而战斗的战命。她和玛虽然分别来自美国和越南的土著部落,但同为美国殖民受害者和托马斯弃妇的命运却让她们及她们的本土价值观和世界观实现了跨时空联盟。越南战争本质上是美国内部殖民的再现。托马斯无形间成了美国内部殖民和对越战争的刽子手,他的回归与背离加剧了露丝和玛等土著部落女性的不幸。"诚如露丝向世界宣告的,她凭一己之力逆风而立。她一个人。请大家不要上当。这是美国再次将魔爪伸向我们。露丝(甚至)愿意阻止他们自食恶果。

① Linda Hogan, "The Two Lives," in *I Tell You Now: Autobiographical Essays by Native American Writers*, edited by Brian Swann and Arnold Krupat, Lincoln: University of Nebraska Press, 1987, p. 238.

② 本尼迪克特·安德森:《想象的共同体:民族主义的起源与散布》,吴叡人译,上海:上海人民出版社,2016年,第2页。

所有的人。这正是部落的意义。"①露丝和玛等土著女性联盟之本质，正如霍根所说，"无处不本土。是的，毛利人（新西兰土著）与我们思想相通，和托马斯混居的山地人（越南土著）也与我们境遇相似。区别不过是这些土著部落分属不同国家。这也是托马斯保护、理解山地人，和他们在一起感到舒适的原因"②。"无处不本土"，本土即世界。一方面，跨时空的命运联盟足以为欧美殖民者敲响警钟，告诫他们害人终害己，他们终究难逃殖民主义恶果；另一方面，异域价值观和世界观的共鸣共振也在一定程度上冲击了欧美中心主义价值观和世界观，为其反思提供镜鉴。

　　超越之义，其实霍根早在布局小说地理环境、择定核心意象情节与标题要义时就埋有伏笔。小说的地理图景聚焦但不限于俄克拉荷马州海域，海陆板块交错。整部小说构成一幅纵横海陆的文学地图，"战场军事地图，编入竹篮、刻在石面的原始地图和地下海域的想象地图充斥其间"③。这些地理图景既构成了人与鲸、部落与外部世界、传统仪式与现代秩序的纠葛映射，又预示着融合异域价值观和世界观的全球维度。小说的核心意象、"会呼吸的星球"④——灰鲸是异域纠葛的记忆载体，也是走向全球融合的愿景寄托。⑤ 沿捕鲸主线，以露丝为参照，小说展现的不仅是人物对灰鲸或同情或冷漠的立场对照，更是纷繁复杂的海洋生物，乃至可纳百川的广袤海洋与人类生命文化的命运联结。"生计"和"保护"作为《靠鲸生活的人》的题中之义，凸显了印第安人和白人群体在观照精神与肉体之理、守护全球物种和子孙后代应尽之责时的坚守、背离、回归等复杂情状。诸此种种，一方面印证

　　① Linda Hogan, *People of the Whale*, New York：W. W. Norton & Company, 2008, p. 64.

　　② Summer Harrison and Linda Hogan. "Sea Level：An Interview with Linda Hogan," *Interdisciplinary Studies in Literature and Environment*, 18.1(2011), p. 169.

　　③ 同②，第172页。

　　④ Linda Hogan, *Sightings: The Mysterious Journey of* The Gray Whale, Washington, DC：National Geographic, 2002, p. xiv.

　　⑤ 同④。

了霍根在自传文集《看护世界的女人：一个印第安女人的回忆录》（*The Woman Who Watches over the World: A Native Memoir*, 2001）书名中暗示的创作观念，即以文学作品为载体言说她看护"眼前的世界"之志；另一方面，则凸显了霍根不仅是在为印第安女性群体、印第安民族，更是在为人类命运共同体，乃至地球生命共同体书写"眼前的世界"。

第八节

山下凯伦："人文艺术是一个'接口'"①

山下凯伦（Karen Tei Yamashita）不是那种炙手可热的作家，但其作品的独特性、跨国性、现实性以及后现代主义写作风格引起了文学界和评论家极大的兴趣和持续的关注。山下凯伦的作品大多以少数族裔在全球化背景中的生存境况，特别是以这些人在异国他乡的生活经历为主，揭示不同地区人们生活的离散经历，展现了多元文化背景下人与人之间、人与自然环境之间的关系，具有极大的引领作用和现实启迪价值。

山下凯伦接受访谈时被问到"一个作家在环境危机或者经济危机的语境下该扮演什么角色？文学艺术对整个社会有什么作用？"等问题，她明确表示："在任何危机面前，作家都不应该被赋予灵力，但是作家能够发挥想象力去想象世界，从而助力于集体想象。作家也许能够设计出另一种可能性或者另一种方式去观察或者去倾听世界，这难道不是每一个有思想的公民都应该扮演的具有创造力的角色吗？人文艺术是一个'接口'；如果没有这个'接口'，社会科学和自然科学就无法收到、无法更新和阐释种种信号。"②可以看出，山下凯伦充分肯定了文学想象对重建一个美好世界的积极作用。下面我们通过分析山

---

① Michael S. Murashige and Karen Tei, "Karen Tei Yamashita: An Interview," *Amerasia Journal*, 20.3(1994), p. 49. 本节由龙娟、刘蓉撰写。

② 同①。

下凯伦的三部代表作来具体阐述她的文学思想。

一

《穿越雨林之弧》(*Through the Arc of the Rain Forest*, 1990)是山下凯伦的发轫之作,也是其文学思想的萌芽之作。这部小说中的许多元素,如人类大规模感染病毒,在 21 世纪成为现实。该小说创作于 20 世纪 90 年代,三十年后恰好映射出了现实状况,这正是山下凯伦文学思想的初步体现,即将自己的作品作为"接口",向读者传递那些被忽视或被扭曲的真相。可以说,《穿越雨林之弧》是山下凯伦给人类的一本生态启示录。

山下凯伦将马塔考生态极端化的悲剧抹上了魔幻现实主义色彩,带给人们的是对于"文明的疯狂性"①的反思。劳伦斯·布伊尔曾谈到召唤一个想象世界对于文学创作的关键作用,马塔考之恶变正是山下凯伦在环境现实的基础上运用丰富想象加工的认知再现。小说中,自从潘纳在马塔考发现了魔力羽毛之后,政府就开始大力开发这里,大量植被遭到砍伐,地表裸露在风雨和烈日中,环境变得越来越糟,居住在这里的人们甚至无以为家,生活困苦不堪。"那片原始森林已经不再是以前的原始森林,对于潘纳来说变得陌生。"②具有讽刺意味的是,这里居然成了游客趋之若鹜的地方。当地政府甚至放纵人们对大自然的过度开发,对环境恶化表现出漠视的态度。在财富与发展面前,环境问题被人们置于脑后。人们已经被利益蒙蔽了双眼,面对一再恶化的环境,仍然无动于衷。例如,小说展现了这样一个场景:"这里像一个巨大的停车场,堆积着各种飞行器、交通工具,还有黏糊糊的固体油、军队的吉普、红十字会的救护车等等。这些汽车像是五六十年代晚期制造的,已经生锈瓦解了。雨林的上空时不时会回荡起一阵

① 劳伦斯·布伊尔:《环境批评的未来:环境危机与文学想象》,刘蓓译,北京:北京大学出版社,2010 年,第 68 页。

② Karen T. Yamashita, *Through the Arc of Rain Forest*, Minneapolis: Coffee House Press, 1990, p. 17.

噪声,惊散林中的鸟兽。"①在这里,人们"还发现了稀有的淡红色蝴蝶品种,以生锈的水为食。另外,此地居然还有变异了的对毒物免疫的硕大的老鼠,除了类似于秃鹰之类的新型鸟类外,其他任何以这种老鼠为食的动物都会立刻死去。还有许多填满了子弹的猴子尸体……"②。从这些描述中,我们不难看出,人们长期肆意破坏自然生态环境,导致生态环境急剧恶化,甚至出现了变异物种。即便如此,依然没有惊醒任何人。这无疑暗示了工业发展时期资本家和政府为了利益而不计代价开发自然的现象。

"文明的疯狂性"③归根到底是认知上的问题,正如认知生态批评家南希·伊斯特林所言:"认知科学和演化心理学与一切行为息息相关(文学研究也是如此),因为人的行为背后都是心智在起作用。"④可以说,对环境问题的探讨必然离不开对人类心智的分析,"如果不对心智加以理解,我们就无法理解环境及其表征"⑤。实际上,从认知的角度来探讨环境问题有助于我们挖掘造成环境危机的根源。换言之,环境危机的出现反映出人类在认知方面出现了谬误。具体地说,在小说《穿越雨林之弧》中,环境非正义行为的根源在于两个方面,一是人类对自然的认知谬误,二是人际"重叠共识"⑥的缺失。

首先,人类对待自然环境的非正义行为与人类对自然的认知息息相关。在科技迅猛发展的背景下,人类中心主义甚嚣尘上。人类中心主义将非人类自然视为不具有理性和内在价值的工具客体,以一种凌

---

① Karen T. Yamashita, *Through the Arc of Rain Forest*. Minneapolis: Coffee House Press, 1990, p. 99.

② 同①。

③ 劳伦斯·布伊尔:《环境批评的未来:环境危机与文学想象》,刘蓓译,北京:北京大学出版社,2010 年,第 68 页。

④ Nancy Easterlin, "Cognitive Ecocriticism: Human Wayfinding, Sociality, and Literary Interpretation," in *Introduction to Cognitive Cultural Studies*, edited by Lisa Zunshine, Baltimore: Johns Hopkins University Press, 2010, p. 257.

⑤ 同④。

⑥ John Raws, *Political Liberalism*, New York: Columbia University Press, 1933, p. 133.

驾于自然之上的优越感漠视其他物种的存在,将自然排除在有资格享有道德关怀的群体之外。

人们对自然的认知决定了他们对待自然的态度。所谓"工具价值",就是指自然存在物都服务于人类的需求。对人有用的时候,人类会千方百计地发掘自然的价值,而无用或者碍事的时候,则鸟尽弓藏、卸磨杀驴。当鸟儿的羽毛被宣称为可治愈疾病时,一场"羽毛热"在人群中掀起,凡是能被人们想到的鸟儿都被剥去了羽毛。羽毛交易在黑市相当猖獗,甚至有人将鸡毛染成鹦鹉的羽毛,通过各种渠道销往各地。而当鸟儿的羽毛被发现携带病毒时,鸟类也没有幸免于难,因为人们开始主张灭绝鸟类以消灭病毒。在小说中,动物的价值被作为人类的附属品来定义,这是典型的人类中心主义认知。

其次,人类对待自然环境的非正义行为与重叠共识的缺失息息相关。美国哲学家在《正义的前沿》(*Frontiers of Justice*, 2006)一书中指出,人类之所以矛盾重重,主要是因为重叠共识的缺失。这种状况,在环境问题上也不例外。实际上,这场环境灾难反映出人们在政治、经济、文化等方面缺乏重叠共识。换言之,重叠共识的缺失就像一只看不见的手,推动着环境问题愈演愈烈。

在小说《穿越雨林之弧》中,资本家为了谋求经济利益,对资源的过度掌控和不合理的开发利用是造成人际非正义的主因。小说中的资本家毋庸置疑是坐镇 GGG 公司的美国大商人推普,马塔考的羽毛和塑料让他看到了无限的商机和财富,使他对这些黄金资源的占有欲无限膨胀。推普野心很大,他决定让 GGG 公司垄断羽毛市场,一定程度上造成了羽毛黑市的猖獗。人们利欲熏心,由此产生的鸟类和家禽滥杀现象一发不可收拾,最终导致马塔考的恶变。

山下凯伦聚焦马塔考之恶变,深刻揭示了现实中环境恶变的根源及其后果。在她看来,环境非正义行为的盛行最终将反噬现实,导致现实环境的恶变。在小说结尾处,马塔考遭遇大自然屠城,生灵涂炭,鸟类几乎绝种,主人公或丧命或离开。这种悲剧性的结局引发人们反思环境非正义现象及其根源。自然界已经给人们敲响警钟,环境问题亟待解决,正如美国著名环境文学批评家劳伦斯·布伊尔在《环境批评的未来:环境危机与文学想象》一书的扉页中所言:"如果人们不从根本上改变目前的生存方式,地球这个星球上的生命能否幸存下来已经是个问题。"①哈姆雷特的"生存还是死亡"这个难题在当下以一种新的形式摆在我们面前,等待我们去解答。

《穿越雨林之弧》是山下凯伦将自己的作品作为"接口"的初步尝试。山下凯伦以其特有的方式揭示环境危机的根源与出路,对环境危机、当代人类应有的自然价值观等话题进行了富有启发意义的思考和表现,引领读者去关心他者(此处的"他者"既包括那些处于弱势的人们,也包括非人类的自然存在物),这对于人们认识和解决环境问题有一定的启示作用。

二

山下凯伦的文学思想在其第二部作品《巴西-马鲁》(*Brazil-Maru*,1992)中更为成熟,更能在无形中更新读者的认知。如果山下凯伦在《穿越雨林之弧》中展现的是魔幻现实下人与自然的二元对立,那么在《巴西-马鲁》中,在从现实视角批判族际正义的同时,山下凯伦开始超越二元对立,反思自身。这部小说出版后并未受到像《穿越雨林之弧》那样的关注,但作为一部将虚构与真实杂糅的作品,它有力地反映了移民所遭遇的文化冲突及构建主体身份、建立跨越种族与国家的共同体的努力,表现了山下凯伦对于族际正义的想象与认知。小说情节部分取材于山下凯伦在巴西调研的资料及她在巴西的生活经历,描写了以寺田、奥村、宇野等三个家族为代表的日本移民漂洋过海来到巴西,试图建立以日本文化价值为基准的埃斯珀兰卡社区却最终失败的故事。山下本人更愿意将《巴西-马鲁》称作一本小说,因为在小说中,她"可以戏剧性地说话,但也可以讲述一些真相"②。在这部作品中,山

---

① Lawrence Buell, *The Future of Environmental Criticism: Environmental Crisis and Literary Imagination*, Malden: Blackwell Publishing Ltd., 2005, p. vi.

② Te-hsing Shan, "Interview with Karen Tei Yamashita," *Amerasia Journal*, 32.3 (2006), p. 130.

下凯伦试图将素材真实化、历史化,将戏剧性的元素隐藏起来,使读者不知不觉地改变自己对现实世界的认识。

　　山下凯伦对于种际关系的想象首先表现在《巴西-马鲁》的多元叙事结构中,她希望这种叙事结构能在读者眼前直观地展现出多元的图景。这种图景的想象并非山下凯伦对家园乌托邦的设想,而是对全球化所带来的文化多元化的认知再现。小说首先从主人公寺田一郎与家族一行600余人乘坐"巴西-马鲁号"商船来到巴西开始。主人公带着"建立新的文明"①的梦想在巴西建立了名叫"埃斯珀兰卡"的社区,试图在巴西找到自己的家园。船上的日本人大多是被迫离开家乡,但都怀着对财富、土地和新生活的向往来到巴西。他们建立新社区的依据是日本传统文化价值及卢梭的哲学思想。卢梭批判理性、文明等启蒙思想,倡导回归自然,建立平等友爱的社会。小说每个篇章都以卢梭作品内容为题,主人公及族人的理想就是建立一个卢梭式平等友爱、和谐共生的共同体,而这一共同体由于他们的移民身份和超越民族、国家的身份认同而具备了全球化的色彩。英国文化理论家雷蒙德·威廉斯(Raymond Williams)在研究共同体时,认为共同体是一种真正有机的、共同的集体,而社会只是一种机械的聚合。在全球化进程下,"共同体"一词常用来与"世界主义"一起指称超越民族、地方的世界性凝聚。小说背景为二战时期,日本对世界输出军国主义。来到巴西的日本移民对日本军国主义感到厌恶,因而逃离了日本。在被巴西警察盘问时,宇野直太郎否认自己的日本国民身份,认为自己是一个世界公民。"世界公民"四个字一语道破了他们的世界主义共同体理想。值得注意的是,这个共同体理想不仅包括人与人之间跨越国别、种族的平等友爱,还包括人与自然的和谐共生。寺田一郎——这个被认为是"日本的爱弥儿"的主角对自然充满向往,渴望回归田园式的家园。他曾对移民破坏森林感到痛心,并指责人类为了经济发展而

---

　　① Karen T. Yamashita, *Brazil-Maru*, Minneapolis: Coffee House Press, 1992, p. 6.

破坏地球的罪恶行为。勘太郎等人也对社区的生态环境颇为关注。卢梭的生态思想在西方生态思想史上占有重要地位。在《爱弥儿》(*Émile*, 1762)中，卢梭赞美自然的纯真，厌恶城市的腐朽，认为只有回归自然才能使社会重归纯净。他的思想对年少的山下凯伦产生了重要影响，寺田一郎这位"日本的爱弥儿"对自然的向往便是山下凯伦对卢梭式自然观的崇尚之情的映照。

正如在现实中一样，多元化背景的埃斯珀兰卡社区也难逃种际非正义问题，这个共同体最终土崩瓦解，正反映了弱势族裔移民遭遇的现实困境。即使移民们努力想要在陌生的土地上建立自己的家园，也难以达成心愿。巴西人对这些日本人的边缘化与同化是使共同体崩溃的重要因素。二战时期的日本与巴西事实上属于敌对国家，巴西是南美洲唯一一个加入盟军并且参战的国家。尽管战争并未使当地政府反对这个日本人社区，但日本移民的迷茫、困惑及与巴西人的文化冲突却挥之不去。"虽然巴西国家政策并不一定危害这个日本共同体，但巴西对它的边缘化和同化绝不会带给它什么好处。"[①]从日本移民的角度来说，埃斯珀兰卡社区的理想状态是一个纯粹的日本文化社区，能在最大限度上排除巴西文化的干扰。这是移民们面对种族歧视的无奈之举，表面上来看，是日本移民对本地文化的主动舍弃，但从深层来看，移民的自我隔离是种族矛盾的二次发酵。在移民过程中，为了避免文化被殖民，日本移民们选择将自己包裹在日本文化的茧中，以求自身文化的健全。在这种现实语境下，从一开始这个寺田一郎、勘太郎等人悉心呵护的理想共同体就注定无法在这种环境下顺利存活。在后记中，接受了西式与日式双重教育的二代日裔巴西移民仍旧无法在本地谋生，最终只能回到日本，成为想象与现实的牺牲品。埃斯珀兰卡社区的建立是唤醒日裔移民家园意识的一次文学实验，但其失败也影射了日裔移民家园建设的现实困境。

---

① Nicholas Birns, "An Incomplete Journey: Settlement and Power in *Brazil-Maru*," in *Karen Tei Yamashita: Fictions of Magic and Memory*, edited by Robert Lee. Honolulu: University of Hawaii Press, 2018, p. 103.

同时,山下凯伦通过对女性在共同体内部的遭遇对族内正义二次发问,那就是相对弱势的族群是否有必要对自身文化进行反思。女性在共同体内部是受到压制的群体,被传统性别角色所抑制。勘太郎的妻子奥村春在婚后便被拘囿于狭小的家庭空间和家庭主妇的身份中,受累于家务劳动。女性在男性社区的悲惨遭遇实际也是弱势族裔在主流社会的困境反射,也在一定程度上揭示了歧视现象的根源。在一个种族遭受另一种族歧视的同时,同种族内部也在实施同样的非正义行为。这种现象最大限度地说明,如果各种族不修正对种族内部非正义行为的认知,歧视现象将持续存在,直至家园的陷落。

《巴西-马鲁》是山下凯伦对于现实的超越,但同时也是一次回归。对于移民与种际正义问题,山下凯伦本人作为日裔二代移民有切实的亲身体验和反馈。山下凯伦的埃斯珀兰卡社区并非天马行空的想象,而是将理想化的移民家园置于现实环境的一次文学实验,其根本目的还是希望为读者带来种际关系认知上的修正。通过小说直观展示关于种际关系的想象和对种族自身的反思,山下凯伦希望这个社区的陷落能够给读者带来最直观和有冲击力的认知再现。在经济全球化的背景下,文化间的碰撞难以避免,单纯地封闭自身以达到表面上的和谐已是无济于事。山下凯伦暗示了种际正义困境的出路,那就是修正种族内部的非正义认知,唯有改变这种认知缺陷,种际正义才有可能真正改善。从《穿越雨林之弧》到《巴西-马鲁》,我们可以看到山下凯伦一直试图将自己的文学作品变成与读者沟通的接口,从而达到影响读者认知的目的,但由于故事的主角限定为日裔,在英语小说读者中的影响实际上比较有限。

三

在《橘子回归线》(*Tropic of Orange*, 1997)中,山下凯伦将美国的洛杉矶作为故事发生的背景,意图唤起更多读者的共鸣。可以说,山下凯伦的这种安排实际上集中体现出其文学思想。洛杉矶在山下凯伦的心中具有跨国社区的特性,同时也是多元化城市的象征。在这部小说中,山下凯伦以魔幻现实主义手法书写后现代社会的流动性和多元性。如果说《巴西-马鲁》更多书写的是日裔移民问题,《橘子回归线》则开始侧重于人类个体在全球化背景下的生存状况。在小说中,七个来自不同国家、民族和地域的人物经历了一系列越界流动和漫游,体现了全球化下民族、地方界限的模糊。然而,在表面的连通之下仍然存在着深层的不平等,昭示了全球化隐含的不稳定因素。

流动性是全球化下人类的普遍生存状态,也是山下凯伦在《橘子回归线》中着力表达的主题。随着流动性理论的兴起,"流动"这一概念常被用来研究全球化下人和物的流动及其带来的影响。相较于指涉物理位移的移动而言,流动则被视为"社会产生的运动"①。山下凯伦的小说十分注重表现全球化下的多元性与流动性,美国学者厄秀拉·海斯(Ursula Heise)就曾评价她的小说"叙事策略从北美的多元文化写作以及拉丁美洲的魔幻现实主义中吸取养分,鼓励读者超越不同的民族文学传统,获得全球性的思考"②。而《橘子回归线》又堪称山下凯伦小说中最能够体现这一特征的一部。从小说的结构就可以看出作者的精心设计。小说一共分为七章,每一章分为七节,分别叙述七个主角一天中的经历。这种多视角的叙事手法综合了七个主角的声音,从结构上彰显了全球化下的流动和去中心化主题。

山下凯伦将主角的数量增加至七名,同时不限于族裔和肤色,这体现了山下凯伦文学思想的进一步升华,"接口"对接的对象不再限于某一特定族群,而是开始向全世界的个体开放。这部小说主角身份和职业各不相同,齐聚在洛杉矶这座国际大都市里。艾米、贾比瑞尔和曼扎那是日裔美国女子,鲍比是亚裔美国男子,他的妻子瑞法拉则是墨西哥裔。此外还有非裔美国男子巴兹沃和来自拉丁美洲的阿克安吉尔。他们的职业包括记者、流浪汉、清洁工、退伍军人等。由于身份差异,他

---

① Tim Cresswell, *On the Move: Mobility in the Modern Western World*, New York: Taylor & Francis, 2006, p. 3.

② Ursula Heise, *Sense of Place and Sense of Planet: The Environmental Imagination of the Global*, New York: Oxford University Press, 2008, p. 92.

们的行动空间也有所不同。伴随着主角们的空间流动,山下凯伦的笔对洛杉矶这座都市中的各种景观进行了细腻的描写。在她的笔下,这座城市的景观丰富多样,其中流动的人也充满差异性,正是这些人组成了丰富多彩的洛杉矶。山下凯伦生于洛杉矶,后来又移居日本、巴西,足迹遍布世界各地。她的小说超越族裔身份、地方局限,强调文化身份的流动性和杂糅性。她认为,洛杉矶的包容性是它最可贵之处,她的创作意图之一便是"将那些从前被洛杉矶文学忽视的人们囊括进来"①。小说中的景观还不止洛杉矶。随着一些主角的越界流动,作者还描写了许多国外的景观。景观的多元化来自人的多样化,在全球化下,人的空间流动性增强,身份认同也是多元流动的。阿克安吉尔这个"没人知道他来自何处"②的街头艺人,正是一个世界主义者。他并不局限于单一地方认同,他的身份认同由海斯所说的"对不同的共同体、文化和地方的混合、碎片和分散的忠诚组成"③。这是全球化背景下脱去了狭隘地方认同的新人类,是山下凯伦不遗余力地书写的范本。

　　非正义主题可以说贯穿了山下凯伦的文学创作,也是其文学创作理念的根源。正是非正义现象的存在,促使山下凯伦将自己的认知与体验写进小说中,为读者提供修正认知的机会。山下凯伦在作品中展现了在全球化大背景下那些被剥夺话语权的边缘族裔群体的悲惨境遇。全球化并不仅仅是一个客观事实,还是帝国主义与资本主义用来掩盖非正义的话语。斯皮瓦克一针见血地指出"全球主义是为全球金融化或全球化的利益而发明的表述"④,流动是有方向的,这个方向就

---

①　Michael S. Murashige, "Interview with Karen Tei Yamashita," in *Words Matter: Conversations with Asian American Writers*, edited by King-Kok Cheung, Honolulu: University of Hawaii Press, 2000, p. 341.

②　Karen T. Yamashita, *Tropic of Orange*, Minneapolis: Coffee House Press, 1997, p. 46.

③　Ursula Heise, *Sense of Place and Sense of Planet: The Environmental Imagination of the Global*, New York: Oxford University Press, 2008, p. 42.

④　Gayatri Chakravorty Spivak, "Cultural Talks in the Hot Peace: Revisiting the Global Village," in *Cosmopolitics: Thinking and feeling beyond the nation*, edited by Pheng Cheah and Bruce Robbins, Minneapolis: University of Minnesota Press, 1998, p. 331.

是帝国主义和资本主义的方向。在小说中,鲍比的父亲在新加坡的自行车厂被一家美国公司用更高的薪资抢走了工人,在跨国资本主义的侵蚀下,鲍比的父亲只能无奈地宣告破产。鲍比一家失去了生活来源,只能混入难民队伍中,来到美国。鲍比是财富再分配不合理的受害者,他的离散经历显示出全球化背景下流动的非正义。这样,全球化不仅不是一件全人类团结的好事,反而成为帝国主义和资本主义建立新霸权的武器。不仅仅资本的流动具有方向,人的物理位置流动也具有方向。劳动力向跨国资本主义的流动是一个例证,美国边境移民是又一个例证。当这些非法移民流向美国边界时,美国架起了阻挡移民的铜墙铁壁,不允许他们入境。然而与此同时,从墨西哥运输过来的人体器官却进入了美国。墨西哥的中上阶层人士能够自由往返美国边境,但贫穷的妇女却得冒着生命危险和被强奸的危险。而墨西哥和美国边境的路线本该促进双方交流,现在却成了向美国源源不断输送财富的路线。帝国主义和跨国资本主义无处不在,甚至连墨西哥餐厅里的墨西哥菜都被美国菜替换。一次次流动将利益输送给帝国主义,却将贫穷、疾病和灾难留给墨西哥人民,而且帝国主义还输出自己的意识形态,抹杀墨西哥的本土文化。事实上,在帝国主义霸权统治下,只要存在流动,就存在方向,"共同繁荣""去中心化"似乎是一个遥不可及的理想。这是全球化不可忽视的黑暗面,是亟待解决的问题。在当下的社会环境中,话语权仍然掌握在发达国家手中,弱势国家的跨越边界依然是不可实现的。洛杉矶的全球化实际上是受资本控制、带有种族色彩的全球化。在洛杉矶的真实图景下,资本将人当作商品投入利益池;为了保持市场价格,粮食受到贸易壁垒的限制;居民被禁止在社区内自由流动。"强大的跨国公司利用自由市场意识形态为幌子,在一个某些社会和阶层比其他社会和阶层自由得多的市场中,利用法律漏洞有选择地放松管制。"①资本主义控制下的自由是带

---

① Rob Nixon, *Slow Violence and the Environmentalism of the Poor*, Cambridge, MA: Harvard University Press, 2011, p. 46.

有阶级和种族歧视的,这正是山下凯伦创造"橘子回归线"的真实动机,可移动的"橘子回归线"实际上是山下凯伦以自己的想象力做出的无声抗议。

　　与前两部作品不同的是,在《橘子回归线》中,山下凯伦进一步增加"接口"的影响力,开始鼓励人们以实际行动反抗非正义行为,这是从思维到实践的一大跨越。小说以阿克安吉尔与名为"超级那夫塔"的摔跤手同归于尽为结局,这象征着第三世界劳工对《北美自由贸易协定》的一次反抗。① 与此同时,墨西哥移民瑞法拉与新加坡华裔移民鲍比从器官贩子手中夺回了自己的孩子,阻止了非法交易。而跟随着阿克安吉尔来到边境的"橘子回归线"脱离了橘子本身的束缚,缓缓向北推进。尽管洛杉矶高速路上的无家可归者最后被杀害和驱逐,但"橘子回归线"终将代替他们完成未尽的使命。"橘子回归线为另一种城市社区提供了指南,并提供了另一种设想方式,从而形成了将我们所有人联系在一起的全球联系,超越新自由主义的全球化。"②

　　在《穿越雨林之弧》《巴西-马鲁》《橘子回归线》等作品中,山下凯伦淋漓尽致地展现了将自己的作品作为"接口"的文学理念。在她的第一部作品《穿越雨林之弧》中,她主要关注人与自然的关系认知,批判人类对自然的认知缺陷。到了《巴西-马鲁》,山下凯伦超越简单的二元对立批判,开始反思族内自身认知。而在《橘子回归线》中,山下凯伦更是突破了种族的限制,以七位人类个体彰显全球多元化;最重要的一点是,在这部作品中,山下凯伦对非正义行为已经不限于修正认知,而是开始鼓励读者以实际行动来改变现实世界的种种困境。她的作品穿越了时代、打破了界限、跨越了纬度,在阅读这三部小说的过程中,读者能够感受到其作品主题的多元化和关注视域的深化。尽管由于各方面因素的限制,山下凯伦作为美国亚裔文学作家的影响力目

---

　　① "超级那夫塔"英语为 SUPERNAFTA,其中 NAFTA 为《北美自由贸易协定》(North American Free Trade Agreement)英语名称的首字母缩写。

　　② Sherryl Vint, "Orange County: Global Networks in *Tropic of Orange*," *Science Fiction Studies*, 39.3(2012), p. 414.

前比较有限,但在这种创作意识指引下,她的文学作品将会随着时间的沉淀带给人们更多的思考和选择。

第九节

莱斯利·马蒙·西尔科:文学是"最有效的政治宣言"①

弗雷德里克·詹姆逊(Fredric Jameson)在《政治无意识:作为社会象征行为的叙事》(*The Political Unconscious: Narrative as a Socially Symbolic Act*, 1981)一书中指出,"一切事物都是社会和历史的,事实上,一切事物'说到底'都是政治的"②。在詹姆逊看来,叙事作为一种"社会象征行为"③,不可避免地会体现出政治无意识。尽管詹姆逊的论断过于强调文学的政治意蕴,却道出了文学与政治之间难以剥离的内在联系。实际上,文学与政治在彼此的形塑过程中都发挥着至关重要的作用。在这一点上,美国少数族裔文学的政治导向功能更为突出,美国印第安作家的创作当然也不例外。例如,美国印第安作家莱斯利·马蒙·西尔科(Leslie Marmon Silko)在其小说《仪典》(*Ceremony*, 1977)和《死者年鉴》(*Almanac of the Dead*, 1991)中就体现出激进的政治倾向,④引起评论家们的广泛关注。西尔科本人亦在访谈中坦言:"我最有效的政治宣言就是我的作品。"⑤在西尔科看来,"最激进的政治就是现实语言"⑥。如果说政治本身是"无言"的,是被文本掩埋起

---

① Ellen L. Arnold, Introduction, in *Conversations with Leslie Marmon Silko*, Jackson: University Press of Mississippi, 2000, p.viii. 本节由龙娟、张娟撰写。

② Fredric Jameson, *The Political Unconscious: Narrative as a Socially Symbolic Act*, London: Routledge, 1981, p. 5.

③ 同②,第 17 页。

④ 同①。

⑤ 同①。

⑥ 同①。

来的"现实"①,那么,西尔科正是通过作为"现实语言"的文本创作来
体现其"社会象征行为",在政治无意识的文本叙事中探寻被压制和埋
没的美国印第安文化历史传统,将一幅逐渐被尘封的前后500年的印
第安政治画卷铺展开来。

　　从一定意义上来说,西尔科的"现实语言"正是其文学心智的表
征。正如认知语言学家马克·特纳(Mark Turner)所言,"语言只不过
是文学心智的孩子"②。也就是说,文学心智既是语言的源泉,又是文
学创作的基础。文学心智还是人类心智的基础:故事是人类经验和
知识的中心原则。③ 认知诗学学者南希·伊斯特林也强调心智的作
用:"认知科学和演化心理学与一切行为息息相关,因为人的行为背后
都是心智在起作用。"④可以说,作为聚焦人类心智的一种文学批评方
法,认知诗学以认知心理学、认知语言学等认知科学为理论基础,对
"有关文学阅读的活动"⑤具有指导作用,其研究范式为"文学研究提
供新的视角"⑥,而认知科学与文学研究之间是"双向给予"而非"单向
借鉴"⑦的关系。本节以认知诗学为理论依据来探讨西尔科作品中的
政治书写,尝试揭示印第安传统文化中有关女性、故事和土地的独特
认知对西尔科文学创作的影响。

一

　　西尔科以印第安女性特有的认知视角书写美国印第安文化,希冀

---

　　① Fredric Jameson, *The Political Unconscious: Narrative as a Socially Symbolic Act*, London: Routledge, 1981, p. 13.

　　② Mark Turner, *The Literary Mind*, Oxford: Oxford University Press, 1996, p. 168.

　　③ 同②,第12页。

　　④ Nancy Easterlin, "Cognitive Ecocriticism: Human Wayfinding, Sociality, and Literary Interpretation," in *Introduction to Cognitive Cultural Studies*, edited by Lisa Zunshine, Baltimore: Johns Hopkins University Press, 2010, p. 257.

　　⑤ Peter Stockwell, *Cognitive Poetics: An Introduction*, London: Routledge, 2002, p. 1.

　　⑥ 同⑤,第18页。

　　⑦ 骆蓉:《认知文学科学:认知文学研究的新视野——评〈认知文学科学:文学与认知的对话〉》,《当代外国文学》2018年第1期,第170页。

重构"母系宇宙"①,为在内部殖民化的政治语境下遭受双重压迫的属下女性发声。② 西尔科的作品蕴含丰富的女神创世神话。《仪典》开篇这样讲述:印第安神话故事中的沉思之女,即绨伊思茨娜寇(Ts'its'tsi'nako)及姐妹娜次伊提伊(Nau'ts'ity'i)和伊泰克茨伊提伊(I'tcts'ity'I)均为创世女神,她们"共同创造了我们人类生活的这个宇宙"③,并且创造了"地下的四个世界"④。作为创世之母,她们不仅给予万物生命,更命名世间万物,此后,"万物皆现"⑤,万物有灵。创世之母的神话传说是美国印第安传统文化中有关母系宇宙文化认知的重要组成部分。西尔科在其作品中传承了印第安传统文化认知,塑造了一个读者与文本内容互动的、具有叙事和想象维度的可能世界。⑥ 在这个可能世界里,女神和女人是印第安神话故事及现实部落永恒的传说。

　　然而,西方基督教文化对女性他者地位的认知模式与美国印第安文化中女性处于核心地位的文化认知存在本质上的对立。这一截然对立的认知模式使得美国印第安女性在西方基督教男权至上的文化框架里处于集体失语状态。正如后殖民主义文学评论家佳亚特里·斯皮瓦克(Gayatri Spivak)在其文章《属下能说话吗?》("Can the Subaltern Speak?", 1985)中所言,处于后殖民语境下的第三世界国家民众,尤其是第三世界国家的女性是一群没有话语权的属下。尽管美国印第安女性并不属于第三世界国家女性,但印第安民族处于美国内部殖民状态,属于被殖民者剥夺权利和身份地位的特定属下个体和社

---

　　① Paula Gunn Allen, *Grandmothers of the Light: A Medicine Woman's Sourcebook*, Boston: Beacon, 1991, p. xiii.

　　② 王影君:《斯皮瓦克的"属下女性"批评论》,《沈阳工程学院学报(社会科学版)》2010 年第 1 期,第 14—18 页。

　　③ Leslie Marmon Silko, *Ceremony*, New York: Viking, 1977, p. 1.

　　④ 同③。

　　⑤ 同③。

　　⑥ Peter Stockwell, *Cognitive Poetics: An Introduction*, London: Routledge, 2002, p. 153.

会群体。当代美国印第安女性处于内部殖民的政治语境下,遭受白人主流社会及男性主导社会的双重压迫,是一群丧失自我表征、无法为自我发声的属下女性。① 这从根本上违背美国印第安民族传统文化所凸显的女性创造万物、女性为万物之母的文化认知观。

在美国内部殖民语境下,美国印第安人的文化认知处于错乱状态。例如,《仪典》中的女药师"夜天鹅"就困惑地说,"很多东西我都记不清楚了,包括地方的名字、人们的名字,甚至他们的面容"②。"夜天鹅"之所以如此困惑,是因为"河流的名字、山川的名字、动植物的名字——所有的生命突然都有了两个名字:一个印第安名字,一个白人给予的名字"③。美国印第安人之所以会产生这种认知错乱,是因为人类的思想不仅是"具身的"(embodied),而且是"定位的"(situated)。文化传统之所以能够代代流传,就是因为同一个文化传统熏陶下的群体"拥有共同的认知和情感属性"④。由于"殖民者/被殖民者关系的精神层面几乎与经济和政治层面一样被理论化"⑤,那么,处于白人殖民文化奴役下的美国印第安人就失去了原有的文化认同,处于属下地位。要理解处于属下地位的美国印第安人的行为,就有必要去了解他们的心理预设和物质环境。内部殖民语境下,曾经的女神核心地位面临崩溃,以至于"很多村子里的人们不再信任这个老妇人。当地天主教的牧师竭尽所能去诋毁(印第安人)关于动物、植物和被牧师们称为'魔鬼的岩石'的神灵们"⑥。女性核心地位不复存在,美国印第安传统中"母系宇宙"的自然观轰然崩塌。这样一来,身处基督教文化语境中的美国印第安女性,不仅"是在一个男权

---

① 罗钢、刘象愚主编:《后殖民主义文化理论》,陈永国等译,北京:中国社会科学出版社,1999年,第138页。

② Leslie Marmon Silko, *Ceremony*, New York: Viking, 1977, p. 83.

③ 同②,第68页。

④ Lisa Zunshine, ed., *The Oxford Handbook of Cognitive Literary Studies*, New York: Oxford University Press, 2015, p. 331.

⑤ 同④,第329页。

⑥ Leslie Marmon Silko, *Almanac of the Dead*, New York: Penguin Books, 1991, p. 156.

主义的文化框架里做女人"①,处于他者地位;更有甚者,沦为属下女性的"她"无法为自己代言,也无法表达自己的感情、存在和经历,"他"代表并表达"她"的一切。

如何解构处于属下失声状态的美国印第安女性的他者身份,如何使其逐渐走上能够自我发声之路,这至关重要。西尔科旨在通过文学创作重构印第安"母系宇宙",解构西方男权中心论,重塑认可美国印第安女性核心地位的文化认知观。以《仪典》为例。在该小说中,塔尤很小便失去母亲,参军远离部落故土,遭受战争的心理创伤,失去赖以生存的精神支柱。回归部落以后,塔尤仍走不出战争带来的创伤,一度处于精神幻觉中。最后由于女药师赛亚的故事引导以及她所拥有的治愈灵力,塔尤重新"认识赛亚收集的那些根茎和植物"②,经过灵与肉的交融,终于找回灵魂之所在。塔尤的创伤治愈之旅不仅仅是精神创伤的治愈之旅,更是重构文化认知的母爱之旅,是重回大地之母怀抱的寻根之旅。在仪式进行的各个环节中,塔尤的祖母、神秘的赛亚都起着极其重要的作用。她们作为美国印第安传统文化的女性代表,在向我们展示"母系宇宙"与大自然紧密相连的过程中,逐步在读者心中建构起一种以女性为核心地位的文化认知模式。

西尔科希冀通过作品这一媒介,重构美国印第安传统女性身份及女性权力的核心地位,重构印第安"母系宇宙",为属下女性发声。西尔科的创作初衷或许印证了认知马克思主义强调的认知和动机的具体性和现实性。③ 从某种意义上来说,《死者年鉴》中的泽塔和莱查姐妹就是西尔科刻意塑造的美国印第安传统女性代言人。作为年鉴的守护者,她们不仅仅是在守护象征本民族记忆的年鉴,更是在守护女性在传统文化中的核心地位。小说中出现的一个耐人寻味的事件正

---

① 朱迪斯·巴特勒:《性别麻烦——女性主义与身份的颠覆》,宋素凤译,上海:上海三联出版社,2009 年,第 1 页。

② Leslie Marmon Silko, *Ceremony*, New York: Viking, 1977, p. 224.

③ Lisa Zunshine, ed., *The Oxford Handbook of Cognitive Literary Studies*, New York: Oxford University Press, 2015, p. 331.

可说明这一点。在小说中，"当巨大的石蛇出现之后，来自各地的宗教人士都来参观，可是没有人知道石蛇再次出现的意义，也没有人理解石蛇出现带来的信息"①。可是，"当莱查告诉泽塔石蛇出现这一消息后，姐妹二人泪流满面。因为老尤米告诉过她们，石蛇出现就意味着艰难日子的到来，泽塔庆幸这些年她为此做了一些准备，现在她要开始最重要的工作了"②。石蛇作为印第安神话故事中重要的象征意象，除了莱查姐妹，无人理解其意义。由此可见，女性在美国印第安传统中占据重要地位。更为重要的是，以莱查姐妹为代表的印第安女性多次带头反抗白人的文化霸权政策，试图重塑女性在美国印第安文化传统中的核心价值体系，维护美国印第安族裔的文化认知模式。

西尔科作为美国印第安女性作家代表，以作品为依托，重申女性在美国印第安文化传统中的重要作用，试图为广大印第安女性寻找一条全新的自我实现之路。西尔科在重新定位处于当代社会属下女性语境下的美国印第安女性身份的同时，提出如何保存本土传统文化价值观、维护自身身份与地位等问题。她呼吁美国印第安女性勇敢面对文化帝国主义带来的挑战，重构印第安"母系宇宙"的传统文化认知模式，为属下女性发声。可见，从认知诗学的视域来看，西尔科不仅"代表了现实，而且创造了现实"③。

二

西尔科弘扬美国印第安循环时间观，以此解构欧洲线性时间观，在无形中重现了真实的政治历史。在美国印第安传统故事熏陶下长大的西尔科，称她的族人为"书籍人"（book people）④。作为循环时间

---

① Leslie Marmon Silko, *Almanac of the Dead*, New York：Penguin Books, 1991, p. 703.

② 同①。

③ Lisa Zunshine, ed., *The Oxford Handbook of Cognitive Literary Studies*, New York：Oxford University Press, 2015, p. 331.

④ Ellen L. Arnold, Introduction, in *Conversations with Leslie Marmon Silko*, Jackson：University Press of Mississippi, 2000. p. viii.

的社会表征,"书籍人"在帮助印第安人从故事中了解本部落历史文化的同时,又赋予故事新的内涵。代代相传的口头故事将历史、时间和政治重新链接,通过故事再现本民族的历史,以此激活本民族的创伤记忆,抵抗欧洲主流历史对美国印第安族裔历史的抹杀。如果说人们的"大脑犹如一个精神的肠胃"①,时不时地指示人们打开记忆的宝箱,对曾经的故事进行反刍并唤起"彼岸"的苏醒,那么,在不断的循环反刍中,人们会体验到文学中的"具身动态性"(embodied dynamics),体悟到文学传递出的那种"认知渗透力"(cognitive penetrability)②。正如《死者年鉴》中的老年女药师尤米所言,"灵力存在于故事中,这种灵力保证故事能被循环讲述。在每一次的循环讲述中,故事都会发生细微但永恒的改变"③。因此,美国印第安人认为,只有坚守循环时间的认知模式,他们才有更多的信心去忍耐、去面对殖民者的驱赶和杀戮。他们坚信"未来的某一天,白人会自动消失不见。这种消失已经从精神层面开始了"④。

在《死者年鉴》中,作为关键词的"时间"被拟人化,似乎时间本身就是美国印第安人自身。时间在带走他们祖先肉身的同时,亦留下了祖先那永不磨灭的记忆。守护年鉴就是反刍过去、重构美国印第安历史。这不是一种线性行为,而是一种在循环时间认知模式下不断对话的永恒行为。这种运用语言和思维来定位时间的方式是人类最为复杂的认知行为之一。美国印第安文化传统中的循环时间认知观以口头故事为媒介实现了记忆的永生,因为故事是人类心智的映射,是人们对时间和空间、自身和他者进行认知的重要载体,⑤故事中所体现出

---

① 阿莱达·阿斯曼:《回忆空间——文化记忆的形式和变迁》,潘璐译,北京:北京大学出版社,2016年,第183页。

② 骆蓉:《认知文学科学:认知文学研究的新视野——评〈认知文学科学:文学与认知的对话〉》,《当代外国文学》2018年第1期,第172页。

③ Leslie Marmon Silko, *Almanac of the Dead*, New York: Penguin Books, 1991, p. 581.

④ 同③,第511页。

⑤ Mark Turner, *The Literary Mind*, Oxford: Oxford University Press, 1996, pp. 12 – 25.

来的关于自我和世界的概念化过程是人类心智能力的重要体现。依
照美国印第安人"圣环"(sacred hoop)①的认知观,"无论印第安人做
什么,一切都是在一个环内。这是因为世界的灵力只有在环内才起作
用,因此,一切都趋向于圆形"②。这也是他们为什么坚持循环时间的
认知模式,相信循环时间拥有灵力的根源所在。正如《死者年鉴》所
言,"白人带来的这个世界不会持续下去,它将会被一阵飓风吹得无影
无踪。印第安人所能做的只能是等待,这是一个时间问题"③。

　　故事循环讲述的模式本身不仅仅是古老故事存在的主题,更是一
种抵抗白人主流文化侵略、弘扬本部落传统文化的政治策略。1986
年,西尔科在和金姆·巴恩斯(Kim Barnes)的谈话中说道:"这(故事)
是一种大语境下认识自我本身、认识周围的人、认识你的生活,同时认
识你所生活的这片土地的方式。"④循环时间以故事讲述的方式呈现
出来,每一次故事的讲述与交流都再一次印证了个体对本族裔历史的
再现及文化归属之渴望。因此,对于美国印第安人来说,讲故事本身
不仅仅是一种生活方式,更是一种对过去历史的缅怀、传承和延续。
口头故事里渗透着循环时间的痕迹,"平衡和谐交替进行,世界由此保
持循环"⑤。时间的循环往复,故事的代代相传使得故事里的人、故事里
的事永远不会因为时间的流逝而被遗忘、被抹杀,而是永远鲜活地留在
每一代人的心中。每一次重新讲述同一个故事都是一种心理上的重新
认知。无论是听故事的人还是讲故事的人,都从中感到一种历史的责任
感和融入感,不会因为时间和空间的改变而产生距离感,不会因为西方

---

①　参见波拉·甘·艾伦(Paula Gunn Allen)的《圣环:找回美洲印第安传统中的
女性特征》(*The Sacred Hoop: Recovering the Feminine in American Indian Traditions*,
1986)一书的书名。

②　Kenneth Lincoln, *Native American Renaissance*, Berkeley: University of
California Press, 1983, p. 45.

③　Leslie Marmon Silko, *Almanac of the Dead*, New York: Penguin Books, 1991,
p. 235.

④　Ellen L. Arnold, Introduction, in *Conversations with Leslie Marmon Silko*,
Jackson: University Press of Mississippi, 2000. p. ix.

⑤　Leslie Marmon Silko, *Ceremony*, New York: Viking, 1977, p. 130.

殖民者的刻意抹杀、掩盖历史真相的卑劣行为而逐渐遗忘民族历史。

无疑,西尔科希望通过作品展现政治叙事的力量,因为在她看来,"故事的灵力是唯一一条能够寻求正义的途径"①。故事讲述中隐含的循环时间认知模式可以对抗西方主流社会一维线性时间认知模式。故事中所体现的美国印第安人循环时间观正是保持其民族文化不被湮灭的灵力。以《死者年鉴》为例。该小说的第一页即是一副地图,西尔科赋予此地图的副标题为"五百年的地图"②。作者之所以首页就给读者一个时空维度的标识,是因为想暗示,年鉴就是储存美国印第安人500年历史的记忆箱子,循环的时间认知模式让印第安人有力量去重新打开箱子,评判过去。年鉴像一面镜子,照出了美国印第安人500年来所遭受的血腥屠戮,照出了白人殖民者的罪恶嘴脸。年鉴的存在让白人殖民者害怕,因此"数百年来,白人一直在告诉他们要忘记过去"③。

在《死者年鉴》中,西尔科反复强调的是时间的永生意义:它可以流逝,但永远是活的;它不会死亡,最终会循环回来。④ "对老一辈人来说,时间并不是时钟上那一系列的刻度,滴答声一个接一个,永无停歇。对老一辈人来说,时间是圆形的——像一个圆圆的煎饼。"⑤不但如此,"时间像是一个生灵。它周而复始,永恒流转,(在时间的圆形里),所有的日子都是循环往复的"⑥。西尔科仿照玛雅人的循环时间观重构历史,以循环时间为抵抗策略,目的在于颠覆西方的一维线性时间观,揭示西方殖民者的霸权。按照《死者年鉴》的预言,人们最终会正视欧洲殖民者侵占印第安人的土地、磨灭他们的文化、剥夺他们

---

① Leslie Marmon Silko, *Yellow Women and a Beauty of the Spirit: Essays on Native American Life Today*, New York: Simon & Schuster, 1996, p. 20.

② Laura Coltelli, "*Almanac of the Dead*: An Interview with Leslie Marmon Silko," in *Conversations with Leslie Marmon Silko*, edited by Ellen L. Arnold, Jackson: University Press of Mississippi, 2000, p. 119.

③ Leslie Marmon Silko, *Almanac of the Dead*, New York: Penguin Books, 1991, p. 311.

④ 同①,第136页。

⑤ 同①,第136—137页。

⑥ 同①,第137页。

的话语权、致使印第安人的文化历史逐渐消亡这一血泪历史；人们终将面对所有的非正义，还历史一个公道。可以说，作为一部"激进"的"政治宣言"，《死者年鉴》凭借其强大的记忆政治叙事，颠覆了殖民主义以欧洲为"自我"（Self），以印第安人为"他者"（Other）的意识形态，改变了读者对"时间"和"历史"等概念的传统认知。

西尔科书写的美国印第安人的循环时间认知模式赋予时间新的内涵，更让数千万的美国印第安人从中获知真实的历史。小说中形形色色的人物、故事和现实中发生的事件都有不同程度的吻合，如美国军队对中美洲及墨西哥不安定状况的焦虑、地震的发生等等都是作品预言到的。作品呈现的循环往复的时间模式似历史重演一般，带给人强烈的认知感受。"历史和故事在循环重述中获得了能量，其前进的势头锐不可当。"①故事在时间中游走，留下无法抹杀的历史痕迹，于无形中重塑了真实的政治历史。单纯的故事讲述似乎不能满足人们获知真相的力量，于是西尔科借用年鉴的力量，重新建构集体记忆，以期维系循环时间观的传统认知模式，实现部落身份认同。

三

北美大陆地形景观复杂多变，特殊的地理景观造就了印第安各部落悠久神秘的文化、仪典和自然崇拜，正如美国认知诗学批评家伊斯特林所言，"人类的思考不能从根本上脱离物理位置的表征"②。在印第安部落文化中，"土地"一词蕴含着与物理位置有关的认知和文化因素。因此，在印第安人看来，受神灵呵护的大地是滋养和哺育所有印第安部落的母亲，是"神龟"托起之地。

在美国印第安文化传统里，"神龟"这个意象具有深刻的象征意义。

---

① Leslie Marmon Silko, *Almanac of the Dead*, New York: Penguin Books, 1991, pp. 520－521.

② Nancy Easterlin, "Cognitive Ecocriticism: Human Wayfinding, Sociality, and Literary Interpretation," in *Introduction to Cognitive Cultural Studies*, edited by Lisa Zunshine, Baltimore: Johns Hopkins University Press, 2010, p. 111.

根据《纽约州易洛魁族的神话和传说》(*Myth and Legends of the New York State Iroquois*, 1908), "天空之女跌落在当时满是洪水的大地之上。不同的动物都试图游到大洋深处,带回泥土创造一片大地。麝鼠把泥土放在龟背上,成功地从大洋深处带回泥土。'神龟'就成了大地的托架,造就了今天的北美洲大陆"①。著名诗人加里·斯奈德创作诗集《龟岛》(*Turtle Island*, 1974),融自我于自然万物,希望回归并"栖居在龟岛上"②,在万物齐同的认知环境下创造人与人、人与自然和谐共生的新神话。生活在神圣"龟岛"上的北美原住民深爱着大地母亲,数百年来演绎了灵性的族裔文化。但是白人殖民者的入侵,慢慢"偷走"了具有灵性的土地,神性的"龟岛"在白人无穷尽的踩躏下满目疮痍,灵性尽失。

对于"龟岛"原住民来说,土地是他们赖以生存的空间,是他们的母亲,正如西尔科所言,"与信任人类相比,我更信任这片土地——岩石、灌木、仙人掌、响尾蛇和山狮。走在山谷中,我从未感到孤独过。万物生灵在我四周,山脉和熔岩亦充满生命"③。族裔文化和土地融合在一起,是一道不可抹杀的记忆。要取得政治文化上的话语权,美国印第安人必须重新收回土地,形塑"龟岛"灵性。

作为"龟岛"原住民混血后裔的西尔科,1976年在与佩尔·赛耶斯泰德(Per Seyersted)的访谈中说道:

> 我们要提醒他们,他们正在庆祝的这个强大的国家(美国)是在偷来的土地上建立的。正是这片土地的资源、金属矿藏、矿石、水源、煤矿才能让那些来美洲大陆的人建立这个国家。……我们应该谨记,就是在这片偷来的土地上,这个国家才得以建立、得以繁荣。按照盎格鲁-撒克逊的法律,按

---

① Harriet Maxwell Converse and Arthur Caswell Parker, *Myth and Legends of the New York State Iroquois*. Albany: New York State Museum, 1908, p. 33.

② 高歌、王诺:《生态诗人加里·斯奈德研究》,上海:学林出版社,2011年,第242页。

③ Leslie Marmon Silko, *Yellow Women and a Beauty of the Spirit: Essays on Native American Life Today*, New York: Simon & Schuster, 1996, p. 18.

照惯例,当一个人的东西被偷走后,无论这个物品曾被转手多少次,这个物品仍然属于原来的主人。①

鉴于此,"龟岛"原住民致力于收回被欧洲殖民者"偷走"的土地,这一寻求正义的抗争从未停止。20世纪50年代,西尔科的父亲作为部落首领,经过重重困难,为部落争回一块被联邦政府强行征收的土地。此事深深地激励着西尔科不断学习,从故事中汲取本部落的能量,从书籍中获取知识的滋养。为了增强同殖民者的抗争力,西尔科最终选择了创作。她希望通过书写本民族、本部落的文化传统,以文字作为扩展时间和记忆政治的工具,提醒族人不忘收回土地的初心。

对于"龟岛"原住民来说,他们被"偷走"的不仅仅是土地,更是孕育在这片土地上的传统文化和部落历史。西尔科在《死者年鉴》中这样写道:"白人来到我们的土地上……他们到处走走看看,寻找着一切最肥沃的土地和好的水源"②,然后据为己有,而原住民则不断被驱赶到贫瘠荒芜的保留地。部落里的人在失去土地的同时,也渐渐失去了自己的文化传统,模糊了自己的历史记忆。即使是被驱赶到贫瘠的保留地居住,"印第安人从来没有在法律上拥有任何一块保留地"③。面对种种非正义,原住民致力于"收回自己部落的土地"④。年鉴于他们来说,就如一个装满了将要被遗忘的本族历史的箱子,"他们相信年鉴具有生命的灵力,这种力量也许会把所有的印第安人团结起来,共同收回自己的土地"⑤。在他们眼中,"土地就像是他们的孩子一样珍贵"⑥。失去作为

---

① Per Seyersted, "Interview with Leslie Marmon Silko," in *Conversations with Leslie Marmon Silko*, edited by Ellen L. Arnold, Jackson: University Press of Mississippi, 2000, p. 8.

② Leslie Marmon Silko, *Almanac of the Dead*, New York: Penguin Books, 1991, p. 213.

③ 同②,第40页。

④ 同②,第517页。

⑤ 同②,第569页。

⑥ Leslie Marmon Silko, *Yellow Women and a Beauty of the Spirit: Essays on Native American Life Today*, New York: Simon & Schuster, 1996, p. 19.

政治象征的土地,就意味着根的断裂。因此,当白人殖民者强行"偷走"印第安人土地的同时,他们就失去了文化记忆和身份认同的依托,失去土地是一切非正义的根源。

白人殖民者不仅偷走了"龟岛"原住民的土地,扼杀了土地之灵性,更试图从政治上、经济上、文化上和环境上去控制他们。隐忍了数百年的原住民相信,白人殖民者对这片土地的非正义最终会激起神灵们的反抗,因为"龟岛"原住民才是部落土地的最初主人。白人殖民者"在这里是没有未来的,他们的历史、他们祖先的魂灵不在这片土地上"①。因此,没有什么比收回土地更重要,但这一切需要耐心等待。"预言说慢慢地,欧洲人在美洲大陆的所有踪迹将消失不见。最终,印第安人会重新得到自己的土地"。② 此处,西尔科以其敏锐的政治笔触重塑土地灵力,唤起当下原住民收回土地的自信和决心。

综上所述,西尔科的文学作为"政治宣言",虽然不可能对当下美国印第安民族的地位产生立竿见影的效果,但"作为激进政治声明的文学有种特质,这种特质决定了它必然有助于创造一个不同的、更美好的世界"③。作为美国印第安传统文化的代言人,西尔科始终认为作品是反抗主流文化毁灭性迫害的政治武器,是"龟岛"原住民能够幸存的重要策略之一。她进行文学创作的目的在于通过文字的力量做"最有效的政治宣言",揭示印第安人所遭受的各种非正义,呼吁印第安人弘扬本民族文化传统,呼唤民主政治,期望无家可归之人、被边缘化的有色人种都能被赋予应有的政治权利。面对西方后殖民主义的文化意识渗透,现代美国印第安人应该在重构民族文化历史的同时,保持本民族的向心力,传承印第安民族的文化认知,继续为争取土地和获取正义而抗争。

---

① Leslie Marmon Silko, *Almanac of the Dead*, New York: Penguin Books, 1991, p. 313.

② 同①,第 631—632 页。

③ Catharine R. Stimpson, "Literature as Radical Statement," in *Columbia Literary History of the United States*, edited by Emory Elliott, New York: Columbia University Press, 1988, p. 1076.

第二章　20 世纪 80 年代至世纪末美国诗人的文学思想

　　20 世纪 80 至 90 年代的美国诗人叛逆性强,活跃在各地的酒吧、咖啡馆、地铁车厢等处,大批优秀诗歌作品纷纷涌现。该时期美国诗人的文学思想景象广阔多样,诗歌成为美国思想自由的一种重要表达方式。罗伯特·勃莱(Robert Bly)、菲利普·莱文(Philip Levine)、加里·斯奈德(Gary Snyder)、露易丝·格吕克(Louise Glück)、凯·瑞安(Kay Ryan)、查尔斯·伯恩斯坦(Charles Bernstein)和丽塔·达夫(Rita Dove)等是该时期传递文学思想的重要诗人。

第一节

罗伯特·勃莱: 神话诗学男性运动与反战思想①

　　罗伯特·勃莱出生于爵士时代,是美国当代杰出诗人、译者、批评家、演说家、神话诗学男性运动(the mythopoetic men's movement)的领导者以及"深层意象"(Deep Image)派诗歌领袖。② 勃莱出版的诗集和翻译作品已达四十余部。其中,诗集《身体周围的光》(*The Light around the Body*, 1967)荣获 1968 年美国国家图书奖,他所撰写的第一部长篇散

---

　　① 本节由熊佳、彭月姮撰写。
　　② 肖小军:《跃入民族的心灵世界——勃莱政治诗歌初探》,《外国语文》2010 年第 4 期,第 24 页。

文《上帝之肋———一部男人的文化史》（*Iron John: A Book about Men*，1990）在美国《纽约时报》非小说类最佳畅销书榜上连续十周排名第一。该书一出版就很快被译成多种语言，被视为美国神话诗学男性运动开始的标志。勃莱对美国诗歌大胆拓新，高度关注社会、政治活动，迅即成为自 1945 年以来最受热议的美国作家之一。勃莱大力提倡男性运动，用心观察男性气质的变化与发展和当代男性气质的消解。他认为当代男性应具有宙斯般的原始野性和相对女性来说更为优异的身心素质，努力扮演好相应的家庭和社会角色，努力创造健康和谐的两性关系。

勃莱的诗歌朴素无华，其深层意象对后来的美国诗歌影响很大。20 世纪 60 年代反越战运动时期，勃莱的诗歌开始带有强烈的反战政治情绪。越南战争是勃莱政治诗歌创作的直接原因，他认为侵越战争是非正义、非人性的。他的政治诗歌深挖国民意识的下层，直至人的心灵。他奋力让人的心灵对周边的事物、战争或政治事件时刻保持清醒或觉醒。诗人声明：美国白宫经常发动战争，受伤害的不仅是被侵害的国家，本国内部也深受其害。[①] 他的诗歌揭露政治的诡诈和战争的残酷，呼吁全体国民对发起战争的美国政府保持清醒的头脑，寻求和平的心声，共同抵制和反对战争。他坚决反对侵略行为，认为战争是一种物质上的掠夺，以牺牲心灵的平和为代价。在当代美国诗人中，他是一位坚定的反战诗人。他与另一名诗人戴维·雷（David Ray）在 1966 年创立了"美国作家反越战同盟"（American Writers against the Vietnam War），并主编了《反越战朗诵诗集》（*A Poetry Reading against the Vietnam War*，1996）。[②] 勃莱参与群众游行示威，在全国各地进行反战诗歌朗诵，表达他坚定的政治信念。

———————

① 肖小军：《跃入民族的心灵世界———勃莱政治诗歌初探》，《外国语文》2010 年第 4 期，第 28 页。

② 张子清：《20 世纪美国诗歌史》（第二卷），天津：南开大学出版社，2019 年，第 992 页。

一①

自 19 世纪后半叶开始,女性主义运动经历了三次浪潮。在女性主义冲击下,尽管性别平等尚未实现,但社会资源对两性的分布局部出现了矫枉过正的现象。同时,在女性主义追求性别平等的过程中,传统男性思维不可避免地受到挑战,男性必须调整自己对女性和两性关系的看法。因此,诸多男性开始思考身份危机问题,围绕男性权利与解放的运动在西方兴起。第一次男性运动是男性解放运动,侧重从男性的潜能和心理层面观照政治;第二次男性运动是拥护女权运动,即赞同女权主义者对父权制的批评,并试图改变男性的态度与行为,学习两性平等相处;第三次男性运动是神话诗学男性运动,它借助弗洛伊德和荣格的深度心理学(depth psychology),叙述古老的故事,反思传统性别角色危机。20 世纪 80 年代,勃莱成为神话诗学男性运动的引领者,被称为"神话诗学男性运动之父"。他的男性主义思想主要体现在其代表作《上帝之肋——一部男人的文化史》中,该书从社会学和心理学角度阐释了男性气质。神话诗学男性运动主要兴盛于 20 世纪 90 年代,它力求创建具有精神和情感共鸣的男性社区,试图挑战西方竞争、孤立、过度理性和自我克制的男性典范。它提出,男性气质与女性气质是两种不同的气质,有各自固定的人格特质,即男性与女性的真实天性。这场男性运动目的是解放男性,并试图恢复男性在现代生活中丢失的男性气质。何为男性气质? 罗纳德·F. 列文特(Ronald F. Levant)等学者将传统的男性气质归纳为七个原则:(1)男性应刻意避免女性化;(2)追求成就和地位;(3)控制好自我情绪;(4)坚强进取;(5)自力更生;(6)恐同性恋;(7)对性别抱有非关系性态度。② 对性别认同的渴求敦促勃莱再次思考男性气质的当下内涵,探

---

① 本部分内容主要来自熊佳:《罗伯特·勃莱诗歌中男性气质的衰退》,湖南科技大学硕士论文,2013 年。

② Levant, Hirsh, Celentano et al., "The Male Role: An Investigation of Norms and Stereotypes," *Journal of Mental Health Counseling*, 14.3(1992), p. 337.

寻当代男性的自我认同。

勃莱作为男性运动的代表人物之一,在其作品中刻画了"软男人""衰落的家庭英雄"和"半成熟男人"三种男性群象,揭示了男性角色在当代婚姻和家庭中的转变及传统男性气质受到的挑战。[①] 勃莱诗歌中的"软男人"形象多指雄性气质下降的男性。面对社会的重重压力,这些男性缺乏身体上的活力,在生活中处于被动、受压制的地位,在两性关系中处于无性或接近无性状态,常常被称为婚姻中"不成功的丈夫"。

"软男人"在婚姻中缺乏火热的情感,日复一日的平静生活消磨了他们爱的欲望,唯愿在想象的虚幻世界中寻找无性的神圣女人。兹举勃莱爱情诗集《从两个世界爱一个女人》(*Loving a Woman in Two Worlds*, 1985)中《美好的沉默》("The Good Silence")一诗为例:

> 诵读一首语言放肆的盎格鲁-撒克逊情诗,
> 我站起身来在房间里来回走动。
> 我并非以一种没有的方式爱你;
> 是啊,我以一种几乎没有的方式,
> 古老的方式,在海洋中独自划船的方式爱你。(1—5)[②]

古盎格鲁-撒克逊人的爱情诗充满激情,男子汉血性的形象在文学作品中比比皆是。暴风雨般的性爱是古代男性傲娇的象征,充分展示了男性的原始激情和性欲。"这是男人与女人的古老的联盟/……/它就是我们的躯体经历了一万年的普通的爱情。"[③]这种简单、野蛮而原始的水乳交融,体现了原始男子气概的本质。但在当

---

① 熊佳:《罗伯特·勃莱诗歌中男性气质的衰退》,湖南科技大学硕士论文,2013年,第67页。

② 罗伯特·勃莱:《从两个世界爱一个女人》,董继平译,兰州:敦煌文艺出版社,1998年,第180页。

③ 同②。

今社会,这种身体的本能正在逐渐衰弱。"我们的躯体连接得就像/在黎明时闪烁的泳者肩头那样平静,/就像伫立在雨中的村边的松树那样平静。/世纪复世纪,爱情在山坡上长大。"①可见,"平静"是当代社会男女性爱方式的代名词,与古老的性爱方式形成鲜明对比,体现了当代男性在性生活方面的懦弱和无能。诗人在结尾写道:

> 而有一天我对你的忠诚诞生了。
> 我们沉默地同坐于白日破晓之时。
> 我们坐一小时,于是泪水流下我的面庞。
> "你怎么啦?"你说,从上面看着我。
> 我回答说,"船只在咸味的泡沫上行驶。"(26—30)②

就性爱而言,诗人在诗作开头把古人的方式比作"在海洋中航行的船",结尾把现代人的方式比作"在咸味泡沫上行驶的船"。海洋是广袤深邃、无边无际的,而泡沫则是柔软易碎、昙花一现的。勃莱在其诗行中展示一种令他担忧的社会现实:一些当代男性雄激素缺乏,性功能减退,雄风不再。而一旦雄激素缺乏,很容易引发情绪抑郁、体能下降,男性就会在婚姻中质疑自身的男子气概,怀疑自己非"真男人",在社会交往中就会为人懦弱、自卑、缺乏自信心和斗志。在诗人的作品中,"软男人"不但举不起奥德修斯的剑,甚至连看一眼剑上反射的光芒都害怕;为规避"男子气概"的定义和责任,他们开始"向女性发展"③,在真实生活中不再是女性的依靠。

勃莱在《关于弱智儿童的梦》("A Dream of Retarded Children")

---

① 罗伯特·勃莱:《从两个世界爱一个女人》,董继平译,兰州:敦煌文艺出版社,1998年,第181页。

② 同①。

③ 罗伯特·布莱:《上帝之肋——男人的真实旅程》,田国力、卢文戈译,重庆:重庆出版社,2013年,第6页。

一诗中写道:"她的老师,面庞坦荡,头发明亮。/我第一次忘记了我的距离/我用手抓住她、拥抱她。/醒来,我感到我多么孤独……"①"我"是一个孤独的男性垂钓者,女老师便是"我"心中一直渴望的"神圣女人",在梦中得到她,在现实中失去她,理想与现实的差距甚远。而《对话》("Conversation")一诗则描写了"软男人"对"神圣女人"的幻想:

> 我坐在枫树下,阅读,
> 书放在膝上,孤独了一早晨。
> 你走过去了——那我爱了
> 十年的你——走了过去,消失了。
> 那就是一切。当我回到
> 阅读中,整个我并未回来。
> 我的性,或玫瑰色的男子气概,
> 伸及了它自身,并触动了书本。
> 有些言词一定是有着毛皮的。
> 或者缄口的事物交流思想。
> 或者我也许不再
> 疲惫,悲哀,和孤独。
> 我们知道这是真的:蜜蜂的脚
> 熟悉花粉囊以及它矮小的植物,
> 正如女人们的城堡熟悉
> 那迷失在外面树林中的骑手一样。(1—16)②

　　"我"把注意力从书上转移到路过的"神圣女人"身上,而后又回到阅读当中。在这个过程中,"神圣女人"给"我"带来了"玫瑰色的男

---

① 罗伯特·勃莱:《从两个世界爱一个女人》,董继平译,兰州:敦煌文艺出版社,1998 年,第 35 页。
② 同①,第 171 页。

子气概",带来了性能力和性高潮。而在现实生活中,男性往往选择忽视自己的性无能,虽为之感到痛苦、沮丧,但始终以沉默的态度来应对。然而,诗中的男性选择面对,变得不再"疲惫,悲哀,和孤独",同时也找到了真爱,如同蜜蜂找到了熟悉的花粉囊和植物,如同女人熟悉在外面树林中的骑手。"神圣女人"的出现,让"软男人"重新获得性能力,获得男子气概,获得自信心。现实世界的性无能,迫使男性到想象世界中去寻求男子气概。勃莱认为,工业革命是男子气概衰退的开端,工业统治力量将男权制和女权制两者皆拒之门外,男性心灵深处的感受一直被忽视。①

　　工业革命既推动了社会生产力和经济的发展,又对当时的男性与女性产生了重大影响。勃莱认为,工业革命影响了当代社会父子关系的转变,指出家庭中父亲角色的缺失导致了父亲形象不断衰落、儿子心目中国王般的父亲形象不断瓦解。在传统社会中,父亲是家庭的经济支柱、家庭的社会地位象征,扮演着家庭英雄形象;而在现代社会,受到工业革命和女权运动的影响,父亲角色发生转变,父亲的男权地位受到挑战。勃莱在散文中写道:"当儿子看不见自己父亲的工作间,看不到他在创造什么,他还会把父亲想象成一位大英雄,一位为正义而奋斗的勇士,一个圣徒,或者一位白衣骑士吗?密切里希给出了一个令人伤心的答案:魔鬼住进了那个空洞,怀疑的魔鬼!"②工业革命时期,父亲必须去办公室或者工厂工作才能养家糊口。父亲角色的缺失,或多或少影响了子女的身心发展,尤其是男孩——男孩会感到孤独、落寞,无法成为坚强的男性。兹举《独处几小时》("Alone a Few Hours")为例:

　　　　今天我独处了几小时,窗口

————————

　　①　罗伯特·布莱:《上帝之肋——男人的真实旅程》,田国力、卢文戈译,重庆:重庆出版社,2013年,第2页。
　　②　罗伯特·布莱:《上帝之肋——一部男人的文化史》,田国力、卢文戈译,重庆:重庆出版社,2006年,第108页。

慢慢暗下来,让我独处,赤裸,

父亲或叔父不在身边,

降生于没有的国度……我是一道

穿过天空的光线,

一条在田鼠身后的雪地中的痕迹

一件具有朴素的

欲望的事物,一种

或两种需要的东西,如同一个被雨变黑的谷

　　仓。(1—10)①

　　在父子关系中,父亲扮演着极其重要的原型形象,有助于孩子道德和情感的发展,阻止孩子发生反社会行为和产生情感孤立。黄昏时分,"我"在窗口独处了好几个小时,父亲在离家几百里的地方工作,天黑仍未归来。父亲没有时间陪伴"我",也无法与"我"进行亲子活动或交流,因而,家庭中父亲角色的缺失、父爱的缺乏,让"我"感到自卑、抑郁和混乱。作为儿子,"我"迷失在大千世界中,感到个体生命的渺小和微不足道。与"我"最为亲密的不是父亲,而是自己的影子。"然后我留心到/影子们对我亲热,影子们在野草中/靠近湖泊,/而且在我伏案写作这首诗的/写字台下面。"②父亲就像深山的隐士,"隐者不在这里;/他在山上采蕨"③。诗行表明,父亲常常外出。最后一节诗中,"我"面对突然的造访者答道:"我不知他在何处……我想你找不到他。"④整首诗刻画了家庭中父亲形象的缺失及其给孩子带来的身心伤害。

　　在勃莱看来,当代社会的男性处于一个"半成熟"的状态,介于孩

---

　　① 罗伯特·勃莱:《从两个世界爱一个女人》,董继平译,兰州:敦煌文艺出版社,1998 年,第 157 页。

　　② 同①。

　　③ 同①。

　　④ 同①,第 158 页。

童和成人之间。"半成熟"的男性难以成为富有责任心的领导者、看护者和父亲,这导致之后几代人的不成熟现象。勃莱在《兄弟姐妹社会》(*The Sibling Society*, 1997)一书中写道:"这是最糟糕的时代,这是最美好的时代……人们用不着担心成长,我们都是'半成熟男人'池子里嬉戏的鱼。"①他认为,一个由"半成熟男人"构成的社会是存在问题的,这样的社会缺乏领导力、动力、创造力和人文关怀。"半成熟男人"的形成始于 20 世纪末,那时的青少年普遍拒绝成长,不愿接受成年人的生活,同时,成年人也逐渐退化成少年。兹举《五十个男子同坐》("Fifty Males Sitting Together")的一段节选为例:

> 那女人停留在厨房里,并不想
> 因点灯而浪费燃料,
> 因为她等待
> 喝醉的丈夫回家。
> 然后默默地给他
> 端来食物。
> 他们的儿子干什么?
> 他背过身去,
> 勇气丧失,
> 去野外喂
> 野生动物,生活在兽穴和
> 棚屋之间,吞吃距离和沉默,
> 他长出长长的翅膀,进入螺旋线,飞升。(1—13)②

　　诗中描述了一个困惑的少年,在酗酒父亲的影响之下,失去了勇

---

① Robert Bly, Introduction, in *The Sibling Society*, New York: Vintage Books, 1997, p. vii.

② 罗伯特·勃莱:《从两个世界爱一个女人》,董继平译,兰州:敦煌文艺出版社,1998 年,第 109 页。

气和方向。父亲作为青少年的精神向导,没有发挥应有的作用。由于缺乏精神支柱,少年——"他们的儿子"去野外生存,逃离不堪的家庭生活。少年也很有可能去寻求母亲的保护与关爱,以替代缺失的父爱,但始终无法避免父亲角色缺失带来的心理伤害。一个失去勇气、依附于母亲的少年将永远不会长大,永远只是母亲怀中的小男孩。归根结底,父亲在家庭中的缺席使青少年无法成长,处于"半成熟"状态。"五十个男子同坐于大厅或拥挤的房间中,把某种不清晰的东西举入共鸣的夜空"①,五十个男子聚集在一起举杯共饮,并非庆祝节日,而是成人逃离现实世界的一种方式。面对男子气概的不断衰退,男性感到无能为力。

通过对三种男性形象的分析,勃莱揭露了当代男子气概衰弱的危机。他想从神话诗学等方面,为当代男性角色和男性气质的发展发掘更大的空间。男性气质书写是勃莱作品的重要特征之一,男性气质和男性身份研究在当下具有重要现实意义和理论价值。勃莱认为,从传统的神话学中去重新发现背后隐藏的意义是很有必要的。他借用荣格的原型理论,通过神话符号和仪式在作品中塑造了成熟而有深度的男性形象。勃莱所倡导的神话诗学男性运动,从神话诗学角度为男性角色和男性气质的发展提供了空间,加强了男性之间的纽带,试图通过恢复男性的阳刚气质来重塑男性力量和应对男性身份危机,从而促进两性和谐共处。然而,他的男性气质理论过于依赖神话,强调与女性气质相对的特征,被认为落入了本质主义窠臼之中。总之,诗人勃莱探讨现代社会男性气质的降解,阐释其神话诗学男性运动的追求,为当代男性气质的研究和发展奠定了一定的基础。② 为促进社会中男女的共同发展,勃莱从神话学的视角为当代社会男性和男性气质的健康发展提供全新的思维导向,他在诗歌中刻画与探讨"软男人""衰落

---

① 罗伯特·勃莱:《从两个世界爱一个女人》,董继平译,兰州:敦煌文艺出版社,1998 年,第 109 页。

② 熊佳:《罗伯特·勃莱诗歌中男性气质的衰退》,湖南科技大学硕士论文,2013 年,摘要第 iv 页。

的家庭英雄"和"半成熟男人"这三种男性形象,成为神话诗学男性运动的领导人。

二①

勃莱以政治题材诗作《身体周围的光》而闻名于美国诗歌创作领域,此后,他将大量精力放在政治题材的创作上,并荣获许多诗歌奖项。他的"政治诗歌以越南战争与伊拉克战争为主要题材,他主张政治诗歌应跃入整个民族的深层内心世界,反映民众的意识形态"②。《身体周围的光》充斥着破败景象,适逢美国人民反战情绪的高潮,引起了广泛的关注和好评。勃莱认为,诗歌不仅仅是政治事件的书写,更是一种艺术张力的表现:前者体现了诗歌创作者的社会与政治方面的敏锐度,后者则是诗歌艺术的内在化显现,是诗歌文字社会功能的文字表征。在政治诗歌创作上,他强调诗歌的艺术性,并利用这种艺术性表现民族的深层内心世界和民众的意识形态,即民众个体及整个民族对待战争(政治事件)或战争进程的态度。

勃莱借诗歌对越南战争进行描绘,谴责美国民众对残酷战争的无动于衷。他的诗歌刻画了施虐狂、恋尸症、"牙齿母亲"这三种人类恶性侵犯行为,呈现了无处不在的贫困、死亡、创伤、毁灭、废墟、烧焦的尸体和惨无人道的暴行,揭露美国士兵作为施虐者给越南人带来了深重灾难。同时,越南士兵作为被虐者,在身体和精神方面遭受巨创,被战争磨灭了人性和信念。

勃莱的反越战情绪率先体现在《身体周围的光》收录的诗歌《数细骨头尸体》("Counting Small-Boned Bodies")中:诗中的"尸体"不断变小,主人公却无动于衷,似乎丧失了人性。最后的诗行中,戒指是婚姻的象征,表明残忍的主人公与死亡的结合,也暗示了战争只会造成无尽的伤亡,美国对越南等国挑起战争,必定会遭到死亡的反噬。

---

① 本部分内容主要来自彭月姮:《罗伯特·勃莱政治诗歌中的恶性侵犯》,湖南科技大学硕士论文,2018年。
② 同①,摘要。

勃莱所刻画的恋尸症患者想进行某种谋杀,他们被所有没有生机的、腐臭的和机械的事物抓住眼球,企图"把活的组织撕碎"①。20 世纪 70 年代勃莱创作《睡眠者携起手来》(*Sleepers Joining Hands*,1973),其中收录的《牙齿母亲终于赤裸了》("The Teeth Mother Naked at Last")是一首闻名世界的抵制战争的诗歌(共计 180 余行),延续了《身体周围的光》的反战思想,字里行间都带着愤怒的嘲讽,讽刺美国物质社会的飞速发展,讽刺美国发动越南战争这一惨无人道的暴行。"牙齿母亲"象征着"麻木、麻痹、精神生命的终结等"②,越战是"牙齿母亲"最好的写照,它使人们认识到人类的恶性侵犯及战争的残酷与黑暗。在诗人勃莱看来,战争是一个民族奴役另一个民族的手段,并不可取;施虐狂、恋尸症、"牙齿母亲"这三种人类恶性侵犯行为,是人类与生俱来的进攻性和索取性造成的。

勃莱认为,面对战争,人类应发出自己的抗议声音。他呼吁全国人民保持清醒,倡导利用语言的力量共同反对和抵制战争。他在诗集《帝国的疯狂》(*The Insanity of Empire*,2003)的开篇之作、伽扎尔诗《呼喊与回答》("Call and Answer")中写道:

> 告诉我这些天我们为何不为所发生的事情
> 抬高嗓门大声疾呼? 你注意到我们
> 已为伊拉克制定好计划? 冰帽正在消融?
> 我自言:"继续疾呼。作为成人,没有了声音
> 还有什么意义? 呼喊起来!
> 看看谁来回答! 这就是《呼喊与回答》!
> ⋯⋯⋯⋯⋯
> 我们如此频繁参战
> 是否已无法从寂静中逃离? 如果我们不大点声,

---

① 彭月姮:《罗伯特·勃莱政治诗歌中的恶性侵犯》,湖南科技大学硕士论文,2018 年,第 62 页。
② 同①。

　　我们将允许他人(其实是我们自己)掠夺自己的房屋。
(1—6,10—12)①

　　诗歌表明,频繁的战争使人类无法苟活于寂静与平和的生活。诗歌呼吁人们要大声疾呼,发出强烈的和平心声,盖过战争的号角声。战争是一种强迫他方服从己方意志的暴力行为,它虽能带来胜利的喜悦,却无法掩饰其悲剧性。"自己的房屋"有一定的隐喻意义:一则喻示美国的领土将会受到他国侵犯,而这种侵犯是美国人自行挑起的战事所引发的;二则喻示美国民族心灵的场所——人们或许能在战争中得到他人的房屋,但代价却是摧毁自己心灵的寓所。在诗歌中,诗人用自问自答的形式为那些处于迷茫与失落中的美国民众指明了方向,告知他们应一同携起手来抵制战争,避免成为战争的武器和国家牟取暴利的工具。战争摧毁了人类的肉体和精神,因而抵制战争是在拯救美国民众的肉体与灵魂,也是在建构一种新的美国意识形态。

　　勃莱利用政治诗歌践行神话诗学男性运动,反对战争,将"政治关注"和人的"内心关注"有机结合起来,对当代男性气质的发展和人类社会的和平进行了探索。勃莱的政治诗歌不仅仅是一种个人成就,也是美国诗歌史的重要组成部分。

第二节

菲利普·莱文:劳动者之声②

　　被誉为"当代惠特曼"的美国诗人菲利普·莱文是全美第18位(2011—2012)桂冠诗人。他出生于美国底特律一个俄国犹太移民家

---

① Robert Bly, *The Insanity of Empire*, St. Pail, MN: Ally Press, 2004, p. 2.
② 本节由吴浩江、李丹丹撰写。

庭,毕业于底特律韦恩学院。他的诗集《工作是什么》(*What Work Is*,1991)荣膺1991年美国国家图书奖,诗集《简单的真相》(*The Simple Truth*,1994)荣获1995年普利策诗歌奖,之前他还曾荣获马歇尔诗歌大奖和全美书评人协会奖。莱文笔下多为工人阶级的真实生活,表达诗人接近劳动人民的天然情感。他善于在诗歌中挖掘与表现普通劳动者的情感,堪称世界诗坛的领军人物之一。莱文试图用诗的力量校正美国的政治与经济偏差,使人类从诗意阅读中回到现实,因为唯有面对现实,才能懂得劳动的本质和工作的重要性。他描绘濒临死亡的美国工业社会,同时又希望找到真实和现世的祈祷者,是一位典型的宣扬自由平等乌托邦的故事讲述者。莱文的诗歌以叙事为主,以"为无声者代言"①为宗旨,写下了不少关于普通人日常生活的优美诗篇,多呈现底特律工人阶级的处境,其诗文笔朴实而不失内涵。在数十年的执笔生涯中,莱文共发表过二十余本诗集。从早期的犀利语言到中后期的反讽抒情,莱文始终以高度的写作激情表现了当时人们习以为常的社会生活。通过其敏锐的洞察力和深厚的人文主义情怀,莱文一次次地用诗歌揭示了当时社会上底特律劳工遭受的不公正待遇及其在困难中表现出的坚强不屈的求生毅力。

一

莱文诗中的"规训工人"是机器时代辛勤的劳动者,他们被规训的不仅是身体,还有其话语。莱文诗歌中肉体驯顺的底特律员工是大机器时代体系中的齿轮,不停地接受指令并遵循工作规范机械地劳作,最后沦为权力政治制度下的祭品。莱文诗歌中的底特律工人作为都市非主流文明群体,缺乏话语权,缺少发声的渠道和空间,也丧失了意识形态的实现方法和途径,沦为被操控的他者。此外,他们还是沉默的都市社会建设者,从事又脏又累的工作,却得不到相应的社会经济

---

① 郑思明:《为无声者代言——读菲利普·莱文的诗》,《天津外国语大学学报》2015年第4期,第75—80页。

回馈和尊严,被社会漠视,缺乏自由话语。然而,生活在社会最底层的他们却一直在不懈地学习和奋斗,以不断改善自己的生活状况。借此,莱文想鼓励大众无畏于社会生存困境,砥砺前行,追求社会公民自身的意义与价值。

《工作是什么》这本诗集描摹了下层蓝领劳工在极端环境中如机器般承受重度劳动的场景。人在工作中能实现自身价值而感觉愉悦与充实,因此工作能赋予人动力,但诗集中描绘的恶劣工作环境和循环往复的机械劳动——机器林立的化工厂,当啷声不绝于耳的钢厂,工人上工时的紧张、下班后的疲惫、为生存流的血汗、生前的不公平、死后的一抔土等——不仅使工人们无法实现自我价值,还给他们带来了心理层面的孤寂,因此他们无法从工作中寻得归属感。莱文通过自己的笔尖发出了被压迫的底层蓝领工人无奈的声音。该诗集在一定程度上反映了当时底特律劳工的生活状态,既栩栩如生地描摹出了身体权利遭受长期压迫和剥夺乃至逐步失去社会主体性的底层劳工肖像,也揭示了导致下层蓝领工人苦难的最深刻成因就是机器大制造背景下资本施行的无情压榨。

在《幸福的每一天》("Every Blessed Day")一诗中,莱文表达了一个清晨就起来劳作的工人的生活经验和感受,描摹了一个在工作中逐渐失去激情、无法实现自我人生价值的中下层蓝领工人形象。主人公在公交车上发现了一个为生活奔波忙碌的普通劳工。劳工们每日重复过着两点一线的生活,虽然表面上看起来充实,但心里却怅然若失。他们对现状十分不满,但又无法改善。而诗中的主人公似乎也感同身受,也不明白自己上班的目的和意义。工人们无法明确自己在工作中的位置,也无法获得工作本该带给他们的充实感,因此只能日复一日地重复着打卡上岗、下班的动作。工作早已耗尽了他们人生中与工作相关的热情。除了把自身的劳动力出售给生产资料所有者或资本家,他们已别无他法,因此变成了为工作而工作的单向度人。内心日益麻木的工人根本就没法在自己的工作中找到归属感,他们不仅厌恶工作,在情感上也极度寂寞。这一糟糕现状在莱文的作品《恐惧与名望》

("Fear and Fame")中得到了充分刻画和描写。

《恐惧与名望》描写了工人们在深夜清洗厂房内酸化水槽的场面。诗歌中的"我"在工作之前需要戴上口罩以保护肺部不受灰尘污染,可口罩并不能解救工人们日夜被烟尘危害的肺,笨重的保护用具也无法挽救被荼毒已久的工人的身体健康。工人们虽然对这种事实了然于心,却还是"缓缓地""一步步一步步地"走向那段"阴暗的"①厂区世界。"缓缓地"和"一步步地"十分贴切地表达了工人们对厂房的极度厌恶和对生活的无奈。此外,"我"将厂房描绘为"阴暗的"社会世界,此处的"阴暗"绝非只是描绘光线,它还隐含了"我"对工厂的憎恨与惧怕,因为"我"知道随后的工作会严重影响自身健康,却又别无选择。工人生活的艰辛和无助由此跃然纸上。

可见,生存环境之严酷、岗位风险之高让工人们对自己的城市工作产生了厌倦、畏惧和无力感。同时,生活的烦恼和工友之间的冷淡也变为内心煎熬。工人们没法再从工作与生活中获得归属感,日复一日的工作最终把工人规训化,使之沦为工业环境中的机械物品。

二

莱文笔下的那些底特律工人除了肉体被规训外,更是"沉默无言的"②。他们被剥夺了表达思想的自由话语权,而语言的缺位也是社会主体缺位的另一个体现。缺乏语言就无法形成具备独立话语、思想和创造力的社会主体。例如,《恐惧与名望》和《成长》("Growth")中的主要人物被迫丧失了在工作中自主选择的权力,只能无声地压抑自己对工作的消极情绪,成为噤声的工作机器。《靠近》("Coming Close")则刻画了一个长时间默默工作的女员工,她被调教得拥有坚强的工作毅力和纪律观念,并能自我督促以满足工作的需要。工人们

---

① Philip Levine, *What Work Is*, New York: Alfred A. Knopf, 1991, p. 6.

② 钱圆铜:《话语权力及主体位置》,《西南农业大学学报》2011 年第 10 期,第 117 页。

既被资本家注视和监督,又被迫实行自我监控,从而实现了统治阶级期望的精神监禁。工人们在上班时丧失了真正的话语权,心中的苦闷和积怨找不到宣泄的途径。由于资本家规定了"规范"的工作语言和动作,工人们在工作中没有任何自己发挥的余地,如同透明物件般由资本家全程监督。工人间仅有的沟通只是搬运沉重商品时发出的喘息声。这和诗歌开篇描写的"沉默"相互照应,展现了工人上班时缺乏沟通的情景。语言是思想的具现,话语变化反映心理变化。诗歌中"为何我每周要上五天的夜班?"这个提问是灵魂深处对不公平现状的埋怨与控诉,之后一句简单的"为何?"表达了工人内在的麻木和迷茫。诗歌中的人物不再多言多问,只是默默地每日重复机械性的动作,对统治阶级强加在自己身上的权力控制熟视无睹,自我囚禁在长久、乏味、平庸的无奈生活中。

　　底层工人不仅在工作中被禁言,在教育上也被剥夺了自主权和话语权。教育话语的缺失直接殃及其子孙后代的教育水平和生活质量。当时工人的子女没有条件接受优质的教育,所以长大以后不得不从事底层工作,重复父辈们的艰辛和无奈,永远看不到希望的彩虹。《在孩子当中》("Among Children")刻画了电子插座制造厂工人的子女,他们大都懵懵懂懂,读书期间不认真学习,而是"头低埋""睡着""预备好迎接初中一如既往的乏味学习生活"①。为什么呢? 诗中再次描写孩子们的背变得越来越坚硬,小手上铁锈斑斑。种种迹象说明:为了生计,孩子们早早就在从事与其年纪不相称的体力劳动了。而教师是一位在乌烟瘴气的工业区环境中教课的女性,她愚蠢可笑的话语对孩子们来说却是悦耳的音乐。可见,工人阶级孩子的学习环境恶劣,师资力量极度匮乏。工人子女的日常生活环境和教育环境都极大地影响了他们的学业状况。多年后,这些工人子女们也成为弗林特城工业区的一部分,成为地位与其父辈相同的蓝领工人。诗人意在告诉世人,工人阶级在文化教育上的不足致使其子子孙孙、祖祖辈辈都不得

---

① Philip Levine, *What Work Is*, New York: Alfred A. Knopf, 1991, p. 16.

不生活在资本家的无情压迫中,无法建立自身的主体性,逐渐沦为社会中缺乏话语权的他者。

作为工人阶级的代言者,莱文用厚重而凝练的话语让一直被忽略的工人阶级重新进入了大众视线。原来的他们是无声的、被践踏的隐性群体,然而,莱文用诗歌的形式让社会大众重新认识和关注他们。尽管资产阶级的压迫与监控成为工人群体挥之不去的噩梦,但他们始终没有放弃对主体性的追求。莱文强烈抨击权力与知识体制对工人阶级的规训,呼吁社会赋予工人阶级平等自主的权利。底特律工人这种弱势群体不断出现在莱文的诗歌中,其他被社会忽略的群体也不断撞击诗人的内心。例如,《小孩维龙》("Baby Villon")是一首非常有代表性的诗,诗歌中的"他"是一位身份不明的不幸男孩,经常遭坏人抢劫殴打。男孩是移民后代,因身份的特殊性而成为主流社会排挤的对象。但诗人显然也没有强调民族偏见问题。在《当代批评理论》(*Critical Theory Today*, 1998)中,罗伊斯·泰森(Lois Tyson)强调,根据社会生活方式对美国人进行分类而不考虑他们获得收入的方式,用财富划分等级和地位可能更有效。① 诗人暗指因为这种按财富划分等级的荒谬理论,工人随时随地沦为被社会主体排斥的对象。莱文的诗是被迫沉默群体的一种传话筒,将他们的痛苦和诉求传播到世界的各个角落。在诗集《逝者的名字》(*The Names of the Lost*, 1976)中,莱文以叙事的风格讲述一个个生动的故事,记录形形色色的社会底层人民的艰苦生活,唤醒人们关注沉默的无声者。

在将近半辈子的诗歌创作生涯中,莱文把自己所见所闻的一个个底层劳动者的故事写进诗歌,谱写了一首首广大下层民众的悲歌,这些悲歌也是一首首追寻自我主体性的颂歌。莱文的诗歌揭示了美国被压迫工人的苦难境况,控诉无情资本家对工人的残忍奴役,呼吁社会赋予劳动者更多人文关怀。

---

① Lois Tyson, *Critical Theory Today*, London and New York: Routledge, 1998, p. 53.

第三节

加里·斯奈德：生态诗学[①]

> 人类、男、女、老、幼……
> 能依着永恒无尽的爱与智慧，
> 与天地风云树木水草虫兽群生。
>
> ——加里·斯奈德

加里·斯奈德出生于美国旧金山。他不仅是 20 世纪美国杰出的散文家、诗人、环保主义者、翻译家、禅宗信徒，还是"垮掉派"（Beat Generation）著名代表人物之一。斯奈德是一位高产作家，仅诗集就出版了二十多部。他的许多诗展现了对生态环境现状的反思，因此他被誉为"深层生态学桂冠诗人"[②]。

一

荒野（the wild/wildness）[③]是处于未开发状态的本真自然，它未被人类痕迹玷污且蕴含着原始的野性。荒野代表着自由、无意识、不可触摸等意象，代表着人们远离尘世的修行顿悟之地。美国野生生物保护之父奥尔多·利奥波德（Aldo Leopold）在《沙乡年鉴》（*A Sand County Almanac*, 1949）中说："世界文化的多样性反映出了产生它们

---

① 本节由吕爱晶撰写。

② "深层生态学"（deep ecology）的思想是挪威哲学家阿尔内·奈斯（Arne Naess）提出的。

③ "荒野"与"野性"均有"未被驯服"之意，但"荒野"指的是一个空间概念，而"野性"描述的是一种特质。对此，斯奈德评述说，"'荒野'这种地方能让潜在的野性充分发挥出来，各种生物和非生物在这里依其自性，繁衍生息"（2014：11），故而"荒野可能会暂时缩小，但野性绝不会消失无踪"（2014：15）。文中相关观点参考谭琼琳、仇艳：《"道"在加里·斯奈德生态诗学中的构建》，《中国比较文学》2016 年第 3 期，第 170 页。

的荒野的多样性。"①荒野的基本含义和多样性同样是深层生态学的关注重点,它们将荒野视为自然与人类文化共同的遗产,反对把荒野还原为经济学意义上的"荒野"。

斯奈德倾其一生投身荒野自然,也常常号召人类走向荒野。正是在这种全身心的投入中,诗人的荒野思想逐渐形成。其荒野思想既传承了利奥波德的"大地伦理"(land ethic)思想,又发展了阿尔内·奈斯的深层生态学。斯奈德在荒野中感悟生命的真实,聆听荒野的呼唤,从荒野中获取生活和创作的灵感。其诗歌聚焦荒野,呈现北美荒野中空阔辽远的自然万象,认同荒野的价值,号召人类回归充满原始力量的荒野并保护它。

斯奈德强调用心感受自然、与自然融为一体。他说"荒野是完整意识的国度"②。斯奈德重视个体在自然中的作用,绝不脱离个体研究自然。他固守荒野,自视为荒野的代言人,强调回归荒野的作用。③ 他曾在作品中描叙:叙述者在山里生活一段时间后下山,发现自己可以从果树上肆意摘取果实而不被蜂巢的蜂叮咬。④ 斯奈德认为,荒野气息能使个体与大自然融为一体,促进人类与大自然和谐相处,世界的保护者一定是荒野之中的一员。⑤

荒野共同体是指自然界万事万物大融合的生命共同体。斯奈德将世界万物视同一体,反对人类中心主义,倡导一种全新的生态观。他将人与其他非人物种置于平等的位置上,将平等的生存和发展权赋予自然界中的一切,呼吁人类与自然和谐相处,关注生态环境健康。

---

① 奥尔多·利奥波德:《沙乡年鉴》,侯文蕙译,长春:吉林人民出版社,1997 年,第 178 页。

② 转引自 Bob Steuding, *Gary Snyder*, Boston: Twayne Publishers, 1976, p. 121。

③ 陈小红:《寻归荒野的诗人加里·斯奈德》,《当代外国文学》2004 年第 5 期,第 99 页。

④ 转引自霍尔姆斯·罗尔斯顿:《环境伦理学》,北京:中国社会科学出版社,2000 年,第 310 页。

⑤ Gary Snyder, *Myths and Texts*, New York: Totem Press, 1960, p. 28.

斯奈德在《在塔峰》（"At Tower Peak"）一诗中就为我们呈现出了一个
和谐且生机勃勃的荒野共同体。荒野对于人类来说，还是一个让思想
向内延伸的地方。它让人类凝练升华精神，与灵魂沟通，同时还是人类
种花饮茶，与孩童嬉戏，与知己对酌的宝地。在诗人看来，荒野所具有的
可能性是无限的，因此最精彩的世界其实寓于荒野之中，重返荒野才是
人类本源的快乐。在《为大家庭祈祷》（"Prayer for the Great Family"）
一诗中，诗人秉持感恩的主题，把宇宙描绘成一个大家庭，生物、大地、太
阳和天空都在其荫佑之下。这样一来，万物都生活在一个共同体中，彼
此有着千丝万缕的联系。因此，作为共同体的一员，人类需要尊重荒野
及其存在，重建自己与荒野的关系，保护荒野，与荒野和谐共存。

　　要保护荒野，就必须学会体验荒野、关爱生命和敬畏生命。斯奈
德忠实地实践了荒野的生活方式。他少年时期住在山野中、农场上，
生活平淡而朴素，或许在那时他便爱上了荒野。从日本回国后，他仍
然仅靠少量工具和衣物隐居于山林，悠然自得，同时创作散文和诗歌
作品，积极呼吁文化与生态环保融合，试图通过荒野在人与自然之间
建起沟通的桥梁。斯奈德关注宏观大宇宙，也关注具体的一地一物。
他强调"一个能量不断转换的动态的生态系统中"的"关系的自我"的
"深度生态学"（depth ecology），而不是深层生态学提倡的"扩展的自
我"。① 针对人类与非人类社会关系中的自我，斯奈德主张，尽管生物
都处于生物链之中，但它们都要遵循一个"契约"关系，尽量控制自己
的生存需求给其他物种带来的伤害，以便保护看似无序旷野中的有
序。虽然生物链低端的生物往往会成为高端生物的盘中餐，但一切要
基于充分利用的基础上，而且，以低端生物为食的高端生物应对此怀
有感恩之情。正是这个"生存与圣餐"（survival and sacrament）的观
念，反映了斯奈德重视自然、适应自然发展的道家思维智慧。②

---

　　①　高歌、王诺：《生态诗人加里·斯奈德研究》，上海：学林出版社，2011 年，第
3—4 页。

　　②　谭琼琳、仇艳：《"道"在加里·斯奈德生态诗学中的构建》，《中国比较文学》
2016 年第 3 期，第 177 页。

在斯奈德眼中,非人类也被划入关怀的范围之中,而荒野的价值不仅在于服务人类,还在于限制人类的行为。所以,荒野保护呈现的是人类的一种承诺——人类与非人类共享这个世界。① 人类承担保护生态环境的责任和义务,承认自然万物生长与传承的权利,这也意味着,人类应该对自然中的一切怀有敬畏之心。

二

20 世纪 90 年代,斯奈德的《龟岛》《禅定荒野》(*Practice in the Wild*, 1990)、《空气中的地域》(*A Place in Space*, 1995)等散文诗集展现了他的"地域文化"(the culture of place)观点,对后来美国生态批评思潮产生了巨大影响。斯奈德的"地域"概念跨越了传统地理学与人类地理学,有独特内涵。区域特定地理环境影响人的外貌、形体、情绪及生存状态,也影响社会文化的产生和发展。地方主义者斯奈德认为,人们生存的土壤受政治的影响,地方的一切选择都应该以地方特性为基础。

"地域感"(sense of place)是斯奈德诗歌的重要主题之一。"地域感,根的感觉。"② 人类往往因身处同一地域而结成共同体,从而获得最深刻的群落感觉。"我们知道,共同体有利于每个人的身心,而持续的工作关系和共同关注,还有音乐、诗歌和故事,这些都会促使人们去共同奉行一套价值观和愿景,去共同进行探索。这才是真正的精神之路。"③ 可见,因地域而结成共同体,有利于增进居民团结,增强凝聚力,改善社会风气,推动精神文明建设。"地域"意味着空间的一部分,而"地域感"则代表人们对自己所处地域的了解和把握,以及人们随之对这个地域所产生的归属感。斯奈德的诗歌特别注重地域感,强调其归属感、责任心和可持续性。因此,他的地域感是指一个生态概念上

---

① 纳什:《大自然的权利》,杨通进译,青岛:青岛出版社,1999 年,第 180 页。

② Gary Snyder, *The Real Work: Interviews and Talks 1964 – 1979*, edited by Wm. Scott McLean, New York: New Directions, 1980, p. 138.

③ 同②,第 141 页。

的自然区域,而非按政治要求或人为方法强行划定的自然范围,即它以大自然为最优先的区分准则,把人归属于大自然,人存在的区域属于大自然的一部分。斯奈德的"地域"概念超越了传统地理学上的指涉范围,将地球万物的生存空间纳入其中,关注以荒野为代表的自然环境。

斯奈德以地域感为指引,在诗中寻找其归属之地。他的诗构建了实现其地域感的乐土——"龟岛"。在《龟岛》中,斯奈德呼吁人们探索自己在星球上的方位。印第安人把整个北美大陆都定名为"龟岛",体现了一种根植土地的原始自然观和基于众生平等的地域感。在现实生活中,许多人不是地球的真正居民,他们脱离土壤、走向都市,失去了自身与土壤的深层联系,丢失了自身的群落与家园。《龟岛》唤醒人们对土壤的敬畏心,倡议人类与大自然平等共处。

斯奈德主张摆脱人类中心主义,以平等的态度关心栖息在这片土地上的所有生物。他在诗歌创作中书写了一种生态地域思想:人类应该学会与周围环境和谐共处,找到自己的地方和归属感,诗意地栖居于地球。

三

斯奈德积极投身于生态环境事业的理论与实践活动。除了生态思想,禅宗思想也是其文学书写的特色。斯奈德很早就接触了禅宗思想,阅读了大量东方经典书籍,如《薄伽梵歌》《道德经》等。斯奈德认为,佛非常关注存在的问题,如人如何存在于这"非永恒"的世界。斯奈德还是当代美国的环保先驱和精神领袖,其生态诗学蕴含了众多亚洲宗教理念和印第安人信仰的精髓,禅宗与生态在其中相互交融,合二为一。邓肯·威廉斯(Ducan Williams)认为他是西方睁眼看东方世界的第一人,佛学与生态学交织所产生的巨大宝库就是他探索发现的新大陆。[①] 斯奈德认为佛教徒与生

---

①　钟玲:《史耐德与中国文化》,北京:首都师范大学出版社,2006年,第13页。

态学家是协和相通的,佛教思想在某种程度上相当于深度生态学。下面主要从生态自我、修行、简朴生活等方面阐述斯奈德的禅宗生态思想。

禅修者崇尚自我修炼,认为领悟"无我",方能做到遗忘自我的存在。斯奈德说:"忘自我者,为万法所证也。"①诗歌《道非道》("The Trail Is Not a Trail")描述了旅行者驶出高速公路后,道路越来越窄,似乎无路可走,最后却又路路可行的场景。正因为"无"是"有"的对立,禅学中的无我与斯奈德生态学的终极目标之一——自我实现(self-realization)含义相近。自我实现的过程就是人类不断扩大与自然万物认同的过程。这在《啊,水》("O Waters")一诗中也有反映。该诗描述了寰宇中的生命与非生命都各司其职、各谋其位:"水在冲洗,诗人在酣睡,山峦在轰鸣,碎石在滚落,雪原在融化,花蕊在绽放。"②斯奈德认为自然万物都有其自身的内在价值及平等的生存、发展权利,人类必须对整体生态系统负责,对生命抱有敬畏之心,实现生态自我。中国儒、释、道对斯奈德的影响也体现在他对自然的认同思想中,"个人生活上,斯奈德以道家思想为主,社会生活则以儒家思想为主"③。钟玲认为,斯奈德"在本质上比较接近儒家思想,积极地以天下为己任,努力在他生活中、写作中推行生态环保,推行精神的觉悟等"④。《伐木》("Logging")一诗讲述了人类为一己私欲滥砍滥伐而导致自然生态被破坏的事实,呼吁人们将生存的欲望限制在合理范围内。在《地球母亲:她的鲸鱼》("Mother Earth:Her Whales")一诗中,斯奈德指出,人类对自然的破坏都源于私欲和贪婪。他猛烈抨击这些行为带来的地球生态灾难。

---

① 加里·斯奈德:《禅定荒野》,陈登、谭琼琳译,桂林:广西师范大学出版社,2014 年,第 170 页。
② 谭琼琳、仇艳:《"道"在加里·斯奈德生态诗学中的构建》,《中国比较文学》2016 年第 3 期,第 175 页。
③ 钟玲:《史耐德与中国文化》,北京:首都师范大学出版社,2006 年,第 2 页。
④ 同③,第 65 页。

斯奈德认为,"大自然的一切都信奉了生态整体利益,而以此为目标进行利他的同时是利己的修行,力求双赢"①。他把"修行"引入其生态诗学,早在1949年就已开始修习坐禅。② 斯奈德主张"坐禅就是某种生活的模式"③,"'禅'在原初意义上指佛教僧侣主义的一种基本功、一种修行方法"④,是一种有效的焦虑管理方式,可以平复躁动不安的心,减轻压力和提升自我意识,是精神实践的重要方式。佛教徒打坐时可以抛开世界的一切束缚和烦恼,专注于内在的精神自我。在轻松和平静中,人方可与自我精神世界完全融为一体。"权力视野与政治权力无关,而是对自我的认识,即为无权之权,这是禅宗的修行。"⑤禅是人类锻炼思维、生发智慧的一种生活方式,有助于修行者走出心灵的困境,摆脱俗世的纷扰,找到真实的自我。这是因为,禅重视日常生活。它主张人活在当下,应珍视日常生活,可以通过简单的方式感受生活的奇妙和神秘的禅宗体验。在斯奈德看来,生命本身是由循环往复的琐碎过程组成,而人类日复一日地经历这种琐碎的过程就是在修行,即整个世界都是修道之所。⑥ 斯奈德对禅宗"直指事物,明心见性"的观点有着深刻认识,认为其价值"不在于其中的文学隐喻,而在于将此隐喻转化为身体所感知的生命,转化为洞见和行动的过程中面临的挑战"⑦。斯奈德在《偏僻国度》("The Back Country")等诗歌中表达了自己对禅宗的理解:"禅宗可直接通向任何东西——岩石、灌木、人类——禅师的存在就是帮助人们集中精力,看得更远,

---

① 高歌、王诺:《生态诗人加里·斯奈德研究》,上海:学林出版社,2011年,第157页。

② Gary Snyder, *The Real Work: Interviews and Talks 1964–1979*, edited by Wm. Scott McLean, New York: New Directions, 1980, p. 95.

③ 同②,第97页。

④ 皮朝纲:《禅宗美学思想的嬗变轨迹》,成都:电子科技大学出版社,2003年,第23页。

⑤ 同②,第4页。

⑥ 同②,第136页。

⑦ Gary Snyder, *A Place in Space: Ethics, Aesthetics, and Watersheds*, Berkeley: Counterpoint Press, 1995, p. 105.

清空杂念就像一把锋利至无形的刀。"①当谈论诗歌如何完全立足于大自然时,斯奈德说,他宁可主张是人立足于大地,是人通过他们的身体密切地与他们自己的生活相联系。② 斯奈德强调,"我们的训练、修炼以及奉献的模式应不限于寺院或专业训练,有些真知灼见只能从工作、家庭、损失、爱情和失败这些寺院之外的经历当中获取,我们所有人都师从同一禅师"③,而这一禅师就是我们每天所要面对的实实在在的"现实"④。

斯奈德的生态实践也体现在其有关重新栖居的论述中。斯奈德主张重新栖居的地方是一个天然生态区域,而不是所谓的"行政区域"。这种生态区域是基于天然特性,如地貌、气候、生物分布等而建立的。这一主张在诗集《龟岛》中可见一斑。龟岛是北美洲旧称,"从这一名称我们能更准确地看见自己在分水岭和生命共同体——植物带、地文区、文化区——组成的大陆上遵循着自然界限"⑤。

斯奈德诗中蕴含的禅宗思想也体现了禅修者们在生活中一直遵循着不取不舍的"无著"生活方式。例如,左溪玄朗禅师(673—754)常行头陀法,宿于石岩,一件裂袈穿了四十年,而慧休禅师三十年只穿一双鞋。他们努力将物欲减到最低,在平静心灵中寻找最大法乐。随着生活条件不断改善,当代社会中人们的物质生活越来越丰富,但是丰富的物质生活也造成了现代人的痛苦与压迫,导致人的精神生态失衡。斯奈德认为,现代人的迷失是由于缺乏对自然和心灵的崇尚。他倡导简朴生活,积极投入大自然的怀抱,在简单生活中获得快乐,追寻

---

① 加里·斯奈德:《大地家族》,董晓娣译,北京:法律出版社,2019 年,第72 页。

② Gary Snyder, *The Real Work: Interviews and Talks 1964–1979*, edited by Wm. Scott McLean, New York: New Directions, 1980, p. 72.

③ 加里·斯奈德:《禅定荒野》,陈登、谭琼琳译,桂林:广西师范大学出版社,2014 年,第 173 页。

④ 同③。

⑤ Gary Snyder, *Turtle Island*, New York: New Directions, 1974, p. 1.

精神的愉悦与安宁。诗作《进山》("Meeting the Mountain")生动而形象地再现了诗人之子进山灵修的情态，描绘了人融入自然界的愉悦，也展示了生态危机时期的人们如何找寻诗意的生活家园。该诗揭示了人与自然和谐共存的理想境界，也表达了诗意栖居的精神含义。斯奈德旨在通过诗歌告诉人们，唯有敞开心扉，才能找到一个内心与大自然相融合的世界。

斯奈德践行着"回归自然"的主张。他的生态思考是多文化、多种思潮综合影响的结果。在前工业文明时期，人类中心主义的过分扩张损害了自然环境。为此，斯奈德把视线投向传统的审美意象，如肥沃的农田、魅力无限的荒原、与世隔绝的修行、简朴的生活等，并从中汲取营养，融于作品中。隽永而饱含古老哲理的经典意象令斯奈德的诗歌在当代世界诗坛中独具一格、受人瞩目。斯奈德对人、自然、荒野、禅宗等的深刻理解和剖析，对人类中心主义的批评，对自然环境整体价值的深刻认识，使其对生态现实的思索更为宽广和深刻。

第四节

露易丝·格吕克：孤独是一种社会性格①

美国诗人露易丝·格吕克 1993 年获普利策诗歌奖，2003 年荣膺桂冠诗人，2020 年获诺贝尔文学奖。在诗歌中，格吕克喜欢以神话故事、个人自传等作为创作题材，不断反思当代有关生存、死亡、失去、孤独等的一系列话题。本节基于埃里希·弗洛姆(Erich Fromm)的心理学理论，探讨格吕克诗歌中蕴含的孤独意识，探寻其诗歌对当今人类面临的生存困境的深层剖析，从而展现诗人对当代人的新人文关怀。

---

① 本节由吉曼青撰写。

在格吕克看来,孤独是人的内在本性。孤独不是后天环境触发的,而是人类必须面对的普遍存在。自由虽然为人提供了独立、理性的生活,但同时又让人面临着一种全新的孤寂。人类社会对物质与权力的过分痴迷和渴望,网络文明对人们生活的隔离,大众对新技术、新科学的过分依赖等现状,都意味着他们正逐步陷入过度自由的陷阱,坠入了孤寂无奈的困境。在格吕克的诗中,孤寂也带有社会性。在格吕克眼中,孤寂为全人类社会所共有而不是个人专属品,是人类的社会性格。格吕克的诗影射了当代社会:全球范围内频繁的恐怖事件和宗教争端导致了人与人之间的关系分裂;死亡的威胁笼罩世界,全人类仿佛都置身于一种疏离与无助感导致的恐慌与不安之中。这些都构成了当今孤独社交性格的成因与主要特征。格吕克用诗歌形象阐述了对孤独的新解:每个人必须认识自身天性中的孤独,并加强对自我的理性认识,寻求自我定位,力求实现自我的最大价值。

一

格吕克是美国当代最重要的诗人之一,深受自白派和早期后自白派诗人影响。她从小喜欢阅读圣经故事和古典神话故事,改写圣经故事和古典神话原型是其诗歌的一大特色。格吕克诗歌着重探讨人类孤独的根源。其他诗人认为孤独是一种情绪状态,而格吕克认为孤独是人类与生俱来的天性。她的诗歌改写耶稣诞生的故事,认为耶稣的诞生是一种与母体的分离。这意味着人从出生的那一刻起就带有孤独的天性。她还改写了人类祖先亚当和夏娃被逐出天堂、遗落人间的孤独故事,从人类历史的起源阐述了孤独是人与生俱来的特性。

弗洛姆认为孤独是与生俱来的,不是后天养成的。他在《逃避自由》(*Escape from Freedom*, 1941)中写道:"当一个孩子不再与母亲在一起时,他就会成为一个与她分离的生物实体。然而,尽管这种生物分离是人类个体存在的开始,但这个孩子在一个相当长的时期内仍然是与母亲在一起的。"①这种分离让人生来就有一种孤独感,个体化的进程同时也是孤独感生长的一个阶段。格吕克本人曾患神经性厌食症,有着孤独的童年经历,因而对孤独有着非常深刻的理解。格吕克的诗歌有浓厚的自传体色彩和现实改写痕迹。她将个人经历和经典故事相结合,深挖人类精神的深层特质,而孤独就是其中的一个重要主题,如《耶稣诞生诗》("Nativity Poem"):

> 这是一个
> 上帝降临的夜晚
> 伴着金色的乐器
> 歌唱
> 天使出生在
> 谷仓上面
> …………
> 自然的光点亮了他的知觉
> 没有尘世的装饰(1—6,23—24)②

该诗讲述耶稣诞生的故事。耶稣是基督教的创始人,被看作上帝的儿子。"上帝为父"是耶稣最重要的思想之一。既然上帝是父亲,那么人类都是兄弟姐妹。耶稣是基督教徒崇拜的对象,"但是,他是多么的弱小,从他母亲的身体中撤退"③。在诗中,耶稣是一个普通而又非凡的婴儿,"伴着金色的乐器""天使""自然的光"等表明他的神圣性。但婴儿弱小的身躯表示耶稣和普通人一样,与母体分离时的无助感和孤独感同样刺穿他的内心。耶稣是人类的代表,格吕克对耶稣诞生故事的重写强调了孤独是人类的天性,而不是一种后天获得的感觉。弗

---

① 艾里希·弗洛姆:《逃避自由》,刘林海译,上海:上海译文出版社,2015年,第15页。

② Louise Glück, *Poems 1962 - 2012*, London:Penguin Classics, 2021, p. 69.

③ 同②。

洛姆说,个人的成长过程有两个方面,"一个是还在身体上、情感上和精神上都成长得更加强壮"①,另一方面是"日益增长的孤独感"②。在这首诗中,耶稣的知觉是后天被大自然的星星所点亮,而不是先天天使的翅膀。诗歌表明人生来就是孤独和软弱的,但"人在生物学上的弱点恰是人类文化产生的条件"③。耶稣被点醒,逐渐意识到他与动物王国里的其他动物不同,其个性化的进程可以被看作一个变得更加孤独的过程。人必须面对不同进程间的选择,当人试图控制自然(孤独)时,他也在逐渐远离自然王国。

格吕克的母亲深受长女夭折的折磨,在格吕克幼小的时候常常疏远她,因此格吕克从小就必须独自面对世界,并早早就领悟到人生来是孤独的。在《圣母怜子像》("Pietà")一诗中,她表达了类似的观点。《圣母怜子像》原指一幅圣母玛利亚为耶稣之死哀悼的画,但它并未从母亲因儿子死亡而悲伤的角度来呈现:

> 在她紧绷的皮肤下
> 他的心脏
> 搅拌着。她听见
> 所以她明白
> 他想
> 留在她的身体里,
> 远离世俗
> ⋯⋯⋯⋯⋯
> 星光在黑暗的背景下
> 规律地闪耀。(1—7,17—18)④

---

① 艾里希·弗洛姆:《逃避自由》,刘林海译,上海:上海译文出版社,2015 年,第 18 页。

② 同①。

③ 同①,第 21 页。

④ Louise Glück, *Poems 1962–2012*, London:Penguin Classics, 2021, p. 106.

　　死亡意味着回归母亲的安全怀抱。在圣母玛利亚看来,耶稣之死是因为"他想/留在她的身体里",即耶稣不想切断与圣母的关联,留在母亲的子宫里令其拥有安全感和归属感。他想要"远离世俗"①,逃离孤独。弗洛姆强调,一个人在彻底割断脐带之前毫无自由可言,"但是这些束缚给了他安全感,归属感,一种扎根在某个地方的感觉"②。也就是说,安全感发生在人的生前和死后,而人的一辈子会被孤独包裹。格吕克的诗歌强调人要面对现实,出生就必须独自面对世界。在《给我的母亲》("For My Mother")中,诗人描写道:

> 当我们还在同一个身体里的时候
> 那种感觉更好
> ⋯⋯⋯⋯
> 未出生的绝对的认知
> 使砖块俯身
> ⋯⋯⋯⋯
> 在阴影的后面
> 植被颤动着穿过。(1—2,14—15,26—27)③

　　诉说者在诗歌伊始表达了一种怀念在母亲子宫里的感觉:"当我们还在同一个身体里的时候/那种感觉更好。"④婴儿出生前根植于母亲子宫,倍感安全。正如弗洛姆在《爱的艺术》(*The Art of Loving*,1956)中写的那样,"婴儿时期的人类自我意识开始发展但极其微弱,他仍然感到与母亲是一体的"⑤。只要母亲在场,婴儿就没有分离产生的孤独感,或者说其孤独感被母亲的陪伴所掩盖。出生意味着获得

---

① Louise Glück, *Poems 1962–2012*, London: Penguin Classics, 2021, p. 106.
② 艾里希·弗洛姆:《逃避自由》,刘林海译,上海:上海译文出版社,2015年,第15页。
③ 同①,第62页。
④ 同①,第62页。
⑤ 艾·弗洛姆:《爱的艺术》,李健鸣译,上海:上海译文出版社,2015年,第7页。

了自由,孤独却尾随而至。

人类自从学会思考,便面临各种选择。人们朦胧地意识到自己与自然不同,生命是一场孤独之旅。正如弗洛姆所言,"从被动适应自然逐渐转变成主动改变的角色:他开始生产,发明了工具。在掌控自然的同时,他也逐渐将自己与自然分离开来"①。脱离自然也是孤独情感产生的根源之一。从《圣经》中人类起源的故事来看,亚当和夏娃偷吃禁果之前无忧无虑地生活在伊甸园,与自然和平共处,没有选择的必要,同时也没有自由和思想。他们被禁止触碰智慧树上的果子,但在蛇的诱惑下,吃了禁果,开始逐渐意识到自身与自然的不同,开始有了尴尬、恐惧、孤独等属于人类的情感,与自然慢慢分离。他们因违背神的旨意被逐出伊甸园,发配到人间,成为真正的人,开启人类的自由、孤独之旅。但弗洛姆又认为:

> "摆脱束缚,获得自由"与积极的自由即"自由地发展"之自由并不是一回事,人脱离大自然独立出现是一个漫长的过程。他在很大程度上仍与他赖以发生的世界连为一体,仍是自然的一部分,是他赖以生存的大地、日月星辰、花草树木、动物及血缘群体的不可分割的一部分。原始宗教便证明了人与自然的一体感。有生命和无生命的自然都是他的人类世界的一部分,也可以说,他仍然是自然界的一部分。②

在弗洛姆看来,自由和孤独的内涵在现代社会发生了变化。人类适应自然的能力比世上其他动物差很多,但这种生物弱点正是他获得独特权力的条件:身体虚弱使其大脑比其他动物更为发达。在获普利策奖的《野鸢尾》(*The Wild Iris*, 1992)中,诗人通过改写伊甸园故

---

① 艾里希·弗洛姆:《逃避自由》,刘林海译,上海:上海译文出版社,2015 年,第 32 页。

② 同①,第 22 页。

事,探索了上帝、人类和自然界之间的复杂关系。格吕克认为人类被上帝抛弃,同时也被自然抛弃,他们在世界上处于无根的孤独状态。《晨祷》("Matins")写道:

> 遥不可及的主啊
> 当我们第一次被驱逐出天堂的时候
> 你创造了一个复制品
> 一个意义上不同于天堂的地方
> 它是一个教训:否则
> …………
> 我们不知道这个教训是什么
> 被遗弃
> 我们彼此厌恶
> 接下来的黑暗年岁
> 我们轮流(1—5,8—10)①

　　这首诗描写了亚当和夏娃被逐出伊甸园后孤独的"黑暗"生活。在伊甸园的时候,亚当与夏娃、上帝和自然三者和睦相处,诗歌中的主——上帝象征着安全的原始纽带,但这原始纽带同时也"阻碍了人类理性和临界能力的发展"②。当亚当和夏娃被惩罚受逐后无法回归天堂,避免孤独折磨的原始纽带被切断。亚当和夏娃虽思想自由,但孤独、恐惧、自我怀疑等情感不断侵扰他们。正如弗洛姆在其书中所言:"新获得的自由似乎是一种诅咒,他摆脱了天堂的甜蜜束缚,但却无法自由地治理自己,无法自由地实现个性。"③他们轮流在园子里劳

---

①　Louise Glück, *The Wild Iris*, New York：ECCO Press, 1992, p. 3. 笔者自译的诗,末尾括注的行号按英语原文标注。同类问题不再重复说明。

②　艾里希·弗洛姆:《逃避自由》,刘林海译,上海:上海译文出版社,2015年,第33页。

③　同②,第22页。

作,试图以此征服自然以求生存。"人类是自然的一部分,臣服于物理定律无法改变,但却尝试超越自然的其他部分。"①劳作帮助人类获得物质上的成就,增强自我价值感和自信心,同时,还可以缓解孤独压迫感,有利于个体的身心健康。弗洛姆认为,解决个人孤独问题的有效方法是"人积极地与他人发生联系,以及人自发地活动——爱与劳动"②。他在组诗《哀歌》("Lamentations")的第三首《契约》("The Covenant")的开头写道:"出于恐惧,他们建造了栖居之所/一个孩子在他们之间成长。"③孩子寓意一种新生的情愫。亚当和夏娃脱离了原始纽带,开启了人类的理性和智慧新生活,但自由的背后是恐惧、孤独及责任。人类已经意识到生存困境,并试图用不同的方法和途径来解决问题。

在格吕克看来,人类发展的理性和自我意识的建构使其与自然有别、与动物产生界限。人类的这些新特性表明,人的存在是一个进退两难的问题。拥有新特性的人断绝了和大自然的联系,就像婴儿脱离了妈妈的子宫,没有了安全感。面对世界,他孤单无奈;面对自己,他渺小懦弱。人类一出生就失去了最初的保护纽带,注定要在孤独的牢笼中挣扎成长,而对自我意识的渴望和独立意识实体的建构需要人类通过自身的能力来抉择与判断,找寻突破孤独牢笼的钥匙。

二

自由一直是西方文学的传统主题之一,早在古希腊时就已成为思想理论界和政治实践领域的一个重要话题。自由的话题逐渐渗透人们生活的各方面,越来越成为西方人心目中不可置疑的信念。弗洛姆指出,如果自由变得极端,就会产生孤独。④ 从政治角度来看,受压迫

① 埃里希·弗罗姆:《自为的人——伦理学的心理学探究》,万俊人译,北京:国际文化出版公司,1988年,第38页。
② 艾里希·弗洛姆:《逃避自由》,刘林海译,上海:上海译文出版社,2015年,第23页。
③ Louise Glück, *Poems 1962–2012*, London: Penguin Classics, 2021, p. 141.
④ 同②,第66页。

阶级为获得自由不惜抛头颅洒热血，但革命成功后，就会制定很多法规来限制自由，以保证新获得的特权。如此，追求自由的人反而成了自由的敌人。当旧权威被推翻而新权威尚未建立时，也会有一种未知的匿名权威来填充。① 也就是说，随着社会的发展，人似乎更加自由，但他仍屈从于各种各样看得见和看不见的控制。现代人所追寻的"自由"不过是一种伪概念，他们始终困囿于权威，一种隐形的孤独出现在现代人的生活中。

诗人格吕克致力于探索现代人的精神困境。在诗歌中，她猛烈抨击现代人的精神贫乏和对物质的过分追求，认为现代人看似自由，但实际上被一种匿名权威控制。他们虽过着富足的物质生活，却经历着自由所带来的孤独。在传统社会中，没有真正的个体，所以人们的孤独感被掩盖了。他们对自由没有概念，但很少经历孤独带来的焦虑。在西方，最典型的阶段是中世纪，那时人们生来就具有社会赋予的身份，如商人、农民、战士或工匠。固化的社会秩序和社会结构、拥挤的生活环境给人一种束缚，但同时也使他们在这个笼子里感到安全。这种紧密相连的关系剥夺了人的自由，但确保了一个人可以在有组织的社会中生活。弗洛姆强调，在 20 世纪，"社会关系不那么专制，物质条件也比以前好得多。简而言之，我们拥有繁荣和自由：但我们仍然是'机器人'"②。随着经济的发展，人们似乎变得更加自由，但这种自由也可以被视为另一种孤立。与但丁的"新生"相比，格吕克的诗集《新生》(Vita Nova，1999)以个人的生活经历来表达现代人的一种孤独绝望情愫，反映了现代文化已经被物质文化侵蚀，现代人逐渐演变为精神空洞的孤独人。《新生》的最后一首诗写道：

在分裂的梦中

①　艾里希·弗洛姆：《逃避自由》，刘林海译，上海：上海译文出版社，2015 年，第 111 页。

②　Erich Fromm, *The Sane Society*, London and New York：Routledge & Kegan Paul，2002，p. 34.

我们还在为谁来养狗而争吵

…………

做一只勇敢的狗——所有一切都是物质的，

你会在一个不同的世界里醒来

你将会再次进食，你会成长为一位诗人！

生活总是很奇怪的，不管它如何结束，

它总是充满梦想。

我不会忘记你那充满泪水的

疯狂的人类眼睛。（1—3,33—40）①

　　此诗描述了夫妻争夺狗的事件。诗的开头写道："爸爸需要你，爸
爸的心是空的""所有一切都是物质的"②。这里的狗可以看作对物质
的指代，物质是大部分现代人的追求和心灵慰藉。丈夫说他需要狗，
因为他的心是"空的"，精神的空虚寻求物质的填充。事实上，在消费
时代，人的思想、文化、身体甚至情感都被转化为一种商品，生活变得
单一化和趋同化，最终陷入空虚和孤独的痛苦中。在诗人看来，这种
空虚是当今过度自由造成的。正如弗洛姆所说，资本主义给现代人带
来了新的自由，"个人变得更加孤独，孤立"③，他必须用物质来掩盖其
不安全感和孤立感。随着社会的迅速发展，人们变得更加自由、更加
独立，也更加孤独和空虚，他们通过追求物质来减轻这种空虚感。但
这是一种恶性循环，他们得到的越多，感觉就越空虚。格吕克在其诗
集《绿茵场》（*Meadowlands*, 1996）中描述了奥德修斯的士兵们无纪律
的生活，影射现代人在物质世界中迷失了自我。在一首名为《人质的
寓言》（"Parable of the Hostages"）的诗中，她把那些沉溺于物质享受
的士兵比作"人质"：

---

　　① Louise Glück, *Vita Nova*, New York：ECCO Press, 1999, pp. 50 - 51.

　　② 同①，第50页。

　　③ 艾里希·弗洛姆：《逃避自由》，刘林海译，上海：上海译文出版社，2015年，第
91页。

希腊人正坐在海滩上
不知道战争结束时该做些什么。没有一个人
想回家,回来
到那个贫瘠的小岛上,每个人都想多吃一点
在特洛伊城,还有更多
…………
有些人宁愿永远被这种愉悦的感觉所绑架,
有些人沉迷睡觉,另一些则沉迷于音乐? (1—5,41—42)①

特洛伊海岸是对物质世界的一种隐喻,希腊人似乎是岸边自由自在的人,但他们没有意识到,其实自己已经是欲望的"人质"了。诗题中的"人质"暗指物质世界里的人。诗歌中的士兵们沉溺于物质享受,坐在海滩上享受美好时光,没人想回到那个贫瘠的岛上。一般来说,家被视为一种有归属感的地方,但是士兵们不愿意回家,因为他们被特洛伊的物质世界吸引。正如弗洛姆所说的那样,"权力的欲望不是根植于力量而是软弱"②。此话同样适用于物质欲望,它根植于人的精神空虚和孤独。诉说者继续描述每个人都希望在特洛伊得到更多的东西。"本质上说,消费就是人为刺激消费的满足,一种与我们的实际、本身的自我相疏离的幻想表现。"③士兵们沉迷于物质带来的快乐,忘记了消费的本质其实是一种被异化的幻想表现:

感到稍微不安:难道战争
只不过是一场男人版的化妆打扮?
一个游戏,意在逃避
深层的精神问题? 唉,

---

① Louise Glück, *Poems 1962 - 2012*, London: Penguin Classics, 2021, pp. 317 - 318.
② 艾里希·弗洛姆:《逃避自由》,刘林海译,上海:上海译文出版社,2015 年,第81 页。
③ 同②,第 130 页。

> 但并非只有战争。世界已开始
>
> 向他们呼唤,一场歌剧将以战争
>
> 喧哗的和弦开场,以赛壬们漂浮的咏叹调结束。(22—28)①

物欲横流,世态浮华。士兵们追逐物欲带来的感官欢乐,满足内心的虚荣。欲望永无止境,内心也永无安宁。喧哗的士兵们实际丢失了世界上最宝贵的东西:内心的平静与安宁。诗歌暗示了现代人的生存状态:他们看似比以前更自由,但实际生活在难以忍受的物欲痛苦之中,遭受自由带来的不安全感和孤立绝望感。以和弦开场,以海妖塞壬的咏叹调终场——他们终身都未实现真正的自由。

与现代社会相比,中世纪缺乏个人自由。为了生存,人们不得不工作。那时候的人在现今意义上并不自由,但他并不孤独。② 现代工业体系发展了人的个性,现代科学技术的发展使人更加自由,但也使人变得更加无助。在某种程度上,人类被机器所取代。弗洛姆认为,"新的焦虑产生……计算机的世界比人类的世界更快、更准确"③。现代科学技术的发展不只是人类文明进步的标志,也是对人类思维的挑战和威胁。人们把科学技术视为一种文化信仰,他们的精神世界不断受到科学技术的规范和要求。马克思曾经说过:"我们的一切发现和进步,似乎结果是使物质力量具有理智生命,而人的生命则化为愚钝的物质力量。"④马克思肯定了科学技术的革命作用,但也认识到了它的负面影响。⑤ 人类在某种程度上通过使用现代科技而获得自由,但是同时又过于依赖它。在诗歌中,格吕克经常描述人们如何随着

---

① Louise Glück, *Poems 1962－2012*, London: Penguin Classics, 2021, p. 318.

② 艾里希·弗洛姆:《逃避自由》,刘林海译,上海:上海译文出版社,2015 年,第 38 页。

③ 同②,第 9 页。

④ 马克思:《在〈人民报〉创刊纪念会上的演说》,载《马克思恩格斯全集》(第十二卷),北京:人民出版社,1980 年,第 4 页。

⑤ 李桂花:《论马克思恩格斯的科技异化思想》,《科学技术与辩证法》2005 年第 6 期,第 18 页。

科技的发展而变得残疾。例如,《地铁中的跛子》("The Cripple in the Subway")一诗描述了对现代技术的过度依赖引起的焦虑和孤独:

> 曾经一度我感觉已经
> 习惯了这条腿,也曾一度听不见它撞击在
> 木头、水泥上的哐哐声
> 我告诉自己,那些关于
> 跳绳,骑单车的记忆也将消失不见(1—7)①

在这首诗中,诉说者是现代人类的代表。结合标题我们可以推论出她是一个"跛子"。"她""这条腿"可以被看作现代科学技术。发展现代科技的目的是解放劳动力,让人们更自由,但这也在某种程度上使人们变成了依赖科技的"跛子"。诉说者强调自己"也曾一度听不见它撞击在/木头、水泥上的哐哐声"。随着现代科技的冲击,人们变得更加孤立和无助。随着铁假肢的出现,所有过去的记忆"也将消失不见"。这表明,当人类高度依赖科技时,自身的能力也在被削弱,需要付出更多的努力来适应技术进步的要求,实际上更加劳累、无助和孤独。

在名为《乌托邦》("Utopia")的另一首诗中,格吕克通过描写一位独自乘车去看望祖母的小女孩的恐惧,影射了人类在面对现代科学技术时表现出的孤独和恐惧:

> 当火车停下来时,那个女人说,你必须上车。
> 但是我怎么知道,
> ⋯⋯⋯⋯
> 没说一句话,她上了火车,

---

① Louise Glück, *Poems 1962 - 2012*, London:Penguin Classics, 2021, p. 28.

> 她听见一种奇怪的声音,不像她说的那种语言,
> 更像是一种呻吟或哭泣。(1—2,7—9)①

  在当今社会,人们已经习惯了现代科技带来的便利。离开科技,人们似乎无法做任何事情。诗歌中的"她"茫然到达摩登的车站,不知道该坐哪列火车。正犹豫不决时,一辆火车来了。一位女士说:"你必须上车。""她"还没准备好就被催促上了火车。接着,诉说者描述了从烟囱里流来的灰烟云笼罩四周,火车的轰鸣声吞噬了人类的声音。一切都表明工业革命和现代技术影响了人类生活的方方面面。"她"坐上火车却一直沉默不语。诗歌借此暗示人类最终被现代科技控制,陷入失语的状态。在诗的结尾,诉说者描述了一种奇怪的声音,如同"呻吟或哭泣",暗示人类对现代科技的屈从和无奈。新技术可以把人类送到想去的远方,但也让他们退化成一个"孩子"。人类看似在利用科学技术做事情,但事实上处于被科学技术奴役的状态,被关进了科技的孤独牢笼。

  作为一位深切关注人类精神和生活条件的诗人,格吕克不断书写技术与工业发展下人类面临的无力与孤独感。她认为人类看似自由,但实际正在失去作为一个有思想的个体的本质属性。科学技术发展带来的自由其实是阻碍现代人实现其完整性的新枷锁,是另一种孤独。

三

  对弗洛姆来说,社会角色是"一个群体中大多数成员的性格结构的核心,是一个群体的基本经验和生活方式的结果"②。以前,人际关系和宗教带来的安全感和归属感掩饰了人的孤独感,人"与上帝的关系更像是一种信心和爱,而不是怀疑和恐惧"③。而在现代社会中,随

---

①   Louise Glück, *Poems 1962 - 2012*, London:Penguin Classics, 2021, p. 652.

②   艾里希·弗洛姆:《逃避自由》,刘林海译,上海:上海译文出版社,2015 年,第200 页。

③   同②,第38 页。

着人类理性的高度发展,这份信仰已几近崩溃。宗教决裂,冲突频发,人们被隔离和孤立,深陷孤独的困境。格吕克认为,在当代,孤独已经成为一种社会性格。她以诗歌形式客观地书写现代人的苦难,孤独成为格吕克诗歌主题之一。

　　信仰对人类而言是不可或缺的。著名心理学家卡尔·古斯塔夫·荣格(Carl Gustav Jung)认为,"自远古时代以来,绝大多数的人都有信仰的需求"[1]。他试图强调信仰是人类精神世界中最重要的价值取向之一,在人类文明的历史中扮演着重要角色。而多元的现代社会充斥着不同的信仰,它们的内涵、价值取向以及对生命的态度截然不同。这些差异导致不同宗教之间的分离,人们被彼此异化,被分成不同的群体,彼此间缺乏对话。这可能会导致一些严重的社会问题。"9·11"事件就是一个典型的例子。诗人格吕克也创作了一系列有关恐怖事件的诗歌,从侧面反映了恐怖袭击的原因之一是宗教间对话的缺失。例如:

> 又是冬天吗,又冷了吗,
> 弗兰克不是刚刚在冰上摔跤了吗,
> 他不是伤愈了吗,春天的种子不是播下了吗
> …………
> 我听不到你的声音
> 因为风在吼叫,在裸露的地面上空呼啸着
> 我不再关心
> 它发出什么声音
> 什么时候我默不作声,什么时候
> 描述那声音开始显得毫无意义。(1—3,17—22)[2]

---

　　[1]　C. G. Jung, *Modern Man in Search of a Soul*, translated by W. S. Dell and C. F. Baynes, New York: Harcourt, 1993, p. 112.

　　[2]　Louise Glück, *Poems 1962－2012*, London: Penguin Classics, 2021, pp. 493－494.

此诗歌的题目是《10 月》("October"),以示"9·11"事件带来的恐惧阴魂不散。安·肯尼斯敦(Ann Keniston)认为,"露易丝·格吕克使用了重复和不同的方式来暗示迟到的状况"[1]。在这首诗的开头,诉说者问"又是冬天了吗,又冷了吗",这种语调让读者感受到恐怖袭击带来的寒冷和痛苦。诉说者说"我听不到你的声音",这里的"声音"借指不同宗教之间的交流。正如美国保守派政治学家塞缪尔·亨廷顿(Samuel Huntington)所言,"在新兴世界中,不同文明的国家和团体之间的关系不会太紧密,而且会经常处于敌对的状态"[2]。风的"吼叫"喻指宗教之间的差异。诗中的诉说者表达了恐怖袭击导致的恐慌和失语:"什么时候我默不作声,什么时候/描述那声音开始显得毫无意义。"从这里可以看出,由于宗教间不可调和的冲突,任何相互联系和沟通的努力似乎都是毫无意义的,人们陷入痛苦的无言孤独。这种创伤性疼痛也是当今社会人类心理状况的反映。在该系列的另一首诗中,诉说者描述了"光已经改变,此刻,中央 C 音变得黯淡"[3],"光"和"中央 C 音"借指人的心理状态,阳光和快乐已被恐惧和孤立取代。社会被分为一个个孤立的群体,人无意识地与他人疏远,冲突和缺乏沟通使整个社会沉默,而孤独成为现代社会的一种社会性格。

尽管"和平"是当今世界的口号,但核武器使现代人一直处于不安和无力中。弗洛姆说,"杀伤性武器仍然存在,按钮仍在那里,当必要的时候,负责启动这个按钮的人还存在。由此看来,人类的焦虑和无助感依然存在"[4]。"战争的威胁也增加了个人无力的感觉。"[5]生活在这种情况下的人们担心自己的未来,死亡恐惧和分离感使整个社会陷

① Ann Keniston, "'Not Needed, except as Meaning': Belatedness in Post-9/11 American Poetry," *Contemporary Literature*, 52.4 (2011), p. 658.

② S. F. Huntingdon, *The Clash of Civilizations and the Remaking of World Order*, New York: Simon and Schusler, 1996, p. 183.

③ Louise Glück, *Vita Nova*. New York: ECCO Press, 2012, p. 15.

④ 艾里希·弗洛姆:《逃避自由》,刘林海译,上海:上海译文出版社,2015 年,第 8 页。

⑤ 同④,第 98 页。

入孤独。格吕克说，"艺术比显微镜观察得更细致"①。言下之意是，通过描述个人的经历，艺术家可以呈现出社会的性格和遭遇。格吕克的诗歌《伤口》（"The Wound"）描述了一次心理治疗的经历：

> 空气凝固成硬壳
> 从床上我看到
> 成团的苍蝇，蟋蟀
> 欢乐傻笑。现在
> …………
> 你在我头顶上盘旋，我闭上
> 我的眼睛。现在
> 监狱就位
> …………
> 植物的残枝，树叶的
> 碎片……
> 你在床上
> 盖着毯子。（1—4，27—29，31—34）②

诗的开头描述了一种沉重的气氛。空气是压抑的，还有很多苍蝇和蟋蟀飞来飞去。苍蝇喜欢围着死尸转，往往被看作死亡的象征。诗歌开头就把读者带入一种死亡笼罩的氛围里。诉说者继续说，"我一整天都在闻到烤肉的味道"③，尽管她没有直接说出哪种烤肉的味道，但这种气味可能指的是武器和战争的气味。后来，诉说者强调"你在我头顶上盘旋"，"你"最初指的是心理学家，但是我们可以想象，"你"也可能指"核武器"，因为"植物的残枝，树叶的/碎片……"④可能体现

---

① Louise Glück, *Proofs and Theories: Essays and Poetry*, New York：ECCO Press，1994，p. 9.

② Louise Glück, *Poems 1962－2012*, London：Penguin Classics，2021，pp. 13－14.

③ 同②，第13页。

④ 同②，第13页。

了核武器的破坏力——所有的东西都被摧毁成碎片。诉说者觉得自己仿佛身处一个"监狱",人们都被武器威胁,都被死亡恐惧禁锢,而且觉得这是无止境的。正如弗洛姆所言,"战争的威胁已经变成了一场噩梦,尽管在他们的国家真正卷入战争之前,许多人可能没有意识到这一点,但这已经给他们的生活蒙上了一层阴影,增加了他们的恐惧和无助感"①。在格吕克的诗中,她总是表现出一种被死亡阴影笼罩的意象,她对死亡的感觉反映了当今社会人们的无力和孤独。死亡恐惧笼罩着整个社会,他们将与所爱的人分离。整个社会并不安全,人类一直担心自己的未来。在这种情况下,人类的无力感被强烈地激发出来。《晚祷》("Vespers")一诗强调了人类在面对死亡时的恐惧、无助和孤独:

> 在你长期的缺席中,你允许我
> …………
> 我种植种子,我观察第一次抽芽
> 像翅膀撕裂了泥土,我为
> 枯萎病,快速扩散的黑色斑点而感到心碎
> …………
> 在生与死之间,谁最终
> 对预兆免疫,你也许不会知道
> 我们承受着多大的恐惧,带着斑点的叶子
> 枫树落下的红色的叶子。(1,12—14,18—21)②

这首诗歌借用植物的枯萎和死亡表达人类面对死亡的恐惧、孤独和绝望情感,暗示了当今社会的无力和伤痛:"我为/枯萎病,快速扩散的黑色斑点而感到心碎。"诗歌中的种子可以看作生命的象征。种子在诉说者精心照料下抽芽、破土,一切都很美好,但黑色斑点如同地狱

---

① 艾里希·弗洛姆:《逃避自由》,刘林海译,上海:上海译文出版社,2015 年,第98 页。

② Louise Glück, *The Wild Iris*, New York: ECCO Press, 1992, p. 37.

的幽灵般出现,植物因此生病死亡。诗歌借用"黑色斑点"比喻核武器、疾病、战争和当今社会所有不安全因素。黑色斑点如同邪恶的传染病蔓延社会,人类最终会失去他所依赖的一切,孤独从他内心深处涌出。格吕克诗歌的主题通常有疏远、神经衰弱、崩溃和死亡,比如她最喜欢的一首长诗《乡村生活》("A Village Life")就表现了死亡主题:

> 死亡与无常等待着我
> 正如他们等待着所有人,幽灵正对我作出鉴定,
> 因为他可以从容毁掉一个人,
> ………
> 后来,太阳落山了,暮色汇集,
> ………
> 宁静而平和,天放亮了。
> 赶集的日子,我带着我的莴苣到集市上去。(1—3,39,
> 60—61)①

"死亡与无常等待着我/正如他们等待着所有人",此句说明死亡是人类不可避免的最终归宿。诗人接着描述道:"幽灵正对我作出鉴定/因为他可以从容毁掉一个人。"②死亡的到访无法预知,它是当今社会威胁和恐惧的化身。接下来的场景似乎和谐宁静:"早春,狗追逐着一只小灰鼠"③,所有一切都显得宁静祥和,"所以有那么一会儿似乎可以/不去想你渐渐衰弱的身体"④。诗人被生命的喜悦感染,但是很快又转向对死亡的担忧,她认为无论怎样死亡都是不可避免的:"雾,仍然笼罩着草地,所以你看不清/远处的山,覆盖着冰雪。"⑤"光"

---

① Louise Glück, *Poems 1962–2012*, London: Penguin Classics, 2021, pp. 625–626.
② 同上,第 625 页。
③ 同上,第 625 页。
④ 同上,第 625 页。
⑤ 同上,第 625—626 页。

和"雾"可以看作生命和希望,世界上有那么多的希望,使你忘记死亡才是人类无法逃避的宿命;在生命喜悦的映衬下,孤独感和无助感显得更加强烈。"后来,太阳落山了,暮色汇集。"当太阳下山,所有的一切都变得又黑又冷,正如死亡将会降临到每一个人的头上一样。

作为一名后现代诗人,格吕克见证了社会的巨大改变,她也是忍受不安全社会环境和不断扩大的孤独感的公众成员。她的诗歌反映了当代社会人类的无助和痛苦,因为死亡恐惧的渗透和蔓延,整个社会处于一种孤独的状态。而过度自由是另一种孤独。随着资本主义的发展,人们在许多领域——特别是经济领域——获得了自由,可以自由选择喜欢的物品。但是,对物质和权力的过度追求又会使人处于一种孤立的状态。现代人对物质和权力的迷恋是一种精神上的孤独,他们被欲望控制,处于异化的境地。格吕克的诗还反映了人类在网络世界中的残疾,人类其实正在被一种无形的力量控制,孤独已经成为一种社会性格。现代人应该意识到"孤独"是一直存在的,对所有人来说都是一个严肃的哲学问题。

第五节

凯·瑞安:"诗歌是一场自娱自乐的游戏"[①]

凯·瑞安是美国第 16 届桂冠诗人,曾荣膺 2011 年普利策诗歌奖、2012 年国家人文奖章。瑞安诗歌中蕴含了当代知识分子的游戏精神。她认为诗歌多为游戏,倡议用一种文字游戏式的姿态架构诗歌话语,在一种貌似游戏娱乐的轻松氛围中进行思想审视和批判。瑞安用一个严肃娱乐者的眼光和表现手法,捕捉和呈现当代知识分子的生存状态和心理特征。她的诗歌编织了模棱两可的逻辑,跨越了传统文化和当今主流文化的边界,把边界变成了交汇点。瑞安的诗歌讲述一些转化和移动的行为,表达了当今文学思潮中求变的事实,或知识分子某种自负的野心

---

① 本节由吕爱晶撰写。

或流放行为。瑞安诗歌是对当今美国学院式同质化诗歌的一种"背叛",同时她也建构了另一种令人迷惑的诗歌,给予隐藏在文学边界之外的差异性以客观性,展示了文学中潜伏、移动的多重力量。她的诗歌还展示了当代知识分子在游戏中的自我审视,凸显了后现代背景下新的人文关怀和游戏精神:在游戏中展现自我,呈现文学自由的精髓思想。

瑞安认为诗歌是一种"高级娱乐"[1],主张以游戏去改变旧有的诗歌形式,摆脱传统的理性思维对创作的全方位控制,开辟诗歌的新格局。瑞安的诗歌在美国学院派诗歌圈外独树一帜,但她进入评论界的视野较晚。1996年瑞安的《象岩》(*Elephant Rocks*)出版后,诗人兼评论家丹纳·乔亚(Dana Gioia)在《黑马》(*The Dark Horse*)杂志上发表了《发现凯·瑞安》("Discovering Kay Ryan", 1998)一文,第一次正面客观地评论瑞安的诗歌。2004年,59岁的瑞安因诗集《说叔叔》(*Say Uncle*, 2000)获得了露丝·莉莉诗歌奖而正式进入评论界的视野。而后出版的《尼亚加拉河》(*The Niagara River*, 2005)进一步确立了她的诗坛地位。目前,国外一些评论家[2]融合发生学、比较法等批评方法考证瑞安诗歌创作的渊源,探求其与艾米莉·狄金森(Emily Dickinson)、玛丽安·摩尔(Marianne Moore)、梅·斯温逊(May Swenson)和蒂莫西·墨菲(Timothy Murphy)等诗人的异同。还有一些学者[3]从语言学批评、叙事学等视角,探讨瑞安诗歌语言艺术的奇特魅力。中国学者对瑞安诗歌的研究目前正在起步阶段[4],集中于总体介绍和翻译方面。瑞安的艺术形式背后的新人文主义精神、诗学符号

---

① Kay Ryan, "A Consideration of Poetry," *Poetry*, 188.2(May 2006), p. 148.

② 如 Dana Gioia, "Discovering Kay Ryan," *The Dark Horse*, 7(winter 1998 – 1999); Sarah Fay, "Kay Ryan: The Art of Poetry," *The Paris Review*, 187.94(Winter 2008), pp. 49 – 79。

③ 如 Langdon Hammer, "Confluences of Sound and Sense: Kay Ryan's Idiosyncratic Approach to the Commonplace," *The American Scholar*, 77.3(2008), p. 58。

④ 瑞安研究在中国的前期重要成果有殷书林:《"局外人"凯伊·莱恩何以荣膺桂冠》,《外国文学动态》2009年第1期,第10—12页;杨国静:《天然的不自然》,《当代外国文学》2013年第1期,第20—29页;李嘉娜:《局外人的艺术追求——论美国当代著名女诗人凯·瑞安》,《广东外语外贸大学学报》2013年第4期,第71—74页。

系统的建构以及其诗学与艺术的结合等,都有待进一步挖掘。

一

汉斯-格奥尔格·伽达默尔(Hans-Georg Gadamer)认为,"游戏乃是人类生活的一种基本职能,因而人类文化要是没有游戏因素是完全不可想象的"①。伽达默尔认为"游戏""象征""节日"这些原始生活艺术能沉入人的心灵。游戏"也是一种自行运动,它并不通过运动来谋求目的和目标,而是作为运动的运动,它也可以说是一种精力过剩的现象,亦即生命存在的自我表现"②。游戏意味着无目的,是创造性精神的绝对自由。人类在这种随心所欲和自由选择的活动中打上自己的烙印,人类客观的存在就以特殊的方式在这些活动中积淀下来。作为当代的先锋诗人,瑞安敏锐地意识到时代的变化。现当代艺术创作的一个重要特点就是形式破碎,玩弄一切内容如同游戏,人们传统的期望值被打破。在瑞安的诗论《诗歌之我见》("A Consideration of Poetry")和采访中,她多次声明诗歌如同游戏。

在写作中,瑞安有意通过戏写人们不太注意的陈词滥调来凸显一种老调新谈的主题,展示一种富有诗意和神秘感的经验,一种隐喻的日常游戏空间。在接受萨拉·费伊(Sarah Fay)的采访时,瑞安声明:"我经常思考一些陈词滥调的事情……当我想写点东西的时候,这些喻义丰富的老生常谈就会开启我思绪的道路。"③瑞安善于从琐碎平凡的日常生活中品出"陌生",如《石灰光》("Lime Light"):

> 人不能靠
> 石灰光工作

① 伽达默尔:《美的现实性》,张志扬等译,北京:生活·读书·新知三联书店,1991年,第34页。

② 同①,第35页。

③ Sarah Fay, "Kay Ryan: The Art of Poetry," *The Paris Review*, 187.94(Winter 2008), p. 58.

满满一碗

就摆放在臂弯处

发出的只是

一片不祥之光

映照厨房的桌面上

水果贩子

整个摇摇欲坠的金字塔

怎比得上白天的光亮。（1—10）①

石灰光指石灰在高温下发出的强烈白光。在电灯发明以前，剧院的舞台脚光常常采用石灰光照明，由此"石灰光"成为聚光灯的代名词。习语 in the limelight 表示"站在聚光灯下""出风头""引人注目"。诗歌开头就告诫世人不能在石灰光下工作，但接下来诗人并没有直接把其与舞台的聚光灯联系起来，而是与读者玩起了捉迷藏的游戏。诗人打破读者的期待，带着读者进入了厨房这一私密的空间。置换了空间的石灰光不再代表舞台的焦点，而是生活中的不祥之光。一碗石灰光发出的光如同水果垒起的摇摇欲坠的金字塔，无法与天然的日光相比。石灰光是一种不正常的光，所折射的是一种不正常的生活。习语 in the limelight 暗示着当代引人注目的明星生活的空虚和无聊。这首诗是瑞安诗歌主题书写奇妙方式的典型，她常常从一些陈词滥调中拾取一份冷静和智慧。米歇尔·德·塞尔托（Michel de Certeau）说："日常生活中布满奇迹，与作家或艺术家的作品一样令人惊叹……没有特定的名字，各种各样的语言引起了瞬息即逝的欢乐，这些欢乐出现、消失、再出现。"②习语是历史的产物，反映了历史的真实性。在这个真实性之中，表现系统和生产方式似乎不再仅仅是规范性的框架，而是

---

①　Kay Ryan, *The Best of It: New and Selected Poems*, New York：Grove Press, 2010, p. 190.

②　米歇尔·德·塞尔托：《多元文化素养：大众文化研究与文化制度话语》，李树芬译，天津：天津人民出版社，2002年，第247—248页。

作为诗人操纵的工具和策略出现。或许,习语堂而皇之地成了瑞安诗歌游戏主题表达的一个选择性的"赌注"。

《石灰光》这首诗也渗透了诗人对游戏诗歌创作的感悟。美国当代诗坛被高度学院化的氛围笼罩,瑞安之前的桂冠诗人几乎都是诗人兼文学教授型的人物,而瑞安从未参加过创作班的学习,也未讲授过文学写作之类的课程。她只是加州一所社区学院——马林学院的兼职教师。她是纽约文化圈的局外人,曾在诗歌《局外人的艺术》("Outsider Art")和文章《我去AWP》("I Go to AWP")中对局外人有所称道。在诗歌中,一群模式化的所谓"艺术家"的创作过程只是一道道工艺流程,他们的艺术感知力和创作力完全被预定的工序限定。瑞安称道的局外人是一群不拘泥于规范的艺术家,是一群捍卫艺术的特立独行的作家。瑞安的个人生活和游戏诗歌创作都带有局外人的艺术性,她也常常以局外人身份自居,过着深居简出、类似自我放逐的平静生活。她与当前创作团体的石灰光式明星生活保持一定的距离,这种团体不断复制出的同质诗人如同水果垒出的"摇摇欲坠的金字塔"。诗人独守自己内心的情感世界,拒绝将自己完全托付给任何一个团体,反对程式化、同质化的创作模式,追寻自己独特的游戏写作风格,在当代美国诗坛的多元情势下发出了一种卓尔不群的声音。这体现了一个自由知识分子边缘化的"改革使命"意识,用孤独、疏远、自娱自乐的经历开启对知识分子潜能和使命的自我审视。独立知识分子的独特见解和理解力赋予其作品独特的风格。

又如,《扛梯子》("Carrying a Ladder")一诗围绕"扛梯子"这一古老的意象展开:"我们总是/时刻扛着/一架梯子,但它/是隐形的。"[1]诗歌中"扛梯子"是一个隐喻,暗指人类客观上身荷重负、行动笨拙,所到之处,珍贵的东西被打碎,所以主观上希冀借助"梯子"得到"够不着的/苹果",仿佛找到一种方式爬出伤害和歉意。[2] 瑞安

---

[1]　Kay Ryan, *The Best of It: New and Selected Poems*, New York: Grove Press, 2010, p. 211.

[2]　同[1]。

的诗歌看似平淡、诙谐,却隐含着探究人类生存状态的严肃话题。瑞安曾声明:"我在观众前朗诵诗歌的时候,总是招来许多笑声,可我告诫他们,这只是一个漂亮的礼物,而当你带回家时就会发现礼物变得令人惊骇。我无法忍受作品太严肃,但并不意味着我的诗歌不严肃。"①她喜欢把诗歌"制作"成一面哈哈镜来映照社会。《石灰光》《扛梯子》等诗歌游戏性的书写中隐含着的深层哲理需要读者去细细品味。"在艺术那里,游戏表达了它那使存在增长的独特品格,表达了它那有代表性的力争存在的独特品格,一个存在物正是通过自我表现去力争存在的。"②瑞安用一个严肃娱乐者的眼光和表现手法,以独特的视角捕捉和呈现当代美国人的生存状态和心理特征。诗人通过"老调"新谈,表达了对历史、社会、现实、人生的荒谬等诸多方面的思考和强烈情感,反映了诗人构建诗歌主体的焦虑、担当和策略,凸显了当今一些知识分子在美国主流文化圈外寻求自己独特艺术话语的努力。她的意指体系也映照了追求快乐和自由的时代审美旨趣。

二

罗兰·巴特(Roland Barthes)强调文本的愉悦性和阅读的快感。在其《文之悦》(*The Pleasure of the Text*, 1973)和《一个解构主义的文本》(*Fragments d'un discours amoureux*, 1977)中,巴特试图建构一种哲学意义上的文本愉悦观。他指出,写作是一种追求和确认自我本真的方式,是一种极深刻、令人苦恼又极具快感的行为过程。他拒绝任何权威和体系性,追求自己的艺术生活,已达到一种自由自在的生活境界。巴特强调碎片性和个人嗜好,无序、无定向性、胡话、痴言、谵言等游戏是他神往的行为载体,是没有中心意义的让人愉悦的语言活动。他试图通过个人的生活和书写方式达到精神和肉体的自由。从

①　Sarah Fay, "Kay Ryan: The Art of Poetry," *The Paris Review*, 187.94(Winter 2008), p. 51.

②　伽达默尔:《美的现实性》,张志扬等译,北京:生活·读书·新知三联书店,1991年,第61页。

这种意义上来看,诗人瑞安的语言带有巴特式的游戏观。

首先,瑞安寻求用最精炼、最纯粹的碎片语言表达思想。她的诗歌一般不超过二十行,每行也只有三言两语。这有点像极简主义(minimalism)的绘画原则:减少、减少、再减少。而这简朴的外表带来的往往是纯粹的视觉冲击和心理振荡。这也是瑞安被誉为"当代狄金森"的一个重要原因。瑞安曾将其诗歌比作一个小丑的空箱子:"当小丑轻轻地打开箱子就会拖出一大堆东西。诗歌就是一个从来不空的魔术空箱子。"①有评论家说瑞安能"用最狭小的空间表达最丰富的内涵"②。例如《报应》("Home to Roost"):

> 那些鸡正转着圈
> 涂黑着白昼。
> 太阳很亮,
> 但被鸡挡住了光线。
> 是的,因为鸡
> 密密麻麻的鸡
> 遮天蔽日。
> 它们转啊转
> 完了,再转。
> 这些鸡都是你放的
> 一次一只小的——不同品种。
> 现在它们回到窝里安身
> ——同样的种类以同样的速度。(1—13)③

---

① Sarah Fay, "Kay Ryan: The Art of Poetry," *The Paris Review*, 187.94 (Winter 2008), p. 49.

② Joseph Parisi, ed., *100 Essential Modern Poems*, Chicago: Ivan R. Dee Publisher, 2005, p. 263.

③ Kay Ryan, *The Best of It: New and Selected Poems*, New York: Grove Press, 2010, p. 210.

该诗歌共十三行,每行只有两三个英文单词。瑞安对这种"A、B、C"式艺术的追求也反映了其极简艺术的内涵:最原始的形式(词汇)和极简的形式。瑞安倡导诗歌作品的纯化形式,消解幻象和奇闻,重视作品本身。或许,她在寻找一种捷径,能让作者和读者之间有一种清晰、明确而直白的联系,将诗歌还原至最本质的要素,用简单、碎片化的语言表达万花筒般的思想,甚至传递原子弹式的游戏能量。这首诗的题目借自谚语"Curses, like chickens, come home to roost.",意思是,对于别人的诅咒迟早会在自己身上应验。可见,这首诗也是一种"老调"新谈式的游戏作品。其实,瑞安说她在写该诗的时候心情十分不愉快,感觉自己是困在万千头绪中的傻子。① 2001年,当瑞安把这首诗寄给纽约的一个编辑时,编辑正坐在格林尼治村的办公桌旁目睹"9·11"事件。桌上的《报应》诗似乎预示了该事件,似乎在说:"美国,你干了很多事情,让这些小鸡——这些飞机——飞回鸡窝。"②此时,该诗歌从对谚语的嬉戏旋即变成了一首令人恐惧的诗。瑞安的《报应》似乎是富含哲学意义的警告。这个荒诞的叙事被赋予了伪装和隐瞒的特权,饱含颠覆的力量。巴特《文之悦》一书的卷首语引用了霍布斯(Hobbes)的一句话:"我生命的唯一激情乃是恐惧。"恐惧的含义并非只限于极端的害怕,还指迷惘、未知及震撼。这首诗歌给人类带来的也不仅仅是害怕,还有对出路的寻求。正如《华盛顿邮报》(*The Washington Post*)一位记者所言:"瑞安视野和抒情的复杂性使我想起了那些远古世界的机械装置能向我们展示人类在星星中的位置,帮助我们在未知的黑暗世界里航行。"③

瑞安诗语的第二大特点是韵律独特突变,带有浓厚的游戏色彩。其诗语的错置与修辞技巧、打破语言惯性的种种手法和想象的

---

① Kay Ryan and Grace Cavalieri, "An Interview with Grace Cavalieri," *The American Poetry Review*, 38.4(2009), p. 47.

② 同①。

③ Kay Ryan, *The Best of It: New and Selected Poems*, New York: Grove Press, 2010, back cover.

奇特意象构成了一个局外人的独特风景。瑞安诗歌在现实与超乎现实的模糊地带上,创造了读者阅读上似实而虚、似虚而实的游戏效果。她诗歌语言的不协调性如同爱德华·李尔(Edward Lear)所言的高思凯小馅饼①,充满了智慧、突变和诡秘游戏般的迷宫色彩,请看《生活》("This Life")一诗:

It's a pickle, this life.	生活,是一坛泡菜。
Even shut down to a trickle	即使只剩一涓细流
it carries every kind of particle	它仍承载
that causes strife on a grander scale:	引发宏大冲突
	的所有成分:
to be miniature is to be swallowed	变成微缩样品亦是被
by a miniature whale. Zeno knew	微缩的鲸鱼吞噬。Zeno 知道
the law that we know: no matter	我们所知的规则:无论
how carefully diminished, a race	如何小心削减,一个种族
can only be *half* finished with success;	只可能被成功削减一半;
then comes the endless halving of the	剩下的一半尚可无尽
rest—	分解——
the ribbon's stalled approach, the helpless	终点线前的止步,红脸教练
red-faced urgings of the coach.	无奈的催促。②

　　在该诗中,瑞安打破传统尾韵的规则,让诗行的首词或中间单词可能与另一行中的尾词押韵,一个单词可能与三个单词押韵。如首行中间的 pickle 与第二行最后一词 trickle、第三行最后一词 particle 押

---

　　① 爱德华·李尔为英国著名作家,曾撰文调制高思凯小馅饼(Gosky Patties)。它的制作过程滑稽可笑,带有胡闹的成分。具体内容见: Kay Ryan, "A Consideration of Poetry," *Poetry*, 188.2(May 2006), p. 151。

　　② Kay Ryan, *The Best of It: New and Selected Poems*, New York: Grove Press, 2010, p. 34。

韵；最后两行中的 approach 和 coach 亦然。瑞安诗歌的声音脱离了常规的押韵，代之以头韵、元韵、内韵和腰韵等，如同不同游戏的规则一般多变。又如在《乌龟》（"Turtle"）一诗中，诗人让 afford 与 a four-oared、toward 相呼应：

Who would be a turtle who could help it?	如非迫不得已谁愿做乌龟？
A barely mobile hard roll, a four-oared 　　helmet,	行动缓慢且坚硬的面包卷， 　　四面带桨的头盔，
she can ill afford the chances she must take	划向她进食的那片草地
in rowing toward the grasses that she eats.	她必须抓住自己不能承受 　　的机遇。①

　　这种组词押韵、隔行押韵、内韵等技巧组成的新押韵方式可视为瑞安自创的"重组韵体"（recombinant rhyme）的表现形式之一。何为重组韵体？瑞安说："它就像把一点水母的夜光基因放进兔子的体内，使其发出绿光一样。我把声音剪辑再重新分配到一首诗歌的不同地方，诗歌因此而变得更具光彩。"②瑞安的诗歌语言不拘泥于传统诗歌的固定模式，她十分欣赏菲利浦·拉金（Philip Larkin）的诗歌，在其诗歌中也保留了韵脚。与拉金不同的是，她没有沿用经典的抑扬格五音步那种"纯洁诗语"的声音，而是在一定程度上让诗歌具有叛逆和背离的色彩。她采用内韵、斜韵等技巧使诗歌节奏自然、流畅，从而展现了魔幻和迷宫般的音乐美和结构性愉悦。同时，她通过减少声音的差异（利用韵脚等）产生较强的意义碰撞。瑞安利用这些策略对诗歌语言进行分离、挑选，对其最小单位进行精炼和形式化，最终将自己的重组韵体确定下来，重组韵体就此诞生，令诗歌话语的产生和阐释面目一新！

---

　　① Kay Ryan, *The Best of It: New and Selected Poems*, New York: Grove Press, 2010, p. 81.

　　② Sarah Fay, "Kay Ryan: The Art of Poetry," *The Paris Review*, 187.94(Winter 2008), p. 53.

瑞安诗歌的形式介于传统和现代的边缘,彰显其独特的结构娱乐和哲理愉悦。正如瑞安自己所言:"边缘是诗歌最强劲的部分。诗歌的边缘越多,诗歌的感染力就越强。边缘使得诗歌更有渗透力,更具感召力。"①瑞安把其诗歌的声音放置于一个边缘地带,重组一种独特而强劲的声音来表达一种新的意识形态,这种意识形态在其诗歌内部创造出一个独立的话语体系,从局外人的视角审视自我和人类的生存状态。

三

瑞安认为诗歌写作是一种自娱自乐的行为,它对于作家和读者来说都是个人经验的一种强烈表达:"诗歌是作家将内心深处的情感传送至读者内心深处的传动装置。相对其他读者来说,读诗的人也在写诗,他习惯于用那些极具个性化的词汇写诗。这并不意味着你可以把在读的诗歌变成自己随心所欲的诗歌类型。相反,诗歌正在深深地剖析你,这是一种十分独特的阅读。"②在《理想的读者》("Ideal Audience")中,瑞安写道:

> 不是分散的兵团
> 也不是来自单一地区的一打
> 关注的不是七个聚会
> 不是远方的五个堂兄表妹;
> 只是一个自由的公民——
> 也许,甚至现在不在世间
> 他会知道
> 带着那精致的忧郁
> 只有我俩

---

① Sarah Fay, "Kay Ryan: The Art of Poetry," *The Paris Review*, 187.94(Winter 2008), p. 62.

② The Library of Congress, Poetry & Literature, "More about Kay Ryan," (2013 - 11 - 07)[2013 - 12 - 21], http://www.loc.gov/poetry/more_ryan.html.

曾发现此屋。(1—10)①

　　从该诗可以看出,诗人不苛求自己的作品拥有成千上万的读者,也不满足于一些亲朋好友的夸赞。她只需有一个能真正理解诗歌,能与之心灵对话的读者就心满意足了,哪怕这个读者不在当世。就读者与文本的互动性而言,瑞安的"读者"与沃尔夫冈·伊瑟尔(Wolfgang Iser)的"隐含读者"和J.卡勒(J. Culler)的"理想读者"有一定的相似。瑞安认为理想的读者能进驻诗人精妙的心理空间,诗人与读者是一种共谋、共生的关系,有着某种微妙的共识和某种相似的判断力。瑞安说她不喜欢用黏人的第一人称"我"来写作,而爱好用酷酷的非个人化方式来吸引读者的参与。她在诗歌作品中只涂写精干部分,其诗作如同一个好玩的橡皮圈,可以随意伸缩。如此,不管是喜欢传统诗歌还是自由诗歌的读者都可以从阅读她的作品中受益匪浅。② 她的文本如同伊瑟尔的文本召唤结构,有不同的视角和空白,刺激读者的想象,激活语言所暗示但没有清楚表述出来的东西。这样读者在阅读过程中能在脑海中产出一系列图像,新图像不断替换旧图像,读者的视角也可能相应发生变化,从而态度也发生变化。正如美国诗歌基金会主席约翰·巴尔(John Barr)所言:"当瑞安的诗歌读至一半的时候,读者可能会认为其诗歌结尾是个笑话,或深奥难懂,或两者兼而有之。但当读完整首诗歌时,它出奇地打破了我们的期待,内容深邃,似乎永远都会改变我们平常看待事物的方式。"③

　　瑞安常常喜欢把诗歌压缩到最小直至其"爆炸"。她希望读者能从她诗歌的"小"中读出无限的内容,故而常在诗歌中留白。她还爱好诗歌文字的滑稽误用,以造成叙事逻辑的中断,增添诗歌的迷宫色彩。

---

① Kay Ryan, *The Best of It: New and Selected Poems*, New York: Grove Press, 2010, p. 236.

② The Library of Congress, Poetry & Literature, "More about Kay Ryan," (2013 - 11 - 07) [2013 - 12 - 21], http://www.loc.gov/poetry/more_ryan.html.

③ 同②。

例如,诗歌《布兰杰》("Blandeur")的标题就是诗人有意自造的一个词。一般来说,诗歌的题目应概括诗歌的主旨,给读者提供理解线索,但瑞安在诗歌的开始就打破了读者的期待,形成一个缺口,也形成了一个谜。读者从读诗歌的那刻起就踏入了诗人设计的迷宫。随后诗人一直在为她的理想读者铺陈谜面,使谜底愈加扑朔迷离。例如,在诗歌的正文中,诗人让一些与 Blandeur 相似的单词,如 rondure("圆形物")、blanden("丧失特性")、grandeur("壮丽")等呈现在读者眼前,一步步把读者引入迷宫深处,让读者去寻找出口,享受"迷路"的乐趣。像这种"理解缺省"的现象在瑞安的诗歌中比比皆是。它们被间隙串联起来,关系被缺省,在文章的结构化空间里制造出了反文本、引退和失踪的效果,诱使读者在中断或断裂的边缘进行充分想象,增添了阅读迷宫游戏文本的愉悦性。

叙事本体的缺失也是形成瑞安诗歌游戏张力的一个重要原因。瑞安在诗歌写作中不囿于成规,故意打破事物存在的深度模式,让许多叙事游戏般悬置在传统的二元对立裂缝之中,这从《另一只鞋》("The Other Shoe")中可见一斑:

> 但是没有任何事物
> 能阻止两鞋之间的空气
> 头顶的那只鞋
> 需要密度和重量
> 我们感觉它在积聚(7—11)①

一双鞋中的一只悬挂在空中,一只在地上,但两者渴望重聚,所以空中的那只在积聚密度和重量,以便掉回地面。瑞安喜欢重拾这种日常生活之美,挖掘世人熟悉生活中的"陌生",寓写人类的共同经验。

---

① Kay Ryan, *The Best of It: New and Selected Poems*, New York: Grove Press, 2010, p. 219.

瑞安还会在叙述的过程中,让叙述本体的意义缺失,把现有的诗歌内容制造成原来的副本。读者只能识别副本中的部分内容,而本体和本源永远消失。请见诗歌《鲨鱼的牙齿》("Sharks' Teeth"):

> 任何事物都承载着寂静。
> 噪声从歇息间凸起的
> 鲨鱼牙齿形状的碎片中获得热情
> 城市的一小时
> 可能包含一分钟
> 某个时代的残余
> 其时万籁俱寂,
> 像鲨鱼密实而危险。
> 偶尔一条尾巴
> 或鱼翅的一小点
> 仍能
> 在公园中感觉到。(1—12)①

　　鲨鱼的牙齿是诗歌中的一个奇特隐喻,指悄然而至的危险。然而在行文中,鲨鱼牙齿的形状仅用了一个似不起眼的形容词来描写,牙齿的锋利和冷血的本质并没有得到充分展现,但理想的读者却能从若隐若现的尾巴或鱼翅的静谧意象中去感受即将嵌入肌肤的鲨鱼牙齿。在《尼亚加拉河》("The Niagara River")、《法老》("The Pharaohs")等作品中也有这种需要读者去填补的叙事本源缺失。

　　总之,瑞安的诗歌形式简洁而寓意深刻,她的诗歌实践表明了美国诗歌发展的新动向及诗歌主体在当代的构建,体现了后现代背景下新的人文精神——在游戏中追求艺术自由与创新,追寻艺术和生活的真谛。

---

　　① Kay Ryan, *The Best of It: New and Selected Poems*, New York：Grove Press, 2010, p. 212.

查尔斯·伯恩斯坦：想象一种语言亦即想象一种生活①

查尔斯·伯恩斯坦是美国语言诗派的重要诗人和诗歌理论家。1979 年,伯恩斯坦和布鲁斯·安德鲁斯(Bruce Andrews) 合作创办《语言》($L=A=N=G=U=A=G=E$)杂志,正式推出语言诗(language poetry)。伯恩斯坦著述颇丰,自 1975 年他的处女作《精神病院》(Asylums)问世以来,出版了 20 余部诗集,如《语法分析》(Parsing,1976)、《阴影》(Shade, 1978) 、《诗学正义》(Poetic Justice, 1979)等,进入 21 世纪后有《现实共和国》(Republics of Reality, 2000) 、《影子时代》(Shadow Time, 2005)、《姑娘似的男人》(Girly Man, 2006)、《天国里所有的威士忌》(All the Whiskey in Heaven, 2010)、《重新估算》(Recalculating, 2013)、《诗歌的黑音》(Pitch of Poetry, 2016)等。他曾获得许多奖项,如 2015 年获匈牙利笔会雅努斯·潘诺尼乌斯国际诗歌大奖。

伯恩斯坦对美国语言诗贡献巨大。他在聂珍钊教授的访谈中说道:"我依然是一个顽固的形式主义者。我特别感兴趣的是诗歌的极端表达形式、稀奇古怪的形式、建构过程及过程的建构。我从来不认为我使用的语言再现了某一特定的世界;我用言语更新世界。诗歌是阐释也是错觉,是现实也是幻觉……诗歌标志着真实写作的终结和想象的开端。"②这种既非形式主义也非解构主义的先锋诗学观,一开始并未受到国内外学者的接受与认可,他们大都批评其结构奇绝突兀,行文

---

① 语出路德维希·维特根斯坦(Ludwig Wittgenstein)"想象一种语言就叫做想象一种生活形式",见路德维希·维特根斯坦:《哲学研究》,陈嘉映译,上海:上海人民出版社,2005 年,第 11 页。本节由贺江兰撰写。

② 查尔斯·伯恩斯坦:《语言派诗学》,罗良功译,上海:上海外语教育出版社,2013 年,第 170 页。

晦涩难懂,只顾玩文字游戏。随着语言诗的译介与研究,学者们渐渐转变了偏激的态度,开始研究伯恩斯坦诗学。伯恩斯坦把语言当作一种想象游戏,在语言游戏中展现自己的语言想象力。他也把语言的回音当作一种生活的表达,他的思想和主题在语言的回音中彰显出来。①

一

伯恩斯坦注重事物的固有规律。"作为美国语言诗派的领军人物,伯恩斯坦主要致力于反体系、反秩序的诗学建构,力图以诗学与诗歌的互渗实验来挣脱'外在逻格斯'的束缚,真正清除'内在逻格斯'的栖身之所,重建事物之间的差异性联系。"②路德维希·维特根斯坦在对语言的逻辑分析中发现,人类当今使用的语言中存在许多问题,其中之一是自然语言表面的语法形式掩盖了它内在的逻辑形式,自然语言的语法结构误导往往会给使用者带来歧义和混淆。他还提醒人们关注涉及具体言说情境的"语用学",把语言和行动看成一个整体,注重词及其功能的复杂性和多样性,让人们认清词和句子在不同环境中有不同用法以及词义随着场合的不同和用法的变化而不同。③ 由此可见,伯恩斯坦对语言规律有独特的见解,为其成为语言诗人奠定了基础。

伯恩斯坦的语言想象力与其爱玩语言游戏的个性相得益彰,如其诗歌标题《有湖就有屋》("Every Lake Has a House")、《中国全是茶》("All the Tea in China")等,体现出一种语言的非常规性想象,展示了语言诗独特的魅力,在打破传统语言模式的同时建立了一种全新的语言模式。

以伯恩斯坦为代表的语言诗派有着近二十年的发展历史,形成了大规模的诗歌运动。伯恩斯坦的诗歌常常有明显的陌生化倾向,这种

---

① "回音"特点出自笔者对查尔斯·伯恩斯坦编写的《回音诗学》(*Echopoetics*,2016)的总结。

② 尚婷:《查尔斯·伯恩斯坦:语言哗变与诗学重构》,《外国语文》2017年第6期,第15页。

③ 同②,第19页。

手法使读者从内心感受到诗歌的情感。"现代人的情感被碎片化的经历所支配,停留在每一段情感的时间短暂、瞬时即逝,并且处境被动,难以自控,这已然成为现代人群的普遍特征。"①

从伯恩斯坦的《空间与诗》("Space and Poem")等诗中,可以发现他把一个句子分解成若干部分,再把一些词语重新排列成不合文法的句子,然后组成诗行。他的诗歌还经常把句子断开。以《空间与诗》的诗句为例:

> space, and poetry
>
>   dying and transforming words, before
>
>   arbitrary, period locked
>
>   with meaning and which
>
> preposterousness. Still (1—5)②
>
> 空间,与诗
>
>   窒息和扭曲着语言,在
>
>   任意之中,标点消失
>
>   意义和语言
>
> 都成荒谬。停滞

整首诗是由一个句子构成,然而这个句子被分解成五行。这种裂解的特点使诗行因错落有致而产生一种节奏、韵律,给予读者一种视觉舒适感。这种陌生化语言模式使得读者对诗歌的想象空间无限扩大,读者可以根据自己的理解来解读诗歌,让诗歌拥有更多可能性,这就是伯恩斯坦诗歌的生命力。③

---

① 杨柳、易点点:《论〈查尔斯·伯恩斯坦诗选〉的陌生化诗学》,《外国文学研究》2014 年第 4 期,第 50 页。

② 查尔斯·伯恩斯坦:《查尔斯·伯恩斯坦诗选》,聂珍钊、罗良功编译,武汉:华中师范大学出版社,2011 年,第 193 页。

③ 聂珍钊:《查尔斯·伯恩斯坦访谈录》(英文),《外国文学研究》2007 年第 2 期,第 15—16 页。

伯恩斯坦诗歌中陌生化的语言虽使诗歌充满趣味，却增加了翻译难度。语言诗与传统诗不同，语言的复杂性与无序性使语言诗几乎达到不可译的地步。这是因为中英文诗歌在各自的演化中形成了以语言为规约的、有个性样式的修辞技法。现以伯恩斯坦的《有湖就有屋》为例：

有湖就有屋	every lake has a house
有屋就有炉	every house has a stove
有炉就有壶	every stove has a pot
…………	……
有顶才是屋	every roof has a house
有屋就有湖	every house has a lake（1—3，21—22）①

该诗无明晰的主题，每一句的宾语都是第二句的主语。语言朴实流畅，就像一首儿歌，朗朗上口，令读者回味无穷、记忆深刻。这首诗从中文诗的角度看，又颇有回文诗的样式。这类诗歌的翻译无疑存在相当大的挑战，译者前期需要收集大量的背景资料来支撑自己的翻译。例如，诗歌首句"有湖就有屋"颇似限量湖景房的广告语，可以解读为一种对地域优越性的宣称，而译者对诗歌的理解会直接影响翻译的走向。语言诗给读者提供的想象空间很广，这使得语言诗的翻译会出现各式各样的版本，导致译文与诗人创作初衷相背离，因此，语言诗的翻译并不容易。

伯恩斯坦陌生化的语言游戏给读者带来丰富的想象体验，同时，陌生化的语言使得诗歌具有丰富的生命力和感染力，增强了诗歌的影响力。然而，除了陌生化的语言之外，伯恩斯坦的诗歌还具有自足性和动力诗学的特点。语言自足性让词语更加具有真实性

---

① 查尔斯·伯恩斯坦：《查尔斯·伯恩斯坦诗选》，聂珍钊、罗良功编译，武汉：华中师范大学出版社，2011年，第184—185页。

和可塑性,因此伯恩斯坦将这一特点贯穿于自己的诗歌之中。他在接受聂珍钊教授的一次采访中申明:"我从来不认为我使用的词语代表一个特定的世界。"①他怀有"对词与物体的原始整体性的信念"②。伯恩思坦自足的语言观主要表现为:首先,他关注语言的自给自足,不关注语言的所指。他对词语和语言本身十分着迷,将其当作具有生命的东西来对待。其次,他打破语言规范,拒绝意义的连贯。伯恩斯坦归纳出语言诗的十一种艺术手法,打破语言运用的常规,把许多正常情况下不可能搭配的词用在一起。在这种情况下,读诗的方式已不重要,读诗的起点和终点都不是确定的,可以从任何一个地方开始读。第三,他有意消解统一的叙事声音。语言诗消解传统诗歌中的统一叙事声音,试图颠覆主体,以表现爆破的自我(exploded self)。语言诗因没有统一主题,其声音也是破碎、混乱、不一致的。总之,语言诗派对主流诗歌规范竭力反叛,尤其是推翻了传统诗歌以描绘现实、表现情感为宗旨的做法。他们认为,任何既定的诗歌规则对真正的诗歌创作来说都是一种束缚,诗歌的生命就在于不断推陈出新。

伯恩斯坦诗歌中的语言游戏的特点使他的诗歌备受关注,也开辟了诗歌界的新路径,意味着当代诗歌的发展又向前迈进了一步。他的诗跟中国诗歌相比有一点相同,即他的诗具有中国"回文诗"的语言特点,这也是他的回音诗学的魅力。

二

伯恩斯坦诗歌中充满回音意味,同时,回音诗学具有"多元性、融合性以及构建性,反映出与维特根斯坦的语言转向的渊源和与极简主义的对立。通过'转换',把不同的视角、不同的空间、不同的意义呈现出来。就像伯恩斯坦所言,'诗歌栖居在这种语言强度中的心灵体验,

---

① 查尔斯·伯恩斯坦:《查尔斯·伯恩斯坦诗选》,聂珍钊、罗良功编译,武汉:华中师范大学出版社,2011 年,第 25 页。
② 同①。

总有迫近的转换可能'"①。这种转换,体现了诗歌的更多可能性及读者的多维体验。回音的效果体现出对生活的描写,让读者体验不同视角、不同空间、不同层次的生活景象,从而体味生活的酸甜苦辣。

伯恩斯坦的回音诗学受瓦尔特·本雅明(Walter Benjamin)影响甚深。伯恩斯坦指出,本雅明自我反思式写作提供了一个多元化思维而非线性思维的经典例子:

> 本杰明的反思写作形式启示了一种多层或多修辞的诗学。一条思路似乎朝着某个方向行进,然后折回来,跟随另一个轨迹;只不过这个新的方向不是推理得来的结论,而是同时响应或折射先前的母题和最终的母题——此乃最不可思议之处。我指的是通常被称为断裂或分离的再思考方式。不要把碎片想象成间断的碎物,而是覆盖物、褶裥、折叠,一种共时的音符融合成历时音调的和弦或回音诗学。②

该段指出了关于回音诗学的两个重要特点:其一,这是多元化、多角度的诗学。它的重要特点就是多种不同声音的并置、混杂、和弦。这些声音的差异体现了伯恩斯坦诗学的多元性和差异性。其二,回音诗学强调诗歌的音乐性,看重音律的重复,"但重复绝不意味着乏味的一成不变,而是通过重复体现出音乐的韵律,奏响诗律节奏的和弦,体现语言的多义性,是对于传统诗学的反思、解构和构建"③。

伯恩斯坦的回音诗学体现在诗歌的语言形式上,语言的碎片化同时体现出人类生活的碎片化,在这种碎片化的生活中,人类产生一种关于乌托邦的意念。请看《你》("You")这首诗:

---

① 查尔斯·伯恩斯坦:《回音诗学》,刘朝晖译,广州:暨南大学出版社,2018年,序言第3页。
② 同①,第23—24页。
③ 冯溢:《论语言诗人查尔斯·伯恩斯坦的"回音诗学"》,《江汉学术》2018年第4期,第55页。

> 时间伤痛了所有的治愈,带着回音
>
> 溢出来,想法和藏身之地都
>
> 许而应予,你渐渐打开的大门
>
> 像阻隔的空白,茂密繁盛
>
> 指向进入抑或偶然的
>
> 含泪的固恋
>
> 反复无常如同裂开的突岩仍旧紧锁
>
> 枯竭的像河水的音律
>
> 想要了解大海的凌乱
>
> 抑或隐藏的阻隔切断了
>
> 隐藏中吻合的依恋(1—11)①

第一句"时间伤痛了所有的治愈"表面上看不符合语言表达逻辑,但形成了一种碎片化效果。诗中的意象——"时间""大门""突岩""河水""大海"——都有一种不确定性,没有特定的落脚点,也没有完整性。时间永远不会完整,因为它一直都没有尽头;大门隔绝了生活的完整性,枯竭的河水是大海的分支,而大海是河水的汇聚点,河水向大海的汇聚就像是人类追求自身的完整性,想从碎片化的生活中找到最初的自己,回归美好生活。在碎片化的生活中,时间不会抹平伤口,只会使被治愈的伤口留下伤疤。这时的时间无法治疗一切伤痛,而是带来了更大的伤痛。结合本首诗的特点来看,我们会发现诗人是在质疑语言本身和意义的真实性和贴切度:

> 我们不难发现,回音诗学不仅仅满足于传统意义上令人
> 陶醉的、抒情的诗学,而是采用倒置、重复、反讽、夸张、戏仿、
> 双关等创作手法对传统进行解构,从而形成了与传统诗歌的

---

① Charles Bernstein, *Pitch of Poetry*, Chicago and London: University of Chicago Press, 2016, p. 297.

"回音"的效果,旨在从回音中找寻失去的生活真理,具有后现代的返魅的特点以及乌托邦的色彩。①

　　这种回音的特点让读者联想到碎片化的生活,碎片是当代人生活的重要特征。这种碎片化生活的回音,是对生活本真的回归,是对初心的追寻。
　　伯恩斯坦的诗歌还具有道禅的意蕴。

　　　　他的诗歌中融入了大量"无"的主题。在伯恩斯坦的诗学中,"无"被赋予了深刻的诗学意义和美学内涵。伯恩斯坦早年就学习过道禅哲学的著作,解读"无"的道禅意蕴是解读伯氏回音诗学的一个重要的崭新维度。伯恩斯坦将道禅哲学和道禅美学中的反传统和美国先锋诗歌创作结合,"虚实相生"的力量、"无言"之美和"陌生化"的表达彰显了语言的"妙悟"和"自性"。中国传统道禅哲学是蕴含于伯恩斯坦的回音诗学中的一个重要组成部分。②

　　中国传统道禅哲学旨在点拨生活的意义,而回音也是对生活的回音,体现虚无的生活也会产生一种对生活意义的探寻。这种虚无表征了人类的精神虚无,内心的压抑导致精神空白,产生对虚和实的模糊。人类的精神荒原导致生活的无望和无味,造成了人类的精神危机。例如诗歌《因爱是那种言说即逝的感觉》("For Love Has Such a Spirit That If It Is Portrayed It Dies"):

　　　　汽车里恒久的思索阻碍着飞扬的灰泥
　　　　粉末。隐隐约约的幻影:在烟雾中浮现,事情

---

　　①　冯溢:《论语言诗人查尔斯·伯恩斯坦的回音诗学》,《江汉学术》2018年第4期,第59页。
　　②　同①,第46页。

仅仅在第一次很复杂,之后就不再。

恒久的是,钟声的鸣响,高度,采取的态度。

第一次,在此刻,漫无目的,有了目的。达到

无节制的沥青的程度——需要演讲。

这些铁环怀疑地注视着我。肩膀上

的肩环(举起,叹息……)。展开心胸的

宣言,还是艰难的眼神凝视

(心甘情愿)。厌倦着这世界厌倦的方式,

大约在 1962 年。更多的亲密接近,小火花和坐在小剧

    场正厅后排的

反思,燃尽/燃起来。把心甘情愿的

行动看作为了埋怨,折磨着

这艘忧郁边界的小船。数字的眼泪。

在河道交接的边缘汇集;流入河道的

深处。(1—16)①

    这首诗的开头把读者带入一片虚无的情景之中,模糊而不确定。整首诗中"灰泥""烟雾""钟声"等意象描绘出一幅凄凉而孤独的景象。这是一首描写爱情的诗,但诗中没有出现象征美好爱情的玫瑰,也没有美丽的辞藻,多的是凄凉的词语,展现出一幅现代人的精神危机图画。科技发展带来的不良影响导致人类精神虚无,数字时代是无情的时代,人类逐渐对社会和生活产生一种隔离和冷血的情感。最后,人类的眼泪变成了"数字的眼泪",人类社会就如同一艘忧郁的小船,充满黑暗而迷茫。

    伯恩斯坦的诗歌充满生活哲学,就跟中国的道禅哲学一样,揭示的是"人"的生活。它促使读者更深入地思考生活,从而找到最真实的

---

① Charles Bernstein, *Pitch of Poetry*, Chicago and London: University of Chicago Press, 2016, p. 67.

自我,找到最舒适的生活方式。虚无化生活的回音是对信仰的保持、对信念的坚持。

总而言之,伯恩斯坦的诗学思想对现当代诗歌和现当代人类的思想都具有潜移默化的影响。他的回音诗学反映了诗人丰富的人生体验和对生活的细致观察;他诗歌的哲理性有助于读者对生活保持希望和信心。伯恩斯坦的诗歌给读者一种想象的空间,语言的魅力使得诗歌本身趣味性浓厚。他的语言特色体现出"想象一种语言就叫做想象一种生活形式"①。

第七节

丽塔·达夫: 日常生活审美与世界主义思想②

丽塔·达夫是美国当代诗坛最受瞩目的桂冠诗人之一。她是1987 年普利策诗歌奖获得者,1993 年成为美国第一位非裔女性桂冠诗人,也是美国人文奖章和艺术奖章获得者。目前,达夫已出版九部诗集,还出版了长篇小说、诗剧、短篇小说集等。她的第一部诗集《街角的黄房子》(*The Yellow House on the Corner*, 1980)到第九部诗集《穆拉提克奏鸣曲》(*Sonata Mulattica*, 2009)都备受国际瞩目。她的《托马斯与比尤拉》(*Thomas and Beulah*, 1986)获得普利策诗歌奖。达夫在美国文学史上具有极为重要的地位。阿诺德·兰佩萨德(Arnold Rampersad)认为她是"自格温德琳·布鲁克斯(Gwendolyn Brooks)之后出现的最训练有素、技巧最出色的黑人诗人"③。而她的诗歌更被认为是"独一无二的"④。黄礼孩曾称赞"丽塔·达夫的诗歌措辞简练、清新天然,她选

---

① 路德维希·维特根斯坦:《哲学研究》,陈嘉映译,上海:上海人民出版社,2005 年,第 11 页。

② 本节由宾世琼撰写。

③ Arnold Rampersad, "The Poems of Rita Dove," *Callaloo*, 26(1986), p. 54.

④ Therese Steffen, *Crossing Color: Transcultural Space and Place in Rita Dove's Poetry, Fiction, and Drama*, New York: Oxford University Press, 2001, p. 8.

择平实的、寻常的、为人所熟悉的生活来揭示真谛,其无限近似于蓝调的底色具有令人顿悟的品质"①。她的诗歌浸染着一种日常生活审美和博爱情怀。

达夫在实践中形成了独树一帜的诗歌创作风格。作为美国年轻的桂冠诗人,她将日常生活、历史事件融入诗歌创作。日常生活是一种自身具有目的性的存在方式,是生活最本真的存在。达夫的诗歌也充满了对个人价值的伦理关怀,反映了其世界主义情怀。她曾表明自己既是非裔美国人中的一员,又是一位全球公民。在创作上,达夫就是以一种包容的心态,创造性地加入了一种可以表现她的世界主义者身份的跨界写作。

一

日常生活事物是达夫诗学构建的重要题材。她想要表明生命中最短暂的瞬间怎样构成个人的历史,又如何上升为人类的集体经验。她经常在诗作中描绘城市生活中的家庭生活、婚恋、两性行为及其他平凡之事,展现生活的惯常性和重复性。达夫意欲反映日常生活是人们共同存在与生活的重要领域,具有独特的个人生活平面,是所有人生命的聚集地、纽带和共同基石。"人是日常的,脱离它,人就不可能存在。"②日常生活极其复杂、保守,但同时又有着无限的生命力和创新能力,达夫通过诗歌试图表现日常生活的美。批评家们称赞达夫能够"在丑恶中找到缕缕美好,在奴役中找到独立的可能性,在瘠土中找到富足"③。她的诗作《福佑笔记》(*Grace Notes*,1989)、《母爱》(*Mother Love*,1995),短篇童话故事集《第五个星期天》(*Fifth Friday*,1985),长篇作品《跨过象牙门》(*Through the Ivory Gate*,1992)和剧本

---

① 转引自欣闻:《丽塔·达夫、西川同获第十届诗歌与人·国际诗歌奖》,《世界文学》2016年第1期,第316页。

② Henri Lefebvre, *Critique of Everyday Life*, vol. I, London and New York: Verso, 1991, p. xix.

③ 阙红玲、刘娅:《美国桂冠诗人丽塔·达夫及其诗歌创作艺术》,《牡丹江教育学院学报》2014年第6期,第7页。

《农庄苍茫夜》(*The Darker Face of the Earth*，1994)等展示了美国黑人的日常生活及其丰富思想与感情。达夫的普利策诗歌奖小说《托马斯与比尤拉》以她外祖父母的身世为背景,分两篇介绍了他们的生活故事。上篇名为《曼陀林》("Mandolin"),讲述托马斯怀抱曼陀林琴出发,搭船离开田纳西州北上,最后来到了阿克伦,并以 1924 年他与比尤拉成婚作为结束。下篇《风华正茂的金丝雀》("Canary in Bloom")表现比尤拉的心路历程。达夫作为黑人诗人,生动描述与描摹了第一代非裔美国人的生命经历,呈现了平凡如托马斯与比尤拉的第一代美国黑人的形象。相较于托马斯,比尤拉得到了达夫更多的书写,这或许是因为外祖母比尤拉早已是达夫的外化。例如诗歌《拭尘》("Dusting"):

> 每一天都是荒野——没有
> 魂魄在眼前。比尤拉
> 很耐心,收拾着小摆件,
> 日光浴室里,光爆发
> 愤怒,尘埃卷起风暴,
> 她的灰色抹布
> 在复活深暗的木具。(1—7)①

　　该诗歌呈现了比尤拉的日常生活。比尤拉的生活和别的普通女性一样,被尘埃、抹布、木具等琐碎事情占满,甚至"每一天都是荒野",连浴室里的灯光似乎都随时爆发愤怒,心情像极了手中的"灰色抹布"。如《白天的星星》("Daystar")所言,她想要一点思考的空间,但等待她的却是冒热气的尿布、待晾的衣服、午睡的小孩儿:

> 她想要一点思考的空间,

---

① 丽塔·达夫:《她把怜悯带回大街上——丽塔·达夫诗选》,程佳译,山西:北岳文艺出版社,2017 年, 第 124 页。

但见尿布在晾衣绳上冒着热气，
一个布娃娃倒在门后。
她拖来一把椅子到车库后面
趁孩子们午睡时小坐一会。(1—5)①

上诗描写的场景都是大多数女性日常生活的写照。日常活动虽然日复一日，平淡而又枯燥，却同时又是保持生命常态的需要。虽然生活卑微烦琐，但它背后却包含了无尽的创意与潜能。现实如同诗歌描述的翻版：生命中从来只是一地鸡毛，但最后还是要欢歌高进；生命之路上尽管有荆棘，却一点也没有挡住每一个人追求自我。达夫试图用诗的形式展示平庸生活中的美好。被困于家庭的比尤拉表面上向生活妥协，但细读后不难发现她对生活充满激情、幻想与渴望，在努力追寻自由世界，并试着在鲜活的日常生活中体味生存的困惑和乐趣，享受瞬间的美丽：

她的手底下，涡卷
与波峰闪烁着
更为幽暗。他，
在集市上玩射击游戏的
那个傻傻的男孩
叫什么名字来着？他的吻
和清水碗里一条发亮的
金鱼，轻轻吹漾
伤口！
…………
记忆波动起来：到家了

_____

① 丽塔·达夫：《她把怜悯带回大街上——丽塔·达夫诗选》，程佳译，山西：北岳文艺出版社，2017 年，第 135 页。

从舞会上回来,前门

被吹开,客厅

飘着雪,她急匆匆

将碗放到炉子上,看着

那个冰做的纪念盒

融化,他

游动起来,自由了。(8—16,21—28)①

　　此诗描写了比尤拉日常生活中的内心情感。她清扫灰尘的同时,记忆开始波动,幻想自己从舞会上回来,想象被冰冻的清水碗的融化场景,思绪的鱼儿在水中自由自在地游动。比尤拉又将自己比作被冰冻的鱼,被禁锢、被束缚,渴望自由。日常生活虽然单调乏味,但瞬间的美丽如同璀璨的狂欢使人身体和精神得到解放。这是对世界的严肃性和重复性的叛逆与颠覆,是对变动性、不确定性的一种肯定。亨利·列斐伏尔(Henry Lefebvre)曾说过:"分析日常生活可以在平凡中挖掘出非凡。人们通常并不懂得自己应该怎样生活,日常生活是欲望与需求、严肃与浮夸、自然与文化、公共与私人之间的汇集点和冲突点。"②比尤拉常常在做家务的余暇放飞思绪。她最爱早晨。等托马斯出门后,她会惬意地倚在门框上,就连打哈欠时,都觉得灵魂出窍,享受着一个人短暂的自由和幸福。读者们不难看出:日常生活虽然看起来单调乏味、千篇一律,但瞬间的狂欢在场则如耀眼的光芒,让人感觉到一种自我救赎的快感。或许,人们就这样慢慢在生活的矛盾中学会了成长。达夫用诗歌将时代性的话语带入对生命惯常性的思索,将其转变为对生命美学的透视,并意欲在原始、恒常性的生活深处找到个人救赎的新希望,学会从这些寻常而鲜活的生活中体味生命的迷

---

　　① 丽塔·达夫:《她把怜悯带回大街上——丽塔·达夫诗选》,程佳译,山西:北岳文艺出版社,2017年,第124页。

　　② Henri Lefebvre, *Critique of Everyday Life*, vol. II, London and New York: Verso, 2002, p. 173.

茫与快乐。这种无条件、非理性且持久的情感使人在困顿的日常生活中变得有意义、有价值。

人的幸福和希望不可能诉诸日常生活之外,人只有在日常生活中,才能以完整的形态和方式体现出来。从 20 世纪至今,文坛逐渐将目光投向生活本身,重视现实生活。诗歌也经历了从宏大叙事走向以个体生活为核心的转变。《托马斯与比尤拉》正是体现了这一转变,契合了关注普通人日常生活的时代理念。达夫的诗歌关注生活的琐碎细节,以此来唤回人们对生活本身的承认。"人类需要通过理性逻辑去分析和认知世界并从中得出客观真理,但是人类更应该通过活生生的个体的灵性去感受生活世界,在世俗与此岸的处身中呵护和体验日常生活中能证实生命存在的细节和点滴、琐屑与片断、感性与美感。"[1]

达夫的诗总是质朴又意义深远。她娓娓道来的生命之情使读者沉醉其中。她曾说"我对伟大时刻不感兴趣,我的兴趣在那些与普通民众有关的思考和事情上"[2]。她笔下涌现的是童年印象、母女关系,结婚生子、工作求职等日常生活事件。通过这些生活琐事,达夫向读者展现了普通但又非凡的生命乐趣,也表达了诗人对生活的真实关怀。达夫或许希望在生活中发现潜能,从而突破传统文化的封闭性,将许多无法相容的文化因素奇妙地相互融合,实现多元共存。她的诗歌创作实践为现代诗歌创新思维的形成与发挥铺垫了道路,促进了日常生活中哲学思想的进一步转化和进阶。

二

达夫的诗歌常常贯穿两种重要思想:日常生活与世界主义。强烈的世界主义思想使达夫的诗歌显得丰润而厚重。她站在全球的

---

① 胡文萍:《丽塔·达夫的诗集〈托马斯与比尤拉〉对真理的探寻》,南昌大学硕士论文,2009 年,第 Ⅵ 页。

② 阚红玲、刘娅:《美国桂冠诗人丽塔·达夫及其诗歌创作艺术》,《牡丹江教育学院学报》2014 年第 6 期,第 44 页。

社会生活图景下思索,用世界主义的眼光与规范,将个人或族群的经历置于整个社会语言情境下写作。达夫的诗融入了浓厚的黑人历史,如《街角的黄房子》记录了黑人的痛苦岁月,《托马斯和比尤拉》描写了南方农村的黑人走向北方城市的迁移史。她并不局限于非洲裔文学,而是着眼于世界文学。少数族裔的身份也使达夫对他者的存在予以更多关注,重视民族差异,从而了解并接纳他者。她的叙事诗集《穆拉提克奏鸣曲》被评论界赞为"里程碑般的成就"[1],获得了2010年赫斯顿/赖特遗产大奖。该书主要关注一名混血小提琴演奏家乔治·奥古斯塔斯·波尔格林·布里奇托尔(George Augustus Polgreen Bridgetower,1778或1780—1860)的命运。这部诗集对达夫来说,有着非常特殊的意义。它体现了达夫的世界主义思想,着力展示布里奇托尔的多元文化经历,用心刻画了"文化混血儿"的形象:

> 这是一个关于音乐的
> 故事,发生在那些创作音乐,
> 又被音乐奴役的人身上……是的,
> 各种各样的奴役纷至沓来,
> 尽管我们主人公的肤色
> 在其成长和后来的
> 辉煌中所起的作用
> 不像想象中那么巨大
> 真的吗? 抑或,我们说
> 种族划分还没有被发明出来;
> 活着,死去,一生就在
> 二者之间周而复始。(6—17)[2]

---

[1]　Charles Henry Rowell, "Interview with Rita Dove: Part 2," *Callaloo*, 31. 3 (Summer 2008), p. 725.

[2]　Rita Dove, *Sonata Mulattica*, New York: W. W. Norton & Company, 2009, p. 21.

"奴役""种族划分还没有被发明出来""死去"等语汇暗示了说话者对布里奇托尔悲剧命运的新阐释。音乐是一种艺术、一种文化,本该对所有种族开放,但是主人公却由于深色肤色原因,在欧洲土地上遭到了歧视与奴役。正像阿兰·布鲁姆(Allan Bloom)对《奥赛罗》(Othello, 1622)中黑肤色摩尔人奥赛罗的世界公民身份所做的解释那样:

> 尽管当时并不存在现代意义的种族偏见,也没有像美国那样特殊的政治历史,但是在国家、种族和宗教之间存在着或许更为生动的差别。这个世界更大,更缺少一致性,不同民族之间在信仰、品味和欲望上仍然存在着根本的差异。各个国家的接触比较少,对于自己国家之外的人抱有强烈的蛮夷感——这种感觉由于偶尔见到某种类型的外国人而始终存在着。①

维也纳的布里奇托尔和威尼斯的奥赛罗都在相当程度上经受过相同的赞赏与孤立。布里奇托尔的音乐天分虽然也受到所谓"欧洲文明人"的赞叹和承认,但最终还是免不了回归他们料定的蛮夷状态。布里奇托尔则似乎是一位世界性的陌生人,但多元文化经历使他成为文化混血儿,周旋于多种文化社会,混血儿逐渐成为时代的一个新身份:世界公民。世界主义思想也在达夫的旅行诗歌中可略见一斑。达夫的诗集一般都有部分游记诗歌,如《街角的黄房子》的第 5 部分,《博物馆》(Museum, 1983)的第 2、第 4 部分主体诗歌,《福佑笔记》的第 2 部分及《与罗莎·帕克斯同坐公交车》(On the Bus with Rosa Parks, 1999)的第 4 部分均收录了大量游记诗。诗歌中的漫游者在游历中感受处处为家的可能性,找寻处处为家的世界主义者的理想生存

---

① 布鲁姆:《巨人与侏儒——布鲁姆文集》,张辉选编,北京:华夏出版社,2007 年,第 166—167 页。

状态。旅行在某种程度上影响了达夫的写作思想,在一定程度上成就了其关于世界主义思想的独特书写。

达夫的游记诗歌贯穿其创作的始终,聚焦跨文化冲突与碰撞。比如在《福佑笔记》第 2 部分,一系列游记诗仿佛勾画出一张世界导游图,展示了世界各地的异域风情,对边缘世界的书写尤为突出。传统游记作品的创作往往是白人、男性的专利,而女性、黑人或其他肤色人种往往在此视野之外。作为黑人女性,达夫对隐含歧视的文化非常敏感。她试图用一种世界主义者的视野来对抗这种野蛮的殖民视野,故自称“漫游者”。或许,在达夫看来,世界主义的重要启示之一就是知道所有人——不仅仅是黑人或者移民,而是世界的每一个人,甚至每一个国家——在某种意义上都是流散的。与表达苦难和愤怒的传统黑人文学有着本质的不同,达夫在创作中并没有流露过多的种族意识,而是围绕人性话题,将历史事件与令人顿悟的诗歌品质相结合,将个人故事放在整个群体叙事文化下进行书写,强调文化差异带来的文化身份认同问题。达夫旨在表明,世界主义是一种关怀,人们应该关心边缘人群,尊重差异。她认为世界主义思想有助于人们回归本性、达成认同,维护世界和平安定。

达夫的世界主义思想也体现在个人故事与群体叙事的关系处理上,认为个人故事是群体叙事文化的根基。如在诗集《托马斯与比尤拉》和《与罗莎·帕克斯同坐公交车》中,她以外祖父母的生活为原型,呈现了以托马斯和比尤拉为代表的、遭遇美国主流社会及其撰写的历史忽略的美国普通黑人的生活。达夫的诗歌表明其世界主义思想是从个体出发,关注有着特定文化、宗教背景及性别的个人,即现实中具体、实在的个人。故事是关系编织的情境空间,而自我凭借各类角色模型存在于社会关系之中,这些角色的扮演构建了个人故事的叙述。故事是一种思维方式,其中弘扬真、善、美的主题可以帮助读者感受生命的激情与活力,探寻理想的生命状态,建立自我认同感。也许,达夫试图通过故事来打动读者,用一种亲和力强、予人震撼的方式传递信息给读者。英国的文学评论家特里·伊格尔顿

（Terry Eagleton）曾指出："大多数人阅读小说和故事的理由在于：读起来轻松愉快。这个事实昭然若揭，所以几乎不曾被提起过。"①人们通过阅读故事，感受生活的酸甜苦辣。罗马诗人和政治思想家贺拉斯（Horace）在《诗艺》（*Ars poetica*）中说道："诗歌的理想应当是给人益处和快乐，他（诗人）所写出的东西也应该给人以美感，并且对生活有所助益。"②个人故事的叙述成为达夫诗歌的一大亮点，亦契合贺拉斯对诗歌愉悦功能的评价。叙事本身便是带有历史属性的——人们记载或讲述过去发生的历史事件，这本身就是人类最古老的社会活动模式。叙事，也意味着讲述神话故事，它是人们的本能，就算在最绝望的黑暗年代，也不会被抛弃。在人类历史早期，人类语言的最基本功能便是叙事。在族群生存中，人类发明语言来交流意愿和情绪等。而叙事的最高功用便是调节复杂的人际关系。它是这种人际关系的黏合剂，人们通过闲聊和讲故事，可以构建起更紧密、融洽的人际关系。杰出的故事讲述者有力量组织更大的人群，能通过讲述故事传承人类记忆和先人的知识，让人类文明之火得以延续。美国普韦布洛印第安人有句格言道："说书人就是治世者。"③个人叙事是对整个社会与人类世界的仿真建模，借助它，读者可以更迅速有效地掌握并收集社会经验。个人叙事还像是一种文化切片，可以使人性的实质得到更为深刻的审视。因此，在达夫看来，个人叙事就是对整个社会真实故事的一种叙述，是人类生存重要的基本层面，是世界故事的缩影，能反映人类共有的特性。这也体现了达夫世界主义思想的独特性。

此外，达夫认为世界主义思想基于爱国主义。一个人热爱世界并不需要放弃自己的国家身份，相反，世界主义正是建立在具体的身份

---

① 转引自 https://www.douban.com/note/779610540/?_i=2159731gvd63n4，2023 - 10 - 13。

② 亚里斯多德、贺拉斯：《诗学＊诗艺》，罗念生、杨周翰译，北京：人民文学出版社，1962 年，第 155 页。

③ 倪好：《人类为什么喜欢故事？叙事的历史功能和意义》（2020 - 01 - 04）[2023 - 10 - 13]，https://baijiahao.baidu.com/s?id=1654735170192295461&wfr=spider&for=pc。

之上,是爱国、爱世界的基础。不同形式的爱虽然有差异,但内部并不冲突。玛莎·努斯鲍姆(Martha Nussbaum)说:"世界主义并非不想承担责任,而是更加主张与他者进行对话和交流。"①达夫的观点与此相似。她的诗歌蕴含的爱国情怀主要表现在两个方面。一方面诗歌中家园意识强烈,传递一种对祖国的记忆。在达夫看来,家毕竟是人们的根和归属,无根的状态会导致人们进入无根的世界主义。另一方面是她对国家荣誉的书写包含了个体对国家荣誉的崇敬,诗集《博物馆》就展示了达夫的这一文化理想。欧洲比较文学学者 D. W. 佛克马(D. W. Fokkema)主张建构一种新的世界主义,他更关注全球化所导致的文化趋同性的另一面:文化的多元化或多样性。② 文化的多样性对世界主义思想的构建有重要作用,也为达夫的爱国主义提供了背景。达夫秉承这一原则,将各种地域、时代、文化的内容巧妙地混杂、对比,从而把国家博物馆巧妙转化成一个世界主义的展示舞台。

　　达夫的世界主义思想也体现在文化书写上,其作品描写了不同族裔人物之间的关系,关注散居旅行者在异国的经历。如诗集《穆拉提克奏鸣曲》讲述了音乐混血儿布里奇托尔在欧洲的求学之旅,展示了黑人与白人的文化差异。文化的差异性导致文化的冲突,而文化身份则是文化冲突的结果。世界主义主张尊重差异性,关注作为整体的世界,而非专注于某种特定的文化,是一种跨越国界的、对整个人类文化的博爱。贯穿达夫诗歌创作的游记诗歌聚焦跨文化的碰撞,关注人们在全球范围内的移动及越界。达夫的这种思想与"四海之内皆兄弟""追求人类大同"的中国传统理想有一定的呼应。达夫和世界各地的诸多作家基于世界性的视角,赋予读者一个宽广的视野,使文学不再囿于本民族的文化和文化传统,而把创作目光投向世界上所有民族的优秀文学。达夫用一个世界公民的声音说话,将个体、种族和民族经

---

　　① 罗兰·罗伯逊、扬·阿特·肖尔特(英文版主编),王宁(中文版主编):《全球化百科全书》,南京:译林出版社,2011年,第129页。

　　② 王宁:《"世界主义"及其之于中国的意义》(2014 - 08 - 31)[2023 - 09 - 19],http://www.aisixiang.com/data/77414.html。

验置于整个人类经验的背景下,平静而诚实地正视历史。她不重复任何声音,也不相信种族的界限,展现了自己作为非裔诗人和世界诗人对个人价值及当下全人类生存状态的关怀。这也是达夫诗歌的独创性和艺术性。

达夫的诗歌从个人、国家和文化三个层面思考了个人故事与集体叙事、爱国主义与世界主义之间的关系,用文学的形式书写世界主义的思想。达夫旨在表明,世界主义是一种广博的关怀,它尊重差异。世界主义并不否定爱国主义,但建议人们从更高的角度拓展爱国主义思想。达夫的世界主义思想具有一定的乌托邦特征,但有助于促进人类的相互认同与尊重。

第三章 20 世纪 80 年代至世纪末
美国戏剧家的文学思想

　　在一个展示种种姿态,特别是戏剧化事件的时代,戏剧成为一种具有说服力的象征性力量。20世纪80年代至世纪末的戏剧家们就戏剧的本质、功能、价值、内涵和特点等文学问题进行了富有成效的思考和言说。

第一节

萨姆·谢泼德:找寻"事物的隐匿之处"[①]

　　萨姆·谢泼德(Sam Shepard)是美国后现代主义剧作家的代表人物之一,曾多次荣获奥比奖、普利策戏剧奖和戛纳电影节棕榈奖,被誉为"继尤金·奥尼尔(Eugene O'Neill)、阿瑟·米勒(Arthur Miller)与田纳西·威廉斯(Tennessee Williams)之后的又一位伟大剧作家"[②]。在他的作品中,人与人之间的关系或许已经破裂,人们的信任或许遭到背弃,但是仍然有些价值是应该得到承认的,有些必要的责任是应该被承担的。谢泼德将作品作为传声筒,将自己对两性关系、男性气质、家庭伦理、父子关系、后现代社会等一系列主题的思考隐匿其中,循循善

---

　　① Sacvan Bercovitch, ed., *The Cambridge History of American Literature*, vol. 7, Cambridge:Cambridge University Press, 2007, p. 61. 本节由龙娟、李兰芋撰写。

　　② L. A. Wade, *Sam Shepard and the American Theatre*, London:Greenwood Press, 1997, p. 1.

诱,引导观众和读者随他一同发现真相,找寻"事物的隐匿之处"①。

一

　　谢泼德在多部剧作中藏匿了其对两性关系和家庭伦理的思考,意在邀请观众与他同行,在作品所呈现的两性权力斗争的现象之下层层深入,探寻重建和谐性别关系的良方。谢泼德笔下的西部牛仔形象深入人心,这也招致了部分学者对他突出男性气概、边缘化女性角色的批判。然而,谢泼德的《饥饿阶级的诅咒》(Curse of the Starving Class, 1977)如同一个分水岭。在这部作品中,他塑造了艾玛这一灵活生动的叛逆少女形象,之后他又陆陆续续创造出许多令人眼前一亮的女性角色。在其荣获1986年纽约剧评界最佳剧本的作品《心灵谎言》(A Lie of the Mind, 1985)中,谢泼德同样赋予了女性角色光彩夺目的生命力,让她们发出了自己的声音。与此同时,他还生动地刻画了一些深陷精神困境的男性角色。在角色之间的剧烈碰撞中,谢泼德探讨了男性气质危机产生的根源,并试图为我们指明解决两性生存困境的途径。

　　父子关系是谢泼德众多作品的主要主题,《心灵谎言》也不例外。在这部作品中,谢泼德对父子之间错综复杂的关系着墨颇多。男主角杰克的父亲在剧中并未真正出现,而是作为一个已逝的、代表过去的符号存在于其他角色的话语之中。但对杰克而言,父亲的影响并没有随着过世而消失,而是像幽灵一样时刻萦绕在他的脑海之中,在潜意识中干预着他的每一个行动。杰克从始至终都表现出对父亲的崇拜。在他眼中,身为军人的父亲不仅仅是守卫国家的英雄,也是他一生的模仿对象。但在作为目击者的杰克的妹妹萨莉口中,杰克竟然是造成父亲死亡的凶手。这样强烈的反差不免让人觉得有些难以置信。剧中并没有明确给出杰克弑父的原因,但随着剧情推进,我们能够从中抽丝剥茧,发现事情的真相。作为军人的杰克父亲是美国社会备受推

---

　　① Sacvan Bercovitch, ed., *The Cambridge History of American Literature*, vol. 7, Cambridge: Cambridge University Press, 2007, p. 61.

崇的霸权性男性气质的完美代言人。在杰克心中,父亲强壮、刚毅、爱国,是能够保护家人、守卫祖国的英雄,但父亲却抛家弃子,没能承担起照顾家人的责任。等多年后再次见到父亲,杰克发现父亲家徒四壁、穷困潦倒,"看起来十分脆弱"①,这与他在记忆中的英雄父亲形象相差甚远。之后杰克去酒吧喝酒的提议看似非常突兀,但这背后却隐藏着他重构父亲英雄形象的尝试。酒与男性权力密切相关,喝了酒的杰克父亲一扫疲态,似乎变回了杰克记忆中那个无所不能的英雄父亲。谢泼德曾在采访中指出:"自然中的女性力量……影响了男人。你知道自己有一部分是女性气质,但作为一个男人,这部分气质在很大程度上受到打压……男人会伤害自己显得女性气质的方面。"②杰克对父亲(即另一个维度的自己)身上看到的女性气质——柔弱而感到不安,并试图通过酒精驱赶父亲的这部分女性特质,以维护父权话语体系。但父亲既是杰克成长之路上的前进目标,也是阻挡他建立自我权威的路障。在杰克发现从前高高在上、不可侵犯的父亲随着身体的衰落而无法维持权威以后,这趟寻父之旅也随之转变成邪恶的弑父计划。杰克产生了"篡权"的想法,因为只有父亲消失,自己才能完成交接棒,继承掌控家庭的权力。杰克用喝酒竞赛游戏耗尽了年迈父亲的体力,随后又任其醉倒在马路中间被车轧死。正如萨莉所言,父亲的去世并不是酒后事故,而是一场蓄意谋杀。

　　酒是串联杰克与父亲的重要中介,而在女主人公贝丝的哥哥麦克与父亲拜洛尔的关系中发挥着这样作用的物品则是猎枪。在英美传统文化中,猎枪与酒一样,是构建原始男性力量的重要工具。美国总统西奥多·罗斯福(Theodore Roosevelt)曾说:"打猎……所培育的那种男性气质,对一个国家而言,对个体而言,都是一种无可替代的品质。"③狩猎被

①　Sam Shepard, *A Lie of the Mind*, New York: New American Library, 1986, p. 67.

②　Carol Rosen, "Silent Tongues: Sam Shepard's Explorations of Emotional Territory," *Village Voice*, 4(August 1992), p. 36 .

③　Carol J. Adams and Josephine Donovan, eds., *Animals and Women: Feminist Theoretical Explorations*, Durham: Duke University Press, 1995, p. 94.

视为男性的专属活动,而具有女性化意味的大自然则是男性彰显其征服力量的最好战场。热爱狩猎的麦克和拜洛尔手持象征权力的猎枪肆意残害生灵,而这并不是出于生活所需,他们只是习惯于将杀戮作为满足自己征服欲望和建构男性主体性的一种方式。他们不仅残忍猎杀动物,更是将枪口对准了人。拜洛尔将一颗子弹直接射穿了杰克弟弟弗兰克的大腿,而麦克则从父亲手中接过猎枪——这是一种父子之间的权力交接仪式,他以枪傍身,以保护妹妹为借口,放出内心的恶魔对杰克极尽伤害和侮辱,让杰克在冰天雪地之间像牲口一样跪爬。麦克对杰克极端的"复仇"行为意在向父亲证明自己的男子气概,证明自己已经具备保护家人和维护家族利益的能力,但以自我为中心的拜洛尔对儿子的邀功并不感兴趣。在与父亲的激烈争吵中麦克无意之中将枪口对准了父亲。不过与杰克不同,麦克始终活在父亲不可撼动的权威阴影当中,即使弑父的机会近在咫尺,他也并没有扣动扳机,而是在父亲的怒斥之下交出猎枪,上缴权力。麦克渴望父爱,但被自私的父亲忽视和打压,长此以往,心灵发生扭曲,陷入病态偏激的境地。

长期作为他者的女性与被视为征服对象的自然有着天然而紧密的联系,拜洛尔父子对待女性的态度与对待自然如出一辙——缺乏尊重,甚至蔑视。麦克母亲在家中被迫缄默,像用人一样照顾丈夫和儿子。处于家庭绝对统治地位的拜洛尔甚至表现出了厌女情绪,将妻子、女儿、丈母娘视为不能独立生活的低能累赘,因为她们的存在使他不得不"浪费时间为她们提供饮食和可以供她们发疯的舒适住所"[1]。拜洛尔享受着父权制度带来的福利,但对于家庭领导地位所附带的责任却抱有极大不满。这样自相矛盾的态度映射出了他贪婪自私、毫无家庭责任感的卑劣嘴脸,但他对性别角色分工的抱怨却值得思考。的确,父权主导地位并不仅仅意味着特权,也代表着男性不得不背负的负担。男性家庭经济支柱的角色不仅仅只是对受困于家庭狭小空间

---

[1] Sam Shepard, *A Lie of the Mind*, New York: New American Library, 1986, p. 78.

的女性的打压,也是对必须在竞争激烈的外部社会中承受巨大压力的男性的不公。

严苛的社会性别角色分工使拜洛尔备受压力,而杰克的情况则恰恰相反,妻子贝丝的职业成了其男性气质危机的来源。与母亲不同,贝丝拥有一份自己热爱的演员职业,这使她能够走出家庭,融入更广阔的世界,也相应地分散了她倾注在家庭和丈夫身上的精力。受到冷落的杰克产生了强烈的不安感,因为妻子的职业使她脱离了自己的权力覆盖范围——家庭空间。统治地位受到威胁,于是杰克选择借助暴力手段对妻子的肉体进行惩罚,以达到规训和改造的目的。暴力在父权社会备受崇尚,男性往往采用暴虐行为彰显男子气概。杰克更是将暴力当成一种捍卫统治的正当手段,将无辜的妻子殴打至脑损伤和失语症。在面对弟弟弗兰克的质询时,杰克却没有表现出丝毫悔意,反而倒打一耙,污名化妻子,将自己暴行的源头指向妻子的"出轨"。剧中对于出轨这一指控的真实性也没有给出明确答案,但从作为旁观者的弗兰克的质疑和贝丝在重伤后对丈夫依然念念不忘的表现来看,出轨一说根本站不住脚,更像是习惯于扭曲事实真相的杰克为了逃脱责任或使自己心安理得而准备的一套说辞。杰克的话语中充斥着对贝丝身体的露骨刻画,妻子在早晨给自己抹润肤油的画面更是被主观地蒙上了一层情欲色彩。传统观念认为"所有女人的性欲都是惰性的"①,女性被要求对性保持无知。杰克将女性欲望视为不道德和背叛,妻子拥有性欲这一事实同时严重伤害了他的男性自尊心。他认为妻子为自己抹油时"似乎在幻想被其他男人抚摸"②,并且将此臆想作为妻子出轨的证据之一。杰克假装睡着却偷偷对贝丝的身体投以凝视,将她的肉体放在被观看的位置,给她贴上荡妇的标签,进行了隐性的性压迫。杰克的男性危机根源于他恪守性别角色二元对立并对妻

---

① Jill L. Matus, *Unstable Bodies: Victorian Representation of Sexuality and Maternity*, Manchester: Manchester University Press, 1995, p. 90.

② Sam Shepard, *A Lie of the Mind*, New York: New American Library, 1986, p. 13.

子抱有病态的占有欲。在布满凝视的家庭空间中,贝丝的一举一动都受到严格的管制,不仅是性,其他方面也受到压抑。

在身体遭受严重损害以后,贝丝却如同凤凰涅槃一般,不但成功逃离了丈夫的禁锢,还对传统两性的主客体地位发起了挑战。身体恢复期的贝丝一言一行看似毫无逻辑,却透露出她解放身体的坚定信念和对传统伦理观念的挑战。在与腿部受伤的弗兰克的交往中,贝丝化身为占据主导地位的"男性",而受伤的弗兰克仿佛被阉割,被迫与贝丝进行了性别互换。贝丝将沾染了父亲味道的男士上衣视为一件"戏服",无论男女,只要穿上它就能变成男性。美国女性主义理论家朱迪斯·巴特勒(Judith Butler)以男同性恋使用女性装束来展现自己的心理性别为例,指出社会性别身份具有表演性质和模仿性结构。① 社会权力机制规定了"男性气质"和"女性气质"这样不对称的二元对立关系作为男性和女性的外现属性,并要求双方服从一系列性别规范,不断进行性别操演以形成稳定的性别身份。与西蒙娜·德·波伏娃(Simone de Beauvoir)"女人并不是生就的,而宁可说是逐渐形成的"②的论断相似,男人也是被社会文化所塑造出来的。贝丝让弗兰克扮演女人,自己扮演强势的男性,并象征性地强奸了蜷缩在沙发上的无助的弗兰克,这证明了性别移置的可能性。在这一场景下,弗兰克成为满足贝丝欲望的一个配角,贝丝由此重构被损毁的主体意识,重新确认身份。

杰克的母亲洛林同贝丝一样,经历了从迷茫到顿悟、从服从到反抗的过程。洛林曾将男权世界的价值观作为行为准则,主动迎合社会对女性的期待,并在不知不觉中以男性利益为出发点对周围事物进行考量。洛林非但没有对惨遭家暴的受害者贝丝表现出一丝一毫的同

---

① Judith Butler, *Gender Trouble: Feminism and the Subversion of Identity*, New York: Routledge, 1990, pp. 174 – 176.

② 西蒙娜·德·波伏娃:《第二性》,陶铁柱译,北京:中国书籍出版社,1998 年,第 309 页。

情心,反倒对施暴者儿子进行安慰,认为"一个女人根本不值得他这么伤心"①。虽然同为女性,但洛林对女性群体的轻视溢于言表。洛林极力贬低女性价值,对大儿子杰克却毫不吝啬夸赞的话语,尤其骄傲于他充满男子气概的魁梧外表。洛林对儿子表现出超出正常母爱范围的强烈占有欲,甚至对儿子进行身体和精神控制,将他囚禁在自己的房子里。对儿子的过度依恋使她对儿子身边的异性都怀有敌对态度。作为杰克的妻子,贝丝首当其冲被洛林仇视。而当贝丝被误认为死亡退出杰克的情感世界时,杰克的妹妹萨莉,即洛林的亲生女儿,则接替了这个被憎恨的位置。萨莉和洛林之间暗流涌动,她们不像母女,而表现得更像一对针锋相对的情敌。洛林如同一位争风吃醋、声嘶力竭的情人,不容许第三人插足自己与儿子之间的亲密关系,即使是自己的女儿也不例外。洛林畸形的母爱根源于丈夫的抛弃。她臣服于父权规则,习惯于自己的附属地位,总是下意识地将生活希望寄托在男性身上。相比于杂糅了一些女性气质的二儿子弗兰克,杰克更符合她对"男子汉"的期待,于是她将儿子塑造成想象世界中的英雄符号。但这样的英雄毕竟只是幻影,经不起残酷现实的考验。当萨莉将父亲死亡的真相告知洛林之后,洛林不得不结束自我欺骗,直面藏在英雄假象下杰克的真实面貌。儿子的幻象破灭后,洛林似乎经历了一次回炉重造,开始察觉一直强加在自己身上的父权枷锁。她迅速将家中关于男性的一切物品清除,最后和女儿放火彻底烧毁了房子——这座将她困在其中无望等待男人归来的因牢。至此,她摆脱了男人附属品的身份,即使前路方向不明,她也决定与女儿相互扶持,重新启程寻找新生活。

《心灵谎言》隐匿着谢泼德对现实社会中两性关系困境的思考。谢泼德曾在采访中说,自己在作品中试图展现女性力量与男性的联系以及男性与自己的女性部分所进行的斗争,探究"作为一个男人,你会怎样去接受你曾经因为这样或那样的原因而伤害的女性部分?"②这

---

① Sam Shepard, *A Lie of the Mind*, New York: New American Library, 1986, p. 29.

② Carol Rosen, "'Emotional Territory': An Interview with Sam Shepard," *Modern Drama*, 36.1(1993), p. 7.

个深刻的问题。显而易见,在《心灵谎言》中谢泼德给出了他对这个问题的思考。在剧中似乎显得有些格格不入的弗兰克表现出了与其他男性角色截然不同的女性化的男性气质,他既温柔细腻、尊重女性,又勇于承担责任,完美地融合了理智与情感。他没有被性别刻板印象束缚而陷入男性气质危机之中,对女性和家人更是展现了极致的风度。与剧中其他暴虐的男性相比,他仿佛一阵清风,抚慰着受伤的贝丝,也为观众带来了一丝慰藉。心理学家卡尔·古斯塔夫·荣格(Carl Gustav Jung)认为,"不管是在男性还是在女性身上,都伏居着一个异性形象"①。弗兰克没有刻意打压自己的异性形象,而是坦然接受自己女性化的一面,这正是谢泼德试图宣扬的观点:男性应该如弗兰克一样摈弃性别偏见,超越男女二元对立思维模式。另外,谢泼德在剧中塑造的那些勇于反抗的女性角色也为在现实中饱受压迫的女性同胞争取话语权带来启发和鼓舞,照亮了现实的路。

二

与《心灵谎言》一样,谢泼德最为人所知的家庭剧《被埋葬的孩子》(*Buried Child*, 1978)同样藏匿着谢泼德对家庭伦理的思考。《被埋葬的孩子》斩获了 1979 年普利策戏剧奖,标志着谢泼德由实验剧朝现实主义戏剧靠拢的风格转向。这部作品围绕着一个人际关系异化的家庭展开叙述,随着剧情层层递进,一个被全家人刻意隐藏的黑暗秘密逐渐展现在观众面前,真相的外壳也随之被剥落。在这部作品中,我们能够寻觅到谢泼德对重构家庭伦理的呼唤以及对美国整体社会现象的反思。

在第一幕的开头,谢泼德就为我们展现了这个家的不同寻常。"老式的木制楼梯""色泽暗淡的旧地毯""破损的沙发""蓝光闪烁的老式电视"②,家中的陈设隐隐透出一种阴森压抑的氛围。在这毫无生

---

① 卡尔·古斯塔夫·荣格:《荣格文集:让我们重返精神的家园》,冯川、苏克译,北京:改革出版社,1997 年,第 67 页。

② Sam Shepard, *Sam Shepard: Seven Plays*, New York: Bantam Books, 1986, p. 63.

气的房子中,年迈的男主人道奇奄奄一息,整日裹着被子窝在沙发里。在他与妻子哈莉的隔空对话中,哈莉的声音饱满有力,完全遮蔽了他微弱的话语。在家庭空间中,哈莉占据了二楼卧房,居高临下地对楼下客厅里无能的丈夫发号施令。空间是权力的象征,可以看出,哈莉是这个家庭的真正掌权人,而道奇只能默默忍受她的绝对统治,敢怒不敢言,甚至对哈莉与牧师堂而皇之的出轨也只能睁一只眼闭一只眼。哈莉在年轻时就不满丈夫的性无能,并与其他男人生下一个孩子,而这个孩子被道奇溺死并埋于后院。从此,这个"被埋葬的孩子"成了一家人心中无法拔除的刺,使这个富有、稳定的家庭走向分崩离析,在物质和精神上都陷入严重危机。

　　在这个家庭里,不但夫妻之间有名无实,父子关系更是充满了血腥、暴力和仇恨。代际关系,尤其是父子关系,是谢泼德作品关注的重点之一,这与他自身的经历有关。他的父亲山姆·谢泼德曾经参加过二战,但在退役以后没能走出心理创伤,以酗酒和家暴的形式发泄情绪,给谢泼德及家人带来了生理和心理上无法磨灭的伤害。虽然谢泼德离家出走,远离了父亲,但父亲的影响却没有随着距离和岁月消逝。他笔下的许多父亲角色都以山姆为雏形,并将与父亲权威抗争的一些个人经历和对父子关系的思考糅入创作之中。《被埋葬的孩子》中的父亲同样显现出山姆的影子,他与孩子的关系出现了严重扭曲:父亲失去了应有的慈爱,对儿子恶语相加,并以吸食儿子们的痛苦为乐;而儿子们则对年老体衰的父亲展现出强烈的仇视和替代欲望。在道奇沉睡之时,半痴半傻的大儿子蒂尔顿卸下了对父亲的一味恭顺,除了将父亲视如珍宝的威士忌偷走以外,还为父亲举行了颇具神秘和诡异感的"仪式"——将玉米皮泼洒到父亲身上直至他"除了头部之外全身都被埋在玉米皮下面"①。蒂尔顿模仿下葬填土的动作呼应了多年前道奇将死婴埋入后院时的行为,他试图用同样的方式为死去的婴儿复仇。而在事故中失去了一条腿的二儿子布拉德雷则通过更血腥、直

———————

① Sam Shepard, *Sam Shepard: Seven Plays*, New York: Bantam Books, 1986, p. 83.

接的方式表达了他的弑父欲望。布拉德雷将父亲的棒球帽摘下,粗鲁地为他进行理发,将他的头皮划得鲜血淋漓。道奇不断强调带上棒球帽能够防止来自布拉德雷的伤害,为他带来安全感。对他而言,棒球帽如同王冠一样是权力的象征,代表着他在家庭里不容侵犯的权威。而这顶"王冠"的力量在儿子的蛮力面前显得如此薄弱,这也证明了他所依附的父亲权威不过是一具空壳。无论如何提防,他都无法逃脱被儿子们"埋葬"和"阉割"的命运。

这个家庭中的男性权力争斗随着蒂尔顿儿子的女朋友雪莉的到来而到达高潮。这三个男性在心理或生理上都存在一定程度的缺陷。长期活在一个女性的统治之下,使他们更加急迫地想要确认自己的男性身份,以证明自己可以满足社会文化对男性的期待,而这一过程离不开作为参照物的女性他者的存在。雪莉年轻且外貌出众,自然而然地成为这三个男人权力争斗场中争相角逐的猎物。自从进入这个家,雪莉就被动地承受着来自四面八方的凝视,甚至还被布拉德雷粗鲁地用手指作为假阳具插入口中象征性地强奸了。这个家庭的成员之间相互疏远、仇恨、伤害,但埋藏在后院地底下腐烂的生命使这个家庭分崩离析的同时,也以一种病态的方式将他们紧密联系在一起。在他们之间存在着一个"合约"——共同隐瞒家族的罪恶,但这三个男人围绕雪莉所展开的争斗瓦解了他们之间多年的合作。为了讨好雪莉以得到她的关注,他们开始慢慢对雪莉揭露扎根在这个家黑暗处的罪恶。在他们的叙述回溯中,读者和观众也得以通过雪莉这个中介,结合之前作品中给出的一些零碎线索,大致拼凑出事情的全貌。

相比作为局外人的雪莉受到的"众星捧月"待遇,带着寻根目的的归家的蒂尔顿儿子文斯却备受冷落。如同那个被埋葬的孩子一样,他也被强制抹去了存在,被剥夺了身份。他试图通过模仿童年时期的言行来唤醒父亲和爷爷关于他的记忆,但对有意埋葬过往的家人而言,他的行为显得滑稽而无力。过去与现在的连续性被切断,文斯甚至开始对自我的记忆产生怀疑。深陷身份危机的文斯只能借为爷爷买酒的借口,丢下女友驾车逃离,但在此过程中,文斯像观察另外一个人一样，从汽车的挡风玻璃倒影上，看到了自己的脸从熟悉变得陌生，直至展现出整个家族绵延不断的血脉关系。他明白了自己无论逃到何处，都无法逃脱家族根系的牵扯，而正是这股力量将他重新拉回了家中。再次回到家时，他喝得酩酊大醉，之前彬彬有礼的温和形象也不复存在。他像恶魔一样展示着他的野蛮和暴力——家中男性缺少又渴望的"男性力量"。身份得以重构的文斯不自觉暴露出他所继承的家族暴力基因。家庭遗传的密码在子子孙孙的血液里流淌，后代极力想要摆脱父辈影响的反抗总是以失败告终。在谢泼德看来，儿子终将长成父亲，这是一种无法逃避的命运。通过蒂尔顿和文斯的回归，谢泼德为我们展现了血缘纽带和遗传基因的决定性影响。

　　剧终，掩盖的秘密终于被揭露，犯下罪恶的道奇走向人生终点，新继承人文斯归家，房外雨过天晴，荒芜的土地恢复了生机，一切似乎都预示着重生和希望。可在文斯身上展现出的家族遗传特质，让人恍然觉得道奇的灵魂在文斯的躯壳中得以寄生，这不免让人产生疑惑：继承家族劣根性的文斯真的能够带领这个根基腐朽的家走向光明吗？不仅如此，即使戏剧结束，其他的许多疑问也未能在作品中找到答案，比如，这个被埋葬的孩子是哈莉与谁所生？后院到底是一片荒芜还是生机盎然？蒂尔顿在新墨西哥做了什么导致他坐牢和被驱逐？谢泼德刻意设置了剧情的留白和前后矛盾，而不可靠的叙事者更是加大了观众和读者破解密码的难度。因此，关于这些问题的答案众说纷纭，比如关于被埋葬孩子的身份，有学者根据剧中给出的一些细节碎片推测他是哈莉与蒂尔顿乱伦的罪恶结晶，但也有学者提出可能和哈莉发生乱伦关系的是死去的三儿子安塞尔。而关于安塞尔是否真实存在这一问题也存在着分歧。另外，在阅读或观看过程中，读者或观众逐渐形成的认知总是被不断推翻重建，这些矛盾和不确定因素紧抓着读者和评论家的求知欲和探索欲。在这部作品中随处可见的断裂和模糊正对应着谢泼德对后现代社会的看法。在他看来，后现代社会处于因果关系断裂、时间连续性被打破的无序状态之中，身在其中的人则长时间处于隔离和迷失的困境中。这个病态的家庭影射了当时整个社会人际关系扭曲和家庭伦理出现危机的普遍生存状态。20 世纪五六十年代的许多文学作品都热衷于离家出走的主题,而谢泼德的作品则展现出了一种"归家"的倾向。谢泼德对家庭题材的浓厚兴趣正是出于他对个体与家庭不可分割的关系的认识,对于 60 年代许多人企图逃离家庭的现象他表示反对和不理解。因此,在他笔下,主人公即使远走他乡,最后还是会被无形的家庭血缘纽带带回故土、带回家庭。

这部作品在形式上与传统戏剧更为相似,有贯穿始终的情节线索和感情纠葛、尖锐紧张的矛盾冲突、整饬完整的分幕结构、自然主义的人物特征和体现了个性和身份的通俗话语,①但剧中展现出来的现代主义戏剧手法特征又使这部剧呈现出现实主义和现代主义交融的多元性和复杂性。在入戏和抽离的不断反复之间,读者和观众被给予了充足的空间来发掘这部作品在一个病态家庭背后藏匿着的对家庭及整个美国社会问题的反思。

三

在《当世界曾是绿色时》(*When the World Was Green*, 2007)这部作品中,谢泼德将真相藏匿在了一位被创伤记忆侵扰的主人公的无意记忆(involuntary memory)中。通过呈现一些混沌无序的创伤记忆碎片,谢泼德将读者与主人公一同带回被尘封的过去,共同挖掘一件看似简单的谋杀案件背后藏匿的秘密。

记忆是自我认同的基础,人们能够从中获得生活的经验与意义,从而形成关于自我的认知。记忆联结过去与未来,通过对过往记忆的整理分类,个体可以做出更为明智的选择,创造一个比过去更好的未来。然而,与普通记忆不同,创伤记忆不是流动的,而是固定和静止的。创伤记忆是"一种压制性的经验"②,表现为对创伤事件不受控制、无意识的重复回溯。在这种"压制性"体验中所获得的记忆会深

---

① 郭继德:《美国戏剧史》,天津:南开大学出版社,2011 年,第 349 页。

② C. Caruth, *Unclaimed Experience: Trauma, Narrative, and History*, Baltimore and London: The Johns Hopkins University Press, 1996, p. 11.

深地刻在受创者的大脑、身体和心灵上。它不会随着时间或地点的变化而变化，也无法及时更新人们头脑中的信息，因此阻碍了人们做出选择，切断了过去与现在和未来的联系。创伤记忆往往被埋藏在受创者的内心深处，有意记忆（voluntary memory）则为深入挖掘创伤提供了一种有效途径。

有意记忆是记忆方式之一，指个体在目标引导下主动进行回忆。它突出了事件之间的因果关系和逻辑顺序。在该剧中，有意记忆体现为女记者带有强烈目的性地对老人展开追问，在其引导下老人不得不有意识地回忆创伤发生时的细节。在女记者和老人的一问一答之中，老人的过去慢慢浮出水面，其内心的创伤也逐渐被揭示出来。在第一幕剧中，开篇第一句话就是女记者的问句："这一切都是怎么开始的？"①这句话激活了老人关于家族恩怨的有意记忆。女记者顺势利导，继续追问家庭恩怨以及被错杀的死者的一些细节。在女记者的引导下，老人一步一步地借用语言诉说回忆。值得注意的是，对女记者的提问，老人只是给予了非常简短和模糊的回答，内容并不详细完整。他无法一次性调取关于创伤事件的所有细节，只能在追问下不断进行补充，像拼图一样缓慢地为我们还原事情原貌的冰山一角。

在两人访谈式的对话中，老人将他的杀人罪行归咎于一头骡子引发的家族纠纷，但夹在对话间隙中的老人的内心独白却将此指向了更深层的源头，揭开了冰山隐藏在水底下的秘密。每一幕结束时出现的内心独白看似突兀，与上一幕或下一幕剧并没有逻辑上的关联，但却给我们窥见被埋藏的真相的机会。人们关于过去的记忆存在于内心深处，或是在智力和理智不可及的下意识之中。这些记忆往往不由人们刻意激发，而是无意中被现实中的某种事物或感受偶然唤醒。在内心独白中，老人为我们展现了被逐步唤醒的无意记忆。无意记忆被视

---

① S. Shepard and C. Shami, *When the World Was Green*, New York：Dramatists Play Service，INC，2007，p. 9.

作一种回忆的方法,人们可以通过这种偶然触发的记忆联结自己的过去和现在。丹尼尔·鲁宾(Daniel Rubin)等人指出,不同于传统的记忆机制,创伤记忆拥有一种特定机制,特定机制的假设之一就是"创伤记忆中的有意记忆受到损害,而无意记忆得到增强"[①]。当个体受到创伤时,无意记忆可能以闯入、闪回、噩梦等各种形式反复冲击受创者的大脑,对其进行侵扰。

无意记忆具有非逻辑性、无序性特点。老人的无意记忆在与女记者的对话中被偶然激活,但并不是以一种有逻辑、有次序的状态出现,而是呈现出一片混沌发散的状态。老人的内心独白中杂糅了许多被有意尘封的无意记忆碎片,展现出非逻辑性和无序性。斯蒂芬·欧文(Stephen Owen)指出:"记忆本身就是来自过去的断裂的碎片"[②],它是不完整的、残缺的。这部剧中有许多来自老人的创伤记忆碎片,它们往往是关于过去某个事件的具体描绘,非常详细。比如,在与女记者谈话的中间,老人突然回忆了一段痛苦又血腥的过去:他曾经跟随一群士兵四处搜寻村庄的水井,最后在一口水井中发现了一个水桶,人肉浸泡在深红色的血液中。这段突如其来的黑暗回忆向观众展示了老人在小时候受到的精神冲击与创伤,体现了这段创伤对他的影响之深,使得他无法靠自己的意志摆脱或者忘记。除此以外,老人还回忆了另一段充满挣扎和痛苦的记忆——村庄被烧毁,"那些事物总是来回萦绕在我眼前,甚至是在我还没有意识到那些事物时,比如魔鬼、人脸、我从未听过的声音、我从未到过的地方。它们填满了我,然后又再次离开我"[③]。在老人之前的描述中,他所在的村庄生机勃勃,人与

---

① D. Rubin, A. Boals and D. Berntsen, "Memory in Post-traumatic Stress Disorder: Properties of Voluntary and Involuntary, Traumatic and Non-traumatic Autobiographical Memories in People with and without Post-traumatic Stress Disorder Symptoms," *Journal of Experimental Psychology: General*, 137.4(2008), p. 591.

② 斯蒂芬·欧文:《追忆——中国古典文学中的往事再现》,郑学勤译,上海:上海古籍出版社,1990 年,第 83 页。

③ S. Shepard and C. Shami, *When the World Was Green*, New York: Dramatists Play Service, INC, 2007, p. 23.

人、人与自然之间的和谐贯穿在一切之中——清风、绿树、肥沃的土壤还有家族的骡子，印第安土著在土地上安居乐业，在自然中诗意栖居。然而，这一切的静谧美好都随着白人的入侵和土地的被侵占而被彻底打破了。在印第安人的认知中，土地与人相互依赖、不可分割。关春玲指出，将土地视为神圣之物的平原印第安人"称造化神奇、厚德载物的大地之魂为'瓦康-坦卡'，即'伟大的奥秘'，所有生物的灵性皆源于对大地精神的分享"①。为了经济利益，白人使用暴力将土地夺走，肆意破坏自然环境，甚至还发动了屠杀土著人的暴行。在此影响下，印第安人被困在逐渐压缩的空间中艰难求生，不仅被白人侵略者驱逐和迫害，族群内部为了生存也开始出现裂缝，老人家族与邻居家族之间持续几代的仇怨就是最好的例子。白人入侵、部落纠纷，人与人之间充满了仇恨和杀戮，老人记忆中的温暖家园被烧毁，失去了那片绿色。外部景观的变化反映了老人内部景观的变化，外部景观由绿色变为褐色，影射老人的心理由积极向上变为了消极厌世。老人将村庄被烧及整个民族充满伤痛的历史深埋心底，只有深探他的无意记忆，才能使创伤的深层成因浮出水面。

　　无意记忆还具有具体性和感官性的特征。记忆往往是由记忆之物唤醒，而记忆之物是具体可触的，所以"无论是现实的记忆之物，还是过去的被唤醒的记忆，都有具象、具体的属性"②。当女记者问到老人的家人是否都是农民时，老人给出的回答并不是一个简简单单的"是"，而是回忆起了那个时候对学习烹饪的热情。老人的无意记忆中充斥着对烹饪和美食的热爱。他回忆了小时候和母亲一起逛菜市场买菜的场景：一车车的蔬菜和水果围绕着他，他仿佛置身于森林之中；一条条鱼堆成山，在太阳下闪闪发光；挂在钩子上的鹿头和猪头随处可见——整个菜市场充斥着鲜活的气息。这一个个具体的事物出

---

　　①　关春玲：《美国印第安文化的动物伦理意蕴》，《国外社会科学》2006年第5期，第63页。

　　②　吴晓东：《从卡夫卡到昆德拉：20世纪的小说和小说家》，北京：生活·读书·新知三联书店，2017年，第54页。

现在老人的头脑之中,将他带回小时候,带回那个菜市场。那些具体的蔬菜、水果、鱼、鹿头和猪头长久存在于老人的头脑之中,提醒着他当初想做厨师的热情和理想。记忆架构起了老人跨越时空的回归旅行。他还与女记者详细谈论了自己年轻时对美食的热爱,此时,他恢复了对生活的热情,对精致的点心、美食的原料如数家珍。这种热情和理想是抽象的、不可描述的,但是由于记忆的具体性和感官性,老人每次想起它们时都仿佛身临其境,能够再次体会当初的感觉。烹饪让老人体会到创造和改变事物的乐趣,烹饪才应该是他人生梦想所在。可他一生都被家族仇恨束缚,被剥夺了为自己而活的权力——他既是凶手,又是可悲的受害者。

记忆的具体性和感官性同时逼迫老人去直面以图像和闪回方式呈现的创伤回忆,使他时刻被过去可怕的情绪挟持,直接面对自己内心深处的创伤。比如,在回忆被害者生前喝咖啡这个片段时,老人详细地描绘了被害者的一举一动:他是如何切开面包,透过窗户望向外面,搅动着自己的咖啡,面色沉静,看上去没有任何烦恼;报纸折叠着摆放在一旁,杯子静静地摆放在桌布上,他周围的一切都是那么的安静祥和。这个断片的场景充斥着许多细节,这是一种向回忆沉溺的方式——当我们沉溺于往事无法自拔时,长久占据我们脑海的往往是细节,而且这些细节跟其他细节形成断裂。老人无法忘记被害者当天的一举一动,可见老人并不如表现出来的那样毫无悔意、麻木不仁。他始终对剥夺受害者生命心存愧疚,无法接受自己亲手毁灭了一条无辜的生命。这使老人的心灵受到巨大冲击,对于他来说无疑是一个创伤。

可见,通过书写无意记忆,谢泼德深刻揭示了创伤的表征及深层成因。谢泼德曾经在论及作家的创作动机时坦言,他希望在戏剧中找寻"事物的隐匿之处"①。那么,《当世界曾是绿色时》中的"事物的隐匿之处"在哪里呢? 或许,"隐匿之处"或者说真相就隐藏在无意记忆

---

① Sacvan Bercovitch, ed., *The Cambridge History of American Literature*, vol. 7, Cambridge: Cambridge University Press, 2007, p. 61.

当中。在自发呈现的无意记忆当中,"记忆成为当前的现实,被压抑的情感得以显现"①。

第二节

奥古斯特·威尔逊:"将人们聚合起来的尝试"②

奥古斯特·威尔逊(August Wilson)是 20 世纪 80 年代以来"美国文坛最著名也是最雄心勃勃的剧作家"③。自从其《莱妮大妈的黑臀舞》(*Ma Rainey's Black Bottom*, 1984)在百老汇公映以来,他多次获得奖项。他的代表作《栅栏》(*Fences*, 1985)和《钢琴课》(*The Piano Lesson*, 1987)分别获 1987 年和 1990 年普利策戏剧奖,其作品多次荣获美国戏剧界最高奖——托尼奖,还获得纽约剧评界奖以及别的 23 个奖项。威尔逊被认为"是美国当代唯一能与尤金·奥尼尔、田纳西·威廉斯和阿瑟·米勒相提并论的剧作家"④。戏剧批评家劳伦斯·伯曼(Lawrence Bommer)则盛赞"奥古斯特·威尔逊创作了自巴尔扎克《人间喜剧》以来最完整的文化编年史,作为艺术整体它的意义甚于它获奖的单部作品"⑤。2005 年 10 月下旬,"百老汇的弗吉尼亚剧院甚至更名为威尔逊剧院"⑥,以纪念这位早逝的美国伟大剧作家。

---

① Sacvan Bercovitch, ed., *The Cambridge History of American Literature*, vol. 7, Cambridge: Cambridge University Press, 2007. p. 61.

② Christopher Bigsby, "Changing America: A Changing Drama?" in *The Cambridge History of American Literature*, vol. 7, edited by Sacvan Bercovitch, Cambridge: Cambridge University Press, 2007, p. 86. 本节由龙跃撰写。

③ 鲍妮·里昂斯:《"我把黑人在美国的全部经历当作我的创作素材"——奥古斯特·威尔逊访谈录》,周汶编译,《当代外国文学》2000 年第 4 期,第 98 页。

④ Richard Hornby, "New Life on Broadway," *The Hudson Review*, 41(1988), p. 518.

⑤ 转引自 Henry Louis Gates, Jr. and Cornel West, *The African-American Century: How Black American Have Shaped Our Country*, New York: Simon, 2000, p. 345。

⑥ Kathryn West and Linda Trinh Moser, *Research Guide to American Literature: Contemporary Literature, 1970 to Present*, New York: Facts On File, Inc., 2010, p. 349.

威尔逊为何能在戏剧领域取得如此巨大的艺术成就？这与他的文学创作观息息相关。

一

身为黑白混血儿的奥古斯特·威尔逊对非裔美国人在美国的生活境遇体察至深，一生创作始终以非裔美国人的生活为主题。威尔逊1945年出生于宾夕法尼亚州匹兹堡市的黑人贫民区。威尔逊的母亲来自北卡罗来纳州，是位黑人清洁女工。父亲是德裔白人面包师，但因终日酗酒，很少回家，再加上早逝，在威尔逊的童年中没留下太深的记忆。母亲凭一己之力，依靠清洁工作养活家中六个孩子，其中的艰辛可想而知。后来威尔逊的母亲改嫁到白人区，这个家庭在那里遭到严重歧视，家中玻璃经常被人砸坏，被迫再次搬迁。除了家庭生活的不幸，威尔逊的求学生涯也非常坎坷。在以白人学生为主的学校里，种族歧视非常普遍。威尔逊因受到白人老师的羞辱，愤然辍学。青少年时期的这些屈辱经历成为他日后创作的动力和源泉。离开学校后，出于对学习的热爱，威尔逊经常到当地的图书馆自学。他尤其对非裔美国文学兴趣浓厚，读遍了20世纪非裔作家的作品，并有了创作冲动。16岁时，威尔逊开始走向社会，做过搬运工、快餐店厨师、园艺工、洗盘工等，有机会接触到社会各个阶层的人，尤其是底层的劳动人民。这个时期他结识的很多人后来成了他剧中人物的原型。

青年时期的威尔逊深受黑人权力运动（Black Power Movement）的影响，积极投身于非裔美国人反对种族歧视和压迫、争取政治经济和社会平等权利的大规模斗争与运动中。由于非裔美国人受教育程度普遍较低，以威尔逊为代表的一批非裔作家逐渐意识到，戏剧这一艺术形式更能扩大非裔同胞的参与度，从而唤起他们的民族自豪感。威尔逊陆续策划上演了几部非裔作家创作的剧本，主题均涉及种族歧视导致的非裔美国人的悲惨状况及他们的抗争。

从1984年第一部在百老汇上演的《莱妮大妈的黑臀舞》到2005

年的《高尔夫收音机》(*Radio Golf*),奥古斯特·威尔逊在短暂的一生中创作了众多戏剧,被称为"非裔美国文化史上的里程碑"①。这些剧作浓缩了威尔逊"将人们聚合起来的尝试"②的创作理念,以编年史的方式将每十年划分为一个时间段,讲述 20 世纪十个不同年代里非裔美国人在美国的生命史和奋斗史。

　　威尔逊之所以有上述创作理念,首先与非裔美国人在美国的处境是分不开的,表达了他对非裔美国人在美国的文化身份被日益边缘化这一危机的深深忧虑。在戏剧中,威尔逊剖析了非裔美国人的文化身份被边缘化的原因,其中一个重要原因是族裔散居问题。③ "族裔散居"这个词的含义不仅包括犹太人的散居,还包括吉卜赛人、美国印第安人以及非裔美国人的散居。④ 非裔美国人散居的最大成因是殖民主义,在它的胁迫下,大量非洲黑奴被欧洲殖民者从非洲强行贩卖到美国,被迫在异质文化环境中求生存。政治、经济上的弱势地位和主流文化霸权的压制与欺骗,导致非裔美国人对自己的文化身份认同出现危机:他们成为杜波依斯(Du Bois)所说的具有"双重意识"的人,即一个非裔美国人总是感觉到他的两重性——"自己是美国人,同时又是黑人;感觉到两个灵魂、两种思想、两种不可调和的努力;两种冲突的理想在同一个黝黑的身体里"⑤。他们对本族裔文化的态度是矛盾的:一方面,他们着力维护非裔美国文化而与白人主流文化分离;另一方面,他们又企图摆脱非裔美国文化而渴求认同和追逐白人主流文

　　① Charles Isherwood, "August Wilson, Theatre's Poet of Black American, Is Dead at 60," *The New York Times*, October 3, 2005, late ed., p. A1.

　　② Christopher Bigsby, "Changing America: A Changing Drama?" in *The Cambridge History of American Literature*, vol. 7, edited by Sacvan Bercovitch, Cambridge: Cambridge University Press, 2007, p. 86.

　　③ Raman Selden、Peter Widdowson、Peter Brooker:《当代文学理论导读》(第 4 版),北京:外语教学与研究出版社,2004 年,第 231 页。

　　④ Mary Ellen Snodgrass, *August Wilson: A Literary Companion*, Jefferson, NC: McFarland, 2004, p. 76.

　　⑤ W. E. B. Du Bois, *The Souls of Black Folk*, New York: Oxford University Press, 2007, p. 8.

化,希望被强势文化接纳。这种文化冲突一直困扰着非裔美国人:要么固守非裔美国文化,那么始终会处于社会的边缘位置;要么放弃非裔美国文化,以白人文化作为价值取向,那么非裔美国人的心灵就会受到扭曲,会给非裔美国人带来困惑和错乱,有时甚至造成人生悲剧。威尔逊戏剧中的人物,如《乔·特纳来过了》(*Joe Turner's Come and Gone*, 1986)中的塞斯、《莱妮大妈的黑臀舞》中的利维、《钢琴课》中的柏妮丝等人都对自己的文化身份认同表现出矛盾的心理,他们中的有些人甚至沦为文化身份危机的牺牲品和替罪羊。例如,塞斯公然嘲弄自己的非裔同胞,摈弃了"双重意识"中的"黑人性"方面;利维舍弃了布鲁斯音乐的核心本质,把自己的价值建立在白人老板斯特文特的施舍与认同的基础上,以至于最后由于自己的自以为是丢了工作,而同为非裔美国人的同事托雷德成了这次小小争执的牺牲品;《钢琴课》里的姐姐柏妮丝始终拒绝弹奏放在家里的那架象征着祖先遗产的钢琴,并固执地拒绝告诉女儿有关钢琴的历史——她不愿意去拥抱祖先的遗产,也不愿承认自己是黑人奴隶后嗣的事实,她对"黑人性"的否定最终导致了前奴隶主萨特的鬼魂在家里盘旋不走。因而如何把"缺席的"非裔美国人移至主体地位,成为在主流文化霸权和全球化的时代背景下构建非裔美国人文化身份的一个亟待解决的问题。

二

当代非裔美国学者小休斯敦·A.贝克(Houston A. Baker, Jr.)提出了"布鲁斯方言"理论,这种理论视域能够有效诠释奥古斯特·威尔逊为何如此强调布鲁斯音乐的重要性。布鲁斯音乐作为非裔美国人的方言表达方式,体现了非裔美国人的特征、审美观和意识形态,在很大程度上凸显了非裔美国人的"黑人性",因此很多非裔美国作家在他们的作品中都力图通过布鲁斯音乐来展示非裔美国人的传统文化。奥古斯特·威尔逊是其中熟练运用布鲁斯音乐来展示非裔美国文化的典型例子。

根据贝克的"布鲁斯方言"理论,"布鲁斯音乐是复杂而扭曲的非裔美国文化的表现母体"①,体现了非裔美国人独特的悲惨经历。布鲁斯音乐来自非洲音乐,"从黑人劳作时的田野呼唤和歌声演变而来,又融合了圣歌、教堂唱诗以及民间幽默与智慧等多种元素发展而来"②。换句话说,布鲁斯音乐毫无疑问来自非裔美国人的传统,融合了非裔美国人的劳动号子、宗教音乐等元素。布鲁斯音乐的诗节数目并不确定,取决于歌手或者演奏者的即兴表演,通常是三行一节,前面两行相同或略有变化,第三行则是对前两行的回答,呈现 AAB 的韵律;在节奏上,通常是每行四拍,三行共十二拍,因此也被称为"十二拍布鲁斯"③。

这种可以自由改变的音乐形式使布鲁斯成为最能集中表现黑人独特体验的情感宣泄方式。这种由非洲黑人音乐衍变而来的音乐是一种非裔美国人表达喜怒哀乐、爱恨情仇,或寄托希望、抒发哀思的艺术形式,也是非裔美国人在语言之外的自我表达工具。从某种意义上说,布鲁斯音乐已成为非裔治愈心灵创伤、超越种种现实困境的手段,也表达了非裔美国人渴望超越肤色、性别、空间限制,实现种族平等的政治诉求和愿景。

事实上,作为非裔美国文化的重要表征,布鲁斯音乐贯穿了奥古斯特·威尔逊的三部剧作。例如,《乔·特纳来过了》中的歌曲《他们告诉我乔·特纳来过了》("They Tell Me Joe Turner's Come and Gone")揭示了美国内战后重建时期美国南部的非裔美国人遭受美国白人变相压迫与奴役的事实,同时也为剧中人物卢米斯提供了情感宣泄的出口,传达了非裔美国人的文化与价值;《莱妮大妈的黑臀舞》中的歌曲《莱妮大妈的黑臀舞》("Ma Rainey's Black Bottom")体现了非裔歌手对自己民族和文化的深深自豪;而《钢琴课》中的歌曲《我需要

①　Houston A. Baker, Jr., *Blues, Ideology, and Afro-American Literature: A Vernacular Theory*, Chicago: University of Chicago Press, 1984, p. 3.

②　同①,第5页。

③　Jean Ferris, *America's Musical Landscape*, New York: McGraw-Hill, 2010, p. 176.

你的帮助》（"I Want You to Help Me"）在一定程度上是非裔美国人力量和精神开始凝聚的象征。这些布鲁斯歌曲在演绎非裔美国人共同的苦难经历的同时，也体现了自身在威尔逊戏剧中以及在非裔美国人日常生活中的渗透力量。

在威尔逊看来，布鲁斯音乐对非裔美国人的文化身份构建有着重要意义。贝克在其"布鲁斯方言"理论中指出，布鲁斯音乐是 20 世纪初由非裔美国人在美国南部创造和发展的音乐式样，是"复杂而扭曲的非裔美国文化的表现母体"①；同时，"布鲁斯旋律作为一种有力的符号系统，是黑人方言传递的文化信息"②。因此，通过唱响属于自己的布鲁斯歌曲，奥古斯特·威尔逊的剧中人物最后都保存了自己的文化，并进而建构了自己的文化身份。例如，《乔·特纳来过了》中的卢米斯和邦尼重获了异化的自我，《莱妮大妈的黑臀舞》中的利维唱响了非裔美国文化身份之歌，而《钢琴课》中的柏妮丝和威利姐弟则继承了非洲文化遗产。从这个意义上来说，布鲁斯音乐，这种非裔文化的主要意象和表现母体，承载了非裔美国人的所有历史，在一定程度上凸显了非裔美国人的"黑人性"，为威尔逊的剧中人物，更为所有非裔美国人提供了一种构建自身文化身份的重要途径，更是非裔美国人聚合起来的重要源泉。

在全球化的大环境下，弱势民族怎样保持独特的民族文化传统、建立民族文化身份和个体的主体性从而不被强势民族"殖民"，是一个重要的课题。在一定程度上，奥古斯特·威尔逊通过对布鲁斯音乐的挖掘，向观众和读者揭示了非裔美国人的传统和文化。他在给非裔美国人提供一种构建自身文化身份途径的同时，也给他们，甚至给美国白人提供了一种全新的看待美国黑人的方法，从而弘扬了非裔美国文化传统的独特魅力和艺术价值。

---

① Houston A. Baker, Jr., *Blues, Ideology, and Afro-American Literature: A Vernacular Theory*, Chicago: University of Chicago Press, 1984, p. 3.

② James H. Cone, *The Spirituals and the Blues: An Interpretation*, New York: Seabury Press, 1972, p. 4.

三

奥古斯特·威尔逊的三部戏剧——《莱妮大妈的黑臀舞》《乔·特纳来过了》及《钢琴课》集中阐释了他将布鲁斯音乐作为非裔美国人"黏合剂"的理念。

威尔逊的成名始于《莱妮大妈的黑臀舞》。这部剧作完成于1982年,1984年被搬上耶鲁话剧院的舞台,由时任耶鲁大学戏剧学院院长的劳埃德·理查兹亲自执导,获得巨大成功。同年10月,该剧进军百老汇,好评如潮,一时成为新闻媒体和戏剧评论界的焦点,后荣获1985年纽约剧评界最佳戏剧奖并得到多项托尼奖提名。它以芝加哥为背景,以历史上真正的非裔美国布鲁斯女歌手格特鲁德·玛·莱妮(Gertrude Ma Rainey, 1886—1939)为原型,将莱妮的工作、生活经历艺术地搬上舞台。据记载,这位"布鲁斯之母"[1]与"布鲁斯歌后"贝西·斯密斯(Bessie Smith)一样,是首批与白人开办的派拉蒙唱片公司签约的非裔歌手。威尔逊把将历史上真实的莱妮预设为《莱妮大妈的黑臀舞》一剧的女主角,而该剧剧名同样取自这位有着传奇色彩的歌手演唱的一首真正的布鲁斯歌曲,这充分表明布鲁斯音乐对于该剧的深刻影响。

在《莱妮大妈的黑臀舞》中,莱妮成为舞台绝对的主角。无论是当乐队与白人老板的利益有冲突时,还是在与白人警察的纠纷中,她都竭力利用她的"布鲁斯之母"的社会影响力与颐指气使的白人老板和经纪人讨价还价,争取自己作为非裔美国人的权益。从莱妮登台伊始,我们看到的是一位坚强果断、能自如运用布鲁斯音乐这柄尚方宝剑为自己保驾护航的非裔美国女性。尽管又矮又胖的莱妮外表显得俗气不堪,但她却表现出异常的霸气和坚定,以致白人老板斯特文特都会抱怨"受不了她这点"[2]。莱妮清醒地知道,她所有的权利都来自

---

[1]　Giles Oakley, *The Devil's Music: A History of the Blues*, 2nd edition, Boston: Da Capo Press, 1997, p. 97.

[2]　August Wilson, *Ma Rainey's Black Bottom*, New York: Penguin, 1985, p. 18.

她唱出的布鲁斯音乐。因此,当被卷入交通纠纷时,莱妮要求回到录音棚解决问题;在那里,她的白人经纪人欧文只用点小费就轻而易举地打发走同为白人的交通警察。同时,莱妮还善于利用布鲁斯音乐赋予自己的一切权利和优越性。例如,在录制布鲁斯歌曲的序曲部分时,她坚持沿用传统的布鲁斯音乐,让自己的侄子西尔维斯特来唱序曲,而不是采用利维的小号爵士乐;在演出结束后,她竭力为乐队成员争取拿现金报酬而不是兑现不了的支票。莱妮深谙布鲁斯音乐的核心本质,她说:"白人不懂布鲁斯,他们不懂这是一种倾诉生活的方式。"①她还告诉乐队的成员:"唱歌是种理解生活的方式,布鲁斯音乐有助于新的一天的开始,因为你知道你不是孤单一人;没有布鲁斯音乐,这世界将会变得非常的空虚。"②莱妮的话反映了非裔美国女性音乐家依靠美国黑人音乐将自己从男权世界中解放出来的方式,也反映了美国黑人音乐带领非裔美国女性从奴隶制走向自由世界的事实。

1984年,威尔逊完成了其"最不现实和最仪式化的作品"③——《乔·特纳来过了》。该剧在耶鲁话剧院上演后,又于1988年在百老汇上演,获得了当年的纽约剧评界最佳戏剧奖,并获托尼奖和纽约戏剧委员会奖提名。该剧的背景是1911年匹兹堡市的一家客栈,剧中人物是一群刚刚摆脱奴隶制束缚、漂泊在异乡的非裔美国人。借助布鲁斯歌曲,威尔逊清楚地表达了非裔美国人对白人至上主义社会的不满。和《莱妮大妈的黑臀舞》一样,《乔·特纳来过了》的剧名也来自历史上真实存在的布鲁斯歌曲名称。此歌是关于非裔美国女性的悲叹,因为她们的丈夫"在南方重建期间被前奴隶主乔·特纳掠走并关押在远离家庭且荒无人烟的劳改场奴役长达七年之久"④。而巧合的是,该剧主人公卢米斯也被田纳西州州长的兄弟、前奴隶主乔·特纳

---

① August Wilson, *Ma Rainey's Black Bottom*, New York: Penguin, 1985, p. 82.

② 同①,第83页。

③ Harry J. Elam, Jr., "August Wilson (1945–)," in *African-American Writers*, edited by Valerie Smith, Detroit: Gale, 2001, p. 848.

④ Margaret Booker, *Lillian Hellman and August Wilson: Dramatizing a New American Identity*, New York: Lang, 2003, p. 108.

掠走,并被奴役长达七年之久。

当卢米斯终于被释放后,却发现自己的世界已经完全改变了。他的妻子玛莎把孩子留给奶奶,只身"前往美国北方"①,而他自己经常被在农场七年噩梦般的奴役经历所困扰,终日郁郁寡欢。卢米斯带着年仅11 岁的同样痛苦、瘦弱的女儿佐尼亚,来到塞斯和伯莎经营的寄宿旅店寻找他失踪已久的妻子。当塞斯和拜纳姆进行朱巴舞———一种呼唤响应舞蹈———仪式时,卢米斯突然勃然大怒。当"看到干燥的骨头在水面上行走并接近他时"②,卢米斯更是"几乎瘫痪,无法站起来"③。这时,拜纳姆在仪式中慢慢唱起那曲《他们告诉我乔·特纳来过了》,试图帮助卢米斯"重新连接、重新组装,赋予这首歌清晰明亮的意义。这首歌既是一种哀鸣,也是一种欢乐"④。这首布鲁斯歌曲为卢米斯的情感提供了宣泄口,卢米斯开始勇于面对他迷失的自我,并倾诉他在过去七年的痛苦经历。也只有在这时,卢米斯才从疯狂中平静下来,决心对他的现在和将来负责,而不是借口寻找妻子,带着孩子到处流浪。

威尔逊让该剧的剧名和剧情与根据史实改编的、真实存在的布鲁斯歌曲名字及内容都高度重合,表明以布鲁斯为代表的美国黑人音乐在表达非裔美国人的情感方面具有不可替代性,是非裔美国人表达恐惧、喜悦等共同情感的文化媒介。卢米斯的内心成长历程代表了非裔美国人积极直面过去,尝试理解民族历史,从而重塑自我的过程。在这个意义上说,《乔·特纳来过了》体现的思想在美国戏剧中是独树一帜的。整部作品融合了爵士乐、布鲁斯及黑人灵歌等看似具有非裔美国人特色的元素,但它们的根源无疑均来自非洲文化体系。威尔逊巧妙地运用这些元素刻画了非裔美国人的血泪史以及他们为重建自己的身份与重新聚合起来而做出的努力。

威尔逊的新剧《钢琴课》1987 年在耶鲁大学实验剧院上演,1989

---

① August Wilson, *Joe Turner's Come and Gone*, New York: Penguin, 1988, p. 72.
② 同①,第 55 页。
③ 同①,第 55 页。
④ 同①。

年在百老汇演出,好评连连。该剧 1990 年荣获普利策戏剧奖,使威尔逊成为美国有史以来第一位在五年内两获普利策戏剧奖的剧作家。

《钢琴课》的背景设置在 20 世纪 50 年代。这出戏的中心是一架雕饰华丽的立式钢琴,这架钢琴跟着全家人从南方迁移到匹兹堡市,被视为传家之宝。查尔斯家的一对儿女——威利和柏妮丝为如何处置这件查尔斯家族来之不易的珍贵财产争论不休。儿子威利是个佃农,想法比较务实,一心只想变卖钢琴,拿着换回的钱重回南方买下祖辈们耕作过的土地,自己做个农场主,从而过上踏实稳定的生活。女儿柏妮丝则认为这架钢琴是维系家庭成员与家族过去的纽带,是非裔美国人被奴役经历的见证,因此执意要保留这个家族历史的纪念物。

在《钢琴课》中,不管是威利和多克演唱的布鲁斯歌曲《阿尔伯塔》("Alberta"),还是温尼叔叔唱出的《我是一个流浪者》("I Am a Travelling Man"),都再现了非裔美国人自奴隶制以来的历史创伤。而查尔斯家中的钢琴以及演奏的布鲁斯歌曲也成为一个共同的文化文本,提醒着人们对非裔美国人的压迫和剥削仍然存在,而这也是前奴隶主萨特的幽灵盘旋在钢琴上不走的原因。从某种程度上说,控制这架钢琴以及控制利用它伴奏唱出的布鲁斯歌曲,就意味着作为奴隶主的萨特家族还继续拥有对查尔斯家族所有人的奴役权。然而,在剧末,柏妮丝借助布鲁斯歌曲的力量,击退了萨特的幽灵,而威利在感受到布鲁斯音乐的抵抗力量后,也和柏妮丝达成和解,放弃了出售钢琴,准备依靠自己的能力挣钱买地。

《钢琴课》一剧中,钢琴象征着非裔美国人的历史,折射出非裔群体对待自身传统和文化的不同态度。通过剧本,威尔逊表达了他对非裔历史的态度。他认为只有正视过去,未来才会有希望,哪怕过去是一部惨痛的血泪史。正如他自己断言的,"在非裔群体历史和文化面临危险、即将消失之际,那些处于领导位置的非裔美国人有责任站出来加以维护,使之得以传承"①。桑德拉·阿黛尔(Sandra Adell)甚至

---

① Margaret Booker, *Lillian Hellman and August Wilson: Dramatizing a New American Identity*, New York: Lang, 2003, p. 213.

认为威尔逊剧作中的布鲁斯元素"构建了一个哲学体系,这个体系诠释着非裔美国人在社会压迫之下对生活的理解和对自由的渴望"[1]。里贾纳·泰勒(Regina Taylor)追溯了布鲁斯音乐的历史,认为威尔逊剧作中的人物将自我的苦痛经历和破灭的梦想寄托在这种音乐形式中。[2]

实际上,作为一种民族苦难与文化传承的象征元素,以布鲁斯为代表的美国黑人音乐已成为非裔美国文化表达不可分割的重要组成部分,它本身就见证着非裔美国文化在一个充满白人歧视与压迫的美国社会环境中的蓬勃发展。也正是意识到以布鲁斯为代表的美国黑人音乐的价值,威尔逊让美国黑人音乐融入他的每一部作品。在描述布鲁斯给他的写作带来的感觉时,威尔逊甚至形容"这是一次诞生、一次洗礼、一次复活、一次救赎,都融为一体"[3],以此强调布鲁斯对他的影响。而在不同的公开场合,威尔逊都坚持认为布鲁斯"包含了非裔美国人对他们所处世界的文化的反应"[4],因此,他"会在布鲁斯中找到任何想知道的东西"[5]。

毋庸置疑,在威尔逊看来,作为"圣经"的布鲁斯音乐能够体现非裔美国族群所有的经历,[6]因此在他的"彼得堡系列剧"中,威尔逊借助布鲁斯音乐来表达自己及剧中人物的情感和思想。此外,非裔美国人借以宣泄恐惧、疑惑和快感的朱巴舞,非洲有关亡者灵魂附体的传

---

[1] Sandra Adell, "Speaking of Ma Rainey/Talking about the Blues," in *May All Your Fences Have Gates: Essays on the Drama of August Wilson*, edited by A. Nadel, Iowa City: University of Iowa Press, 1994, p. 133.

[2] Regina Taylor, "That's Why They Call It the Blues," in *Contemporary Literary Criticism*, vol. 108, edited by J. W. Hunter and T. J. White, Detroit: The Gale Group, 1999, p. 63.

[3] Mary Ellen Snodgrass, *August Wilson: A Literary Companion*, Jefferson, NC: McFarland, 2004, p. 43.

[4] Sandra G. Shannon, "Blues, History, and the Dramaturgy: An Interview with August Wilson," *African American Review*, 27.4(1993), p. 541.

[5] Dinah Livingston, "Cool August: Mr. Wilson's Red-Hot Blues," *Minnesota Monthly*, October 1987, p. 32.

[6] 同[5]。

说,非洲传统神话中的钢铁神,以及用自己的鲜血为自己洗礼的社会仪式等传统非洲文化在威尔逊的剧作中都得以体现。这些都无不昭示着非洲文化之根给予的精神给养。它们不仅让非裔美国人回归历史、认识过去,更是以其特殊的作用帮助非裔美国人重新找回自我、获得新生。

在美国多元文化融合的大背景下,非裔美国人该如何保持自己的文化身份?该如何在与白人文化的冲突与调和中找到身份认同?面对诸如此类的问题,威尔逊给出了他的回答:"我想通过我的作品定位非裔美国传统文化,并展示这种文化对于非裔美国人的重要意义。"①因此,威尔逊的剧作关注非裔美国人精神迷失和重塑自我的问题,传播和颂扬非裔美国文化,展现了他将文学创作与非洲传统文化相融合的创新意识。威尔逊的这种信仰和实践恰恰是其"将人们聚合起来的尝试"②这一创作意图的外化,是其努力发掘非裔美国文化中特有的东西和寻找一种真实的非裔美国人精神的文学表征。

第三节

玛莎·诺曼:开启"那扇必须打开的门"③

玛莎·诺曼(Marsha Norman)是美国当代重要剧作家之一,因《晚安,妈妈》('Night, Mother)荣获 1983 年普利策戏剧奖而蜚声世界剧坛。该剧在国内已有多个演出版本,2017 年底由香港焦媛实验

---

① J. S. Foster, *The Concept of Black Liberation Ideology in the Plays of August Wilson*, PhD dissertation, New York: New York University, 2000, p. 28.

② Christopher Bigsby, "Changing America: A Changing Drama?" in *The Cambridge History of American Literature*, vol. 7, edited by Sacvan Bercovitch, Cambridge: Cambridge University Press, 2007, p. 86.

③ Sacvan Bercovitch, ed., *The Cambridge History of American Literature*, vol. 7, Cambridge: Cambridge University Press, 2008, p. 93. 本节由凌建娥撰写。

剧团推出的粤语版与北京鼓楼西剧场推出的普通话版几乎同时在国内巡演,可见这一"哲理戏剧"和"自杀剧"的艺术生命力。① 在美国,该剧被史学家认为是"最早且至今都为数不多的、以严肃艺术形式激发观众对重要哲学与伦理问题做出回应的美国戏剧之一"②。诺曼自 20 世纪 70 年代末因《出狱》(*Getting Out*,1977)一举成名以来,陆续创作了包括《第三大道与橡树街路口》(*Third and Oak*,1978)、《黑暗中的旅人》(*Traveller in the Dark*,1984)、《爱上丹尼尔·布恩》(*Loving Daniel Boone*,1991—1992)、《特鲁迪·布鲁》(*Trudy Blue*,1995)和《最后一支舞》(*The Last Dance*,2003)等在内的十部戏剧文学作品。

　　由于其主要剧作的主人公多是女性,特别是受困于贫穷、暴力、疾病而生活在孤独与绝望中的女性,诺曼常被认为是女性主义剧作家。芭芭拉·卡丘尔(Barbara Kachur)认为,相比于同时期登上百老汇舞台的其他几位女剧作家③,诺曼的戏剧"不仅语气严肃,而且风格上兼容并蓄,主题多样",既探讨"女性自立和身份问题",又深究

---

　　① 《晚安,妈妈》粤语版于 2015 年首演,2017 年 11 月下旬先后巡演到北京和上海。《北京晚报》于 11 月 25 日以《"冻龄女神"米雪首登内地舞台　深刻诠释哲理戏剧〈晚安,妈妈〉》为题进行了报道,详见北京新视觉网(http://www.takefoto.cn/viewnews-1333375.html)。鼓楼西剧场推出的中文普通话版 2016 年底首演,主演妈妈的是"40后"剧作家兼导演林荫宇,她在 1992 年就执导过该剧。该剧 2017 年 12 月底巡演到云南,详见搜狐网 2017 年 12 月 25 日新闻报道(http://www.sohu.com/a/212707432_160975)。南大黑匣子剧场曾于 2012 年 3 月 18 至 28 日推出该剧,详见新浪网转载的《扬子晚报》题为《话剧〈晚安,妈妈〉聚焦自杀话题引共鸣》的报道(http://ent.sina.com.cn/j/2012-03-21/02103585938.shtml)。上海现代人剧社推出的版本曾于 2006年巡演到北京,详见搜狐网报道《美国普利策奖小剧场话剧〈晚安妈妈〉将上演》(http://yule.sohu.com/20061020/n245910531.shtml)。

　　② Matthew C. Roudané, *American Drama since 1960: A Critical History*, New York：Twayne Publishers, 1996, p. 133.

　　③ 1981 年普利策戏剧奖得主贝丝·亨利(Beth Henley),得奖剧作《芳心之罪》(*Crimes of the Heart*,1981);1987 年托尼奖最佳剧本提名奖得主蒂娜·豪(Tina Howe),提名剧作《海滨骚动》(*Coastal Disturbances*,1981);1989 年普利策戏剧奖得主温迪·沃瑟斯坦(Wendy Wasserstein),得奖剧作《海蒂编年史》(*The Heidi Chronicles*,1988)。

"现代社会的存在不适"①。她的观察从侧面直接揭示出有关诺曼戏剧的特殊性,从女性入手探讨"现代社会的存在不适"这种普遍的问题。她在 1990 年的一次访谈中称,"我现在明白了,原来我此前写过的所有剧作,和以后要写的剧作,写的都是单独监禁(solitary confinement)"②。"单独监禁"本意是指监狱将犯人单独关押的监管方式,诺曼这里无疑是将之视为一种隐喻。马修·鲁丹(Mathew Roudané)将"单独监禁"解读为"人的孤独",是一种需要人不断挣扎着"去超越的难以忍受的现状"③。在笔者看来,"单独监禁"是诺曼戏剧中存在主义思想的试金石。

诺曼曾告诉采访她的卡罗琳·凯西·克雷格(Carolyn Casey Craig),"真正的单独监禁是用来隔离人的……因为他们被认为是危险的,因为他们不合群,格格不入。被单独监禁的人天生想要出去……以便继续寻找有归属感的地方"④。换而言之,诺曼致力于写"单独监禁",其实是写人的孤独与疏离,即"格格不入";写人的自由与选择,即"想要出去";写人存活于世的目的或意义,即寻找一个"家",一个有归属感的地方。如此,这位艾格尼丝斯科特学院哲学系毕业的剧作家已经在用文学创作表达哲学思想了。与其说诺曼因为主要从女性入手关心"现代社会的存在不适"就是一位女性主义作家,那不如说是她是一位具有女性主义意识的存在主义剧作家。

一

汉斯·E. 费舍尔(Hanns E. Fischer)指出,存在主义始于"一位激

① Barbara Kachur, "Women Playwrights on Broadway: Henley, Howe, Norman and Wasserstein," in *Contemporary American Theatre*, edited by Bruce King, New York: St. Martin's Press, 1991, p. 27.

② Matthew C. Roudané, *American Drama since 1960: A Critical History*, New York: Twayne Publishers, 1996, p. 124.

③ 同②。

④ Carolyn Casey Craig, *Women Pulitzer Playwrights: Biographical Profiles and Analyses of the Plays*, Jefferson, NC: McFarland & Company, 2004, p. 179.

进的新教思想家——克尔凯郭尔——面对当时基督教肤浅而凋零境况的绝望"①。诺曼戏剧中的存在之思则可谓始于对"存在主义之父"——克尔凯郭尔(Kierkegaard)绝望学说的回应。克氏在《致死的疾病》(Sickness unto Death, 1849)中提出绝望的对立面是信仰,绝望这一"致死的疾病"在自我面向上帝时得以消除,"绝望"这一"罪"在自我与上帝建立关联中得以救赎。克氏不似萨特,会游刃有余地把自己的哲学思想用戏剧、小说的方式演绎出来。诺曼致敬克氏,又不忘与萨特无神论存在主义进行对话,即用她的首部作品《出狱》演绎有神论视角下的自由之路——单独监禁的绝望中,自我面向上帝而自由。

应当指出,诺曼长大成人的20世纪60年代刚好是萨特存在主义思潮风靡欧洲和美国之际。萨特1945年10月28日在巴黎中央大厅那场题为"存在主义是一种人道主义"的著名演讲被誉为"存在主义运动的宣言"②,萨特也一夜成为世界名人。但是,诺曼出身于肯达基州路易斯维尔市卫理公会原教旨主义家庭,又热爱哲学,对她来说,克尔凯郭尔似乎比萨特更令她着迷。《纽约时报》剧评人发现诺曼是一位可以"自如穿梭在克尔凯郭尔与亚里士多德、福楼拜与多丽丝·拉辛之间"③的谈话者。

诺曼在《出狱》中就塑造了一位与克尔凯郭尔存在主义哲学对话的女主人公。她赋予单独监禁中的女主人公克尔凯郭尔式的选择:自我在绝望中走向上帝。《出狱》的女主人公阿莉/阿琳·霍斯克罗是一位存在主义英雄。在服刑八年后获假释离开监狱的那一刻,她郑重其事地告诉自告奋勇一路开车几百里送她回家的退休狱警本尼:"阿

①　Hanns E. Fitscher, Introduction, in *Existentialism and Humanism: Three Essays*, by Karl Jaspers, translated by E. B. Ashton, New York: Russel F. Moore, 1952, p. 7.

②　贝克韦尔:《存在主义咖啡馆:自由、存在和杏子鸡尾酒》,沈敏一译,北京:北京联合出版公司,2017年,第16页。

③　Mel Gussow, "Marsha Norman Savors Pulitzer Prize for Drama," *The New York Times*, April 19, 1983. https://www.nytimes.com/1983/04/19/theater/marsha-norman-savors-pulitzer-prize-for-drama.html.

莉自己把自己送了监狱。出狱的是阿琳,明白吧?"①这里似乎回响着萨特存在主义的主张,即人自从来到这个世界的那一刻起,就要对自己的一切行为负责。但萨特的前提是上帝不存在以后人的自由——无神论者命定的自由。而"阿琳"是阿莉绝望中面向上帝而获得的身份。监狱牧师告诉被关单独监禁的阿莉,上帝会带走那个一直在伤害她的"满怀仇恨的自我"②,让她也可以成为温柔的人,得到自己想要的。阿莉此后绝望地不要成为自身,要成为"阿琳"。为此,阿琳在出狱后所做的第一件事就是郑重其事地将耶稣画像挂在墙上,不顾他人对此的不以为然、不屑一顾或冷嘲热讽。她成为克尔凯郭尔意义上的人,一个综合体——"人是一个有限与无限、暂时与永恒的综合,自由与必然的综合"③。阿莉/阿琳的"综合"与其说是人格分裂,不如说是克尔凯郭尔意义上人作为一种精神运动趋向的综合体,一种自我之旅、存在之旅。

当阿莉还不是阿琳时,她还没意识到自我。在克尔凯郭尔的观念里,"自我"在最抽象也最具体的意义上就是"自由",而自由又落实于"非此即彼"的选择——选择善与恶,还是不选择善与恶的绝对。④ 阿莉只知承受不知选择,绝望中不知有自我。第一次遭自己父亲性侵后,阿莉卧床不起,还流血不止,被母亲数落。但她口里说的是父亲对她什么也没做。她把牙膏夹在三明治中间,以为那会杀了父亲。她逃学、偷妈妈的钱、满怀仇恨地对所有人大吼大叫,甚至对卖淫都毫不在乎,还和皮条客卡尔成了别人眼里的男女朋友。在她因伪造和卖淫被监禁之前,她的"自我"一直被禁锢。

阿莉的校长还本着萨特存在主义的立场,让未成年的阿莉对自

---

①　Marsha Norman, *Four Plays*, New York: Theatre Communications Group, 1993, p. 8.

②　同①,第53页。

③　同①,第9页。

④　Søren Kierkegaard, *The Essential Kierkegaard*, edited by Howard V. Hong and Edna H. Hong, Princeton, NJ: Princeton University Press, 2000, pp. 76 – 80.

己的人生负责。她在发现阿莉又逃学,还涉嫌偷钱——阿莉意味深长地谎称是她为爸爸做事挣的——之后决定开除阿莉,说:"你已经做出了自己的选择。既然你自己想要离开这普通学校,那你从这出去吧。"[1]阿莉是不想离开的,但校长用"自由选择"将问题简单化了,将阿莉的"自我"禁锢了。她没有想过问阿莉究竟为父亲做了什么,也就没法发现父亲对阿莉做了什么。校长的简单粗暴很难说不是萨特存在主义的粗暴——未成年的阿莉没有能力自由选择成为父亲兽欲的猎物,更无力负责其后果。

令阿莉"自我"长期禁锢的更有阿莉的母亲,一个绝望到不知有自我的人。从伦理和法律上说来,母亲本该最有责任介入阿莉被强暴一事。从阿莉对父亲的恳求来看,母亲是有所怀疑,并过问了自己丈夫的。但她选择了什么也不做。母亲长期遭父亲家暴,但她同样什么都没做。她没忘记自己丈夫对阿莉做过什么,但只是轻描淡写地告诉刚刚出狱的阿琳,说丈夫后来又把魔爪伸向了阿莉的妹妹们,并因此被捕。更令人匪夷所思的是,她没有对他表示任何恨意,反而一见到阿琳后就说他"人其实不坏","一生都运气不好"[2]。她无知地替丈夫和让他为所欲为的体制辩解,但她却会恨自己的孩子一个个都先后屡次进出少管所,只觉得"没有孩子就没有烦恼"[3]。她压根没觉得自己的女儿们吸毒卖淫之类,是因为自己家里先出了问题,而她没有为自己的女儿们挺身而出。即使在阿莉出狱后,这位母亲还没意识到自己的失职,只责怪阿莉上过的各类学校:"现在这些办学机构,他们不懂怎么教孩子。只会让他们惹麻烦。他们就应该从一开始就让你站起来,让你们去擦地板。孩子就需要那样。训练。好好干活。"[4]她甚至承认自己当年都恨不能杀了阿莉,因为阿莉将自己的人生经历与少管所

---

[1]　Marsha Norman, *Four Plays*, New York: Theatre Communications Group, 1993, p. 18.

[2]　同[1],第15—16页。

[3]　同[1],第16页。

[4]　同[1],第20页。

的人倾诉了。母亲回忆,"在韦弗利少管所,你撒谎说我们带你去野营,说你爸强迫你在一旁观看他和我……你懂的。如果不是那些社会工作者盯得紧,我当时可能就把你杀了"①。她不知道,阿莉当年也想割了母亲的喉咙。明明同为暴力受害者,两个人却绝望到彼此撕咬,足见受害程度之深。

更为糟糕的是,母亲还不相信宽恕和救赎。出狱后的阿莉想要回家看看,喝一口母亲的烤肉汤——阿莉从小就很瘦,不怎么吃东西。母亲简单粗暴地拒绝了,并毫不讳言家里还有孩子,不能让她们学阿莉的坏榜样。母亲认为阿琳还是当年那个"满怀仇恨的小混蛋"②。她看到阿琳墙上挂的耶稣像,很是不以为然。她没说出口,但她和校长一样相信阿莉是自食其果,只配和她的同类一起。③ 在诺曼和读者眼里,母亲的"自我"被禁锢才是真正致命的。她完全不懂人的自由和尊严。

卡尔·雅思贝尔斯(Karl Jaspers)在提出以基督教存在主义作为一种"新的人道主义"时,曾毫不含糊地称"将自由视为人的本质,就是将人视为尊严"④。直到因伪造和卖淫进了少年犯监狱又被"同类"欺负后,阿莉才开始逐渐懂得维护自己的自由。有人诬陷她是为了钱和父亲上床,还说她母亲是妓女,她奋起反抗。差不多同时,她也得知自己怀孕了。她想要成为一个母亲,一个同自己母亲不一样的母亲。她淡定地告诉狱医,"小孩子总要人带大,带好"⑤。她开始明白,自己是一个没被"带好"的孩子。她以自尽相威胁,才阻止了前来劝她堕胎的人。她甚至决定,儿子是她一个人的,都不必知会他的皮条客父亲卡尔。然而儿子一生下来就被领养走了。绝望的阿莉选择越狱。她

---

① Marsha Norman, *Four Plays*, New York: Theatre Communications Group, 1993, p. 21.

② 同①,第 25 页。

③ 同①,第 20 页。

④ Karl Jaspers, *Existentialism and Humanism: Three Essays*, translated by E. B. Ashton, New York: Russel F. Moore, 1952, p. 65.

⑤ 同①,第 22 页。

知道自己要去哪里，但她不知道自己路上会遇上绑匪，而且绑匪同父亲一样，也是出租车司机。她没能杀得了父亲，但她杀了绑匪，结果是被再次投进监狱，一所不同的监狱。遭遇过被自己亲生父亲强暴、自己母亲却听之任之的巨大荒谬之后，这种阴差阳错的荒诞已经不算什么了。至于出狱后经历的荒诞——自己在监狱里学了美容，但各州法律都不给坐过牢的人颁发从业许可证——就更加不痛不痒了。

以杀人罪再度入狱的阿莉一直在看不到儿子的绝望中大喊大叫，还动辄被投进单独监禁的牢房。她的绝望到了极致。阿莉在绝望中看到监狱牧师来了，还开口就叫她"阿琳"，先从名字上给她带来新生。她看到了希望。她开始努力地阅读《旧约·诗篇》中的诗句："因为耶和华喜爱公平，/不撇弃他的圣民，/他们永蒙保佑，/但恶人的后裔必被剪除。"①她被解除了单独监禁。她开始歇斯底里地等待牧师的再次到来，却只等来他托狱警转交的一张耶稣画像。喊了三天三夜也不见上帝来的"封藏人"最终用狱友私藏的小刀把那个"满怀仇恨的自我"②象征性地杀了。明明把自己弄得死去活来，她还平静地说："阿莉为她对我做的一切死了，阿莉死了，这是上帝的意志。"③将阿莉看作父权制及其相关体制——包括宗教——牺牲品的学者将此举动看作阿莉的自杀，称阿莉"其实是在扼杀真正的自我"④。照此解释，阿琳出狱还是坚持要挂耶稣像就很难自圆其说了。

从克氏绝望的对立面是信仰这一立场来看，这是阿莉绝望地拒绝成为"阿莉"，而要成为"阿琳"的举措。被抢救后的阿莉从此安静了。她开始学编织，想念儿子的时候就编织婴儿衣服，后来还学了美容。她由于表现良好，获得假释出狱。在克氏的逻辑里，面向上帝的"自我"是不同于非基督或自然人的"人类自我"，它是一个全新的，"无限

---

①　Marsha Norman, *Four Plays*, New York：Theatre Communications Group, 1993, p. 50.

②　同①，第 53 页。

③　同①，第 53 页。

④　Yasemin Güniz Sertel, "Getting Out：A Struggle for Autonomy in Physical and Social Confinement," *Journal of Literature and Art Studies*, 7.2（2017）, p. 124.

的自我"①。这个以上帝为标准的自我随着信念越强而越强大，"对上帝的概念增一分，则自我也就增一分"②。出狱后的阿琳前后三次捍卫自己对上帝的信念，自我也的确越来越强大。先是本尼看到耶稣画像不以为然，只当耶稣是流行文化符号，戏问他何以长年保持好看的胡子。然后是母亲看了耶稣画像不屑一顾，看到画像的脚有一处皱褶也无动于衷。最具有敌意的是从监狱逃出来的皮条客卡尔。他不由分说地直接把耶稣画像取了下来，阿琳又毫不迟疑地把它挂了上去。不无讽刺的是，卡尔和阿琳谈"选择"，想让她"选择"去纽约卖淫。他有板有眼地说："你有选择的，亲爱的。你可以当厨子、清洁工，也可以干点收入不错的活。你跪在地上干活发不了财的。你跟我走就可以。你留在这里只会啥也没有。"③阿琳毫不迟疑地选择了留下来。她想留下来才有机会看到儿子，甚至争取到儿子的抚养权。这样，阿琳通过自由选择成功出狱了，任何意义上的单独监禁都被解除。当她自己打开了门，就果真有人——出狱后当了厨子的邻居鲁比愿意帮她。鲁比也是心中有上帝的人，她还帮阿琳纠正了用错的词。

阿琳的自由之路看似离不开上帝的眷顾。不过，这丝毫不意味着诺曼认为，只有走向上帝才可摆脱"单独监禁"。她后来在《晚安，妈妈》中塑造了一位更有名的无神论存在主义英雄杰西，杰西在绝望中决定自杀，俨然自己要成为上帝。事实上，诺曼是在尽力探索"单独监禁"处境下人的自由所具有的各种可能性。

二

阿尔贝·加缪(Albert Camus)所著的《西西弗神话》(*The Myth of*

---

① 索伦·克尔凯郭尔：《致死的疾病》，张祥龙、王建军译，北京：商务印书馆，2012 年，第 71 页。

② 同①。

③ Marsha Norman, *Four Plays*, New York: Theatre Communications Group, 1993, p. 48.

Sisyphus，1942）在开篇就指出，"真正严肃的哲学问题只有一个,那便是自杀"①。《晚安,妈妈》的女主人公杰西在自己的癫痫病情得到控制、神志清醒后一年郑重决定,她的人生不值得再活下去。她决定用父亲——将癫痫遗传给她的人——的枪结束自己的生命,以此自卫。她还决定尽力让妈妈塞尔玛明白自己的决定,然后在"晚安,妈妈"的道别声后回到自己的房里扣动扳机。她做到了。对于她的自杀,诺曼认为这是"心想事成",整个戏"几乎是一场彻底胜利"②。

　　以自杀而求"自卫"听起来无疑是自相矛盾的。40岁上下的杰西颇费了一番周折,才让塞尔玛确信自己的决定不是一时冲动,不是为了逃避,而是自己的自由选择,如同大热天坐车嫌吵就想要提前下车,或者听收音机没有好听的节目就想要随手关掉。记忆力重回时,不再麻木不仁的杰西意识到,眼前这种只能自囚于家中的生活在未来不会有任何改变。她看不到任何值得等待的希望,她确信多年疾病的折磨已经让她永久失去了那个原本"值得等待的人",那个充满希望的"自我",她确信那个"本来对我而言具有意义的我"不会出现,所以"没有理由等下去"③。她转而珍视眼前这个对世界、对人生有所感觉——即使感觉难过、沮丧甚至生气——的自我。她要捍卫这个史无前例的清醒的自我。她要趁着自己的身心自控力还在,做一件想了十年而一直无力做成的事——结束不值得等待的人生。用克里斯托弗·比格斯比（Christopher Bigsby）的话来说,杰西终于领悟到这样的事实——"自己的人生没有真正意义或目的,但有能力结束这一毫无意义的存在",于是转而尊重了自己的信念——"至少可以成为自己命运的作者"④。

---

①　阿尔贝·加缪:《西西弗神话》,沈志明译,上海:上海译文出版社,2010年,第4页。

②　Kathleen Betsko and Rachel Koenig, eds., *Interview with Contemporary Women Playwrights*, New York：Beech Tree Books, 1987, p. 339.

③　Marsha Norman, *Four Plays*, New York：Theatre Communications Group, 1993, p. 784.

④　C. W. E Bigsby, *Contemporary American Playwrights*, Cambridge：Cambridge University Press, 1999, p. 232.

这无异于说,醒悟后的杰西是一个存在主义者,一个反抗荒诞存在的英雄。

对"单独监禁"情有独钟的诺曼其实是想写"单独监禁"状态下的个体生存。她在 1985 年接受雪琳·比尔德(Sherilyn Beard)访谈时称,"我感兴趣的是生存,要什么才得以生存"①。杰西的回答是,要自杀才得以生存。此时的生存无疑已经超出了有关生死存亡的平常含义。莱斯莉·凯恩(Leslie Kane)认为这里的生存是自我的生存,指出"杰西感兴趣的是决定她自己的生命,决定说不"②。诺曼提出要在新的社会历史语境下重新界定生存,称它意指"追求自我实现、自我满足之人生的能力"③。如此意义上的个体生存无疑是存在主义者眼里一种比较理想的"存在"了。高宣扬称,存在主义所说的"存在",或者说"此在"(Dasein)的"存在"是一种趋势,是"不满足于现状,或者说,不甘心沉落(Verfallen)的意向"④。也正是在此意义上,杰西的自杀不仅是存在主义者的自由选择,更是她不甘"沉落"、追求"存在"或者说"我在"的胜利行动。

相比之下,塞尔玛的生存之道很容易让人鄙夷为"身存"之道。连诺曼自己都会说,在"要什么才得以生存? 要什么才得以保命?"的问题上,杰西的回答是"要自杀",而塞尔玛的回答则是"要可可粉、棉花糖、杯垫、电视、朋友阿格尼丝和她的鸟,还有去生活超市"⑤。但是,比格斯比提醒说,《晚安,妈妈》既是关于杰西"通过自杀而补救(人生)的戏,也是关于塞尔玛生存的戏,母女两人都表现出一种'英雄主义'"⑥。

---

① 转引自 Leslie Kane, "The Way Out, the Way In: Paths to Self in the Plays of Marsha Norman," in *Feminine Focus: The New Women Playwrights*, edited by Enoch Brater, New York and Oxford: Oxford University Press, 1989, p. 258。

② 同①,第 267 页。

③ Kathleen Betsko and Rachel Koenig, eds., *Interview with Contemporary Women Playwrights*, New York: Beech Tree Books, 1987, p. 339.

④ 高宣扬:《存在主义》,上海:上海交通大学出版社,2016 年,第 64 页。

⑤ 同③,第 340 页。

⑥ C. W. E. Bigsby, *Contemporary American Playwrights*, Cambridge: Cambridge University Press, 1999, p. 235.

在他看来,塞尔玛的人生哲学无论从"逻辑"还是从"道德"层面都是无可厚非的——"事不由人,说来就来。你尽力对付就行,再看接下来会咋样"①。如果塞尔玛只有通过甜食、电视、编织、听朋友在电话里天花乱坠一番才能"对付"被"单独监禁"于自家厨房的境遇,这也无可厚非。如果这种诉诸习惯的生存之道难以被视为英雄气概,那她在得知女儿要自杀后的行动则肯定是了。当晚母女俩的厨房夜谈犹如角斗士竞技。杰西的自杀决定迫使塞尔玛的人生在那个星期六晚上转向了一个非常明确的目的。在逐步领会女儿的决定后,塞尔玛开始思考要为什么而活的问题,走上一个存在主义者的生存之路。

　　在这个"事不由人"的星期六之前,塞尔玛的生存如同被一台"启动"键被按下的全自动洗衣机,只是死前难熬的等待。杰西不想等待,她厌倦了机械式生活。但塞尔玛似乎习惯了。加缪称,"世人一如既往做出生存所需的举动,出于多种原因,其中首要的是习惯"②。塞尔玛从很早开始就"习惯"了用厨房、声色填充自己的生活。她一向沉默寡言的农场主丈夫最津津乐道的事就是,当年15岁的塞尔玛原本终日在泥巴堆里,他遇到她后给了她一个家,把她安放到厨房里,"她从此就在那儿没出来过"③。她必须习惯他对她的冷漠和鄙视——他动辄在胸前挂块"钓鱼去了"的牌子去湖边发呆。多年前离异后的杰西同意搬回家住以后,她又"习惯"了让杰西打点两人自囚于家中的生活,好让杰西觉得自己有用。她甚至习惯了杰西突然病情发作,瞳孔放大后不省人事地滑倒在地,"像是一个牵线木偶突然被人砍掉了线,或墨西哥电影里被处以死刑的模样"④。

---

　　① C. W. E. Bigsby, *Contemporary American Playwrights*, Cambridge：Cambridge University Press, 1999, pp. 235－236.

　　② 阿尔贝·加缪:《西西弗神话》,沈志明译,上海:上海译文出版社,2010年,第6页。

　　③ Marsha Norman:"'Night, Mother",载刘海平、朱云峰主编,《英美戏剧:作品与评论》,上海:上海外语教育出版社,2004年,第766页。

　　④ 同③,第777页。

杰西的自杀决定在塞尔玛习以为常的生活里扔下了一颗重磅炸弹,给两个"单独监禁"者之间炸出一条通道,炸出一连串被尘封了数十年的往事和真相,也炸出一个开始敢于挖掘、发现、面对真相,不必藏匿于糖果和电视背后的塞尔玛。在此意义上,是杰西的自愿去死,让塞尔玛清醒而活成为可能。杰西在一声枪响中成就的"自我实现、自我满足"将妈妈塞尔玛也带到了这种生存的起点。诺曼这样描述枪声,"它听起来像是一个答案,听起来像是说不"①。那是杰西的答案,杰西对不值得等待的人生说"不"。它震撼了塞尔玛,塞尔玛在那一刻意识到自己身为母亲的责任和失职。她未来的人生不可能再是机械的等待。

塞尔玛是耶稣的信徒,她不会自杀。她曾警告杰西,"自杀是一种罪",而且强调"哪怕说要自杀都是要下地狱的"②。很难说杰西的手枪声在当时保守的里根时代和当今"娱乐至死"的时代引发了多大程度上的"革命",但那枪声至少震撼了一些人,促使他/她们思考自己为什么而活,包括塞尔玛和诺曼的读者。

从《出狱》到《晚安,妈妈》,诺曼的存在主义之思总离不开对耶稣的沉思。阿莉/阿琳在信奉耶稣中找到自我实现的力量,杰西在自喻为耶稣中得到自我满足。这位成长于肯达基州基督教原教旨主义家庭的剧作家就这样在自己的作品中显现着自己的"存在"。也许是这一趟从有神论到无神论的"存在"之旅太过激进,诺曼在两年后面世的《黑暗中的旅人》中试图调和两者,开始走向以爱和想象力解救"单独监禁"的"存在"之旅。

三

同《桌球室》(*The Pool Hall*, 1978)、《劫持》(*The Holdup*, 1980)一样,《黑暗中的旅人》主人公是男性。萨姆是一位世界闻名的外科医

---

① Marsha Norman:"'Night, Mother",载刘海平、朱云峰主编,《英美戏剧:作品与评论》,上海:上海外语教育出版社,2004 年,第 792 页。

② 同①,第 751 页。

生,也是一个"非同一般的孤独者"①。他周围的亲人都是基督徒,父亲埃弗里特还是牧师,但在母亲玛丽死后萨姆就不再信上帝和童话——12岁的他在玛丽停止呼吸后还在以最大的声音和最快的语速给她读童话《鹅妈妈》("Mother Goose")。他相信自己能用手术刀救人。萨姆也告诉12岁的儿子史蒂芬没必要信上帝或童话,如果要信就"相信你自己"②。在萨姆看来,"人生就是夏令营,人死就是灯灭"③。在他多年的无神论存在主义教育下,史蒂芬都会脱口而出,"孩子不过是一个意外"④。可是,萨姆的手术刀没能救活梅维斯——他所在科室的护士,那个从小就仰慕他的邻家女孩。她还是父亲当年相中的儿媳,多年来深得父亲和妻儿喜爱,亲如家人。他以为自己能够救她的,就像他当年以为向上帝祈祷就可以救妈妈玛丽。在妈妈终究病逝,自己的医术也没能救得了梅维斯以后,他陷入前所未有的信仰危机。他不知道还可以信什么。他开始怀疑自己,怀疑一切。

无论萨姆多么想自我囚禁起来,亲人们总在不远处守望。梅维斯的葬礼让他不得不携妻儿回到乡下老家,面对被他刻意疏远多年的父亲。萨姆不能原谅父亲在母亲死后的布道中称母亲的死是上帝的一个考验,"上帝必须把我们击垮来让我们听话"⑤。那种清教徒式的宗教热忱让萨姆从此远离上帝和父亲。但长年以来,梅维斯充当了他与父亲的中间人,而父亲也将主持梅维斯的葬礼。梅维斯的死让萨姆回家了,在玛丽当年精心打造的童话花园里与父亲艰难对话。加上妻子格洛莉和儿子不时充当润滑剂,萨姆与父亲达成了谅解。父亲请求萨姆原谅,承认自己当年在丧妻之痛中也不知所云。萨姆也意识到只要爱了就会原谅,梅维斯因为爱他也会原谅他疏于注意她的突然病变。

---

① Marsha Norman, *Four Plays*, New York: Theatre Communications Group, 1993, p. 161.

② 同①,第184页。

③ 同①,第173页。

④ 同①,第189页。

⑤ 同①,第192页。

心中两大石头同时落地以后,一向自以为是的萨姆也开始示弱,请求妻子原谅自己在万分沮丧中想要离婚,带着儿子史蒂芬逃去南美或非洲的念头。爱是理解、包容与宽恕,失去母爱的萨姆意识到自己其实一直被爱包围着。全家合唱玛丽当年教给萨姆的童谣《闪亮闪亮的小星星》("Twinkle Twinkle Little Star"),在歌声中对爱有了更深的感悟。与脍炙人口的同名童谣不同,玛丽的童谣唱道:"你明亮而小小的光芒/照亮黑暗中的旅人/我不知你是什么/闪亮闪亮的小星星。"①其中,"照亮黑暗中的旅人"是玛丽的修订,让闪亮的小星星成为爱的化身。剧名《黑暗中的旅人》也正是来源于此。

想象力对于身处"单独监禁"中的人同样不可或缺。玛丽在剧中是爱的给予者,她让全家人感到爱的光芒。她热爱舞蹈,却选择嫁给了一位牧师。埃弗里特表示,他在妻子死后才知道,原来自己对玛丽生活的世界"几乎一无所知"②。埃弗里特把自己交给上帝和教会,玛丽则把自己交给了童话和花园。她用各种动物和水晶洞石头在家里打造了一个爱的花园,在自己的想象世界里怡然自得。只有萨姆珍视她的世界,也只有萨姆懂得在她的病床前读童话。也是萨姆在玛丽死后把所有的水晶洞石头收藏到她房间的抽屉里。史蒂芬对此充满了好奇,听说石头里面有水晶洞后,想要敲开一看究竟——可谓秉承了父亲的科学精神。与父亲达成谅解后的萨姆意味深长地转述了玛丽当年的教诲:"相比你敲开一看究竟,还是让石头完好无损比较好。"③玛丽期待儿子萨姆用想象力保证石头这一存在物的完整,爱和想象力在此合二为一。它们共同构成存在的奥秘。在以科学探究奥秘、保护生命完整失败以后,萨姆象征性地把妈妈的水晶洞石头转赠给了儿子:"它……现在是你的奥秘了。"④

---

① Marsha Norman, *Four Plays*, New York: Theatre Communications Group, 1993, p. 204.

② 同①,第 200 页。

③ 同①,第 201 页。

④ 同①,第 203 页。

史蒂芬必须像一个真正的存在主义者一样去探索存在的奥秘,而萨姆用科学精神和无神论敲开存在之石后,依旧遭遇无法独自承受之痛。

尽管剧评家和学术界都不看好《黑暗中的旅人》,但诺曼坚持认为这个剧同《瓦伦丁马戏团》(*Circus Valentine*,1978—1979)一起,是自己作品中最具有诗性的剧作。由水晶洞石头所呈现的诗意无疑不容忽视,它集爱与想象力于一身的奥秘在诺曼随后的剧作中不时显现。《爱上丹尼尔·布恩》中的博物馆女清洁工弗洛在极度孤独中爱上了馆内陈设的历史人物布恩,并能自如往来于两个世界。如此奇幻的手法成为《天使在美国》(*Angels in America*,1991)的标志性特征。想象力作为打破"单独监禁"的手段,对于剧中人物和剧作家的意义是显而易见的,而爱和想象力在剧中同样合二为一。在《特鲁迪·布鲁》中遭遇中年危机的女小说家同样倍感孤独。她与现实生活中的已婚女性朋友不一样,不关心吃穿或购物,时刻关心的是人类这一物种的存在陷入了危机。她练瑜伽,在自己虚构的爱情故事中寻求解救,甚至想活出小说里的生活。她的作品和她离家出走的选择都表明,爱是这一物种危机的唯一解救。在《最后一支舞》中,人到中年的南方作家夏洛特干脆欣然接受了孤独,自愿"单独监禁",把爱慕她的人赶走以后,自己静心在法国南部的山间别墅创作诗歌,每天去山下看望几乎成植物人的老婶婶,直到婶婶死去。爱与想象力以这样的方式结合起来,直到她自己离世。她选择把最后一支舞留给了自己。

总而言之,在性别政治、文化身份、种族平等之类"政治正确"的话题刚刚开始热门之际,诺曼这位哲学系毕业的南方作家俨然选择了"隔岸观火",在她的戏剧想象中基本屏蔽了"时代大潮",代之以存在主义者的思考。在她看来,现代生存均可谓一种"单独监禁"中的生存,是孤独与绝望中的生存。无论是迫于外在形势,还是出于自由选择,能够打破这种"单独监禁"的就是爱与想象力。它们常常合二为一,如同她在写作中所做的一样。她坦言,自己乐于写作,乐于发现写作"是唯一发生的事",是"最好的存在"①。在此意义上,她是马丁·海德格尔(Martin Heidegger)的信奉者,坚信"语言是存在的家"②。如果有人对诺曼的创作感到纳闷:"她到底想要什么?"答案是她"想要以自己的方式讲述自己的故事",从而开启"那扇必须打开的门"③。

第四节

温迪·沃瑟斯坦:为了让人们"听到妇女的呼声"④

20 世纪 80 年代的美国文坛出现一个惊人的现象。在此之前的60 年里,仅有五位女剧作家获得普利策戏剧奖,而就在 20 世纪 80 年代,就有三位女剧作家获此殊荣,温迪·沃瑟斯坦(Wendy Wasserstein)就是其中的一位。温迪·沃瑟斯坦在其剧作中展现了不同职业、不同时期、不同种族背景下的精英女性在面临事业和情感困境时的艰难选择,让人们"听到妇女的呼声"⑤。

一

温迪·沃瑟斯坦曾先后生活于布鲁克林和纽约,她在孩童时代所经历的那种对待男孩与女孩的双重标准激发了她身为女性的本能。她哥哥的受戒礼收到的是理查德·哈里伯顿(Richard Halliburton)的《奇迹全集》(*The Royal Road to Romance*, 1925)———本关于世界各地壮观景点的旅行指南,而她的礼物则是《埃洛伊斯》(*Eloise*, 1955)和《玛德琳》(*Madeline*, 1939)。哥哥收到的书意味着自由、探索世界

---

① David Savran, *In Their Own Words: Contemporary American Playwrights*, New York: Theatre Communications Group, 1992, p. 192.

② 转引自高宣扬:《存在主义》,上海交通大学出版社,2016 年,第 210 页。

③ Sacvan Bercovitch, ed., *The Cambridge History of American Literature*, vol. 7, Cambridge: Cambridge University Press, 2008, p. 93.

④ 同③,第 95 页。本节由刘蓉、龙娟撰写。

⑤ 同③,第 95 页。

与实现人生价值,而她收到的书意味着对女性的规训。为了给女儿灌输一种女性礼仪感,沃瑟斯坦的母亲送她去了海伦娜·鲁宾斯坦礼仪学校,并为她报了泰勒舞蹈学院,以便她能够保持好身材。更糟糕的是,当沃瑟斯坦每天穿着同一件衬衫出现在曼哈顿的卡尔霍恩中学时,学校的女校长打电话给她的母亲并特意告诉她说,温迪应该打扮自己,最好穿成粉色。对这种强调女性外貌的行为,沃瑟斯坦一直感到非常愤怒。

当温迪·沃瑟斯坦还是小女孩的时候,她就从观看的电视节目中察觉到女性的边缘地位。她最喜欢的电视节目是《单身父亲》,她感到必须找到一个与单身父亲相似的女性角色。因此,她为演员多丽丝·黛(Doris Day)的电影着迷,因其电影中充满了自信迷人并且饱含自我意志的女性角色,她们带着勇气与独特的气质去直面生活。

温迪·沃瑟斯坦于20世纪70年代就读于曼荷莲女子文理学院,那时她对学校里女性的角色和地位越发感到不满。学校告诉女生们,毕业后要嫁给律师,然后成为律师,但是拥有家庭后,女人们却必须转身去照顾家庭。当时,曼荷莲女子文理学院仍然在要求女生穿女式礼服参与传统的下午茶活动,而其他学校正在进行反战抗议活动。当沃瑟斯坦进入大学的时候,学校里流行男士送给他们的约会对象一枚大头针,女生们则把大头针佩戴在胸前作为一种正在约会的标志。不过,当她从学校毕业的时候,没有人再愿意佩戴这种胸针。然而,女生们却不敢声称她们要成为职业女性。女生们一方面高喊"去他的家庭生活",另一方面却又对违背传统习俗、否定家庭感到恐惧与迷惑。沃瑟斯坦并不想像传统家庭主妇那样嫁个好丈夫,满足于一辈子待在丈夫的郊外别墅中。她的梦想是成为一名剧作家,尽管她心里明白,"在我小时候,世上还没有什么女剧作家"①。安德烈·毕肖普,林肯中心剧院的艺术总监,这样评价沃瑟斯坦:"在温迪的剧作中,妇女们看到

---

① 转引自 Cathleen Stinson Ouderkirk, "Human Connections — A Playwright's View," *The Christian Science Monitor*, (5)1989, p. 10。

自己被描写成前所未有的样子出现在舞台上——但 25 年前可不是这样子。她是一个真正的拓荒者。"①

沃瑟斯坦的戏剧展示了夹杂在两种互相冲突的价值观中的女性人物,她们生活在一个饱含性别歧视、同性恋恐惧和传统价值观余孽的"后女权主义"(Postmodern Feminism)美国社会中,挣扎着去定义自我。《难道不浪漫吗?》(Isn't It Romantic, 1981)和《海蒂编年史》都反映了在价值观持续变革的时代女性们被告诉如何去应对生活。事实上,她所有的戏剧作品都反映了贯穿她成长阶段的女性解放运动。这些女权主义会议塑造了她看待问题的方式,使她确信自己不必嫁给一个医生而后生活在郊区,并使她鼓起勇气成为一名剧作家。在 60 年代的第二波女性主义之后,沃瑟斯坦感到"我们将改变一切。妇女运动的全部意义在于它将改变妇女对自己的内在和外在的期望,但结果那种拥有一切的乐观主义却崩塌了"②。沃瑟斯坦不无忧虑地看到,"生育高峰期出生的妇女现在满足于在海滩边购买独立公寓,进行人工授精,每周五晚上和女友去看汤姆·克鲁斯的电影。30 岁以下的单身女孩则喜欢与年长而聪明富有的男人或年轻得多的网球明星在一起,享受暂时的欢愉"③。

作为一名女性剧作家,沃瑟斯坦的才能在于,在叙述婴儿潮历史的同时,她将个人的冲突政治化与喜剧化。她就像一个社会历史学家,通过描述既愤世嫉俗又充满希望、既极具自我意识又充满迷惑的一代人来追踪社会历史的变迁。她作品中的女性角色有着一种形而上学的焦虑,她们试图弄清楚如何在面临众多抉择时应对生活。情感上的危机感使她们纠结在事业与传统的浪漫目标之间。需要特别指出的是,沃瑟斯坦以深刻的洞察力观察并思考着性别问题,探索着女性人生的多重可能性,并表达自己的洞见。

---

① 转引自 Charles Isherwood, "Wendy Wasserstein Dies at 55; Her Plays Spoke to a Generation," *The New York Times*, January 30, 2006. http://www.nytimes.com/2006/01/30/the-ater/30cnd-wasserstein.html.

② 转引自 Colleen O'Connor, "The Wendy Chronicles," *The Dallas Morning News*, February 7, 1994。

③ Windy Wasserstein, *Bachelor Girls*, New York: Random House, 1990, p. 55.

如果说当沃瑟斯坦在曼荷莲女子文理学院就读时,社会对女性角色的定位仍然有点模糊不清的话,那么1973年她就读于耶鲁大学剧作学院时,女性声音的沉默依然明显。作为学习剧作的学生,沃瑟斯坦既没有学习到女性作家的作品,也没有碰到一位女性导演。愤怒于好莱坞对于女性的负面、刻板刻画,沃瑟斯坦决心证明女人并不一定得是疯癫、绝望或者疯狂才能出现在舞台上。

二

温迪·沃瑟斯坦的第一部力作《不一般的女人及其他》(*Uncommon Women and Others*, 1975)具有极大历史意义:"它首次严肃地把妇女问题搬到百老汇舞台,后来又上了公众电视屏幕。"[①]沃瑟斯坦的这部剧作讲述的是五位27岁女人的故事,她们于1978年相聚在纽约的一家餐馆里,然后回忆起六年前在曼荷莲女子文理学院的大四时光。她们在那里进行着优雅生活的仪式——一场正式的下午茶时光——讨论她们未来的事业和爱情、性别、婚姻以及男权社会的事实。这些拥有特权并受过良好教育的女人们努力做出使她们能够在这个以男权为主导的社会中取得事业和社会成功的决定。她们无法从现实社会中得到满足,受困于一种契诃夫式的枷锁,期待自己可以相当令人惊讶的那一天,虽然她们能够取得成功的时间被一次又一次地推向未来。作为这种回忆的一种延续,在最后的场景中,男校长的声音渐退为一个女人的声音,宣称大学教育的理想:培育拥有个人尊严、智慧、能力、毅力、成熟度、责任感、快乐感、女性气质、奉献精神、勤奋品质、进取心及良好的生活感和不懈探究精神的女性。然而女人的声音让她们意识到,如果她们想要取得成就,就必然要面临巨大的障碍。她们所能够拥有的选择是有限的,尽管在争取女性权利方面已经取得了一些进展。事实上,她们在曼荷莲女子文理学院所接受的精英教育并

---

① Brenda Murphy 编:《美国女剧作家》,上海:上海外语教育出版社,2001年,第217页。

没有使她们为学校宿舍之外的复杂世界做好准备。正如在沃瑟斯坦所有的作品中那样,这些女性使自己忙于获得一切。这部作品是企图定义女性主义的一种尝试。在年轻的女性们表达她们关于生活的迷惑时,戏剧的行动和冲突得以表现出来。单就这一原因,《不一般的女人及其他》就是一部里程碑式的作品。这是当代女性问题第一次在百老汇以外的舞台上展示出来,后来也在公共电视上以一种严肃认真的方式展示出来。沃瑟斯坦的作品把我们从关注男性更衣室的文学传统带到聚焦于女性宿舍内部的文学传统中来,把现代女性所面临的特殊困境刻画出来,引起了观众的强烈反响。有学者评论道:"每个场景都抓住了与妇女相关的时刻,每句台词都是妇女们说过或想说的话,每个人物都代表了我们已经成为、想要成为或将要成为的妇女形象。"①

沃瑟斯坦在《不一般的女人及其他》以后的作品中持续关注女权主义。另外,其作品的力量还来自剧中人物关于性、性别歧视、爱情及事业的幽默谈论。这部作品机智地讽刺了所有女子大学过时了的传统,一个充满"优雅生活",课间充满花生酱、黄油、棉花糖以及精灵的世界。《不一般的女人及其他》涉及女子同性恋摇滚乐队、避孕药、柬埔寨罢工、柯林斯、詹姆斯·泰勒、披头士、电休克疗法、贝特·戴维斯电影、戴夫·克拉克五世和《女士杂志》,可谓一部关于受过良好教育的女性处于 20 世纪六七十年代时的迷惑与抱负的伤感的社会纪录片。早在半世纪以前,波伏娃就指出,"我们能够(也必须)塑造我们自己,但在何时、何地塑造却被设置了界限……如果我们想成为我们能够成为的个体,我们必须首先为这个事业开辟社会空间"②。

美国战后婴儿潮时期出生的那代美国女性经历了女性主义风云变幻的年代。保守压抑的 20 世纪 50 年代是她们长大的时期,成年的

---

① Alicia Vergnes, "Ahrens Presents Play *Uncommon Women* as Part of Honors Thesis Work," in the Lafayette Online Edition, March 12, 2004, http://www.thelaf.com/media/paper339/news/2004/12/03/Ae/Ahrens. 05. Presents. Play. Uncommon. Women. As. Part. Of. Honors. Thesis. Work-820089. shtml.

② 转引自 Rosemary Tong, *Feminist Thought: A Comprehensive Introduction*, Boulder: Westview Press, 1989, p. 211。

时候她们迎来了第二波女权主义,却又在中年之后面临着反女权主义的保守反扑。对此,沃瑟斯坦形象地表述道:"他们在游戏的中途改变游戏规则,而你在获得解放的同时却倍感茫然。"①

《难道不浪漫吗?》继承了《不一般的女人及其他》的主题,探索的是接受过昂贵教育的中上层阶级单身女性的生活。但珍妮和哈里特比《不一般的女人及其他》当中的女性角色年长了六岁,她们不是坐在寝室里谈论未来,而是在外面寻求爱情,在曼哈顿寻求职业上的成功。根据沃瑟斯坦的介绍,这部戏剧讲述的是女人们被告知应该如何应对她们的生活,然而生活的规则每六个月就会改变一次。答录机在这里成了一种剧场道具,剧中人物通过这个 80 年代的象征来谈论她们最关心的事情。珍妮的父母是一对神经质、对女儿过度保护的犹太父母,迫切希望女儿能够结婚;而哈里特的母亲莉莲是一个拥有职业的白人母亲,她鼓励女儿追求自己的事业而不是婚姻。珍妮遇见了马蒂·斯特林,一个居住在西奈山的肾脏方面的犹太医生。斯特林想要娶珍妮为妻,然后搬到布鲁克林去。然而珍妮对他的束缚感到窒息,因为他从来不会征求她关于搬家的建议,并视她为未来的妻子而不是一个拥有独立追求的个人。珍妮在《芝麻街》找了一份兼职,而哈里特因为是哈佛大学工商管理硕士而在高露洁棕榄公司得到了晋升。哈里特首先跟老板的老板有了婚外情,然后抛弃了他转而跟她的猎头乔·斯坦结了婚。珍妮感觉被她最好的朋友背叛和抛弃了,因为珍妮本以为哈里特跟自己一样珍视女性的独立,但后来发现哈里特内心深处一直向往结婚生子,而不是真的向往成为事业成功的独立女性,而且哈里特其实并没有真的把珍妮当作自己的家人。当珍妮和哈里特正在协调她们之间的关系以及与男人的关系时,我们听到答录机里珍妮的老朋友辛西娅绝望的声音,哭诉她被上西区的男性拒绝。沃瑟斯坦再次富有智慧地谈论了严肃的话题:爱情和婚姻的复杂性,独立的代价,成长以及

① L. Bennetts, "An Uncommon Dramatist Prepares Her New Work," *The New York Times*, May 24, 1981, https://www.nytimes.com/1981/05/24/theater/an-uncommon-dramatist-prepares-her-new-work.html.

寻找个人身份的曲折性,女人是否能够拥有一切,母亲和女儿之间的动态冲突,犹太人的情感,还有存在于 80 年代早期的性别歧视。

《难道不浪漫吗?》的魅力来自它对女权主义者成长痛苦的幽默而精明的戏剧性展示。很明显,沃瑟斯坦决定让哈里特和马蒂在哈佛大学里一个被称为"20 世纪的问题"的班级里相遇,因为这些角色的生活都是受挫而非浪漫的。埃里卡·曼克(Eric Manke)认为这部戏剧作为一部社会剧是失败的。与他的批判相反,沃瑟斯坦通过精细地描述人物的内部世界,让我们一窥外部世界:它展现在母亲和女儿们复杂的冲突中,在男人与女人之间、女人与女人之间,在美国社会告诉女人们她们应该怎么做以及她们需要怎么做才能得到满足感中,以及在成为美国人和犹太人之间。当我们观察沃瑟斯坦的女性人物如何建立、打破友谊时,我们是在观察美国的转型期,从女人依赖丈夫的时期到她们开始声明自己的身份以及协调她们的职业与家庭要求的时期。对于沃瑟斯坦剧作中的人物来说,成长是痛苦和充满挫折的。当珍妮和哈里特在高潮场景当中互相面对的时候,她们的愤怒展示了出来。这些人物并不像一些批评家所指责的那样是一些卡通角色。事实上她们之间充满了矛盾,当最终揭示各自的价值观时,她们发现彼此都不是自己以前所认为的那样。另外,沃瑟斯坦也制造了一些心酸的时刻,比如在最后的场景中,珍妮拒绝父母带给她的貂皮大衣,因为那与她的身份并不相符。轻松幽默的《难道不浪漫吗?》是一部喜剧,一部讲述一个年轻的女人如何学会相信自己并且独自生活,而不是取悦其他人的一部严肃的喜剧。

比《难道不浪漫吗?》更加政治化的《海蒂编年史》讲述了海蒂·霍兰(Heidi Holland)的故事。《海蒂编年史》是沃瑟斯坦最著名的作品,"反映了妇女运动从 20 世纪 60 年代令人振奋的青春期,经过 70 年代的提高觉悟小组活动,到 80 年代的女超人神话的演化过程"①。

---

① Joe Holley, "*Heidi Chronicles*' Playwright Wendy Wasserstein," *The Washington Post*, January 31, 2006, http://www.washington-post.com/wp-dyn/content/article/2006/01/30/AR2006013001719.html.

海蒂是哥伦比亚大学艺术史专业的一名教授,年近中年,聪慧却未婚,对于 20 世纪 60 年代理想主义的破灭感到悲观。这部跨越 23 年的戏剧开始于海蒂的幻灯片演讲,她在其中讲述了社会对女性艺术家的忽视。然后时间回溯到 1965 年,在芝加哥高中舞会上她碰到了几个终身朋友,她们激发了她对妇女运动的兴趣。在大学里,海蒂和她的朋友们变成了热心的激进女权主义者,参加了 1968 年在新罕布什尔州进行的尤金·麦卡锡集会、1970 年在安阿伯市举办的意识觉醒会议(那时海蒂还是一名耶鲁大学研究生),还参加了 1974 年在芝加哥艺术博物馆为女性艺术家进行的抗议活动。

许多女权主义批评家批评这部戏剧并不是一部女权主义戏剧,因为海蒂在最后通过收养孩子的方式"背叛"了女权主义。但沃瑟斯坦认为,女性主义的意义是性别不再定义人:"谁说 48 岁的成功男人令人羡慕,而 48 岁的成功女人则少见、危险和糟糕? 为什么? 谁捏造的?"①虽然这部戏剧不是激进的女权主义作品(海蒂甚至后悔她没有点燃女性贴身内衣),但只从字面解读戏剧的结尾也是一种错误。海蒂和女儿是未来女性的代表,在一个性别更加平等的社会里,她们拥有更加强烈的主体意识。

三

如果说更大范围的妇女运动寻求的是男权主导下社会的结构变革,那么《海蒂编年史》在某种程度上就是一部女权主义戏剧。海蒂收养婴儿的行径肯定颠覆了传统的家庭结构,因为在收养孩子之后她靠自己的职业支撑整个家庭。幽默也是她与女性情感保持距离的一种方式,她的幽默使我们"更加容易"审视社会中存在的性别歧视问题,并意识到离女性解放还有漫长的道路。通过展现女权主义运动的瓦解,《海蒂编年史》把沃瑟斯坦归入严肃的社会批判家行列。

①　Philip C. Kolin and Colby H. Kullman, eds., *Speaking on Stage: Interviews with Contemporary American Playwrights*, Tuscaloosa: University of Alabama Press, 1995, p. 389.

在她接下来的一部戏剧中,沃瑟斯坦把背景从后女权主义的美国转换到苏联解体背景下1989年的伦敦。《罗森维格姐妹》(*The Sisters Rosensweig*, 1992)展示的是三姐妹——萨拉、派菲妮和戈杰斯之间完全不同的生活。她们相聚庆祝萨拉的40岁生日。大姐萨拉曾是中国香港一位成功的银行家,离过三次婚,刚从子宫切除术中恢复过来。她搬到了伦敦,以一种做作的伦敦腔和从第二任丈夫那里获取的姓氏来掩盖她的犹太身份。萨拉给她的女儿取名为苔丝,取自托马斯·哈代(Thomas Hardy)的小说《德伯家的苔丝》(*Tess of the d'Urbervilles*, 1891)。比白人还要白人化的萨拉公开展示了被压抑的英国社会的本性。刚开始她是一个冷酷的女人,拒绝再次陷入恋爱,直到她遇到梅尔韦·康德,他是来自布鲁克林的犹太人、动物皮毛交易组织的一名领导。与这个动物皮毛商待了一夜之后,萨拉重新找回了她已经抹去的犹太身份。沃瑟斯坦想要写一部主人公最终在一起的戏剧,而不是像她早期的戏剧那样,女性主人公都保持单身。简而言之,这部戏剧肯定了中年女性拥有爱情的可能性。不像《不一般的女人及其他》和《难道不浪漫吗?》当中的男人,这部戏剧中的男人除了尼克·皮姆以外都是正面角色。尼克是萨拉的英国男朋友,被指曾经做过纳粹分子。萨拉离开了他,奔向了梅尔韦。

《罗森维格姐妹》是沃瑟斯坦迄今为止最为精巧的一部戏剧。虽然它是一部典型的纽约剧,充满了各种纽约和犹太色彩,但它巧妙的构思却能吸引纽约以外的观众。与之前的戏剧不同,这部戏剧是一部非插曲式的单幕剧,时间、地点、人物完整,拥有代表英国社会两个极端的老套人物:一个上层社会的自命不凡者——尼克·皮姆,一个年轻而激进的工人阶级——汤姆。戏剧的巧妙之处在于它平衡了幽默、身份、自我厌恶以及在似乎不可能的情况下浪漫与爱情的可能性等严肃的问题。沃瑟斯坦强烈感到需要创造一个超过40岁还能一眼爱上男人的中年妇女,因此这是一部关于可能性的戏剧,不仅是中年时期爱情的可能性,还有人物们发现自我的可能性。剧中"较长的时间跨度、频繁的场景转换、多点的透视……能更好地展开社会、历史宏大背景下的个人叙事,有效地揭示外部环境变化如何引发人物内心深处的思想情感和心理意绪,以此直面当代美国女性生活、生存、自我认同过程中的种种心灵疼痛"①。

《罗森维格姐妹》类似于沃瑟斯坦孩童时代在纽约观看的百老汇戏剧,让人哭过笑过后,获得一种生活虽然充满了困惑与痛苦,但事情最终还是会好转的感觉。然而,沃瑟斯坦清楚地知道,生活并非对所有的女性来说都那么如意。1994 年,她被佐伊·贝尔德(Zoë Baird,美国律师、马克尔基金会主席)、拉尼·吉尼尔(Lani Guinier,美国哈佛大学法学院首位非裔女性终身教授)、希拉里·克林顿(Hillary Clinton,美国第 42 任总统比尔·克林顿之妻,曾任美国参议员和国务卿)和马德琳·奥尔布赖特(Madeleine Albright,美国历史上首位女性国务卿)的经历所吸引,决定前往华盛顿特区为创作生涯中最富政治性的戏剧做调查研究。由此产生的《美国的女儿》(*An American Daughter*, 1997)是一个关于处于政治生活中的女人的故事。在上述女政治家中,佐伊·贝尔德的失败对她影响最深。贝尔德是一名职业律师,被提名为总检察长后却被迫退出,因为她和丈夫被发现雇佣非法移民从事家务工作。此外,这部戏剧也反映了沃瑟斯坦的担忧:女性仅占国会席位的百分之十,政治家和新闻记者把照顾孩子、性骚扰等问题归结为"女性问题"(female problem)而不是每个人的问题。这部戏剧部分属于政治讽刺,部分属于道德故事,不仅审视了媒体对一位美国卫生部部长女候选人的抹黑,而且展现了两种不同类型的女人到中年后的悔悟以及新一代女权主义者的思想和形象。

这部戏剧发生在 1994 年丽莎·休斯位于乔治城的家中。丽莎是尤利西斯·格兰特的曾孙女,刚年过 40,是一名饱含理想主义和自由主义的医生,刚被民主党总统提名为卫生部部长。她似乎拥有一切——身为杰出社会学家的丈夫、两个孩子和一份医生的事业。而她

①　贺安芳、费春放:《论温迪·华瑟斯廷喜剧的忧伤情调》,《戏剧(中央戏剧学院学报)》2015 年第 4 期,第 40 页。

最好的朋友、黑裔犹太裔混血的肿瘤学家朱迪·考夫曼医生正迫切地想要怀上孩子。与一个同性恋犹太精神科医生离婚后，考夫曼因为不能怀上孩子而想要投河自尽。丽莎的生活并没有朝着顺利的方向发展。她的朋友莫罗——一名政治上持保守主义的男同性恋者，向媒体揭示她曾逃避过陪审团的义务，这毁掉了她成为卫生部部长的希望。此外，她的丈夫沃尔特·亚伯拉姆森是一名社会学教授，著有一本关于自由主义的影响巨大的书——《迈向更少的精英》，与他之前的学生昆西·坎斯偷情。坎斯是一个做作的表面的女权主义者，著有畅销书《性别的受害者》。泰伯·塔克——一个使人想起弗雷斯特·索亚的新闻记者，对丽莎进行了极尽刻薄的采访，使她放弃了卫生部部长的提名。即使参议员休斯的公关助手比利·罗宾斯被召来帮助丽莎应对新闻媒体的采访，也没能挽救她的事业。丽莎的父亲艾伦·休斯是来自印第安纳州的共和党参议员，希望阻止女儿放弃提名，但丽莎在宣布放弃提名后才告诉他。艾伦·休斯的第四任妻子夏洛特·休斯是一名社会名媛，代表着女权主义运动之前的那一代妇女。最终，丽莎和考夫曼都没能实现她们的追求。这部戏剧关注的是一个成功、聪明又强大的女人在公共领域将面临的问题。如果丽莎是一个男人的话，她没有履行陪审团义务就不是什么问题，会被忽略。她是自己性别的受害者，因为她之所以忽略了陪审的公共义务，是因为承担了太多的职责，但她没有意识到这一点。

这部戏剧同时在追问女性应该去哪里寻求榜样。丽莎的家庭中没有这样的榜样，因为她母亲在她很小的时候就去世了。父亲声称她应该学习阿里安娜·赫芬顿（Arianna Huffington，希腊裔美国作家），而不是埃莉诺·罗斯福（Eleanor Roosevelt，第 32 任美国总统富兰克林·罗斯福之妻）和佛罗伦斯·南丁格尔（Florence Nightingale，英国女护士、医疗改革家）。考夫曼也想要一个她可以依赖的同时代的女性榜样，她所能找到的只有玛米·艾森豪威尔（Mamie Eisenhower，第 34 任美国总统德怀特·艾森豪威尔之妻）、多萝西·基尔加伦（Dorothy Kilgallen，美国女调查记者，在调查美国第 35 任总统约翰·

肯尼迪遇刺一案过程中意外死亡)和莉娜·霍恩(Lena Horne,美国著名非裔女歌手、女演员,也为民权做过不少工作)。但她知道,如果自己想要成为一名科学家,就只有玛丽·居里(Marie Curie,即居里夫人,法国物理化学家,是首位获诺贝尔奖的女性,也是首位在两个领域,即物理和化学,获得诺贝尔奖的人)接近她的目标。因此,她不得不创造一个自我的榜样。

《美国的女儿》这部戏剧表明,妇女解放还有漫长的道路。丽莎清楚,努力向公众普及妇女保健知识和倡导妇女生殖权利意味着她要付出巨大的个人代价,但她仍投身其中。考夫曼是肿瘤专家,专门从事女性乳腺癌的治疗,她的工作无疑也是造福女性的。然而,她们所属的群体和服务对象——女人们却不是相互团结在一起,而是相互竞争,为女性政治权利的进步制造障碍。当时丽莎·休斯的女性反对者和支持者人数比为四比一,反对的部分原因是丽莎取得了巨大的成功,富有魅力并且拥有两个完美的孩子,还有她条件优越,属于精英阶层。

《美国的女儿》有关一代女性在个人和政治意义上的悲哀,探讨了女性的身份和自我决定问题。剧中四十多岁的女性们发现,取得令人惊叹的成就也有问题。沃瑟斯坦早期戏剧中的女性们不得不做出各种选择,而这部剧中的女性们发现她们处于之前做出的选择导致的困境之中。但是,尽管有着各种难过、障碍和失落,她们仍然在坚持。总之,沃瑟斯坦书写了丽莎·休斯的美国式困境。

沃瑟斯坦的剧作意义丰富,从《不一般的女人及其他》到《美国女儿》,她富有洞察力的笔触绘出了女性探索自我、发现自我的历程。当代女性在传统保守的观念中长大,又经历了轰轰烈烈的女权主义运动。她们一生目睹了女性身份话语的发展变化甚至来回波折。通过表现女性在这种"婚姻与职业、浪漫与政治、传统的女性角色与激进主义之间"①的艰难选择,沃瑟斯坦在其每一部戏剧中都巧妙地探讨了

①　Robert Cohen, *Theatre: Brief Version*, New York: McGraw-Hill Higher Education, 2006, p. 108.

受过良好教育的女性在一个充满性别歧视的社会中想要取得个人和职业成功时面临的困境。这些作品反映了她难以遗忘的记忆。《不一般的女人及其他》试图通过展示刚从大学毕业的女性们的迷惑与抱负来定义女性主义。事实上,它也传达了妇女运动尚未彻底成功这一信息。《难道不浪漫吗?》探索了爱情的复杂性、自由的代价、寻找自我身份的困难,以及作为犹太人生活在纽约的意义。《海蒂编年史》探讨了女权主义运动遭反扑后二十年间的变化。《罗森维格姐妹》在苏联解体的背景下谈论了犹太中年妇女拥有爱情的可能性。作为她最黑暗和强烈的戏剧,《美国的女儿》介绍了女性们在政治领域遭遇的困境,同时批判了自由主义。因此,在每一部戏剧中,沃瑟斯坦都在一个持续不断地施加双重标准在女性身上的社会中书写她们对自己身份存在的种种困惑。从这个意义上说,沃瑟斯坦是女性真正的代言人。批评家米歇莉恩·旺多(Michelene Wandor)在《女权主义对戏剧的冲击》("The Impact of Feminism on the Theatre",1984)中指出:"妇女剧作家不会亲自挺身而出,用自己的声音讲话,发表自己的见解,但她与某物交织在一起时,被无意识地感觉为一种巨大的威胁:她提供一种别人必须遵从的本文和意义……通过舞台上的行为对想象世界的公开控制,形成对管理大众文化生产的男人们谨慎维系的统治的威胁,妇女剧作家产生的这种威胁比妇女小说家厉害得多。"①

第五节

黄哲伦:写作是一种进入无意识的方式②

黄哲伦(David Henry Hwang)是一位著名的亚裔美国作家,他的

---

① 米歇莉恩·旺多:《女权主义对戏剧的冲击》,载玛丽·伊格尔顿编,《女权主义文学理论》,胡敏、陈彩霞、林树明译,长沙:湖南文艺出版社,1989年,第187页。

② 本节由刘蓉、龙娟撰写。

戏剧写作之路始于20世纪70年代在斯坦福大学求学时。1978年,黄哲伦参加了首届帕多瓦山剧作家节,与同样备受赞誉的剧作家萨姆·谢泼德和玛丽亚·伊雷妮·福尔内斯(Maria Irene Fornés)一同学习。正是在这次宝贵的学习机会中,黄哲伦首次接触到无意识写作的理念。这段经历对黄哲伦的创作生涯起到了关键作用,为他的作品注入了清晰而连贯的逻辑。黄哲伦多次在采访中提到萨姆和福尔内斯教给他的无意识写作方式,并指出这种方法让他能够超越理性的限制,摆脱自我审查的束缚,只需记述一切正在发生的事情。通过无意识的记述,他发现自己所创作的作品都围绕着族裔、性别、阶级、身份等主题展开。虽然意识尚未完全明晰,但他模糊地感受到了自己对这些问题的浓厚兴趣。可以说,关于这些问题的思考早已深深扎根于他的无意识之中,贯穿了他的创作生涯。在无意识的驱动下,黄哲伦不仅以独特的视角和敏锐的洞察力探索了亚裔美国人在美国社会中的角色和身份认同等问题,展现了他们独特的文化经验和挣扎,而且在人生和艺术的探索过程中逐渐摆脱了亚裔政治代表的身份束缚,将关注扩至能够引起全人类共鸣的层面。

一

　　黄哲伦反复强调写作是一种进入无意识的方式,并试图通过创作来探索新的关注点和主题。剧作家撰写剧本通常是为了回答某个问题,而黄哲伦则将写作当作一种深入无意识以了解自己真实想法的重要途径。黄哲伦的无意识写作方式贯穿他的整个创作生涯,早期作品已展示出这一特点。
　　黄哲伦实际上在大学期间就展开了他的写作探索之旅。进入大学后,他萌生出写剧本的想法,并在大二时抽出闲暇时间开始将自己的模糊想法付诸笔端,同时请教授审阅他的作品。尽管当时对戏剧了解有限,但他怀揣着成为一名剧作家的渴望。在接下来的几年里,黄哲伦全身心地投入广泛阅读和观赏戏剧作品的学习中,不断充实自己。《新移民》(*Fresh off the Boat*, 1979)是他的不懈努力和创作天赋相互碰撞的第一部杰作。

年仅 22 岁时,黄哲伦以一位崭露头角的戏剧作家身份,将他的处女作《新移民》从斯坦福大学带到位于康涅狄格州的奥尼尔剧院中心,再带到百老汇公共剧院的舞台。该剧荣获奥比奖的最佳话剧奖,为美国戏剧界注入了新的活力。该剧是一部以洛杉矶为背景的室内剧,以新移民和已经同化的移民之间的紧张关系作为切入点,着重关注了华裔社群内部多样性所带来的矛盾和分歧。通过剧中角色的交织与碰撞,黄哲伦以细腻的叙事和情感描绘,为观众呈现了一种多层次的种族认同探索,引发了关于身份认同的深思。

该剧的主角是三位年轻的表亲,代表着不同的华人群体。其中,戴尔是二代华人,在美国出生并长大,致力于消除自己的中国根源,以求完全融入主流白人文化。他的表妹格蕾丝是第一代华人,出生于中国台湾但在美国长大。与戴尔相比,她保留了许多传统文化习俗。另外一位主角史蒂夫是从中国香港移民而来的"初来乍到者"(F. O. B.,即 fresh off the boat),他与戴尔展开了对格蕾丝的争夺。这些角色的设定为剧作提供了多维度的人物对比和冲突,深刻凸显了移民社群内部在文化认同和个人价值观之间的张力和竞争。通过他们之间的互动与碰撞,观众得以窥见不同世代和背景的华人之间的复杂关系。

这三位角色中,史蒂夫最具神秘主义色彩。他将自身与中国的战神关公相联系,并将自己塑造成一位与戴尔所代表的同化趋势相对抗的神灵形象。在史蒂夫与戴尔的竞争中,黄哲伦宣判了代表传统文化的史蒂夫的最终胜利,对戴尔所倡导的同化主义观点进行了批判和重击。关公这一神话形象的引入有助于剧作家逃离同质的、空洞的时间,摆脱一个经验枯竭且完全被意识支配的世界。黄哲伦善于借助文化优势,熟练且巧妙地从中华传统文化宝库中汲取灵感,展现了中华悠久历史文化中战神精神的特质,从而突破了现实主义的常规,展开了自由联想的无意识创作。该剧清晰地呈现了黄哲伦首次通过戏剧写作对潜藏在他无意识深处的问题所进行的探索,展现了其对文化、身份和自我认知等主题的深刻洞察力。

在《新移民》获得广泛赞誉后的四年间,黄哲伦以惊人的创作速度推出了一系列新剧作品,几乎每年都有新作问世。其中,有四部作品在纽约的公共剧院上演,使他的声望迅速攀升。然而,随着声誉渐隆,他也面临着与族裔身份相关的困扰,这是他作为一位亚裔美国作家永远无法摆脱的话题。黄哲伦作为一名亚裔在戏剧界取得如此辉煌的成就,这是前所未有的。亚裔群体也因此将他视为代言人,但显然没有任何一位作家能够代表整个族群。与此同时,黄哲伦也意识到,只有通过他个人的族裔身份,他和他的剧作才能够获得他人的认可。然而,这并非他作为一名戏剧作家所期望的结果。因此,他对戏剧创作感到困惑,渴望超越种族身份的局限而被观众理解和接纳。这种困惑推动着他不断探索和挑战"亚裔剧作家"这一身份所界定的边界,致力于创造能够引起更广泛共鸣的作品。

在20世纪80年代中期,黄哲伦重新审视自己的目标,由此陷入了创作瓶颈。直到1986年,他才完成了作品《富贵关系》(*Rich Relations*)。这部戏剧与他之前的作品有着本质上的不同,因为角色都是高加索人,没有亚裔角色的出现。这可以被视为作家的一种反叛,他希望观众和评论家不再仅仅透过族裔身份和政治视角来审视他的作品。他渴望被看作一名剧作家,而不仅仅是一个特定族裔的政治代表。尽管《富贵关系》在非百老汇戏剧界并未取得成功,但黄哲伦仍坚信:"创作是伟大的。我很高兴我能做到,我将继续前行。"①这是他首次意识到他一生的使命是成为一名作家,而这次失败唤起了他的觉醒,并使他从早期创作成功的负担中解脱出来,在两年后的1988年创作了享誉全球的《蝴蝶君》(*M. Butterfly*)。这一作品以更为广阔的视角触动观众,丰富了亚裔美国戏剧的文化表达与探索,由此成为黄哲伦写作生涯的转折点。

---

① Philip C. Kolin and Colby H. Kullman, eds., *Speaking on Stage: Interviews with Contemporary American Playwrights*, Tuscaloosa: University of Alabama Press, 1996, p. 282.

二

《蝴蝶君》是美国戏剧史上首部由亚裔美国人创作并广受赞誉的作品,标志着黄哲伦无意识写作理念的实践巅峰。该剧于1988年3月20日在百老汇首演,并在同年获得了多项重要奖项,其中包括托尼奖最佳戏剧奖、纽约戏剧委员会奖、外圈剧评人奖及约翰·加斯纳奖。此前,尚未有一部由亚裔美国人创作的戏剧作品能够获得如此广泛的认可和赞誉。可以说,《蝴蝶君》的成功将亚裔美国戏剧真正地置于美国戏剧版图之上,为亚裔剧作家争取了一个重要的叙事空间。黄哲伦在这部剧作中不仅以积极的姿态扭转了白人主流文化对亚裔群体的刻板印象,而且超越了其作为亚裔作家所被期待的关注视野。他深入探索了种族和性别的政治边界,发出了强烈的呼吁,希望各方能够摈弃文化和性别偏见,将彼此视为平等的人类一员,以共同利益为基础,创造一个更加融洽和谐的世界。

《蝴蝶君》是基于贾科莫·普契尼(Giacomo Puccini)的歌剧《蝴蝶夫人》(*Madama Butterfly*, 1904)的改编作品。《蝴蝶夫人》描绘了一位日本女性为美国军官牺牲的悲剧爱情故事。故事背景设定在明治时期的长崎,美国海军上尉平克顿以100日元的代价获得了与15岁少女秋秋桑结婚的权利。然而,当海外服役结束后,他却选择抛弃怀孕的秋秋桑,背叛了这位将他视为整个宇宙的日本妻子。三年后,平克顿带着他的美国妻子回到日本,意图认领他在日本的儿子。秋秋桑为了不成为平克顿和儿子的障碍而选择自杀。蝴蝶夫人的角色形象以谦和、顺从和温柔为特点,展现了为西方白人男性牺牲自我的意愿。这一人物形象之所以在西方受到广泛欢迎,主要是因为它迎合了西方对东方的幻想和刻板印象。与此同时,舞台上"顺从的东方女人和残酷的白种男人"①这一模式的重复出现逐渐形成了一个叙事惯例,从而进一步强化了西方对东方女性的刻板印象。

---

① 黄哲伦:《蝴蝶君》,张生译,上海:上海译文出版社,2010年,第28页。

黄哲伦对蝴蝶夫人这个角色形象所蕴含的东方主义意识形态及其潜在危险有着清晰的认识。这种认知在他的文学实践中潜移默化地驱使着他以自身的文学实践对以《蝴蝶夫人》为核心的"东方"文本图像进行挑战、剖析和解构。黄哲伦对蝴蝶夫人这一被广泛接受的形象进行了破坏和颠覆,其初始体现可以追溯到他在标题中运用的性别歧义——*M. Butterfly* 中的 M. 指的是 Monsieur、Mr. 还是 Madame、Ms.？这个刻意模糊的选择巧妙地暗示了蝴蝶夫人的性别身份,这一点不但是推动剧情发展和反转的关键要素,同时也引发了蝴蝶神话内在真理空间的裂缝。黄哲伦对蝴蝶夫人性别进行解构的创作灵感来源于一篇关于一名法国外交官的报道。该外交官与一男扮女装的东方"女"演员相恋二十年竟不知对方的真实性别。在一次采访中,黄哲伦对这一事件进行了如下评论:"当然,我的反应和其他人一样——这怎么可能发生呢？但在某种程度上,对我来说,这件事的发生应该是很自然的。考虑到东西方之间、两性之间普遍存在的误解程度,总有一天发生这种严重的错误似乎是不可避免的。"①

在采访中,黄哲伦提到了两个关键词,即"东西方"和"两性"。黄哲伦之所以将"东方"与"女性"并置,是因为他敏锐地察觉到东西方关系与性别关系建构之间的相似性。与男性建构自我认同的过程相似,西方的文化认同也是通过建构一个他者来定义自身而完成的。正如赛义德所指出的那样,欧洲人认为他们的身份相较于非欧洲民族和文化更为优越,②"东方被视为非理性、堕落和幼稚的,'不正常的';而欧洲人则被视为理性、贞洁、成熟和'正常'"③。他者被强制性地贴上一切与主体所宣称的属性相反的标签,由此在先进与落后、优越与低劣等一系列二元对立的话语创造中被放置于从属位置。在西方传统

①　Di Gaetani, John Louis and David Henry Hwang, "*M. Butterfly*: An Interview with David Henry Hwang," *TDR*, 3(1989), p. 143.

②　Edward Said, *Orientalism*, New York: Vintage Books, 1978, p. 15.

③　同②,第 40 页。

思维中,东方往往被赋予女性化的特质,这导致了"东方"和"女性"在文化建构中的紧密交织。黄哲伦通过"女"主人公之口,将此地理与性别的勾连称为"国际强奸心理":"西方认为自己是男性的——巨大的枪炮,庞大的产业,大笔的钞票——所以东方是女性的——软弱的、精致的、贫穷的……但是精于艺术,充满了不可思议的智慧——这是女性的神秘感。她的嘴说不,但她的眼睛却说是。西方相信,东方在骨子里想要被支配——因为一个女人不可能独立思考。"①黄哲伦并未止于对这一现象的简单揭示,而是通过"女"主人公的人物形象,全面而彻底地颠覆了蝴蝶夫人这个将"东方"和"女性"所附着的期待汇聚于一体的传统修辞。

戏剧开始时,"女"主人公被局限为一个被动的表演者,由男主人公的话语引入舞台。此时,前者被框定在后者的意愿和话语之中,"她"的存在也由此成为一种想象的具体化表达。然而,在第二幕的中间部分,"女"主人公开始独立发出声音,对男主人公作为唯一叙事者的权威提出了挑战。在第四场中,"女"主人公首次以旁白的身份向观众介绍场景的时间和地点,标志着"她"对男主人公叙事权力进行颠覆的开始。从那时起,"她"不仅持续挑战他的权威,还颠覆了他在两人关系之中所占据的主导地位,重新构建了两性和东西方之间的权力配置。正如黄哲伦所言,直至戏剧的结尾,男主人公才意识到自己已经成为蝴蝶夫人,"成了真正的平克顿"②。黄哲伦通过颠覆传统的地缘政治和性别角色的方式,赋予男主人公悲剧角色,并将其置于秋秋桑的死亡场景中。以西方白人男性替代东方女性作为被欺骗的牺牲者这一方式,黄哲伦对固有的权力结构进行了彻底重塑,从而瓦解了父权制度和白人意识形态范式。

《蝴蝶君》利用"女"主人公的演员身份和戏中戏的精巧结构模糊了现实与虚幻之间的界限,建立了一种表演氛围,为性别操演奠定了

---

① 黄哲伦:《蝴蝶君》,张生译,上海:上海译文出版社,2010年,第129页。
② 同①,第149页。

基础。通过揭示这种身份建构中性别和种族的虚构性和操演性,黄哲伦向我们展示了一个更广阔的意图。他的写作追求并不仅仅是推翻西方对东方、男性对女性的刻板印象,更重要的是希望这部作品"穿透我们各自层层积累的文化的和性的误识,为了我们相互的利益,从我们作为人的共同的和平等的立场出发,来真诚地面对对方"①,最终实现一种超越偏见的共融和更深层次的人类和谐。"戏剧可以很滑稽,像儿童剧那样,但戏剧也可以达到很高的水准,进入崇高的、美的领域。"②黄哲伦超越族群界限,将目光拓展至更为广阔的范畴,以全球公民的身份深入探索社会问题,最终成就了《蝴蝶君》这样一部发人深省的文化力作,引领观众进入思想与审美的新境界。

三

黄哲伦将写作视为一种进入无意识状态的方式,因为对他而言,写作与身份的探索之旅紧密相关。黄哲伦曾在《花鼓歌》(*Flower Drum Song*, 2002)的绪论部分有过这样一段论述:"我们呼吁亚裔美国作家拥有定义我们自己的身份和社区的权利,我们要替代占主导地位的(白人)社会所描绘的形象。"③黄哲伦将自己对身份的探索转化为写作的源泉和动力,而写作在这个过程中也成为他不断完善自我认知和塑造身份的重要媒介和工具。这种紧密的关联为研究者提供了洞察黄哲伦人生经历与作品内涵之间关系的窗口。

受父母影响,黄哲伦从小沉浸在典型的美国白人文化氛围里,在童年时期未曾经历多元文化融合的复杂环境。黄哲伦的父亲早年离开中国大陆,前往中国台湾,随后又前往美国南加州大学深造。黄哲伦的父亲对美国文化怀有浓厚的热情。黄哲伦的母亲是一位菲律宾华人钢琴家,她所在家族数代以来一直坚守着虔诚的新教原教旨主义

---

① 黄哲伦:《蝴蝶君》,张生译,上海:上海译文出版社,2010年,第154页。

② Johan Huizinga, *Homo Ludens: A Study of the Play-Element in Culture*. London and Boston: Routledge & Kegan Paul, 1980, p. 19.

③ Chin Y. Lee, *The Flower Drum Song*, New York: Penguin Group, 2002, p. 9.

信仰。这一家庭历史成为黄哲伦《家庭奉献》(*Family Devotions*,1981)和《金童》(*Golden Child*,1998)两部剧作的创作基石。黄哲伦将基督教视为移民与美国社会同化的内在一环,认为信奉基督教等同于接受美国式文化符号。黄哲伦的父母从未刻意让孩子们在日常生活中使用汉语或庆祝中国传统节日,可以说,他们完全融入了美国文化,成为真正的被同化者。在这样一个完全符合美国白人家庭模式的环境中,黄哲伦对中华文化的了解非常有限,更是从未深入思考自己的中国血统和文化根基的意义。然而,这样的成长环境却促使黄哲伦以独特的视角自主探索和呈现个人的文化身份和跨文化体验的复杂性。正如他自己所言:"我的个人政治发展很大程度上是对我父母被同化这一事实的反应。如果他们更为传统,并与根基文化联系在一起,我可能会是一个完全不同的人。"①

虽然黄哲伦与自己的文化根基脱离,但我们能够从他成长过程中的细枝末节里发现他内心深处与祖籍的情感联系以及他对文化根源的情感纠葛和无形联结。在十岁那年,他得知祖母患病的消息后感到担忧,并担心可能会发生不幸的事情,使得家族史的记录中断。为了探望祖母并保存家族史的珍贵记忆,黄哲伦前往菲律宾,用心记录下祖母口述的故事。这不仅展现出他对家族历史的珍视和对记忆传承的责任感,同时也为他的艺术创作提供了独特素材和灵感来源。黄哲伦将这段家族历史转化为一篇名为《不过三代》("Only Three Generations")的短篇故事,篇名灵感来自中国的一句俗语:"富不过三代。"黄哲伦融合家族故事和文化符号,将此短篇故事进一步加工和发展,最终成为他创作《金童》的重要素材。

另外,黄哲伦在观看影视作品中由白人创作的亚洲人角色形象时,总会不自觉地觉得有些不舒服,这也是他自己都未曾察觉的族裔意识的展现。无论是在日本、韩国或越南战争电影中的"敌人",还是

---

① Bonnie Lyons, "'Making His Muscles Work for Himself': An Interview with David Henry Hwang," *Literary Review*, 33(1990), p. 236.

像美剧《大淘金》(*Bonanza*，1959—1973)中的厨子合胜这样的讨好型角色，都让他无法避免地感到一种尴尬。可以说，正是这种潜藏在无意识中的情感触发了黄哲伦的创作热情，推动他在随后的作品中质疑主流话语权威，在笔下创造出真实的亚洲人物形象。在创作之初，众多问题和担忧涌上他心头，其中就有种族歧视和身份问题。他虽然并不完全理解这些问题，但对它们的关注却从未减弱。这种内在的冲突和思考成为他创作的动力，驱使他不断创作以寻求更为真实和多元的呈现。

　　尽管在20世纪60到70年代黄哲伦没有直接遭受过种族歧视，但他仍然能够深切感受到亚裔美国人所承受的巨大压力。首先，亚裔美国人仍然承受着"模范少数族裔"这一华丽而光鲜的称号带来的沉重负担。这称号背后隐藏着一系列期望和要求，如卓越的学业表现、成功的事业、勤勉的努力等等。这些内在要求鞭策着"模范少数族裔"不断追求成功，通过勤奋学习和努力工作来为美国社会的进步做出贡献。亚裔面临的外在压力还源自被视为"永久外国人"的刻板印象。这种印象意味着无论亚裔美国人的祖辈在美国已经生活了多少代，他们总会不可避免地面临一个问题："你来自哪里？"这种持久的外国人身份认定与亚洲人所经历的特殊偏见密切相关。这种偏见认为亚裔个体并不真正属于这个国家，同时也暗含了一种"你从哪里来，就回哪里去"的驱逐观念。这两种印象的相互交织产生了一种传统的心理观念，即亚裔被视为与美国本土族裔形成竞争关系的优秀外来者。这种观念导致亚裔美国人常常成为美国和亚洲之间紧张关系的替罪羊。因此，在20世纪80年代，随着美国与日本的贸易关系日益紧张，针对亚裔美国人的暴力事件也呈上升趋势。底特律就发生过一起臭名昭著的案例：一群失业的汽车工人错误地认为一个名叫"文森特·钦"的人是日本人；出于对日本本田汽车和丰田汽车的极度厌恶，他们将他殴打致死。

　　在感受到压力的同时，黄哲伦也深切体会到族群内部与外部认知之间的脱节。这种脱节体现在他作为亚裔个体的内心体验与外界将亚裔归类为单一群体的认知之间的差异上。当他走在街上时，人们可能会将他误认为日本人或者越南人；然而，当他开口说话时，人们的看法又会发生变化。多次经历了这样的情况后，黄哲伦逐渐意识到族群内外之间的差异，并将这一现象称为"官方的亚裔美国综合征"。这种综合征是指亚裔美国人在外界认知中被归类为一个整体，而内部却存在着丰富多样的分叉枝丫。这种来自外部的简化认知让黄哲伦深感亚裔美国人在身份认同和社会定位上面临着复杂挑战，并试图以自身的艺术实践跳脱肤色偏见，寻求新的可能性。他致力于将生活与艺术联系起来，并且坚信在艺术中可以表达超越特定局限的普遍性。当观看奥古斯特·威尔逊（August Wilson）的一部戏剧时，黄哲伦跳出族群、肤色、文化背景的限制，找到了戏剧中描绘的非裔家庭与自己家庭的共性，并随之产生了情感共鸣。通过这样的体验，黄哲伦感受到艺术所具有的跨越外在条件限制、触及人类共同情感的强大力量。

　　然而，在艺术领域中存在着这样一种现象，即当一个特定群体的艺术家走红时，他们常常被期望或要求代表整个群体发声。黄哲伦、谭恩美（Amy Tan）、汤亭亭（Maxine Hong Kingston）等亚裔美国作家都曾面临这个问题。这种期望显然是不切实际的，因为艺术家的自由创作不应被局限于某个特定的种族或文化。当被期望承担代表集体的责任时，艺术家的创造力往往会被限制，其自由表达的空间也会受到挤压。曾经有一段时间，黄哲伦仅仅围绕亚裔这一族群展开书写，集中体现亚裔美国人遭遇的问题和困惑。然而，随着艺术实践和身份认知的日臻完善和成熟，他展现出了跨文化或者说国际主义者的立场，致力于探索社会不同群体和文化之间的联系，而非将它们割裂开来。他深刻认识到身份并非绝对固定不变，并将其视为与他在成长过程中所接触到的宗教原教旨主义相类似的另一种圆滑的形式。黄哲伦的人生与艺术探索之旅始终齐头并进，致力于研究文化融合的复杂性和抵制融合的力量，以及身份的持久性和不断变化。他的思想转变代表着他在自我认知和艺术表达领域所取得的进步，这一过程不仅仅是他个体经历和身份探索的体现,同时也承载着超越文化和民族边界的艺术力量。

第六节

阿尔弗雷德·尤里:"我只写下我所知道的事实"①

　　阿尔佛雷德·尤里(Alfred Uhry)是20世纪美国剧坛的新起之秀,他的代表作"亚特兰大三部曲"(Atlanta trilogy)包括:《为黛西小姐开车》(*Driving Miss Daisy*, 1987)、《犹太舞会之夜》(*The Last Night of Ballyhoo*, 1997)和音乐剧《大游行》(*Parade*, 1998)。这三部戏剧囊括了美国戏剧界各大奖项。三部曲中故事发生的时间几乎横跨整个20世纪,从20世纪初到20世纪七八十年代,讲述了美国犹太人的生存状况。三部作品均以身处美国南方社会中的犹太人的生存现状为素材,分别讲述了美国南方主流社会对犹太人的排斥和仇视,部分犹太人为了被主流文化认可而对本民族传统文化的选择性遗忘或放弃,以及生活在主流文化和传统文化夹缝中的犹太人与同样处于社会边缘的黑人之间的纠葛。尤里的戏剧从少数族裔的视角观察世间百态,演绎了美国南方犹太人的悲喜人生,反映了在美国这一多民族杂居的国度里犹太人的生存状况,传达着犹太人作为少数族裔希望融入美国主流社会的迫切想法,也细腻地刻画出夹在传统犹太文化和当代美国主流文化夹缝中的犹太人尴尬的身份认同和矛盾的心理。作为当代美国剧坛的新生力量,"南方剧作家"和"犹太裔"是尤里独特的标签,处在这双重文化背景之中的尤里通过他的戏剧传达着在 WASP(White Anglo-Saxon Protestant,盎格鲁-撒克逊白人新教徒)主流文化中,边缘群体渴望得到尊重、理解和包容的心声,提出了犹太裔渴望文

---

　　① Alfred Uhry, *Driving Miss Daisy*, New York：Theatre Communications Group, 1987, title page. 本节由龙娟、孙玲撰写。

化身份认同和文化寻根的诉求,同时也反映出他对多民族杂居的美国社会发展的思考和他自己对犹太身份的认同和文化寻根之旅。

一

尤里的创作一方面离不开民族意识的觉醒,另一方面离不开他对现实深刻的观察和入木三分的刻画。在过去,美国社会向来被比喻为"熔炉"。"熔炉"即意味着"美国化",外来民族需要接受主流文化,以达到社会融合的目的。然而在这一美国化过程中,外来移民的他者文化特性在逐渐被消除。在失去了自己文化特性的同时,这些族裔又难以真正融入主流文化。徘徊在主流文化边缘的他们,成了迷茫无根的边缘化群体。但是这些群体又不甘处于边缘,因此在主流群体与边缘群体、边缘群体内部以及各个边缘群体之间冲突不断。

20世纪初美国社会种族歧视猖獗,少数族裔群体受到主流社会的排挤与疏隔。1915年,霍勒斯·迈耶·卡伦(Horace Meyer Kallen)在《民主对熔炉》("Democracy versus the Melting Pot")一文中发出了对"文化多元主义"的倡议。他表示,所有民族的平等才是美国精神的精髓,美国精神绝不应当是某些人对其他人的渗透和同化。卡伦的多元文化论开启了人们对多元文化运动的探索,同时也对日后的民权运动产生了深刻的影响。二战中纳粹法西斯惨绝人寰的种族灭绝行径迫使美国开始反思国内的种族政策,在这样的时代背景下应运而生的是20世纪60年代的民权运动。这次运动促进了非裔、亚裔、拉丁裔、犹太裔等少数族裔民族意识的崛起,他们开始关注本民族的文化,为自己的民族利益发声。60年代后,美国少数族裔和弱势群体作家异军突起,促成了多元文化运动的兴起。多元文化运动兴起于20世纪70年代的加拿大和澳大利亚,80年代初期这一概念被引入美国并落地生根,立马繁荣于美国社会的各个领域,当然也包括文学领域。

尤里的创作便是犹太裔民族意识觉醒的体现。尤里出生在一个上层德裔犹太家庭里。作为生活在南方的犹太人,尤里起初并不认同外界加给他的"双重身份"——比起犹太身份,他更接受南方人的身份。在早期的采访中他坦言,他的家庭虽有着犹太裔背景,但他们对犹太信仰和传统并不感兴趣,而是更多地保留了许多南方的习俗。虽然尤里的家庭基本被主流文化所同化,但当尤里进入大学之后,随着年龄渐长和社会大环境中少数族裔意识的觉醒,他越来越关注自己的犹太身份。在去过一趟以色列之后,他觉得自己就是"犹太群体的一部分","因为他本来就是"①。民族意识被唤醒的尤里开始关注犹太群体。在多元文化运动的推动下,51 岁的尤里创作了他的第一部戏剧《为黛西小姐开车》,此后分别在 1997 和 1998 年创作了均以亚特兰大为背景、以犹太人的生存状况为素材的戏剧,即《犹太舞会之夜》和《大游行》。

　　作为犹太裔,尤里创作戏剧的首要目标就是真实地再现犹太人的生活,写出属于犹太人的事实,记录美国南部复杂的族裔关系历史。"亚特兰大三部曲"除了在故事背景和选材上相似之外,故事和主人公都能在尤里的生活中找到原型,逼真而又艺术地再现生活是它们能在剧坛经久不衰的原因。在《为黛西小姐开车》中,黛西小姐的形象来源于尤里的祖母和几个姑婆,而黑人司机浩克在真实生活中也确有其人,是根据尤里祖母的司机创作的。剧作的情节则是尤里根据自己家里发生的事创作的。

　　《犹太舞会之夜》中的细节也有现实依据,并不是尤里杜撰的。剧中的犹太舞会是真实存在的。它在圣诞节举办,所有的犹太人都会去参加。这种舞会在他们的生活中十分重要。在剧中,布一直念叨着让拉拉去参加这个舞会,并且还要一个好舞伴邀请她去。为此布操心不已,因为在布的心中,女人最终的目的就是找到一个丈夫,而这个舞会绝对是最好的契机。为了让南方名望之家的儿子皮切邀请自己的女儿,她可谓煞费心机。舞会结束当晚,拉拉哭着回来告诉母亲皮切向

---

　　① David Sterritt, "A Voice for Themes Other Entertainers Have Left Behind," *Christian Science Monitor*, 89.170(1997), p. 15.

她求婚了。这次舞会可以说是拉拉人生的一个转折点,由此可见舞会的重要性。剧中的苏妮和乔相恋后也避免不了落入俗套,尽管苏妮之前称自己觉得舞会本身是一件很荒唐的事情,他们还是相约去了最后之夜的舞会。

同时,剧中拒绝乔的标准俱乐部和禁止犹太人游泳的威尼斯俱乐部都在现实生活中真实存在。当时在南方社会中这种偏见十分盛行,不仅仅是主流社会,就连犹太群体内部也存在严重的偏见和歧视。尤里的家庭是德裔犹太人,在当时的南方,德裔犹太人在犹太群体中属于精英阶层,他们的财富和受到的教育为他们创造了可以像当地富人一样生活的机会。他们瞧不起东欧裔犹太人,认为他们是他者,是另类。弗赖塔格家以布和拉拉为首,瞧不起乔,他们一方面拼命想融入主流社会却不被接受,一方面歧视自己的同胞,忘却了自己民族的文化和传统。尤里创作这部剧的出发点就是想记录犹太群体内部关于他者的偏见。他在剧中刻画了以弗赖塔格家为代表的犹太人那种对于自己作为一个犹太人深深的不安和焦虑,大胆地揭露了犹太群体的内部冲突。尤里的大团圆结局设置也反映出他对犹太人出路的乐观积极态度。他希望犹太人能够团结一致,共同抵御主流文化的侵袭和主流社会的排挤,也希望犹太传统能够得以传承。

《大游行》创作于 1998 年,故事内容同样依据真实的历史事件创作。1913 年 4 月 27 日,亚特兰大铅笔工厂的黑人门卫纽特在地下室里发现了十三岁女孩玛丽的尸体。黑人巡夜者吉米本应有最大的嫌疑,但最后来自纽约、接受过高等教育的工厂主管、犹太人里奥·弗兰克却被逮捕入狱,并在没有确凿证据的情况下被一帮暴徒劫出监狱后绞死。在实际生活中,剧中主人公里奥·弗兰克的原型和尤里的家族有着千丝万缕的联系:尤里的叔祖父西格蒙德·蒙塔格是弗兰克的雇主,当时资助了那场官司;西格蒙德的堂兄赫伯特·哈斯当时是弗兰克的律师之一;尤里的祖母,也就是黛西的原型,是弗兰克妻子露西尔的朋友。从一定程度上来说,里奥·弗兰克事件就是尤里的家事。他基于此事创作音乐剧,一来是站在个人的立场,希望以此方式让逝者安息；二来是站在犹太群体的角度，期望陈年冤案得以平反，还犹太人公平。

剧名"大游行"是指玛丽遇害当晚正好在举行美国南部联邦纪念日大游行活动。尤里选择以音乐剧的形式讲述这件事情，当被质疑这个素材对于音乐剧来说是否过于沉重，主题是不是和音乐剧的形式格格不入时，尤里这样回答："我们当然要写这个题材，但是，不，我从来没有因为讨论这个主题而感到不舒服。如果有人说'让我们来写一部音乐剧，类似于《西雅图夜未眠》这样的主题'，因为它看起来更像是一部音乐剧的名字。如果是这样的话，那我会感到非常不舒服。这样的话，一点挑战都没有，对我来说没有什么好创新的。"①

二

尤里的剧作不仅多取材于现实生活，还通过对现实的艺术加工和表现，生动地反映了当时美国社会对犹太人的歧视，揭露了当时南方社会机制的缺陷，表现了犹太族裔所面临的身份、道德和伦理困境。

首先，当时南方社会反犹排犹思想盛行，犹太人长期处于社会边缘，承受着主流社会的妖魔化。在当地人眼中，犹太人凶狠、贪婪、残暴、丑陋，还有性变态倾向。在《大游行》中，弗兰克冷酷木然的外表、沉默寡言的性格使得人们将这起案件和他联系在一起。然而，弗兰克的缄默内敛事实上仅仅是被边缘化群体的自保手段。弗兰克在《很难表明我的心声》（"It's Hard to Speak My Heart"）中唱道："我知道我看起来可能很苛刻，我知道我看起来或许很冷酷，但我从来没有碰那个女孩儿！"②在种族歧视很严重的当时，犹太人行事谨小慎微，内心有冤屈也无处发泄："很难表明我的心声……我用工作封闭自己，说话之

---

① Simi Horwitz, "After the 'Ballyhoo' < Comes the 'Parade'," *Back Stage*, 39 (1998), p. 51.

② Alfred Uhry, *Parade*, New York: Theatre Communications Group, Inc., 1998, p. 23.

前一再确定是否安全。"①在一个充满仇视的社会里，弗兰克很难给自己定位，不仅当地人觉得他是一个边缘者，他自己也在独唱《我怎么把这里叫作家》("How Can I Call This Home?")中，承认自己是这片陌生土地上的陌生人。当地白人对犹太人的偏见很大，弗兰克深知这一点，所以平时沉默寡言，只埋头工作。然而弗兰克的缄默最后却成为白人群体妖魔化他的依据。根深蒂固的种族偏见导致真凶逃之夭夭，无辜的犹太人弗兰克被诬陷致死。

导致弗兰克死亡的不仅有种族偏见，还有南北战争中战败的南方白人无处发泄的愤恨情绪。从20世纪初的南方白人群体来看，南北战争的战败使得这个群体内部更加团结，像这种规模较小、内部成员参与度高的群体自身结构是坚硬无弹性的。异端者对于他们来说会造成群体混乱，所以一开始被他们认定具有斗争性的群体就很容易成为攻击的对象。当他们与外来群体起冲突并失败后，他们往往不承认对手强大、自己弱小，而是会在自己队伍里寻找破坏团结的"持异议者"，并对这些人采取一致行动。犹太人弗兰克就是被他们锁定的目标。这是替罪羊手法的变种：虽然他们是由于自己实力弱小而失败，但是他们却在自己的内部寻找替罪羊，即通过攻击内部"威胁"使群体"聚合"起来。从这一角度可以看到当年这件历史冤案发生的深层原因——替罪羊机制。这一机制的根源是替罪羊所代表的虚构的威胁，对犹太人的恐惧和担心是反犹太人综合征的关键因素之一。然而，反犹主义无法将犹太人赶尽杀绝，却增强了犹太人群体的内部团结。剧中出现两个异常团结的群体，一个是白人群体，一个是为弗兰克辩护的犹太群体。弗兰克的死最终使得这段冲突得以平息，社会秩序得以暂时维持，但替罪羊机制绝不是维持社会持久安定和谐的手段，而此时出现的这种团结也是不利于社会大团结的。

当时美国南方社会的第二个缺陷，就是民生体系的不完善。南方

---

① Alfred Uhry, *Parade*, New York: Theatre Communications Group, Inc., 1998, p. 23.

社会没有及时做好战争的善后工作。剧中的受害者不只弗兰克一个，死因不明的童工玛丽也是社会机制不健全的牺牲品。关于这一点尤里曾经谈道：

> 我不仅仅是想写一个有教养的来自纽约的犹太人被一群疯狂的、愚蠢的、歇斯底里的南方乡下人给弄死了。我同时也感受到了那些人的痛苦，就像我能感受到弗兰克的一样。这就是我们为什么从内战开始，并且把他们的损失表现出来，例如一个士兵的腿被切断了。我们也必须弄明白当那些北方人来了之后，受害者玛丽的父亲被迫将农场卖了交税，而玛丽就和其他孩子一样被迫来到这血汗工厂，一周六天，一天十小时地工作。这些吃了败仗的穷苦人才是真正的受难者。①

同时，在谴责社会机制，揭露阴郁残忍的斗争和穷苦人民的磨难之外，尤里还讴歌了人性的温暖。尽管弗兰克案件使他妻子受到了很大牵连，但她在丈夫蒙冤入狱后并没有放弃，而是想尽一切办法为丈夫洗脱冤屈。剧中虽然大部分白人是针对弗兰克的，但依然有个别良心发现的白人怀疑凶手另有他人，尽管主流社会的舆论不允许这样的声音被听见。对于这部戏剧，尤里希望当观众看完离开的时候"是愉快的，尽管这里并没有过多的笑点。它是一个关于真实生活的故事，但这不是一节历史课。我不希望教导任何人"②。

在剧作中，尤里通过对人物不同的经历和选择的描绘，反映了犹太族裔在与美国主流社会冲突与融合的过程中所面临的身份、道德和伦理困境。艺术源于生活而高于生活。基于真实生活的创作不仅仅是生活的一个翻版，吸引人的是作者透过作品传达出的那份高于生活

---

① Simi Horwitz, "After the 'Ballyhoo' < Comes the 'Parade'," *Back Stage*, 39 (1998), p. 51.

② David Galens, *Drama for Students*, Michigan：Cengage Gale, 1987, p. 112.

的思考和它赋予作品的持久活力。

在《为黛西小姐开车》中,尤里书写了犹太富孀黛西和黑人司机霍克之间的故事,通过黛西和霍克关系的变化追踪了少数族裔的身份困境。黛西身上充满了双重身份的矛盾。一方面,她属于富裕的德国犹太裔,不同于其他犹太同胞。如朱利叶斯·诺维克(Julius Norvick)所言,德国犹太裔"本是足够的富裕,足以受人尊敬,全盘美国化,使得其他贫穷而缺乏教育的同教者羞愧难当"①。另一方面,她是一个南方人,但财富不能使她被南方社会认同。尽管她已经是一个十足的南方女人,但仍然被认为不够有南方味,无法融入周围环境。她所遭到的歧视事实上与黑人司机霍克十分相似,这一点在南方警察的讥讽中可以看出来:"一个老黑鬼和一个犹太老女人一起开车,真是个可悲的景象。"②然而,黛西不愿放弃犹太身份,又渴望能够成为南方社会的一员。面对双重身份无法调和的困境,她不可避免地迎来自我身份的困惑和焦虑。她用冷漠高傲的面具来掩饰自己的内心,对身边人关闭自己的心门,这实则是一种害怕不被他人接受的自保手段。每次出场,她总是打扮得十分精致得体,试图向南方淑女靠拢,这意味着她内心仍然保留着融入社会的渴望。她最后选择放下对黑人的种族歧视,与司机霍克和解,这也正是她本性善良、渴望人与人之间平等的爱与关怀的体现。通过接纳霍克,黛西也冲破了种族偏见的鸿沟,通过族裔间的相互认同找到了突破身份困境的道路。

尤里事业的转折点是《为黛西小姐开车》,但他自己曾经说过"《犹太舞会之夜》的意义更加重大"③。在《犹太舞会之夜》中,尤里通过对德裔犹太人弗赖塔格一家及东欧裔犹太人乔的描绘,书写了犹太人在面临文化身份冲突时的不同选择。在谈到《犹太舞会之夜》的

---

① Julius Novick, *Beyond the Golden Door: Jewish American Drama and Jewish American Experience*, New York: Palgrave Macmillan Ltd., 2008, p. 98.

② Alfred Uhry, *Driving Miss Daisy*, New York: Theatre Communications Group, Inc., 1987, p. 38.

③ Simi Horwitz, "After the 'Ballyhoo' <Comes the 'Parade'," *Back Stage*, 39 (1998), p. 51.

创作时,尤里说:"我花了好长时间才鼓起勇气去写另一部戏剧。黛西小姐是我此前写的唯一一部戏剧;当真的要提笔写的时候,我有一点恐慌。我一直有一些点子萦绕在心头。我一直想写关于针对他者的那种偏见。"①"针对他者的偏见"这里指南方德裔犹太人对于非德裔犹太人的偏见。《犹太舞会之夜》创作于1996年,时间设置为1939年电影《飘》(Gone with the Wind)上映之际。生活在南部亚特兰大的德裔犹太人弗赖塔格一家虽已被美国社会同化,但很难融入主流社会。同时,他们又对来自北方城市纽约的非德裔传统犹太小伙乔持有偏见。乔对他们生活的介入(喜欢上这家的一个女儿苏妮)使得他们面临着两难之选:是继续遗忘他们的犹太传统过着美国式的生活,还是接受他们的犹太性和他们作为南方人和犹太人的双重身份?剧中的拉拉全盘接受了美国南方主流文化,为庆祝圣诞节而忙碌,因为《飘》的上映而激动不已,连夜都要赶去看首映式。苏妮小学时因为犹太人的身份被从游泳池中驱赶出来,在读大学的时候也慢慢被美国化了,但小时候的阴影让她对自己的犹太人身份十分敏感。她聪敏好学,比拉拉优秀,这使得拉拉愈加自卑,因为苏妮是她想成为但又没能成为的人。

非德裔传统犹太小伙乔·法卡斯是拉拉的叔叔阿道夫公司的职员。乔和他们不一样,是东欧裔犹太人,坚守犹太传统,庆祝犹太的传统节日逾越节,不因为自己的身份而感到耻辱。乔的出现无疑是对阿道夫一家的一个巨大冲击。初到阿道夫家,通过和拉拉的交谈,乔发现同样身为犹太人的拉拉对犹太传统文化一无所知,还出言不逊。拉拉的母亲布知道了他的犹太人身份之后更是对他十分冷淡。拉拉想邀请乔作为舞伴去参加舞会,然而乔以要赶火车为由拒绝了她,使得这次见面不欢而散,乔离去之后布甚至辱骂他为"犹太佬"。后来乔喜欢上了苏妮,使得观念不一致的姐妹俩的冲突再次加剧。乔邀请苏妮

---

① Don Shewey, "Ballyhoo and Daisy, Too," *American Theater*, 14.4(1997), https://www.thefreelibrary.com/Ballyhoo+and+Daisy%2C+too%3A+between+the+lines+with+Alfred+Uhry+and+Dana...-a019523074.

去参加舞会,在舞会上被告知这个俱乐部是不欢迎"另类"犹太人的,而他就是不受欢迎的另类犹太人。乔觉得苏妮欺骗了自己,一气之下转身离开。

剧中不管是拉拉身上体现出的自我冲突,还是弗赖塔格家的"内群体冲突",或者是德裔犹太人弗赖塔格家与东欧裔犹太人乔的"外群体冲突",都体现了 20 世纪初美国南方犹太人的生存现状。他们拼命地想融入主流社会却被拒之千里,坚定地承袭犹太传统却遭到同胞的排挤,成了一群在夹缝中不知何去何从的人。剧中拉拉是受主流文化侵袭最严重的,与其说她是一个十足的南方淑女,倒不如说她只是努力想成为这样。对《飘》的狂热追求、对书中斯嘉丽的极力模仿表明拉拉想融入她想象中这个绮丽的世界,可现实生活中她在社会交际方面四处碰壁,胆小怯懦,一直无法直面真实的自己和生活。没有被南方主流社会接受的她,又早已和自己的民族疏远了。拉拉对于犹太传统文化十分陌生。当乔说起他的家庭只庆祝逾越节的时候,她对这一节日一无所知,甚至觉得庆祝逾越节的方式很愚蠢。拉拉的无知和肤浅让乔对她敬而远之,所以后来当她提出想让乔带她去舞会的时候,遭到了乔的委婉拒绝。拉拉为此恼怒不已,对乔也产生了很大的偏见,但她并没有意识到问题所在,依然选择用写小说这样的方式逃避现实。拉拉代表了在主流文化侵袭大潮流中迷失了自我的犹太人群体,一个与本族文化渐行渐远的流浪者群体。

三

对 20 世纪犹太人在夹缝中挣扎的生存困境,尤里没有停留在简单反映上,而是在创作中积极思考出路,在剧中寄予对"犹太性"的思索和对未来各族裔多元融合前景的探讨。

在《为黛西小姐开车》中,黑人霍克和犹太裔白人老太太黛西的和解象征着各民族消除误解、握手言和的美好前景。剧中黛西起初对霍克怀有偏见,而这种偏见在南方极为普遍,那就是南方白人对黑人的偏见。尽管部分南方白人在黑人问题上确实感到些许内疚,但他们同时仍然坚信白人优越论。黛西就是白人优越论的信奉者,所以当她最终摈弃自己的信念和霍克成为好朋友时,融化的不只是彼此心灵之间的冰山,实际也是作者尤里本人内心的冰山。尤里曾说,"我对写像我们这样既是偏见的制造者,又是偏见的受害者这类人非常感兴趣"①,还说"我从来没意识到我们骨子里怀有多深的偏见,直到我后来终于摆脱了它"②。尤里意识到了自己之前持有的偏见,这种偏见带给他深深的不安,而写作让这种偏见消失,同时也让他释怀。在当时的美国社会,犹太人和黑人一样都是边缘群体,深受主流社会的排挤和歧视,而黛西和霍克的友谊冲破了种族偏见的藩篱,极为可贵。他们不为彼此的友谊后悔,尤里也不为自己的选择后悔。在尤里戏剧的观众中,早期犹太人居多,这是由它们所涉及的主题决定的,后来观众的构成开始呈现多样化趋势,其他少数族裔的观众比例在上升,包括白人观众。这实际也体现了尤里戏剧的深刻意义。他以犹太人的生存状况为出发点,落脚到生活在美国社会中的所有少数族裔群体身上,具有深远的普世意义。

　　细读"亚特兰大三部曲"不难发现,尤里在这三部剧作中都有意无意地加进了犹太人历史上的一段创伤记忆,并在戏剧中以想象重构现实,探寻犹太身份和"犹太性"的未来。首先来看《为黛西小姐开车》,剧中记录了发生在亚特兰大犹太人历史上的第二大创伤事件,即发生在1958年的"寺庙爆炸事件",这里的寺庙指希伯来慈善集会的地方。在得知犹太人集会的寺庙被炸毁时,黛西坚持认为是暴徒搞错了,"我确定,他们想炸的是保守的犹太教堂"③——她不敢相信犹太人如今还遭受着这个社会的歧视和排挤。这个爆炸事件对当地犹太群体的震动很大,为了安抚当地的犹太人,当时亚特兰大的市长还亲临了爆

---

　　①　Don Shewey, "Ballyhoo and Daisy, Too," *American Theater*, 14.4(1997),
https://www.thefreelibrary.com/Ballyhoo+and+Daisy%2C+too%3A+between+the+lines+
with+Alfred+Uhry+and+Dana...-a019523074.

　　②　同①。

　　③　Alfred Uhry, *Driving Miss Daisy*, New York: Theatre Communications Group,
Inc., 1987, p. 12.

炸案现场。剧中反映出安抚政策就是让年过五旬的布利被评选为亚特兰大商会的年度人物。然而安抚不等于忘却,这件事情给犹太人带来的伤害一代一代延续着。《犹太舞会之夜》中提到的关于犹太人的创伤记忆是第二次世界大战。该剧的故事背景设置在二战前夕,剧中阿道夫在报纸上得知希特勒侵犯波兰后十分愤慨,然而对此事他却只能是有心无力。作者并没有过多提及接下来发生的惨绝人寰的大屠杀,此处的轻描淡写是因为那份悲痛太沉重了,就连作者也无法付诸笔端。《大游行》更不用说,整部剧就是在讲述亚特兰大犹太人的第一大创伤记忆,即弗兰克事件。弗兰克蒙冤入狱,又无辜惨死,南方白人社会将自己长久积压的不满情绪发泄到了极致,也将当地犹太群体的恐惧推向了高潮。两大情绪的碰撞并没有导致灾难性事件的进一步爆发,此事之后两大群体都陷入了长久的沉默。对于犹太群体来说,敢怒不敢言,只得自己默默舔舐伤口。但这伤口并没有随着时间的推移而愈合,时间久了反而疼得越发厉害。尤里将剧中犹太人身份的迷失与找寻和犹太民族的大灾难置于同一历史空间,通过对族裔内部冲突的弥合及对族裔身份的认同,提出自己独特的见解——民族身份的迷失与民族记忆的丧失才是犹太民族真正的灾难。他期待犹太民族能化悲痛为力量,团结一致,永葆生机。只有这样,犹太民族才能找到竭力追寻的"犹太性",作为一个独特的民族立足。

尤里的创作观是在创作过程中慢慢形成的,受到多种因素的综合影响。文化多元主义的兴起与繁荣为他的创作营造了良好的氛围,同时也影响着他的思想,多元文化运动的影子在三部曲中随处可见。自20 世纪 80 年代以来,美国戏剧便呈现多元化趋势。少数族裔反抗种族歧视、追寻文化根源、渴望被主流文化包容的夙愿通过戏剧这一鲜活生动的艺术形式向世人传达着。WASP 主流文化一统天下的格局已被打破,少数族裔的文学作品拥有了越来越多的读者。俗话说时势造英雄,尤里就是在这样的时机下进行了符合时代主题的创作。文学创作来源于生活,对生活的观察和思考使得尤里为日后的创作打下了牢固的基础,积累了丰富的素材。有人说苦难是文学无形的财富,对犹太身份的认可,对犹太传统的追寻,对犹太历史的回顾,使尤里产生深深的民族自豪感。写作对于他来说就是一场漫长的关于犹太身份认同的回归之旅,可贵之处就在于,这场回归之旅涤荡的不只是一个人、一个群体的灵魂。对人类境遇的生动表现是尤里作品熠熠生辉之处。他曾经在《为黛西小姐开车》的剧本上写道:"我的回答只有一个,我只写下了我所知道的事实,而且人们已经承认了它是事实。"①

---

① Alfred Uhry, *Driving Miss Daisy*, New York：Theatre Communications Group, 1987, title page.

第四章　20 世纪 80 年代至世纪末美国批评家与理论家的文学思想

　　20世纪80年代至世纪末美国批评家和理论家的文学思想有一个基本特点，即具有多元性、跨文化性和跨学科性。美国现代诗人华莱士·史蒂文斯（Wallace Stevens）的经典诗作《看黑鸟的十三种方式》（"Thirteen Ways of Looking at a Blackbird"，1917）说，看黑鸟的方式有十三种之多；与此相似，美国批评家和理论家的文学思想也是各式各样的。20世纪80年代至世纪末，美国文学批评家和理论家从不同的角度和理论背景去评价文学和文化，文学批评已经不可避免地向文化研究转向。总的来说，此时批评家和理论家的一些重要文学思想呈现出逐渐融合、远离"各自为营"的研究模式的趋势。也就是说，美国后理论时代的文学思想开始打破过去传统的单一性理论范式，以吉勒·德勒兹（Gilles Deleuze）所说的"块茎"式生长为重要特征：一方面，部分传统主题和研究领域又开始重燃，按照差别、多种声音并存和后结构主义等原则进行再思考；另一方面，众多新的理论、思路及历史文化语境得以确立。20世纪末至21世纪初，随着焦点愈发集中在性别、种族、阶级和身份研究上，学界努力打破各领域的界限，努力寻觅"合成理论"，并开始尝试将种族、阶级、身份和性别融合起来进行阐发。但为了论述的方便，我们仍对20世纪80年代至世纪末美国批评家与理论家的文学思想进行分类探讨。

第一节

斯蒂芬·格林布拉特、海登·怀特：新历史主义①

　　新历史主义并不是一个拥有共同理论纲领的学术流派，其理论来源复杂，批评取向多样，是一个松散而非严密的理论流派。正因为这样，对新历史主义的解释也不统一。1982 年，其代表人物之一、也是被英美批评界誉为"新历史主义之父"的斯蒂芬·格林布拉特（Stephen Greenblatt）在他所编的《英国文艺复兴时期的形式之力量》（*The Power of Forms in the English Renaissence*，1982）一书的导论中首次提出"新历史主义"这一概念，介绍了自己和同事在加州大学伯克利分校所进行的文化批评实践。格林布拉特将新历史主义视为一种跨学科的思维方式和理论实践，将文学看作人性重塑的心灵史，以对文艺复兴的"自我塑型"（self-fashioning）研究来重写文学史。他强调应对历史文本加以重新阐释和政治解读，促使批评视角从过去过于注重文本形式、具有反历史主义倾向的形式主义转向拆解文学与历史、文学与社会之间壁垒的新历史主义文化诗学阐释。

　　新历史主义的另一位代表人物是海登·怀特（Hayden White）。不同于格林布拉特将研究主要聚焦于文艺复兴时期作品，怀特主要研究 19 世纪欧洲意识史、元历史的构架和话语转义学等，先后出版了《元史学：19 世纪欧洲的历史想象》（*Metahistory: The Historical Imagination in Nineteenth-Century Europe*，1973，下文称《元史学》）、《话语的转义：文化批评文集》（*Tropics of Discourse: Essays in Cultural Criticism*，1978）、《形式的内容：叙事话语与历史再现》（*The Content of the Form: Narrative Discourse and Historical Representation*，1987）等重要理论著作。在怀特看来，作为一种"文化诗学"，新历史主

---

　　① 本节由杨静、龙娟撰写。

义连接了文学与历史两个大类，突出了文学的历史叙述的重要性。

一

新历史主义重新界定了文学与历史的关系，它反拨形式主义和结构主义，强调文学本体论。它认为历史是文化批评当中的一个重要实践领域，我们需要抛弃主观偏见，甚至质疑那些不可动摇的真理，去关注历史是如何在文本中被创造或重构的，深入分析历史当中的话语生成模式。新历史主义与传统历史主义在概念术语、批评理论、实践方法等方面有着明显的区别，是人们对历史与文学辩证关系在认知上的提升。格林布拉特认为自己的文学批评实践是一种文化诗学，这一概念的提出是为了倡导其思想观念，即文化人类学的阐释方法及批评应该是文化的或人类学的批评。这一概念联通了文学、社会与历史，沟通了作品、作家和读者间的关联。

新历史主义文化诗学理论博采众长，其中法国后现代重要思想家米歇尔·福柯(Michel Foucault)的历史观、权力和话语理论对其影响尤为深远。新历史主义受福柯的影响之一是他的解构历史观。福柯并非历史学家，但他带着批判理性、解构人类学主体主义的目的，对以黑格尔为代表的历史主义观及主体化历史观思想起源进行了批判。[1] 长期以来，传统史学家只关注长时期的历史阶段和巨大的思想连续性，忽视了局部断裂现象。在《尼采·谱系学·历史学》("Nietzsche, Genealogy, History", 1977)一文中，福柯以尼采的谱系学为基础，提出了反起源、反历史连续性的观点。他认为事物背后没有本质，在开端之后是各种事物的不一致性，而不是同一性。福柯倡导历史的间断性、断裂和界限，对历史的连续性、个人自由与社会确定性加以怀疑与否定，"杀死"了哲学家们认为存在的"大写的历史神话"（它具有一种巨大而广阔的连续性，个人的自由与经济或社会的确定性将在其中相互纠缠在一起）。[2] 福柯

---

[1]　莫伟民：《莫伟民讲福柯》，北京：北京大学出版社，2005年，第155页。

[2]　同[1]，第164页。

在《知识考古学》(*The Archaeology of Knowledge*, 1969)中提出,历史以考古为目的,要求在连续的观念史中加入间断性的概念。福柯批评历史连续性和确定起源,从而彻底否定了理性主义的线性历史观。受此影响,格林布拉特提倡抛弃传统编年史系列的历时性文本,转向共时性分析。对格林布拉特而言,统一的、和谐连贯的、大写的历史(History)或者文化并不存在,历史其实是断断续续且充满矛盾的历史叙述,小写且以复数形式出现(histories)。

新历史主义受福柯的影响之二是对历史边缘的兴趣。福柯是一位关注社会底层和边缘的挖掘者,认为真正的历史不是关于帝王将相,而是关于社会底层。格林布拉特对逸闻的兴趣就是直接受福柯的影响,① 由向心式的内部研究转向辐射式的外部研究,将关注点转移到同一时期被主导意识形态压制淹没的小历史。他海量查阅被尘封忽略的非正史资料,如逸闻、日记、游记、司法文书等各种体裁的文本,认为野史逸闻和偶然事件都是历史的重要组成部分,对传统历史观将野史逸闻拒于正统之外进行了反驳。对具有偶然性和边缘性的逸闻的关注接近福柯的历史档案概念。② 历史档案和逸闻都作为历史文化中的断层,提供了更多的历史背景话语分析材料,借此能够考察历史话语形成背后所藏匿的社会权力结构,进而质疑现存社会秩序并重构历史课题。

新历史主义受福柯的影响之三是将"话语"③ 概念引入文学文本研究,重新考察话语文本与历史之间的关系。福柯在考古学分析中引入了"话语"这一概念。不同于结构主义所借用的现代语言学中的 langue(语言的形式)和 parole(语言的使用),④ 福柯的"话语"可以概括为隶属

---

① 朱静:《格林布拉特新历史主义研究》,北京:人民出版社,2015 年,第 103 页。

② 王进:《新历史主义文化诗学——格林布拉特批评理论研究》,广州:暨南大学出版社,2016 年,第 169 页。

③ 福柯的"话语"不同于语言学中的概念,不是单一的句子、命题、言语、文本这样的相对独立而自治的意义单位,而是一种特殊的社会实践,即"话语实践"。不同的学科,比如科学、哲学、宗教、法律,都是在权力的冲突支配下形成的庞杂的专业话语集群,如临床医学话语、精神病理学话语、经济话语、政治话语和文学话语。

④ 王岳川:《后殖民主义与新历史主义文论》,济南:山东教育出版社,1999 年,第 118 页。

于同一形式系统的陈述整体,比如经济话语,政治话语等。福柯的"话语"具有社会性,是历史具体的,其生成与社会各种制度环境联系密切,不能脱离社会事实而单独产生。福柯在《知识考古学》中以考古学的方式来勘探话语的规则系统,强调话语是对历史的不连续性、差异性、偶然性、断裂、界限、体系、转换等概念的思考,而非考察话语主体的心理、话语内在的意义、话语的形式等。也就是说,福柯考察的是什么社会力量使得这种话语产生、如何产生和为何产生,意在挖掘这一话语与其背后的社会历史之间的关系。福柯研究历史断层中无声的痕迹,挖掘遗迹,找出其中的不一致和分歧,在被主流文化排斥的话题,如疯癫、犯罪、性等领域去挖掘和研究,让它们重新发声。新历史主义引入了福柯的"话语"概念,认为文学本身就是一种话语行为,参与着社会权力的运作,而任何一种话语都在文学和话语历史语境中得以建构。文学文本和话语本身就是历史的一部分,与整个社会机制相连。新历史主义的历史诗学观认为其文学实践是"逐渐用话语分析替代意识形态批判"①。

　　传统历史主义注重对文学背后的意识形态、世界观、社会价值等的考察,而新历史主义不认为历史是单一意识形态的结果。传统历史主义认为文学文本只不过是历史的档案库,文学所反映出来的真实、具体的历史才真正具有意义,而新历史主义旗帜鲜明地反对孤立地看待历史和文学,认为不能单纯从文学文本中去提取历史,不能将文学话语和其他所有的话语割裂。文学作为一种话语行为,本身也在参与社会结构与活动,而任何一种话语都是在历史环境中形成并被架构出来的。新历史主义的话语分析认为,在社会形成过程和历史的进展过程中,文学并不只是简单地起反映作用,而是作为历史与社会的一部分发挥着主观能动性。换而言之,文本和话语本身就是作为历史发生的,文学不是意识形态的结构而是话语领域的一部分。

　　新历史主义受到了福柯的权力话语批评思想影响,认为历史或文

---

① Catherine Gallagher and Stephen Greenblatt, *Practicing New Historicism*, Chicago：University of Chicago Press, 2000, p. 17.

学都可以看成文本,都是一种权力运作的场所,因此在历史语境中考察文学时,历史语境可被理解为一种权力关系。福柯的知识考古学开展了对局部话语的分析,而他的谱系学则在此基础之上进一步提出必须回到历史语境中去查看话语背后的权力机构与关系网络。福柯指出,权力像一张无形的网络笼罩着整个社会,无处不在,渗透进社会的每一个毛细血管中,潜移默化地影响着每个社会个体。[①] 权力并不以暴力和血腥的肉体惩罚手段强迫人们服从,而以一种更为隐蔽的技巧性驯服手段对人们的精神进行控制,使个人在规训机制中自愿服从不平等的压迫性权力关系。权力是流动的,既是压制性的,也是具有颠覆性的,但是这种颠覆并不能实现完全的反抗,最终还是会被权力所"包容"。新历史主义认为,权力并不是简单的压迫与反压迫、刺激与反刺激、控制与反控制的对立关系,而是复杂的具有创造力的多层次关系。文学创作者利用文学作品去对抗权力的控制,而作为统治权力的话语会对文学和社会中的异己因素采用同化、打击、利用、惩罚等手段悄无声息地传播统治阶级的意识形态,以消弭其中的异己因素,最终达到一种平衡。但新历史主义的权力观与福柯式的权力观又不尽相同。新历史主义在借鉴、吸收福柯权力理论的同时产生了独特的阐释与见解。福柯的权力并不是从上至下的传统单向概念,而是一种关系,是一种事物的结构及对关系的考察,新历史主义则更侧重文本内部的权力结构和权力话语的施行机制。

格林布拉特的文化诗学理论基础深厚,凝聚了福柯等理论家的思想精髓,呈现出一种跨越学科的"多元主义"倾向。从某种意义上说,格林布拉特的贡献在于他将文本阐释与一切权力运作机制相联系,透过文学文本挖掘真实,并通过文本考古寻找其中的社会意义和审美价值。格林布拉特的新历史主义诗学以独特的研究方法和理论视角拓展了文学理论批评的视域,是一种"革命性"的文学批评范式。

---

① Michel Foucault, *Discipline and Punish: The Birth of the Prison*, translated by Alan Sheridan, New York: Random House, 1977, pp. 23 - 24.

二

新历史主义对文本与历史之间的关系进行了重新思考,提出历史文本与文学文本都是话语,都以同样的编码及阐释方式进行运作,是陷入权力泥潭的特定时代的意识形态产物。正因为历史与文学都是话语和文本,人们阅读经典历史文本和文学文本的过程无疑就是建构和塑型自我的过程。格林布拉特将自我视为"个人存在的感受,是个人借此向世界言说的独特方式,是个人欲望被加以约束的一种结构,是对个性形成与发挥起塑造作用的因素"[①]。自我塑型是在自我和社会文化的"合力"中完成的,其主要表征为自我约束、他人力量影响和内在塑造力的塑造。格林布拉特认为,人的自我形成过程就是被不断建构的过程。他认为,文艺复兴时期自我塑型主要是通过表现自我的不自由而获得自由,通过颠覆既存的体制来完成人的自我塑型。他在成名作《文艺复兴时期的自我塑型:从莫尔到莎士比亚》(*Renaissance Self-Fashioning: From More to Shakespeare*, 1980)中,通过对作家作品的分析发现,这些作家在文本中通过塑造一些反抗主流意识形态的异端人物形象,以表面顺从的方式挑战权威或隐秘地表达自己对现行秩序的不满和反叛来完成自我塑型。格林布拉特在文本阐释过程中挖掘出作者对既有社会政治结构的反叛和被压抑的边缘话语和声音,在凸显意识形态权力对于自我塑型的重要作用的同时,也彰显了文学作品对读者自我塑型的影响力。

新历史主义对历史的批评目的不在于颠覆社会制度,而是对此制度所依存的权力进行质疑,关心被压抑的异己与破坏性因素。格林布拉特青睐文学文本中对权力控制的颠覆性观念,关注边缘话语,旨在揭示抗拒以知识和话语结构进入人们思维内层的微观权力在文本中所形成的巨大张力。格林布拉特文化诗学比较关注考察文学与社会、文学人物与

---

① 王岳川:《后殖民主义与新历史主义文论》,济南:山东教育出版社,1999 年,第 162 页。

现实权力的关系,寻找自我和权力话语相互关联的机制。他提出了三个重要的概念:"颠覆""抑制"和"协和"。"颠覆"强调的是对主流意识形态的质疑和不满的宣泄,"抑制"则是将这种"颠覆"控制在一定范围,使之无法取得实质性效果,而"协和"就体现在"颠覆"和"抑制"的动态关系之中。自我在处理各种社会力量的"协和"过程中逐渐成型。

格林布拉特创造性地提出"文本的历史性"和"历史的文本性"这两个命题,并以此建构起了文化诗学的理论基础。文本的历史性指文学文本作为社会历史的参与者和产物,其书写形式和阅读形式都包含了具体历史情境中的社会物质性内容。另一方面,新历史主义对传统历史主义关于历史的客观性与统一性提出了质疑,指出历史具有阐释性与主观性。格林布拉特认为,历史文本与文学文本一样,以语言为载体呈现,由特定时期的主流意识形态构建而成。因此,被保存的历史足迹并不是纯然客观透明的,而是隐藏着强烈的政治意识选择,真正的历史面貌无法从中得到还原。另外,学者对历史的二次描述阐释也无法做到真正意义上的客观公正,因此历史文本无可避免地会呈现出个人的主观性和倾向性。历史的建构蕴含着文本化的诗性叙事,并不是整体和稳定的,也不只存在单一的历史叙述声音。因此,历史具有"文本性"。历史和文学之间是多重指涉、相互交织的"互文性"关系。因此,历史完成了一种从过去事件到一种话语并走向文本的过渡。

新历史主义拥有一种新的文化策略和开放的历史观,不但不再拘囿于形式界限,将英美新批评、俄国形式主义、法国结构主义等摒弃的历史语境重新纳入文本,而且将长期处于边缘缝隙中的非文学文本也纳入研究视域。格林布拉特对非正统小历史的高度重视有利于帮助他拨开意识形态政治力量所设下的重重迷雾,对正统宏大历史文本进行质询补充,进而还原更为真实和整体的历史。在不连续的历史碎片中寻找历史寓言和文化象征能将作品从独立的文本分析中解放出来,将其与社会语境及其他文本进行联系,在同时代的社会与话语中对文本进行历史性的研究。德国社会学家马克斯·韦伯(Max Weber)提出:"既然对象自身并不会提供意义,亦即意义并非对象本身内在具备的一种性质,那么,使用某种旨在研究事物之性质、律则及其固定特性的方法,自然无法对意义加以掌握,赋予同样的意义。"①因此,探索历史的空隙,将文本放在更为广阔的历史场域去考察,更能激发文本丰富的意蕴,凸显被疏忽乃至被压抑的人性。"批评家首先从历史典籍中寻找到某一被人忽略的逸事或看法,然后将这一逸事或看法与待读解的文学文本并置,看它对这部为人所熟知的作品提供了怎样的新意。"②格林布拉特坚持文化整体观,要求打破文学与其他学科领域之间的壁垒,跨越各个人文学科,塑造整体性的文化思维模式。

格林布拉特以扩展的阐释方式从简单和偶然的小历史出发,以小见大,从而达到对复杂的社会现实更高层次和更有深度的分析解释,为小历史的多层次和隐喻性阐释留下了诗意空间。这种见微知著的"厚描法"(thick description)得益于人类文化学家克利福德·格尔茨(Clifford Geertz)的影响。在格林布拉特看来,厚描法从微观入手、深入细节,不断追寻隐含的深层次社会内容,抽丝剥茧、层层递进,进而展示出宏大的文化整体建构。对边缘历史文本的厚描能够挖掘出一些被人忽略的政治意识形态,触摸到历史的真实肉身。

对于格林布拉特而言,"叙述"是一种自我体验的话语表达,这与德国哲学家、历史学家威廉·狄尔泰(Wilhelm Dilthey)的"表达"有异曲同工之处:"毋庸讳言,'表达'是一个重要的哲学概念,是把人所生活的可见的、具体的文化世界看做一种内在的力量——有意识的生命的产物。整个具体文化世界好比一个有意识的生命或精神表达自己的文本。生命在流逝,只是留下许多物质载体——文本,它们表达了运动中的人类体验。这些文本意义可以被他人理解。"③狄尔泰认为,想要触摸生活的本质,个人体验是比理性更可能的途径,这与格林布拉特的"触摸真实"理念是类似的。

新历史主义虽同样强调社会历史语境的重要作用,但并不是传统

---

①　韦伯:《韦伯作品集》,钱永祥等译,桂林:广西师范大学出版社,2004年,第77页。

②　盛宁:《二十世纪美国文论》,北京:北京大学出版社,1994年,第265页。

③　王岳川:《二十世纪西方哲性诗学》,北京:北京大学出版社,2000年,第60页。

历史主义批评的照搬重现。传统历史主义坚持历史决定论和历史的整体发展观，认为历史可供客观认识，将历史当作分析文学作品的背景资料，而让文学走向前台。新历史主义则对历史与文学的关系提出了令人耳目一新的观点。格林布拉特对历史与文学进行了重新审视，打破了传统观念中文学与历史的二元对立。他强调文学是历史的组成部分，二者相互渗透、密不可分。格林布拉特不仅重标了研究中的历史维度，冲击了形式主义的垄断格局，而且对传统历史主义的思维局限也进行了解构，彰显了文学研究的现实和政治倾向。

格林布拉特极力反对新批评所倡导的艺术审美自律，倡导将社会文化视野重新带回文学文本阐释之中，关注隐藏在文本诗性下的主导意识形态，并强调文化人类学的阐释方法及批评应该是文化的或人类学的批评。格林布拉特将自己的文学批评实践称为一种文化诗学，旨在"研究那些特定的文化实践是如何集体形成的，进而探究这些实践之间的关系"①。他将一切人类活动视为文化文本，将文学文本放置在某一特定时期的社会文化氛围之中，构建起了文学、社会与历史，作品、作家和读者之间多向沟通的桥梁，以体验文学作品的诗性魅力。

三

打着"回归历史"的旗号，海登·怀特对 19 世纪的历史与想象提出了自己的看法，吸取了众多人文科学的研究成果，并将其运用在历史文本的分析之中。怀特在《元史学》一书中系统阐述了 19 世纪的历史与想象之间的关系。他在导论部分对自己需要用到的比喻理论等问题进行了界定和解释。在历史编纂风格问题上，怀特将历史叙事分成三个层面，即情节化、论证和意识形态蕴涵，其中每一种又各有四个模式：

情节化模式：1. 浪漫的；2. 悲剧的；3. 喜剧的；4. 讽刺的。

---

① Stephen Greenblatt, *Shakespearean Negotiations: The Circulation of Social Energy in Renaissance*, Berkeley and Los Angeles: University of California Press, 1988, p. 5.

论证模式：1. 形式论的；2. 机械论的；3. 有机论的；4. 情境论的。

意识形态蕴涵模式：1. 无政府主义的；2. 激进的；3. 保守主义的；4. 自由主义的。①

在怀特看来，历史文本实际也是一场语言文字的较量，而历史学家或历史编撰者常常会带有一定的目的来讲述历史，因此，历史文本通常变成一种具有个人风格的历史叙事。

在语言方面，历史学家同文学家一样，比喻都是他们回避不了的手段。"反讽、转喻和提喻都是隐喻的不同类型，但是它们彼此区别，表现在它们对其意义的文字层面产生影响的种种还原或综合中，也通过它们在比喻层面上旨在说明的种种类型表现出来。隐喻根本上是表现式的，转喻是还原式的，提喻是综合式的，而反讽是否定式的。"②在此基础上，他运用比喻理论分析了19世纪八位思想家（黑格尔、马克思、尼采、克罗齐、米什莱、兰克、托克维尔、布克哈特）的史学思想，进而重申了他对"历史诗学"概念的肯定。

不管是历史学家还是文学大家，他们在对历史作品和文学作品的界定上一直摇摆不定，因为历史和文学之间本身就有着密不可分的联系。而怀特在学术界崭露头角，不仅仅因为他是新历史主义学派的重要代表人物，更是因为他倡导将历史研究分析与文学评论相结合，进而挖掘文本下蕴含的更深层次的意义。历史不仅是曾经发生的事件，也是一种话语和一种文本。"从这种观点看，'历史'不仅是指我们能够

---

① Hayden White, *Metahistory: The Historical Imagination in Nineteenth-Century Europe*, Baltimore: The Johns Hopkins University Press, 1975, p. 29. 怀特这三组四位一体的理论模式，是吸收其他学科理论成果的产物。情节化的四种模式来自诺思罗普·弗莱（Northrop Frye）的《批评的剖析》（*Anatomy of Criticism*, 1971），论证的四种模式来自斯蒂芬·佩珀（Stephen Pepper）的《世界的假设：证据研究》（*World Hypotheses: A Study in Evidence*, 1942），意识形态蕴涵的四种模式则来自卡尔·曼海姆（Karl Mannheim）的《意识形态与乌托邦》（*Ideology and Utopia*, 1998）。

② 同①，第34页。

研究的对象以及我们对它的研究,而且是,甚至首先是指借助一类特别的写作出来的话语而达到的与'过去'的某种关系。"①当然在这一研究过程中,比喻理论的明确界定和引用就显得尤为重要了。事实上,这也是解决《元史学》中分析难题的关键所在。另一方面,比喻理论无论是在语言层面还是在文学层面上都占据着极其重要的位置。怀特在《元史学》中所推崇的历史编撰模式是以比喻理论为基础而展开的。他认为,通过熟练运用反讽、转喻、提喻和隐喻这四种比喻类型,历史学家们便能构建他们认知下的未知领域,从而更好地诠释他们所赞同的史学观或哲学观。

怀特的《元史学》这本书主要关注 19 世纪的欧洲社会,并对此展开了历史想象和认知世界的构建。对于旁观历史的人来说,经过了 17 至 18 世纪的工业革命和无限制的海外殖民,加之各国接连展开的政治变革(如法国大革命、俄国农奴制改革等),欧洲社会正在以难以想象的速度进行全球扩张。经济发展飞速,各行各业在工业革命的巨大影响下蓬勃发展,英国首先成为世界资本主义工业强国;科技革命应运而生,各种科技发明层出不穷,给人们的生活带来了众多便利,推动着欧洲社会不断走向世界的前沿。与此同时,19 世纪的欧洲社会在启蒙运动的影响下,不断对历史、政治、文化和宗教等领域逐一展开理性的思考与批判。不难看出,19 世纪的史学家们对于历史文献编撰和历史材料记录的真实性依旧秉持着"清醒"的头脑,不过他们在用理性主义重构历史学科的同时,无疑也要对各种非理性以及"虚构"的材料进行摘取。因此,史学家们笔下的历史世界总是充满现实和想象的碰撞。"把足以给一个故事提供基本要素的一批事件组成历史记事,这种工作的性质近于诗而不属于科学。"②在这种特殊的时代背景下,分析历史文本必须善于剖析其中蕴含的比喻性话语。

---

① 拉尔夫·科恩主编:《文学理论的未来》,程锡麟等译,北京:中国社会科学出版社,1993 年,第 43 页。
② 同①,第 54 页。

在怀特看来,史学家们对历史的研究是一个不断考证的过程。怀特在《元史学》这本书中,也不止一次提到历史编撰的问题。纵使历史材料中必然会存在"虚构"和"杜撰"的信息,也不能阻止人们对历史文本价值的研究。在《作为文学仿制品的历史文本》("History Texts as Literary Artifact",1974)一文中,怀特认为历史叙事在形式上与文学是相同的,因为两者都是虚构的形式。"文学批评家所研究的文本是模糊的,在这一点上一点也不比历史文献逊色。"①史学家们根据种种蛛丝马迹所构建出的充满想象力和可行性分析的历史世界无疑具有引领作用。此外,在19世纪以前,在欧洲社会还没有出现史学这一研究方向时,人们习惯在文学作品中找寻历史的痕迹,文学思想家或哲学家们充当着解读历史的角色。这些思想家将19世纪欧洲社会的内在机制进行解构和重构,呈现出历史与想象的碰撞。

作为新历史主义的重要代表人物,怀特坚持历史文本的重要性。他认为:"与文学一样,历史通过创造经典而发展,而经典的本质就是它们不可能像自然科学的主要概念图式那样被驳斥或被否定。正是这种不可驳斥性证实了历史经典本质的文学性。"②在该流派中,对史学作品的研究脱不开与文学作品的联系。因此,笔者认为史学研究的价值也可体现为对文学学科的补充与完善。而怀特在《元史学》中更是强调比喻的运用对于构建历史世界的重要性。通过运用隐喻等表达手段,抽象晦涩的历史世界能变得平易近人,而被认为稍显严肃的史学作品在文学修辞手段的描绘下更具有可读性和研究价值。因此,怀特强调比喻理论对于勾勒历史文本与构建历史世界有着极其重要的影响。从一定意义上说,史学材料的价值不仅仅在于其对历史的记载和保存,更在于其对文化和文明的传承。

新历史主义受到福柯的解构史学及对传统历史主义颠覆视角的影响,重新思考文本与历史之间的关系,认为历史与文学都是一种话

---

① 海登·怀特:《后现代历史叙事学》,陈永国译,北京:中国社会科学出版社,2003年,第171页。

② 同①。

语的文本,有着同样的编码及阐释方式,在编码与阐释的过程中则渗透着权力。在吸收福柯思想的同时,新历史主义也做出了一些自己的思考与阐释,拓宽了文学中的历史视野。新历史主义试图在历史碎片中寻找文学表征的元素,将文学批评从过去那种所谓的"自给自足"的文本分析方法中解救出来,使社会语境及其他文本在文学"考古"中脱颖而出,从而使历史与话语的复杂关系浮出表面。格林布拉特和怀特的新历史主义诗学以独特的研究方法和理论视角拓展了文学理论批评的视域,是一种"革命性"的文学批评范式,为其他研究领域提供了借鉴。

第二节

弗雷德里克·詹姆逊：新马克思主义[①]

除新历史主义文化诗学之外,新马克思主义也是 20 世纪 80 年代至世纪末重要的理论思潮。新马克思主义诞生于 20 世纪 20 年代,其"新"之处在于与经典马克思主义相较。新马克思主义是西方学者立足于西方社会现实对马克思主义的修正和"重新发现"[②]。学界普遍认为,与经典马克思主义或旧马克思主义相对而言的各类马克思主义思潮可以统称为"新马克思主义"。弗雷德里克·詹姆逊(Fredric Jameson)是当代美国最著名的马克思主义文学批评家之一,是一位著名的新马克思主义者,为后现代美国社会马克思主义批评理论的复兴做出了重要贡献。他在 20 世纪末先后出版了《政治无意识:作为社会象征行为的叙事》(*The Political Unconscious: Narrative as a Socially Symbolic Act*, 1981)、《后现代主义或晚期资本主义的文化逻辑》(*Postmodernism, or, the Cultural Logic of Late Capitalism*, 1991)等作品。詹姆逊的研究视野涉及马克思主义阐释学、后现代文学与文

---

① 本节由向玉乔、左美玲撰写。
② 胡亚敏:《詹姆逊·新马克思主义·后现代主义》,华中师范大学博士论文,2002 年,第 5 页。

化等多个领域,在世界范围内产生了广泛而深远的影响。在研究中,詹姆逊重新整合了许多理论家的观点,形成了自己的理论基础。20 世纪 80 年代以前,詹姆逊的研究主要集中在建立一种马克思主义阐释学下的文学批评。后来,他将注意力转向后现代文化的研究,重点考察了晚期资本主义文化,包括小说、电影、建筑、绘画等。同时,他还对第三世界文学和文化进行了独特的研究。詹姆逊的研究以回答现实问题为目标,并非单纯的学院式研究。或许正因如此,他将以往批评界不太重视的大众文化和日常生活纳入了自己的研究重点,并希望以包容平和的态度面对"种种社会和文化的现实"①。在他的马克思主义研究和批评实践中,可以清晰地辨认出一种多元共存的后现代思维。

一

詹姆逊对批评界主要的贡献在于他对文学艺术的分析以及对晚期资本主义和第三世界文化现象的丰富研究。詹姆逊的理论总体上是对马克思主义理论的继承和创新。与同时代的西方马克思主义者相比,詹姆逊对马克思主义基本原理的坚持可以说是相对最为坚定的。但是,不同于 20 世纪三四十年代的西方左翼运动和马克思主义,詹姆逊的新马克思主义具有强烈的后现代色彩。詹姆逊认为,马克思主义也在经历不断的发展变化,它的思想有各种不同的形式,不同的社会也需要不同形式的马克思主义来解答其特有的问题,而詹姆逊的重心主要在于寻找一种"专门解决垄断资本主义社会所特有的问题的马克思主义"②。他对其他非马克思主义思想派别也持开放态度,主张兼收并蓄,吸收其长处。詹姆逊对马克思主义的最大贡献是建构了自己的马克思主义文艺学,坚持用马克思主义理论组织和解释后现代时期的各种现象,并站在晚期资本主义的语境中发展和创新马克思主

① Fredric Jameson, *Postmodernism, or, the Cultural Logic of Late Capitalism*, Durham: Duke University Press, 1991, p. 44.

② 盛宁:《美国新左派和新马克思主义的文学批评刍议》,《文艺理论与批评》1993 年第 6 期,第 112 页。

义的空间理论、第三世界文学及文化等诸多理论。

在他 1981 年出版的最具影响力和挑战性的著作《政治无意识：作为社会象征行为的叙事》中，詹姆逊将马克思主义确立为一种能够将所有解释体系纳入其阐释框架的思想体系，建立了一种独特的马克思主义新阐释学。该书被认为是詹姆逊最成熟的马克思主义文艺学研究成果，其副标题"作为社会象征行为的叙事"点明了詹姆逊的观点：文学是社会的象征行为，是政治无意识的表露；文学文本的背后是对该社会发展阶段的某种集体设想，而批评家对文本进行阐释的最终目的则是揭露掩盖在文本表面意识形态之下的政治无意识，从而释放被压抑的乌托邦欲望。

詹姆逊阐释学中与现实社会基础紧密相连的两大要素包括意识形态与乌托邦，这两大要素都位于他的元评论框架之下。意识形态理论属于马克思主义理论的重要部分，在坚持马克思主义基本原则的前提下，詹姆逊借鉴了形式主义、阐释学和精神分析等理论，把马克思主义意识形态分析和形式主义批评等理论结合起来，提出了自己的批评理论，即政治无意识理论。受启蒙运动影响，马克思将意识形态分为正确和错误的两种，认为人是充满理性的，正确的意识形态是理性的唯物主义意识形态，而"唯心主义"等属于错误的意识形态。詹姆逊在坚持意识形态理论的前提下，对其进行了调整。詹姆逊认为，马克思主义意识形态理论主要表现为否定的、非神秘化的辩证法，但马克思主义也应包括肯定的一面，他使用"乌托邦"概念来阐述这一点。詹姆逊运用辩证法谈论意识形态，将意识形态分为肯定的和否定的。肯定的意识形态指能带来群体确证的乌托邦，而否定的则是因受人们认识的阶级性局限而表现为错误的意识形态。二者之间存在一种张力，且在有效运用意识形态的过程中缺一不可。在詹姆逊看来，文本不仅可以完成意识形态的再生产，而且体现了乌托邦的冲动。文本的形式和内容在再生产统治阶级意识形态时，也会提供关于集体幻想的乌托邦满足。这是因为所有的意识形态都包含一种集体团结的乌托邦梦想，即便是统治阶级也需要其他阶级的存在来界定自身并实现统治，因而意识形态与乌托邦满足就像硬币的两面,不可分割。"一切阶级意识——或换言之,一切最鲜明有力的意识形态,包括统治阶级意识的最具排斥性的形式……都是乌托邦性质的。"①这样,经过詹姆逊的发展,马克思主义便不仅是否定的,更是肯定的阐释学。马克思主义的文学批评不仅仅要揭露作品再生产的意识形态,也要揭示其中掩藏的乌托邦欲望。

"乌托邦"这一概念在最初的马克思主义中曾受到排斥,马克思主义者认为它只是一种虚假意识。在冷战及其后的一段时期,乌托邦又被主流社会赋予贬义色彩,在一定程度上被污名化。在为数不多为其正名的理论家中,詹姆逊是重要的一位。詹姆逊的乌托邦概念借用自西方马克思主义者恩斯特·布洛赫(Ernst Bloch),表示对更完善的社会的希冀之意。詹姆逊并未描绘关于未来理想乌托邦的蓝图,而是指向当下,对现实进行否定的批判。乌托邦执着地否定现存的一切,是为了将人们从对当下现实的满足中解放出来,以便激励人们思考阻碍社会进步、导致乌托邦无法实现的原因。作家在创作时,会将现实生活中难以解决的社会矛盾转移到作品中,将被压抑的乌托邦欲望转换为政治无意识,使矛盾在叙事中得到一种想象的、形式的解决。乌托邦以政治无意识的形态潜藏于文本表层之下,蕴含了集体的政治幻想。政治无意识理论是詹姆逊阐释学的核心。虽然詹姆逊并未清晰定义这一概念,但从其作品中我们可以看出,他的"政治无意识"概念与弗洛伊德的"无意识不知道历史"②不一样,是指关于政治的一种无意识。根据政治无意识理论,可以说文本是一种寓言,它体现着社会整体的政治形态和潜意识,隐含了社会形态和结构,蕴藏着各种各样的个人和群体愿望,以及各种遏制策略所投射的意识形态愿望和政治想象。另外,由于历史缺席无法再现,人们只能借助文本接近和认识历史,被掩盖的整体性历史也只有通过对政治无意识的挖掘才能完成。

①　Fredric Jameson, *The Political Unconsciousness: Narrative as a Socially Symbolic Act*, London: Routledge, 1981, p. 281.

②　转引自胡亚敏:《詹姆逊·新马克思主义·后现代主义》,华中师范大学博士论文,2002 年,第 39 页。

政治无意识理论是詹姆逊对马克思主义理论的一大发展,同时也是意识形态理论在文艺阐释中的运用。要研究文学文本中的政治无意识,需要阐释学的批判性解码。对此,詹姆逊提出了由三个依次增大的同心圆组成的阐释理论体系,即政治历史视域、社会视域和历史视域,他认为阐释的过程便是对这些视域进行解码的过程。这三个视域有逐渐超越的关系,第一个视域(即政治历史视域)是指在分析具体文本时应根据时代背景,如政权兴衰、局势变动等背景内容进行解读。在这一视域中,文本是对"真实矛盾的象征性解决"①。在此,詹姆逊用"潜文本"概念来表示文本中的潜在现实情境。在第二个视域(即社会视域)中,詹姆逊超出文本内部,从社会阶级话语层面上分析文本本身如何成为阶级话语的表达策略。詹姆逊提出"意识形态素"的概念,用以分析这种文化对抗。意识形态素指的是"社会阶级本质上相异的集体话语的最小可度量单位"②。詹姆逊同时指出,研究者应当更多地去倾听那些被压制、被边缘化的话语,如女性文学、黑人文化等。第三个视域是较为广阔的历史视域,指的是将文本与历史整体联系起来,并坚持凭借生产方式的范畴,从人类历史发展的整体视域中去研究文化现象。在这个统一而完整的阐释循环中,文本得到不断的解码和重写,而正是在这个过程中文本的政治无意识得以恢复、乌托邦欲望得以释放,文本的政治内涵也由此得以挖掘。

詹姆逊的阐释学居于马克思主义框架之内,具有明确的政治特点,其思想关键是政治意识形态批评,主张从生产方式的高度分析文本中解决矛盾的办法。矛盾一直是各类马克思主义文化批评的重点。詹姆逊的三个视域依次重点分析了文本所反映的社会矛盾、阶级矛盾和历史整体发展。在分析时,詹姆逊坚持马克思主义生产方式体系。他认为,马克思主义阐释框架可以容纳其他各种批评理论,因为马克思主义阐释学中的生产方式体系是适用性极强的。在《政治经济学批判》中马克思曾

---

① Fredric Jameson, *The Political Unconsciousness: Narrative as a Socially Symbolic Act*, London: Routledge, 1981, p. 281.

② 同①,第 61 页。

指出,生产方式是文化现象最深层次的根源,詹姆逊十分认同。因此,詹姆逊认为,在文学文本阐释中,政治视角必须处于关键位置。他赞同把政治视角当成"一切阅读和阐释的绝对视域",并且提出"一切事物都是社会和历史的,事实上,一切事物'说到底'都是政治的"①。要想揭示意识形态与文化文本之间的真实关系,我们就不能与文本保持距离或处于文本之外,而应该深度探索文本与社会历史之间的关系,真正挖掘文本。这样,我们才能通过政治无意识理论看到意识形态的痕迹,只有做到这样才能对其进行准确阐释。詹姆逊的阐释学理论对于揭示文本的政治内涵具有巨大启示作用,但也具有一定局限性。文本的内涵丰富多面,如果仅对其进行政治意识形态批评而忽视其他方面,则难免要导致文学成为政治的注脚,对文学艺术魅力造成一定的损害。因此,对詹姆逊的阐释学理论既需要吸收其合理和先进因素,又需要对其局限性有所认识。

二

　　20世纪80年代的詹姆逊对后现代文化兴趣很大。他对后现代主义的认识和理解十分深刻,成功地将后现代文化纳入马克思主义研究范畴,其后现代理论在美国马克思主义研究中占据了重要地位。马克思主义产生于资本主义早期阶段,而后现代时期则是晚期资本主义的发展结果。同时,后现代主义去中心化的思想也对马克思主义的权威性形成了拒斥。因此,如何解释后现代,成为新马克思主义者面临的问题。詹姆逊勇敢迎接了这一挑战。詹姆逊认为,后现代作为资本主义的一个发展阶段,其根本性质依然是资本主义,马克思主义对资本主义社会的分析仍然适用;而且马克思早已预见过后现代社会的状态,诸如"生产的不断变革,一切社会状况不停的动荡,永远的不安定和变动……"②等描述无疑是对包括后现代阶段在内的资本主义社会

————————

　　①　Fredric Jameson, *The Political Unconsciousness: Narrative as a Socially Symbolic Act*, London: Routledge, 1981, p. 5.

　　②　马克思、恩格斯:《马克思恩格斯选集》(第一卷),北京:人民出版社,1972年,第275页。

面临的各种危机的精确概括。詹姆逊准确把握了后现代主义文艺风格与资本主义阶段的关联,然后在此基础上,运用马克思主义对后现代文化进行了透彻深刻的分析。他坚持从生产方式和历史变迁的角度来把握后现代文化,将后现代与晚期资本主义阶段联系起来,以便挖掘出文化逻辑背后的生产逻辑。在对资本主义阶段的划分上,詹姆逊深受马克思主义者欧内斯特·曼德尔(Ernest Mandel)的启发。曼德尔在《晚期资本主义》(*Late Capitalism*,1987)中将资本主义发展阶段划分为以自由竞争为特征的市场资本主义时代、以国家垄断为主要特征的垄断资本主义时代和以资本的跨国流动为主要特征的晚期资本主义时代三个阶段,詹姆逊据此提出了相对应的三种文化风格,即现实主义、现代主义和后现代主义。当然,詹姆逊此举并非抹除差异和新生力量,或将后现代简化为单一存在,而是为了指出我们应当从占主导地位的生产方式和文化的角度,来理解不同历史时期有差异的文化形式。

空间性是后现代时期一大重要特点。后现代空间通过不断压缩距离,吞没了人的时间意识和深度感,使人失去把握自身和世界的能力。时间与空间在马克思主义经典理论中并未被详细论述,直到20世纪60年代末70年代初,马克思主义地理学家如亨利·列斐伏尔(Henry Lefebvre)等才开始关注空间与社会的关系。詹姆逊受到列斐伏尔等人的影响,运用了马克思主义理论框架研究这一问题,是马克思主义在后现代时期下的新发展,丰富了马克思主义理论的内涵,体现了马克思主义与时俱进的优秀潜力。"新马克思主义的空间研究将空间纳入马克思的历史唯物主义的研究视野,使空间的含义远远超出了物质生产和社会关系演变的场所的传统意义,主张在资本主义经济运行、政治关系和社会运动的基础上理解空间。"[①]詹姆逊指出,在晚期资本主义阶段,资本以自己对一切领域的蚕食和改造,使个人经验

---

① 范瑛:《城市空间批判——从马克思主义到新马克思主义》,《政治经济学评论》2013年第1期,第182页。

与社会生产现实出现断裂感,催生了后现代主义。在后工业时代,由于科技飞速发展,人们对时间和空间的体验与认识受到极大影响。在现代主义看来,时间有先后顺序,依次展开、线性流动。受这种时间观的影响,主体能够将过去、现在与未来统一,看到时间的连续性和统一性,并能够在当下对历史进行反思、对未来进行展望。而后现代时期出现了一种时间空间化的倾向,时间成了割裂的碎片,定格在当下,使人产生了精神分裂的感受。这里的"精神分裂"是指"表意链的断裂",即"构成一句话语、一个意义的意符系列,一连串紧紧相扣、互相钳制的贯时性符号组合"①出现断裂。后现代主体不能驾驭时间,无法达到所谓的"象征秩序"(the symbolic order)。

　　由于时间已经不再连续,空间成为后现代主义的基本特征。后现代主义的显著特点就是空间对时间形成绝对压制。詹姆逊重点关注后现代的空间性,这也是他关于后现代主义分析中最有影响的一个方面。列斐伏尔在其著作《空间的生产》(La production de l'espace, 1974)中指出空间生产的社会性,对将空间视为中立领域的传统看法加以挑战。受这一思想影响,詹姆逊指出,空间形式被资本主义影响,资本主义有属于自身的特殊空间形式,从而也产生了属于自身特殊的美学。他将资本主义的空间也分别对应资本主义发展阶段而划分为三种形式,即同质性空间、结构性分裂的空间和高于时间的后现代空间。詹姆逊运用让·鲍德里亚(Jean Baudrillard)的"超空间"(hyperspace)概念来描述后现代空间。超空间是与跨国资本主义,即曼德尔所说的晚期资本主义相连的。詹姆逊认为,空间被跨国资本网络和电子技术极大地连接起来,形成了超出时间的状况,此时的时代发展就产生了一种新的空间感。人类以自己的经验所能够把握的范围早已被抽象空间所覆盖,因而个体已经无法以个人经验去把握空间,也无法再把握住自己。"空间范畴终于能够成功地超越个人的能

---

① Fredric Jameson, *Postmodernism, or, the Cultural Logic of Late Capitalism*, Durham: Duke University Press, 1991, p. 28.

力,使人体无法在空间的布局中为自身定位;一旦置身其中,我们便无法以感官系统组织我们周围的一切,也不能通过认知系统为自己在外界事物的总体设计中确定位置方向。"①詹姆逊从建筑入手,分析了人在后现代空间中的体验。他十分关注后现代建筑,建筑学是他分析后现代空间的一大工具。他以位于洛杉矶的一个宾馆为例,指出后现代建筑的拼贴感和无规则性,揭示了人身在其中却无法准确进行自我定位的迷失感,而这也正是当代人类空间困境的体现。对此困境,詹姆逊以"认知图绘"(cognitive mapping)这一概念作为解决途径。

"认知图绘"这一概念指的是,人们可以借助测量绘制意识形态的总体地图,描绘个人与全球资本主义社会的关系,重新获得把握世界的能力。如果说资本主义前期对人具有可见的控制,晚期资本主义的控制则是无声无息的。不同的阶段需要不同的方法,认知图绘是针对这一新阶段的问题而提出的文化政治策略。但这一方法仍然秉持总体化方针和意识形态分析的策略,处于马克思主义框架内,是运用马克思主义理论超越空间压制、解决后现代新问题的有效途径,体现了马克思主义不仅仅在提出问题,更在解决问题方面具有理论优越性。这一概念来自美国城市设计师凯文·林奇(Kevin Lynch)的《城市的意象》(*The Image of the City*, 1960)一书。林奇的认知图绘概念指出了人们在现代大都市空间中对定位自己位置的困惑及无法找到自我的迷茫,认为需要一种认知地图来使人们能够获得关于城市的总体性想象。詹姆逊则在社会结构层面上使用这一概念,认为个体要从自己所在的位置上观照整体社会结构。根据全球整体阶级关系,个人可以通过认知图绘来认识自己与社会的关系及位置。尽管在后现代空间的条件下,定位变得困难,但主体仍然能够恢复总体意识。只要充分掌握认知图绘的形式,个人就可以把握自己及自己所在群体与各类社会结构之间的关系。此外,认知图绘不仅是一种个体和群体的认知方

---

① Fredric Jameson, *Postmodernism, or, the Cultural Logic of Late Capitalism*, Durham: Duke University Press, 1991, p. 44.

式,也是一种文化政治策略。借用认知图绘,主体能清晰地描绘出晚期资本主义时代的意识形态地图,从而重新获得在后现代时期丧失的行动力。因而,运用认知图绘这一概念,就是要将后现代文化文本放在政治语境中进行定位,寻到其与政治、社会和心理的相互关系和所处位置。显然,詹姆逊所提倡的这一模式是一种政治的美学,这与科林·麦凯布(Colin MacCabe)的观点一致,后者认为认知图绘"是政治无意识中缺少的心理学,是后现代主义历史分析的政治手段"①。

詹姆逊的许多观察是早期马克思主义未能——详细研究的,但他在分析中始终坚持马克思主义的历史视角和总体化原则,从历史视角和生产方式的高度考察后现代文化,将一切现象放到整个历史发展进程中去把握。因而他对后现代文化的观察并未背离马克思主义,而是赋予了马克思主义新的内涵。据詹姆逊观察,随着资本主义占领文化领域,后现代文化已经受资本接管,产生了拼凑(pastiche)和精神分裂等主要特征。"戏仿"(parody)在现代主义和后现代主义艺术中都很常见,是一种借用历史文本、其他作品或作家风格等元素的创造方法。但詹姆斯认为后现代文化中的戏仿本质上是一种空洞的模仿和拼凑。与现代主义目的明确的戏仿不同,拼凑是"没有隐秘的动机,没有讽刺倾向,没有笑声"的空洞手法和"空洞的戏仿,失去了幽默感的戏仿"②。

拼凑几乎在后现代一切艺术实践领域里出现。詹姆逊以典型的后现代艺术——怀旧电影作为出发点,分析后现代文化的特征。他指出,怀旧电影本质上是资本家以还原历史为噱头,为了商业利益,迎合消费者和市场需求而制造的商品,是资本主义的产物。怀旧电影用拼凑手法拼凑历史碎片,产生的只是在大规模的僵化复制下毫无深度的产物——"类像"(simulacrum),而在这个过程中,真正的历史被架空了。"这些所谓的'怀旧电影'从来不曾提倡过什么反映传统、重现历史内涵的古老

---

① Colin MacCabe, Preface, in *The Geopolitical Aesthetic: Cinema and Space in the World System*, by Fredric Jameson, Bloomington: Indiana University Press, 1992, p. xiv.

② Fredric Jameson, *Postmodernism, or, the Cultural Logic of Late Capitalism*, Durham: Duke University Press, 1991, p. 17.

论调。相反,它在捕捉历史'过去'时乃是透过重整风格所蕴含的种种文化意义。"①怀旧作品只是反映出人们对过去的口味选择,不能告诉人们真正的历史是怎样的。回忆过去并不是一种快乐的事情,因为过去是无法重现的。相较而言,"现代人锐意寻回失去的过往,态度纵然是执着而彻底的;然而,基于潮流演变的规律,以及'世代'等观念和意识形态的兴起,我们今天要以'怀旧'的形式重视'过去',道路是迂回曲折的"②。从充斥着拼凑和类像的后现代"怀旧"中,人无法看到具体的历史,也无法获得关于现在与过去之历史关系的正面感受。尽管随着时间推移,一切事物都会被"历史"的过程重构,但后现代文化却无法做到这一点。在后现代文化文本中,"过去"往往没有机会出现。因此,后现代文化的历史感是淡化的。人与"历史"的联系越来越薄弱,这一点也就影响了人对时间的体验。不仅如此,在后现代主义文化中自我也在消失。如果说现代主义的情绪是疏离、孤独、焦虑等个人主义情感,后现代主义则丧失了这类情感,人所感受到的是生命枯竭进而淡漠。因而相对于现代主义,在后现代主义作品中,深度的情感已经消逝了。

20 世纪 90 年代,詹姆逊开始了对电影的研究。他对电影的分析仍然采用了自己的阐释学框架,将电影史置于马克思主义文化发展的理论框架之下。他认为电影史也可以与资本主义三大文化阶段对应,分为 20 世纪 30 至 40 年代、50 至 60 年代和 70 至 80 年代,电影类型分别是好莱坞类型电影、大导演电影和后现代主义电影,体现了文化发展的轨迹。詹姆逊对影视的重视来自他对后现代文化的重视。同许多其他学者一样,詹姆逊意识到后现代文化是"如此压倒性地由视觉和我们自己的影像所主宰的文化"③,因此要想谈后现代文化,就不能不谈到影视文化。在《地缘政治美学:世界体系中的电影与空

---

① Fredric Jameson, *Postmodernism, or, the Cultural Logic of Late Capitalism*, Durham: Duke University Press, 1991, p. 287.

② 同①,第 296 页。

③ Fredric Jameson, *The Cultural Turn: Selected Writings on the Postmodern, 1983 - 1998*, New York: Verso, 1998, p. 92.

间》(*The Geopolitical Aesthetic: Cinema and Space in the World System*, 1992)中,詹姆逊还考察了第三世界国家和地区(包括中国台湾、菲律宾等地)的电影,这也是他的认知图绘美学的延伸。詹姆逊对影视与小说相互关系的论述也值得关注。詹姆逊认为,电影最接近的文本是小说,而不是戏剧或录像。他认为在两者之中,小说具有更高的价值,因为它的哲学和历史意蕴很高,超过了电影。"在电影里,我的感觉是,在创作一部电影的过程中所解决的大量形式问题,没有一个达到卢卡奇那种形式问题本身的宏大的形而上学范围……"①对小说的电影改编问题,詹姆逊也有所论述。在这方面,他将瓦尔特·本雅明(Walter Benjamin)的翻译观加以拓展,认为小说改编虽必须扎根原著,但又不能没有创新。对此他用"纪念碑式背叛"(monumental betrayal)这一概念来表示,认为只有如此才能发挥小说和电影各自的长处。"两种文本之间可能具有同等价值,但在这种情况下,电影必须与原作有完全不同的形式,完全不忠于原作。小说的电影改编必须有一种提升,这种改编不仅仅受到不同的美学支配,而且呼吸着完全不同的精神。"②恰到好处的改编虽看上去是一种"背叛",却正能够有所发挥,从而使电影得到独立的价值。

对后现代时期的大众文化现象,詹姆逊也采用马克思主义经济基础和上层建筑的关系这一视角加以详细考察。由于大众文化是一种上层建筑,它必然也受到经济基础的影响。詹姆逊认为,大众文化是晚期资本主义的产物。他运用自己的马克思主义阐释学解释大众文化,认为大众文化是值得重视的,它并非浅薄的俗物,而是大众对现实社会中矛盾的象征性解决。除了再生产特定意识形态,大众文化文本也同样包含集体的乌托邦理想。现代主义重视权威和精英,而后现代主义则较为大众化和民主。"在现代主义的巅峰时期,高等文化跟大众文化(或称'商业文化')分别属于两个截然不同的美感经验范畴,

---

① Fredric Jameson, *Signatures of the Visible*, New York: Routledge, 1992, p. 6.
② Fredric Jameson, *True to Spirit: Film Adaptation and the Question of Fidelity*, New York: Oxford University Press, 2011, p. 218.

今天,后现代主义把两者之间的界限彻底取消了。"①高等文化是属于学院派的。他们维护所谓"精英文化",鄙视大众文化的粗俗之处。但实际上,大众文化包括更多大众生活中的内容,如哥特小说、超市、酒店等,具有其独特价值。它们使商业性渗透在艺术中,淡化了二者的分隔。后现代主义打破了高等文化和大众文化之间的人为划分,对学院派所轻蔑的大众文化加以重视。"无论从美学观点还是从意识形态角度来看,后现代主义表现了我们跟现代主义文明彻底决裂的结果。"②詹姆逊不赞成大众文化和高雅艺术的对立,提倡采取一种包容与多元的态度看待这两者。他既不认为应当固守高雅艺术的堡垒,也提醒众人警惕资本对大众文化的侵袭。

詹姆逊还对黑格尔等人的艺术和历史终结论进行思考,指出其中的漏洞。黑格尔认为艺术存在三个阶段,在三阶段之后将为哲学所替代,但这是不符合现实的;而历史更没有终结,弗朗西斯·福山(Francis Fukuyama)等人的历史终结论仅仅是后现代主义反总体性、反系统性的后果,却恰好成为资本主义全球扩张的理论根据。詹姆逊认为,事实上,后现代仅仅是一个发展阶段,并不是历史的终点。"后现代主义作为一种意识形态,只有作为我们社会及整个文化或者说生产方式的更深层的结构改变的表征才能得到更好的理解。"③

总之,后现代时期带来的是一种崭新的世界发展,它要求我们维持批评距离并保持批判热情,以体现我们的建构智慧。在这方面,詹姆逊的研究为学界提供了有效的指引。正如美国著名批评家乔纳森·阿拉克(Jonathan Arac)所言,詹姆逊的研究"恢复了美国马克思主义文化研究"④。

---

① Fredric Jameson, *Postmodernism, or, the Cultural Logic of Late Capitalism*, Durham: Duke University Press, 1991, p. 50.

② 同①,第 48 页。

③ Fredric Jameson, *The Cultural Turn: Selected Writings on the Postmodern, 1983 - 1998*, New York: Verso, 1998, p. 50.

④ 王逢振、盛宁、李自修编:《最新西方文论选》,桂林:漓江出版社,1991 年,第 311 页。

三

詹姆逊对第三世界文学和文化的研究也是他做出的独特贡献之一。对民族独立运动及跨国资本主义时期的第三世界文学和文化,詹姆逊进行了热情的解读,体现了他相对于其他西方理论家开阔的理论视野,也推动了马克思主义文学文化理论的进一步发展。马克思曾指出,西方社会主导着经济、政治,并通过各种手段使其他国家从属于西方。詹姆逊也指出,西方一直在对第三世界进行控制和渗透。随着跨国资本入侵,第三世界国家的经济结构受到改变,生活方式、价值观念等都在被同化。他理论中的第三世界与我们通常意义上的第三世界有所不同。詹姆逊认为第三世界是除了资本主义的第一世界和社会主义的第二世界之外,受殖民主义和帝国主义侵蚀的其他国家。① 这些国家的历史和现实与第一世界并不相同,其文化也具有自身的特色。但在经济全球化、文化多样化的新时代,第三世界国家的文化遇到前所未有的挑战。詹姆逊说:"这些文化在许多显著的地方与第一世界文化帝国主义处于生死搏斗之中——这种文化搏斗的本身反映了这些地区的经济受到资本的不同阶段(有时委婉地称为'现代化')的渗透。"②詹姆逊认为,由于第三世界文化总是需要与第一世界搏斗,政治在第三世界文化文本中有重要的位置,应当将第三世界文化文本视为"民族寓言"(national fable)。

詹姆逊"民族寓言"这一概念的提出最早是在《侵略的寓言》(*Fables of Aggression*, 1979)中。据其最初描述,"民族寓言"指的是各民族间的个人经验呈现出了"更抽象的民族特征,它们可以理解为人物的内在本质"③,而若是将个体与民族相互关联,则这种寓言就成

① Fredric Jameson, *Postmodernism, or, the Cultural Logic of Late Capitalism*, Durham: Duke University Press, 1991, p. 381.

② Jameson Fredric, "Third World Literature in the Era of Multinational Capitalism," *Social Text*, 15(1986), p. 68.

③ Fredric Jameson, *Fables of Aggression*, Berkeley: University of California Press, 1979, p. 90.

为一种"文学批评"的方法。第三世界文化文本"总是以民族寓言的形式来投射一种政治：关于个人命运的故事包含着第三世界的大众文化和社会受到冲击的寓言"①。而在第一世界，公共领域和个人领域是分开的，这种境况与第三世界并不相同。詹姆逊十分欣赏中国文学，对鲁迅辛辣又极具洞察力的作品更是十分赞叹。他发现，第三世界的知识分子往往与政治密不可分，而第一世界知识分子却十分缺乏这个特征。对于这一点，他借用黑格尔的"主奴关系"理论进行了生动说明。他指出，第一世界文学像高高在上的奴隶主，脱离社会实践，陷入闭门造车的状态；而第三世界文学则脚踏实地，取材于现实生活，其文本多暗含比喻，通过寓言的方式批判社会现实。② "民族寓言"常常以个体的遭遇和行动表达社会政治、文化的状况，具备高度的现实性，其最终目的为批判现实。

关于詹姆逊在全球化背景下提出"民族寓言"说的动机，一方面来看，是他在后现代主义提倡"解构中心"和"去主体性"的语境下，对西方文化重整旗鼓的期盼。其背后的原因在于，詹姆逊接触了第三世界文学，包括鲁迅文本中民族、集体为独立自主而同资本主义文化和本民族传统激烈斗争，虽悲伤、失望、痛苦但坚决不妥协的品质。他十分欣赏这种坚忍不拔的精神，特别对斗争的惨烈深感触动，认为此类文学的范式应当作为处理第一世界文学解构中心、消解权威所带来的凝滞的办法，因为它不仅能填补后现代主义文化主体已死、中心消解留下的空隙，而且能够缝补其反文学、模糊文学与非文学之界、平面化写作导致的断裂。此外，詹姆逊也希望以对第三世界"民族寓言"的研究来提高第一世界文学的地位。正如雅克·拉康的"镜像理论"所认为的那样，"自我"的形象建构总是与"他者"不可分割，"自我"需要凭借"他者"才能被看见。换言之，要重构第一世界文学，便必须要有第三世界文学的对照和对比。此外，詹姆逊还期望第三世界能够成为抵抗

---

① Fredric Jameson, *Postmodernism, or, the Cultural Logic of Late Capitalism*, Durham: Duke University Press, 1991, p. 382.

② 同上。

第一世界跨国资本主义的阵地,"在全球规模重新启用激进的他性或第三世界主义的政治,从而在总体制度的空隙内建构抵制的飞地"①。因此,詹姆逊对第三世界的关注,体现了他对在西方以外的世界中建立反霸权的文化的希望。他对中国期望很大,曾表示:"社会主义应当能够创造一种有吸引力的新文化形式,以便同后现代主义对抗。"②他希望中国能够保持本民族的文化特征,不要被西方同化:"中国的知识分子应该努力保持这种差异性。"③

詹姆逊的"民族寓言"概念较为贴切地指出了第三世界文学相较于第一世界文学的区别,有助于我们从外部认识自己的文学和文化。同时,他关于第三世界文学应当以世界文学而非第一世界文学的标准来衡量的论断,以及他对跨国资本主义对第三世界文学影响的研究,不仅开阔了我们的视野,也打破了长期以来的西方文化霸权。詹姆逊希望第三世界成为抵制第一世界的飞地,在对第三世界的分析中,也尽量从客观冷静的视角出发。然而作为一名西方学者,他的首要目的还是为了参照第三世界,以便提出解救第一世界后现代文化的办法。因此,他的第三世界理论难免带有西方的立场和文化痕迹,具有一定的西方中心论思维,遭到了部分学者的批评。

作为杰出的马克思主义研究者,詹姆逊发展并创新了马克思主义理论,采用马克思主义视角建立了丰富的文学和文化批评理论。他始终是一位关注现实的学者,他建立在对多元文化的承认和包容上的研究是他学术创新的必要条件。20 世纪 80 年代后,詹姆逊的研究将后现代主义与马克思主义结合,为马克思主义文化批评研究添砖加瓦。在研究中,他始终坚持辩证性、总体性的原则,向前推进了马克思主义理论。进入 21 世纪之后,詹姆逊仍然笔耕不辍,发表了数部学术著

---

① 谢少波:《抵抗的文化政治学》,北京:中国社会科学出版社,1999 年,第 123 页。

② 赵一凡:《杰姆逊:后现代文化批判》,载《欧美新学赏析》,北京:中央编译出版社,1990 年,第 205 页。

③ 胡亚敏:《后现代主义文化与批评——华中师大文学批评学研究中心与詹姆逊教授座谈述要》,《华中师范大学报(人文社会科学版)》1997 年第 6 期,第 45 页。

作。尽管学界对于詹姆逊存在不少争议,但他仍然是我们了解 20 世纪美国多元文学思想绕不开的丰碑。

第三节

爱德华·萨义德、霍米·巴巴等:后殖民主义[①]

一般认为,后殖民主义萌发于 19 世纪后半叶,是在 1947 年印度独立之后才真正出现的新理论。1978 年爱德华·萨义德(Edward Said)的《东方主义》(*Orientalism*)的出版,标志着其理论开始趋向于自成体系。[②] 后殖民理论是一种跨学科的理论,涉及哲学、历史、心理学、文学等领域,其研究的问题也较为复杂,包括种族、性别、阶级、第三世界、全球化与文化身份等。正是由于它涉及的方面比较复杂,目前人们很难给它下一个准确的定义。从总体来看,后殖民主义理论主要研究的是殖民主义时期之后,"宗主国与殖民地之间的文化话语权利的关系,以及有关种族主义、文化帝国主义、国家民族文化、文化权利身份等新问题"[③]。与殖民主义主要是对一个国家的政治、经济、军事、主权等的侵略相比,后殖民主义更强调文化与意识形态的侵略与控制。后殖民理论家中,爱德华·萨义德、霍米·巴巴(Homi K. Bhabha)、佳亚特里·斯皮瓦克(Gayatri Spivak)占据着显著地位,影响最为广泛。

爱德华·萨义德集学术研究与政治关怀于一身,是美国当代少数具有深刻批判意识的著名学者之一,也是后殖民理论的重要奠基者。由于追求真理,萨义德采用写作的方式谈论政治,从边缘位置向强权政治和权力集团发起猛烈进攻。毫无疑问,在萨义德所有作品中,《东

---

① 本节由王建华、梁文婷撰写。

② 王岳川:《后殖民主义与新历史主义论》,济南:山东教育出版社,1999 年,第 10 页。

③ 同①,第 9 页。

方主义》最具影响力。此后，萨义德又写了不少批评论著，如《世界·文本·批评家》(*The World, the Text, and the Critic*, 1983)—书结合文学理论与政治问题，使学界大为震动。从《东方主义》到《世界·文本·批评家》，再到《文化与帝国主义》(*Culture and Imperialism*, 1993)，萨义德毕生都以一个追求真相的学者的态度，对政治、历史和文学进行了深刻观察。

　　霍米·巴巴是当代著名的后殖民主义理论家，主要批评著作有《文化的定位》(*The Location of Culture*, 1994)以及他主编的《民族与叙事》(*Nation and Narration*, 1990)等。霍米·巴巴关于文化、认同以及民族的理论著述在全球文学界、文化界和艺术界都产生了巨大的影响。他常常以精神分析的方式，探索权力对人性的扭曲。他的思想具有深厚的后殖民和后现代色彩。他认为学者要具有怀疑精神，对自己的一切保持质疑，如自己的文化身份、阶级民族立场、性别、思维方式、话语方式以及展示自己声音的言说方式等等。他主张承认差异，接纳差异可能带来的危机和矛盾，这样才能真正使双方能够在平等的基础上展开对话，否则，对话仅仅是一种文化霸权而已。与另两位后殖民理论大师相比，巴巴的后殖民批评理论是全球化时代的后殖民批评，推动了当代西方后殖民主义批评理论的新发展。它旨在帮助第三世界批评从边缘走向中心，并最终促成文化多样性的真正实现。

　　斯皮瓦克是后殖民主义理论的又一位旗手。她把视点放在知识分子的机构化方面，受到女性主义、解构主义、马克思主义等理论的影响，并利用这些理论框架建构自己的后殖民主义学说，从边缘的角度运用权力分析的策略来批判近代西方形态。她在其知名文章《属下能说话吗？》("Can the Subaltern Speak?", 1985)中指出，西方知识分子在知识生产时，一直在压制那个"相对于欧洲的无名异己"，并把异己作为同质性空间处理；意识形态不仅在组织层面上具有生产和再生产的物质关系，而且是积累和建构知识的武器。斯皮瓦克始终认为，后殖民主义既不是一个地理概念，也不是一种意识形态，而是一种新的世界秩序，范围包括"殖民地""非殖民地"以及不能使用"殖民地"一词形容的地区。20 世纪 80 年代至世纪末,后殖民主义理论显得尤为耀眼,原因就在于它在去中心化、倡导多元价值等方面起到了强有力的作用。

一

著名文学理论家与批评家爱德华·萨义德诞生于基督教、犹太教与伊斯兰教的圣地耶路撒冷,在开罗长大,家境富裕。他在开罗生活学习的日子是孤独的,父亲对他要求十分严格。萨义德只有通过阅读小说和每周日聆听英国广播公司的古典音乐来寻求解脱。他在回忆录《不合时宜》(*Out of Place*, 1991)中写道,在开罗的那段日子里,他就是一个"麻烦制造者"(troublemaker)①。1951 年,他被维多利亚学院开除。后来,萨义德的父母认为他在英国教育体系中会没有前途,就把他送到美国马萨诸塞州的芒特赫蒙(Mount Hermon)预科学校继续学习。

对萨义德而言,在美国的学习生活是一段艰难的岁月,但这并未阻止他成功学会几门语言并先后获得美国普林斯顿大学学士学位、哈佛大学硕士和博士学位。事实上,萨义德本可以成为一名杰出的比较文学教授,但爆发于 1967 年的阿以战争彻底改变了他的人生轨迹。他突然发现自己置身于一个敌视阿拉伯人、阿拉伯思想和阿拉伯国家的环境之中。他周围的人几乎都支持以色列人,阿拉伯人似乎"罪有应得",而他这个受人尊敬的学者却成了局外人和靶子。阿以战争及自身在美国的接受程度迫使萨义德重新审视自己身份的矛盾性。他无法再保持两种身份而存在,这种身份困境的挣扎开始逐渐在其作品中得以展现。这种转变对于萨义德来说意义非凡。他第一次把自己塑造成一个巴勒斯坦人,开始表达一种文化溯源意识。在萨义德看来,这种文化意识从他的童年时期就开始被压抑,并随之转移到他的学习生活中。在其作品《最后的天空之后》(*After the Last Sky*, 1986)中,萨义德就明确表达了这种流离失所的痛苦:"身份问题——我们是

---

① Bill Ashcroft and Pal Ahluwalia, *Edward Said*, London: Routledge, 2001, p. 3.

谁,我们来自哪里,我们是什么——这些都很难在流亡中得以界定……我们是'他者',一个对立面,是重新定义几何学上的一个缺陷,是一部《出埃及记》。沉默和谨慎掩盖了伤害,减缓了身体的搜寻,抚平了迷茫的痛苦。"①

　　巴勒斯坦遭受的殖民统治促使萨义德开始审视西方帝国主义的话语,并将他的文化分析与探寻自我身份的文本编织在一起。萨义德认识到,认为欧洲身份更为高贵的观念使西方在与东方交往时总是占据上风,然而"这种关于东方的知识依赖于文学文本和历史记录,而这些与东方生活的事实完全无关"②。因此,即使是文学理论,也不能脱离其写作所处的世界政治现实语境。战后十年,他撰写了《东方主义》三部曲、《巴勒斯坦问题》(*The Question of Palestine*,1979)和《报道伊斯兰》(*Covering Islam*,1981)。这些作品将巴勒斯坦置于萨义德一直关注的文本研究和权力问题的中心。萨义德作品的重点在于,我们不能把他对巴勒斯坦国家的政治关注、对他自己及巴勒斯坦人集体的身份困境的关注与其文本理论和文学分析在世界上的地位割裂开来。对萨义德理论作品中身份重构问题的关注有助于我们了解他在过去将近半个世纪的文学与文化理论中的地位。应该说,萨义德本人的生活经历以及他有关身份问题的文本在不断地形塑并夯实他的写作背景,而他在身份错位之间的挣扎、对流亡授权意识的认知、对文本性与世界之间联系的持续参与等都构成了他的文化理论的主要内容。

　　作为巴勒斯坦立国运动的活跃分子,萨义德致力于研究西方文化世界对东方国家人民和文化的对抗与偏颇。著名的理论批评之作《东方主义》让萨义德声名鹊起,一跃成为后殖民研究领域的中心人物。"东方学试图在欧洲仍然是世界上最大和最强的中心时找到一种方法来处理东方和西方之间的关系,它试图批评那种无视东方拥有其独特的文明、将东方视为他者的流行观点。东方学的目的是

---

①　Edward Said, *After the Last Sky*, New York: Pantheon Books, 1986, pp. 16 - 17.

②　Edward Said, *Orientalism*, New York: Vintage Books, 1978, p. 45.

阐释欧洲自 18 世纪以来将东方视为他者的描述。"①随后,萨义德出版了一系列后殖民文化理论著作,如《文化与帝国主义》《知识分子论》(*Representations of the Intellectual*, 1994)等。这些主要探讨西方文学叙事中帝国主义意识形态的理论作品为后殖民主义的文学研究提供了实际的参考模式。萨义德把自己置身于他声称的"间隙空间"(interstitial space)②——一个介于巴勒斯坦殖民历史和美国帝国时代之间的空间。他发现自己既有权利也有义务为被边缘化和被剥夺财产的巴勒斯坦人民发声;最重要的是,他认为他有能力向美国人民展现巴勒斯坦文化。然而,具有讽刺意味的是,由于萨义德位于两种文化之间,他因此受到了阿拉伯世界和其他地方的一些批评家的指责,被认为过于西方化。③ 另一方面,他在西方世界为伊斯兰教的辩护经常遭遇阿拉伯世界自由派知识分子的抨击。萨义德发现自己同时被各种对立的党派阵营有意无意地排斥。他在美国积极支持巴勒斯坦,但他在巴勒斯坦政治中一直回避任何特定的党派路线,并且他的作品在巴勒斯坦被禁。

萨义德本人是一位杰出的学者和美国公民,但他作为一名巴勒斯坦人的身份也不容忽视。这种身份是极其矛盾的,因为它不仅仅代表萨义德本人,还代表那些分散在世界各地、远离家乡的流亡者的身份矛盾问题。这就是文本分析中的身份建构问题。萨义德的身份悖论正好反映了当今在世界各地流亡的后殖民时代人民的复杂身份问题。可以说,这一身份问题的悖论始终贯穿在萨义德的作品之中,但这种悖论又不是苍白无力的,而恰恰是他作品智慧力量的关键所在,因为这种悖论的力量牢牢存在于一个意识形态具有物质结果、人类生活不完全符合抽象理论的世界。

萨义德一直坚持文本和文化批评理论的世俗性(worldliness)。他

---

① Edward Said, *Orientalism*, New York: Vintage Books, 1978, p. 91.

② Bill Ashcroft and Pal Ahluwalia, *Edward Said*, London: Routledge, 2001, p. 6.

③ Edward Said, *Representations of the Intellectual: The 1993 Reith Lectures*, London: Vintage, 1994, p. x.

认为,重复的策略是文本世俗化的关键。重复对文本的阐释施加了一定的限制,它将文本历史转化为源于世界、坚持自身存在的东西。理解萨义德的文化分析和文学批评理论最重要的一个方面是:尽管后结构主义掌控了西方知识分子的舞台,但他本人始终坚持一种坚定而传统的观点——文本在物质世界中的位置。萨义德认为,后结构主义者实际上排斥世俗性。他们不允许那些写文章和读文章的人感到物质的世俗性,并且他们的理论切断了政治行为的可能性。

萨义德对自身身份的建构以及它自身作为一种文本的呈现——这两者都表明,文本必须是一种与世界保持密切联系的东西。从萨义德本人表现身份困境的文本中衍生出的世俗性对分析其东方主义文本是至关重要的,这些文本在建构东方的同时也建构了欧洲对东方的统治意识。概括地说,东方主义展示了权力是如何在知识中运作的:西方"知道"东方的过程一直是对东方施加权力的过程。① 东方主义文本有自己的世俗性和从属关系。它们是建构东方的文本,因此在某种意义上比任何东方的现实都更真实,比东方人自己可能创造的任何经验或体验的表征都更真实。② 之后的《文化与帝国主义》正是这种帝国文本世俗性概念的延伸。阐释西方文化作品的关键在于,要明确帝国主义的政治现实是以一种微妙的方式存在其中的。例如,在英语小说中,帝国和帝国影响的主题持续地、微妙地、几乎无处不在地得以呈现,作者在创作的过程中可能并没有刻意去表达作品呈现的帝国意识。没有文化就没有帝国的存在。在《文化与帝国主义》中,萨义德重申了关于后殖民世界应该如何应对帝国主义的统治这一问题。萨义德对这本有关西方的经典著作的阐释曾经误导了很多批评家,一度导致他们误解他停止了抵抗。但他们没有意识到的是,萨义德的立场是微妙的,因为他认识到"指责的言辞"(rhetoric of blame)最终会让人变得愚蠢;反之,他提倡一种"航进"(the voyage in)③的过程。也就是

---

① Bill Ashcroft and Pal Ahluwalia, *Edward Said*, London: Routledge, 2001, p. 8.
② Edward Said, *Orientalism*, New York: Vintage Books, 1978, pp. 226 - 254.
③ 同①。

说,在这个过程中,后殖民主义作家要掌握文学写作的主流模式,以此向世界观众展示他们的文化。例如,英国诗人威廉·布莱克(William Blake)曾写道:"帝国的基础是艺术和科学,移除或贬低它们都将导致帝国不复存在。帝国追随艺术,而不是像英国所认为的那样,艺术追随帝国。"①实际上,萨义德的《文化与帝国主义》正是以这个为前提的:如果没有维持帝国主义存在的文化力量,帝国主义的制度、政治和经济活动就什么都不是。

萨义德认为,尽管殖民地已经获得了多方面的独立,但殖民征服留下的帝国主义态度依然在延续,而正是文化提供了这种道德力量,实现了一种"意识形态上的平静"(ideological pacification)②。萨义德认为,文学批评界较少以历史和帝国主义的眼光来进行文学阐释。在《文化与帝国主义》一书中,他延续了《东方主义》中的文化政治观,认为在霸权主义的推进中文学扮演着重要角色。作家们不可避免地受到自己所生活的社会的影响,在作品中表现出帝国主义影响。因此,他从文化与帝国主义霸权间关系这方面来进行文学阐释。正如福柯所言,统治之争可以是系统的,也可以是隐藏的。阶级、国家、权力中心和各区域之间不断地相互影响,谋求相互支配和取代,而影响这场战争的重要因素就是价值观。虽然许多作家在创作时力求跳出意识形态、阶级等因素的制约,但仍不可避免地展现出历史和社会经历的影响。有趣的是,在大都市内部,帝国主义的意识形态和言辞并没有受到自由主义运动、工人阶级运动或女权主义运动等社会改革运动的挑战,因为"他们基本上都是帝国主义者"③。对此,萨义德认为,帝国文化建立在如此深厚的假设之上,以至于他们从未讨论过社会改革和正义。

萨义德的《文化与帝国主义》包含两个方面的主要内容。第一个

---

① Edward Said, *The Pen and the Sword: Conversations with David Barsamian*, Monroe, ME: Common Courage Press, 1994, p. 65.

② Bill Ashcroft and Pal Ahluwalia, *Edward Said*, London: Routledge, 2001, p. 87.

③ 同①,第 67 页。

就是他对"帝国文化的普遍世界格局"①的分析。这种格局的发展既
证明又强调了帝国的建立和剥削功用。第二方面就是针对这一现象
的平衡，即"反抗帝国的历史经验"②。所有文化生产都是对其社会政
治性的投资，因为这是推动和激励它的因素。但这种关系往往是隐形
的，这也是意识形态如此有效的原因所在。萨义德在早期的一次采访
中指出，"文化并非总是由英雄或激进分子创造的，甚至也不完全是由
他们创造的，而是由伟大的不知名的运动创造的。这些运动的作用是
让事情继续，并让事情持续存在"③。萨义德认为，文化既是一种艺术
的潜在规范，又是一种民族的精神财富；既是身份认同的功能，也是身
份认同的来源。他说："文化这个概念包括了一种精华，就是每一个社
会最好的思想的凝结。就像马修·阿诺德在 1860 年说的那样，文化
能缓解城市生活里各种肆无忌惮、物欲横流、血腥残暴的恶行，即使不
能将它们全部中和抵消……有时候，文化甚至强势地同民族或国家联
系起来；这样，就把'我们'和'他们'区分开来，几乎总是带有排外倾
向。文化在这个意义上就成为一种身份优势。"④这就解释了为何后
殖民社会回归某种形式的文化传统主义通常是通过民族主义或宗教
原教旨主义的形式——帝国文化可能是殖民世界中帝国霸权最强大
的代理人。⑤ 另外，文化也成为后殖民社会中最强大的抵抗力量之
一。这种抵抗存在的问题是，通过措辞成为一元论者的做法往往意
味着对民族主义或宗教原教旨主义的强烈认同。这样的结果就是，他
们可能倾向于接管帝国文化的霸权功能。萨义德对文化的理解显
然不同于雷蒙德·威廉斯（Raymond Williams）定义的"一种完整的
生活方式"⑥。小至一个社区，大至一个国家，它们的文化都无法与其

---

① Edward Said, *Culture and Imperialism*, London: Chatto & Windus, 1993, p. xii.
② 同①。
③ Edward Said, "Interview," *Diacritics*, 6.3(1976), p. 34.
④ 同①，第 xiii 页。
⑤ Bill Ashcroft and Pal Ahluwalia, *Edward Said*, London: Routledge, 2001, p. 44.
⑥ Raymond Williams, *Culture and Society 1780 – 1950*, London: Chatto & Windus, 1958, p. vi.

经济、社会和政治实践相分离,这些都是有助于理解和构建其世界的方式。通过揭示相当具体的社会根源,《文化与帝国主义》一书达成了帝国主义目的,那就是"去普遍化"(deuniversalise)。

萨义德承认,威廉斯是伟大的文化批评家,但他的观念也存在一定的局限性。比如,威廉斯认为英国文学主要就是关于英国的,这与文学作品是自主的这一观点有关。但萨义德关于文本的四属性概念使他能够表明,文学本身不断地提到自己参与了欧洲的海外扩张,创造了威廉斯所说的"支持、阐述和巩固帝国实践"的"情感结构"①。"文化和帝国主义都不是静态的。作为历史经验,它们之间的联系是动态的、复杂的。"②

从广义来讲,帝国主义通常指的是一个帝国的形成。它是一个国家对一个或几个国家进行统治的所有历史时期的一个方面。然而,萨义德对帝国主义的理解却援引了文化的积极作用。在他看来,帝国主义是"一个统治着遥远属地的都市中心的实践、理论和态度"③,往往与殖民主义相伴相随,却与"在遥远的领土上设置定居点"④的殖民主义过程不同。不管是帝国主义还是殖民主义,其背后都隐藏着强烈的意识形态驱动力,与文化关系密切、相互支撑。尽管萨义德热衷于发现并研究帝国主义的思想和实践是如何获得持续的一致性的,但他并没有一个系统的帝国主义理论,也没有以任何扩展的方式质疑它,毕竟他从事的仍旧是传统的文学工作。他的目的在于揭露文化与帝国主义之间的共谋关系。帝国主义不仅仅是殖民主义。帝国主义的话语展示了一种不断流传的假设,即土著民族应该被征服,而帝国在此几乎拥有形而上学的权力。⑤ 例如,在英国等帝国中,帝国目标与一般民族文化之间的密切关系被有关文

---

① Edward Said, *Culture and Imperialism*, London：Chatto & Windus, 1993, p. 14.
② 同①,第15页。
③ 同①,第9页。
④ 同①,第8页。
⑤ 同①,第10页。

化普遍性的言辞所掩盖。

　　总的来说,萨义德是一位不同于当代任何一位批评家的公共知识分子。他那深深扎根于知识分子角色概念的否定批判性立场意味着他的观点将不断跨越国界。《东方主义》的出现标志着萨义德的到来,并将他推到了公共知识分子的位置。很大程度上,萨义德的《知识分子论》是对他自身的矛盾身份以及他作为一个"东方"主体所做的陈述。它颂扬反抗的文化,同时又拒绝教条主义的花言巧语,重申人类解放的原则。艾梅·塞泽尔(Aimé Césaire)对萨义德的努力做了一个恰当的总结:"没有哪个民族能垄断美貌、智慧和力量,在胜利的汇合点上,所有人都有一席之地。"①

二

　　后殖民理论家中,霍米·巴巴以其晦涩的语言、混杂的理论知识以及异于常人的思辨引起越来越多的关注。霍米·巴巴于1949年出生于印度孟买,先后就读于孟买大学和英国牛津大学,并在毕业后留校担任文学辅导教师。此后他师从特里·伊格尔顿(Terry Eagleton),获得牛津大学博士学位。霍米·巴巴学术历程的早期阶段并非一帆风顺,直到20世纪90年代他才声名鹊起,先后受聘于芝加哥大学、伦敦大学和哈佛大学。正是他这种接受西方教育又任职于西方国家的东方人的特殊身份使他对后殖民主义产生了独特的认识。

　　巴巴是一个理论"杂家",他的理论融合了许多流派的理论,尤其是雅克·德里达(Jacques Derrida)和拉康的理论,因而比较晦涩难懂。另外,巴巴的学术理论正处于不断修正、深化的过程中,这也给理解他的理论造成了困难。尽管如此,我们还是能够看出他的理论立足于"居间"(in-between)与"之外"(beyond)这两个概念。这两个概念贯

---

　　①　A. Césaire, *The Collected Poetry*, translated by Clayton Eshelman and Annette Smith, Berkeley: University of California Press, 1983, pp. 76 - 77.

穿于《文化的定位》全书,围绕这两个立足点拓展衍生出"混杂性""第三空间""文化差异""文化多样性"等一系列重要的思想与概念。更重要的是,它们所具有的临时性、不确定性特征,使得一切原初的、固定的位置和状态被打破,从而才有可能对身份、主体性、历史、文化等进行重写,也为消解二元论和去中心化提供条件。

巴巴特别强调"居间"这个关键词。他认为,我们的时代处于一个现时呈现(the "present")的边界之处,我们既不处于时间的开端也不处于时间的末尾,而是位于时间与空间相交叉的过渡地带,由此产生了差异与同一、过去与现在、内部与外部、包容与排斥等对立又交杂的矛盾体。① 在二元交互、重叠、杂糅中,时代的方向已然错乱,一切都变得不确定、模糊,变得不再稳定、不再静止。在这样的时代,阶级、性别等基本的概念性和结构上的分类发生位移,导致主体位置意识的觉醒。换言之,种族、性别、政治地理等意义上的位置在现代世界要求新的定位。巴巴主张现代的理论应当超越原有的主体叙事,聚焦于文化差异声张所进行的时刻或过程。文化差异总是在不断产生间隙空间。巴巴认为,"间隙"(interstice)是差异领域的重叠与置换,正是在它的出现过程中主体间的、集体的有关民族性的经验、群体利益、文化价值等得以协商。② "居间"是各种事物融合的结果,它存在于事物的"间隙"之间,能使人们打破原有的主体概念,重新寻找主体的位置。"居间"的空间使各种矛盾和差异得以彰显,虽然它们得不到彻底解决,但可以不断进行协商。"各种民族性、群体利益或文化价值的"③个体和集体的协商就发生在这种差异主体的重叠和移植的"间隙"里,为单一的或共同的自我阐释提供了新的策略,为消解二元对立、充分认识存在于"居间"空间的文化提供了契机。

巴巴在《文化的定位》的绪言中就指出:"在'之外'领域定位文化

---

① Homi K. Bhabha, *The Location of Culture*, London: Routledge, 1994, p. 1.
② 同①,第 2 页。
③ 同①,第 2 页。

是我们时代的修辞(trope)。"①这是因为处于世纪的边缘,我们已经不再焦虑主体或作者的毁灭、诞生、顿悟等,而是更多地将目光投向生存的阴暗意识。我们生存于现世的边缘空间,除了给当前复杂矛盾的转换加上一个前缀"后"字,再也找不到一种更合适的命名方式来表现这种生存状态:"后现代主义""后殖民主义""后女性主义"这类称谓其实是很无奈的事情,因而必然充满争议,但又只能这样表述才能体现过去与现在的转换,这便是生存于"之外"的状况。"之外"既不是新的界限,也不是过去的落后。也就是说,我们的时代已经失去了确定的时间感和空间感,我们总是同时处于两种事物之中。比如像巴巴这样一个具有东方血统的西方学者,他同时生活在东方(印度)和美国的传统与现实之中。他既是一个东方人又是一个西方人,或者两者皆不是,他总是生活在"之外"的某个地方。

　　混杂性是"居间"与"之外"的产物。霍米·巴巴将"混杂性"引入后殖民理论领域内,他所说的"混杂性"就文化身份而言,指的是不同文化之间不是不可渗透的,而是相互碰撞、交叠的,这就导致了文化上的混杂化。巴巴主要强调的是这种"混杂化的过程"(hybridization)②。在殖民历史中,殖民文化和殖民地文化总是彼此交织、相互混杂,因此殖民文化的纯粹性和原始性受到冲击,出现了夹杂本土话语又带有浓重口音的英语、被误解的《圣经》等消解殖民文化的现象。特别是全球信息化、网络化的兴起使各民族文化交流如此广泛而深刻,民族文化要保持鲜明的特色已不可能,宗主国文化也当如此。③ 在研究殖民话语时,霍米·巴巴在殖民双方的二元对立矛盾中找到了一个为混杂性的产生提供场所的"第三空间"(the Third Space)④。

---

① Homi K. Bhabha, *The Location of Culture*, London: Routledge, 1994, p. 1.

② 生安锋:《霍米·巴巴的后殖民理论研究》,北京:北京大学出版社,2011 年,第 114 页。

③ 姜飞:《跨文化传播的后殖民语境》,北京:中国人民大学出版社,2005 年,第 240 页。

④ 同①,第 204 页。

后殖民理论中"第三空间"一般指超脱于二元对立之外的知识与抗拒空间。它是一种在文化之间的"间隙"中呈现出来的协商的空间。巴巴阐释道:"某种文化的特征或身份并不在该文化本身中,而是在该文化与他文化交往过程中形成的一个看不见、摸不着但又存在的模拟空间中。这个空间既不全是该文化又不全是他文化,而是两者之间接触交往的某个节点,即这个非此非彼、亦此亦彼的'第三空间'。"①这是因为随着各民族不同文化交流的加强,文化差异日益增多。来自不同文化背景的人无法直接相互理解,要经过转换、沟通的方式来努力达成理解和共识。"第三空间"便提供了这种"协商"的空间。"第三空间"也如文化的混杂性一样消除了一切文化的单纯性和原始性。也正因如此,"第三空间"是最有效、最彻底的抵抗殖民文化的空间。

由此,我们可以看到,被殖民者并不是处于完全被动的位置,一味承受外来文化的侵袭,而是具有很大的能动性。"模拟"也是用以抵御殖民文化权威的重要策略,在后殖民批评术语中被用来描述殖民者与被殖民者之间的矛盾关系。巴巴提出的"模拟"有两个层面的意思:一是殖民地行政组织对其宗主国的模拟,二是被殖民者对殖民者文化的模拟。② 无论是哪个层面,模拟都体现了被殖民者对殖民者的效仿。这种效仿并不是简单的复制,而是对殖民者的文化习俗、价值、建制等进行反讽的歪曲,运用一种"殖民学舌"的策略,以"杂合文本"的形式表现殖民者的语言文化等。③ 被殖民者一方面接受殖民者的价值观,一方面又保持自己的文化传统,于是模拟便创造出一个"几乎同样但又不相同的差异主体"④,这个差异主体将宗主国的文化变得不伦不类。在此过程中,殖民者对被殖民者的态度是复杂的,陷入一种既希望被模拟又害怕被模拟成功的矛盾态度之中。因为殖民统治有赖于一套似是而非的表征系统,殖民者往往将自己的行政制度套用于被殖

---

① Homi K. Bhabha, *The Location of Culture*, London: Routledge, 1994, p. 204.
② 同①,第 50 页。
③ 同①,第 212 页。
④ 同①,第 86 页。

民国家以达到殖民和同化的目的；而如果被殖民国家真正如此做到了，殖民者便会受到威胁。这种矛盾性是由殖民统治的性质决定的。另一方面，殖民地人民在接受宗主国的文化时也是矛盾的，巴巴多次举了《圣经》在印度被接受时的例子来对此进行说明：一批虔诚的印度天主教徒尽管每年都会在一起读《圣经》，却不愿接受洗礼，也不愿接受圣体，他们将基督教与印度教杂糅在一起了。

　　在应对殖民地文化和少数族文化生存策略的过程中，巴巴对文化多元主义进行了审视。"少数族"（minority）不同于"少数民族"（ethnic minority）。它不仅指数量上少于其他群体的人群，更指那些想要表达自己的观点或维护自己的权利时受到不平等或错误对待的人群。比如移民的后代本是他者，但他们早已被同化于所在的民族，人们无法将其当作"外人"排斥出去，然而他们仍是他者，因为他们没有纯正的血统。少数族似乎永远处在"之外"和"居间"的状态。对于少数族而言，任何的表达方式都是可以变更的，都是协商的结果。因此，巴巴认为，"第三空间"和"文化差异"（cultural difference）的理念在少数族身上体现得最为清晰。

　　巴巴在《文化的定位》中区分了"文化差异"与"文化多样性"（cultural diversity）这两个概念，并将其对立起来，以便看清多元文化主义的本质。文化多样性是经验的、僵化的、传统的、固定的模式、认知或概念，它的自由主义是建立在相对主义之上的，因而它本身就蕴含二元或多元的对立与抗争。也就是说，文化多样性是相对的自由主义，因为各种非主流文化是站在主流文化的立场来评定的。尽管它们之间允许一系列文化的差异与分离，这看似显示出主流文化的包容性、自由性，但其实只是容许非主流文化处于边缘的生存空间，非主流文化也不可能代替或取代主流文化的地位。它们总是以各种不同的身份站在彼此的对立面，可以简单地共存，却不可以融合或以平等的姿态占据共同的生存空间。因此，"文化多样性"这一概念虽然表征文化的整合划一，却也导致各自离弃，成为独自的文化符号。因此，有必要在多元文化主义声张的社会中，去重新认识那些处于弱势的、有意或无意地被列为次要的文化,思考它们应该如何被重新认知、重新发展才能打破根深蒂固的殖民关系。

针对文化多样性造成的文化之间的不平等现象,巴巴提出了"文化差异"这一概念。在他看来,文化差异是新的意义阐释与建立的过程,它可以超越固定的、先入为主的理论框架,促进意义的再生成,因而提供了修缮传统与历史的可能。文化差异提供了一种文化认同观念,比如具体到殖民情景中:宗主国为了灌输某种思想或信仰,不得不将自己的文化进行翻译或转换,以适应殖民地民众的接受能力或范围。在这种殖民统治的过程中,宗主国的文化变得混杂了。从另一方面说,殖民者与被殖民者之间的二元对立已不再被认为是严格的等级关系,而是一种互补关系了。① 反过来说,文化差异是一种针对主导文化同化和转化附属文化的抵制,它尊重那些异质性的、不可调和的历史、身份和习俗。巴巴试图通过强调"文化差异"这一概念,打破传统与历史的偏见与束缚,但他并不否定哪一类文化,而是期盼杂糅的文化出现,希望在不同文化的临界之处或者间隙空间,撷取文化发展的偶然性、矛盾性、混合性,以此对抗二元对立的不可调和性。巴巴认为文化差异的边界交约(borderline engagement)有时是一致的,有时是冲突的,它们可能"证明我们对传统与现代性的定义是错误的,重新调整私人与公众、高与低的通常界限,挑战对发展与进步的标准期望"②。因此,通过文化差异的凸显,一切常规的标准、体系、模式将可能被彻底打破、分解,同时变得具有临时性、流动性及交杂性。那么当今文化在多元文化差异的状态中处于什么位置呢? 巴巴指出,在当今民族极其混杂的世界,民族的纯洁性受到冲击,失去了原先的稳固状态,不同的民族文化不断交接碰撞,于是当今的文化就定位在"这种罅隙性的、居间的混杂地带"③。

---

① 生安锋:《霍米·巴巴的后殖民理论研究》,北京:北京大学出版社,2011 年,第 77 页。

② Homi K. Bhabha, *The Location of Culture*, London: Routledge, 1994, p. 2.

③ 同①,第 79 页。

可以看出,巴巴倾向于建立文化杂糅的话语和知识体系,以解构陈旧的、同质化的多元文化之间的对立。巴巴引用勒内·格林(Renée Green)的楼梯井来描述居中的阈限空间,这种构连上下的连接组织成为一个象征性的符号,彼与此、黑与白、自我与他者等在此阈限值内波动,这种间隙的通道围绕某种固定的身份"开启了一种文化杂糅的可能性"①,这种文化杂糅在没有假定或强加的等级制度下容纳差异。换句话说,差异在文化杂糅中得到接受和认可,并相互融入不同的传统与历史体系中。文化杂糅肯定了差异的价值,是对文化多元主义中同质化因子的抵抗与瓦解。

在巴巴看来,传统之所以为传统是因为它是既定的、历史的,因而显得陈旧而僵化,依赖传统并不能从合法的权力和特权的外缘获得表意的权力。所以巴巴认为,"差异的再现不能被草率地解读为附着于传统的固定碑文中(the fixed tablet)、预先给定的民族或文化特征的反映"②。而从少数族的角度来看,"差异的社会表达是一种复杂的、不断进行的协商"③,在协商之中谋求历史转型时期出现的文化杂糅合法化、权威化。这里巴巴试图通过重新定义差异,将不同的文化内容和文化体系纳入新的考虑范围,认为差异不再是僵化的、固定的对立,而是不断变化的、时刻发生着的一种状态,因而留有协商的余地。在协商的过程中,有关文化的、主体的、身份的表征可以从不同于传统和历史的角度来阐释,从而能够进行新的定位。在巴巴看来,传统对身份的认同占据重要的地位,但并不决定身份的定位。"传统赋予的认可是认同的一部分形式。在重演过去时,它将其他不可估量的文化临时性引入传统的虚构(invention)中。"④就少数族而言,他们本身就具有历史与传统发展的偶然性和矛盾性,他们也将通过重写传统,赋予表意新的力量。因而如果想要建立少数族的话语权或文化空间,就必

---

① Homi K. Bhabha, *The Location of Culture*, London: Routledge, 1994, p. 4.
② 同①,第 2 页。
③ 同①,第 2 页。
④ 同①,第 2 页。

须重新审视传统,在结构上对传统加以再造,并对他者的文化进行结构上的补充。这样的过程将会使原来的身份或已接受的传统得到重新阐释。

霍米·巴巴的理论极大地丰富了后殖民理论,并在世界范围内产生了影响。他的观点基本立足于"居间"和"之外"这两个概念。通过这两个概念,巴巴传达出这样的信息:如今我们处于时间和空间交错之际,我们的时空位置不再固定不变;经过纷繁复杂的变化之后,人们不再纯粹,而是处于相互吸引、相互借鉴的空间之中;无论是出于自愿还是被迫,这种交错混杂已不可改变,于是便产生了"模拟""混杂性""第三空间"等一系列概念。霍米·巴巴以其独特的理论视角表达了对后殖民主义的洞见,这也是其理论不同于其他后殖民理论家的独特之处,在世界范围内产生了一定影响。

三

佳亚特里·斯皮瓦克出生于印度,是当代西方后殖民批评的代表人物之一。在20世纪70年代,斯皮瓦克因将解构大师德里达的《论文字学》(*De la grammatologie*, 1967)引入英语世界而蜚声北美理论界。不同于萨义德和霍米·巴巴,斯皮瓦克的后殖民理论主要立足于女性视角,将后殖民主义与女性主义相结合,从而形成独特的后殖民女性主义理论。作为一位有着第三世界生活经验和文化背景的后殖民主义理论家,斯皮瓦克首先关心的是第三世界,特别是第三世界妇女的后殖民性或后殖民状态。

"属下"(subaltern)是斯皮瓦克后殖民理论的核心概念,对"属下"的论述是她后殖民理论的重要部分。在其文章《属下能说话吗?》中,斯皮瓦克对底层妇女的状况进行了分析,揭示了殖民时期第三世界妇女的失语状态。"属下"一词源自安东尼奥·葛兰西(Antonio Gramsci)在《狱中札记》(*Prison Notebooks*, 1975)中的阐释,用来特指"意大利南方没有组织起来的非精英或处于从属地位的乡下农民。他们没有社会或政治的团体意识,臣服于国家的政治、文化的统治"①。印度属下研究小组扩展了这个概念,用来指"南亚社会中从属群体的普通属性,不管它是根据阶级、种姓、年龄、性别和职务,还是根据任何其他方法来进行表述"②。而斯皮瓦克的"属下"概念所指涉的则是"知识暴力所划分出的封闭地区的边缘(人们也可以说是沉默的、被压制声音的中心),文盲的农民、部落人、城市亚无产阶级等最底层的男男女女们"③。

斯皮瓦克的"属下"和前两种历史语境中的"属下"在内涵上有一定的共性,即他们都处于从属地位。不同的是,斯皮瓦克关注的是受殖民统治和精英统治支配的属下,以及他们在结构上的异质性。属下不具有社会流动性,由各种在差异性关系(如阶级、区域、语言、民族、宗教、性别等等)中处于从属地位的个人或群体构成。在后殖民语境中,一切受限而无法进入文化帝国领域的都是属下,因此属下处于"差异的空间"(a space of difference)④中。斯皮瓦克尤其关注属下构成中的性别差异。她坚持从差异性的角度关注和研究属下群体中弱势妇女的历史,强调与属下研究小组关注焦点的不同。在斯皮瓦克看来,属下研究应该丰富其内涵上的性别差异。她认为在男权社会的属下群体里,女性受到殖民主义和男权主义的双层压迫。

由于缺乏独立表征自身意识和话语的方式,属下具有他者性,只能处于"被别人说"的状态。他们所遭受的知识和文化暴力,以及知识分子(西方知识分子和本土精英)的共谋将他们建构为绝对他者。葛兰西笔下的属下"自愿"接受文化霸权的专制统治。⑤ 由拉纳吉特·古哈(Ranajit Guha)为代表的印度属下研究小组(根据马克思主义的

---

① 关熔珍:《斯皮瓦克研究》,成都:四川大学出版社,2007年,第164页。

② R. Guha and G. C. Spivak, eds., *Selected Subaltern Studies*, New York: Oxford University Press, 1988, p. 35.

③ 加亚特里·查克拉沃尔蒂·斯皮瓦克:《属下能说话吗?》,载罗钢、刘象愚主编,《后殖民主义文化理论》,陈永国等译,北京:中国社会科学出版社,1999年,第102页。

④ 同③,第417页。

⑤ 曹莉:《史碧娃克》,台北:台湾生智出版公司,1999年,第133页。

观点）认为,在反殖民斗争中做出重大牺牲的属下之所以被排除在他们自己历史的意识主体之外,是因为精英意识的特权凌驾于他们的意识之上。① 斯皮瓦克认为,这种属下失语症更多地存在于底层妇女中,她们的主体意识总是遭到帝国主义霸权和男权统治的双重遮掩。她以印度历史上的寡妇殉夫自焚习俗为切入点,分析不同时期的殉夫个案,揭示底层女性在帝国主义霸权和男权统治的双重遮掩下他者化的过程。

　　"殉夫自焚"指的是历史上印度寡妇为完成作为妻子的真正职责,在丈夫的葬礼上以柴堆自焚。英国对这一仪式的废除（在白人社会里）通常被理解为白人男性将有色女性从有色男性手中解救出来的一个典型案例。印度本土男性霸权推崇寡妇自焚殉夫习俗,塑造妇女的贞洁原型,认为这些寡妇真心赴死。例如,拉宾德拉纳特·泰戈尔（Rabindranath Tagore）在献给"自我献身的孟加拉祖母"的诗里就流露出对这些女性选择的支持。几个世纪前的孟加拉地区也流行这个习俗,主要是因为这里的寡妇在没有儿子的情况下可以继承财产,而家庭的其他成员为剥夺其经济权利,想尽办法逼迫她们在亡夫火葬场上自杀。这是底层妇女殉夫的外部压力的一个重要表现,那么她们的内在压力又在何处呢? 印度宗教典籍如《达摩经》一般是谴责自杀行为的,但不包括寡妇殉夫,因为这个习俗已经不属于自杀范围而是已经合法化、正常化。"只要女人不在丈夫逝世时于火中自焚,她就永远不能[在生死轮回中]解脱自己的肉身。"②这是来自宗教教义对底层妇女意识形态上的主宰,伴随而来的是强大的意识暴力,即妇女们只有在亡夫火葬场上自焚才可以解脱自己的女性肉身,这就间接意味着女性的肉身代表着不幸、代表着不能转世为人。对此,斯皮瓦克指出,男性一直主导着性别意识形态的建构,他们把寡妇殉夫解释为英雄故事,

①　R. Guha and G. C. Spivak, eds., *Selected Subaltern Studies*, New York: Oxford University Press, 1988, p. 77.

②　加亚特里·查克拉沃尔蒂·斯皮瓦克:《属下能说话吗?》,载罗钢、刘象愚主编,《后殖民主义文化理论》,陈永国等译,北京:中国社会科学出版社,1999 年,第148 页。

并且在流传的过程中,他们的男性意识促使主体和意识形态再次构建。与此同时,斯皮瓦克自称为"后殖民妇女知识分子",并在立场上与印度本土的男性精英保持距离,因为他们是对他者感兴趣的第一世界知识分子的本土信息提供者(native informant),有配合帝国话语的嫌疑。

　　19 世纪初,印度殖民和本土历史档案再现的舍摩国王妃是一个比较典型的殉夫个案。王妃夹在家长制和帝国主义之间,处于典型的艾可模式困境中。即使"自愿"遵循父权制下的殉夫习俗,她最后也只能受控于帝国权力代理人,承担起监护年幼国王的责任。她作为女性的主体意识在这种困境中被成功抹去。她被殖民主体和父权主体书写在档案中,只因为她服务于特定的目的,而且记录中常常抹去她的名字:"光芒皇后""日之光"等侵犯妇女的代号被用来书写殉葬者名单,而东印度公司则会用一个头衔或模糊的名字如"舍摩国王妃"来称呼她。① 属下他者化,并不意味着他们完全没有主体意识,而是由于其意识被排除在外而呈现出消失状态。"殉葬例子作为妇女身处帝国主义的例证,将挑战,也将解构主客体之间的这一对立,并且,用并非沉默和不存在的东西,即一个主客体地位之间的极端绝境,标识出消失的位置。"②其中一个比较极端的个案是在经期自杀的年轻女孩布巴尔内斯瓦,"她尝试通过她的身体变为女性/书写的文本来'说话'"③。然而,由于合法的制度背景的缺席,她的抵抗终究无法被认同。她被解读为重写的殉夫自杀的社会文本(属下十分看重这一仪式),甚至同为底层的女性也参与了对她的噤声,认为她的死出于私情或者对她的死不感兴趣。因此布巴尔内斯瓦"不能说话"不是强调她"没有说话",而是她的声音(意识)被排除在外——没有有效的制度背景,抵抗得不到承认。

　　属下意识的再现,是摆在斯皮瓦克面前的一个伦理困境和一个方

---

　　① 佳亚特里·斯皮瓦克:《后殖民理性批判——正在消失的当下的历史》,严蓓雯译,南京:译林出版社,2014 年,第 241—243 页。
　　② 同①,第 316 页。
　　③ 同①,第 320 页。

法论上的挑战。作为西方学术界的后殖民主义知识分子,她自觉有责任以一种合适的方式倾听属下发出的声音,再现属下意识。

首先,斯皮瓦克所倡导的后殖民批评在伦理学上的本质是"自我"与"他者"真正的平等对话的关系。后殖民批评主体不是充当殖民主体的代言人,而是让殖民主体发出自己的声音,并倾听他们的声音。斯皮瓦克在《后殖民理性批判:正在消失的当下的历史》(*A Critique of Postcolonial Reason: Toward a History of the Vanishing Present*, 1999)中承认她"激动的哀叹:属下不能说话!"是"一个失策的评语"①,并且指出属下不是不能发出声音,而是他们的声音没有被聆听。斯皮瓦克期望通过殖民批评实现这样一种政治伦理关系:只有属下能够被倾听,他们才能够发出自己的声音。

其次,在方法论上,斯皮瓦克致力于寻求一种有别于西方知识分子和本土精英的方法来触及属下的生活与历史,再现属下意识。斯皮瓦克既不像德里达那样明确地以"承认"他者来同化属下,也不像福柯和吉勒·德勒兹那样致力于代表属下发声;她认为这是西方知识分子作为新的权力中心和压迫主体,以对属下的盗用、侵占和压制性再现抹除了属下的他者性。对于属下研究小组利用有限的殖民时期档案重写印度殖民史以实现让属下发出声音的尝试,斯皮瓦克指出,他们所依据的史料无一不受到殖民话语的污染,或无一不带有民族主义精英分子的思想烙印,而且他们在承认男性臣属主体的同时,掩盖了属下内部的性别差异,使得他们无法触及纯粹的属下意识。因此,作为一个西方学术界的后殖民主义知识分子,斯皮瓦克在再现属下意识时十分警惕自己对属下异质性和他者性可能的忽视。斯皮瓦克认识到,"作为后殖民理论家,对从属者的历史噤声,必须承认自己是这种噤声的共犯,才能更有效地、长远地反省这个问题……作为后殖民移民调查者,必然身受殖民社会构成的影响"②。只有认识到这种与属下群

---

① 佳亚特里·斯皮瓦克:《后殖民理性批判——正在消失的当下的历史》,严蓓雯译,南京:译林出版社,2014 年,第 308 页。

② 同①,第 320 页。

体可能的认知断裂,才能真正理解属下意识,让属下为自己发声而不是试图干预并代表属下意识。

对属下的关心正是斯皮瓦克的后殖民理论研究的重点。她始终致力于理解属下,再现属下主体意识,以削弱帝国主义的文化霸权。属下的异质性和他者性言说了属下的双重意义,揭示了属下意识被遮蔽的原因。斯皮瓦克所指涉的属下不具有社会流动性,由在各种差异性关系中处于从属地位的个人或群体构成。她坚持从差异性的角度关注和研究属下群体中的弱势妇女历史,丰富了属下内涵中的性别差异。属下的他者性指的是属下由于不具有社会流动性或者没有独立的自身意识和话语,只能处于被西方知识分子和本土精英言说的状态。而属下他者化并不是斯皮瓦克对属下意识的有意回避,而是由于没有有效的制度背景,属下没有认同的立场(他们的抵抗声音得不到承认)。

最后,作为西方学术界的后殖民主义知识分子,斯皮瓦克十分强调并关注属下的异质性和他者性,警惕与属下群体可能的认知断裂,致力于再现属下意识。正如斯皮瓦克所说,"在殖民生产的语境中,如果属下没有历史、不能说话,那么,作为女性的属下就被更加深地掩盖了"[1]。正因如此,才需要揭示属下妇女受双重话语压制而失声的特殊处境。斯皮瓦克希冀通过重新挖掘历史事实,并且通过叙事来凸显那些被压抑的声音。

被边缘化的属下妇女无法为自己言说,而西方女性主义妄想作为非属下的中介代替她们发声,让世界听到她们的声音。然而这种声音是从西方文化社会过滤出来的,已经被帝国主义和男性主义意识重新编码过,失去了其纯粹的属下妇女意识,故而不是真正的属下妇女的声音。斯皮瓦克认为,西方女性主义话语就是主流文化的一部分,其中包含了殖民霸权意识形态,要警惕这种主流话语代替从属阶层的话语。她对西方女性主义批判的主要观点发表在《在国际框架里的法国

---

[1]　加亚特里·查克拉沃尔蒂·斯皮瓦克:《属下能说话吗?》,载罗钢、刘象愚主编,《后殖民主义文化理论》,陈永国等译,北京:中国社会科学出版社,1999年,第125页。

女性主义》("French Feminism in an International Frame", 1981)和《三位女性的文本与对帝国主义的批判》("Three Women's Texts and a Critique of Imperialism", 1985)两篇文章中。

在《在国际框架里的法国女性主义》中,斯皮瓦克从第三世界女性的视角批判了法国女性主义的代表人物朱莉娅·克里斯蒂娃(Julia Kristeva)和埃莱娜·西克苏(Hélène Cixous)的观点,并指出,以法国女性主义为代表的第一世界的女性主义对第三世界女性有一种殖民主义观点:西方女性主义一方面反抗父权社会以争取女性的主体地位,另一方面以西方白人的身份研究第三世界的妇女。在斯皮瓦克看来,西方女性主义不摆脱白人文化的意识和放弃白人女性的优越感,就难以看到第三世界女性的真实处境;实际上,她们的殖民话语巩固了西方中心论。

斯皮瓦克立足于第三世界妇女知识分子的身份,从种族和性别的双重视角分析属下妇女如何在殖民主义和民族主义的双重压迫中失去女性主体构建的自我意识,揭示了西方女性主义替代第三世界妇女说话的不当,并且通过对西方经典女性小说文本的重读,挖掘出了其中的帝国主义意识和殖民话语。她的这种解读拓宽了女性主义批评的视野,丰富了后殖民批评理论,也使得她成为一位颇具影响力的文学批评家和独树一帜的后殖民女性主义批评家。

第四节

伊莱恩·肖瓦尔特、艾丽斯·沃克等:女性主义[①]

经过两次女性主义浪潮的洗礼,女性获得了平等的政治权和选举权。因此,20 世纪 80 年代以来,女性对于政治层面的平等自由的追求比较平缓和温和,重点放在了文化和精神层面的自由和解放,开始从

---

① 本节由龙娟、刘蓉等撰写。

观念和精神层面追求平等。这一时期的女性主义文学理论，与之前的相比有许多突破。伊莱恩·肖瓦尔特（Elaine Showalter）和艾丽斯·沃克（Alice Walker）等是这一时期比较突出的女性主义者。

一

　　伊莱恩·肖瓦尔特1941年生于美国马萨诸塞州波士顿，1970年获加利福尼亚大学戴维斯分校博士学位，同年开始在瑞特格斯大学的道格拉斯学院执教。20世纪70年代，她积极参与研究英语学科中的妇女问题。她是美国当代著名女性主义理论家和文学评论家。从20世纪80年代至今，她笔耕不辍，发表了大量女性文学批评著作，对英美女性主义文学批评的形成和发展起到不可或缺的作用。

　　伊莱恩·肖瓦尔特的职业生涯和事业成就几乎与美国女权主义的发展同步。她对美国女权主义批评的最大贡献和理论成就是寻找女性文学传统、构筑女性文学大厦、创立"女性中心批评"（gynocritics）和倡导女性文化。她理清了"女性中心批评"理论与"女权批判"的关系，运用自己的理论发掘了一大批被湮没的女性作家并进行了理论分析。

　　肖瓦尔特发现，早期的女性作家在试图走出家庭、参与社会生活的过程中，受到传统批评标准和长期垄断话语权威的男性力量的贬低与拒斥，作品的价值未得到应有的肯定。面对这种情况，肖瓦尔特等一批女性主义批评家提出了重构批评标准的构想。肖瓦尔特认为，所谓的"普遍标准"事实上是基于男性经验和男性作品的男性批评标准，并非全人类通用的标准，因而女性主义批评应当从女性自身的作品出发，发掘女性文化传统，构建自己的批评标准，对传统文学批评进行拆解。

　　肖瓦尔特认为，女性主义批评理论的产生必须基于对女性文学作品的研究，女性主义批评理论与女性文学史相互依托。肖瓦尔特对女性文学史的研究成果主要体现在《她们自己的文学：从勃朗特到莱辛的英国女性小说家》（*A Literature of Their Own: British Women Novelists from Brontë to Lessing*，1977，下文称《她们自己的文学》）和《姐妹们的选择：美国女性写作中的传统和变化》（*Sister's Choice: Tradition and Change in American Women's Writing*, 1991)两本书中。对女性主义文学的构建和对传统文学的解构是肖瓦尔特文学批评的核心。

肖瓦尔特呼吁恢复女性作家在文学史中的合法地位,并从寻找和阐释女性作家被湮没了的作品入手,挖掘出女性自己的文学传统,建立女性自己的文学批评体系。《她们自己的文学》重新阐释了被湮没在英国文学史上的 200 多位女性小说家及其作品。她写这本书以期描述"从勃朗特时代起到当今英国小说中的女性文学传统,同时指出这一传统的发展与任何文学亚文化(subculture)如何相似"①,从而填平文学里程碑之间的空隙和断裂。她根据文学亚文化的共性,将英国女性文学传统的形成分为三个阶段:(1)女性特征的(Feminine),以女作家模仿占主导地位的男作家为主要特点;(2)女性主义的(Feminist),开始有意识地反抗男性文学的标准和价值;(3)女性的(Female),即女性自我发现和寻找自我身份阶段。

正如托莉·莫伊(Toril Moi)所评价的那样:"《她们自己的文学》是一座名符其实的信息金矿,贮藏了这一时期大量的女作家的信息。"②这不仅是对女权主义文学理论的贡献,更是对整个人类文学史的贡献。这本书从文化层面对女性文学进行研究,强调女性传统的独特性,使女性文学找到了自己的传统和独特价值,从而使得女性文学传统的研究有了更广泛的领域。

《她们自己的文学》倾向于概括地谈论肖瓦尔特的理论构想,真正系统地阐述理论的是她的两篇论文:《走向女权主义诗学》("Towards Feminist Criticism", 1979)和《荒原中的女权主义批评》("Feminist Criticism in the Wilderness", 1981)。《走向女权主义诗学》将女权主义文学批评分为两大类:女权批评(feminist critique)和女性中心批评。肖瓦尔特指出,女权批评关注的是作为读者的女性,即"作为男人

---

① Elaine Showalter, *A Literature of Their Own: British Women Novelists from Brontë to Lessing*, Princeton, NJ: Princeton University Press, 1977, p. 11.

② 托莉·莫伊:《性与文本政治:女权主义文学理论》(第 2 版),卢婧洁、杨笛译,南京:江苏凤凰教育出版社,2017 年,第 72 页。

创造的文学作品的消费者"①。她称这种方法可以提醒读者注意到给定文本中的女性"性符码"意味，而且和其他形式的批评一样，这种方法是基于文学现象的意识形态背景和历史思维的，其主题包括文学作品中的女性形象、文学批评对女性的忽视和扭曲，以及男性在文学史上的种种疏漏。而女性中心批评则是关注作为作家的女性，即"研究作为生产者的妇女，研究由妇女创作的文学的历史、主题、类型和结构"②。它的主题包括女性创造力的心理动力学、语言学和与女性语言相关的问题，女性作家个体或群体的文学生涯轨迹、文学史，以及对特定女性作家作品的研究。因为英语中找不到现成的词可用来概括这一范畴，肖瓦尔特采用了一个法语词汇 La gynocritique 来表示。

　　肖瓦尔特在《荒原中的女权主义批评》中运用众多事实论证理论缺失的弊端，正式提出女性主义文学批评"必须找到自己的题目，自己的体系，自己的理论，自己的声音"③。她从创作内容的角度对女性文学进行了划分，将其分为四种模式，即女性写作与女性身体、女性写作与女性语言、女性写作与女性心理、女性写作与女性文化。"从女性写作与女性语言来看，她所看到的问题关键不在于语言是否足以表达女性意识，而在于女性能否达到充分运用语言手段的权利，沉默、婉转、曲折的思想言说都不是因为新的语言需求，而是女性能否从语言的桎梏中走向更为开阔的空间。"④肖瓦尔特十分赞同女性文化理论的研究，在其论述中引入了埃德温·阿登那（Edwin Ardener）的"女子文化模型"，解释了在文化和现实生活中，由女性构成的沉默群体与由男性构成的主导群体之间的关系。肖瓦尔特进一步指出，"写作的女子既不在男性传统之内，也不在男性传统之外，她们同时在两种传统内"⑤。因

---

① 伊莱恩·肖沃尔特：《走向女权主义诗学》，载周宪、罗务恒、戴耘编，《当代西方艺术文化学》，北京：北京大学出版社，1988 年，第 345 页。

② 同①。

③ 伊莱恩·肖沃尔特：《荒原中的女权主义批评》，韩敏中译，载王逢振、盛宁、李自修编，《最新西方文论选》，桂林：漓江出版社，1991 年，第 274 页。

④ 同③，第 269 页。

⑤ 同③，第 277 页。

而，她们的创作也表现出了"双重话语"的特点，即同时体现出男性和女性双重的社会、文学和文化传统。这两篇论文意义深远，组成了肖瓦尔特的主要理论框架，奠定了她在文学批评领域中的地位。

随着女性主义批评的不断发展，特别是在后现代语境里，肖瓦尔特同质的、统一的女性概念受到了种族、阶级、第三世界等群体的质疑。这引起了她的反思，反思成果主要体现在她《我们自己的批评：美国黑人和女性主义文学理论中的自主和同化现象》（"A Criticism of Our Own：Autonomy and Assimilation in Afro-American and Feminist Literary Theory"，1989）一文中。在这篇文章中，她对女性主义批评的发展阶段进行了更加细致的划分，如 20 世纪 70 年代末的后结构主义女性主义文论、80 年代末兴起的性别理论等。她开始关注种族问题，并对自己的理论进行了补充和完善。

肖瓦尔特于 1985 年出版的《女性之病：妇女、疯狂与英国文化，1830—1980》（*The Female Malady: Women, Madness, and English Culture, 1830-1980*）虽然不是文学批评专著，但对英国文学的研究仍然有所深化。这部著作是女权主义批评在文化领域的延伸。在书中，肖瓦尔特借用精神病学与文化理论，思索了英国文学、文化传统中女性生理和心理上的关联。肖瓦尔特于 1991 年出版的《姐妹们的选择：美国女性写作中的传统和变化》被看作英美派女权主义批评第三阶段的代表作之一。该书的一个重要变化是注意了以前女权主义批评所忽视的种族因素，书名中的"姐妹们的选择"就是美国黑人妇女缝被子时的一种图案。肖瓦尔特在书中强调，因种族不同，确实存在不同的妇女文化，并高度赞扬美国女性创作产生了美国女性自己的文学。她的这些研究显示，女权主义批评进入了跨学科的文化研究领域，"性别诗学"研究也得到深入开展。

在美国女性主义批评发展史上，肖瓦尔特起到了承上启下的作用，她的研究极大促进了西方女性主义批评理论的发展与流变。通过研究肖瓦尔特及其女性中心批评思想，一方面我们能更加了解美国女性主义的发展，另一方面我们能从她的女性主义理论中获取智慧，从而深化对女性主义的思考："如果女性运动教给了我们什么东西的话，那就是：我们必须共同分担家务，但也必须都有机会去凝望星空。"①

二

近年来，艾丽斯·沃克的黑人女性意识逐步受到学界的关注，她提出的妇女主义思想是众多学者的关注热点。然而，学术界对她表现出两种不同的态度：一种持赞誉之词，另一种则挟攻击之势。

埃米莉·M. 汤斯(Emilie M. Townes)在《我灵魂的折磨：关于邪恶和痛告的妇女主义观点》(*A Troubling in My Soul: Womanist Perspectives on Evil and Suffering*, 1993)一书中对艾丽斯·沃克这一思想做了深入研究。在汤斯看来，妇女主义不但解释了非裔女性的生存理想，也关注和评价了男性以及两性的和谐共处。这是妇女主义对女性主义批评中性别冲突焦点所体现的包容性。图兹莱恩·吉塔·阿兰(Tuzyline Jita Allan)在其专著《妇女主义与女性主义美学》(*Womanist and Feminist Aesthetics*, 1995)中提出，妇女主义是"身份形成"(identity formation)模式的主线。她指出，艾丽斯·沃克既表现出与自己所尊重的白人女性作家艾德琳·弗吉尼亚·伍尔夫(Adeline Virginia Woolf)和玛丽·弗兰纳里·奥康纳(Mary Flannery O'Connor)之间的差异，同时又保持着自己与她们的联系。

在 1975 年发表的散文《寻找母亲的花园》("In Search of Our Mothers' Gardens")中，艾丽斯·沃克将人生经历和意识形态与自己的创作密切相连，在用黑人女权主义剖析性别、种族和阶层对黑人女性压迫的基础上，创造出"妇女主义"(womanism)一词，提出自己的妇女主义思想：

妇女主义者……是一位黑人或有色人种的女性主义者，

---

① 埃琳·肖沃特：《女性主义文学批评的革命》，载王政、杜芳琴主编，《社会性别研究选译》，北京：生活·读书·新知三联书店，1998 年，第 142 页。

通常具有不同寻常的、有冒险精神的、大胆的或不受拘束的行为。他/她有责任心、负责任、认真;爱其他女性(以性爱或非性爱的方式)……也会爱具有独立个性的男人(以性爱或非性爱的方式);对人类(男女包括在内)的生存与整体完整负有责任……非分裂派……不同肤色的种族就像一个花园,各种颜色的花都会在这里开放……妇女主义者和女性主义者的关系,有如紫色和薰衣草的关系。①

作为黑人女性主义文学理论的一个重要概念,艾丽斯·沃克的"妇女主义"是一种理想的女性生存状态,是来自有色人种女性的智慧。与白人中产阶级的女性主义不同,沃克的妇女主义修正了主流女性主义理论中对有色人种女性的忽视,强调女性主义的差异性和多元性,将有色人种女性的传统继承与姐妹情谊内化到男性与女性和谐共处的理想之中,以实现完整意义上的人类和谐共存。艾丽斯·沃克的妇女主义思想确立了她在黑人女权主义批评理论阵地上的中坚地位。

艾丽斯·沃克在文学创作中首先凸显其强烈的女性主体意识与女性经验,将其妇女主义思想融贯于美国黑人及其他少数族裔女性精神成长的始终,强调女性互助的姐妹情谊和女性传统的继承。

除了艾丽斯·沃克的妇女主义思想,斯皮瓦克的后殖民女性主义批评影响也极为深远。斯皮瓦克的研究范围十分广博,不仅仅研究后殖民主义,还涉及对马克思主义、后结构主义、解构主义、女性主义等的解构批评;但其理论的论述并非从单一角度入手,而是各有交叉,互为基础。她的后殖民批评方法主要受到马克思主义、福柯和德里达的解构主义以及女性主义的影响,由此形成了她独特的理论思想。其他后殖民理论家只注意到西方文化与第三世界文化的二元对立,而斯皮

---

① Alice Walker, "In Search of Our Mothers' Gardens," in *The Norton Anthology of African American Literature*, edited by Henry Louis Gates, Jr. and Nellie Y. Mckay, New York: W. W. Norton & Company, 1997, p. 152.

瓦克的后殖民女性主义批评方法与此不同。她视角丰富,引入了性别这一视角,关注处在边缘的第三世界妇女。西方的女性主义以一种全世界的姐妹情谊概括第三世界妇女的差异,斯皮瓦克也与此不同,她强调在解构性别二元对立的同时尊重和重视种族差异。她揭示 19 世纪经典的第一世界女性作品包含了对第三世界妇女的殖民话语,批判以法国女性主义为代表的西方女性主义试图代替第三世界妇女发声,以此实施帝国主义的殖民。从其专著和论文中,我们发现斯皮瓦克注意到第三世界妇女受到来自父权社会和西方殖民者的双重压迫,她们的主体建构被男性和西方殖民者掌控,因此这些妇女不能发出自己的声音,或发出的声音被掩盖。第三世界的属下阶层处在受帝国主义压迫的边缘地带,而附属于这个阶层的女性更是被双重边缘化,她们深受西方帝国主义殖民话语和本土男权中心话语的抑制和迫害,根本没有为自己言说的可能。斯皮瓦克通过重新建构来挖掘历史事实,通过叙事重新发出被压抑的声音,以此来揭示属下妇女受双重话语的压制而失声的特殊处境。

“在父权制与帝国主义之间、主体建构与客体形成之间,妇女的形象消失了,不是消失在原始的虚无之中,而是消失在一种疯狂的往返穿梭之中,这就是限于传统与现代化之间的‘第三世界妇女’被位移的形象。”[1]在殖民主义和男权主义的双重压迫下,属下妇女失去建构自身主体的机会,反而被构建成了西方帝国主义边缘地带和本土男权社会的他者,一度处在失语当中。这也再度回应了属下不能言说,尤其是属下阶层里的女性不能言说的现实。

斯皮瓦克批判西方的女性主义者和西方殖民者共谋,企图代替第三世界的女性发声,认为她们看似站在女性的角度代表女性说话,其实植入了西方帝国主义的殖民话语,将第三世界妇女视为西方主流社会的他者。西方女性主义者一方面反抗父权社会,解构性别的二元对

---

① Alice Walker, "In Search of Our Mothers' Gardens," in *The Norton Anthology of African American Literature*, edited by Henry Louis Gates, Jr. and Nellie Y. Mckay, New York: W. W. Norton & Company, 1997, p. 156.

立,争取女性的主体地位;另一方面带着西方白人的视角研究第三世界妇女,掩盖她们的种族特异性。斯皮瓦克在《在国际框架里的法国女性主义》一文中,从第三世界女性的视角批判了法国女性主义的代表人物朱莉娅·克里斯蒂娃和埃莱娜·西克苏对第三世界妇女的书写,揭露了以法国女性主义为代表的第一世界的女性主义对第三世界女性持有的殖民主义观念。克里斯蒂娃 1974 年来到中国,面对广场上来听讲座的妇女,她首先想到的是自己与她们的不同,用西方白人的视野来观察这群异样的妇女。此外,她在研究中国妇女时缺乏第一手资料,仅仅依靠西方汉学家的研究成果,根据别人的文选译本和论文里所介绍的女人的生平,直接接受了弗洛伊德关于"前俄狄浦斯"阶段的结论,没有具体分析这个结论是否适合中国妇女。在这个过程中,她体现了自己的西方文化优越感,她的女性身份和第一世界的视角交织在一起,把第三世界的女性他者化了。此外,她论述中国文化时采用了模糊的过去时而不是现在时,①将道听途说的资料作为论据,不免过于蔑视东方的文化,也更加暴露了居高临下的西方中心主义姿态。因此,斯皮瓦克批判她这样不仅不能质疑西方男性中心论,反而给第三世界女性增加压迫感。

斯皮瓦克重读了 19 世纪到 20 世纪的几部经典西方女性作品,挖掘出小说中的帝国主义殖民话语,追踪被殖民者是如何被塑造成妖魔和野兽形象的。在《三位女性的文本与对帝国主义的批判》中,斯皮瓦克从后殖民女性主义的立场重读了夏洛特·勃朗特(Charlotte Brontë)的《简·爱》(*Jane Eyre*, 1847)、琼·里斯(Jean Rhys)的《藻海无边》(*Wide Sargasso Sea*, 1966)和玛丽·雪莱(Mary Shelley)的《弗兰肯斯坦》(*Frankenstein*, 1818),指出这些女性小说文本中流露出帝国主义的意识形态话语和殖民主义的叙事倾向,从而使得这些西方女性文本与帝国主义的殖民话语形成一致。

---

① 佳·查·斯皮瓦克:《在国际框架里的法国女性主义》,刘世铸译,载张京媛主编,《后殖民理论与文化批判》,北京:北京大学出版社,1999 年,第 81 页。

　　不同于以往对《简·爱》的文学批评,斯皮瓦克认为单独从女性主义理论的视角去研究此小说会忽视其中的帝国主义因素。在小说对女主人公简·爱和疯女人伯莎·梅森的描写中,前者代表着敢于追求个人幸福和平等自由的白人女性,并被大力赞扬,而后者被妖魔化处理:伯莎人兽不分,四肢匍匐,抓扯着、嘶叫着,头发灰白,蓬乱得像马鬃一样。这样的描写处理源于伯莎来自被英国殖民的牙买加,是帝国主义的他者,而这正体现了欧洲人对他们眼中尚未人类化的他者的种族偏见。此外,从家庭/反家庭的二元对立来解读小说的情节发展,可以发现简·爱本是作为反家庭的成员,到故事结尾却又回归了家庭。伯莎放火烧房子再自杀之后,简·爱和罗切斯特组成的家庭才是合法的,此时牺牲了疯女人伯莎才成就简的女性光辉。把第三世界的女性边缘化和他者化,第一世界的女性才得以实现个人的价值,"这是帝国主义原则的意识形态,也是简从反家庭的立场转移到合法家庭的立场"①。

　　在《藻海无边》中,琼·里斯把《简·爱》里的伯莎改写成一个具有批判帝国主义的理智的非精神病患者,并试图说明导致其暴力行为的并不是她兽性大发,而是罗切斯特的压制。斯皮瓦克肯定了她对伯莎反抗性命运的改写,但这种重写与殖民话语不知不觉中形成了一种对抗与认同的关系,因为边缘阶层是不可能得到西方帝国主义的允许来发言的,他们本是被帝国主义殖民剥夺的他者,在经典文本重新改写中,他们又变成帝国主义巩固自身的他者。

　　斯皮瓦克也挖掘出《弗兰肯斯坦》中大量的帝国主义情感,如弗兰肯斯坦不肯为他造出的怪物再造出一个伴侣,因为怪物不能像人一样组成家庭繁衍后代,这有违社会的文明。小说中的亨利·克勒瓦尔本决心要精通东方各种语言,以有助于欧洲的殖民和贸易进步;尽管弗兰肯斯坦造出的怪物拥有同样的认知水平,但它还是受到了周围人的

---

　　① Gayatri Spivak, "Three Women's Texts and a Critique of Imperialism," in *Postcolonial Criticism*, edited by Bart Moore-Gilbert, G. Stanton and W. Maley, London and New York: Longman, 1997, p. 151.

排斥。斯皮瓦克批判西方女性的文本在人物的塑造上不同程度地体现了帝国主义的话语霸权,而这种霸权根源于帝国主义国家的历史,文学家想要发现帝国主义的知识暴力线索就需要转向对其统治档案的研究。斯皮瓦克立足于第三世界妇女知识分子的身份,从种族和性别的双重视角分析出属下妇女如何在殖民主义和民族主义的双重压迫中失去女性主体构建的自我意识,揭示了西方女性主义妄想替代第三世界妇女说话的企图,并且通过对西方经典女性小说文本的重读,挖掘出其中的帝国主义意识和殖民话语。她的这种解读为女性主义批评扩宽了视野,丰富了后殖民批评理论,也使得她成为一位颇具影响力的文学批评家和独树一帜的后殖民女性主义批评家。

三①

当今世界十分流行的生态女性主义文艺批评理论对女性的社会存在以及女性与自然之间的关系,提供了一种新的批评视角,将女性主义理论又向前推进了一大步。

"自然"和"女性"都是在历史中形成的概念。在认识和理解自然与女性之隐喻关系的时候,我们需要对人类社会的自然环境和文化环境进行综合、全面的考察——正是人类文化观念及与之相应的行为导致了女性成为"第二性",导致了自然的"退隐"乃至"死亡"。

在人类与自然的漫长联系中,如何看待自然的形象始终处于人类观念世界的核心地位,因为它能够对人类开发利用自然的过程产生深远的影响。然而,人类对待自然的态度和观念往往是人类对待自我的态度和观念向外部世界延伸的结果,它直接折射出人类内部关系的复杂性。人们的隐喻思维方式使人们看到了自然和女性之间的关系。

将自然比喻为女性,这对于自然来说与其说是福音,还不如说是悲剧。在历史和现实生活中,女性长久以来都是被男性压迫和征服的

---

① 本部分内容主要来自龙娟:《自然与女性之隐喻的生态女性主义批评》,《湘潭大学学报(哲学社会科学版)》2007 年第 2 期,第 71—74 页。

对象。妇女与自然的联系自古就存在,这种联系在人类社会文化、语言和社会历史中得到延续。20世纪出现的妇女解放运动和生态环境保护运动进一步将这种联系戏剧化。

生态女性主义是妇女解放运动与生态环境保护运动在20世纪中期以后逐渐结合的产物,是兴起于法国资产阶级革命过程中的女性主义思潮的进一步发展。生态女性主义的基本特征在于,它除了致力于社会变革之外,还把追求社会变革的政治努力延伸至女性与自然的关系问题上,试图用新的视角分析和探讨女性和自然之间的关系,进而对歧视、压迫女性和掠夺、征服自然的人类行为进行全面、深入的揭露和批判。

生态女性主义者既是妇女解放理论的坚定倡导者,也是生态环境保护运动的积极支持者。他们不仅要将妇女从人类社会的传统文化思想和经济观念中解放出来,而且要把大自然从受人类盲目支配的地位中解放出来。生态女性主义者拥有男女平等的政治观念,同时持有现代环境伦理学所倡导的价值观。他们抨击和摈弃支配妇女和大自然的陈腐观念,构建新的价值体系和新的社会结构,试图在男女之间建立平等、互尊、互爱的关系,同时呼吁人类与环境和谐相处、同生共荣。

在生态女性主义看来,女性之所以要积极投身于保护地球生态平衡的运动,一方面是因为环境污染对妇女的损害比对男性更大,另一方面在于女性的性格和环境、生态有着特殊的联系。女性的温柔、慈爱和无私更加接近大自然养育人类的特性。如果能够更多地从女性的角度来看待环境问题和生态危机,将有助于人们深化认识和走出困境。同时,女性遭男性奴役而沦为"第二性"的过程与大自然因为受到人类的无情掠夺而"祛魅"的过程具有惊人的相似性。

一直以来,在根深蒂固的男权主义思想的驱动下,人类在构建将自然等同于女性的比喻时表现出一种狭隘的人类中心主义立场,结果使人类赖以生存和发展的大自然在人类社会文明前进的车轮下变得面目全非、伤痕累累。机械论以及与之相应的征服、占有自然的行为使大自然在文学中沦为从属的、被动的形象,类似于被男性征服和占有的女性形象:"对地球的一切形式的强奸,已成为一种隐喻,就像以种种借口强奸妇女一样。"①因而有些女性主义者开始探讨环境问题与妇女问题之间的内在联系,并分析女性在缓解环境问题方面的地位和作用,于是生态女性主义便应运而生。

生态女性主义将妇女在社会上被压迫、征服和占有的地位与当今的环境问题联系起来,从而为解放妇女、提高妇女地位找到了新的更有力的依据。生态女性主义指出,压迫、征服和占有妇女的错误观念被人类延伸到了他们对待大自然的态度和行为上,从而引发了当前困扰整个人类的全球性生态危机,致使整个人类的生存和发展受到了前所未有的威胁,因此人类需要在女性和男性、人与自然之间建立一种平等的伙伴关系。这种生态女性主义立场不仅为当代人类追求男女平等的理想提供了最有力的辩护,而且为当代人类的环境保护理念提供了富有说服力的理据。

生态女性主义者深入挖掘妇女解放运动和生态环境保护运动之间的内在关联,并积极倡导从各个方面彻底解放妇女、保护自然环境,真正实现男女平等及人与自然环境的和谐相处。生态女性主义的自然观体现了一种审视人与自然环境关系的新视野,展现了人与自然的崭新关系。生态女性主义把女性的解放与自然的解放看成一致的行动,致力于寻求全人类与自然的和谐相融。

由于看到了人与自然环境和谐相融的重要性,生态女性主义者坚决主张在人与自然之间建立起一种新型关系,并认为妇女应该为建立这种新范式而并肩作战。1974年,法国学者弗朗索瓦·德奥博纳(Françoise d'Eaubonne)在《女性主义抑或死亡》(*Le Féminisme ou la Mort*)中首次提出了"生态女性主义"(ecofeminism)概念,旨在让人们关注妇女在生态革命中的作用和潜力,呼唤所有女性起来领导一

---

① J. Plant, *Healing the Wounds: The Promise of Ecofeminism*, Philadelphia: New Society Publishers, 1989, p. 8.

场生态革命,并预言这场革命将形成人与自然的新关系以及男女之间的新关系。① 在美国,卡洛琳·麦茜特(Carolyn Merchant)等学者对生态女性主义进行了深化研究。美国生态女性主义的先驱人物和重要领导者麦茜特在其代表作《自然之死——妇女、生态和科学革命》(The Death of Nature: Women, Ecology, and the Scientific Revolution, 1980)中将女性与自然紧密地联系在一起,重新审视自 16、17 世纪起伴随科学革命的兴起而发生的女性和自然的形象演变,并由此对现代世界"机械论和对自然的征服和统治"②观念进行了批判。麦茜特提出,自然观的机械论不但为人类中心主义提供了文化支持,同时还默许了男性霸权主义,因此,要将反对性别歧视与环境保护结合起来,重构女性和自然的形象和地位。麦茜特倡导一种结合人类中心主义与生态中心主义的"伙伴关系伦理"(partnership ethics),力求在两性之间、人类与自然之间建立以平等为基础的伙伴关系。

生态女性主义"把建构女性文化作为解决生态危机的根本途径,尊重差异,倡导多样性,强调人与自然的联系和同一,解构男人/女人、文化/自然、精神/肉体、理智/情感等传统文化中的二元对立的思维方式,确立非二元思维方式和非等级观念"③。自 20 世纪 80 年代后期以来,生态女性主义日益为人们所关注。当前,生态女性主义在美国、法国、德国等西方国家中影响十分巨大。

在这样的批评和理论研究背景下,生态女性主义文学创作也有了令人瞩目的成就。生态女性主义有一个非常重要的特征,那就是通过坚持女性原则和反对父权制来分析和说明人与自然的关系。许多生态女性主义者一致认为,造成当前环境问题和生态危机的根本原因在于:镇压女性的原则既破坏了男女之间的整合与和谐,干扰了男女之

① 转引自曹南燕、刘兵:《生态女性主义及其意义》,《哲学研究》1996 年第 5 期,第 54 页。

② Carolyn Merchant, The Death of Nature: Women, Ecology, and the Scientific Revolution, New York: Haper & Row Publishers, Inc., 1983, p. 2.

③ 陈厚诚、王宁:《西方当代文学批评在中国》,天津:百花文艺出版社,2000 年,第 49 页。

间的合作与统一,又导致了人与自然之间的不和谐和尖锐冲突。一般说来,与男性不同,妇女往往较少追求地位和权利的确认,而会基于对自然的特殊理解更多地关心环境,对自然界具有一种天然的认同感。同时,她们还坚持把给予自然万物生命的大地比喻为具有生养和抚育孩子能力的母亲,要求人们尊重这一能够赋予生命的神圣力量。

生态女性主义具有多元文化视角。这种多元性更为具体地表现在对妇女和自然关系的分析中,涉及种族主义、等级制度、殖民主义、性别歧视等各种复杂的社会因素及其相互关系,注意到了不同地域和国家的社会历史、经济状况和文化观念,从根本上反对和拒绝任何普遍的概括和一切形式的逻各斯中心主义,从而使生态女性主义成为一种具有多样性和开放性、张扬差异的理论。正像生态女性主义者在《女性:相互依存的宣言》(*Cunt: A Declaration of Independence*,1998)的序言开头所写的那样:"在人类的发展进程中,地球上的人们需要建立新的同盟,使彼此连接,并按照自然规律平等地承担责任,对人类以及地球上所有生命的福祉的共同关注使我们宣布,我们是相互依存的。"①

生态女性主义价值观的核心在于:主张男女无等级之别和文化多样性;主张自然界的所有生命体都具有价值,都应当得到尊重;主张人类不应当支配和控制自然,而应当尊重和爱护自然。显而易见,从性别的角度切入自然环境问题的生态女性主义自然观为正确处理人与自然的关系,提供了一种全新的视野和全面的视域,令人耳目一新。这种新视域不仅可以推动人们进一步探索人类感知自然界并将其概念化的方法和策略,而且有助于深化对自然和女性关系的认识,从而促使人们摈弃支配妇女和大自然的陈腐观念,构建女性与自然之隐喻关系的新范式,为构建新的价值体系和新的社会结构奠定合理而坚实的基础。

---

① 约瑟芬·多诺万:《女权主义的知识分子传统》,赵育春译,南京:江苏人民出版社,2000 年,第 286 页。

第五节

劳伦斯·布伊尔、切利尔·格洛特费尔蒂等：环境批评理论①

20世纪70年代的美国环境文学批评家主要从生态学的视角，通过借用生态学的术语来进行环境文学批评实践，其缺陷是显而易见的，那就是这种研究模式不可能从根本上揭示环境文学的思想内容或主题内涵。上述局面直到20世纪八九十年代才有所改观。以劳伦斯·布伊尔(Lawrence Buell)为代表的美国著名环境文学批评家开启了文学与环境研究的新路径。布伊尔的三本环境文学批评专著成为该领域的扛鼎之作：《环境的想象：梭罗、自然文学和美国文化的构成》(*The Environmental Imagination: Thoreau, Nature Writing, and the Formation of American Culture*, 1995)、《为濒危的世界写作：美国及其他地区的文学、文化和环境》(*Writing for an Endangered World: Literature, Culture, and Environment in the U.S. and Beyond*, 2001)和《环境批评的未来：环境危机与文学想象》(*The Future of Environmental Criticism: Environmental Crisis and Literary Imagination*, 2005)。

—②

20世纪70年代以来，随着自然环境状况的日益恶化，美国文学批评界率先拉开了"绿化"文学批评的序幕，其他国家则紧随其后，如此推动西方文学批评发生了重要转向，即"环境转向"。进入20世纪八

---

① 本节由龙娟撰写。

② 本部分内容主要来自龙娟：《美国环境文学中的环境正义主题研究》，湖南师范大学博士论文，2008年；《美国环境文学批评的特质：环境正义的视角》，《文史博览(理论)》2011年第4期，第29—33页。

九十年代以后,美国环境文学批评队伍开始呈现迅速发展壮大的态势。这种环境转向凸显了文学作品书写自然环境的维度,扭转了以往文学研究那种学院化、晦涩化和严重脱离社会现实的倾向,赋予文学批评"介入"环境问题的使命。诚如布伊尔所言:"文学研究的环境转向与其说是受到方法或者范式的驱使,不如说是更多受到问题的驱使。"①布伊尔所说的"问题"就是指美国乃至整个世界日益严重的环境问题。

把自然环境作为文学批评的一个重要向度来加以凸显和研究,是美国文学批评家为文学批评的发展做出的一个最无争议的贡献。那些把文学批评的范围进一步延伸到自然环境的美国文学批评家在美国拉开了环境文学批评的序幕。不过,相对于环境文学在美国蓬勃发展的状况,环境文学批评在美国的兴起非常滞后。

美国环境文学早在 19 世纪中叶就已经兴起,但美国环境文学批评到了 20 世纪 70 年代才姗姗来迟。美国环境文学批评不仅起步晚,而且不可避免地要经历一个蹒跚学步阶段。20 世纪 70 年代,美国环境文学批评家就环境文学展开的理论思索是尝试性的,批评家的视野显得比较狭窄,批评的深度也存在明显不足。美国文学批评家只是进行了建立环境文学批评理论的初步试验,其普遍做法是嫁接文学批评理论和生态学知识,或直接运用生态学知识来评价环境文学作品,这开启了环境文学批评的先河,给美国文学批评领域带来了一股清新空气,但它所散发的不成熟气息也是显而易见的。

美国学者罗伯特·J. 甘奇韦尔(Robert J. Gangewere)是美国环境文学批评的一位重要先驱。1972 年,他把以描写美国自然环境为基本内容的美国文学作品选编成《被盘剥的伊甸园:关于美国环境的文学》(*The Exploited Eden: Literature on the American Environment*)一书。该书按主题将选编的作品分为四个部分,即"发现伊甸园""享用

---

① Lawrence Buell, *The Future of Environmental Criticism: Environmental Crisis and Literary Imagination*, Malden: Blackwell Publishing Ltd., 2005, p. 11.

伊甸园""失去伊甸园"和"新现实",并在每部分前面做了一个简短的导论(introduction),重点陈述了编者的观点。该书可能是美国最早带有环境文学批评色彩的作品选集,它不仅借助具体的文学作品展现了美国自然环境受工业化影响而不断恶化的状况,而且明确地将生态学知识运用于对文学作品的评价。在甘奇韦尔看来,那些文学作品对美国自然环境不断恶化这一事实的描述说明美国已经陷入严重的环境危机,美国人应该用生态学知识看待被污染的空气、不能饮用的水、流失的土地、正在消失的物种等客观事实,同时还应看到导致美国自然环境恶化的自然原因和人为原因。[①] 甘奇韦尔较早进行了环境文学批评的试验,但他的思想和观念是通过简要的导论体现出来的,既缺乏理论系统性,也没有严密的逻辑论证。

1974年,约瑟夫·米克(Joseph Meeker)在他的专著《生存的喜剧:文学的生态学研究》(*The Comedy of Survival: Studies in Literary Ecology*)中最早使用了"文学的生态学"(literary ecology)这一术语。他主张从生态学视角来探讨文学作品与人类及其他物种的关系,并揭示文学对人类处理自身与自然关系的态度和行为的影响:如果文学创作是人类这个物种的一个重要特征的话,那么它就应当接受细致、忠实的检验,以便发现它对人类行为和自然环境产生了什么样的影响,从而确定文学在人类的福祉与生存中扮演着(如果确实扮演了)什么样的角色,它为人类与其周围环境的关系这个问题又提供了什么样的观点,它是一种让我们更好地适应世界的活动,还是一种使我们更加疏远这个世界的活动。[②]

米克试图借用生态学理论来解读文学作品,这不失为一条探讨美国环境文学批评的路径。然而,由于过多地借用生态学术语,米克的批评理论具有晦涩难懂的缺点。事实上,米克的独创性文学批评理论

---

① Robert J. Gangewere, ed., *The Exploited Eden: Literature on the American Environment*, New York: Harper & Row, 1972, p. 315.

② Joseph Meeker, *The Comedy of Survival: Studies in Literary Ecology*, New York: Charles Scribner's Sons, 1974, p. 3.

并没有在当时的美国产生很大的反响。直到最近,才有一些美国环境文学批评家对米克在美国文学批评方面所做的探索工作给予肯定。正如格伦·洛夫(Glen Love)所言:"它(指米克的文学批评理论——引者注)的意义在于,它面对的是我们被迫解决的一些根本问题——当今的情况更是如此,因为在此后的十五年里,它所提出的问题已经在被忽视的状态下变得更加严重。"①米克明确地把生态学理论引入了美国环境文学批评领域,但他对引入的"度"的认识和处理显得不够到位。

1978 年,威廉·鲁克特(William Rueckert)在《艾奥瓦评论》(*Iowa Review*)上发表一篇题为《文学与生态学: 一种生态批评试验》("Literature and Ecology: An Experiment in Ecocriticism")②的文章,首次使用了"生态批评"(ecocriticism)这一术语。他认为生态批评的生命力在于实现文学和生态学的有机结合:"我们必须创建一种生态诗学。我们必须增强生态学视野……我的兴趣不仅是要将生态学中的概念运用于文学研究,而且是要努力使文学在由生态学视野构成的语境中显现出来。"③他希望把生态学的相关概念和理论应用到文学阅读、教学和写作中,使"科学"和"诗"这一对"冤家"结为"亲家",从而建立一种"生态诗学",使文学批评理论呈现出新的生机和活力。与米克相比,鲁克特似乎更深刻地认识和把握了生态学与环境文学批评之间的辩证关系,并且试图实现两者的融合,但他并没有就实现这种"融合"的具体途径提出建设性意见,因而他的环境文学批评理论在总体上仍然显得很不完善。

---

① Glen Love, "Revaluing Nature: Toward an Ecological Criticism," in *The Ecocriticism Reader: Landmarks in Literary Ecology*, edited by Cheryll Glotfelty and Harold Fromm, Athens and London: University of Georgia Press, 1996, p. 228.

② 这篇文章后来被收入 Cheryll Glotfelty and Harold Fromm, eds, *The Ecocriticism Reader: Landmarks in Literary Ecology*, Athens and London: University of Georgia Press, 1996。

③ William Rueckert, "Literature and Ecology: An Experiment in Ecocriticism," in *The Ecocriticism Reader: Landmarks in Literary Ecology*, edited by Cheryll Glotfelty and Harold Fromm, Athens and London: University of Georgia Press, 1996, pp. 114–115.

环境文学从一开始就是一种兼有文学想象力、生态知识、环境伦理思想的文学样式与文学思潮。从文学想象力方面来看，它与其他文学样式的区别并不显著，因为它也具有优美的文学语言和生动的文学形象。生态知识是环境文学特有的思想内容，但并不是它最深刻的思想内容，因为环境文学家并没有停留在表现人与自然关系的"事实"层面上，而是进一步深入到这种关系的"价值"意蕴里。具体地说，他们不仅借助于生态学知识揭示人与自然关系的真实状况（即它是一种什么样的关系），而且借助于环境伦理学揭示人与自然关系的价值内涵（即它应该是一种什么样的关系），前者说明的是人从属于自然和必须服从自然的事实，后者说明的是人应该追求环境正义的道德理想。20世纪70年代的环境文学批评家大都停留在前者，即只是从生态学的层面上来解读文学作品，并没有深入挖掘出其中的价值意蕴，即普遍没有达到后者——环境伦理学的高度。

上述局面直到 20 世纪八九十年代才有所改观。"由于学者们开始进行合作研究，在 80 年代中期播下的环境文学研究的种子到 90 年代初就发育成长了起来。"①大量环境文学批评的论文集和专著涌现了出来，大部分美国高校还开设了环境文学课程。这样一来，美国环境文学批评的整体水平得到了显著提高。

1985 年，美国学者 F. O. 瓦奇（F. O. Waage）编辑出版《环境文学教学：教材、方法与文献资料》（*Teaching Environmental Literature: Materials, Methods, Resources*）一书。在该书中，他收集了十九位开设过"环境文学"课程的美国学者所撰写的课程描述（course description），并在此基础上对"环境文学"课程的教学方法、教材和相关文献资料做了比较详尽的介绍，其目的是"为大学教师开设环境文学课程提供多种教学模式和理念""促进文学界对环境文学的关注，从而进一

---

① Cheryll Glotfelty, "Introduction: Literary Study in an Age of Environmental Crisis," in *The Ecocriticism Reader: Landmarks in Literary Ecology*, edited by Cheryll Glotfelty and Harold Fromm, Athens and London: University of Georgia Press, 1996, p. xvii.

步探讨和研究环境文学中所蕴含的环境问题和环境意识"①。瓦奇编辑的书虽然在理论上仍然显得不够深刻,但是它反映了美国文学批评界高度关注美国环境文学的事实,并通过介绍主讲环境文学的美国大学教师的心得体会,展示了美国文学批评界研究美国环境文学的部分最新成果。

1989年,艾丽西亚·尼特克(Alicia Nitecki)创办《美国自然文学通讯》(*The American Nature Writing Newsletter*),其目的是刊发研究自然与环境的短文、书评、课堂教学心得和发布相关信息。与此同时,美国文学会议的几次年会专门探讨过自然文学或环境文学。最引人注目的是,在现代语言协会(Modern Language Association)1991年的专题会议上,哈罗德·弗罗姆(Harold Fromm)组织了题为"生态批评:文学研究的绿色化"("Ecocriticism: The Greening of Literary Studies")的专题学术讨论;在美国文学协会(American Literature Association)1992年召开的专题报告会上,格伦·洛夫主持了题为"美国自然文学:新语境,新方法"("American Nature Writing: New Contexts, New Approaches")的研讨会。

1992年,美国成立文学与环境研究协会(The Association for the Study of Literature and Environment)。1993年,在该协会主要成员的共同努力下,《文学与环境的跨学科研究》(*Interdisciplinary Studies in Literature and Environment*)杂志面世。学术组织和学术阵地的建设为环境文学批评的深化起到推波助澜的作用。随后,文学与环境研究协会举办了几次研讨会,进一步促进了美国环境文学批评的发展。该协会的成立标志着美国环境文学批评步入一个新的发展阶段,其重要表现之一是布伊尔等著名美国环境文学批评家登上了美国环境文学批评的舞台。

1995年,劳伦斯·布伊尔出版他的第一部环境文学批评专著《环

---

① Frederick O. Waage, ed., *Teaching Environmental Literature: Materials, Methods, Resources*, New York: Modern Language Association, 1985, p. viii.

境的想象：梭罗、自然文学和美国文化的构成》。在该书中，他从生态的视角重新审视美国文学与文化，试图构建一种生态中心主义文学观。在布伊尔看来，环境文学在美国的崛起和发展与美国文化有着千丝万缕的联系，因此，美国环境文学批评必须走文化批评的道路。在社会文化的大语境下来审视和批评美国环境文学，这不仅从根本上拓展了美国环境文学批评的理论深度，而且揭示了美国环境文学批评与美国社会文化之间的内在关联。

1996 年，美国第一部环境文学批评论文集《生态批评读本：文学生态学的里程碑》（ *The Ecocriticism Reader: Landmarks in Literary Ecology* ）由切利尔·格洛特费尔蒂（Cheryll Glotfelty）和哈罗德·弗罗姆主编出版。该书将选编的论文归入三个部分，即"生态学理论""文学的生态批评"和"环境文学研究"。该论文集被视为美国环境文学批评发展史上的一块里程碑，因为它收集了一大批美国文学批评家在环境文学批评领域取得的最新成果，这些批评家对环境文学批评的理论基础、基本内涵、价值取向等提出了许多有见地的看法，标志着美国环境文学批评理论水平得到了进一步提高。

1999 年，美国学者帕特里夏·D. 内茨利（Patricia D. Netzley）主编出版环境文学百科全书《环境文学：一部关于环境文学作品、作者及主题的百科全书》（ *Environmental Literature: An Encyclopedia of Works, Authors, and Themes* ）。该书将西方国家（主要是美国和英国）自 19 世纪中期以来抒写自然的作家、环境保护主义者、生态学家、科学家等共 200 多人的作品统称为"环境文学"，并对这些作家、作品及其主题进行了介绍。[①] 该百科全书的问世说明美国学术界对环境文学和环境文学批评的研究已经达到总结历史经验和教训的阶段。它不仅对西方环境文学作品进行了富有历史意义的梳理，而且对西方环境文学的主题做了深入系统的归纳和总结，因此，它在西方环境文学发

---

① Patricia D. Netzley, *Environmental Literature: An Encyclopedia of Works, Authors, and Themes*, Santa Barbara, California：ABC-CLIO, 1999.

展史和环境文学批评史上都具有不容忽视的重要地位。

20 世纪末期的美国环境文学批评家已经开始把揭示人与自然关系的价值内涵作为环境文学批评的重要内容。最为显著的是,人应该追求环境正义的环境道德价值观念已经开始受到美国环境文学批评家的关注。不过,总体来看,此时的绝大多数美国环境文学批评家主要偏重于研究早期环境文学作品中的"荒野"主题,以唤起人们对自然的责任意识和弘扬人与自然之正义,而对美国环境文学作品中涉及以环境为中介的人际正义现象关注不多。

事实上,进入 20 世纪 60 年代以后,受环境保护运动,特别是 20 世纪 80 年代在美国爆发的环境正义运动的影响,美国环境文学家对人与自然关系的认识普遍得到了提高,他们已经从偏重表现人与自然之正义转向更多地同时表现人与自然之正义和以环境为中介的人际正义。他们在作品中将环境问题与种族不平等、性别不平等、贫富差距等社会问题联系起来,极大地拓展了美国环境文学的思想内容,但美国环境文学批评家对此的关注要么显得不够,要么存在许多认识上的误区。例如,大多数持"生态中心主义"(ecocentrism)立场的美国文学批评家将与环境密切相关的人际正义问题当成了"人类中心主义"(anthropocentrism)的产物,因而很少予以关注。①

20 世纪末,少数美国环境文学批评家对美国环境文学在主题表现方面所发生的变化展开了必要的研究和反思,取得了一个重大成就:他们发现了环境正义主题在美国环境文学中的突出地位,并开始借助美国环境正义运动催生的术语"环境正义"(environmental justice)来建构他们的环境文学批评理论。

2001 年,布伊尔在其专著《为濒危的世界写作:美国及其他地区的文学、文化和环境》中指出,美国环境文学同时体现了"环境正义"与"非人类中心主义的环境伦理":前者涉及人如何在环境问题上

---

① Michael P. Cohen, "Blues in the Green: Ecocriticism under Critique," *Environmental History*, 9.1(2004), pp. 9 – 36.

公正地对待他人的问题,后者涉及人如何在环境问题上公正地对待非人的自然存在物的问题。① 布伊尔的观点不仅使"环境正义"成为美国环境文学批评理论中的一个重要概念,而且强调了倡导环境正义对于改善人际关系和解决环境问题的重要意义,显示了美国环境文学批评理论最近取得的巨大进步。然而,它仍然有明显的缺陷,主要表现为:(1)它在理论上混淆了"环境正义"与"非人类中心主义的环境伦理"之间的内在联系,错误地将它们看成了两种截然不同的环境伦理观念;(2)它并没有就"环境正义"的具体内涵做出明确界定。

2002年,乔尼·亚当森(Joni Adamson)编辑出版论文集《环境正义读本:政治学、诗学与教学法》(*The Environmental Justice Reader: Politics, Poetics, and Pedagogy*)。该论文集将六位美国学者的政治学论文、九位美国学者的环境文学批评文章和四位美国学者的环境正义教学法论文编辑在一起。论文集里面的环境文学批评文章普遍认为,美国文学批评家对美国环境文学的已有研究要么过分强调作家对人与自然之关系和荒野价值的表现,要么偏向关注白人环境文学作家的作品,这不仅使美国环境文学中反映种族不平等、阶级不平等、贫富差距等社会问题的内容游离于美国环境文学批评的范围之外,而且忽略了非白人环境文学作家的作品;因此,美国环境文学批评家应该进一步开阔视野,增强环境正义意识,建立一种环境正义生态批评理论。在《走向一种环境正义生态批评》("Toward an Environmental Justice Ecocriticism")一文中,学者 T. V. 里德(T. V. Reed)明确提倡一种"环境正义生态批评"(environmental justice ecocriticism)。在他看来,与种族问题、阶级问题等社会问题有关的环境正义思想是环境文学的核

---

① Lawrence Buell, *Writing for an Endangered World: Literature, Culture, and Environment in the U. S. and Beyond*, Cambridge, MA: The Belknap Press of Harvard University Press, 2001, pp. 224－242. 在该书中,布伊尔专辟一章,即"动物和人类的痛苦:非人类中心主义伦理学与环境正义"("The Misery of Beasts and Humans: Nonanthropocentric Ethics versus Environmental Justice"),着重区分了环境文学中蕴涵的非人类中心主义伦理思想与环境正义思想。

心所在,环境文学批评家应该予以充分重视,并认为它代表了环境文学批评理论发展的未来方向。[1] 另一位学者朱莉·斯泽(Julie Sze)也在其文章中指出,美国环境文学批评应该更多地关注美国环境文学中的环境正义思想,应该将"人们,特别是那些遭受种族歧视的社区和城区的人,置于环境和自然的核心来加以考虑"[2]。

2004 年,美国学者迈克尔·P. 科恩(Michael P. Cohen)在《绿色中的布鲁士:对生态批评的批评》("Blues in the Green:Ecocriticism under Critique")一文中指出:"作为一种文学,环境文学的一个目的不仅是要表现人们从辽阔荒野中得到的喜悦,而且要表现人们在犹他州南部被暴晒的感觉、充当有毒气体的见证人的感觉和在光天化日之下被剥夺祖先遗传下来的土地的感觉。生态批评的责任是要重视进入文学的这种经历。"[3]科恩认为,美国环境文学的主旨在于同时弘扬人与自然之正义和以环境为中介的人际正义,因此我们在进行环境文学批评的时候,不仅要关注环境文学中的人与自然之正义,还要关注其中的人际正义,但遗憾的是,环境文学批评家对后者很少予以关注。科恩的观点值得深思。

上述学者对美国环境文学批评的反思是比较深刻的。他们不仅看到了美国环境文学批评家忽略美国环境文学中"以环境为中介的人际正义"这一主题的严重缺陷,而且以前所未有的高度肯定了环境正义在美国环境文学思想领域中的重要地位。然而,他们在批评那些片面强调人与自然之正义的美国文学批评家的时候走向了另一个极端:他们在致力于发掘以环境为中介的人际正义(特别是族际环境正义)

[1] T. V. Reed, "Toward an Environmental Justice Ecocriticism," in *The Environmental Justice Reader: Politics, Poetics, and Pedagogy*, edited by Joni Adamson, Tucson:University of Arizona Press, 2002, p. 145.

[2] Julie Sze, "From Environmental Justice Literature to the Literature of Environmental Justice," in *The Environmental Justice Reader: Politics, Poetics, and Pedagogy*, edited by Joni Adamson, Tucson:University of Arizona Press, 2002, p. 162.

[3] Michael P. Cohen, "Blues in the Green:Ecocriticism under Critique," *Environmental History*, 9.1(2004), p. 27.

时,却在很大程度上忽略了美国环境文学家一直努力表现的另一种环境正义,即人与自然之正义。

正是看到了美国环境文学批评中存在的这些问题,布伊尔于2005年出版了新专著《环境批评的未来:环境危机与文学想象》。在该书中,布伊尔梳理了美国环境文学批评的发展阶段,并对其未来走向进行了预测。他认为美国的第一波环境文学批评只强调人与自然之正义而忽视了人际正义:对第一波生态批评来说,"环境"实际上等同于"自然环境"。如果说不是在理论层面上,那至少在批评实践中,"自然的"与"人的"领域明显格格不入。因此,最近一些环境批评家更倾向于使用"环境批评"这个术语来取代"生态批评"这个术语。生态批评的目标最初被理解为关怀地球,致力于保护"生物共同体"。第二波生态批评开始质疑上述批评模式,认为自然环境和人为环境已经截然不可区分,文学与环境研究必须像关注"自然的"风景那样关注都市风景和退化的风景,从而建立一种"社会生态批评"。那种只关注自然保护的伦理应该得到纠正,它应该包含人际正义的主张。①

布伊尔的呼唤掀起美国环境文学批评的第二波。在他看来,第二波美国环境文学批评应该是对第一波美国环境文学批评的批判性超越,它不仅致力于追求人与自然之正义,以保护"生物共同体",而且致力于追求人际正义,以"社会生态批评"的形式弘扬人际正义。布伊尔的意旨旗帜鲜明:美国环境文学批评应该围绕美国环境文学的环境正义主题来展开,而且应该同时关注人与自然之正义和人际正义。

另一位美国环境文学批评家斯科特·斯洛维克(Scott Slovic)则指出:"当热带雨林大量被毁,钻油机准备开往位于北极国家野生保护区或者其他神圣处所的时候,我认为文学批评能够以直接或间接的方

---

① Lawrence Buell, *The Future of Environmental Criticism: Environmental Crisis and Literary Imagination*, Malden: Blackwell Publishing Ltd., 2005, pp. 21-22.

式去唤起社会良知和责任感。当今社会的那些行为,不管多么有害或者缺乏远见,不可避免会受到抵制和批判。"①在斯洛维克看来,在环境问题此起彼伏的当今世界,美国文学批评应该"有所为",即应该自觉担当起捍卫公共理性和环境正义的责任;在环境非正义现象层出不穷的当今世界,美国环境文学批评界理应承担起弘扬环境正义的时代责任。斯洛维克也呼吁美国环境文学批评家全面关注美国环境文学弘扬环境正义的两个纬度:人与自然之正义和人际正义。

应该肯定,美国环境文学批评在其探索过程中做出了许多不容忽视的贡献。例如,它把生态学、环境伦理学、环境美学、环境法学等跨学科理念引入文学批评的殿堂,为文学批评和文学理论研究提供了新视角、开拓了新领地、开辟了新路径。然而,由于仍然处于整合力量以谋取发展的阶段,美国环境文学批评也暴露了一些不足和缺陷。例如,科恩认为,美国环境文学批评界一直没有形成高度系统化的理论。环境文学批评论文集和专著接二连三地在美国出版,但这些著述大都属于叙述型的学术研究,缺乏中心,并没有形成一个分析型的体系结构。虽然批评家声称这样做有利于对环境问题进行多视角的研究,但是它确实使读者感到迷惑。另外,美国环境文学批评界在一些基本理论问题上也没有达成共识,这种情况给读者造成了困扰。如果读者想从众说纷纭的著述和观点中做出自己的判断,他们往往会在认知层面上产生很多疑惑,以至于有读者提出了质疑:"生态批评真的能够就环境文学建立自己的批评体系吗?"②丹纳·菲利普斯(Dana Philips)在《生态学的真相:美国的自然、文化和文学》(*The Truth of Ecology:*

---

① Scott Slovic, Foreword, in *The Greening of Literary Scholarship: Literature, Theory, and the Environment*, edited by Steven Rosendale, Iowa City: University of Iowa Press, 2002, pp. x - xi.

② Michael P. Cohen, "Blues in the Green: Ecocriticism under Critique," *Environmental History*, 9.1(2004), pp. 9 - 36. 科恩认为,到目前为止,美国文学评论界对环境文学的研究大都是叙述型的研究(narrative scholarship),缺乏分析型的体系结构(analytical structure),因而,研究缺乏中心,落入了"语言的牢笼",无法形成高度系统化的理论。

Nature, Culture, and Literature in America，2003）一书中也对美国环境文学批评给出了自己的评价。他认为美国环境文学批评没有形成自己的理论体系，并且认为美国环境文学批评家想当然地把非常复杂的进化论和生态学术语纳入文学批评中而难以消化。①

诚如上述美国学者所言，美国环境文学批评的发展确实还有可拓展的空间。事实上，从环境正义的视域来审视美国环境文学批评的演进轨迹，我们会发现，虽然美国环境文学批评界已经取得较大的成就，但是他们的研究在宏观视野和理论系统性方面的不足是显而易见的。布伊尔等美国环境文学批评家近年对美国环境文学中环境正义主题的研究已经取得一些成果，然而从总体来看，这些成果不仅仍然缺乏理论系统性，而且在理论高度和深度上也显得不足，其主要表现是：（1）批评家没有全面认识和把握美国环境文学中的环境正义主题的完整内涵，不仅将人与自然之正义和人际正义看成两种截然不同的环境正义，而且通常在过分强调某一个方面的过程中忽略了另外一个方面；（2）批评家往往依据英美新批评理论强调的"细读"原则，过分注重从具体的美国环境文学作品中挖掘环境正义思想，很少从宏观的理论层面思索一些至关重要的理论问题，如环境正义主题在美国环境文学中兴起的时代背景和思想源流，环境正义主题与美国环境文学的其他思想内容之间的关系，美国环境文学家表现环境正义主题的艺术技巧等。

二

把"自然环境"作为文学批评的一个重要向度来加以凸显和研究，这是美国文学批评家为文学批评的发展做出的一个重大贡献。经过几十年的发展，美国环境文学批评已经显示出它自己的特质。它把弘扬环境正义思想作为其重要的价值导向。

———————————

① Dana Phillips，*The Truth of Ecology: Nature, Culture, and Literature in America*，Oxford：Oxford University Press，2003.

在从事环境文学批评的过程中,美国环境文学批评家有着强烈的"介入"意识。他们一方面借助环境文学文本弘扬环境正义思想,另一方面通过考察环境文学作品中揭露的种种环境非正义行为,深入挖掘这些行为背后的深层文化根源,努力培植环境正义行为所需要的文化土壤,并为站在时代的高度进一步反思现存文化模式及相应的社会变革创造条件,从而为环境正义的实现奠定基础。

在美国环境文学批评家看来,环境正义的实现需要相应的文化土壤:社会正义是环境正义得以实现的前提条件。如果我们从环境正义的角度来审视美国环境文学批评,会发现它在本质上是一种以环境正义为关注焦点的文化批评。进一步来讲,如果我们把美国环境文学批评定位为一种以环境正义为关注焦点的文化批评,那么这将有助于我们理解和把握美国环境文学批评的理念与价值诉求。

文化整体观是美国环境文学批评的理论基点。美国环境文学批评作为一种文学批评理论和批评实践,目前虽未形成严格的"教义",但其认识论基础在于一种文化整体观,即将文化视为一个庞大系统的观念。文学是文化中的一种类型,因此,在文化整体观的理论视域中,文学就不再是一个封闭的系统,而是一个开放的系统。具体地说,一个文本不是形式主义批评家眼中那种"自给自足"的小世界,而是一个与历史、伦理、道德、宗教、社会等文化范畴相互联系的文本。这种文学研究上的整体观和系统论明确反对割裂文学与文化的"姻缘"关系,认为文学与文化具有不可否认的内在关联。

从文化整体观的角度来审视美国环境文学,就从根本上抓住了美国环境文学的本质,也从根本上反映了文学的根本特性。建立在文化整体观基础上的美国环境文学批评不再是一种个别的形式分析,而是综合性的系统分析。也就是说,文化整体观不仅使美国环境文学批评具有多维度、多视角的特点,而且使之具有多元的文化价值属性和丰富的文化精神。

让·阿诺德(Jean Arnold)等学者在谈到美国环境文学批评时曾

经指出:"在研究文学如何表现自然之外,我们还必须花更多的精力去分析所有这些决定着人类对待自然的态度以及人类对自然环境采取的行为的社会文化因素,并将这种分析与文学研究结合起来。"①迈克尔·布兰奇(Michael Branch)等学者的说法可谓异曲同工:"蕴涵(通常明确包含)在这种新批评方式诸多作为之中的是一种对文化变换的呼唤。……通过考察我们人类对自然世界之文化建构,我们发现其狭隘性限制了我们展望一个生态方面可持续发展的人类社会的能力。环境文学批评呼唤文化的变革。"②

　　上述美国学者的立场体现了什么深义呢? 我们认为,他们的论述将环境文学置于文化这一开放系统中、置于人类文化存在这一根基之上,从整体上把握住了作为一种文化形态和文化表征的文学批评对象,凸显了美国环境文学批评的文化批评特质。充分认识地球生态系统的变化与文化因素直接相关,是当代人类审视环境问题时应有的思想高度,也是美国环境文学批评应有的思想境界。

　　毋庸置疑,美国环境问题的解决有赖于环境正义的实现(当然,世界环境问题的解决亦如此),而环境正义的实现有赖于美国文化力量的整合。毕竟,人类对待自然的态度和观念从根本上来说是人类内部对待彼此的态度和观念向外部世界延伸的结果,它直接折射出人类内部关系构成的错综复杂。正因为如此,美国环境文学批评家没有仅仅将环境文学批评建立在形式主义的文学文本分析基础之上,而是试图通过透视文本所折射的文化思想传统和文化思想变革来展现环境文学批评的内涵。在文化传统方面确实存在种种问题,而这些问题引发了全方位的环境危机。美国生态学家唐纳德·沃雷斯特(Donald Worest)曾经旗帜鲜明地指出:"我们今天所面临的全球性生态危机,

---

① Jean Arnold et al., "Forum on Literatures of the Environment," *PMLA*, 114.5 (1999): 1098.

② Michael Branch, Rochelle Johnson, Daniel Patterson and Scott Slovic, eds., *Reading the Earth: New Directions in the Study of Literature and Environment*, Idaho: University of Idaho Press, 1998, p. xii.

起因不在生态系统本身,而在于我们的文化系统。"①自然的"祛魅"过程与社会文化的变迁有着"姻缘关系",如果人们能够更多地从文化的角度来看待环境问题,将有助于深化认识和走出困境。只有将作品中反映的环境问题放在一个不断发展的文化背景下进行观照,美国环境文学批评才能深入挖掘作品中蕴涵的文化内涵和本质,也才能多维度、多层次地揭示美国环境文学的意义与价值。

三

美国环境文学批评自萌发之初就带有明确而浓厚的环境道德价值诉求。不过,这种诉求的内涵经历了一个不断丰富和拓展的过程。

早期的美国环境文学批评呼吁人们树立生态中心主义价值观,要求人们承担起对自然的道德责任。鲁克特早在1978年创建"生态批评实验"的时候就强调:"我们要研究诗歌的阅读、写作和教学如何在生物圈中发挥创造性作用,从而达到清洁生物圈、使生物圈免受人类的侵害并使之保持健康状态的目的,我的实验动机同样是为了探讨这一问题。"②鲁克特的话代表了早期美国环境文学批评的主旨,即生态批评一定要参与维护生物圈健康的行动。具体地说,生态批评应该找到合适的途径去承担起维护生态健康的责任。格洛特费尔蒂对环境文学批评的目标的表述异曲同工:"我们应该考虑如何为恢复环境做出自己的贡献,如何立足于自己的专业领域发挥作用……如果不想成为环境问题的制造者,就要参与到寻求解决环境问题的过程中去。"③也就是说,环境文学批评应该借助合适的方式来提升整个人类的生态责任意识,努力培养负责任的星球看护者。

---

① Donald Worest, *Nature's Economy: A History of Ecological Ideas*, Cambridge: Cambridge University Press, 1994, p. 27.

② Cheryll Glotfelty and Harold Fromm, eds., *The Ecocriticism Reader: Landmarks in Literary Ecology*, Athens and London: University of Georgia Press, 1996, p. 112.

③ 同②,第 xxi 页。

值得庆幸的是,在进行环境文学批评的过程中,一些美国环境文学批评家逐步认识到,环境文学批评家不仅要弘扬人与自然之正义,而且要把人与自然环境的问题放入整个社会文化的大环境中来反思,因为"自然"环境和"社会"环境具有内在关联。也就是说,美国环境文学批评的目标不仅是要像早期的美国环境文学批评家那样要建立人与自然之正义,还要建立人际正义。后者是前者的具体落实,是环境正义得以开花结果的现实土壤。诚如美国著名环境文学批评家布伊尔所言:"谈到伦理道德和政治导向的作用,它们在环境批评这个人文学科领域中与在公共环境政策领域中是一样的。最明智的立场——不管现在是否如此——应该是那些既为人类最基本的需求说话,同时又为地球及其非人类同胞的状况与命运代言的立场。"①布伊尔的观点非常清楚地反映了美国环境文学批评家的环境道德价值诉求:他们不仅要弘扬人与自然之正义(为自然"代言"),而且要伸张人际正义,以保障人人拥有基本的生存权。唯其如此,才能实现人与自然之正义和人际正义双赢的理想图景。

既然环境正义原则有助于人类和自然达到双赢的局面,那么环境正义意识理应成为人类在处理环境问题时遵循的善恶标准或观念。不过,不管环境正义原则在多大程度上反映了人类的道德生活需要,广大民众不可能从一开始就完全去践行它们。值得庆幸的是,面对日益严峻的环境危机,越来越多的有识之士开始把弘扬环境正义作为重要的价值目标来追寻。美国环境文学批评家更是如此。在从事环境文学批评的时候,美国环境文学批评家力图将弘扬环境正义作为自己的环境价值取向和追求,把对"文内自然"和"文外自然"的研究结合起来,这种整体研究路径为当代文学理论的发展开创了一种新格局,能够更好地发挥文学批评的价值导向作用,从而为其弘扬环境正义奠定基础。

---

① Lawrence Buell, *The Future of Environmental Criticism: Environmental Crisis and Literary Imagination*, Malden: Blackwell Publishing Ltd., 2005, p. 127.

四

除了具有明确的理念和环境道德价值诉求之外,美国环境文学批评还具有难能可贵的实践品格。这主要是指,美国环境文学批评没有停留在纯粹的理论运思之中,而是以关注现实环境问题为旨归。

斯蒂芬·格林布拉特在题为"通向一种文化诗学"的演讲中明确指出,文化诗学"是一种实践,而不是一种教义"①。格林布拉特的观点用在有关美国环境文学批评的评价上面也是恰当的,因为美国环境文学批评明显呈现出一种"实践"倾向。

首先,美国环境文学批评的基本概念、内涵和理论体系都是在批评"实践"的过程中逐步明晰化的。

一般说来,一种文学批评理论往往有比较统一的概念界定和内涵定位。不过,美国环境文学批评自20世纪70年代诞生以来,一直未能就如何称呼"环境文学批评"这一新兴的批评模式达成共识。这一事实不仅说明美国环境文学批评界在如何建构环境文学批评理论体系方面存在争议,而且从一个侧面反映了美国环境文学批评的实践性特征。

总体来看,美国文学批评界在进行环境文学批评实践时,混合使用了"文学生态学"(literary ecology)、"生态诗学"(ecopoetics)、"生态批评"(ecocriticism)、"生态文学批评"(ecological literary criticism)、"环境文学批评"(environmental literary criticism)、"绿色研究"(green studies)、"环境批评"(environmental criticism)等多种术语。归纳起来,上述术语主要涉及"生态"与"环境"这两个词的使用。也就是说,美国环境文学批评界在选择"生态"还是"环境"这两个词上存在分歧。

早期的美国环境文学批评家在命名和界定"环境文学批评"时

① 斯蒂芬·葛林布莱特:《通向一种文化诗学》,盛宁译,载张京媛主编,《新历史主义与文学批评》,北京:北京大学出版社,1993年,第1页。

倾向于使用带有"生态"这个词的术语。例如,米克将其批评方法称为"文学生态学",鲁克特则使用"生态批评"这个术语,切利尔·格洛特费尔蒂坚持沿用"生态批评"这个术语。在格洛特费尔蒂看来,"生态批评"这个术语有其优势:(1)"生态批评"(ecocriticism)这个术语中的 eco-这个前缀更简短,很容易和别的单词组合,而且使用起来更方便;(2)用 eco-这个前缀更能体现文学与生态学之间的联系;(3)"环境批评"(environmental criticism)这个术语中的 environ-这个前缀是人类中心主义思想和二元论的产物,因此应该用 eco-取而代之。①

虽然格洛特费尔蒂的上述观点有一定的合理性,但是随着环境文学批评实践的逐步深入,越来越多的环境文学批评家倾向于使用带有"环境"这个词的术语。例如,美国文学与环境研究协会的创始人之一、《文学与环境的跨学科研究》杂志主编斯科特·斯拉维克(Scott Slavik)教授在进行环境文学批评的时候多使用"环境"这个术语。哈佛大学的劳伦斯·布伊尔教授更是坚决主张用"环境批评"来表述有关环境文学的批评研究。他在 2005 年出版《环境批评的未来:环境批评与文学想象》一书中重申了他的观点并提供了三个理由:(1)"生态批评"仍然有鼓励人盲目服从自然的含意;(2)"环境"更加切近环境文学的主题,因为它暗示"自然环境"和"人为环境"是融合在一起的;(3)"环境批评"体现了环境文学批评的跨学科性质,即它兼有文学研究和环境研究的特征。②

美国环境文学批评家之所以越来越倾向于使用"环境"一词来指称环境文学批评,主要是因为这种称呼更能体现环境文学批评的特质。美国早期的环境文学批评家看到了人与自然关系的紧张,呼

---

① Cheryll Glotfelty and Harold Fromm, eds., *The Ecocriticism Reader: Landmarks in Literary Ecology*, p. xx.

② Lawrence Buell, Preface, in *The Future of Environmental Criticism: Environmental Crisis and Literary Imagination*, Malden：Blackwell Publishing Ltd., 2005, p. viii.

吁人们用生态学的理念去审视人与自然之间的关系,摈弃人类中心主义,树立生态中心主义观念,这无疑为文学批评注入了新的活力。不过,早期的美国环境文学批评家过于强调用"生态"理念来革新文学批评,而文学批评一旦脱离了社会和文化语境,仅仅用"生态"的眼光来审视人与自然环境的关系问题,它就只能成为学术界专有的"审美"场和现实世界中的"乌托邦"。这是因为,作为环境文学批评之重要研究对象的环境问题不仅仅是一个生态层面的问题,它最终是一个道德问题,或者说是一个文化伦理问题。因此,环境文学批评不仅应该在学理层面上探讨文学中人与自然环境的关系及环境危机的深层文化根源,向社会发出自己的声音,而且还必须关注"文外自然",即应该关注环境危机的现实,特别要关注环境保护运动和社会的发展政策。

美国环境文学批评家之所以认为用"环境"一词来称呼环境文学批评更确切,还有另一个重要原因。那就是,环境文学批评不应该只是将文学与生态学结合起来的一种文学研究思潮,它应更多地从环境哲学、环境伦理学、环境社会学、环境法学和环境美学等相邻学科中汲取思想养料。近年来,随着国际环境利益矛盾越来越尖锐,一些美国环境文学批评家已经清醒地认识到,环境文学批评应该"海纳百川",与当今其他环境交叉学科共同去关注和探究环境危机的思想文化根源和全球化视域下的环境正义等社会和政治问题。这种认识标志着美国环境文学批评正从第一波向第二波顺利过渡——用布伊尔的话来说,是从"生态批评"向"环境批评"的过渡。美国环境文学批评的这种理念契合了当今环境哲学、环境伦理学、环境社会学和环境法学等环境学科领域的新观念,彰显出美国环境文学批评进步和发展的认识轨迹。可见,美国环境文学批评的基本概念是在批评实践中逐步定型和走向成熟的。

我们认为美国环境文学批评具有一种实践品格,不仅因为(如上所述)其基本概念是在批评实践中定型和成熟的,更因为它是在环境保护的"实践"过程中逐步成熟的。

美国环境文学批评家不仅把自己看作从事学术批评活动的人,而且将自身视为深切关注环境问题的环境保护主义者。借用斯坦福大学教授厄秀拉·海斯(Ursula Heise)的话来说,环境文学批评家应该致力于三个方面的探索:"科学层面上的自然研究、生态危机背后的文化表征分析和为人类持久生存于自然界而进行的政治上的抗争。"①海斯还在文中特别强调了最后一个方面,认为前两个方面是基础,而后一个方面是前两个方面的最终目的。

俄勒冈大学的资深教授格伦·洛夫在其专著《生态批评实践:文学、生态学与环境》(*Practical Ecocriticism: Literature, Ecology and the Environment*, 2003)中探讨了环境文学批评对消除环境危机这一刻不容缓的问题的介入,认为"地球上任何地方的教师、学者和公民都应当为现实世界做出努力"②。另外,洛夫还在专著中刻意使用"实践"一词,强调了环境文学批评应该介入环境保护实践的观点。

布伊尔更是明确将环境文学批评定义为"在献身环境运动实践的精神下开展的对文学与环境关系的研究"③。在他看来,环境文学批评家应该是这样一群人:"他们深切关注当今的环境危机。很多人——尽管不是全部——还参与各种环境改良运动。他们还相信,人文学科,特别是文学和文化研究可以为理解及挽救环境危机做出贡献。"④

在上述美国环境文学批评家看来,环境文学批评不是一种纯粹的文学批评理论,而是一种自始至终贯穿着实践精神和现实努力的文学批评,它具有一种可贵的实践品格。在从事环境文学批评的过程中,美国环境文学批评家总是努力把理论和实践结合起来,使他们的环境

---

① Ursula Heise, "The Hitchhiker's Guide to Ecocriticism," *PMLA*, 121.2(2006), p. 506.

② Glen Love, *Practical Ecocriticism: Literature, Ecology and the Environment*. Charlottesville: University of Virginia Press, 2003, p. 7.

③ Lawrence Buell, *The Environmental Imagination: Thoreau, Nature Writing, and the Formation of American Culture*, Cambridge, MA, and London: The Belknap Press of Harvard University Press, 1995, p. 430.

④ 劳伦斯·布依尔、韦清琦:《打开中美生态批评的对话窗口——访劳伦斯·布依尔》,《文艺研究》2004年第1期,第65页。

文学批评兼有理论性和实践性。他们关注美国社会的发展,尤其是关注环境问题的解决对于美国社会发展的重大意义,这使得人与自然的关系问题始终处于他们的批评视野之中,也使得他们对美国社会发展所抱持的责任感变得更加具体、坚实。

总体来看,虽然美国环境文学批评并没有与美国环境文学同步发展,但是它在为期不长的发展过程中已经取得不可否认的成就。它不仅作为一种强大的力量支持和促进了美国环境文学的发展,而且和美国环境文学一样,在美国社会中产生了日益广泛的影响。环境文学在美国的崛起和迅猛发展必然带来美国环境文学批评的兴盛,而环境文学批评的蓬勃发展也会反过来促进美国环境文学的发展。事实上,美国的环境文学和环境文学批评目前都在世界上处于领先地位,这一事实能够给我们提供这样的启示:环境文学批评在当今世界的进一步发展需要依托环境文学在世界范围内的蓬勃发展,而环境文学在世界范围内的健康发展也离不开环境文学批评在世界各国的进一步推进;环境文学批评和环境文学需要并驾齐驱,才能在当今世界放射出更耀眼、更夺目的光彩,也才能彰显出更高、更大的价值。

第六节

小亨利·路易斯·盖茨、小休斯敦·A. 贝克等:少数族裔文学与文化批评理论①

20 世纪 80 年代至世纪末,美国文学另一重要领域是少数族裔文学与文化批评理论。其中,成果最显著的是非裔美国文学和文化批评。托尼·莫里森(Toni Morrison)的《黑暗中游戏:白人性及文学想象》(*Playing in the Dark: Whiteness and the Literary Imagination*, 1992)是非裔美国文学研究方面的一部力作。在该书中,莫里森将对

---

① 本节由龙娟、左亚娟、龚心蕊撰写。

黑人身体的隐喻性占有视为压制黑人发声的行为。推而广之,包括同性恋者、妇女、印第安人及其他少数族裔在内的群体,都是美国社会中沉默的存在。另外,小休斯敦·A.贝克(Houston A. Baker, Jr.)接连推出非裔美国研究的力作《布鲁斯、意识形态及非裔美国文学:一种本国的理论》(*Blues, Ideology, and Afro-American Literature: A Vernacular Theory*, 1984)和《现代主义与哈莱姆文艺复兴》(*Modernism and the Harlem Renaissance*, 1987)。需要特别强调的是,小亨利·路易斯·盖茨(Henry Louis Gates, Jr.)的《意指的猴子:一个非裔美国文学批评理论》(*The Signifying Monkey: A Theory of African-American Literary Criticism*, 1988)也是非裔美国研究不可忽略的一部力作。另一位非裔美国研究方面的理论家卡洛尔·波伊斯·戴维斯(Carole Boyce Davies)在《黑人女作家的创作和身份:主体的移民》(*Black Women Writing and Identity: Migrations of the Subject*, 1994)一书中,从女权主义和后殖民主义的角度,探讨美国黑人妇女的创作。近年来,除了非裔美国文学和文化研究成果斐然,美国印第安文学和文化研究方面的成果也比较多。例如,菲利浦·J.德洛里亚(Philip J. Deloria)在《充当印第安人》(*Playing Indian*, 1998)中比喻性地描绘了隐形的印第安人形象。波拉·甘·艾伦(Paula Gunn Allen)的《圣环:找回美洲印第安传统中的女性特征》(*The Sacred Hoop: Recovering the Feminine in American Indian Traditions*, 1986)和埃里克·加里·安德森(Eric Gary Anderson)的《美国印第安文学和西南部:语境与配置》(*American Indian Literature and the Southwest: Contexts and Dispositions*, 1999)也是美国印第安研究领域的重要成果。

上述这种以融合和跨文化为焦点的研究种族、文化的新思路,并不仅局限于非裔美国研究和美国印第安研究。对欧裔美国人、混血拉丁裔美国人、亚裔美国人及其他种族融合问题的研究也在不断出现新成果。在融合、跨文化、边界地域、混血儿及奇卡诺文学和文化代码转换等问题上,也已经出现很多研究成果。这一领域最有影响、最具独创性的成果是格洛丽亚·安扎杜尔(Gloria Anzaldúa)的《边界:新女混血儿》(*Borderlands: The New Mestiza*, 1987)。该书目前已被奉为拉丁边界研究、文化研究、女权主义研究和女性同性恋理论的经典之作。这部作品的研究对象是美墨边界,研究了两个民族或阶级相互接触时出现的心理边界、性别边界及精神边界。

总之,20 世纪 80 年代至世纪末的批评家和理论家试图创立一种新的多元文化和跨学科研究模式。在他们看来,文学研究既要关注文学艺术,又要关注现实、思考未来。其目的是要训练一代批评家,使之能将文学的意义和神秘传送到世人中去,让尽可能多的世人去关注和想象这个世界的过去、现在与未来。他们认为,对文学的研究和批评既要有理论的深度挖掘,又要有广泛的现实关注。从一定意义上来讲,这是一种"出世"与"入世"兼顾的批评范式。

一

美国文艺评论家、教育家、学者、公共知识分子、哈佛大学非裔美国研究系主任小亨利·路易斯·盖茨在他的《意指的猴子:一个非裔美国文学批评理论》(下文简称《意指的猴子》)中提出,要用黑人自己的理论来研究"黑色文本",并试图寻找一种能够明确表达黑人传统的文学理论。该书于 1988 年由牛津大学出版社出版,是影响最大的黑人文学批评理论著作之一。下面我们对《意指的猴子》中"意指"的缘起与内涵进行探讨。

盖茨指出,在探索"意指的猴子"的起源过程中,研究者发现了一个恶作剧精灵的形象。这个形象在黑人文化及黑人作品中不断出现,成为黑人文化传播中不可分割的一部分。这个恶作剧精灵形象可以一直追溯到尼日利亚的约鲁巴文化和贝宁的芳族文化。

在约鲁巴文化中,恶作剧精灵形象体现为埃苏,而在贝宁的芳族文化中则体现为拉巴。这两个形象都解释了土著的黑人的阐述学起源。在约鲁巴人神话中,埃苏有着不同的形态,但是他的每一种形态都是作为天神艾发唯一的信使,向人们阐释天神的意愿。埃苏通常被描述为一个跛子,他充当天神与人类之间的中介,"他的腿不一样长,因为一条永远在神界,而另一条则待在我们人间"①。在这里,埃苏的阐释作用又体现为十六个棕榈果的故事,他会根据人们的贡品来改变他对十六个棕榈果组成的图案或神的语言的阐释。而在芳族人神话中,拉巴是玛乌-黎萨的第七个孩子。"拉巴被选出来在人间及天宫里代表玛乌。"②因此,拉巴被称为"神界的语言学家"③,他也是一个信使和交流之王,是神界的阅读者和阐释者。埃苏和拉巴都有一个共同的特点,就是他们的阐释都具有不稳定性或不确定性,这体现出语言在约鲁巴神话和芳族神话中的灵活运用。

而"意指的猴子"其实是非裔美国土语中的一种修辞原则,是埃苏在非裔美国神话中的变体,二者在功能上是对等的。之所以将其称为"猴子",是因为埃苏在外表上黑黑瘦瘦,小小的身体上还长了一根尾巴,这是典型的猴子形象。而且在约鲁巴神话中,还有一个埃苏和猴子的结合体,那便是圭耶,或叫作"吉古"。这些都体现了埃苏与猴子之间直接或间接的关系。"意指的猴子"是"埃苏的踪迹,是一个断裂的伙伴关系中唯一的幸存者","埃苏的朋友猴子把他丢在哈瓦那,自个儿游到了新奥尔良。意指的猴子作为埃苏的痕迹流传开来"④。通过对"意指的猴子"的研究,盖茨旨在厘清美国黑人文化中原生的修辞性语言,证明"猴子的意指性语言在非裔文学传统中是个形式修正或者说互文性的隐喻"⑤。

盖茨在《意指的猴子》一书中指出,在黑人的传统写作中,黑人土语传统是其特色之一,这体现了黑人与其他种族的根本差异。威廉·拉博夫(William Labov)的研究便指出"黑人英语土语'是个健康有活力的语言形式','有迹象表明黑人在发展他们自己的语法'"⑥。正是

---

① 小亨利·路易斯·盖茨:《意指的猴子:一个非裔美国文学批评理论》,王元陆译,北京:北京大学出版社,2011年,第16页。

② 同①,第33页。

③ 同①,第34页。

④ 同①。

⑤ 同①,第3页。

⑥ 转引自①。

在这一点上,《意指的猴子》有了突破,因此,我们有必要对"意指"的内涵进行进一步的研究,以其定义及与"表意"的关系为例进行说明。

首先,"意指"行为在语言游戏中体现出来,但并不仅仅局限于语言游戏,这其中所采用的修辞策略才是我们应该关注的重点。"意指"作为一种修辞,本质是象征性的,因此它表面意思与它真正要表达的意思是不一样的。同时,"意指"是一种转义行为,是间接传递信息的方式,它引导听话人顺着说话人的意思行动。这种间接方式导致了意义的改变。

其次,"意指"还是一种双声性的象征,这种"双声的"话语又可分为戏仿性叙述与隐形的或内部的论战。这两种声音,一种是意指者自己的声音,他通过说话来"意指";另一种则是在场的第三人的声音,他/她从不同的角度对意指者的话语进行理解。因此,"意指行为是一种'间接争论或说服的技巧'"①。比如,米切尔·克南举出了这样一个例子:"有一天,我看到一个妇人穿了条弹力裤,她一定得有个300磅。如果知道自己是什么模样,她会烧了那条裤子。"②在这个故事中,说话人的话语表面上没有针对在场的任何人,说的是她看到了一个妇人,但是如果当场有另一个妇人刚好也比较肥胖并且喜欢穿弹力裤的话,说话人的这番话便起到了一个"意指"的作用。在场的那位超重的妇女便会怀疑,这番话是不是针对她,她看起来是不是非常不妥。

如果说"意指的猴子"彰显出黑人英语与标准英语在源头上的区别,那么"意指"与"表意"这两个关键词则体现出黑人英语与标准英语在本质上的差异。在现代语言学家索绪尔所建立的在表意基础上的标准英语中,"'表意'指的是一个术语传达的或想要传达的意义"③,即"表意"强调事物之间的对应关系。但黑人英语中的"意指"是一种修辞方式,强调"意指"的过程。这样一种修辞方式,在白人英

---

① 小亨利·路易斯·盖茨:《意指的猴子:一个非裔美国文学批评理论》,王元陆译,北京:北京大学出版社,2011年,第68页。

② 转引自①,第96页。

③ 同①,第57页。

语中找不到对应物,因此可以证明"意指"是黑人所独有的。

"意指"理论在黑人土语中形成,具有强烈的黑人特色,它在白人文学批评理论的基础上进行了创新,是对白人文学批评理论的一种超越。盖茨将表意行为(signifying)视为"意指"的同音同形异义的双关语。首先,从形式上来说,盖茨将白人标准英语中的"表意"(signifying)用黑人术语"意指"(Signifyin[g])来表示。在"意指"这个黑人术语中,Signifyin(g)末尾的"(g)"表示 g 在黑人土语中不发音;另外,S 用了大写形式。在这里,盖茨运用了"意指"手法——括起来的 g 和大写的 S 意指了黑人土语与标准英语之间的差异,而这个黑人术语本身,通过对原来同一白人术语的重复和修正,也起到了一个意指的作用。

在标准英语中,"表意"主要是指用来表现概念或事物的语言符号与它所表现的概念或事物之间的关系,可以用"所指"(signified)/"能指"(signifier)来表示。而在黑人英语中,"意指"表现为"修辞象征"(rhetorical figure)/"能指"。也就是说,黑人将白人的"能指"腾空,用一个黑人土语传统中特有的修辞策略来替代,从这里我们可以看出"意指"与修辞策略之间的关系是密不可分的。修辞在标准英语中可体现为隐喻、提喻、转喻及反讽等,而"意指"行为中强调的修辞策略,可以说包含了标准英语中的大部分修辞手法。

在标准英语中,隐喻是用一种事物暗指另一种事物,本体和喻体同时出现,但不会出现"像"(like/as)这样的词。例如,将马克·吐温(Mark Twain)的作品喻为美国的镜子,就是指马克·吐温的作品是对美国社会的真实反映。而象征是指用具体的事物来表示抽象的事物,比如鸽子就是和平的象征。在标准英语的这些修辞中,能指和所指以及本体和喻体都是直接联系的。而"意指"是"黑人转义的转义,是黑人修辞象征的象征"①。也就是说,"意指"是在标准英语的转义和象

①　小亨利·路易斯·盖茨:《意指的猴子:一个非裔美国文学批评理论》,王元陆译,北京:北京大学出版社,2011 年,第 62 页。

征的基础上,对转义和象征的成果进一步进行转义和象征的表达。
比如:

> 甲:老兄,你什么时候能把我的五美元还给我?
> 乙:有钱我马上还。
> 甲:(对着听众)有人要买值五美元的黑鬼吗? 我这儿
> 有一个要卖。
> 乙:老兄,如果我还了你五美元,你就没什么可意指
> 的了。
> 甲:黑鬼,你只要不变,我就永远有意指的对象。①

在这个例子中,甲说的价值五美元的"黑鬼"是对乙欠了甲那五
美元的转义,甲通过这种转义的方法"意指"要乙还钱。尽管乙说一
旦自己还了钱,甲"意指"的目的达到了,甲就没有什么可以"意指"
的了,但甲说"黑鬼,你只要不变,我就永远有意指的对象",即甲强
调的是"意指"的过程。"一个人并不意指什么东西,一个人以某种
方式意指。"②也就是说,"意指"行为强调的是"意指"的过程、方式及
产生意义的方法。在上述例子中,被强调的不是甲催乙还钱的结果,
而是甲追债的方式,即甲所说的"有人要买值五美元的黑鬼吗? 我这
儿有一个要卖"。在这里,"意指"作为一种修辞,就是对标准英语中
传统修辞的超越,它包括了许多传统修辞中没有的东西,是一个伟大
的创新。

"意指"是在黑人土语中发展起来的,具有黑人特色,是属于黑
人自己的语言。它与"表意"有相似的地方,但"意指"与"表意"
并不是一个完全的平行关系。盖茨在《意指的猴子》中指出,意指
行为"包含所有的语言游戏、象征性替代以及纵聚合轴上被悬置起

---

① 小亨利·路易斯·盖茨:《意指的猴子:一个非裔美国文学批评理论》,王元
陆译,北京:北京大学出版社,2011 年,第 97 页。
② 同①,第 92 页。

来的随意性联想"①。实际上,另两位黑人文学批评家也持相似的观点:"不存在所谓的'黑人的声音',只存在多样化的且可变的各种声音……各种声音相异,但是缺一不可。"②可见,他们与盖茨都强调语言的多样性。各种语言之间的关系就像是水滴和水流之间的关系,互为补充,最后汇合成奔腾的大河。

一③

　　小休斯敦·A.贝克努力挖掘美国黑人文化传统,并从政治和社会角度阐释黑人文学和文化文本。他关注非裔美国人的生存状况,强调在社会历史的环境中看待黑人文化。他的理论大大推动了非裔美国文学批评的发展。

　　贝克的布鲁斯理论是他的重要理论之一。布鲁斯是黑人爵士乐的一种,起源于黑人农民和火车工的劳动号子和歌谣。后来,随着工业化出现了一些流浪歌手,逐渐将这种独特的音乐推广开来。布鲁斯在美国的流行可以追溯到20世纪20年代。贝克的布鲁斯理论深刻认识到布鲁斯作为黑人亚文化的独特特点。他认为应该把这一黑人文化文本放在黑人所处的环境和黑人的日常生活中考察,从社会环境阐释黑人文化。布鲁斯音乐同时也是一种语言,是黑人特殊文化的符号和象征,从布鲁斯和语言的角度解读文本可以更深入地阐释黑人文化。在这方面,贝克的《布鲁斯、意识形态及非裔美国文学:一种本国的理论》一书具有重要地位。在书中他指出,"在研究美国文化时,布鲁斯应该享有特权,因为创造性的理解能够成功地与布鲁斯力量融合在一起,从而产生对美国地域具有说服力和趣

---

　　① 小亨利·路易斯·盖茨:《意指的猴子:一个非裔美国文学批评理论》,王元陆译,北京:北京大学出版社,2011年,第3页。

　　② Houston A. Baker and K. Merinda Simmons, *The Trouble with Post-blackness*, New York:Columbia University Press, 2015, p. 5.

　　③ 本部分内容主要来自龚心蕊:《休斯顿·贝克的批评理论》,《青年文学家》2019年第23期。

味性的重新塑造"①。

贝克首先在书里给布鲁斯下了一个定义。他认为,布鲁斯就是"一种综合体(它总是在合成之中,而不是一种已经被具体化之物),综合劳动歌曲、群体世俗音乐、田野中劳动号子、圣歌的和声、谚语式的格言、民间哲学、政治评论、下流的幽默、哀歌及其他更多东西。因此布鲁斯构成了一种似乎在美国不停运动的混合体——总是在变化、塑造、改变、替代非洲人在新世界的奇异经验"②。"贝克把这种混合体创造性地比喻成布鲁斯母体,视其为孕育黑人文化的地方。他还把布鲁斯比作一种网状体。布鲁斯作品中有交叉点,很多个交叉点连接起来就构成了一个网。"③布鲁斯吸收了黑人的劳动之歌,展现了黑人民众的智慧,也是黑人内心体验和潜意识的体现。贝克在书中以理查德·赖特(Richard Wright)、拉尔夫·艾里森(Ralph Ellison)等人的作品为例,系统地阐明了布鲁斯方言是如何影响并表达美国黑人文化的。

奴隶叙事是美国黑人文学的常用模式,在形态上常常表现为布鲁斯。布鲁斯反映了黑人在当时的政治经济环境下的痛苦、幻想、期待等心理。贝克通过解读玛丽·道格拉斯(Mary Douglas)和古斯塔夫斯·瓦萨(Gustavus Vassa)作品中的布鲁斯,阐释了历史原因对美国黑人创造力的限制,指出想要进行创作的黑人必须追溯黑人话语的源头——布鲁斯。

贝克认为,布鲁斯作家中,艾里森可以说是较为杰出的一个。艾里森认为在美国艺术形式中,布鲁斯可以说是最具悲剧成分的。布鲁斯本身就是黑人作为边缘人生存状况的体现。贝克较为推崇艾里森的《看不见的人》(*Invisible Man*,1952)。艾里森这部作品是一次有力

---

① Houston A. Baker, Jr., *Blues, Ideology, and Afro-American Literature: A Vernacular Theory*, Chicago: University of Chicago Press, 1984, p. 11.

② 同①,第5页。

③ 龚心蕊:《休斯顿·贝克的批评理论》,《青年文学家》2019 年第 23 期,第99 页。

的创作实践,对黑人的生存予以深度分析,表现了黑人艺术和商品化之间的联系。贝克挖掘了"特鲁布拉德"("Trueblood")这一章中暗含的社会经济因素。特鲁布拉德是一个处在社会边缘地带的黑人,他把自己精神上的痛苦和话语权力的失落通过布鲁斯进行表达。在书中,以诺顿为首的白人群体和以特鲁布拉德为代表的黑人之间具有一种工业和农业文化的对比和联系,而基于商品化,工业和农业在美国黑人表达上形成了一种一致,为美国黑人的布鲁斯艺术作品带来了丰富的共鸣。贝克认为,布鲁斯体现了黑人面对主流社会的一种策略,是黑人本土特点和黑人意识形态的象征。

贝克在分析黑人作品时还提出了代际传递思想。在这方面,他参考了托马斯·塞缪尔·库恩(Thomas Samuel Kuhn)的范式转换理论,认为这对非裔美国文学具有重要价值。库恩指出,科学实践总是在经历转移,通常以非理性的方式从上一代人转移到下一代人。贝克利用这一理论研究了美国文学批评在以往 40 年里的变化,提出了"代际传递"概念。[①]

贝克认为,"代际传递"基于这一前提:思维模式变化和社会变化具有相似性。这一概念提出的目的是分析美国黑人以何种表述来表现文化中所存在的问题。在贝克看来,这种过程是具有意识形态色彩的,社会变化和思维变化意味着新的意识形态,其产生会打破旧的意识形态。在美国文学批评中,"黑人美学"(Black Aesthetic)取代了"融合诗学"(Integrational Poetics),而前者又被"重建主义诗学"(Reconstructuralist Poetics)所替代。

"黑人美学"是 20 世纪 60 年代拉里·尼尔(Larry Neal)、艾迪生·盖尔(Addison Gayle)和大卫·亨德森(David Henderson)等人所提出的。这个概念指出黑人文学艺术具有独特之处,即"黑人性"(Blackness)。"黑人性"具有自身独特的艺术风格,这就解构了过去

---

① Houston A. Baker, Jr., *Blues, Ideology, and Afro-American Literature: A Vernacular Theory*, Chicago: University of Chicago Press, 1984, p. 64.

传统白人批评的权威性。黑人美学提出"黑色即美"的口号。黑人美学的物质基础是"奴隶制经济学",这在黑人美学中被看作意识的决定因素。同时,黑人美学也认为艺术作品对社会问题的解决和意识的变化也反过来具有重要影响。贝克对黑人美学进行考察,认为黑人美学的主要缺陷是缺乏客观理解黑人文化的方法论基础。贝克认为解决这一问题就必须在阐释文本的同时,对黑人日常的生活体验和由此带来的表达方式进行关注。

贝克吸收了黑人美学的合理成分,提出了他的"艺术人类学"概念。艺术人类学指"在一种指定文化中,具体的美学作品与其他实体和系统的关系,以及在这种文化中艺术生产的一般性质和功用"①。贝克通过这一概念考察黑人文学作品在美国黑人文化中的位置。艺术人类学参照了亨德森的"文化人类学"概念,同样认为美国黑人的文学、文化、文本只有放在文化语境里,才能获得最完整的阐释。但贝克的创新之处在于,他认为表意文化不应该被框定在一个死板的范围内,表意文化的语境化应当是跨学科的,具有多维的特点。

总之,贝克的艺术人类学为理解非裔美国文学和文化做出了重要贡献。贝克用黑人的方式寻找美国梦,以自己的布鲁斯理论书写了美国黑人的文学篇章。他的视角为非裔美国文学批评提供了新的方向。由他提出的"布鲁斯方言理论""艺术人类学""重新评价"等概念和理论打破了美国白人在文学批评界的垄断,发出了属于黑人自己的声音。

三

美国印第安文学有其"多元性"(plurality)②特质。这种多元性源自美国本土文化的多元性以及构成美国本土民族艺术表现的口头故

---

① Houston A. Baker, Jr., *Blues, Ideology, and Afro-American Literature: A Vernacular Theory*, Chicago: University of Chicago Press, 1984, p. 20.

② Suzanne Evertsen Lundquist, *Native American Literatures: An Introduction*, New York and London: Continuum, 2004, p. 1.

事和文学类型的多元性。美国印第安文学研究扎根在这种多元性特质的基础上,离不开其独特的传统文化。学者和评论家们普遍认为,美国印第安文学主要经历了三个发展时期:口头传统文学、过渡时期文学和以西方主流文学样式为范例进行英语创作的当代文学。1969年,随着 N. 司各特·莫马迪(N. Scott Momaday)的《黎明之屋》(*House Made of Dawn*, 1968)成为首部获得普利策奖的美国印第安小说,美国印第安文学开启了"印第安文学复兴"(American Indian Renaissance)之旅,涌现出了波拉·甘·艾伦、路易丝·厄德里克(Louise Erdrich)、莱斯利·马蒙·西尔科(Leslie Marmon Silko)、希尔曼·艾力克西(Sherman Alexie)、琳达·霍根(Linda Hogan)等一批多产作家和评论家。处于多元文化背景下的美国印第安作家善于采用多样化的文本形式和表现手法来呈现本部落独特的传统文化,强调本民族文化历史的存在感和重要意义,争取在多元文化共生的语境下拥有自我发声的权利。总体上来说,这个时期的美国印第安文学呈现回归传统的趋势。

　　纵观美国印第安文学,评论家们认为理解美国印第安文学呈现的"神话"(mythology)①是解读其文本意义的根本所在。从莫马迪的《黎明之屋》到霍根的《靠鲸生活的人》(*People of the Whale*, 2008),当代美国印第安文学的源头可追溯到口头神话故事传统。神话故事历经千年,编织着美国印第安古老的历史。波拉·甘·艾伦认为美国印第安神话"是对(以土地为代表)的财富的感知,对自然灵力的尊重,对普遍秩序和平衡仪式的理解"②。每一个民族的神话都解释了一个民族的起源——来自地球、从天而降还是迁徙而来。在美国印第安神话故事中,创世之母的神话是其"母系宇宙"③文化传统的重要组

---

　　①　Suzanne Evertsen Lundquist, *Native American Literatures: An Introduction*, New York and London: Continuum, 2004, p. 2.

　　②　Paula Gunn Allen, *Off the Reservation*, Boston: Beacon Press, 1998, pp. 40－41.

　　③　Paula Gunn Allen, *Grandmothers of the Light: A Medicine Woman's Sourcebook*, Boston: Beacon, 1991, p. xiii.

成部分。对来自不同部落的美国印第安人来说,传统的口头神话故事和讲故事传统都是部落文化的外在表征。但随着西方主流文化的不断入侵,美国印第安部落口头故事传统已逐渐成为过往。此外,美国印第安文化还与土地存在密切关系,因为他们认为土地是保持其文化传统不被磨灭的关键所在,是各部落神秘文化、仪式和自然崇拜的载体。土地是他们获取生存所需物质资料的来源,更是联结他们与部落文化的脐带。在美国印第安人眼中,土地具有神奇的治愈能力。西方殖民主义的不断扩展,在同化美国印第安文化传统的同时,也夺取了万物共生的土地。温德尔·贝瑞(Wendell Berry)曾经这样说过,个体和所生长土地之间的联系是不可分割的,因为要想知道你是谁,你必须知道你所处之地在哪里;无论我们是否受到所处之地的影响,环境因素在身体、情感甚至精神上决定着我们是谁的思考。① 失去了情感依存的美国印第安人同时失去了身份认同的标志,数代印第安人为了争回属于自己的土地而不断与白人进行抗争。

美国印第安人也被誉为"生态印第安"。他们认为,人类、动物和植物等大地上的一切都是相互关联的。自然环境和人类世界应该处于和谐秩序之中,宇宙万物理应各司其职,和谐统一才是最完美的境界。为了保持事物之间不可断裂的关联性,印第安人常常举行仪式,通过仪式的展演来传承和强化民族文化记忆。在传统文化仪式上,他们会通过跳部落太阳舞、吟唱民族神话等方式来祈求神灵保佑他们尊崇的"圣环"不被打破。由此可见,传统美国印第安人对"圣环"有着非凡的崇拜之情。在他们的文化认知观中,时间并非线性的,而是呈环形、可循环的。在他们古老的创世神话中,所有的历史进程都是一个无尽循环的环。面对西方殖民者的入侵和剥夺,他们在维持民族文化传统的同时,要做的只有等待,因为他们相信时间的循环作用,相信他们被偷走的土地在未来的某一天会再次属于他们,他们的文化传统

---

① Wendell Berry, "The Regional Motive," in *A Continuous Harmony: Essays Cultural and Agricultural*, New York: Harcourt Brace Jovanovich, 1972, pp. 63 – 70.

也会生生不息。

　　"万物有灵"是美国印第安生态文化的基础。他们秉承这一文化理念,守护着千百年来的"圣环"。在《圣环:找回美洲印第安传统中的女性特征》一书中,美国印第安文学家和评论家波拉·甘·艾伦通过描写日常生活的方方面面来阐述其环形生态观。波拉·甘·艾伦认为,"生命就是一个环,在这个环内,任何事物都有自己的位置"①。环形认知观是美国印第安人的文化传统,这一点在《黑麋鹿如是说》(*Black Elk Speaks*, 1932)里面也有所体现。波拉·甘·艾伦建议从七个方面来理解印第安文学。第一,美国印第安人和精灵们总是联系在一起的。很多学者也从恶作剧精灵的视角来分析印第安文学。第二,印第安人具有极强的忍耐性。他们在经历了一场如此彻底的破坏性压迫之后,仍旧凭借着坚强的意志幸存下来。在持续循环的时间认知下,印第安人坚信部落制度在"新世界"已经运作了上万年,几百年的殖民统治是不可能看到他们灭亡的。第三,传统部落的生活方式是女性占核心地位。这些特点对于理解印第安部落文化至关重要。第四,西方殖民者推崇的以男性为中心的主流文化与印第安人的"母系宇宙"观念相冲突。矛盾冲突的结果要么是同化融合,要么就是一方被另一方泯灭压制。殖民者的文化屠杀政策导致美国印第安文化在社会发展的猛烈撞击下摇摇欲坠。第五,波拉·甘·艾伦认为,美国印第安文学可以分为几个相互交叉的领域,主要分为传统文学和类型文学。传统文学可以进一步划分为仪式文学和大众文学。当代美国印第安文学形式多样,包括诗歌、小说和戏剧等。此外,还有自传体、叙事性和混合体裁的作品。可以说,美国印第安文学在形式上和主流文学趋于一致,内容上经常涉及口头传统的主题元素。这些创作灵感通常来自作家自身所属的部落。但是,非印第安人作品的元素有时也会出现在同时代的部落文学中。这也是印第安文学突破自身、走向外

---

　　① Paula Gunn Allen, *The Sacred Hoop: Recovering the Feminine in American Indian Traditions*, Boston: Beacon Press, 1992, p. 16.

部世界的例证。印第安文学应该是美国文学重要的组成部分,而不是一件古物或一个过时的人工制品,与美国的现在和未来没有什么关系。作为美国文学的重要传统,印第安文化传统为美国众多著名作家提供了创作给养,如克顿·马瑟(Cotton Mather)、纳撒尼尔·霍桑(Nathaniel Hawthorne)、沃尔特·惠特曼(Walt Whitman)、威廉·卡洛斯·威廉斯(William Carlos Williams)、威廉·福克纳(William Faulkner)、艾德里安·里奇(Adrienne Rich)、托尼·凯德·班巴拉(Toni Cade Bambara)和朱迪·格兰(Judy Grahn)。可以说,整个美国印第安文学,从它的传统礼仪到正式文学,形成了一个独特的场域。整个场域是动态的、统一的、连贯的,有自己的叙事方式。这种文学传统具有独特的美学思想,这一点对于理解印第安文学甚至美国文学都是有重要意义的。第六,部分西方学者对美国印第安人部落制度的研究在根本上是错误的,因为他们改变不了本身父权制的文化偏见。这导致他们在看待部落文化的时候,往往是贬低或掩盖部落尊崇的女性神圣地位。第七,美国印第安人的传统文化观和仪式等在许多方面与地球上其他神圣文化类似,如中国西藏和跨高加索文化(trans-Caucasus culture,包括地中海文化及其在不列塔尼、诺曼底、英格兰、威尔士、爱尔兰和苏格兰西部土地上的留存)。美国印第安部落社会融合了东南亚、美拉尼亚、密克罗尼亚、波利尼西亚和非洲等地部落人民的许多特征。也就是说,我们所处的世界文化早于源自"文明"模式的西方制度。因此,美国印第安人只是被迫遭受宗法工业政府和种族灭绝暴行的一部分部落人民。

在《当代美国印第安文学和口述传统》(*Contemporary American Indian Literatures and Oral Tradition*, 1999)一书中,苏珊·贝里·布里尔·德拉米雷斯(Susan Berry Brill de Ramirez)采用"可逆性"(conversivity)理论为主导隐喻来书写美国印第安口头故事传统的现代隐喻。罗宾·赖丽(Robin Riley)则将注意力完全集中在诗歌研究上。通过细读文本的方法,她绘制了一幅快速搜索地图,展示了作家们是如何将诗歌作为一种参与社会和政治事务的手段。和赖丽一样,霍根在创作小说之余,也通过诗歌表达美国印第安人的生态情怀。尤其是在诗集《药之书》(*The Book of Medicines*, 1993)中,霍根通过人类和动植物的不同视角来叙述美国印第安人古老的历史变迁。西方白人殖民者到来之前,他们所处的世界呈现和谐美好的景观,但殖民者的肆意剥夺很快导致曾经美好的家园失去了原有的生机。同时,受白人主流文化的浸染,年轻一代的印第安人不再固守这片土地,而是选择摆脱传承部落传统文化的责任,转而走向白人的世界。远离故土和传统的年轻印第安人逐渐发现他们不属于白人文化的一部分,也无法融入其中。于是,他们陷入了两难的境地,精神呈现一派迷乱,如《仪典》(*Ceremony*, 1977)中的塔尤、《黎明之屋》中的艾贝尔、《爱药》(*Love Medicine*, 1984)中的夏普等。可以说,这是美国印第安作品的焦点之一,目的在于通过书写人的精神失常来表明美国印第安人推崇的仪式和土地的治愈功能。

此外,美国印第安文学特别强调世间万物的和谐及女性在部落当中的重要地位。这也是他们"母系宇宙"传统的具体表征。比如西尔科的小说《仪典》就存在两类对塔尤的精神治愈起着重要意义的女性,尤其是女药师"夜天鹅"。可以说,美国印第安口头神话故事中包含着数不清的被神话的女性。女性在他们部落生活和社会事务中起着举足轻重的作用。西方基督教文化的渗透导致美国印第安神圣女性跌落神坛,处于被双重边缘化的他者地位。在传统文化中女性核心地位丧失的同时,美国印第安文化也随之陷入危机。如何拯救部落文化成为当今美国印第安文学家不可推卸的责任。从某种意义上说,当代美国印第安人正处于十字路口,面临生存和发展的抉择。纯粹保持本民族文化传统将导致部落民族与外部世界逐渐隔离,接受主流文化又面临部落文化被同化泯灭的危机。如何在发扬生态印第安和谐共生的传统文化的基础上融入主流文化进步的一面,是美国印第安人和作家当下应该思考的重要问题。

美国印第安人不仅仅是西方帝国主义进步的牺牲品,也是美洲大多数激进主义运动所追求的梦想的载体。然而,不管社会历史如何变化,传统的美国印第安人都坚守着仪式和精神的部落世界观。批评家们在解读美国印第安文学的时候,侧重于后殖民主义、美国印第安人的身份问题、传统的口头故事、生态印第安、后现代主义以及文化复兴等方面。文本研究对象一般也集中在前面提到的几个作家的代表性作品上,从理论、文本和地域三方面对美国印第安文学进行详细阐释。在不断阐释的过程中,学者和评论家们发现,无论是他们的创世神话、口头故事、诗歌还是散文,都以这片土地为创作根基。因此,不论是理论家还是作家,当他们评述或创作有关美国印第安文化传统的作品时,基于土地的文化和特定地理位置的治愈或修复属性都会得到关注。可以说,夺回部落土地的战争就是争取政治、经济、文化和环境等各方面正义的策略。美国印第安作家在书写本民族传统文化的同时,又凭借自身独特的创作形式逐渐消解主流文化的压制,突破中心文化的界限,不断走入世人的视野。美国印第安文学研究是一个跨学科的研究领域,研究方法多样化。有很多学者和评论家从人类学、文学研究、民俗学、心理学、社会学、历史学、哲学、文化研究和女性主义等方面对其进行了多方位分析。

总而言之,不管采取何种创作方式和分析方法,作家和评论家们都回顾了美国印第安人反抗和生存的历史,展望了美国印第安文学美好的未来。他们相信,处于现代进程中的美国印第安人能够凭借自己的力量跨越传统与现代的对立关系,调和部落文化与白人主流文化的矛盾,年轻的印第安人也会有能力在肩负民族传统文化的同时,走出一条具有印第安民族特色的文化之路。

主要参考文献

Abaza, M. and G. Stauth. "Occidental Reason, Orientalism, Islamic Fundamentalism: A Critique." In *Globalization, Knowledge and Society*. Edited by Martin Albrow and Elizabeth King. London: Sage, 1990.

Adams, Carol J., and Josephine Donovan, eds. *Animals and Women: Feminist Theoretical Explorations*. Durham: Duke University Press, 1995.

Adell, Sandra. "Speaking of Ma Rainey/Talking about the Blues." In *May All Your Fences Have Gates: Essays on the Drama of August Wilson*. Edited by A. Nadel. Iowa City: University of Iowa Press, 1994, 51–56.

Ali, T. *Interview with Edward Said*. Special Broadcasting Service, Australia, 1994.

Allen, Paula Gunn. *Grandmothers of the Light: A Medicine Woman's Sourcebook*. Boston: Beacon, 1991.

——. *Off the Reservation*. Boston: Beacon Press, 1998.

——. *The Sacred Hoop: Recovering the Feminine in American Indian Traditions*. Boston: Beacon Press, 1992.

Armstrong, Linda. "Cast of 'Driving Miss Daisy' Discusses Bringing the Play to B'way." *New York Amsterdam News*, 101.44 (2010): 26–42.

Arnest, Mark. "Rep's 'Ballyhoo' Does as Well as Plot Allows." *The Gazette*, 19 Jan. 2007. https://gazette.com/news/rep-s-ballyhoo-doesas-well-as-plot-allows/article _ 31381d0f-0cea-5c32-9b40-89b1fd4dfd4e. html.

Arnold, Ellen L. Introduction. In *Conversations with Leslie Marmon Silko*. Jackson: University Press of Mississippi, 2000, vii – xiv.

Arnold, Jean, et al. "Forum on Literatures of the Environment." *PMLA*, 114.5(1999): 1089 – 1104.

Ashcroft, Bill and Pal Ahluwalia. *Edward Said*. London: Routledge, 2001.

Assmann, Aleida. *Erinnerungsraume — Formen und Wandlungen des kulturellen Gedachtnisses*. Translated by Pan Lu. Beijing: Peking University Press, 2016.

Baker, Houston A. and K. Merinda Simmons. *The Trouble with Post-blackness*. New York: Columbia University Press, 2015.

Baker, Houston A., Jr. *Blues, Ideology, and Afro-American Literature: A Vernacular Theory*. Chicago: University of Chicago Press, 1984.

Baker, Houston A., Jr., and Patricia Redmond. *Afro-American Literary Study in the 1990s*. Chicago: University of Chicago Press, 1989.

Bakerman, Jane. "The Seams Can't Show: An Interview with Toni Morrison." *Black American Literature Forum*, 12.2 (Summer 1978): 56 – 60.

Bate, Jonathan. *The Dream of the Earth*. Cambridge, MA: Harvard University Press, 2000.

Beaulieu, Elizabeth Ann. *Black Writers and the American Neo-slave Narrative: Feminity Unfettered*. Westport: Greenwood Press, 1999.

Bennetts, L. "An Uncommon Dramatist Prepares Her New Work." *The New York Times*, May 24, 1981. https://www.nytimes.com/1981/05/24/theater/an-uncommon-dramatist-prepares-her-new-work.html.

Bercovitch, Sacvan, ed. *The Cambridge History of American Literature*. Vol. 7. Cambridge: Cambridge University Press, 2007.

Bernstein, Charles. *A Poetics*. Cambridge, MA: Harvard University Press, 1992.

——. *Pitch of Poetry*. Chicago and London: University of Chicago

Press, 2016.

Berry, Wendell. "The Regional Motive." In *A Continuous Harmony: Essays Cultural and Agricultural*. New York: Harcourt Brace Jovanovich, 1972, 63 – 70.

Betsko, Kathleen and Rachel Koenig, eds. *Interview with Contemporary Women Playwrights*. New York: Beech Tree Books, 1987.

Bhabha, Homi K. *The Location of Culture*. London: Routledge, 1994.

Bigsby, C. W. E. *Contemporary American Playwrights*. Cambridge: Cambridge University Press, 1999.

——. *A Critical Introduction to Twentieth-Century America Drama: Vol. 3, Beyond Broadway*. Cambridge: Cambridge University Press, 1995.

Bigsby, Christopher. "Changing America: A Changing Drama?" In *The Cambridge History of American Literature*. Vol. 7. Edited by Sacvan Bercovitch. Cambridge: Cambridge University Press, 2007, 76 – 100.

Birns, Nicholas. "An Incomplete Journey: Settlement and Power in *Brazil-Maru*." In *Karen Tei Yamashita: Fictions of Magic and Memory*. Edited by Robert Lee. Honolulu: University of Hawaii Press, 2018, 90 – 104.

Blake, Susan. "Toni Morrison." In *Dictionary of Literary Biography: Afro-American Writers after 1955*. Edited by Thadious M. Davis and Trudier Harris. Detroit: Gale Research Co., 1984, 188 – 189.

Bly, Robert. Introduction. In *The Sibling Society*. New York: Vintage Books, 1997, vii – xiii.

——. *The Insanity of Empire*. St. Pail, MN: Aly Press, 2004.

Bonetti, Kay. "Keeping It Short." In *Conversations with Raymond Carver*. Edited by William L. Stull and Gentry Marshall Bruce. Jackson: University of Mississippi Press, 1990, 53 – 61.

Bookchin, Murray. *The Philosophy of Social Ecology: Essays on Dialectical Naturalism*. Palo Alto: Black Rose Books, 1990.

Booker, Margaret. *Lillian Hellman and August Wilson: Dramatizing a New American Identity*. New York: Lang, 2003.

——. "*Radio Golf*: The Courage of His Convictions." In *The*

Cambridge Companion to August Wilson. Edited by C. Bigsby. Cambridge: Cambridge University Press, 2007, 183 – 192.

Bradbury, Malcolm. "What Was Post-modernism? The Arts in and after the Cold War." *International Affairs*, 71.4(1995): 763 – 774.

——. "Writing Fiction in the 90s." In *Neo-realism in Contemporary American Fiction*. Edited by Kristiaan Versluys. Amsterdam: Rodopi, 1992, 13 – 25.

Branch, Michael, Rochelle Johnson, Daniel Patterson and Scott Slovic, eds. *Reading the Earth: New Directions in the Study of Literature and Environment*. Idaho: University of Idaho Press, 1998.

Brater, Enoch, ed. *Feminine Focus*. New York and Oxford: Oxford University Press, 1989.

Brooks, Paul. *The House of Life; Rachel Carson at Work*. Boston: Houghton Mifflin, 1972.

Buell, Lawrence. *The Environmental Imagination: Thoreau, Nature Writing, and the Formation of American Culture*. Cambridge, MA, and London: The Belknap Press of Harvard University Press, 1995.

——. *The Future of Environmental Criticism: Environmental Crisis and Literary Imagination*. Malden: Blackwell Publishing Ltd., 2005.

——. *Writing for an Endangered World: Literature, Culture, and Environment in the U. S. and Beyond*. Cambridge, MA, and London: The Belknap Press of Harvard University Press, 2001.

Burke, Kenneth. *A Rhetoric of Motives*. Berkeley: University of California Press, 1969.

——. *Attitudes toward History*. Boston: Beacon press, 1961.

Butler, Judith. *Gender Trouble: Feminism and the Subversion of Identity*. New York: Routledge, 1990.

Butler, Octavia E. *Adulthood Rites*. New York: Warner Books, 1989.

——. *Dawn*. New York: Warner Books, 1988.

——. *Imago*. New York: Warner Books, 1990.

——. *Kindred*. Boston: Beacon, 1988.

——. *Parable of the Sower*. New York: Seven Stories Press, 1995.

Campbell, SueEllen. *Bringing the Mountain Home*. Arizona: University of Arizona Press, 1996.

Caruth, C. *Unclaimed Experience: Trauma, Narrative, and History.* Baltimore and London: The Johns Hopkins University Press, 1996.

Carver, Raymond. *Fires: Essays, Poems, Stories.* New York: Vintage Books, 1989.

——. *What We Talk about When We Talk about Love.* New York: Vintage Books, 1982.

Casey, Edward. *The Fate of Place: A Philosophical History.* Berkeley: University of California Press, 1998.

Césaire, A. *The Collected Poetry.* Translated by Clayton Eshelman and Annette Smith. Berkeley: University of California Press, 1983.

Chavez, J. R. *The Lost Land: The Chicano Image of the Southwest.* Albuquerque: University of New Mexico Press, 1984.

Chin, Frank, Jeffery Paul Chan, Lawson Fusao Inada, and Shawn Wong, eds. *Aiiieeeee!: An Anthology of Asian American Writers.* Washington, DC: Howard University Press, 1974.

Christian, Barbara. *Black Women's Novelists: The Development of a Tradition, 1892 – 1976.* Westport, Conn.: Greenwood Press, 1980.

Cohen, Michael P. "Blues in the Green: Ecocriticism under Critique." *Environmental History*, 9.1(2004): 9 – 36.

Cohen, Robert. *Theatre: Brief Version.* New York: McGraw-Hill Higher Education, 2006.

Cole, Foster. *From the Ground Up: Environmental Racism and the Rise of the Environmental Justice Movement.* New York: New York University Press, 2001.

Coltelli, Laura. "*Almanac of the Dead*: An Interview with Leslie Marmon Silko." In *Conversations with Leslie Marmon Silko.* Edited by Ellen L. Arnold. Jackson: University Press of Mississippi, 2000: 119 – 134.

——. *Winged Words: American Indian Writers Speak.* Lincoln: University of Nebraska Press, 1990.

Cone, James H. *The Spirituals and the Blues: An Interpretation.* New York: Seabury Press, 1972.

Converse, Harriet Maxwell and Arthur Caswell Parker. *Myth and Legends of the New York State Iroquois*. Albany: New York State Museum, 1908.

Conway, Jill Ker, Kenneth Keniston and Leo Marx, eds. *Earth, Air, Water, Fire: Humanistic Studies of the Environment*. Amherst: University of Massachusetts Press, 2000.

Cook, Barbara J. Introduction. In *From the Center of Tradition: Critical Perspectives on Linda Hogan*. Boulder: University Press of Colorado, 2003, 1 – 10.

Coser, L. A. *The Functions of Social Conflict*. New York: The Free Press, 1956.

Cowie, Jefferson. "Review: The Intellectual as Fan." *Reviews in American History*, 32.2(2004): 274 – 281.

Craig, Carolyn Casey. *Women Pulitzer Playwrights: Biographical Profiles and Analyses of the Plays*. Jefferson, NC: McFarland & Company, 2004.

Crang, Mike. *Cultural Geography*. London and New York: Routledge, 1998.

Cresswell, Tim. *On the Move: Mobility in the Modern Western World*. New York: Taylor & Francis, 2006.

——. *Place: A Short Introduction*. Oxford: Blackwell, 2004.

——. "Theorizing Place." *Thamyris/Intersecting*, 9(2002): 11 – 32.

Croft, Susan. *She Also Wrote Plays: An International Guide to Women Playwrights from the 10th to 21st Century*. London: Faber and Faber Limited, 2001.

Crossley, Robert. Introduction. In *Kindred*, by Octavia E. Butler. Boston: Beacon, 1988, ix – xxvii.

Dalgleish, T. "Cognitive Approaches to Post-traumatic Stress Disorder: The Evolution of Multirepresentational Theorizing." *Psychological Bulletin*, 130.2(2004): 228 – 260.

Daniels, Kate. "About Philip Levine." *Ploughshares*, 104(Winter 2007 – 08): Editor Profile.

De Man, Paul. *Mallarmé, Yeats, and the Post-Romantic Predicament*.

PhD dissertation. Cambridge, MA: Harvard University, 1960.

Deb, Kushal, ed. *Mapping Multiculturalism*. Jaipur: Rawat Publications, 2002.

Demastes, William. "Jessie and Thelma Revisited: Marsha Norman's Conceptual Challenge in *'Night, Mother*." *Modern Drama*, 36. 1 (1993): 109 – 119.

Denard, Carolyn C., ed. *What Moves at Margin*. Jackson: University Press of Mississippi, 2008.

Depietro, Thomas, ed. *Conversations with Don DeLillo*. Jackson: University Press of Mississippi, 2005.

Derrida, Jacques. *Writing and Difference*. Chicago: University of Chicago Press, 2017.

Dettmar, Kevin J. H., ed. *The Cambridge Companion to Bob Dylan*. New York: Cambridge University Press, 2009.

DiGaetani, John. L. *A Search for a Postmodern Theater: Interviews with Contemporary Playwrights*. New York: Greenwood Press, 1991.

Dove, Rita. *Sonata Mulattica*. New York: W. W. Norton & Company, 2009.

Du Bois, W. E. B. *The Souls of Black Folk*. New York: Oxford University Press, 2007.

Easterlin, Nancy. "Cognitive Ecocriticism: Human Wayfinding, Sociality, and Literary Interpretation." In *Introduction to Cognitive Cultural Studies*. Edited by Lisa Zunshine. Baltimore: Johns Hopkins University Press, 2010.

Elam, H. J. *Essays by Native American Writers*. Lincoln: University of Nebraska Press, 1987.

——. *The Past as Present in the Drama of August Wilson*. Ann Arbor: University of Michigan Press, 2004.

Elam, Harry J., Jr. "August Wilson (1945—   )." In *African-American Writers*. Edited by Valerie Smith. Detroit: Gale, 2001.

Evernden, Neil. "Beyond Ecology: Self, Place, and the Pathetic Fallacy." In *The Ecocriticism Reader: Landmarks in Literary Ecology*. Edited by Cheryll Glotfelty and Harold Fromm. Athens:

University of Georgia Press, 1996, 92 – 104.

Fanger, Iris. "Poignant Parade' Probes American Heart." *Christian Science Monitor*, 18 Dec. 1998. https://jasonrobertbrown.com/reviews/poignant-parade-probes-americas-heart/.

Favorini, A. *Memory in Play from Aeschylus to Sam Shepard*. New York: Martin's Press LLC, 2008.

Fay, Sarah. "Kay Ryan: The Art of Poetry." *The Paris Review*, 187.94 (Winter 2008): 49 – 79.

——. "Marilynne Robinson: The Art of Fiction," *The Paris Review*, 186 (Fall 2008), Web. 8 Mar. 2009. http://www.theparisreview.org/interviews/5863/the-art-of-fiction-no-198-marilynne-robinson.

Ferraris, Maurizio. "A Brief History of New Realism." *Filozofija i društvo*, 27.3(2016): 591 – 609.

Ferris, Jean. *America's Musical Landscape*. New York: McGraw-Hill, 2010.

Fitscher, Hanns E. Introduction. In *Existentialism and Humanism: Three Essays*. By Karl Jaspers. Translated by E. B. Ashton. New York: Russel F. Moore, 1952, 7 – 15.

Fortier, Mark. *Theory/Theater*. New York: Routledge, 1997.

Foster, J. S. *The Concept of Black Liberation Ideology in the Plays of August Wilson*. PhD dissertation. New York: New York University, 2000.

Foucault, Michel. *Discipline and Punish: The Birth of the Prison*. Translated by Alan Sheridan. New York: Random House, 1977.

——. *Power/Knowledge: Selected Interviews and Other Writings, 1972 – 1977*. New York: Pantheon Books, 1980.

Fraiman, Susan. "Shelter Writing: Desperate Housekeeping from Crusoe to Queer Eye." *New Literary History*, 2(2006), 341 – 359.

Fredric, Jameson. "Third World Literature in the Era of Multinational Capitalism." *Social Text*, 15(1986), 65 – 88.

Fromm, Erich. *The Sane Society*. London and New York: Routledge & Kegan Paul, 2002.

Gaard, Greta, ed. *Ecofeminism: Women, Animals, Nature*. Philadelphia:

Temple University Press, 1993.

Gaetani, Di, John Louise and David Henry Hwang. "*M. Butterfly*: An Interview with David Henry Hwang." *TDR*, 3(1989): 141 – 153.

Galens, David. *Drama for Students*. Michigan: Cengage Gale, 1987.

Gallagher, Catherine, and Stephen Greenblatt. *Practicing New Historicism*. Chicago: University of Chicago Press, 2000.

Gamber, John B. "Dancing with Goblins in Plastic Jungles: History, Nikkei Transnationalism, and Romantic Environmentalism in *Through the Arc of the Rain Forest*." In *Karen Tei Yamashita: Fictions of Magic and Memory*. Edited by Robert Lee. Honolulu: University of Hawaii Press, 2018, 39 – 58.

Gangewere, Robert J., ed. *The Exploited Eden: Literature on the American Environment*. New York: Harper & Row, 1972.

Garrard, G. *Ecocriticism*. London and New York: Routledge, 2004.

Gates, Henry Louis, Jr. *The Signifying Monkey: A Theory of African-American Literary Criticism*. New York: Oxford University Press, 1988.

Gates, Henry Louis, Jr., and Cornel West. *The African-American Century: How Black American Have Shaped Our Country*. New York: Simon, 2000.

Gavin, Christy. *American Women Playwrights 1964 – 1989: A Research Guide and Annotated Bibliography*. New York and London: Garland Publishing Inc., 1993.

Gilbert, Sandra, and Susan Gubar. *The Madwoman in the Attic: The Woman Writer and the Nineteenth-Century Literary Imagination*. New Haven: Yale University Press, 1979.

Gillis, John R. *A World of Their Own Making*. Cambridge, MA: Harvard University Press, 1996, p. 77.

Ginter-Brown, Linda. *Marsha Norman: A Casebook*. London and New York: Routledge, 2014.

Gioia, Dana. "Discovering Kay Ryan." *The Dark Horse*, 7 (Winter 1998 – 1999).

Glotfelty, Cheryll. "Introduction: Literary Study in an Age of

Environmental Crisis." In *The Ecocriticism Reader: Landmarks in Literary Ecology*. Edited by Cheryll Glotfelty and Harold Fromm. Athens and London: University of Georgia Press, 1996.

Glotfelty, Cheryll, and Harold Fromm, eds. *The Ecocriticism Reader: Landmarks in Literary Ecology*. Athens and London: University of Georgia Press, 1996.

Glück, Louise. *Averno*. New York: Farrar Straus, 2006.

——. *Faithful and Virtuous Night*. New York: ECCO Press, 2014.

——. *Meadowlands*. New York: ECCO Press, 1996.

——. *Poems*. New York: ECCO Press, 2012.

——. *Poems 1962 – 2012*. London: Penguin Classics, 2021.

——. *Proofs and Theories: Essays and Poetry*. New York: ECCO Press, 1994.

——. *The Wild Iris*. New York: ECCO Press, 1992.

——. *Vita Nova*. New York: ECCO Press, 1999.

Govan, Sandra Y. "Homage to Tradition: Octavia Butler Renovates the Historical Novel." *MELUS*, 13.1/2(1986): 79 – 96.

Gray, Richard. *Writing the South: Ideas of an American Region*. Cambridge: Cambridge University Press, 1986.

Greenblatt, Stephen. *Shakespearean Negotiations: The Circulation of Social Energy in Renaissance*. Berkeley and Los Angeles: University of California Press, 1988.

Greeson, Jennifer Rae. *Our South: Geographic Fantasy and the Rise of National Literature*. Cambridge, MA: Harvard University Press, 2010.

Grossman, K. "The People of Color Environmental Summit." In *Unequal Protection: Environmental Justice and Communities of Color*. Edited by Robert D. Bullard. San Francisco: Sierra Club Books, 1996, 272 – 297.

Guha, R. and G. C. Spivak, eds. *Selected Subaltern Studies*. New York: Oxford University Press, 1988.

Gussow, Mel. "Marsha Norman Savors Pulitzer Prize for Drama." *The New York Times*, April 19, 1983. https://www.nytimes.com/1983/

04/19/theater/marsha-norman-savors-pulitzer-prize-for-drama.html.

Hall, Stuart. *The Multicultural Question*. London: Zed Press, 2000.

Hammer, Langdon. "Confluences of Sound and Sense: Kay Ryan's Idiosyncratic Approach to the Commonplace." *American Scholar*, 77.3(2008): 58 - 59.

———. "Confluences of Sound and Sense: Kay Ryan's Idiosyncratic Approach to the Commonplace." *The American Scholar*, 77. 3 (2008): 58 - 59.

Hampton, Gregory. *Changing Bodies in the Fiction of Octavia Butler: Slaves, Aliens, and Vampires*. Lanham: Lexington Books, 2010.

Harrison, Summer and Linda Hogan. "Sea Level: An Interview with Linda Hogan." *Interdisciplinary Studies in Literature and Environment*, 18.1(2011): 161 - 177.

Harvey, David. *Justice, Nature and the Geography of Difference*. Cambridge, MA: Blackwell, 1996.

Heise, Ursula. *Sense of Place and Sense of Planet: The Environmental Imagination of the Global*. New York: Oxford University Press, 2008.

———. "The Hitchhiker's Guide to Ecocriticism." *PMLA*, 121.2(2006): 503 - 516.

Heller, Dana. "Housebreaking History: Feminism's Troubled Romance with the Domestic Sphere." In *Feminism beside Itself*. Edited by Diane Elam. New York: Routledge, 1995.

Helper, Jon, ed. *Gary Snyder: Dimension Sofa Life*. San Francisco: Sierra Club Books, 1991.

Ho, Wendy. "Mother/Daughter Writing and the Politics of Race and Sex in Maxine Hong Kingston's *The Woman Warrior*." In *Asian Americans: Comparative and Global Perspectives*. Edited by Shirley Hune, Hyung-chan Kim, Stephen S. Fugita and Amy Ling. Pullman: Washington State University Press, 1991, 225 - 237.

Hogan, Linda. *Mean Spirit*. New York: Macmillan, 1990.

———. *People of the Whale*. New York: W. W. Norton & Company, 2008.

——. *Power*. New York: W. W. Norton & Company, 1998.

——. *Sightings: The Mysterious Journey of* The Gray Whale. Washington, DC: National Geographic, 2002.

——. *Solar Storms*. New York: Scribner, 1995.

——. *The Book of Medicines*. Minneapolis: Coffee House, 1993.

——. "The Two Lives." In *I Tell You Now: Autobiographical Essays by Native American Writers*. Edited by Brian Swann and Arnold Krupat. Lincoln: University of Nebraska Press, 1987, 231 – 251.

——. *The Woman Who Watches over the World: A Native Memoir*. New York and London: W. W. Norton & Company, 2001.

Holley, Joe. "*Heidi Chronicles*' Playwright Wendy Wasserstein." *The Washington Post*, January 31, 2006. http://www.washington-post. com/wp-dyn/content/article/2006/01/30AR2006013001719.html.

Hooks, Bell. *Teaching to Transgress: Education as the Practice of Freedom*. London and New York: Routledge, 2017.

Hornby, Richard. "New Life on Broadway." *The Hudson Review*, 41 (1988), 512 – 518.

Horton, Ray. "'Rituals of the Ordinary': Marilynne Robinson's Aesthetics of Belief and Finitude." *PMLA*, 132.1 (2017): 119 – 134.

Horwitz, Simi. "After the 'Ballyhoo' <Comes the 'Parade'." *Back Stage*, 39(1998): 51 – 52.

Huggan, Graham and Helen Tiffin. *Postcolonial Ecocriticism: Literature, Animals, Environment*. NewYork: Routledge, 2010.

Huizinga, Johan. *Homo Ludens: A Study of the Play-Element in Culture*. London and Boston: Routledge & Kegan Paul, 1980.

Huntingdon, S. F. *The Clash of Civilizations and the Remaking of World Order*. New York: Simon and Schusler, 1996.

Isherwood, Charles. "August Wilson, Theatre's Poet of Black American, Is Dead at 60." *The New York Times*, October 3, 2005, late ed.: A1.

——. "Wendy Wasserstein Dies at 55; Her Plays Spoke to a Generation." *The New York Times*, January 30, 2006. http://www.

nytimes.com/2006/01/30/the-ater/30cnd-wasserstein.html.

Jameson, Fredric. *Fables of Aggression*. Berkeley: University of California Press, 1979.

——. *Postmodernism, or, the Cultural Logic of Late Capitalism.* Durham: Duke University Press, 1991.

——. *Signatures of the Visible*. New York: Routledge, 1992.

——. *The Cultural Tun: Selected Writings on the Postmodern, 1983 - 1998*. New York: Verso, 1998.

——. *The Political Unconscious: Narrative as a Socially Symbolic Act.* London: Routledge, 1981.

——. *True to Spirit: Film Adaptation and the Question of Fidelity*. New York: Oxford University Press, 2011.

Jaspers, Karl. *Existentialism and Humanism: Three Essays*. Translated by E. B. Ashton. New York: Russel F. Moore, 1952.

Jones, Roger. "On Seeing the Universe Freshly." *Southwest Review*, 67.2(1982): 246-248.

Jung, C. G. *Modern Man in Search of a Soul*. Translated by W. S. Dell and C. F. Baynes. New York: Harcourt, 1993.

Kachur, Barbara. "Women Playwrights on Broadway: Henley, Howe, Norman and Wasserstein." In *Contemporary American Theatre*. Edited by Bruce King. New York: St. Martin's Press, 1991, 15-39.

Kane, Leslie. "The Way Out, the Way In: Paths to Self in the Plays of Marsha Norman." In *Feminine Focus: The New Women Playwrights*. Edited by Enoch Brater. New York and Oxford: Oxford University Press, 1989, 255-274.

Keniston, Ann. "'Not Needed, except as Meaning': Belatedness in Post-9/11 American Poetry." *Contemporary Literature*, 52. 4 (2011): 658-683.

Kierkegaard, Søren. *The Essential Kierkegaard*. Edited by Howard V. Hong and Edna H. Hong. Princeton, NJ: Princeton University Press, 2000.

Kilpatrick, Kathy Panthea. *Rage and Outrage: African-American Women Novelists in the 1970s*. PhD dissertation. Atlanta: Emory University,

1998.

King, Robert L. *The Ethos of Drama*. Washington, DC: The Catholic University of America Press, 2010.

Kingston, Maxine Hong. *China Men*. New York: Alfred A. Knopf, 1980.

———. *The Woman Warrior: Memoirs of a Girlhood among Ghosts*. New York: Greenwood Press, 1989.

Kirkby, Joan. "Is There Life after Art? The Metaphysics of Marilynne Robinson's *Housekeeping*." *Tulsa Studies in Women's Literature*, 5.1 (1986): 91 - 109.

Kolin, Philip C., and Colby H. Kullman, eds. *Speaking on Stage: Interviews with Contemporary American Playwrights*. Tuscaloosa: University of Alabama Press, 1995.

Kristeva, Julia. *Strangers to Ourselves*. Translated by L. Roudiez. New York: Columbia University Press, 1990.

Kultermann, Udo. *New Realism*. Greenwich, Conn.: New York Graphic Society, 1972.

Laduke, W. *All Our Relations: Native Struggles for Land and Life*. Cambridge, MA: South End Press, 1994.

LeClair, Thomas. "An Interview with Don DeLillo." In *Conversations with Don DeLillo*. Edited by Thomas Depietro. Jackson: University Press of Mississippi, 2005, 3 - 15.

Lee, Chin Y. *The Flower Drum Song*. New York: Penguin Group, 2002.

Lefebvre, Henri. *Critique of Everyday Life*. Vol. I. London and New York: Verso, 1991.

———. *Critique of Everyday Life*. Vol. II. London and New York: Verso, 2002.

———. *The Production of Space*. Translated by Donald Nicholson-Smith. Oxford: Blackwell, 1991.

Lentricchia, Frank. *Criticism and Social Change*. Chicago: University of Chicago Press, 1985.

Lester, Rosemarie K. "An Interview with Toni Morrison, Hessian Radio

Network, Frankfurt, West Germany." In *Critical Essays on Toni Morrison*. Edited by Nellie Y. McKay. Boston: G. K. Hall, 1988, 47 – 54.

Levant, R. F., L. S. Hirsh, E. Celentano et al. "The Male Role: An Investigation of Norms and Stereotypes." *Journal of Mental Health Counseling*, 14.3(1992): 325 – 337.

Levine, Philip. *What Work Is*. New York: Alfred A. Knopf, 1991.

Lewis, John. Foreword. In *Unequal Protection: Environmental Justice and Community of Color*. By Robert D. Bullard. San Francisco: Sierra Club Books, 1994, vii – x.

Lincoln, Kenneth. *Native American Renaissance*. Berkeley: University of California Press, 1983.

Ling, Jinqi. *Across Meridians: History and Figuration in Karen Tei Yamashita's Transnational Novels*. Stanford: Stanford University Press, 2012.

Livingston, Dinah. "Cool August: Mr. Wilson's Red-Hot Blues." *Minnesota Monthly*, 21(October 1987): 23 – 32.

Love, Glen. *Practical Ecocriticism: Literature, Ecology and the Environment*. Charlottesville: University of Virginia Press, 2003.

——. "Revaluing Nature: Toward an Ecological Criticism." In *The Ecocriticism Reader: Landmarks in Literary Ecology*. Edited by Cheryll Glotfelty and Harold Fromm. Athens and London: University of Georgia Press, 1996, 225 – 240.

Lovelock, James. *Gaia: A New Look at Life on Earth*. New York: Oxford University Press, 1987.

Lundquist, Suzanne Evertsen. *Native American Literatures: An Introduction*. New York and London: Continuum, 2004.

Lyons, Bonnie. "'Making His Muscles Work for Himself': An Interview with David Henry Hwang." *Literary Review*, 33(1990): 230 – 244.

Lyons, Bonnie and August Wilson. "An Interview with August Wilson." *Contemporary Literature*, 40.1(1999): 1 – 21.

Lyons, Bonnie K. "American-Jewish Fiction Science 1945." In

Handbook of American-Jewish Literature. Edited by Lewis Fried, Gene Brown, Jules Chametzky and Louis Harap. Westport: Greenwood, 1988, 61 – 89.

MacCabe, Colin. Preface. In *The Geopolitical Aesthetic: Cinema and Space in the World System*. By Fredric Jameson. Bloomington: Indiana University Press, 1992, ix – xvi.

Magill, Frank N., ed. *Critical Survey of Short Fiction: Supplement*. Englewood Cliffs, NJ: Salem, 1987.

Marshall, Peter. *Nature's Web: An Exploration of Ecological Thinking*. New York: Simon & Schuster Ltd., 1992.

Martin, Julia. "Speaking for the Green of the Leaf: Gary Snyder Writes Nature's Literature." *CEA Critic*, 54.1(1991): 98 – 109.

Massey, Doreen. *Space, Place and Gender*. Minneapolis: University of Minnesota Press, 1994.

Matus, Jill L. *Unstable Bodies: Victorian Representation of Sexuality and Maternity*. Manchester: Manchester University Press, 1995.

May, Charles E. "Raymond Carver." In *Critical Survey of Short Fiction: Supplement*. Edited by Frank N. Magill. Englewood Cliffs, NJ: Salem, 1987, 71 – 89.

McCay, Mary A. *Rachel Carson*. New York: Twayne Publishers, 1993.

McGraw, Eliza Russi Lowen. "Driving Miss Daisy: Southern Jewishness on the Big Screen." *Southern Cultures*, 7.2 (2001): 41 – 59.

McKay, Nellie Y., ed. *Critical Essays on Toni Morrison*. Boston: G. K. Hall, 1988.

Mecker, Joseph. *The Comedy of Survival: Studies in Literary Ecology*. New York: Charles Scribner's Sons, 1974.

Merchant, Carolyn. *The Death of Nature: Women, Ecology, and the Scientific Revolution*. New York: Haper & Row Publishers, Inc., 1983.

Monroe, S. M. and S. Mineka. "Placing the Mnemonic Model in Context: Diagnostic, Theoretical, and Clinical Considerations." *Psychological Review*, 115.4(2008): 1084 – 1096.

Moore, David L. "Silko's Blood Sacrifice: The Circulation Witness in

Almanac of the Dead." In *Leslie Marmon Silko: A Collection of Critical Essays.* Edited by Louise K. Barnett and James L. Thorson. Albuquerque: University of New Mexico Press, 1999: 149 – 181.

Moore-Gilbert, B., G. Stanton and W. Maley. *Postcolonial Criticism.* London and New York: Longman, 1997.

Moritz, Charles, ed. *Current Biography Yearbook, 1979.* 40th ed. New York: The H. W. Wilson Company, 1980.

Morrison, Toni. "Behind the Making of *The Black Book.*" *Black World*, 23.4(1974): 86 – 90.

——. *The Dancing Mind: Speech upon Acceptance of the National Book Foundation Medal for Distinguished Contribution to American Letters.* New York: Alfred A. Knopf, 1997.

——. "What the Black Woman Thinks about Women's Lib," *The New York Times*, August 22, 1971. https://www. nytimes. com/1971/08/22/archives/what-the-black-woman-thinks-about-womens-lib-the-black-woman-and.html.

Moyers, Bill. "August Wilson's America: A Conversation with Bill Moyers." *American Theatre*, 54(1989): 13 – 17.

Murashige, Michael S. "Interview with Karen Tei Yamashita." In *Words Matter: Conversations with Asian American Writers.* Edited by King-Kok Cheung. Honolulu: University of Hawaii Press, 2000, 320 – 342.

Murashige, Michael S. and Karen Tei. "Karen Tei Yamashita: An Interview." *Amerasia Journal*, 20.3(1994): 49 – 60.

Murphy, Patrick. *A Place for Wayfaring: The Poetry and Prose of Gary Snyder.* Corvallis: Oregon State University Press, 2000.

——. *Understanding Gary Snyder.* Columbia, SC: University of South Carolina Press, 1992.

Nee, Victor G. and Brett de Bary Nee. *Longtime California: A Documentary Study of an American Chinatown.* New York: Pantheon Books, 1972.

Netzley, Patricia D. *Environmental Literature: An Encyclopedia of Works, Authors, and Themes.* Santa Barbara, California: ABC-

CLIO, 1999.

Nixon, Rob. *Slow Violence and the Environmentalism of the Poor*. Cambridge, MA: Harvard University Press, 2011.

Norman, Marsha. *Four Plays*. New York: Theatre Communications Group, 1993.

Norris, Frank. *The Responsibilities of the Novelist*. New York: Barnes & Noble Digital Library, 2011.

Norton, Bryon G. "Environmental Ethics and Weak Anthropocentrism." In *Environmental Ethics: An Anthology*. Edited by Andrew Light and Holmes Rolston Ⅲ. Malden: Blackwell Publishing, 2003, 163 – 174.

Novick, Julius. *Beyond the Golden Door: Jewish American Drama and Jewish American Experience*. New York: Palgrave Macmillan Ltd., 2008.

Nussbaum, Martha C. *Frontiers of Justice: Disability, Nationality, Species Membership*. Cambridge, MA: Harvard University Press, 2007.

Oakley, Giles. *The Devil's Music: A History of the Blues*. 2nd ed. Boston: Da Capo Press, 1997.

O'Connor, Colleen. "The Wendy Chronicles." *The Dallas Morning News*, February 7, 1994, C2.

Ortiz, S. J., ed. *Speaking for the Generations: Native Writers on Writing*. Tucson: University of Arizona Press, 1998.

Ouderkirk, Cathleen Stinson. "Human Connections — A Playwright's View." *The Christian Science Monitor*, (5)1989: 10 – 11.

Padget, Martin. "Claiming, Corrupting, Contesting: Reconsidering 'The West' in Western American Literature." *American Literary History*, 10.2(1998): 378 – 392.

Parisi, Joseph, ed. *100 Essential Modern Poems*. Chicago: Ivan R. Dee Publisher, 2005.

Patmore, Coventry. *The Angel in the House*. London: George Bell and Sons, 1906.

Phillips, Dana. *The Truth of Ecology: Nature, Culture, and Literature in America.* Oxford: Oxford University Press, 2003.

Plant, J. *Healing the Wounds: The Promise of Ecofeminism.* Philadelphia: New Society Publishers, 1989.

Plum, Jay. "Blues, History, and the Dramaturgy of August Wilson." *African American Review*, 27.4(1993): 561 – 567.

Quantrill, Malcolm. *The Environmental Memory: Man and Architecture in the Landscape of Ideas.* New York: Schocken, 1986.

Rampersad, Arnold. "The Poems of Rita Dove." *Callaloo*, 26(1986): 52 – 60.

Raws, John. *Political Liberalism.* New York: Columbia University Press, 1933.

Reed, T. V. "Toward an Environmental Justice Ecocriticism." In *The Environmental Justice Reader: Politics, Poetics, and Pedagogy.* Edited by Joni Adamson. Tucson: University of Arizona Press, 2002, 145 – 162.

Relph, E. *Place and Placelessness.* London: Pion, 1976.

Robert Bly. *The Sibling Society.* New York: Vintage Books, 1997.

Robinson, Marilynne. *Home.* New York: Farrar, Straus, and Giroux, 2008.

——. *Housekeeping.* New York: Farrar, Straus, and Giroux, 1980.

Rody, C. "Impossible Voices: Ethnic Postmodern Narration in Toni Morrison's *Jazz* and Karen Tei Yamashita's *Through the Arc of the Rain Forest.*" *Contemporary Literature*, 41(2000): 618 – 641.

Ron, David. *Toni Morrison Explained: A Reader's Road Map to the Novels.* New York: Random House, 2000.

Rorty, Richard. *Consequences of Pragmatism.* Minneapolis: University of Minnesota Press, 1982.

Rosen, Carol. "'Emotional Territory': An Interview with Sam Shepard." *Modern Drama*, 36.1(1993): 1 – 11.

——. "Silent Tongues: Sam Shepard's Exploration of Emotional Territory." *Village Voice*, 4(August 1992): 34 – 42.

Rossi, Aldo. *The Architecture of the City.* Cambridge: The MIT Press, 1984.

Roudané, M., ed. *The Cambridge Companion to Sam Shepard*. New York: Cambridge University Press, 2002.

Roudané, Matthew C. *American Drama since 1960: A Critical History*. New York: Twayne Publishers, 1996.

Rowell, Charles Henry. "Interview with Rita Dove: Part 2." *Callaloo*, 31.3(Summer 2008): 715 - 726.

Rubin, D., A. Boals and D. Berntsen. "Memory in Post-traumatic Stress Disorder: Properties of Voluntary and Involuntary, Traumatic and Non-traumatic Autobiographical Memories in People with and without Post-traumatic Stress Disorder Symptoms." *Journal of Experimental Psychology: General*, 137.4(2008): 591 - 614.

Rueckert, William. "Literature and Ecology: An Experiment in Ecocriticism." In *The Ecocriticism Reader: Landmarks in Literary Ecology*. Edited by Cheryll Glotfelty and Harold Fromm. Athens and London: University of Georgia Press, 1996, 105 - 123.

Rushdy, Ashraf H. A. "Neo-slave Narratives." In *The Oxford Companion to African American Literature*. Edited by William L. Andrews, Frances Smith Foster, and Trudier Harris. New York: Oxford University Press, 1997, 533.

——. *Neo-slave Narratives: Studies in the Social Logic of a Literary Form*. New York: Oxford University Press, 1999.

Russell, Sandi. "It's OK to say OK." In *Critical Essays on Toni Morrison*. Edited by Nellie Y. McKay. Boston: G. K. Hall, 1988, 43 - 47.

Ryan, Kay. "A Consideration of Poetry." *Poetry*, 188.2(May 2006): 148 - 158.

——. *Elephant Rocks*. New York: Grove Press, 1996.

——. "I Go to AWP." *Poetry*, 186.4(2005): 343 - 380.

——. *The Best of It: New and Selected Poems*. New York: Grove Press, 2010.

Ryan, Kay, and Grace Cavalieri. "An Interview with Grace Cavalier." *The American Poetry Review*, 38.4(2009): 43 - 47.

Said, E. *After the Last Sky*. New York: Pantheon Books, 1986.

——. *Culture and Imperialism*. London: Chatto & Windus, 1993.

——. "Interview." *Diacritics*, 6.3(1976): 30 – 47.

——. *Orientalism*. New York: Vintage Books, 1978.

——. *Representations of the Intellectual: The 1993 Reith Lectures*. London: Vintage, 1994.

——. *The Pen and the Sword: Conversations with David Barsamian*. Monroe, ME: Common Courage Press, 1994.

Sandra, Lee Bartky. "Foucault, Femininity, and the Modernization of Patriarchal Power." In *Feminism & Foucault: Reflections on Resistance*. Edited by Irene Diamond and Lee Quinby. Boston: Northeastern University Press, 1988.

Sargent, Lyman Tower. "The Three Faces of Utopianism Revisited." *Utopian Studies*, 5.1(1994): 1 – 37.

Savran, David. *In Their Own Words: Contemporary American Playwrights*. New York: Theatre Communications Group, 1992.

Schaub, Thomas, and Marilynne Robinson. "An Interview with Marilynne Robinson." *Contemporary Literature*, 35(1994): 231 – 251.

Sertel, Yasemin Güniz. "Getting Out: A Struggle for Autonomy in Physical and Social Confinement." *Journal of Literature and Art Studies*, 7.2(2017): 122 – 129.

Seyersted, Per. "Interview with Leslie Marmon Silko." In *Conversations with Leslie Marmon Silko*. Edited by Ellen L. Arnold. Jackson: University Press of Mississippi, 2000, 1 – 9.

Shaffer, Brian W., Patrick O'Donnell, David W. Madden et al., eds. *The Encyclopedia of Twentieth-Century Fiction*. Vol. II. Chichester: Wiley-Blackwell, 2011.

Shan, Te-hsing. "Interview with Karen Tei Yamashita." *Amerasia Journal*, 32.3(2006): 123 – 142.

Shannon, Sandra G. "Blues, History, and the Dramaturgy: An Interview with August Wilson." *African American Review*, 27.4 (1993): 539 – 559.

Shechner, Mark. "Jewish Writers." In *Harvard Guide to Contemporary*

American Writing. Cambridge, MA: The Belknap Press, 1979, 191 - 239.

Shepard, S. and C. Shami. *When the World Was Green*. New York: Dramatists Play Service, INC, 2007.

Shepard, Sam. *A Lie of the Mind*. New York: New American Library, 1986.

——. *Sam Shepard: Seven Plays*. New York: Bantam Books, 1986.

Sheppard, Vera. "August Wilson: An interview." *National Forum*, 70.3 (1990): 7 - 16.

Shewey, Don. "Ballyhoo and Daisy, Too." *American Theater*, 14.4 (1997): 24 - 27. https://www.thefreelibrary.com/Ballyhoo+and+Daisy%2C+too%3A+between+the+lines+with+Alfred+Uhry+and+Dana...-a019523074.

Shinn, Thelma J. "The Wise Witches: Black Women Mentors in the Fiction of Octavia E. Butler." In *Conjuring: Black Women, Fiction, and Literary Tradition*. Edited by Marjorie Pryse and Hortense J. Spillers. Bloomington: Indiana University Press, 1985, 203 - 215.

Shiva, V. *Earth Democracy*. Cambridge, MA: South End Press, 2005.

Showalter, Elaine. *A Literature of Their Own: British Women Novelists from Brontë to Lessing*. Princeton, NJ: Princeton University Press, 1977.

Silko, Leslie Marmon. *Almanac of the Dead*. New York: Penguin Books, 1991.

——. *Ceremony*. New York: Viking, 1977.

——. *Yellow Women and a Beauty of the Spirit: Essays on Native American Life Today*. New York: Simon & Schuster, 1996.

Simpson, Lewis P. *The Dispossessed Garden: Pastoral and History in Southern Literature*. Athens: University of Georgia Press, 1975.

Simpson, Mona and Lewis Buzbee. "Raymond Carver." In *Conversations with Raymond Carver*. Edited by William L. Stull and Gentry Marshall Bruce. Jackson: University of Mississippi Press, 1990, 31 - 52.

Skenazy, Paul and Tera Martin, eds. *Conversations with Maxine Hong Kingston*. Jackson: University Press of Mississippi, 1998.

Slovic, Scott. Foreword. In *The Greening of Literary Scholarship: Literature, Theory, and the Environment*. Edited by Steven Rosendale. Iowa City: University of Iowa Press, 2002: vii – xxiv.

Smith, Barbara. "Toward a Black Feminist Criticism." In *African American Literary Criticism, 1773 to 2000*. Edited by Hazel Arnett Ervin. New York: Twayne Publishers, 1999, 162 – 171.

Smith, Lindsey Claire and Trever Lee Holland. "'Beyond All Age': Indigenous Water Rights in Linda Hogan's Fiction." *Studies in American Indian Literatures*, 28.2(2016): 56 – 79.

Snodgrass, Mary Ellen. *August Wilson: A Literary Companion*. Jefferson, NC: McFarland, 2004.

Snyder, Gary. *A Place in Space: Ethics, Aesthetics, and Watersheds*. Berkeley: Counterpoint Press, 1995.

——. *Axe Handles*. San Francisco: North Point Press, 1983.

——. *Earth House Hold: Technical Notes & Queries to Fellow Dharma Revolutionaries*. New York: New Directions, 1969.

——. *Myths and Texts*. New York: Totem Press, 1960.

——. *No Nature: New and Selected Poems*. New York: Pantheon Books, 1992.

——. "Ripples on the Surface." In *No Nature: New and Selected Poems*. New York and San Francisco: Pantheon Books, 1992, 381 –382.

——. *Riprap and Cold Mountain Poems*. San Francisco: North Point Press, 1990.

——. *The Gary Snyder Reader: Prose, Poetry, and Translation, 1952 – 1998*. Washington, DC: Counterpoint, 1999.

——. *The Real Work: Interviews and Talks, 1964 – 1979*. Edited by Wm. Scott McLean. New York: New Directions, 1980.

——. *Turtle Island*. New York: New Directions, 1974.

Soja, Edward W. *Seeking Spatial Justice*. Minneapolis: University of Minnesota Press, 2010.

Spencer, Jenny S. "Marsha Norman's She-Tragedies." In *Making a Spectacle: Feminist Essays on Contemporary Women's Theatre*. Edited by Lynda Hart. Ann Arbor: University of Michigan Press, 1989, 147 - 165.

Spivak, Gayatri. "Three Women's Texts and a Critique of Imperialism." In *Postcolonial Criticism*. Edited by Bart Moore-Gilbert, G. Stanton and W. Maley. London and New York: Longman, 2013, 145 - 165.

Spivak, Gayatri Chakravorty. "Can the Subaltem Speak?" In *Colonial Discourse and Post-colonial Theory: A Reader*. Edited by Patrick Williams and Laura Chrisman. New York: Columbia University Press, 1994, 66 - 111.

——. "Cultural Talks in the Hot Peace: Revisiting the 'Global Village'." In *Cosmopolitics: Thinking and Feeling beyond the Nation*. Edited by Pheng Cheah and Bruce Robbins. Minneapolis: University of Minnesota Press, 1998, 329 - 348.

——. "Echo." *New Literary History*, 24.1(1993): 17 - 43.

Steffen, Therese. *Crossing Color: Transcultural Space and Place in Rita Dove's Poetry, Fiction, and Drama*. New York: Oxford University Press, 2001.

Steiner, Frederick. *Human Ecology: Following Nature's Lead*. Washington, DC: Island Press, 2002.

Sternburg, Janet. *The Writer on Her Work*. New York and London: W. W. Norton & Company, 1980.

Sterritt, David. "A Voice for Themes Other Entertainers Have Left Behind." *Christian Science Monitor*, 89.170(1997): 15.

Steuding, Bob. *Gary Snyder*. Boston: Twayne Publishers, 1976.

Stimpson, Catharine R. "Literature as Radical Statement." In *Columbia Literary History of the United States*. Edited by Emory Elliott. New York: Columbia University Press, 1988, 1060 - 1076.

Stockwell, Peter. *Cognitive Poetics: An Introduction*. London: Routledge, 2002.

Stull, William L. "Raymond Carver." In *Dictionary of Literature*

Biography Yearbook, 1988. Edited by J. M. Brook. Detroit: Gale, 1989, 183 – 216.

Stull, William L., and Gentry Marshall Bruce, eds. *Conversations with Raymond Carver*. Jackson: University of Mississippi, 1990.

Sutton, Brian. "William's *The Glass Menagerie* and Uhry's *The Last Night of Ballyhoo*." *The Explicator*, 61.3(2003): 172 – 174.

Sze, Julie. "From Environmental Justice Literature to the Literature of Environmental Justice." In *The Environmental Justice Reader: Politics, Poetics, and Pedagogy*. Edited by Joni Adamson. Tucson: University of Arizona Press, 2002, 162 – 180.

Tally, Justine, ed. *The Cambridge Companion to Toni Morrison*. Cambridge: Cambridge University Press, 2007.

Taylor, Charles, and Amy Gutmann. *Multiculturalism: Examining the Politics of Recognition*. Princeton, NJ: Princeton University Press, 1994.

Taylor, Regina. "That's Why They Call It the Blues." In *Contemporary Literary Criticism*. Vol. 108. Edited by J. W. Hunter and T. J. White. Detroit: The Gale Group, 1999, 18 – 23.

Taylor-Guthrie, Danille, ed. *Conversations with Toni Morrison*. Jackson: University Press of Mississippi, 1994.

The Library of Congress. Poetry & Literature. "More about Kay Ryan." (2013 – 11 – 07) [2013 – 12 – 21]. http://www.loc.gov/poetry/more_ryan.html.

Thompson, G. R. *The Selected Writings of Edgar Allan Poe*. New York: W. W. Norton & Company Inc., 2004.

Tong, Rosemary. *Feminist Thought: A Comprehensive Introduction*. Boulder: Westview Press, 1989.

Tuan, Yi-Fu. *Space and Place: The Perspective of Experience*. Minneapolis: University of Minnesota Press, 1977.

——. *Topophilia: A Study of Environmental Perception, Attitudes, and Values*. New York: Columbia University Press, 1977.

Turner, Mark. *The Literary Mind*. Oxford: Oxford University Press, 1996.

Tyson, Lois. *Critical Theory Today*. London and New York: Routledge, 1998.

Uhry, Alfred. *Driving Miss Daisy*. New York: Theatre Communications Group, 1987.

——. *Parade*. New York: Theatre Communications Group, Inc., 1998.

Vergnes, Alicia. "Ahrens Presents Play *Uncommon Women* as Part of Honors Thesis Work." In the Lafayette Online Edition, March 12, 2004. http://www. thelaf. com/media/paper339/news/2004/12/03/Ae/Ahrens.05.Presents.Play.Uncommon.Women.As.Part.Of.Honors.ThesisWork-820089.shtml.

Vint, Sherryl. "Orange County: Global Networks in *Tropic of Orange*." *Science Fiction Studies*, 39.3(2012): 401 – 414.

Viramontes, Helena María. *Under the Feet of Jesus*. New York: Dutton, 1995.

Waage, Frederick O., ed. *Teaching Environmental Literature: Materials, Methods, Resources*. New York: MLA, 1985.

Wade, L. A. *Sam Shepard and the American Theatre*. London: Greenwood Press, 1997.

Walker, Alice. "In Search of Our Mothers' Gardens." In *The Norton Anthology of African American Literature*. Edited by Henry Louis Gates, Jr. and Nellie Y. Mckay. New York: W. W. Norton & Company, 1997, p. 152.

Wang, Qun. *An In-Depth Study of the Major Plays of African American Playwright August Wilson: Vernacularizing the Blues on the Stage*. New York: Edwin Mellen Press, 1999.

Warren, K. J. "Taking Empirical Data Seriously: An Ecofeminist Philosophical Perspective." In *Ecofeminism: Women, Culture, Nature*. Edited by Karen Warren. Indiana: Indiana University Press, 1997, 3 – 20.

Wasserstein, Windy. *Bachelor Girls*. New York: Random House, 1990.

Wenz, Peter S. *Environmental Justice*. New York: State University of New York Press, 1988.

West, Kathryn, and Linda Trinh Moser. *Research Guide to American*

Literature: Contemporary Literature, 1970 to Present. New York：Facts On File, Inc., 2010.

White, Hayden. *Metahistory: The Historical Imagination in Nineteenth-Century Europe.* Baltimore：The Johns Hopkins University Press, 1975.

Williams, Raymond. *Culture and Society 1780 - 1950.* London：Chatto & Windus, 1958.

———. *Keywords: A Vocabulary of Culture and Society.* London：Fontana, 1988.

———. *Marxism and Literature.* Oxford：Oxford University Press, 1977.

Wilson, August. *Joe Turner's Come and Gone.* New York：Penguin, 1988.

———. *Ma Rainey's Black Bottom.* New York：Penguin, 1985.

Worest, Donald. *Nature's Economy: A History of Ecological Ideas.* Cambridge：Cambridge University Press, 1994.

———. *The Wealth of Nature: Environmental History and the Ecological Imagination.* New York：Oxford University Press, 1993.

Yamashita, Karen T.. *Brazil-Maru.* Minneapolis：Coffee House Press, 1992.

———. *Through the Arc of Rain Forest.* Minneapolis：Coffee House Press, 1990.

———. *Tropic of Orange.* Minneapolis：Coffee House Press, 1997.

Zaki, Hoda M. "Utopia, Dystopia, and Ideology in the Science Fiction of Octavia Butler." *Science Fiction Studies*, 17.2(1990)：239 - 251.

Zoglin, Richard. "Plays：Still the Thing." *Time*, 149.11(1997)：68 - 69.

Zunshine, Lisa, ed. *Introduction to Cognitive Cultural Studies.* Baltimore：Johns Hopkins University Press, 2010.

———. *The Oxford Handbook of Cognitive Literary Studies.* New York：Oxford University Press, 2015.

Brenda Murphy 编：《美国女剧作家》，上海：上海外语教育出版社，2001 年。

Deborah L. Madsen：《女权主义理论与文学实践》，北京：外语教学与研究出版社,2006 年。

Frank Lentricchia 编:《〈白噪音〉新论》,北京:北京大学出版社,2007 年。

Marsha Norman:"'Night Mother",载刘海平、朱雪峰主编,《英美戏剧:作品与评论》,上海:上海外语教育出版社,2004 年。

Raman Selden、Peter Widdowson、Peter Brooker:《当代文学理论导读》(第 4 版),北京:外语教学与研究出版社,2004 年。

阿尔贝·加缪:《西西弗神话》,沈志明译,上海:上海译文出版社,2010 年。

阿莱达·阿斯曼:《回忆空间——文化记忆的形式和变迁》,潘璐译,北京:北京大学出版社,2016 年。

阿瑟·林克、威廉·卡顿:《1900 年以来的美国史》,北京:中国社会科学出版社,1983 年。

埃里希·弗罗姆:《自为的人——伦理学的心理学探究》,万俊人译,北京:国际文化出版公司,1988 年。

埃琳·肖沃特:《女性主义文学批评的革命》,载王政、杜芳琴主编,《社会性别研究选译》,北京:生活·读书·新知三联书店,1998 年。

埃默里·埃利奥特编:《哥伦比亚美国文学史》,朱通伯等译,成都:四川辞书出版社,1994。

艾·弗洛姆:《爱的艺术》,李健鸣译,上海:上海译文出版社,2015 年。

艾里希·弗洛姆:《逃避自由》,刘林海译,上海:上海译文出版社,2015 年。

爱德华·W.萨义德:《文化与帝国主义》,李琨译,北京:生活·读书·新知三联书店,2003 年。

奥尔多·利奥波德:《沙乡年鉴》,侯文蕙译,长春:吉林人民出版社,1997 年。

巴特:《一个解构主义的文本》,汪耀进、武佩荣译,上海:上海人民出版社,1997 年。

鲍勃·迪伦:《鲍勃·迪伦诗歌集》,陈黎、胡桑等译,桂林:广西师范大学出版社,2017 年。

鲍妮·里昂斯:《"我把黑人在美国的全部经历当作我的创作素

材"——奥古斯特·威尔逊访谈录》,周汶编译,《当代外国文学》2000 年第 4 期。

贝克韦尔:《存在主义咖啡馆:自由、存在和杏子鸡尾酒》,沈敏一译,北京:北京联合出版公司,2017 年。

本尼迪克特·安德森:《想象的共同体:民族主义的起源与散布》,吴叡人译,上海:上海人民出版社,2016 年。

彼德·莱文:《创伤与记忆:身体体验疗法如何重塑创伤记忆》,曾旻译,北京:机械工业出版社,2017 年。

布鲁姆:《巨人与侏儒——布鲁姆文集》,张辉选编,北京:华夏出版社,2007 年。

布伊尔:《环境批评的未来:环境危机与文学想象》,刘蓓译,北京:北京大学出版社,2010 年。

蔡俊:《超越生态印第安——露易丝·厄德里克小说研究》,北京:中国社会科学出版社,2013 年。

蔡霞:《"地方":生态批评研究的新范畴——段义孚和斯奈德"地方"思想比较研究》,《外语研究》2016 年第 2 期。

曹莉:《史碧娃克》,台北:台湾生智出版公司,1999 年。

曹南燕、刘兵:《生态女性主义及其意义》,《哲学研究》1996 年第 5 期。

查尔斯·伯恩斯坦:《查尔斯·伯恩斯坦诗选》,聂珍钊、罗良功编译,武汉:华中师范大学出版社,2011 年。

——:《回音诗学》,刘朝晖译,广州:暨南大学出版社,2018 年。

——:《语言派诗学》,罗良功译,上海:上海外语教育出版社,2013 年。

查尔斯·鲁亚斯:《美国作家访谈录》,栗旺等译,北京:中国对外翻译出版公司,1995 年。

查尔斯·泰勒:《承认的政治》,董之林、陈燕谷译,载汪晖、陈燕谷主编,《文化与公共性》,北京:生活·读书·新知三联书店,2005 年。

陈厚诚、王宁:《西方当代文学批评在中国》,天津:百花文艺出版社,2000 年。

陈平原:《中国小说叙事模式的转变》,上海:上海人民出版社,1988 年。

陈小红:《论加里·斯奈德的诗学观》,《当代外国文学》2009 年第 2 期。

——:《寻归荒野的诗人加里·斯奈德》,《当代外国文学》2004 年第

5期。

陈永国：《美国南方文化》，长春：吉林大学出版社，1996年。

陈永国、赖立里、郭英剑主编：《从解构到全球化批判：斯皮瓦克读本》，北京：北京大学出版社，2007年。

都岚岚：《西方文论关键词：性别操演理论》，《外国文学》2011年第5期。

范良芹：《莫里森研究在美国》，《科技信息（学术研究）》2008年第2期。

范瑛：《城市空间批判——从马克思主义到新马克思主义》，《政治经济学评论》2013年第1期。

冯溢：《论语言诗人查尔斯·伯恩斯坦的"回音诗学"》，《江汉学术》2018年第4期。

——：《语言的"妙悟"：查尔斯·伯恩斯坦回音诗学的道禅意蕴》，《外国文学研究》2019年第3期.

弗雷德里克·詹姆逊：《政治无意识：作为社会象征行为的叙事》，王逢振、陈永国译，北京：中国社会科学出版社，1999年。

弗里丹：《女性的奥秘》，程锡麟、朱徽、王晓路译，广州：广东经济出版社，2005年。

福柯：《规训与惩罚》，刘北成、杨远婴译，北京：生活·读书·新知三联书店，1999。

伽达默尔：《美的现实性》，张志扬等译，北京：生活·读书·新知三联书店，1991年。

高歌、王诺：《生态诗人加里·斯奈德研究》，上海：学林出版社，2011年。

高宣扬：《存在主义》，上海：上海交通大学出版社，2016年。

龚心蕊：《休斯顿·贝克的批评理论》，《青年文学家》2019年第23期。

顾悦：《论鲍勃·迪伦的诗人身份》，《当代外国文学》2019年第1期。

关春玲：《美国印第安文化的动物伦理意蕴》，《国外社会科学》2006年第5期。

关合凤：《东西方文化碰撞中的身份寻求：美国华裔女性文学研究》，开封：河南大学出版社，2007年。

关熔珍：《斯皮瓦克研究》，成都：四川大学出版社，2007年。

郭继德：《美国戏刚史》，天津：南开大学出版社，2011 年。

郭湛：《主体性哲学：人的存在及其意义》，桂林：广西师范大学出版社，2002 年。

海登·怀特：《后现代历史叙事学》，陈永国译，北京：中国社会科学出版社，2003 年。

何映宇：《唐·德里罗：纽约的腔调》，《新民周刊》（2018－11－30）[2023－06－29]，https://m.xinminweekly.com.cn/content/5072.html。

贺安芳、费春放：《论温迪·华瑟斯廷喜剧的忧伤情调》，《戏剧（中央戏剧学院学报）》2015 年第 4 期。

赫尔曼：《创伤与复原》，施宏达、陈文琪译，北京：机械工业出版社，2015 年。

胡文萍：《丽塔·达夫的诗集〈托马斯与比尤拉〉对真理的探寻》，南昌大学硕士论文，2009 年。

胡亚敏：《后现代主义文化与批评——华中师大文学批评学研究中心与詹姆逊教授座谈述要》，《华中师范大学报（人文社会科学版）》1997 年第 6 期。

——：《詹姆逊·新马克思主义·后现代主义》，华中师范大学博士论文，2022 年。

黄哲伦：《蝴蝶君》，张生译，上海：上海译文出版社，2010 年。

霍尔姆斯·罗尔斯顿：《环境伦理学》，北京：中国社会科学出版社，2000 年。

吉曼青：《露易丝·格吕克诗歌中的孤独意识》，湖南科技大学硕士论文，2016 年。

加里·斯奈德：《禅定荒野》，陈登、谭琼琳译，桂林：广西师范大学出版社，2014 年。

——：《大地家族》，董晓娣译，北京：法律出版社，2019 年。

加亚特里·查克拉沃尔蒂·斯皮瓦克：《属下能说话吗?》，载罗钢、刘象愚主编，《后殖民主义文化理论》，陈永国等译，北京：中国社会科学出版社，1999 年。

佳·查·斯皮瓦克：《在国际框架里的法国女性主义》，刘世铸译，载张京媛主编，《后殖民理论与文化批判》，北京：北京大学出版社，1999 年。

佳亚特里·斯皮瓦克:《底层人能说话吗?》,载陈永国、赖立里、郭英剑主编,《从解构到全球化批判:斯皮瓦克读本》,北京:北京大学出版社,2007。

——:《后殖民理性批判——正在消失的当下的历史》,严蓓雯译,南京:译林出版社,2014 年。

江宁康:《美国当代文学与美利坚民族认同》,南京:南京大学出版社,2008 年。

姜飞:《跨文化传播的后殖民语境》,北京:中国人民大学出版社,2005 年。

姜涛:《当代美国小说的新现实主义视域》,《当代外国文学》2007 年第 4 期。

蒋超:《拉丁美洲的魔幻现实主义及其代表作〈百年孤独〉》,载广西写作学会教学研究专业委员会编,《2019 年教学研究与教学写作创新论坛成果集汇编(二)》,[出版者不详],2019 年。

金莉:《20 世纪末期(1980—2000)的美国小说:回顾与展望》,《外国文学研究》2012 年第 4 期。

金莉、王炎主编:《当代外国文学纪事(1980—2000):美国卷》,北京:商务印书馆,2015 年。

卡尔·古斯塔夫·荣格:《荣格文集:让我们重返精神的家园》,冯川、苏克译,北京:改革出版社,1997 年。

凯特·米利特:《性政治》,宋文伟译,南京:江苏人民出版社,2000 年。

康德:《实践理性批判》,北京:商务印书馆,1998 年。

克蕾思特·格瑞佛波:《论薇拉蒙特司小说〈在基督的脚下〉对环境正义问题的思考》,李晓菁译,《鄱阳湖学报》2010 年第 3 期。

拉尔夫·科恩主编:《文学理论的未来》,程锡麟等译,北京:中国社会科学出版社,1993 年。

劳伦斯·布伊尔:《环境批评的未来:环境危机与文学想象》,刘蓓译,北京:北京大学出版社,2010 年。

劳伦斯·布依尔、韦清琦:《打开中美生态批评的对话窗口——访劳伦斯·布依尔》,《文艺研究》2004 年第 1 期。

蕾切尔·卡逊:《寂静的春天》,北京:北京理工大学出版社,2015 年。

李保杰:《矛盾中前行:鲍勃·迪伦的创作与时代》,《外国文学》2017

年第 6 期。

李春雨、刘勇：《现代作家多重身份互溶互动的考察——一个本应受到重视的问题》，《海南师范学院学报》2006 年第 2 期。

李丹丹：《菲利普·莱文〈工作是什么〉中工人主体性的缺失》，《现代语文》2017 年第 8 期。

李桂花：《论马克思恩格斯的科技异化思想》，《科学技术与辩证法》2005 年第 6 期。

李嘉娜：《局外人的艺术追求——论美国当代著名女诗人凯·瑞安》，《广东外语外贸大学学报》2013 年第 4 期。

李剑鸣：《文化接触与美国印第安人社会文化的变迁》，《中国社会科学》1994 年第 3 期。

李顺春：《试论加里·斯奈德的荒野伦理观》，《学术交流》2012 年第 3 期。

李喜芬：《艰辛的"自我建构"之旅》，《解放军外国语学院学报》2005 年第 5 期。

丽塔·达夫：《她把怜悯带回大街上——丽塔·达夫诗选》，程佳译，山西：北岳文艺出版社，2017 年。

林海霞：《〈为黛西小姐开车〉中族裔文化的互认与包容》，《牡丹江大学学报》2016 年第 2 期。

林佩璇：《多维互文性融合：鲍勃·迪伦歌词创作的文学魅力》，《当代外国文学》2018 年第 2 期。

林玉鹏：《伯恩斯坦与美国语言诗的诗学观》，《外国文学研究》2007 年第 2 期。

林元富：《历史与书写——当代美国新奴隶叙述研究述评》，《当代外国文学》2011 年第 2 期。

蔺玉清：《亚裔美国作家山下凯伦的跨国写作》，《语文学刊》2016 年第 8 期。

刘蓓蓓、龙娟：《从"红色工具箱"看〈在基督脚下〉中的墨裔困境》，《湖南师范大学社会科学学报》2018 年第 2 期。

——：《"召唤迷途之人踏上归路"——论〈在基督脚下〉中的自然意象》，《重庆第二师范学院学报》2020 年第 3 期。

刘恒：《文艺创造心理学》，长春：吉林教育出版社，1990 年。

刘湘溶：《人与自然的道德话语：环境伦理学的进展与反思》，长沙：

湖南师范大学出版社,2004 年。

刘岩:《流浪与追寻:鲍勃·迪伦的诗意想象》,《外国文学》2017 年第
　6 期。

——:《唐·德里罗小说中的人机关系和后现代主体性》,《语文学刊》
　2015 年第 22 期。

龙娟:《美国环境文学:弘扬环境正义的绿色之思》,《湖南师范大学
　社会科学学报》2009 年第 5 期。

——:《美国环境文学:弘扬环境正义的绿色之思》,北京:外语教学
　与研究出版社,2010 年。

——:《美国环境文学批评的特质:环境正义的视角》,《文史博览(理
　论)》2011 年第 4 期。

——:《美国环境文学中的环境正义主题研究》,湖南师范大学博士论
　文,2008 年。

——:《自然与女性之隐喻的生态女性主义批评》,《湘潭大学学报(哲
　学社会科学版)》2007 年第 2 期。

龙娟、刘蓓蓓:《美国早期华人的性别形象建构——以〈女勇士〉和〈中
　国佬〉为镜像》,《当代外国文学》2017 年第 2 期。

龙娟、张娟:《认知诗学视阈下莱斯利·玛蒙·西尔科的政治书写》,
　《当代外国文学》2019 年第 1 期。

陆修远:《鲍勃·迪伦摇滚艺术价值探源》,浙江师范大学硕士论文,
　2010 年。

路德维希·维特根斯坦:《哲学研究》,陈嘉映译,上海:上海人民出版
　社,2005 年。

路易斯·科赛:《社会冲突的功能》,孙立平等译,北京:华夏出版社,
　1989 年。

罗伯特·勃莱:《从两个世界爱一个女人》,董继平译,兰州:敦煌文艺
　出版社,1998 年。

——:《罗伯特·勃莱诗选》,肖小军译,广州:花城出版社,2008 年。

罗伯特·布莱:《上帝之肋——男人的真实旅程》,田国力、卢文戈译,
　重庆:重庆出版社,2013 年。

——:《上帝之肋——一部男人的文化史》,田国力、卢文戈译,重庆:
　重庆出版社,2006 年。

罗钢、刘象愚主编:《后殖民主义文化理论》,陈永国等译,北京:中国

社会科学出版社,1999 年。

罗虹、程宇:《"布鲁斯-方言"批评理论与"黑人性"表述》,《南昌大学学报(人文社会科学版)》2014 年第 4 期。

罗兰·罗伯逊、扬·阿特·肖尔特(英文版主编),王宁(中文版主编):《全球化百科全书》,南京:译林出版社,2011 年。

罗良功:《查尔斯·伯恩斯坦诗学简论》,《江西社会科学》2013 年第 5 期。

罗斯玛丽·帕特南·童:《女性主义思潮导论》,艾晓明等译,武汉:华中师范大学出版社,2002 年。

骆蓉:《认知文学科学:认知文学研究的新视野——评〈认知文学科学:文学与认知的对话〉》,《当代外国文学》2018 年第 1 期。

吕爱晶:《菲利普·拉金的"非英雄"思想研究》,上海:上海世界图书出版公司,2012 年。

——:《凯·瑞安诗语及游戏精神》,《外国语言与文化》2017 年第 2 期。

马尔赫恩编:《当代马克思主义文学批评》,刘象愚、陈永国、马海良译,北京:北京大学出版社,2002 年。

马克思:《在〈人民报〉创刊纪念会上的演说》,载《马克思恩格斯全集》(第十二卷),北京:人民出版社,1980 年。

——:《〈政治经济学批判〉序言》,载中共中央马克思恩格斯列宁斯大林著作编译局编,《马克思恩格斯全集》(第十三卷),北京:人民出版社,1972 年。

马克思、恩格斯:《马克思恩格斯选集》(第一卷),北京:人民出版社,1972 年。

米歇尔·德·塞尔托:《多元文化素养:大众文化研究与文化制度话语》,李树芬译,天津:天津人民出版社,2002 年。

米歇莉恩·旺多:《女权主义对戏剧的冲击》,载玛丽·伊格尔顿编:《女权主义文学理论》,胡敏、陈彩霞、林树明译,长沙:湖南文艺出版社,1989 年。

摩迪凯·开普兰:《犹太教:一种文明》,黄福武、张立改译,济南:山东大学出版社,2002 年。

莫伟民:《莫伟民讲福柯》,北京:北京大学出版社,2005 年。

纳什:《大自然的权利》,杨通进译,青岛:青岛出版社,1999 年。

倪好：《人类为什么喜欢故事？叙事的历史功能和意义》（2020 – 01 –
　　04），［2023 – 10 – 13］，https://baijiahao. baidu. com/s? id =
　　1654735170192295461&wfr = spider&for = pc。

聂珍钊：《查尔斯·伯恩斯坦教授访谈录》（英文），《外国文学研究》
　　2007 年第 2 期。

区鉷：《加里·斯奈德面面观》，《外国文学评论》1994 年第 2 期。

彭月姮：《罗伯特·勃莱政治诗歌中的恶性侵犯》，湖南科技大学硕士
　　论文，2018 年。

皮朝纲：《禅宗美学思想的嬗变轨迹》，成都：电子科技大学出版社，
　　2003 年。

祁亚平：《双重“他者”的压迫与颠覆——〈舞动卢纳萨节〉的后殖民女
　　性主义解读》，《当代外国文学》2012 年第 3 期。

钱圆铜：《话语权力及主体位置》，《西南农业大学学报》2011 年第
　　10 期。

阙红玲、刘娅：《美国桂冠诗人丽塔·达夫及其诗歌创作艺术》，《牡丹
　　江教育学院学报》2014 年第 6 期。

让–保罗·萨特：《存在主义是一种人道主义》，周煦良、汤永宽译，上
　　海：上海译文出版社，2012 年。

尚婷：《查尔斯·伯恩斯坦：语言哗变与诗学重构》，《外国语文》2017
　　年第 6 期。

佘军、朱新福：《美国新现实主义小说中的人物概念与人物刻画》，《当
　　代外国文学》2013 年第 2 期。

生安锋：《霍米·巴巴的后殖民理论研究》，北京：北京大学出版社，
　　2011 年。

盛宁：《二十世纪美国文论》，北京：北京大学出版社，1994 年。

——：《美国新左派和新马克思主义的文学批评刍议》，《文艺理论与
　　批评》1993 年第 6 期。

石平萍：《母女关系与性别、种族的政治：美国华裔妇女文学研究》，开
　　封：河南大学出版社，2004 年。

舒衡哲：《第二次世界大战：在博物馆的光照之外》，《东方杂志》1995
　　年第 5 期。

斯蒂芬·葛林布莱特：《通向一种文化诗学》，盛宁译，载张京媛主编，
　　《新历史主义与文学批评》，北京：北京大学出版社，1993 年。

斯蒂芬·欧文:《追忆——中国古典文学中的往事再现》,郑学勤译,上海:上海古籍出版社,1990 年。

宋林飞:《西方社会学理论》,南京:南京大学出版,2000 年。

苏珊·格里芬:《女人与自然:她内在的呼号》,毛喻原译,重庆:重庆出版社,2007 年。

孙清海:《"多元"与"排他":生存视角下宗教对话的可能性问题》,《基督教思想评论》2014 年第 11 期。

索伦·克尔凯郭尔:《致死的疾病》,张祥龙、王建军译,北京:商务印书馆,2012 年。

谭琼琳、仇艳:《"道"在加里·斯奈德生态诗学中的构建》,《中国比较文学》2016 年第 3 期。

陶锋:《从现代美学的四个论争看鲍勃·迪伦艺术》,《外国文学》2017 年第 5 期。

托莉·莫伊:《性与文本政治:女权主义文学理论》(第 2 版),卢婧洁、杨笛译,南京:江苏凤凰教育出版社,2017 年。

万·梅特尔·阿米斯:《小说美学》,傅志强译,北京:北京燕山出版社,1987 年。

王逢振、盛宁、李自修编:《最新西方文论选》,桂林:漓江出版社,1991 年。

王锦:《归属感初探》,《西安文理学院学报》2011 年第 4 期。

王进:《新历史主义文化诗学——格林布拉特批评理论研究》,广州:暨南大学出版社,2016 年。

王宁:《"世界主义"及其之于中国的意义》,(2014 - 08 - 31)[2023 - 09 - 19],http://www.aisixiang.com/data/77414.html。

王诺:《欧美生态文学》,北京:北京大学出版社,2003 年。

王绍平:《颠倒的时间与荒谬的社会——简评莫瑞森小说〈最蓝的眼睛〉结构特色》,《齐齐哈尔师范学院学报》1997 年第 3 期。

王守仁、吴新云:《性别·种族·文化》,北京:北京大学出版社,2004 年。

王晓路:《差异的表述——黑人美学与贝克的批评理论》,《国外文学》2000 年第 2 期。

——:《种族/族性》,载赵一凡、张中载、李德恩主编,《西方文论关键词》,北京:外语教学与研究出版社,2013 年。

王秀银、欧阳旷怡:《中美新现实主义小说在发展进程上的对比研究》,《北方文学(下旬)》2016 年第 8 期。

王影君:《斯皮瓦克的"属下女性"批评论》,《沈阳工程学院学报(社会科学版)》2010 年第 1 期。

王玉括:《反思非遗美国文化,质疑美国文学经典的批评家莫里森》,《当代外国文学》2013 年第 2 期。

——:《坚守黑人文化立场的批评家贝克》,《国外文学》2018 年第 4 期。

——:《莫里森研究》,北京:人民出版社,2005 年。

王岳川:《二十世纪西方哲性诗学》,北京:北京大学出版社,2000 年。

——:《后殖民主义与新历史主义文论》,济南:山东教育出版社,1999 年。

王卓:《丽塔·达夫诗歌主题研究》,华中师范大学博士论文,2013 年。

威廉·A. 哈维兰:《当代人类学》,王铭铭等译,上海:上海人民出版社,1987 年。

韦伯:《韦伯作品集》,钱永祥等译,桂林:广西师范大学出版社,2004 年。

文森特·里奇:《20 世纪 30 年代至 80 年代的美国文学批评》,王顺珠译,北京:北京大学出版社,2013 年。

沃尔夫冈·伊瑟尔:《阅读活动——审美反应理论》,金元浦、周宁译,北京:中国社会科学出版社,1991 年。

吴浩江:《菲利普·莱文诗歌中的"规训工人"》,湖南科技大学硕士论文,2018 年。

吴晓东:《从卡夫卡到昆德拉:20 世纪的小说和小说家》,北京:生活·读书·新知三联书店,2017 年。

西蒙娜·德·波伏娃:《第二性》,陶铁柱译,北京:中国书籍出版社,1998 年。

西蒙娜·德·波伏瓦:《第二性》(I、II),郑克鲁译,上海:上海译文出版社,2011 年。

习传进:《论贝克的布鲁斯本土理论》,《华中师范大学学报》2003 年第 2 期。

夏尔·波德莱尔:《恶之花》,郭宏安译,桂林:广西师范大学出版社,2002 年。

肖小军:《跃入民族的心灵世界——勃莱政治诗歌初探》,《外国语文》2010 年第 4 期。

小亨利·路易斯·盖茨:《意指的猴子:一个非裔美国文学批评理论》,王元陆译,北京:北京大学出版社,2011 年。

谢尔顿:《迷途家园:鲍勃·迪伦的音乐与生活》,滕继萌译,重庆:重庆大学出版社,2017。

谢少波:《抵抗的文化政治学》,北京:中国社会科学出版社,1999 年。

欣闻:《丽塔·达夫、西川同获第十届诗歌与人·国际诗歌奖》,《世界文学》2016 年第 1 期。

熊佳:《罗伯特·勃莱诗歌中男性气质的衰退》,湖南科技大学硕士论文,2013 年。

薛小惠:《美国生态文学批评研究》,北京:北京大学出版社,2013 年。

亚里斯多德、贺拉斯:《诗学＊诗艺》,罗念生、杨周翰译,北京:人民文学出版,1962 年。

晏丽:《罗伯特·勃莱在中国的研究现状与展望》,《楚雄师范学院学报》2014 年第 10 期。

杨国静:《天然的不自然》,《当代外国文学》2013 年第 1 期。

杨柳、易点点:《论〈查尔斯·伯恩斯坦诗选〉的陌生化诗学》,《外国文学研究》2014 年第 4 期。

杨仁敬:《20 世纪美国文学史》,青岛:青岛出版社,1999 年。

伊莱恩·肖沃尔特:《荒原中的女权主义批评》,韩敏中译,载王逢振、盛宁、李自修编,《最新西方文论选》,桂林:漓江出版社,1991 年。

——:《走向女权主义诗学》,载周宪、罗务恒、戴耘编,《当代西方艺术文化学》,北京:北京大学出版社,1988 年。

殷书林:《"局外人"凯伊·莱恩何以荣膺桂冠》,《外国文学动态》2009 年第 1 期。

袁华清、艾琳·索森:《美国黑人音乐史》,北京:人民音乐出版社,1983 年。

袁雪芬:《奇卡诺文学伦理思想研究》,北京:中国社会科学出版社,2015 年。

约瑟芬·多诺万:《女权主义的知识分子传统》,赵育春译,南京:江苏人民出版社,2000 年。

詹明信:《晚期资本主义的文化逻辑:詹明信批评理论文选》,张旭东编,陈清侨等译,北京:生活·读书·新知三联书店,1997 年。

张倩红:《困顿与再生——犹太文化的现代化》,南京:江苏人民出版社,2003 年。

张琼:《琳达·霍根:肉体、心智、精神之和谐》,《文艺报》2015 年 9 月 9 日,第 6 版。

张文会:《语言诗派的语言观及其后现代理论基础》,《语文学刊》2008 年第 22 期。

张毅:《生态女性主义视角下的〈他们眼望上苍〉》,《长春教育学院学报》2014 年第 16 期。

张子清:《20 世纪美国诗歌史》(第二卷),天津:南开大学出版社,2019 年。

——:《与亚裔美国文学共生共荣的华裔美国文学(总序)》,载赵健秀,《甘加丁之路》,赵文书译,南京:译林出版社,2004 年。

赵萍萍:《诗化音乐:解析鲍勃·迪伦的民谣诗意表达》,《四川文理学院学报》2016 年第 6 期。

赵一凡:《杰姆逊:后现代文化批判》,载《欧美新学赏析》,北京:中央编译出版社,1990 年。

赵一凡、张中载、李德恩编:《西方文论关键词》,北京:外语教学与研究出版社,2006 年。

郑思明:《为无声者代言——读菲利普·莱文的诗》,《天津外国语大学学报》2015 年第 4 期。

钟玲:《美国诗与中国梦》,桂林:广西师范大学出版社,2003 年。

——:《史耐德与中国文化》,北京:首都师范大学出版社,2006 年。

周穗明等:《20 世纪末西方新马克思主义》,学习出版社,2008 年。

朱迪斯·巴特勒:《性别麻烦——女性主义与身份的颠覆》,宋素凤译,上海:上海三联出版社,2009 年。

朱静:《格林布拉特新历史主义研究》,北京:人民出版社,2015 年。

朱小琳:《回归与超越——托妮·莫里森小说的喻指性》,中国社会科学院博士论文,2003 年。

朱振武:《爱伦·坡的效果美学论略》,《外国文学评论》2007 年第 3 期。

佐拉·尼尔·赫斯顿:《他们眼望上苍》,王家湘译,北京:十月文艺出版社,2000 年。